COLLECTION FOLIO

Joanne Harris

Des pêches pour Monsieur le curé

Traduit de l'anglais
par Gaëlle Rey

Gallimard

Titre original :

PEACHES FOR MONSIEUR LE CURÉ

Joanne Harris est anglaise, de mère française, et vit dans le Yorkshire. Elle est l'auteur de *Chocolat*, roman qui lui a apporté une réputation mondiale et auquel elle a donné suite avec *Le rocher de Montmartre* et *Des pêches pour Monsieur le curé.* On lui doit également d'autres romans parmi lesquels figurent *Vin de bohème, Les cinq quartiers de l'orange* et *Voleurs de plage.*

À mon père, Bob Short,
qui n'aurait jamais laissé de bons fruits se gâter.

NOUVELLE LUNE

CHAPITRE 1

Un jour, une femme m'a appris qu'en France seulement, deux cent cinquante mille lettres par an étaient distribuées à des gens qui sont morts. Ce qu'elle ne m'a pas dit, c'est que, parfois, ces morts-là y répondent.

CHAPITRE 2

Mardi 10 août

C'est le vent du ramadan qui nous a apporté ça. À l'époque, bien sûr, je n'en avais pas conscience. Il en fait du vent à Paris au mois d'août. Des tourbillons de poussière glissent et sillonnent les trottoirs comme de petits derviches tourneurs et vous laissent des grains de sable luisants sur les paupières et le visage. Le soleil vous écrase de son œil vide et blanc, et personne ne se sent d'appétit. En ce moment, la ville est pratiquement déserte, à l'exception des touristes et des gens comme nous qui ne peuvent pas se payer de vacances. La Seine sent mauvais, il n'y a pas d'ombre du tout et vous donneriez n'importe quoi pour pouvoir marcher pieds nus dans un champ quelque part ou pour vous asseoir sous un arbre dans un bois.

Roux sait de quoi je parle, bien sûr. Roux n'est pas fait pour la vie citadine. Quand Rosette s'ennuie, elle se livre à des espiègleries ; moi, je fais des chocolats qui ne sont pas à vendre et Anouk va au cybercafé de la rue de la Paix pour parler à ses amis sur Facebook, ou elle monte jusqu'au cimetière de Montmartre observer les chats qui y vivent en liberté se faufiler entre les tombes où des lames de soleil découpent l'ombre.

Anouk a quinze ans. Où va le temps qui passe ? Comme le parfum dans un flacon, si bien fermé qu'il soit, il s'évapore sournoisement. Vous l'ouvrez un jour juste pour voir, et vous ne trouvez plus qu'un très faible arôme là où jadis l'odeur était si généreuse.

Comment vas-tu, ma petite Anouk ? Que se passe-t-il dans ton étrange petit monde ? Es-tu inquiète ? Satisfaite ? Comblée ? Combien de jours avons-nous encore devant nous avant que tu ne t'échappes de mon orbite pour de bon, que tu ne t'envoles tel un satellite fou et ne disparaisses dans les étoiles ?

Ces pensées n'ont rien de nouveau. La peur me suit comme mon ombre depuis la naissance d'Anouk, mais cet été, la peur a grandi, elle s'est accrue de manière prodigieuse avec la chaleur. Peut-être à cause de la mère que j'ai perdue, et de celle que j'ai retrouvée, il y a quatre ans[1]. Ou bien à cause du souvenir de Zozie de l'Alba, la voleuse de cœurs qui a failli me dépouiller de tout, m'a montré combien la vie était fragile et avec quelle facilité le château de cartes pouvait s'effondrer au moindre souffle de vent.

Quinze ans. *Quinze ans.* À son âge, j'avais déjà parcouru le monde. Ma mère était mourante. Le mot « maison » était associé pour moi à tous les endroits où nous passions la nuit. Je n'avais pas un seul véritable ami. Quant à l'amour… Ah, l'amour, comme

1. Voir *Le rocher de Montmartre*, Baker Street, 2005.

les flambeaux, le soir, à la terrasse des cafés, était une source de chaleur furtive, une caresse, un visage entrevu à la lueur du feu.

Pour Anouk, j'espère qu'il en sera autrement. C'est déjà une belle fille, bien qu'elle n'en soit pas vraiment consciente. Un jour, elle tombera amoureuse. Qu'adviendra-t-il de nous, alors ? Je me dis que nous avons encore le temps. Pour l'instant, dans sa vie, le seul garçon est son ami Jean-Loup Rimbault dont, habituellement, elle est inséparable. Mais ce mois-ci, il a dû rentrer à l'hôpital pour subir une autre opération. Depuis sa naissance, Jean-Loup souffre d'une malformation cardiaque. Anouk n'en parle pas, mais je comprends son angoisse. Je la connais, cette ombre qui plane, cette certitude que rien ne dure jamais.

Il lui arrive encore parfois de parler de Lansquenet. Même si elle n'est pas malheureuse ici. Pour elle, Paris est plus une étape le long d'une route encore inconnue qu'un pays où elle reviendra toujours. Déjà, une péniche n'est pas une maison. Il lui manque la solidité du mortier et de la pierre. De plus, Anouk éprouve cette étrange nostalgie qui touche les plus jeunes et se souvient avec bonheur de la petite chocolaterie en face de l'église, de son auvent rayé et de son enseigne peinte à la main. Le regard rêveur, elle parle des amis qu'elle y a laissés, de Jeannot Drou, de Luc Clairmont, des rues où l'on n'a pas peur de courir la nuit et des portes d'entrée qui ne sont jamais fermées à clé.

Je ne devrais pas tant m'inquiéter, je le sais. Ma petite Anouk a ses secrets, mais à la différence de beaucoup de ses amies, elle apprécie encore la compagnie de sa mère. Le courant passe toujours entre nous. Nous partageons de bons moments. Toutes les deux, bien au chaud dans le lit, avec, dans le coin de mon champ de vision, la vague silhouette de Pantoufle et les images que l'écran du téléviseur portable projette sur les fenêtres sombres. Rosette, elle, monte s'asseoir sur le pont, avec Roux, et pêche des étoiles dans la Seine qui, silencieuse, passe.

Roux s'est installé dans son rôle de père. Je ne m'y attendais pas du tout. Mais Rosette, huit ans et son portrait craché, semble avoir révélé chez lui une facette dont Anouk et moi ignorions l'existence. D'ailleurs, il m'arrive de penser qu'elle appartient plus à Roux qu'à n'importe qui d'autre. Ils ont leur langage secret, composé de petits bruits, de gazouillis et de sifflements, dans lequel ils peuvent s'entretenir pendant des heures et qu'ils ne partagent avec personne, pas même avec moi.

À part cela, ma petite Rosette ne parle toujours pas beaucoup. Elle préfère la langue des signes qu'elle a apprise enfant et pour laquelle elle s'avère très douée. Elle aime le dessin, les mathématiques, ne met que quelques minutes à remplir la grille de Sudoku de la dernière page du *Monde* et est capable d'additionner de longues listes de chiffres sans avoir à les écrire. Nous avons tenté une fois de l'envoyer à l'école, mais ce fut un échec. Ici, les écoles sont trop grandes et trop impersonnelles pour s'occuper d'un cas aussi spécial que celui de Rosette. Désormais, c'est Roux qui se charge de son éducation. Son programme d'étude est certes inhabituel, spécialisé dans l'art, les cris d'oiseaux et les jeux de chiffres, mais Rosette semble en être ravie. Bien sûr, elle n'a pas d'amis en dehors de Bam et parfois, je la vois regarder les enfants en route pour l'école, avec des yeux curieux et pleins d'envie. Mais dans l'ensemble, malgré son caractère arrogant, nous nous plaisons à Paris. Pourtant, parfois, un jour comme aujourd'hui, à l'instar d'Anouk et de Rosette, je me surprends à vouloir plus. Plus qu'une péniche sur un fleuve nauséabond, plus que cette fournaise d'air confiné, plus que cette jungle de tours et de flèches d'églises, et plus que la minuscule cuisine où je confectionne mes chocolats.

Plus. Oh, ce mot. Ce mot trompeur. Ce grignoteur de vies, cet insatisfait. Cette goutte d'eau qui a fait déborder le vase. Ce mot qui réclame… Mais quoi, exactement ?

Je suis très contente de la vie que je mène. Je suis heureuse avec l'homme que j'aime. J'ai deux merveilleuses filles et un travail qui me permet de faire ce à quoi j'étais destinée. Je ne gagne pas grand-chose, mais mon salaire aide à payer le mouillage et Roux fait du travail de maçonnerie et de charpente, ce qui maintient notre famille à flot. Tous mes amis de Montmartre sont ici : Alice et Nico, Mme Luzeron, Laurent du petit café, Jean-Louis et Paupaul, les peintres. Même ma mère se trouve ne pas être loin, la mère que je pensais avoir perdue pendant si longtemps.

Que pourrais-je vouloir de plus ?

Tout a commencé dans la cuisine de la péniche, l'autre jour. Je faisais des truffes. Seules les truffes résistent à cette température, tout le reste risque de s'abîmer, à cause de la réfrigération ou de la chaleur qui réussit à s'infiltrer partout. Tempérer le chocolat de couverture sur le plan de travail, le réchauffer à feu doux sur la plaque de cuisson, ajouter les épices, la vanille et la cardamome. Attendre le bon moment et faire d'une cuisine toute simple un numéro de magie à domicile.

Qu'aurais-je pu vouloir de plus ? Oh, peut-être une brise, même des plus légères, rien qu'un petit baiser juste au creux de ma nuque, là où mes cheveux, mal relevés en un chignon défait et mêlés de sueur estivale, m'irritaient déjà la peau.

Une brise des plus légères. Allons ? Quel mal pourrait-il y avoir à cela ?

Alors, j'ai fait appel au vent, juste un peu. À l'un de ces petits vents chauds et espiègles qui affolent les chats, font fuir les nuages et soulèvent les jupons.

V'là l'bon vent, v'là l'joli vent,

V'là l'bon vent, ma mie m'appelle...

Ce n'était vraiment pas grand-chose, un petit souffle de vent seulement et une formule magique, brise bienfaisante apportant avec elle une lointaine odeur de pollen, d'aromates et de pain d'épice. Tout ce que je voulais, c'était débarrasser le ciel d'été de ses nuages, faire venir les senteurs d'autres pays vers mon coin du monde.

V'là l'bon vent, v'là l'joli vent...

Sur toute la rive gauche, des papiers de bonbons voletaient comme des papillons, et le vent fripon tiraillait les longues jupes d'une passante sur le pont des Arts. Il s'agissait d'une musulmane au visage voilé par l'un de ces *niqab* que l'on voit si souvent de nos jours. J'ai aperçu des couleurs sous son long voile noir. L'espace d'un instant, j'ai cru distinguer un mouvement d'air dans cette chaleur torride. Les ombres des arbres agités par le vent mettaient d'étranges dessins abstraits dans la poussière à la surface de l'eau.

V'là l'bon vent, v'là l'joli vent...

La femme m'a lancé un regard du haut du pont. Je n'ai pas pu voir son visage, juste ses yeux, soulignés de khôl, sous son *niqab.* Pendant une minute, je l'ai vue m'observer et je me suis demandé si je l'avais déjà rencontrée quelque part. J'ai levé la main, lui ai fait signe. La Seine et l'odeur du chocolat qui s'échappait de la fenêtre ouverte de la petite cuisine nous séparaient.

Laisse-toi tenter. Savoure-moi. Une seconde j'ai pensé qu'elle allait répondre à mon signe. Ses yeux noirs se sont baissés. Elle s'est détournée. Puis, elle a disparu de l'autre côté du pont, cette femme sans visage, vêtue de noir, emportée par le vent du ramadan.

CHAPITRE 3

Vendredi 13 août

Ce n'est pas tous les jours que l'on reçoit une lettre des morts. Une lettre de Lansquenet-sous-Tannes, à vrai dire une lettre *dans* une lettre, déposée dans notre boîte postale (il va de soi que le courrier n'est pas distribué sur les péniches) et que Roux est passé prendre en allant chercher le pain comme il le fait tous les jours.

« C'est une lettre, tout simplement, m'a-t-il dit avant de hausser les épaules. Il n'y a pas à y voir une signification quelconque. »

Mais toute la journée le vent avait soufflé, toute la nuit aussi, et nous nous sommes toujours méfiés du vent. Aujourd'hui, il soufflait en rafales et constamment changeait de direction, ponctuant la surface de l'eau calme de petites rides de turbulence. Rosette ne tenait pas en place, elle s'entraînait à sauter sur le quai et jouait au bord de l'eau avec Bam. Bam est l'ami invisible de Rosette, pas toujours invisible d'ailleurs. Enfin, pas pour nous, en tout cas. Par des jours de vent comme celui-ci, il arrive même aux clients de le voir regarder parfois par-dessus la rambarde d'un pont ou pendu à un arbre par la queue. Bien sûr, Rosette, elle, le voit *tout* le temps, mais Rosette est différente, c'est pour ça.

« C'est une lettre, tout simplement, a répété Roux. Pourquoi ne l'ouvres-tu pas pour voir ? »

J'étais occupée à rouler les dernières truffes avant de les mettre dans leur boîte. Il est déjà assez difficile de conserver le chocolat à bonne température en temps normal, mais sur un bateau, dans si peu d'espace, mieux vaut s'en tenir aux choses simples. Il est très facile de faire des truffes, la poudre de cacao dont elles sont enveloppées empêche le chocolat de s'abîmer. Je les conserve sous le plan de travail, avec les plateaux remplis de vieux outils rouillés, clefs de serrage, tournevis, écrous et boulons, tellement ressemblants qu'on jurerait qu'ils sont vrais, alors qu'ils sont juste en chocolat.

En roulant une truffe contre ma paume, j'ai dit : « Cela fait huit ans que nous sommes parties. De qui vient-elle au juste ? Je ne reconnais pas l'écriture. »

Roux a ouvert l'enveloppe. Il va toujours au plus simple. Toujours dans l'immédiat. Ce n'est pas son genre d'essayer de deviner.

« C'est de Luc Clairmont.

— Le petit Luc ? » Je me souvenais d'un adolescent gauche, paralysé par son bégaiement. Brusquement, je me suis rendu compte que Luc devait être un homme à présent. Roux a déplié la lettre et lu :

Chère Vianne, chère Anouk,

Le temps a passé. J'espère que cette lettre vous arrivera. Comme vous le savez, quand ma grand-mère est morte, elle m'a tout laissé : la maison, le peu d'argent qu'elle possédait, ainsi qu'une enveloppe à ne pas ouvrir avant le jour de mes vingt et un ans. Mon anniversaire était en avril dernier et voici ce que j'ai trouvé à l'intérieur. Ça vous est adressé.

Roux s'est tu. Je me suis retournée et j'ai vu qu'il tenait une enveloppe ordinaire, blanche, un peu abîmée par le poids des années et les marques de doigts bien vivants sur cette page morte. Mon nom était là, écrit à l'encre bleu noir, de la main d'Armande, de son écriture d'arthritique, mais ferme et appliquée.

Je me suis exclamée : « Armande ! »

Ma chère et vieille amie. Comme il est étrange, et triste, de te lire maintenant. D'ouvrir cette enveloppe, d'en briser le cachet que les années avaient rendu fragile, une enveloppe que tu avais dû lécher de la même façon que tu léchais la cuillère à sucre dans ta tasse de chocolat avec délice et gourmandise, comme une enfant. Tu voyais toujours l'avenir avec tellement plus de clarté que moi et (que tu le veuilles ou non), c'est toi qui m'as aidée à ouvrir les yeux. Je ne suis pas sûre d'être prête à découvrir le contenu de ce message d'outre-tombe, mais tu sais bien que je vais le lire, malgré tout.

Chère Vianne

J'entends encore sa voix. Aussi sèche que de la poudre de cacao, aussi exquise. *Je me souviens de l'apparition du premier téléphone à Lansquenet. Oh là là ! Quelle histoire ! Tout le monde voulait l'essayer. L'évêque qui en était le premier abonné ne savait plus que faire des cadeaux et des pots-de-vin qu'on lui offrait. Eh bien, s'ils pensaient qu'il s'agissait là d'un miracle, imagine ce qu'ils diraient de cette lettre. Moi, qui te parle de l'au-delà. Au fait, au cas où tu te poserais la question, la réponse est oui, il y a bien du chocolat au paradis. Transmets le message à Monsieur le curé. Vois donc s'il a appris à rire de la plaisanterie.*

J'ai cessé de lire un moment et je me suis assise sur l'un des tabourets de la cuisine.

« Tout va bien ? » m'a demandé Roux.

Un hochement de tête et j'ai continué. *Huit ans. Bien des choses peuvent arriver, non ? Les petites filles ne sont plus des petites filles. Les saisons passent. Les gens changent. Même mon petit-fils a vingt et un ans ! Un bel âge, si je m'en souviens bien. Et toi, Vianne : as-tu tourné la page ? Je pense que oui. Tu n'étais pas prête à t'établir ici. Ce qui ne veut pas dire que ça ne t'arrivera pas, un jour. Enfermez un chat à l'intérieur d'une maison et il ne désire qu'une chose : sortir. Laissez-le dehors et il miaule pour rentrer. Les êtres humains ne sont guère différents. Tu le comprendras, si jamais tu reviens un jour. « Mais, pourquoi reviendrais-je ? » t'entends-je demander. Eh bien, je ne prétends pas connaître l'avenir. Pas dans les détails, en tout cas. Et pourtant, tu as rendu un grand service à Lansquenet autrefois, même si tout le monde ne l'a pas reconnu à l'époque. Quoi qu'il en soit, les temps changent. Nous le savons tous. Et une chose est sûre : tôt ou tard, Lansquenet aura de nouveau besoin de toi. Je ne peux pas compter sur notre entêté de curé pour te prévenir le moment venu. Alors, accorde-moi une dernière faveur. Reviens faire un tour à Lansquenet. Amène les enfants. Roux aussi, s'il est là. Mets des fleurs sur la tombe de la vieille femme que je suis. Attention, ne va pas les acheter chez Narcisse. Prends des fleurs naturelles dans les champs. Dis bonjour à mon petit-fils. Bois une tasse de chocolat.*

Ah, encore une chose, Vianne. Il y avait un pêcher, autrefois, contre le mur de ma maison. Si tu viens en été, ses fruits seront mûrs et ne demanderont qu'à être cueillis.

Donnes-en aux petits. Je n'aimerais pas que les oiseaux les mangent tous. Et souviens-toi : tout revient. La rivière finit toujours par tout rapporter.

Avec toute mon amitié, comme toujours,

Armande

L'écho de sa voix résonnant dans ma tête, mes yeux sont longtemps restés rivés sur le papier. Je l'avais entendue si souvent dans mes rêves, cette voix, je m'étais endormie si souvent avec l'écho de ses éclats de rire dans les oreilles et son parfum de lavande, de chocolat et de vieux livres qui enrobait l'air de sa présence dorée. On dit qu'une personne ne meurt pas tant que quelqu'un se souvient d'elle. Voilà peut-être pourquoi l'image d'Armande est toujours si clairement gravée dans mon esprit : ses yeux couleur de mûre, son impudence, les jupons écarlates qu'elle portait sous ses vêtements de deuil. Voilà pourquoi je ne pouvais pas refuser, même si j'en avais envie, même si je m'étais promis de ne plus jamais retourner à Lansquenet, ce village que nous avions préféré à tous les autres, celui où nous avions failli nous établir, mais que nous avions quitté, emportées par le vent, et où la moitié de notre être était restée…

Et maintenant, ce même vent s'était remis à souffler. Il venait d'outre-tombe, et apportait une agréable odeur de pêche.

Amène les enfants.

Et pourquoi pas ?

Appelons ça des vacances, me suis-je dit. Une raison de quitter la ville, d'offrir à Rosette de l'espace où jouer, l'occasion pour Anouk de revoir ses anciens amis. Eh oui, *c'est vrai*, Lansquenet me manque : ses maisons d'un brun foncé, ses petites rues qui zigzaguent jusqu'à la Tannes, les bandes étroites de terres cultivées qui s'étendent sur les collines bleues. Et les Marauds, où habitait Armande, les vieilles tanneries désaffectées, les maisons à colombage abandonnées penchant comme des ivrognes vers le cours de la rivière, les Marauds où les gitans amarraient leurs bateaux et allumaient des feux de camp au bord de l'eau…

Reviens faire un tour à Lansquenet. Amène les enfants.

Quel mal y aurait-il ?

Je n'ai jamais rien promis. Je n'ai jamais voulu changer la course du vent. Mais, s'il vous était possible de remonter le temps, de retrouver la personne que vous étiez, ne feriez-vous pas l'effort, ne serait-ce qu'une fois, d'aller la prévenir ? Ne voudriez-vous pas arranger les choses ? Lui montrer qu'elle n'est pas seule ?

CHAPITRE 4

Samedi 14 août

À l'annonce du voyage, Anouk se montra d'un enthousiasme chaleureux et touchant. La plupart de ses camarades d'école sont en vacances au mois d'août et comme Jean-Loup est encore à l'hôpital, elle passe trop de temps seule et dort plus qu'il ne le faudrait. Elle a besoin de changer d'air un peu. Je me rends compte que nous en avons tous besoin. Paris est *vraiment* insupportable en août : une ville fantôme écrasée par une chaleur de plomb, aux magasins fermés, aux rues désertées par tous à l'exception des touristes avec sac à dos et casquette et des vendeurs de rue qui les pourchassent comme des mouches.

Je lui ai dit qu'on allait dans le Sud.

« À Lansquenet ? » a-t-elle demandé tout de suite.

Je ne m'attendais pas à *ça.* Pas encore. Peut-être avait-elle lu les couleurs de mon âme. Son visage s'est illuminé sur-le-champ et son regard, aussi expressif et changeant que le ciel, s'est débarrassé de cet air sombre et menaçant qui semble permanent de nos jours, pour briller d'excitation comme le matin de notre arrivée à Lansquenet, il y a huit ans. Rosette, qui imite toutes les attitudes d'Anouk, nous regardait avec attention et attendait son tour.

« Si vous êtes d'accord, ai-je fini par dire.

— Cool, a répondu Anouk.

— *Coo* », a répété Rosette.

Un ricochet à la surface huileuse du fleuve a attesté de l'approbation de Bam.

Roux seul n'a rien dit. En fait, depuis la lecture de la lettre d'Armande, il avait fait preuve d'un silence inhabituel.

Ce n'est pas qu'il aime particulièrement Paris. Il accepte d'y vivre pour nous et parce qu'il considère la Seine, et non la ville, comme sa maison. Le problème est qu'il n'a pas été bien accueilli à Lansquenet et ça, Roux ne l'a jamais oublié. Il leur en veut encore de la perte de son bateau et de ce qui s'est passé ensuite. Il a quelques amis là-bas, dont Joséphine, mais dans l'ensemble, cet endroit représente pour lui un repaire de bigots à l'esprit étroit qui l'ont menacé, ont brûlé sa maison et même refusé de lui vendre des vivres. Quant au curé, Francis Reynaud…

Malgré la simplicité de son caractère, il y a un certain entêtement chez Roux. Tel un animal sauvage qui peut être apprivoisé, mais n'oublie jamais la méchanceté, il déploiera la même férocité à se montrer loyal qu'à ne pas pardonner. En ce qui concerne Reynaud, j'imagine que Roux ne changera jamais son jugement, et pour ce qui en est des habitants du village lui-même, il ne ressent rien d'autre que du mépris envers ces petits moutons dociles qui vivent dans la tranquillité des berges de la Tannes, n'éprouvent pas la curiosité de voir ce qui se passe au-delà de la colline la plus proche et défaillent au moindre changement, à l'arrivée du moindre inconnu…

« Alors ? lui ai-je demandé. Qu'en penses-tu ? »

Roux est resté longtemps silencieux, les yeux rivés au fleuve, ses longs cheveux lui cachant le visage. Puis il a haussé les épaules.

« Non, je ne crois pas. »

Cela m'a surprise. Dans l'excitation générale, j'avais oublié de lui demander sa réaction. J'avais cru qu'il serait content lui aussi de profiter de cette occasion pour changer de décor.

« Comment ça, *tu ne crois pas* ?

— La lettre était adressée à toi, pas à moi.

— Pourquoi ne m'en as-tu rien dit ?

— J'ai bien vu que tu voulais y aller.

— Et toi, tu préfères rester ici ? »

De nouveau, un haussement d'épaules. Parfois, je me dis que ses silences en disent beaucoup plus long que ses paroles. Il y avait quelque chose, ou *quelqu'un*, à Lansquenet, que Roux n'avait pas envie de revoir, et je savais que peu importait le nombre de questions que je lui poserais, il ne m'avouerait rien.

« Ne t'inquiète pas, a-t-il fini par me dire. Fais ce que tu dois faire. Vas-y. Fleuris la tombe d'Armande. Et ensuite, reviens-moi, rentre à la maison. » Il a souri et m'a embrassé le bout des doigts. « Tu sens toujours le chocolat.

— Tu ne changeras pas d'avis ? »

Il a secoué la tête. « Tu ne seras pas longtemps absente. D'ailleurs, quelqu'un doit rester pour s'occuper du bateau. »

C'est vrai, me suis-je dit. Cependant, j'étais mal à l'aise à l'idée que Roux préférait ne pas venir. J'avais pensé faire le trajet en bateau. Roux connaît toutes les voies navigables. Nous aurions descendu la Seine, emprunté tout un labyrinthe de canaux pour rejoindre la Loire et de là, nous aurions bifurqué vers le canal des Deux Mers, puis vers la Garonne et nous serions enfin arrivés à la Tannes. Nous aurions rencontré des écluses, des ascenseurs à bateaux, autant d'eaux agitées que d'eaux calmes, des champs, des châteaux et des zones industrielles. Nous aurions vu les rivières changer d'apparence, s'élargir avant de redevenir étroites, passer d'un marron huileux à un vert sombre, d'un débit rapide à un débit lent, se teinter de brun foncé jusqu'à noir, puis à jaune, puis devenir limpide.

Chaque fleuve a sa personnalité. La Seine est citadine, besogneuse, une voie publique qui regorge de chalands chargés de bois de construction, de caisses, de conteneurs, de poutres en métal, de pièces détachées de voiture. La Loire est traîtresse sous ses sables. À la lumière du soleil, ses reflets argentés cachent un monde fétide, infesté de serpents et de bancs de sable. La Garonne est agitée, irrégulière, généreuse à certains endroits et si peu profonde à d'autres qu'une péniche, même une petite comme la nôtre, doit passer par un appareil de levage mécanique pour parvenir au prochain niveau, ce qui prend du temps, un temps précieux…

Mais rien de tout cela ne s'est produit. Nous avons pris le train. Une solution plus simple à bien des points de vue. D'ailleurs, il est très compliqué de déplacer sa péniche sur la Seine. Il faut remplir des papiers, demander des autorisations, retenir un mouillage, passer par un nombre incalculable de formalités administratives. D'une certaine façon, je me sens mal à l'aise de revenir ainsi à Lansquenet, avec ma valise, comme une réfugiée, Anouk sur mes talons tel un chien perdu.

Pourquoi cet embarras ? Après tout, je n'ai rien à prouver. Je ne suis plus la Vianne Rocher qui avait débarqué en ville il y a huit ans. J'ai mon propre commerce à présent, une maison. Nous ne sommes plus des rats de rivière, ballottés de village en village à la recherche d'une maigre subsistance, de petits boulots saisonniers, dans le labourage, les semailles ou les récoltes. J'ai mon destin bien en main. C'est *moi* qui convoque le vent. Et lui répond à mon appel.

Alors, pourquoi ? Pourquoi cette urgence ? Pour Armande ? Pour moi-même ? Et pourquoi le vent, loin de se calmer à notre départ de Paris, semble-t-il persister au fur et à mesure que nous descendons vers le sud et répéter d'une voix plaintive : *Dépêche-toi. Dépêche-toi. Dépêche-toi* ?

J'ai mis la lettre d'Armande dans cette boîte que j'emporte toujours avec moi quand je voyage, avec les tarots de ma mère et les bribes de mon ancienne vie. Toutes ces années que nous avons passées sur la route ne m'ont pas laissé grand-chose : les endroits où nous avons vécu, les gens que nous avons rencontrés, les recettes que j'ai collectionnées, tous les amis que nous avons connus et perdus. Les dessins qu'Anouk a faits à l'école. Quelques photos, pas beaucoup. Des passeports, des cartes postales, des actes de naissance et des cartes d'identité. Tous ces moments, ces souvenirs. Tout ce que nous sommes, réduit à deux ou trois cents grammes de papier, le poids d'un cœur humain, qui pourtant, parfois, nous semble impossible à porter.

Dépêche-toi. Dépêche-toi. De nouveau, cette voix.

À qui appartient-elle ? Est-ce la mienne ? Celle d'Armande ? Ou bien celle de ce vent changeant qui souffle parfois avec une telle douceur qu'il m'arrive de croire qu'il s'est calmé pour de bon ?

Nous avons entamé la dernière étape de notre voyage. Les bas-côtés, ici, sont couverts de pissenlits dont la plupart, déjà montés, sèment à tous vents leurs graines légères qui brillent au soleil.

Dépêche-toi. Dépêche-toi. Reynaud disait que si on permettait aux pissenlits de monter en graine, l'année suivante on les retrouvait partout : sur le bord des routes, dans les fossés, les parterres de fleurs, les vignobles, les cimetières, les jardins, même entre les fissures des trottoirs. En l'espace d'un an ou deux, eux seuls resteraient, ils envahiraient la campagne entière, insatiables et indestructibles…

Francis Reynaud détestait les mauvaises herbes. Moi, au contraire, j'ai toujours aimé les pissenlits, leurs frimousses joyeuses, leurs feuilles savoureuses. Pourtant, je n'en ai jamais vu tant pousser ici. Rosette aime les ramasser et souffler sur les graines qui s'éparpillent dans l'air. L'année prochaine…

L'année prochaine…

Comme il est étrange de penser à l'année prochaine. Nous n'avons pas l'habitude de faire des projets. Nous avons toujours été comme ces graines de pissenlits, nous posant ici le temps d'une saison, avant de nous disséminer aux quatre vents. Les racines des pissenlits sont solides. Il faut bien qu'elles le soient si elles veulent trouver des nutriments. Mais, la plante ne fleurit que pendant une saison, si un Francis Reynaud ne l'a pas encore déracinée, et une fois montée en graine, elle doit se laisser emporter par le vent pour survivre.

Est-ce là la raison pour laquelle je ressens cet irrésistible besoin de retourner à Lansquenet ? Suis-je en train de répondre à un instinct profond dont j'ai à peine conscience, mais qui me pousse à revenir là où jadis j'ai planté ces graines tenaces ? Je me demande si quelque chose a poussé en notre absence, si nous avons laissé la moindre trace de notre passage. Comment les habitants se souviennent-ils de nous ? Avec affection ? Indifférence ? Se souviennent-ils du tout, ou bien le temps a-t-il déjà effacé notre image de leurs esprits ?

CHAPITRE 5

†

Dimanche 15 août

Tous les prétextes sont bons pour organiser un carnaval, *mon père.* En tout cas, il en va ainsi à Lansquenet où les gens travaillent dur et où chaque nouvel événement, même l'ouverture d'une boutique, est considéré comme une pause dans la routine quotidienne, une excuse pour s'arrêter et faire la fête.

Aujourd'hui, c'est la Sainte-Marie, la fête de la Vierge. Un jour férié, même si, bien sûr, la plupart des gens en profitent pour s'éloigner autant que possible de l'église. Ils passent leur temps devant la télévision ou au bord de la mer, puisque la côte n'est qu'à deux heures de route d'ici. Ils reviennent à l'aube, les épaules brûlées par le soleil, avec le regard furtif du chat qui a passé la nuit dehors à courir le guilledou.

Je sais. Je dois me montrer tolérant. Mon rôle de prêtre n'est plus ce qu'il était. Les règles morales de Lansquenet sont, de nos jours, déterminées par d'autres : des gens de la ville, des étrangers, des représentants officiels et le politiquement correct.

Les temps changent, c'est ce qu'ils disent. Les vieilles traditions et les vieilles croyances doivent désormais être conformes aux décisions prises à Bruxelles par des hommes (voire pire, par des femmes) portant costume et qui ne sont jamais sortis de la métropole, sauf peut-être pour passer un été à Cannes ou faire du ski à Val-d'Isère.

Ici, à Lansquenet, le poison a mis du temps à atteindre le cœur de la communauté. Narcisse s'occupe toujours de ses abeilles, comme son père et son grand-père avant lui. Son miel échappe encore à la pasteurisation rendue obligatoire par les règlements de l'Union européenne. Il le distribue à présent d'un geste théâtral, une certaine lueur dans les yeux, le déclarant *entièrement gratuit*, alors qu'il vend des cartes postales à dix euros pièce et réussit à détourner les nouvelles restrictions en vigueur tout en perpétuant une tradition locale qui n'a pas changé depuis des siècles.

Narcisse n'est pas le seul à défier parfois les autorités. Il y a aussi Joséphine Bonnet, ou Muscat, de son ancien nom, qui tient le Café des Marauds et a toujours fait son possible pour encourager à rester les nomades de la rivière si souvent méprisés. L'Anglais et sa femme Marise, qui possèdent les vignes en bas de la route et qui les embauchent aussi souvent (au noir) pour aider à la récolte. Et Guillaume Duplessis, à la retraite depuis longtemps, mais qui continue à donner des cours particuliers à tous les enfants qui en demandent, malgré les nouvelles lois qui exigent la surveillance de toute personne travaillant avec des enfants.

Il est évident que certains approuvent toute innovation, pour peu qu'ils y soient concernés. Caro

Clairmont et son mari sont devenus des disciples zélés de Bruxelles et de Paris et se sont récemment donné pour mission d'introduire le concept de santé et sécurité publiques dans notre communauté : ils inspectent les trottoirs à la recherche d'éventuelles négligences, font campagne contre les vagabonds et les indésirables, promeuvent les valeurs modernes et se prennent, de manière générale, très au sérieux. La tradition veut qu'il n'y ait pas de maire à Lansquenet, mais s'il devait y en avoir un, Caro serait de toute évidence élue. Dans l'état actuel des choses, elle dirige déjà le Système de rondes sécuritaires du village, l'Association des femmes chrétiennes, le Cercle de lecture, la Société de nettoyage des bords de la rivière et l'Unité de surveillance parentale, un groupe destiné à protéger les enfants des pédophiles.

Quant à l'église ? Certains diraient qu'elle la dirige aussi.

Si vous m'aviez dit, il y a dix ans, qu'un jour je sympathiserais avec les rebelles et les refuzniks, je vous aurais sans doute ri au nez. Mais il se trouve que j'ai changé. J'ai été amené à reconsidérer mes priorités. Quand j'étais plus jeune, l'ordre régnait, les vies confuses et dissolues de certaines de mes ouailles m'irritaient au plus haut point. À présent, j'ai appris à mieux les comprendre, même si je ne les approuve pas toujours. J'en suis venu à ressentir, non pas de l'affection à proprement parler, mais quelque chose qui y ressemble, quand j'écoute leurs problèmes. Je ne suis peut-être pas devenu un meilleur homme pour autant. Cependant, j'ai compris avec les années qu'il valait mieux courber un peu l'échine plutôt que de briser. C'est Vianne

Rocher qui me l'a appris. Bien que je n'aie jamais été aussi heureux de voir quelqu'un quitter Lansquenet que le jour où je les ai vues partir, elle et sa fille, je sais ce que je lui dois. Je le sais bien.

Voilà pourquoi, à la fin de ce carnaval, avec ce changement dans l'air que je perçois comme une odeur de fumée, j'en arrive presque à imaginer le retour de Vianne Rocher à Lansquenet. Ça lui ressemblerait tellement, voyez-vous, de débarquer ici la veille d'une déclaration de guerre. Parce qu'une guerre *va* éclater, c'est certain : il y a de l'orage dans l'air.

Je me demande si, à ma place, elle aussi le sentirait monter. Ai-je tort d'espérer que cette fois, elle serait de mon côté et non du côté de l'ennemi ?

CHAPITRE 6

Dimanche 15 août

Je ne reviens pas souvent dans les endroits que j'ai quittés. Il m'est trop difficile d'accepter tout ce qui a changé, les cafés qui ont fermé, les sentiers envahis par l'herbe, les amis qui ont déménagé ou sont allés de manière un peu trop permanente dans les cimetières et les maisons de retraite…

Certains lieux changent tellement que j'ai du mal à croire que j'y ai un jour vécu. D'une certaine manière, tant mieux : je m'épargne ainsi la douleur habituelle que l'on ressent quand les endroits et les époques qui nous étaient jadis familiers se résument à des reflets dans les miroirs que nous avons brisés en partant. Certains ne changent pas beaucoup, ce qui est parfois encore plus dur à supporter. Mais je n'étais jamais retournée dans un lieu qui n'avait *absolument pas* changé…

Jusqu'à aujourd'hui, en tout cas.

Il y a huit ans et demi, nous étions arrivées avec le vent du carnaval, un vent qui semblait très prometteur ; un vent fou, plein de confettis, lourd d'une odeur de fumée et de crêpes préparées au bord de la route. Le stand de crêpes est toujours là, tout comme la foule qui s'aligne sur le trottoir, et la charrette pleine de fleurs, avec sa compagnie bariolée de fées, de loups et de sorcières. Cette année-là, j'avais acheté une galette à ce stand. J'en achète une, maintenant, en l'honneur du passé. Toujours aussi bonne, cuite juste comme il faut avec ce goût de beurre, de sel et de seigle qui ravive les souvenirs.

Ce jour-là, Anouk se tenait près de moi, une trompette en plastique à la main. Aujourd'hui, elle est toute attention, les yeux grands ouverts, et c'est Rosette qui tient une trompette. *Prraaaaaa !* Cette fois-ci, l'instrument n'est pas jaune, mais rouge et l'air n'est pas du tout glacé. Les bruits, les voix et les odeurs sont les mêmes, mais les gens portent des vêtements d'été. Ils ont troqué leur pardessus et leur béret pour des chemises blanches et des chapeaux de paille (qui porterait du noir par une telle chaleur ?) et ressemblent presque aux habitants de l'époque, surtout les enfants qui sautillent d'enthousiasme au passage de la charrette et ramassent des serpentins, des fleurs et des bonbons…

Prrraaaaa ! fait la trompette. Rosette rit. Aujourd'hui, elle est dans son élément. Aujourd'hui, elle peut courir comme une folle, se balancer comme un singe, s'esclaffer comme un clown et personne ne la remarquera ni ne la critiquera. Aujourd'hui, elle est normale, si tant est que ce mot ait une signification, et elle se joint au cortège qui suit la charrette en poussant des cris exubérants.

Ce doit être le 15 août, me suis-je dit. J'avais presque oublié la date. Je ne suis pas vraiment les fêtes religieuses, mais je la vois, la mère du Christ, en plâtre, une couronne dorée sur la tête, sous un dais décoré de fleurs et portée avec solennité par quatre enfants de chœur vêtus de surplis et à l'air un peu renfrogné. C'est vrai qu'il doit faire chaud sous ces robes de cérémonie et les autres semblent tellement s'amuser. L'espace d'un instant, j'ai cru reconnaître l'un de ces enfants de chœur : on aurait dit Jeannot Drou, le petit camarade d'Anouk du temps de La Céleste Praline, mais ce ne pouvait être lui. Il devait avoir dix-sept ans à présent. Pourtant, ce visage m'était *bien* familier. Peut-être un parent, un cousin, ou même un frère. Et cette fille sur la charrette, avec des ailes de fée, était le portrait craché de Caroline Clairmont. On aurait presque pu prendre la femme qui portait une robe d'été bleue pour Joséphine Muscat et cet homme avec son chien qui se trouvait trop loin de moi pour que je puisse voir son visage sous son chapeau, j'aurais pu jurer qu'il s'agissait de mon vieil ami Guillaume.

Et cette silhouette enveloppée dans une longue toge noire qui se tenait un peu à l'écart de la foule dans un silence désapprobateur, qui était-ce ?

S'agissait-il de Francis Reynaud ?

Prraaaaaaa ! La trompette était aussi fausse et criarde que le plastique rouge vif dont elle était fabriquée. La silhouette noire a semblé presque tressaillir au passage de Rosette et de Bam que de nombreuses personnes pouvaient voir aujourd'hui, et qui courait allègrement derrière elle.

Pourtant, ce n'était pas Reynaud. Je l'ai compris au moment où la silhouette s'est retournée pour regarder le cortège. En fait, il ne s'agissait même pas d'un homme. C'était une femme vêtue d'un *niqab* : une femme jeune à en croire son allure et voilée de noir jusqu'au bout des ongles. Malgré la chaleur écrasante, elle portait des gants, et ses yeux, la seule partie de son anatomie visible à travers son voile, étaient sombres, allongés, et insondables.

L'avais-je déjà vue ? Je ne le croyais pas. Cependant, elle m'était étrangement familière. Peut-être cela était-il dû au fait que sa silhouette noire et immobile baignait dans les couleurs du carnaval, les fleurs, les serpentins, les banderoles et les drapeaux.

Personne ne lui parlait. Personne ne la regardait. À Paris, les gens sont si blasés que rien ne prête plus à commentaires, mais on y remarque quand même les femmes qui portent des *niqab*, alors qu'ici, où les ragots sont monnaie courante, ce visage voilé n'attirait aucun regard.

Était-ce de la délicatesse ? Peut-être. De la peur ? La foule s'est fendue en deux, en prenant soin de lui laisser de chaque côté un certain espace. Elle aurait pu être, là, invisible de tous, dans leur sillage, fantôme déplacé au milieu des odeurs de friture et de barbe à papa, des cris des enfants, qui montaient dans la chaleur du ciel bleu comme des feux d'artifice.

Prraaaaaaaaa ! Oh, mon Dieu. Encore, cette trompette. J'ai cherché Anouk du regard, mais elle avait disparu. L'espace d'un instant, je me suis sentie envahie de cette angoisse bien connue des parents des grandes villes…

Et puis, je l'ai vue dans la foule. Elle parlait à quelqu'un, un garçon de son âge. Peut-être un ami. Je l'espère, en tout cas. Anouk a du mal à se faire des amis. Non qu'elle soit asociale. Bien au contraire, en fait. Mais les autres ont conscience de la différence entre elle et eux et ont tendance à l'éviter. Sauf Jean-Loup Rimbault, bien sûr. Jean-Loup qui a si souvent frôlé la mort dans sa courte vie. Je suis parfois désespérée à l'idée que ma petite Anouk, qui a déjà subi tant d'épreuves, ait choisi comme meilleur ami un garçon qui mourra peut-être avant ses vingt ans.

Ne vous méprenez pas. J'aime bien Jean-Loup. Mais je sais à quel point ma petite Anouk est sensible. Elle se sent responsable de choses qui ne sont pas de son ressort. Peut-être parce qu'elle est l'aînée, ou peut-être à cause de ce qui s'est passé à Paris, il y a quatre ans, lorsque le vent a bien failli nous emporter pour de bon.

J'ai de nouveau scruté la foule à la recherche de visages familiers. Cette fois-ci, j'ai reconnu Guillaume. Il a huit ans de plus, mais reste toujours le même. Son chien qui n'était encore qu'un chiot à l'époque où Anouk et moi avons quitté Lansquenet marchait à présent sur ses talons, sans se presser. Un petit groupe d'enfants les suivait et offrait des friandises au petit chien en piaillant d'enthousiasme.

« Guillaume ! »

Il ne m'a pas entendue. La musique et les rires étaient trop forts. L'homme qui se trouvait à mes côtés s'est soudain retourné et j'ai vu un visage connu, aux traits fins, précis et nets, aux yeux d'un gris glacé. J'ai aperçu les couleurs de son âme au moment où il s'est retourné vers moi, l'air stupéfait. D'ailleurs, si je n'avais pas aperçu ces couleurs, je ne l'aurais peut-être pas reconnu sans sa soutane, mais il est impossible de cacher qui l'on est vraiment sous le masque que l'on porte…

« Mademoiselle Rocher ? » a-t-il dit.

C'était Francis Reynaud.

Âgé de quarante-cinq ans maintenant, il n'a guère changé. La même petite bouche étroite et soupçonneuse. Les cheveux lourdement plaqués en arrière pour combattre leur tendance à friser. La même position des épaules, celle d'un homme qui porte une croix invisible.

Il a pris du poids depuis la dernière fois que je l'ai vu. Il ne sera jamais gros, mais une certaine rondeur, maintenant perceptible au niveau du ventre, me fait deviner un régime alimentaire moins strict. Ça lui va bien. Il est assez grand pour s'étoffer un peu. Fait plus surprenant encore : autour de ces yeux gris et froids, des rides témoignent peut-être de quelques éclats de rire.

Il a le sourire timide et hésitant de celui qui n'en a pas l'habitude. À la vue de ce sourire, j'ai compris ce qu'Armande avait voulu dire en m'écrivant que Lansquenet allait peut-être avoir besoin de mon aide.

Tout était dans les couleurs de son âme, bien sûr. De l'extérieur, il avait l'air d'un homme totalement maître de la situation. Mais je le connaissais mieux que la plupart des gens et je voyais bien que, derrière son calme apparent, Reynaud était profondément troublé. D'abord, son col n'était pas droit. Le col d'un prêtre se ferme à l'arrière du cou, avec une petite attache. Celui de Reynaud tombait d'un côté. La fermeture était bien visible. Pour un homme aussi méticuleux que Reynaud, ce détail n'avait rien d'anodin.

Qu'est-ce qu'Armande avait dit déjà ?

Lansquenet aura de nouveau besoin de toi. Mais ne compte pas sur notre entêté de curé...

Et puis, il y avait surtout les couleurs de son âme :

un pompeux mélange de verts et de gris, parsemé du pourpre de la détresse. Dans ses yeux, la lueur morne et prudente de l'homme qui ne sait pas demander de l'aide. En somme, Reynaud paraissait se trouver au bord d'un précipice. Alors, j'ai compris que je ne partirais pas tant que je n'aurai pas appris de quoi il retournait.

Et souviens-toi : tout revient.

La voix résonnait clairement dans ma tête. Armande était morte depuis huit ans et me paraissait pourtant aussi déterminée que de son vivant. Déterminée, sage et malicieuse. Il est inutile d'essayer de lutter contre les morts : leurs voix sont inflexibles.

J'ai souri. « Monsieur le curé », ai-je dit.

Puis, je me suis préparée à braver la tempête.

CHAPITRE 7

†

Dimanche 15 août

Mon Dieu. Elle n'a pas changé du tout. Des cheveux longs et noirs, des yeux rieurs, une jupe rouge vif et des sandales. La moitié d'une galette à la main, des bracelets qui tintent autour d'un poignet, sa fille gambadant derrière elle. L'espace d'un instant, j'ai cru que le temps s'était arrêté : même la fillette avait à peine vieilli.

Bien sûr, il s'agissait d'une autre enfant. Je l'ai compris presque tout de suite. D'abord, celle-ci a les cheveux roux alors que l'autre était brune. De plus, en y regardant de plus près, j'ai vu que Vianne Rocher avait *en fait* changé : elle a de petites rides autour des yeux et elle semblait sur ses gardes comme si ces huit dernières années lui avaient appris la méfiance ou peut-être parce qu'elle devinait les ennuis qui allaient arriver.

J'ai tenté un sourire, mais je suis conscient de mon manque de charme. Je ne suis pas comme le père Henri Lemaître, ce prêtre de Toulouse qui s'occupe maintenant des paroisses voisines de Florient, de Chancy et de Pont-le-Saoûl, et qui a le don de se montrer avenant en société. Mon attitude a été qualifiée (par Caro Clairmont, entre autres) de trop *sèche.* Je ne cherche ni à plaire à mes ouailles ni à les flatter pour obtenir leur soumission. En revanche, je m'efforce d'être honnête, ce qui ne me vaut que peu de reconnaissance de la part de Caro et de ses amis car ils préfèrent le genre de prêtres qui assistent aux réunions communales, gazouillent avec les bébés et se laissent aller en public lors des kermesses paroissiales.

Vianne Rocher a levé un sourcil. Mon sourire était peut-être un peu trop forcé. Étant donné les circonstances, le contraire aurait été étonnant.

« Je suis désolée, je ne vous avais pas… »

C'est la soutane. Je ne crois pas qu'elle m'ait un jour vu sans. J'ai toujours pensé que ce costume religieux, sombre et traditionnel, avait quelque chose de réconfortant, qu'il représentait un signe visible d'autorité. De nos jours, je n'en porte que le col, sur une chemise unie et noire. Je ne m'abaisserais pas à mettre un jean comme le père Henri Lemaître le fait souvent, mais Caro Clairmont a bien été claire sur ce point : le port de la soutane, en dehors des cérémonies religieuses, n'est plus vraiment approprié en cette époque synonyme d'évolution et de changement. Caro Clairmont a l'oreille de l'évêque. À la lumière des récents événements, j'ai compris l'intérêt qu'il pouvait y avoir à jouer le jeu.

J'ai senti sur moi le regard de Vianne, plein de curiosité et dénué de malveillance. J'ai attendu qu'elle me dise que j'avais changé, mais elle m'a fait un sourire, un vrai cette fois-ci, puis elle a déposé un petit baiser sur ma joue.

« J'espère que ce n'est pas interdit, a-t-elle dit, avec une pointe d'espièglerie.

— Je ne pense pas que cela vous dérangerait, même si c'était le cas. »

Elle s'est alors mise à rire et ses yeux à briller. À ses côtés, la fillette s'est esclaffée avec jubilation avant de souffler dans sa trompette en plastique.

« Voici ma petite Rosette, a-t-elle dit. Et vous vous souvenez d'Anouk, bien sûr.

— Bien sûr. » Comment aurais-je pu la manquer ? Cette fille brune d'une quinzaine d'années qui parlait avec le fils Drou. Elle se détachait du reste de la foule sans le vouloir, vêtue d'un jean délavé et d'une chemise jaune jonquille, les pieds poussiéreux dans des sandales, les cheveux tirés en arrière, attachés avec un bout de ficelle. Les filles du village, dans leurs costumes de fête, passaient devant elle, l'air dédaigneux…

« Elle vous ressemble. »

Elle a souri. « Allons bon.

— C'est un compliment. »

Ma maladresse l'a de nouveau fait rire. Je n'ai jamais vraiment compris ce qui pouvait provoquer son rire. Vianne Rocher fait partie de ces femmes qui semblent rire au moindre prétexte, comme si la vie elle-même était une sorte de plaisanterie constante, comme si les gens lui paraissaient d'une bonté et d'un charme infinis alors qu'ils sont pour la plupart bêtes, insipides, pour ne pas dire toxiques.

D'un ton cordial : « Qu'est-ce qui vous amène ici ? »

Elle a haussé les épaules. « Rien de spécial. Je viens aux nouvelles.

— Oh. » Elle n'était donc pas au courant. Ou bien si elle l'était, elle se moquait de moi. Nous nous étions quittés en des termes on ne peut moins clairs et il se pouvait qu'elle m'en veuille encore. Je le méritais peut-être, après tout. Elle avait le droit de me mépriser.

« Où logez-vous ? »

Haussement d'épaules. « Je ne suis pas sûre de rester. » Elle m'a regardé et j'ai senti de nouveau ses yeux sur mon visage, comme des doigts. « Vous avez l'air en forme.

— Vous n'avez pas changé. »

C'est ainsi que les civilités ont pris fin. J'en ai conclu qu'elle ne savait rien de ma situation et que son choix d'arriver ce jour-ci entre tous n'était que pure coïncidence. Très bien, me suis-je dit. Peut-être valait-il mieux qu'il en soit ainsi. Qu'est-ce qu'une femme seule pouvait y faire, surtout à la veille d'une guerre ?

« Est-ce que ma chocolaterie existe toujours ? »

La question que je redoutais. « Bien sûr que oui. » J'ai détourné le regard.

« C'est vrai ? Qui la tient ?

— Une étrangère. »

Elle a ri. « Une étrangère qui vient de Pont-le-Saoûl ? » La proximité de nos communes avait toujours été un sujet de plaisanterie pour elle. Tous les villages voisins sont farouchement indépendants. Autrefois, c'étaient des bastides, des places fortes dans une région découpée en domaines minuscules, et aujourd'hui encore, elles semblent garder une certaine méfiance à l'arrivée d'étrangers.

« Vous allez bien devoir trouver un endroit où loger », ai-je dit en évitant de répondre à sa question. Il y a de bons hôtels à Agen. Ou vous pouvez aller jusqu'à Montauban en voiture…

— Nous n'avons pas de voiture. Nous avons pris un taxi.

— Oh. »

Le carnaval touchait à sa fin. J'ai vu le dernier char, tout décoré de fleurs, zigzaguer sur la route principale tel un évêque ivre en grand apparat.

« J'ai pensé que nous pourrions loger au café de Joséphine, a dit Vianne. À condition qu'elle ait encore des chambres. »

J'ai fait la moue. « Vous pourriez, je suppose. » Je savais que je ne me montrais guère aimable. La voir rester ici, au moment où la situation était délicate, revenait à m'infliger une angoisse inutile. D'ailleurs, elle a toujours eu le chic pour débarquer au mauvais moment…

« Excusez-moi mais, y a-t-il un problème ?

— Pas du tout. » J'essayais de prendre un air de fête. « Mais c'est le 15 août et il y a la messe dans une demi-heure…

— La messe. Bien, je vais vous accompagner, alors. »

Je l'ai dévisagée. « Vous n'allez jamais à la messe.

— Je pensais que j'allais jeter un coup d'œil à la chocolaterie. En souvenir du bon vieux temps », a-t-elle dit.

Je voyais bien qu'il serait impossible de l'arrêter. Je me suis préparé à l'inévitable. « Ce n'est plus une chocolaterie.

— Je m'en doutais, a-t-elle dit. Qu'est-ce que c'est devenu, une boulangerie ?

— Pas exactement, ai-je répondu.

— Le propriétaire acceptera peut-être de me faire visiter. »

J'ai tenté de ne pas grimacer.

« Quoi ?

— Je ne pense pas que ce soit une bonne idée.

— Pourquoi ça ? » Son regard était inquisiteur. À ses pieds, la fillette rousse était accroupie sur la route, dans la poussière. La trompette s'était transformée en poupée, qu'elle faisait arpenter en tous sens en émettant de petits bruits. Je me suis demandé si cette enfant était tout à fait normale, mais je ne comprends guère les enfants, de toute façon.

« Les gens n'y sont pas très sympathiques », ai-je dit.

Elle a ri de mon explication. « Je crois que je suis capable de me débrouiller. »

J'ai alors abattu ma dernière carte. « Ce sont des étrangers.

— Moi aussi, a conclu Vianne Rocher. Je suis sûre que nous allons nous entendre comme larrons en foire. »

Voilà comment, le jour de la fête de la Sainte Vierge, Vianne Rocher est revenue au village, avec son talent habituel pour les désordres, les rêves et le chocolat.

CHAPITRE 8

Dimanche 15 août

Le carnaval était terminé. On ramenait la Sainte Vierge dans ses habits de fête sur son socle dans l'église, on rangeait sa couronne dont les fleurs avaient déjà commencé à faner et on ne ressortirait le tout que dans un an. Il fait chaud au mois d'août à Lansquenet et le vent qui souffle des collines draine la terre de toute humidité. Quand nous sommes arrivés à destination, tous les quatre, les ombres s'allongeaient déjà. Seul le haut de la tour de Saint-Jérôme brillait encore dans la lumière du soleil. Les cloches sonnaient l'heure de la messe et les gens se dirigeaient vers l'église. Il y avait de vieilles dames avec des chapeaux de paille noirs dont certains étaient agrémentés d'un ruban ou d'une grappe de cerises comme remède à la tristesse d'une vie si longtemps passée dans le deuil. Je voyais aussi de vieux messieurs dont la tête était couverte d'un béret qui leur donnait l'allure d'écoliers se rendant en classe, le dos voûté, les cheveux gris et lissés à la hâte avec l'eau de la pompe de la place du village, et les chaussures du dimanche recouvertes d'une couche de poussière jaune. Personne ne m'a regardée en passant. Aucun visage ne m'a semblé familier.

Reynaud m'a jeté un œil par-dessus son épaule comme il menait la foule vers l'église. Je l'ai trouvé quelque peu réticent au fur et à mesure qu'il s'en approchait. Ses mouvements, certes, étaient aussi précis qu'avant, mais on aurait dit qu'il traînait les pieds comme s'il voulait retarder son arrivée. Rosette avait laissé son exubérance derrière elle, et sa trompette en plastique dont elle s'était débarrassée quelque part en chemin. Anouk marchait devant nous, un écouteur d'iPod dans une oreille. Je me suis demandé ce qu'elle écoutait, perdue dans le monde particulier de sa musique.

Nous avons dépassé le coin de l'église pour entrer sur la petite place et nous sommes retrouvés devant la chocolaterie, le premier endroit qu'Anouk et moi avions vraiment considéré comme notre *maison*...

Pendant un moment, ni elle ni moi n'avons dit mot. Il y avait tout simplement trop de choses à enregistrer : les cadres de fenêtre vides, le trou béant dans le toit, la bande de suie le long du mur. L'odeur qui en émanait était encore assez fraîche, un mélange de plâtre, de bois carbonisé et de souvenirs qui s'étaient envolés en fumée.

« Qu'est-ce qui s'est passé ? » ai-je fini par dire.

Reynaud a haussé les épaules. « Il y a eu un incendie. »

À cet instant précis, il avait presque la même voix que Roux, les jours qui avaient suivi la perte de son bateau. Ce ton méfiant, dénué de toute inflexion, d'une neutralité presque insultante. J'aurais voulu lui demander si c'était *lui* qui y avait mis le feu, non parce que je l'en croyais responsable, mais juste pour l'ébranler.

« Quelqu'un a-t-il été blessé ? ai-je demandé.

— Non. » De nouveau, cet air détaché, alors que, derrière les apparences, les couleurs de son âme flambaient en crépitant.

« Qui habitait là ?

— Une femme et son enfant.

— Des étrangers ?

— Oui. »

Son regard pâle soutenait le mien comme pour me défier. Bien sûr, moi aussi, j'étais une étrangère, tout du moins à ses yeux. Moi aussi, j'étais une femme avec un enfant, à l'époque. Je me demandais si les mots qu'il avait choisis étaient censés me transmettre un autre message.

« Vous les connaissiez ?

— Pas du tout. »

Voilà qui était étrange. Dans un village de la taille de Lansquenet, le curé connaissait tout le monde. Reynaud mentait ou bien la femme qui avait vécu dans ma maison avait réussi l'impossible, ou presque.

« Où logent-ils, à présent ?

— Aux Marauds, je crois.

— Vous *croyez* ? »

Il a haussé les épaules. « Il y en a beaucoup comme ça aux Marauds, maintenant, a-t-il dit. Les choses ont changé depuis votre départ. »

Je commençais à me dire qu'il avait raison. Les choses avaient *bel et bien* changé à Lansquenet. Certes, j'avais retrouvé des visages plus ou moins connus, les maisons, l'église blanchie à la chaux, les champs, les petites rues sinueuses qui descendaient vers la rivière, les vieilles tanneries, la place du village avec son gravier pour jouer à la pétanque, l'école, la boulangerie, ces repères qui m'avaient donné l'illusion d'être dans un endroit en dehors du temps et qui m'avaient semblé si réconfortants lors de mon arrivée. Mais maintenant, ces détails étaient teintés d'une autre couleur, une ombre d'inquiétude peut-être, une étrange nuance de familiarité.

Je l'ai vu jeter un coup d'œil à la porte de l'église. Les fidèles étaient tous rentrés. « Vous feriez mieux d'aller enfiler votre soutane, lui ai-je conseillé. Vous ne voulez pas être en retard pour la messe.

— Ce n'est pas moi qui dis la messe, aujourd'hui. » Son ton n'avait rien perdu de sa neutralité. « C'est un curé de l'extérieur, le père Henri Lemaître. Il vient pour les grandes occasions. »

Cela m'a semblé plutôt étrange, mais n'étant pas pratiquante, j'ai préféré passer sous silence mes commentaires. Reynaud ne m'a pas offert de plus amples explications. Assez raide, il est resté à mes côtés, comme s'il s'attendait à me voir prononcer un jugement.

Rosette et Anouk avaient les yeux écarquillés. Elles semblaient toutes deux incapables de quitter la chocolaterie du regard. Anouk avait rangé son iPod et se tenait devant la porte principale carbonisée. Je savais qu'elle nous revoyait lessiver et poncer les boiseries, acheter la peinture et les pinceaux, essayer d'enlever les traces de peinture de nos cheveux.

« Ce n'est peut-être pas aussi terrible que ça ne le paraît », ai-je dit à Anouk avant de pousser la porte. Elle n'était pas fermée à clef. À l'intérieur, c'était bien pire : des chaises dont la plupart étaient calcinées et inutilisables étaient empilées au milieu de la pièce. Un tapis noirci par le feu était roulé dans un coin. Les restes d'un chevalet gisaient par terre. Un tableau tout écaillé pendait au mur.

« C'était devenu une école », ai-je dit tout haut.

Reynaud n'a pas prononcé un mot. Son visage restait figé.

Rosette a fait une grimace et m'a demandé par signes : *C'est ici qu'on dort ?*

J'ai fait non de la tête et lui ai souri.

Tant mieux. Bam n'aime pas cet endroit.

« Nous allons en trouver un autre », ai-je ajouté.

Où ça ?

Je l'ai rassurée : « Je sais exactement où on va aller. » J'ai regardé Reynaud. « Je ne veux pas m'immiscer dans vos affaires, mais avez-vous des ennuis ? »

Il a souri. Ce n'était pas un large sourire, mais cette fois-ci, il lui montait quand même jusqu'aux yeux. « Je pense que l'on pourrait dire ça.

— Aviez-vous vraiment l'intention d'aller à la messe ? »

Il a fait non de la tête.

« Alors, venez avec moi. »

De nouveau, un sourire. « Et où allons-nous, mademoiselle Rocher ?

— D'abord, nous allons fleurir la tombe d'une vieille dame.

— Et ensuite ?

— Vous verrez », ai-je conclu.

CHAPITRE 9

†

Dimanche 15 août

Je vais devoir m'expliquer, j'imagine. Je pensais pouvoir y échapper. Mais si elle reste à Lansquenet, et tout porte à croire qu'il en sera ainsi, elle finira alors par être au courant. Ici, les ragots sont impitoyables. Pour une raison étrange, elle semble croire que l'on peut être amis, elle et moi. Je devrais peut-être lui dire la vérité avant qu'elle ne s'habitue trop à cette idée.

Voilà ce à quoi je pensais comme je la suivais vers le cimetière. Les enfants et elle s'arrêtaient toutes les deux minutes cueillir une poignée de fleurs en bordure de route. De mauvaises herbes, pour la plupart : des pissenlits, des jacobées, des pâquerettes, des coquelicots, une anémone égarée qui avait poussé par hasard sur le bas-côté, un bouquet de romarin qui s'enfuyait d'un jardin privé à travers un mur de pierres sèches.

Bien sûr, Vianne Rocher *aime* les mauvaises herbes. Les enfants, la plus jeune surtout, se prêtaient au jeu avec joie. Quand nous sommes arrivés à destination, elle avait les bras remplis de fleurs, d'herbes attachées avec un liseron, et de quelques fraises des bois…

« Qu'en pensez-vous ?

— C'est… *coloré.* »

Elle a ri. « Vous voulez dire *inapproprié.* »

Disparate, coloré, inapproprié, malvenu dans tous les sens du terme, et étrangement attirant à la fois : la description parfaite de Vianne Rocher, me suis-je dit en gardant le silence. Mon éloquence est ainsi faite : je suis plus à l'aise à l'écrit.

J'ai donc dit : « Elles auraient plu à Armande.

— Oui, a-t-elle répondu. Je le pense aussi. »

Armande Voizin reposait dans un caveau de famille avec ses parents, ses grands-parents, et son mari mort il y a quarante ans. Une urne funéraire en marbre noir se trouvait au pied de la tombe, une urne qu'elle avait toujours détestée, ainsi qu'une auge dans laquelle il lui arrivait souvent de planter, à la dérobée, du persil, des carottes, des pommes de terre ou d'autres légumes qui allaient à l'encontre des conventions religieuses.

Cela lui ressemble bien d'avoir demandé à son amie d'apporter des mauvaises herbes. Vianne Rocher m'a parlé de la lettre qu'elle a reçue de Luc Clairmont et du petit mot qu'Armande Voizin avait glissé à l'intérieur. Non, le fait qu'Armande vienne ainsi (même d'outre-tombe !) perturber ma tranquillité avec ces souvenirs d'antan n'a vraiment rien d'étonnant. Elle dit qu'il y a bien du chocolat au paradis. Quelle pensée blasphématoire et déplacée. Et pourtant, une partie de moi espère en secret, mon Dieu, qu'elle a raison.

Les enfants s'étaient assis et attendaient à côté de

l'auge en marbre où avaient été plantées, selon les convenances, de belles rangées d'œillets d'Inde. Je devinais là la touche personnelle de Caroline Clairmont, la fille d'Armande, d'un point de vue génétique, en tout cas. J'ai remarqué une petite pousse de quelque mauvaise herbe, sous les œillets. Comme je me penchais pour l'arracher, j'ai reconnu une petite carotte impudente qui sortait du sol. J'ai souri intérieurement et l'ai laissée. Voilà encore qui aurait plu à Armande.

Lorsque Vianne Rocher en a eu terminé, elle s'est relevée. « Peut-être pourriez-vous tout me raconter, maintenant, a-t-elle déclaré. Que se passe-t-il exactement ? »

J'ai soupiré. « Bien sûr, mademoiselle Rocher. »

J'ai ouvert la marche et nous nous sommes dirigés vers les Marauds.

CHAPITRE 10

†

Dimanche 15 août

Pour comprendre, il faudrait vraiment que vous voyiez ça de vos propres yeux. Les Marauds sont les bidonvilles de Lansquenet, si toutefois cette appellation urbaine peut s'appliquer à un village de quatre cents âmes tout au plus. Jadis, les Marauds abritaient les tanneries, la principale source de revenus de Lansquenet, et les bâtiments qui longeaient la rivière avaient tous un lien avec cette industrie.

Une tannerie produit une odeur nauséabonde et de la pollution. Les Marauds avaient donc toujours été un endroit à part, en aval de la rivière, à l'écart du village lui-même. Il y régnait une atmosphère de puanteur, de saleté et de pauvreté qui lui était caractéristique. Mais c'était il y a cent ans. Aujourd'hui, bien sûr, les tanneries, les bâtiments de briques et de bois ont tous été transformés en petites boutiques et logis de basse qualité. L'eau de la Tannes est de nouveau pure et les enfants viennent y barboter, jouer là où les femmes frottaient autrefois des peaux de bêtes contre toute une succession de gros rochers plats érodés par des décennies de labeur éreintant.

C'est l'endroit où les rats de rivière (le politiquement correct nous impose de ne plus les appeler *gitans*) aiment à amarrer leurs bateaux, allumer des feux de camp sur la berge, cuire des crêpes sur une tuile à galettes, jouer de la guitare, chanter, danser, vendre des babioles de pacotille à nos enfants et leur tatouer les bras au henné à la grande consternation de leurs parents et de Joline Drou, la directrice de l'école du village.

Du moins, c'était comme cela, *avant*. Maintenant, les enfants gardent leurs distances, comme la plupart des habitants du village. Même les nomades de la rivière se tiennent éloignés. D'ailleurs, je n'ai pas vu une seule péniche arriver depuis le départ de Roux, il y a quatre ans. Une ambiance différente plane sur les Marauds, une atmosphère pleine d'odeurs d'épices, de fumée et de sons provenant d'un pays étranger…

Comprenez-moi bien. Je ne déteste pas les étrangers. C'est le cas de certains à Lansquenet, mais ce n'est pas le mien. Je n'ai pas hésité à accueillir ici les premières familles d'immigrés (Tunisiens, Algériens, Marocains, pieds-noirs : tous regroupés désormais sous l'appellation collective de « Maghrébins ») à leur arrivée d'Agen. Je savais bien qu'un village comme le nôtre, où les gens tiennent à leurs habitudes et n'ont que faire de ce qui se passe dans les grandes villes, allait sans doute opposer quelque résistance à la venue d'un groupe d'individus si différents de ses habitants.

Ils sont d'abord venus de Marseille ou de Toulouse, des banlieues de ces villes où le crime sévit tant qu'ils avaient fui avec leurs familles vers des régions plus calmes, vers Bordeaux, Agen, Nérac et de là, vers les Marauds. La municipalité avait désigné ce quartier comme une zone favorable au réaménagement et Georges Clairmont, l'entrepreneur local, n'était que trop ravi de les y accueillir.

Il y a presque huit ans de cela. Vianne Rocher était déjà partie. Roux était encore là à réparer l'épave qui allait un jour devenir sa péniche. Il logeait au Café des Marauds, payait sa chambre en travaillant de temps à autre, surtout pour Georges Clairmont qui savait reconnaître un bon charpentier quand il en voyait un et ne demandait pas mieux que de rémunérer en deçà du salaire minimum un homme qui ne se plaignait jamais, acceptait toujours l'argent liquide et pouvait traiter avec toutes sortes de gens.

Les Marauds étaient très différents, à l'époque. Le ministère de la Santé et de la Sécurité publique n'avait pas encore fait perdre la tête à nos conseillers municipaux et ces bâtiments en ruine avaient pu être rapidement transformés en maisons et en boutiques à un moindre coût. Il y avait déjà un magasin qui vendait du tissu, un autre où l'on pouvait trouver des mangues, des lentilles et des ignames. Il existait un café qui ne servait pas d'alcool, mais qui proposait du thé à la menthe et des narguilés de *kif*, un mélange parfumé de tabac et de marijuana très populaire au Maroc. Toutes les semaines se tenait un marché où l'on vendait d'étranges fruits et légumes exotiques qui venaient des docks de Marseille. Une petite boulangerie offrait un choix de pains plats, de crêpes, de viennoiseries au lait, de pâtisseries au miel et de *briouats* aux amandes.

En ce temps-là, notre communauté maghrébine se résumait à trois ou quatre familles : elles vivaient toutes dans une même rue que nos habitants dont la géographie était quelque peu confuse ont fini par appeler *le boulevard du P'tit Bagdad.* Aucun des nouveaux venus n'avait jamais *mis* les pieds à Bagdad. La plupart d'entre eux étaient issus d'une deuxième ou troisième génération d'immigrés. Leurs parents et grands-parents étaient venus chercher en France une vie meilleure. Ils portaient une gamme variée et colorée de tenues vestimentaires : des *djellabas* et caftans typiques du Maroc aux *burnous* à capuchon des Arabes et des Berbères, en passant par des vêtements européens modernes, agrémentés en général d'une sorte de chapeau, un bonnet de prière, une calotte turque ou même un fez, selon leurs origines.

Ils étaient tous musulmans, bien sûr. Ils parlaient arabe et berbère entre eux, se rendaient à la grande mosquée de Bordeaux et jeûnaient pendant le ramadan. Ils avaient élu un chef, un *imam* : Mohammed Mahjoubi, un veuf de soixante-dix ans qui vivait avec son fils aîné, Saïd, sa belle-fille, Samira, la mère de cette dernière et ses deux petites-filles, deux adolescentes aux noms de Sonia et Alyssa.

Mohammed Mahjoubi était un homme simple à la longue barbe blanche et à l'œil malicieux. On le voyait souvent près de la Tannes, sous son porche, lire, manger des prunes salées et en jeter les noyaux dans la rivière. Son fils, Saïd, possédait une petite salle de gym. Sa belle-fille s'occupait de la maison et prenait soin de sa vieille mère. Ses petites-filles naviguaient entre deux mondes : elles portaient des jeans et des tuniques à manches longues à l'école, mais des robes plus traditionnelles à la maison et attachaient leurs longs cheveux avec des foulards de couleur.

Au début, le quartier était rempli de couleurs : au marché, dans les boutiques, sur les étalages de nourriture et de rouleaux de soie. Le boulevard des Marauds portait un nom bien ambitieux par rapport à sa largeur : c'était une petite route à sens unique qui traversait le quartier pauvre de Lansquenet, dont les pavés avaient été dérobés par des générations de nomades de la rivière et que différents conseillers municipaux avaient laissé se dégrader, pensant qu'il valait mieux mettre leur budget au service de notre communauté.

Les Maghrébins ne semblaient pas s'en plaindre. Beaucoup d'entre eux étaient venus de bidonvilles ou avaient déjà logé dans des appartements à moitié en ruine. Ils conduisaient de vieilles voitures cabossées sans freins ni assurance : l'état de la route leur importait peu. Au départ, les jeunes s'étaient mêlés aux nôtres, les garçons avaient joué ensemble au football sur la place du marché et les filles étaient devenues amies à l'école. Un groupe de femmes âgées avaient appris à jouer à la pétanque et s'étaient avérées incroyablement douées, à tel point qu'elles avaient gagné plusieurs fois contre nos stars locales. Ils ne faisaient pas vraiment partie de Lansquenet, mais n'étaient pas non plus considérés comme des gens de l'extérieur. Nous étions nombreux à avoir l'impression qu'ils apportaient quelque chose à notre village : une atmosphère d'ailleurs, un parfum d'autres cultures, un goût d'exotisme que l'on ne retrouvait dans aucune des autres bastides longeant la Garonne et la Tannes.

Certaines personnes étaient restées sur leurs gardes vis-à-vis de ces étrangers : Louis Acheron, notamment. Cependant, la plupart d'entre nous étaient heureux de voir les Marauds retrouver un nouveau souffle de vie. Georges Clairmont était l'un de ceux qui en tiraient la plus grande satisfaction car il touchait certes d'intéressants honoraires du conseil municipal qui subventionnait le projet de rénovation, mais s'était aussi débrouillé pour faire des bénéfices en rognant sur les dépenses autant qu'il le pouvait. Les nouveaux venus ne remarquaient pas s'il utilisait du bois de pin au lieu de chêne ou si les murs avaient été recouverts de trois couches de blanc de chaux au lieu de cinq. Sa femme, Caro, était très contente de mettre ainsi un peu de beurre dans les épinards et fermait donc les yeux sur l'état alarmant de la route. Les Maghrébins étaient très aimables, au début. Je me souviens que Joséphine Muscat servait aux clients de son café des tas de pâtisseries qu'elle allait chercher dans cette boutique située tout en haut du boulevard et dont le propriétaire, Medhi Al-Djerba, qui était né et avait grandi dans la vieille ville de Marseille, avait un accent du Midi à couper au couteau. Je me rappelle aussi qu'elle avait tenté de leur faire cadeau de quelques douzaines de bouteilles de vin en échange, et de sa mine déconfite quand elle avait découvert qu'*aucun* des nouveaux venus ne touchait à l'alcool. (Plus tard, nous avons découvert que ce n'était pas tout à fait la vérité : Medhi Al-Djerba se servait parfois une petite goutte à des fins purement thérapeutiques, et un ou deux des plus jeunes hommes avaient pris l'habitude de se faufiler dans le Café des Marauds aux moments où ils pensaient que personne n'y prêterait attention.) Alors, pour remplacer le vin, Joséphine leur avait apporté des jardinières remplies de géraniums pour mettre sur le rebord de leurs fenêtres. Cet été-là, les rues pavées des Marauds s'étaient ainsi teintées d'un rouge écarlate. Je revois les matchs de football qui opposaient nos garçons aux Maghrébins, les pères qui venaient parfois regarder leurs enfants jouer, de part et d'autre de la place, et qui se serraient la main avec solennité à la fin de la rencontre. Je revois même Caro Clairmont qui, au nom de l'entente cordiale, organisait des assemblées où elle servait le café aux femmes et aux enfants, et jouait les assistantes sociales venues de Paris comme pour oublier qu'elle n'était qu'une petite femme au foyer, une simple provinciale…

Je vous raconte tout cela pour vous montrer, mon père, que ces gens n'étaient *pas* malvenus. Je sais bien que j'ai fait preuve d'intolérance par le passé, mais j'ai tenté de réparer mes torts. Lorsque Jean-Pierre Acheron a dégradé la façade de la salle de gym de Saïd Mahjoubi, c'est moi qui suis intervenu et qui l'ai obligé à effacer ses graffitis à la brosse. Quand Joline Drou a refusé de faire cours à Zahra Al-Djerba si elle n'enlevait pas son foulard, c'est moi qui lui ai rappelé qu'il s'agissait de l'école primaire de Lansquenet et *pas* d'un lycée parisien. D'ailleurs, si l'on veut appliquer le règlement à la lettre, Joline elle-même porte une petite croix en or qu'elle devrait retirer au portail de la cour de l'école.

Bref, vous aurez peut-être du mal à le croire, mais je respectais ces nouveaux venus. Je ne suis pas le genre d'homme qui se fait des amis facilement, mais je n'avais rien contre la petite communauté des Marauds. En fait, je pensais même que d'une certaine façon, ils avaient des choses à apprendre à nos habitants. Les Maghrébins étaient polis, discrets : ils ne causaient aucune gêne. Ils se montraient respectueux envers leurs parents, affectueux avec leurs enfants, humbles et pieux, à leur manière. Tous les problèmes que rencontrait leur communauté (les disputes de famille, les délits mineurs, les accidents, les deuils) étaient réglés par Mohammed Mahjoubi dont le statut, aux yeux des Maghrébins, équivalait à celui de prêtre, de médecin, de maire, d'avocat et d'assistant social à la fois. Ses méthodes n'étaient pas toujours conventionnelles. Certains, et Caro Clairmont en faisait partie, le trouvaient trop âgé et trop excentrique pour être un chef efficace. Malgré tout, la majorité des habitants du village éprouvait une véritable affection pour le vieux Mahjoubi. Sa parole faisait loi aux Marauds et personne ne mettait son autorité en question.

Puis, les choses ont commencé à changer. Dès son arrivée, le chef Mahjoubi avait parlé de transformer l'un des vieux bâtiments des Marauds en mosquée. Jusque-là, j'avais cru comprendre que le projet était trop coûteux pour être réalisable, même s'il avait été possible de libérer un bâtiment adéquat. La grande mosquée de Bordeaux n'était pas si éloignée. De plus, la population des Marauds s'élevait encore à une poignée de familles à peine, une quarantaine de personnes, environ.

Le projet a soulevé un débat provoquant une vague d'opposition de l'autre côté de la rivière. Les familles farouchement catholiques telles que les Acheron et les Drou ont protesté avec vigueur. Ils voyaient en la construction d'une mosquée à moins de cinq minutes à pied de notre église une attaque personnelle, un affront à saint Jérôme, voire même à Dieu…

Le vieux Mahjoubi m'a demandé d'intervenir. J'ai

dû faire preuve d'une compassion toute relative. Je n'étais pas favorable à cette idée de mosquée, non parce que j'étais contre les mosquées, mais parce que celle-ci ne me semblait pas vraiment indispensable.

Mahjoubi a refusé de s'avouer vaincu. Lui et son fils, Saïd, ont jeté leur dévolu sur l'une des vieilles tanneries. Grâce à des fonds de la communauté musulmane, après maints échanges avec les autorités locales et à l'aide de Georges Clairmont (bien sûr) et de quelques volontaires des Marauds, le bâtiment en ruine tout au bout du boulevard a fini par devenir la mosquée du village, le centre de vie de leur collectivité.

Ne vous méprenez pas, *mon père*, quand je dis que je n'ai rien contre les mosquées. Certes, il m'a fallu signaler quelques détails de construction qui enfreignaient la réglementation locale d'urbanisme, mais il s'agissait de détails mineurs et je n'en ai fait mention qu'en passant, pour éviter d'avoir à faire face à d'éventuelles frictions plus tard.

Le résultat n'avait rien d'exubérant, c'est sûr. Un vieux bâtiment de briques jaunes et ternes dont la façade extérieure n'indiquait guère qu'il s'agissait d'un lieu de culte. L'intérieur était plutôt joli : un sol carrelé et des murs clairs décorés de motifs dorés au pochoir. En tant que curé, j'essaie de me montrer ouvert aux croyances des autres. Aussi me suis-je efforcé d'informer la communauté des Marauds de mon admiration pour leur œuvre et je leur ai offert mon aide si besoin était.

Malgré tout, quelque chose avait changé. Pour une raison ou une autre, au cours de nos échanges, le vieux Mahjoubi m'était devenu un peu hostile.

Il avait toujours été têtu et doué d'une légèreté si étrange qu'il était parfois difficile de savoir s'il plaisantait ou non. Son fils, Saïd, était d'une nature beaucoup plus sérieuse et il m'était arrivé de me demander s'il ne vaudrait pas mieux pour la population des Marauds que le père se retire et laisse à son fils le soin de prendre les décisions.

Le vieux Mahjoubi avait peut-être deviné mes pensées. En tout cas, il semblait avoir une dent contre moi. Lors de mes visites aux Marauds (où mon sens du devoir me pousse encore aujourd'hui à me rendre tous les jours), Mahjoubi ne manquait jamais l'occasion d'émettre un commentaire. Je sais que ses remarques étaient bon enfant, mais tout le monde ne l'aurait pas entendu de cette oreille.

« Voilà Monsieur le curé, disait-il avec son fort accent. N'y a-t-il donc plus de pécheurs de votre côté de la rivière ? Ou bien, vous êtes-vous enfin résolu à nous rejoindre ? Vous savez comment fumer du *kif* maintenant ? Ou votre encens vous suffit-il à vous faire tourner la tête ? »

Le tout était dit sur le ton de la plaisanterie, je n'en doute pas. Et pourtant, il y avait quelque chose de provocateur et de belliqueux dans son attitude. Ses fidèles ont commencé à l'imiter et avant que je n'aie pu comprendre ce qui s'était passé, du jour au lendemain, les Marauds étaient devenus terrain ennemi.

Alors, à quel moment les choses ont-elles commencé à changer ? Difficile à savoir avec exactitude. C'est comme lorsqu'on se regarde dans un miroir et qu'on y voit un jour les premiers signes de la vieillesse : ces rides aux coins des yeux, la manière dont la peau autour de nos mâchoires ne s'aligne plus en accord avec le reste de notre visage. Quelques nouveaux venus sont arrivés, des tensions se sont installées au sein de la communauté, mais rien de tout cela, à y réfléchir, n'expliquait vraiment le sentiment de malaise qui se développait en moi. Néanmoins, ces détails avaient dû suffire, mon père. À l'instar des saisons, les Marauds ont changé de couleur sans que je m'en aperçoive. Les filles sont devenues nombreuses à porter du noir et des foulards appelés *hijab* qui ressemblent aux guimpes des nonnes et qui cachent la totalité de leurs cheveux, ainsi que leur cou. Les bavardages des femmes autour d'une tasse de café se sont faits plus rares. Caro Clairmont s'était fâchée avec l'une des habituées et par conséquent, les autres venaient moins souvent, pour ne pas dire plus jamais. Saïd Mahjoubi a agrandi sa salle de gym au bout du *boulevard du P'tit Bagdad*. Loin d'être un complexe sportif très élaboré, il s'agissait tout simplement d'une grande pièce nue avec des poids, une piscine thermale et quelques tapis de course, mais elle était devenue le lieu de rassemblement de la jeune population masculine des Marauds.

C'était il y a plus de cinq ans. Depuis, la communauté s'est élargie. Les nouvelles arrivées se sont multipliées : des parents venus de l'étranger rejoindre leur famille, pour la plupart. L'année dernière, la petite-fille du vieux Mahjoubi, Sonia, a épousé un nommé Karim Bencharki, venu vivre à Lansquenet avec sa sœur qui était veuve et son enfant. Saïd Mahjoubi admirait Karim, de douze ans l'aîné de Sonia, car il avait monté une affaire dans la vente de vêtements et de tissus à Alger, si je ne me trompe pas. J'avais vu Sonia grandir. Je ne la connaissais pas bien, mais nous avions souvent bavardé. Elle et sa sœur, Alyssa, étaient des filles intelligentes et extraverties qui jouaient même au football avec Luc Clairmont et ses copains le week-end. Une fois mariée, elle a changé, n'a plus porté que du noir et a abandonné son projet de faire des études. Il y a quelques semaines, je l'ai vue faire ses courses au marché. Elle était voilée de la tête aux pieds, mais c'était bien elle, sans le moindre doute.

Son mari était à ses côtés, ainsi que sa belle-sœur. Sonia se tenait entre eux deux. Elle avait toujours un air d'enfant.

Je sais ce que vous allez dire. Je ne suis pas responsable de la communauté des Marauds. Leur *imam* est Mohammed Mahjoubi. C'est à lui qu'ils demandent conseil. Cependant, je ne pouvais m'empêcher de penser à cette fille. À la manière dont elle avait changé depuis son arrivée. Sa sœur plus jeune était restée la même, bien que l'habitude des matchs de foot appartienne au passé, et j'étais inquiet de voir que Sonia était devenue si différente.

Mais déjà, à ce moment-là, je devais déjà faire face à des problèmes personnels. Certains paroissiens s'étaient plaints du ton que j'employais dans mes sermons : ils le trouvaient vieux jeu et ennuyeux. Louis Acheron s'était offusqué de la façon dont j'avais traité son fils. (J'avais attrapé le petit Acheron, âgé alors de seize ans, par l'oreille avant de l'obliger à nettoyer à la brosse la façade blanchie à la chaux de la salle de gym parce qu'il venait d'y dessiner un smiley et une croix gammée.) Depuis, toute la famille nourrissait un certain ressentiment à mon égard.

Acheron était comptable. Il participait souvent

aux réunions de comité de Caro et avait travaillé avec Georges Clairmont en plusieurs occasions. Les familles s'entendaient bien, leurs fils étaient à peu près du même âge. Forts de leur alliance, ils ont réussi à persuader l'évêque que mes convictions vieillottes étaient source de tensions au sein de la communauté. Ils lui ont même laissé entendre que je poursuivais une sorte de vendetta contre le vieux Mahjoubi et sa mosquée.

Les Clairmont et les Acheron ont commencé à aller à la messe à Florient où un nouveau et jeune curé, le père Henri Lemaître, s'avérait de plus en plus populaire. Très vite, il m'est apparu évident que Caro, jadis l'une de mes fidèles les plus dévouées, avait succombé au charme du père Henri et qu'elle allait, de manière sournoise mais certaine, faire campagne pour me voir remplacé.

Et puis, il y a six mois, lors de ma promenade matinale aux Marauds, j'ai remarqué quelque chose d'inattendu. La mosquée du vieux Mahjoubi avait acquis une sorte de minaret.

Bien sûr, ce n'est pas une coutume française. Construire une telle tour serait considéré comme un acte de provocation inutile. Pourtant, la vieille tannerie était surplombée d'une cheminée carrée en briques, de six mètres de haut et d'environ deux mètres de diamètre. Cette cheminée, comme le reste de l'édifice, venait d'être blanchie à la chaux et décorée d'un dessin qui avait la forme d'un croissant de lune argenté et qui brillait dans la lumière du soleil matinal. C'est alors que j'ai entendu un son mystérieux, amplifié par l'ouverture du conduit de cheminée. La voix chantait plus ou moins en arabe : c'était l'*Adhan*, le traditionnel appel à la prière.

Allah akbar, Allah akbar...

La loi française stipule que les appels à la prière doivent être émis à l'*intérieur* du bâtiment en question, et sans aucune forme d'amplification sonore. Dans le cas de la vieille tannerie, une échelle avait été fixée dans le conduit de cheminée. Ainsi, le *muezzin*, le crieur, pouvait-il profiter du potentiel acoustique du bâtiment. Je voyais bien que le vieux Mahjoubi avait observé *à la lettre* le règlement, mais j'étais certain qu'il s'agissait de sa part d'un défi tout à fait délibéré. Le rôle du *muezzin* était assuré la plupart du temps par le fils du vieux Mahjoubi, Saïd, et maintenant, son appel à la prière résonnait dans tout le quartier des Marauds. On l'entendait cinq fois par jour, mon père, il nous parvenait de l'autre côté de la rivière et il m'arrivait parfois, Dieu m'en pardonne, de sonner les cloches de l'église beaucoup plus fort, matin et soir, dans le simple but de rivaliser.

Aussi, à peu près à la même époque, cette femme, la sœur de Karim Bencharki, s'est installée dans l'ancienne chocolaterie, accompagnée de son enfant, une fille de onze ou douze ans. Elles ne dérangeaient personne et pourtant, les ennuis semblaient les suivre à la trace. Rien d'identifiable. Pas d'incidents, pas de disputes. Je suis venu les voir pour me présenter et leur proposer mon aide si besoin était. La femme m'a à peine parlé. Elle avait les yeux baissés, la tête courbée et portait un voile noir qui recouvrait la totalité de son corps. J'ai compris que mon offre n'était ni appréciée ni bienvenue. Je me suis retiré. Il était clair qu'elle ne voulait rien avoir à faire avec moi.

Cependant, j'ai toujours pris soin de la saluer à

chaque fois que nous nous croisions dans la rue, même si elle n'a jamais répondu à mes salutations, que ce soit par un signe de tête ou autre chose. Quant à sa fille, je la voyais rarement. C'était un petit bout de femme aux grands yeux cachés sous un foulard. J'ai essayé de lui parler une ou deux fois. Comme sa mère, elle ne m'a jamais répondu.

Alors, je les ai observées de l'autre côté de la place comme j'avais observé Vianne Rocher arriver en ville, il y a huit ans. J'espérais trouver au moins un indice qui me renseignerait sur les occupations de cette femme.

Pourquoi avait-elle quitté la maison de son frère ? Pour quelle raison avait-elle choisi de vivre loin de la communauté des Marauds ?

Mais la femme en noir ne laissait rien transparaître. Je n'ai assisté à aucune livraison de marchandise, n'ai vu aucun commerçant, ouvrier ou parent venir la voir. Un certain nombre de personnes lui rendaient visite, des femmes, toutes maghrébines, avec leurs enfants. Les mères ne restaient jamais longtemps, mais les enfants, toutes des filles, passaient souvent la journée chez elle. Il y en avait parfois plus d'une douzaine. Je ne reconnaissais pas la plupart de ces fillettes, ni même leurs mères, vêtues comme elles l'étaient, et j'ai mis un moment à comprendre que cette femme avait en fait ouvert une école.

Les écoles françaises, les écoles publiques tout du moins, fonctionnent sur un principe de laïcité. Pas de parti pris religieux, pas de prières, pas de symbole de croyance de quelque sorte que ce soit. Des filles telles que Sonia et Alyssa Mahjoubi avaient toujours réussi à s'adapter à ce règlement. Néanmoins, ce n'était pas le cas d'autres filles et je savais bien que Zahra Al-Djerba, par exemple, n'avait jamais été inscrite au collège. Elle restait chez elle pour aider sa mère avec ses plus jeunes frères et sœurs. L'école primaire de notre tout petit village avait trouvé moyen de s'accommoder de la situation, mais dans les plus grandes villes, comme Agen, le port du foulard posait problème. Désormais, il semblait que le quartier des Marauds avait trouvé une solution.

La plupart des écolières étaient habillées de la même manière, en noir, avec un foulard sur les cheveux : de jeunes veuves avant l'âge, au visage timide et caché. Les *hijab* avaient beau être presque tous noirs, ils étaient tous légèrement différents. Certains étaient noués, d'autres épinglés, d'autres encore ingénieusement drapés, enveloppés autour de chignons élaborés ou aussi simples que des coiffes de bonnes sœurs.

Les filles ne me parlaient jamais, bien sûr, mais de temps à autre, certaines jetaient un regard curieux vers l'église, ses murs blancs, son grand clocher et la statue de la Vierge qui trônait, chancelante, au-dessus de la porte principale. Je suis étonné de les voir si peu souvent maintenant, de notre côté de la rivière. Trois mois après l'ouverture de l'école, j'avais compté que quinze filles maghrébines, âgées de dix à seize ans, se rendaient à l'école en un seul groupe. Elles parlaient et riaient sottement, les mains devant la bouche, en traversant le pont pour entrer dans Lansquenet.

À ce moment-là, le quartier des Marauds débordait de vie. Ils étaient cent cinquante âmes, voire plus : Marocains, Algériens, Tunisiens, Berbères. Je suppose que ce nombre n'impressionnerait en rien un habitant de Paris ou de Marseille, mais en ce qui concerne Lansquenet-sous-Tannes, cela représente la moitié de la population du village.

Pourquoi ici ? Dans les villages voisins, on ne trouve aucune communauté ethnique. Peut-être cela s'explique-t-il par la présence de la mosquée, de la petite école ou bien par le fait qu'il était possible d'y rénover une rue entière. Dans tous les cas, en moins de huit ans, les nouveaux venus se sont multipliés comme des pissenlits au printemps et le quartier des Marauds qui ressemblait jadis à une simple page en couleurs exotiques s'est transformé en un chapitre entier en langue étrangère.

Je regarde Vianne Rocher s'imprégner de la réalité. Les petites rues étroites n'ont guère changé depuis deux cents ans, mais tout le reste est différent. La première chose qui frappe un visiteur est cette odeur d'encens mêlée à celle d'une fumée parfumée et d'épices inconnues. Des fils à linge sont suspendus entre les balcons, des hommes en robe longue et à la tête recouverte de la calotte traditionnelle sont assis sous leur porche à fumer du *kif* et à boire du thé. Aucune femme parmi eux. Le plus souvent, les femmes restent à l'intérieur. Nous n'en voyons que rarement dans les rues et ces derniers temps, de plus en plus portent du noir. Les enfants aussi restent à l'écart : les garçons jouent au football ou nagent dans la Tannes et les filles aident leur mère, s'occupent des plus jeunes ou se rassemblent pour glousser sans oublier de se taire dès que je fais mon apparition. Leur attitude distante est impossible à ignorer. Elle l'est encore davantage aujourd'hui, bien sûr. J'imagine qu'après l'incendie de l'ancienne chocolaterie, les rumeurs sont allées bon train au village.

Nous sommes passés devant les petites boutiques

qui longent le boulevard des Marauds. Elles étaient fermées et leurs volets clos. Il était sept heures quarante-cinq, le vent chaud était tombé et quelques étoiles commençaient à briller. Le ciel était d'un bleu foncé lumineux et à l'ouest, l'horizon était barré d'un jaune éclatant.

Alors, comme je m'y attendais, le bruit lointain de l'appel à la prière a retenti. Lointain certes, mais tout à fait audible grâce au gouffre de la vieille tour en brique : *Allah akbar* — Dieu est le plus grand.

Oui, *bien sûr*, je sais ce que ces mots signifient. Vous pensiez que, parce que j'étais catholique, j'ignorais tout des autres croyances ? Je savais que d'un moment à l'autre, les rues fourmilleraient d'hommes qui se rendraient à la mosquée. La plus grande partie des femmes resterait à la maison pour préparer la soirée. Sitôt que la lune se montrerait, la fête commencerait. Ils auraient fait venir de la nourriture traditionnelle de leur pays pour l'occasion : des fruits, des noix, des figues séchées et de petites pâtisseries frites.

Aujourd'hui, c'est le cinquième jour du ramadan, le mois du jeûne musulman. La journée a été longue. Ne pas manger est une chose, mais ne pas boire un jour comme celui-ci, alors qu'un vent violent balaie la terre et ne laisse derrière lui que sécheresse et blancheur…

Une femme suivie de son enfant a traversé la rue devant nous. Je n'ai pu voir son visage, mais ses mains gantées de noir l'ont trahie. C'était la femme en noir, je le savais, la femme de la chocolaterie. C'était la première fois que je la voyais depuis que l'incendie avait englouti la maison et j'étais heureux d'avoir l'occasion de pouvoir m'assurer que tout allait bien pour elle.

« Madame, ai-je dit. J'espère que vous allez bien. »

La femme ne m'a même pas regardé. Le voile qu'elle portait toujours pour cacher son visage ne me laissait guère plus d'espace qu'une fente de boîte aux lettres pour lui témoigner ma sympathie. L'enfant aussi semblait rester sourde à mes paroles. Elle a porté la main à son foulard et l'a resserré comme pour se protéger davantage.

« Si je peux faire quoi que ce soit… » ai-je continué, mais la femme nous avait déjà dépassés et s'était engagée dans une rue transversale. Le *muezzin* a alors fini son appel et les fidèles ont commencé à envahir le boulevard pour aller à la mosquée.

J'en ai reconnu un qui se tenait devant la porte. C'était Saïd Mahjoubi, le fils aîné du vieux Mahjoubi et le propriétaire de la salle de gym. Il avait une quarantaine d'années, une barbe, un vêtement long et une calotte de prière sur la tête. Il ne sourit pas souvent. Là non plus, il ne souriait pas. Je l'ai salué d'un signe de la main.

Il m'a simplement regardé pendant un moment. Puis, l'air important, il s'est dirigé vers nous d'un pas raide et nerveux, comme un jeune coq prêt à se battre.

« Que faites-vous ici ? » a-t-il lancé.

J'étais surpris. « Je vis ici.

— Vous vivez de l'autre côté de la rivière, a rectifié Saïd. Et si vous avez le moindre bon sens, vous y resterez. » Deux ou trois autres hommes s'étaient arrêtés en entendant Saïd élever la voix. Ils ont échangé des paroles en arabe, un cliquetis rapide de machine à écrire sans aucun sens pour moi.

« Je ne comprends pas », lui ai-je dit.

Saïd m'a lancé un regard noir avant de prononcer quelque chose en arabe. Les hommes qui l'entouraient l'ont approuvé. Il s'est avancé un peu plus près. Je pouvais presque sentir l'odeur de sa rage. Les voix en arabe étaient devenues hostiles, agressives. J'ai soudain eu la certitude ridicule que cet homme était sur le point de me frapper.

Vianne a fait un pas vers nous. J'avais presque oublié qu'elle était là. Anouk observait la scène avec prudence et derrière elle, Rosette poursuivait des ombres dans une ruelle voisine.

J'aurais voulu lui dire de se tenir à l'écart car l'homme était assez irrité pour ne pas se préoccuper du fait qu'une femme et ses enfants se trouvaient à proximité, mais sa présence paraissait calmer Saïd. Sans rien dire, ni même sembler le toucher, elle a fait un geste avec ses doigts, un signe d'apaisement et tout en restant sur ses gardes, l'homme a reculé, l'air un peu confus, tout à coup.

Avait-il compris son erreur ?

Ou bien lui avait-elle murmuré quelque chose ?

Si c'était le cas, je n'avais rien entendu. Quoi qu'il en soit, cette atmosphère proche de la violence avait disparu. L'incident, si *incident* il y avait eu, avait été évité.

« On devrait peut-être s'en aller, ai-je dit à Vianne. Je suis désolé. Je n'aurais pas dû vous amener ici. »

Elle a souri. « C'est *vous* qui m'avez amenée ici ? Souvenez-vous, je suis venue voir la maison d'Armande. »

Bien sûr, j'avais oublié. « Elle est vide. Elle appartient toujours au fils Clairmont. Il n'a pas voulu la vendre, mais il n'y vit pas non plus, d'après ce que je sais. »

Vianne avait l'air pensive. « Je me demande s'il

accepterait de nous y loger ? Juste pour quelques jours, le temps de notre visite ? Nous prendrions bien soin de la maison, la nettoierions et mettrions de l'ordre dans le jardin… »

J'ai haussé les épaules. « Peut-être, mais…

— Bien », a-t-elle conclu.

Et voilà. C'était décidé. On aurait dit qu'elle n'était jamais partie. Je n'ai pu m'empêcher de sourire et je ne suis pourtant pas homme à avoir le sourire facile ou fréquent.

J'ai dit : « Jetez au moins un coup d'œil à la maison. Elle pourrait être en ruine, vous n'en savez rien.

— Elle n'est pas en ruine », a-t-elle rétorqué.

Je ne doutais pas qu'elle ait raison. Luc Clairmont n'aurait jamais laissé la maison de sa grand-mère à l'abandon. Je me suis résolu à l'inévitable.

« Elle avait l'habitude de laisser les clés de la porte sous un pot de fleurs dans le jardin. Elles s'y trouvent sans doute encore », ai-je ajouté.

Je ne savais pas du tout si je devais ou non l'encourager à rester, mais la pensée que Vianne Rocher était de retour à Lansquenet, aujourd'hui, en ces temps difficiles, me semblait presque irrésistible.

Même Vianne n'avait guère l'air surprise. Peut-être était-ce là l'histoire de sa vie : lorsqu'elle avait des problèmes, les solutions s'offraient toujours à elle, tels des prétendants à ses faveurs. En ce qui me concerne, la vie est une chose complexe et douloureuse qui ressemble à une pelote de fil barbelé en lames de rasoir dont chaque mouvement est susceptible de me couper, quelle que soit la direction que je prends. Je me demande si j'arriverai à me sortir de cette histoire-là sans une entaille. Cela me semble très improbable.

Vianne Rocher m'a souri.
« Oh, encore une chose », a-t-elle dit.
J'ai soupiré.
« Vous aimez les pêches ? »

CHAPITRE 11

Dimanche 15 août

Les Marauds. La source des problèmes. Les Marauds, où tout a commencé. C'est là où j'ai rencontré Armande pour la première fois, en passant devant sa petite maison. C'est là où les ennuis sont *toujours* nés, là où les rats de rivière amarraient leurs bateaux, là où Anouk jouait avec Pantoufle, le long des berges de la Tannes couvertes de roseaux. Et c'est là où Armande m'a *dit* d'aller, si seulement j'avais su lire entre les lignes.

Il y avait un pêcher à côté de chez moi, jadis. Si tu viens en été, ses fruits seront mûrs et ne demanderont qu'à être cueillis.

Il s'agissait d'un arbre assez vieux aux branches à moitié calcifiées par le temps et aux feuilles en forme de dagues roussies par le soleil. Elle avait raison pourtant : ses fruits étaient mûrs. J'ai cueilli trois pêches encore toutes chaudes de la journée ensoleillée et dont le duvet rappelait celui du crâne d'un nourrisson. J'en ai donné une à Anouk, une autre à Rosette. Puis, j'ai tendu la dernière à Reynaud.

L'odeur des pêches nous envahissait. Ce parfum engourdi de la fin de l'été semblait avoir imprégné l'air d'un dernier éclat, comme la lueur d'un coucher de soleil. La petite maison d'Armande se trouve sur une hauteur, un peu à l'écart du reste des Marauds, et de ce point culminant, nous pouvions voir la rivière en aval. Des lumières illuminaient le boulevard sur toute sa longueur, leur reflet brillait sur l'eau comme des lucioles. Les bruits d'une soirée calme nous parvenaient déjà : les voix, le choc des casseroles, les cris des enfants qui jouent dans les arrière-cours, le chant des grillons et des grenouilles au bord de l'eau au moment où se taisent les oiseaux.

Anouk a trouvé la clé de la porte de derrière à l'endroit où Armande l'avait toujours laissée, mais la porte était déjà déverrouillée, comme c'était souvent le cas à Lansquenet. Le gaz et l'électricité ont été coupés. Nous disposons néanmoins de la cuisinière d'Armande avec son vieux poêle pour faire à manger, et d'un tas de bûches dans le jardin. Il y a du linge de maison dans le placard et une pile de couvertures de laine jaune citron, rose, vanille et bleue. Dans la chambre d'Armande se trouve un grand lit, dans celle du haut, un lit pliant et dans le salon, un canapé. J'ai dormi dans pires conditions.

« J'aime vraiment bien cet endroit, a déclaré Anouk.

— Bam, a ajouté Rosette en signe d'accord courtois.

— Alors, c'est réglé, leur ai-je répondu. Nous dormirons ici cette nuit et nous parlerons à Luc demain matin. »

Reynaud tenait toujours sa pêche à la main, l'air

crispé et maladroit. Son sens de la correction était tel qu'il aurait préféré dormir dans un fossé qu'occuper une maison vide sans avoir eu au préalable la permission officielle du propriétaire. Quant aux pêches, j'étais convaincue qu'il les considérait aussi comme des objets volés. Il y avait dans son regard sans doute la même gêne que dans celui d'Adam au moment où Ève lui avait tendu le fruit interdit.

« Vous ne la mangez pas ? » ai-je demandé. Anouk et Rosette avaient dévoré la leur avec délice. Je me suis rendu compte que je n'avais vu Reynaud manger qu'en une seule occasion. Pour lui, la nourriture était une affaire compliquée : on pouvait goûter à ses plaisirs, mais il fallait s'en méfier.

« Écoutez-moi, mademoiselle Rocher.

— Je vous en prie, l'ai-je interrompu. Appelez-moi Vianne. »

Il s'est éclairci la gorge. « J'apprécie le fait que vous ne me posiez pas la question de but en blanc, a-t-il dit. Mais il faut que vous sachiez que l'on m'a déchargé de mes fonctions en tant que curé de Lansquenet jusqu'à nouvel ordre, en attendant que l'enquête sur l'incendie de l'ancienne chocolaterie soit faite. » Il a pris une longue inspiration avant de continuer. « Bien sûr, je n'ai nul besoin de vous préciser que je ne suis en rien responsable de ce crime. Je n'ai pas été arrêté. Je n'ai même jamais été accusé. La police est simplement venue m'interroger. Cependant, dans ma situation… »

J'imaginais très bien la scène, les gens l'observer derrière leurs volets. Les rumeurs avaient dû faire rage dans tout Lansquenet ce jour-là. La boutique à moitié dévastée par l'incendie. La voiture des pompiers, arrivée une heure trop tard. Celle de la police garée devant l'église. Ou même pire : devant la maison de Reynaud, cette petite chaumière dans la rue des Francs-Bourgeois, avec ses jolis parterres de soucis.

La petite maison de Reynaud appartenait à l'Église, bien sûr, mais l'entretien des fleurs relevait de sa responsabilité. Elles ressemblaient à des pissenlits et pourtant, à ses yeux, un monde séparait ces mauvaises herbes sournoises et envahissantes des jolies petites fleurs jaunes qui poussaient en rangs parfaits comme des soldats.

« Vous n'aviez pas besoin de me le dire. Je sais bien que vous n'avez pas causé cet incendie. »

Sa bouche s'est contractée. « Si seulement tout le monde ici pouvait en être aussi sûr. Caro Clairmont ne s'est pas fait prier pour répandre la rumeur tout en continuant à faire semblant de m'accorder sa compassion, mais elle boit les paroles de mon successeur comme du petit-lait.

— Votre successeur ?

— Le père Henri Lemaître. Le nouveau protégé de l'évêque. Un arriviste à l'ambition insatiable et qui voue une passion particulière à PowerPoint. » Il a haussé les épaules. « Ce n'est qu'une question de temps, désormais. Vous savez comment ils sont à Lansquenet. »

Oh oui, je le sais. J'ai moi-même été victime de leurs ragots et je sais à quel point ces ragots-là circulent vite. Je sais aussi que dans le climat actuel des choses, l'Église catholique n'a d'autre choix que d'élucider à tout prix les éventuels soupçons concernant l'un de ses membres. Elle a fait face à de trop nombreux scandales ces derniers temps et même si la police ne dispose d'aucune preuve pour l'accuser, il se pourrait bien que Reynaud finisse par être jugé et condamné par l'opinion publique.

Il a de nouveau pris une longue inspiration. « Mademoiselle Rocher, si vous restez un moment, vous pourriez peut-être faire part de vos… *doutes* quant à ma culpabilité à vos amis du village qui semblent se réjouir de ma situation. Joséphine, Narcisse… »

Il s'est arrêté net et a détourné le regard. Je le dévisageais, de plus en plus stupéfaite. La précision de son discours était toujours aussi nette et glaçante qu'autrefois, mais l'expression de son visage ne laissait aucune place au doute. D'une manière indirecte et mal assurée, Francis Reynaud demandait de l'aide.

Je ne peux même pas imaginer combien cela a dû lui coûter. Après tout ce qui s'est passé ici, admettre qu'il ait besoin de quelqu'un, surtout de quelqu'un comme moi…

Reynaud ne voit le monde qu'en noir et blanc. Il pense que les choses sont plus simples ainsi. En fait, sa vision manichéenne n'a qu'une seule conséquence : elle endurcit les cœurs, scelle les préjugés et empêche les bonnes gens de voir le mal qu'ils font. Et si un événement vient perturber la manière dont ils voient les choses, lorsque le noir et le blanc finissent par se fondre en un million de différentes nuances de gris, les hommes comme Reynaud, brutalement perdus au milieu d'un ouragan, s'accrochent désespérément à un semblant d'espoir.

« Je suis désolé, a-t-il lâché. Que pouvez-vous y faire ? Oubliez ma requête. »

J'ai souri. « Bien sûr que je vais vous aider, si je le peux. Mais, seulement à une condition… »

Il m'a regardée d'un air sombre. « Laquelle ? a-t-il demandé.

— Allez-vous enfin manger cette pêche, oui ou non ? »

PREMIER QUARTIER

CHAPITRE 1

☾

Lundi 16 août

Luc est venu nous voir, ce matin. Reynaud lui avait annoncé notre arrivée. Il a fait son apparition pendant notre petit déjeuner composé de pêches, de chocolat chaud et servi dans la vaisselle disparate d'Armande. La vieille porcelaine aux rebords dorés et ébréchés était aussi translucide que la peau, peinte à la main et arborait le symbole de la Sous-Tannes : un minuscule rectangle représentant le département du Gers que la rivière, la Tannes, mettait en valeur avant de rejoindre la grande Garonne. Le bol d'Anouk était décoré d'un lapin. Celui de Rosette portait le dessin d'une couvée de poulets. Sur le mien, il y avait des fleurs, ainsi qu'un nom, *Sylvie-Anne*, peint avec des pleins et des déliés.

Un parent, peut-être ? L'objet semblait ancien. Une sœur, une cousine, une fille, une tante. Je me suis demandé ce que cela me ferait d'avoir un bol sur lequel mon nom serait inscrit et qui m'aurait été légué par ma mère ou que j'aurais peut-être hérité de ma grand-mère. Mais quel nom figurerait alors sur ce bol, Armande ? Lequel de mes nombreux noms ?

« Vianne ! »

La porte était ouverte et l'appel qui m'est parvenu a coupé court à ma rêverie. La voix de Luc était plus grave et le bégaiement de sa jeunesse avait disparu. Cela mis à part, il n'avait pas changé. Ses cheveux châtains lui cachaient les yeux. Son sourire était à la fois avenant et espiègle.

J'ai été la première qu'il ait prise dans ses bras, puis ce fut le tour d'Anouk. D'un air tout à fait curieux, il a dévisagé Rosette qui l'a accueilli avec un large sourire et un petit bruit de singe malicieux : *cak-cakk !* Il a d'abord été surpris, puis il a ri.

« Je vous ai apporté des provisions, a-t-il annoncé, mais on dirait que vous avez déjà fini votre petit déjeuner.

— Tu te trompes ! ai-je dit en souriant. L'air nous a donné faim. »

Le visage de Luc s'est illuminé. Il nous a tendu des croissants et des pains au chocolat tout frais. « Puisque c'est moi, le responsable de votre présence ici, vous pouvez rester dans cette maison aussi longtemps que vous le voudrez. Grand-mère en aurait été ravie. »

Je lui ai demandé ce qu'il comptait faire de la maison, maintenant qu'elle lui appartenait complètement.

Il a haussé les épaules. « Je ne sais pas trop. Je vais peut-être y vivre. Enfin, si mes parents... » Il n'a pas terminé sa phrase. « Vous êtes au courant de l'incendie ? »

J'ai acquiescé.

« Les accidents, ça peut arriver, a-t-il dit. Mais

Maman pense qu'il s'agit d'autre chose et que Reynaud a allumé le feu.

— Ah oui ? me suis-je étonnée. Et toi, qu'en penses-tu ? »

Je me souviens de Caro Clairmont, l'une des commères les plus enthousiastes de Lansquenet. Elle s'est toujours nourrie des scandales et des petits drames qui arrivent dans le village. Je la voyais très bien contenir sa joie en apprenant que Reynaud avait perdu les bonnes grâces des habitants, adoucir les rumeurs en donnant des marques extravagantes de compassion.

Luc a haussé les épaules. « Eh bien, je ne l'ai jamais porté dans mon cœur. Cela dit, je ne pense pas qu'il soit coupable. C'est un homme froid et un peu têtu, mais il ne ferait pas une chose pareille. »

Luc représentait une minorité des opinions. Nous allions entendre la rumeur une douzaine de fois encore avant le coucher du soleil. De la bouche de Narcisse qui nous a apporté des légumes de son magasin ; de celle de Poitou, le boulanger ; de celle de Joline Drou, l'institutrice qui est venue nous voir avec son fils. En fait, on aurait dit que l'annonce de notre arrivée s'était répandue à la vitesse de graines de pissenlit portées par le vent et que tout Lansquenet était passé aux Marauds dans la journée, à une et surprenante exception près.

Vianne Rocher est de retour, disaient-ils. *Vianne Rocher est enfin rentrée chez elle.*

C'est absurde. J'ai *déjà* une maison. Elle est amarrée au quai de l'Élysée. Je ne suis pas chez moi ici, pas plus que je ne l'étais il y a huit ans, quand Anouk et moi sommes arrivées la première fois. Et pourtant…

« Ce serait tellement facile, m'a dit Guillaume. Vous pourriez refaire l'ancienne chocolaterie. Un coup de peinture et on mettrait tous la main à la pâte. »

J'ai vu le regard d'Anouk s'éclairer.

« Vous devriez voir notre péniche à Paris, ai-je rétorqué. Juste sous le pont des Arts. Le matin, la Seine est couverte de brume, comme la Tannes. »

La lumière de son regard a vacillé, voilée par ses longs cils.

« Il faudrait que vous veniez nous voir, Guillaume.

— Oh, je suis trop vieux pour aller à Paris. » Il a souri. « Et Patch est habitué à voyager en première classe. »

Guillaume Duplessis est l'un des rares qui ne croient pas en la culpabilité de Reynaud. « Ce n'est qu'une vilaine rumeur, dit-il. Pourquoi Reynaud mettrait-il le feu à une école ? »

Joline Drou était certaine d'avoir la réponse. « À cause d'*elle*, voilà pourquoi, a-t-elle lancé. Cette femme avec la *burqa*. La femme en noir. »

Anouk et Rosette étaient dehors. Elles battaient un tapis avec deux vieux balais pour en faire sortir la poussière. Le fils de Joline, Jeannot, était avec elles : un jeune gars de l'âge d'Anouk, dont je me souvenais du temps de l'ancienne chocolaterie. Anouk et lui s'entendaient bien à l'époque, malgré les problèmes que posait sa mère.

« Qui est-ce ? » ai-je demandé.

Joline a levé un sourcil. « Apparemment, c'est une veuve. C'est la sœur de Karim Bencharki. Je connais Karim. Il est très gentil. Il travaille au club de gym des Marauds. Mais, elle, elle n'est pas comme lui. Elle est agressive. Distante. Il paraît que son mari a demandé le divorce.

— Vous voulez dire que vous n'en êtes pas sûre ? » Joline est l'une des commères les plus assidues de Lansquenet. Il m'est difficile de croire qu'elle n'ait pas eu vent de tous les détails de la vie de cette nouvelle venue dès le jour de son arrivée au village.

Joline a haussé les épaules. « Vous ne comprenez pas. Elle ne parle jamais à personne. Elle n'est pas comme les autres Maghrébins. Je ne sais même pas si elle parle français.

— Vous n'avez jamais essayé de lui adresser la parole pour voir ?

— Ce n'est pas si simple, s'est défendue Joline. Comment parler à quelqu'un qui ne montre jamais le bout de son nez ? Avant, nous entretenions d'assez bonnes relations avec certaines de ces femmes des Marauds. Caro en invitait tout un groupe chez elle pour prendre le thé. Les gens pensent que nous sommes juste des campagnards, mais il se trouve que nous apprécions *beaucoup* la multiplicité des cultures, ici. Vous seriez surprise, Vianne. Je me suis même mise à manger du couscous. C'est un plat très sain, vous savez, et c'est loin de faire grossir autant que l'on croit. »

J'ai refréné un sourire. Joline Drou et Caro Clairmont croyaient avoir adopté une autre culture parce qu'elles aimaient le couscous. J'imaginais ces réceptions autour d'un thé chez Caro, les conversations, les petits gâteaux, la porcelaine, l'argenterie, les canapés. Les discussions bien intentionnées qui visaient à favoriser l'entente cordiale entre elles. Cette seule pensée m'a fait frémir.

« Que s'est-il passé ? » ai-je demandé.

Joline a fait la moue. « Elles ont cessé de venir quand cette femme est arrivée, a-t-elle dit. Elle n'a apporté que des ennuis en se promenant avec ce voile sur le visage, à rendre les gens mal à l'aise. Ces femmes ont toutes un tel esprit de compétition. Elle a lancé la mode. Tout le monde s'est mis à porter le voile. Enfin, peut-être pas *tout le monde*, mais vous voyez ce que je veux dire. Ça rend les hommes fous, apparemment. Ils se demandent toujours ce qu'elles peuvent bien cacher là-dessous et ils se laissent emporter par leur imagination. Bien sûr, Reynaud n'a pas apprécié. Il n'a jamais réussi à évoluer. Il ne sait pas du tout comment gérer la situation multiculturelle de la France. Vous avez entendu parler de toute cette histoire à propos de la mosquée ? Et après, à propos du minaret ? Et ensuite, quand cette femme a ouvert son école… » Elle a secoué la tête. « Il a dû craquer. C'est tout ce que je peux dire. Ce ne serait pas la première fois.

— Combien d'élèves y avait-il ? ai-je continué.

— Oh, peut-être une douzaine. Dieu sait ce qu'elle leur enseignait. » Elle voûta une épaule avec mauvaise humeur. « Ces femmes à *burqa* ne veulent pas se mêler à nous. Elles croient que nous allons les corrompre avec nos mœurs légères. »

Ou bien en ont-elles assez d'être incomprises et traitées avec condescendance, ai-je pensé sans faire de commentaire.

« N'a-t-elle pas une fille ? » ai-je demandé.

Elle a acquiescé. « Oui, pauvre gosse. Elle ne joue jamais avec nos enfants, ne parle jamais à personne. »

J'ai regardé par la fenêtre, vu Anouk et Jeannot se battre avec les balais en guise d'épées pendant que Rosette poussait des cris d'encouragement. À vivre et à voyager comme nous l'avons fait si longtemps, ma fille et moi avons été plus en contact avec des gens de toutes sortes que quiconque à Lansquenet. Nous avons appris, d'une certaine manière, à voir à travers les différents écrans derrière lesquels ils se cachent. Le *niqab*, ou la *burqa* comme Joline l'appelle à tort, n'est rien d'autre qu'un écran de tissu. Pourtant, pour des gens comme Joline, l'objet a le pouvoir de transformer une femme ordinaire en un être suspect et effrayant. Guillaume, lui-même, d'habitude si tolérant, n'avait que peu à dire pour défendre la femme de la chocolaterie.

« Je soulève toujours mon chapeau quand je la vois, a-t-il expliqué. C'est ce que l'on m'a appris à faire quand j'étais enfant. Mais elle ne me dit jamais bonjour, ne me regarde même pas. C'est impoli, madame Rocher, vraiment impoli. Je ne m'inquiète pas de savoir qui sont les gens, j'essaie toujours de me montrer poli. Mais quand quelqu'un ne daigne même pas vous regarder… »

Je comprends. Cela ne doit pas être facile. Et je ne prétends pas être meilleure que les autres. Pendant des années, obsédée par la peur qu'en éprouvait ma mère, j'ai fui l'Homme en Noir parce que sa soutane représentait pour moi une foi hostile. Pendant des années, j'ai été comme Guillaume et les autres, aveuglée par mes préjugés. C'est aujourd'hui seulement que je vois la vérité : mon Homme en Noir n'est qu'un homme, aussi vulnérable que les autres. Se pourrait-il qu'il en soit de même pour Lansquenet et sa femme en noir ? N'est-il pas possible que sous son voile, cette femme, à l'instar de Reynaud, elle aussi, ait besoin d'aide ?

CHAPITRE 2

☾

Lundi 16 août

La nuit commençait enfin à tomber. La couleur du ciel passait du rouge pastèque au bleu profond et velouteux d'un coffret à bijoux. L'appel mélancolique du *muezzin* résonnait à peine à travers les Marauds. Au même instant, de l'autre côté de la rivière, les cloches de l'église de Lansquenet se sont mises à tinter, annonçant ainsi la fin de la messe. Une dizaine de familles nous avaient invitées à dîner au cas où nous aurions voulu avoir de la compagnie, mais Rosette était déjà à moitié endormie et Anouk, de nouveau collée à son iPod. Elles semblaient toutes deux épuisées. C'était peut-être l'air frais, le changement de décor, le flux d'amis et de visiteurs. J'ai préparé un dîner simple, à base d'olives, de pain, de fruits et de fromage, avec une salade de pissenlits relevée de fleurs de capucines jaunes. Nous avons mangé dans un silence presque absolu, écouté les bruits nocturnes qui nous parvenaient à travers la fenêtre ouverte : les grillons, les cloches de l'église, les grenouilles, les oiseaux de nuit, le tic-tac de la vieille horloge d'Armande au cadran souriant d'un jaune parcheminé. J'ai remarqué que Rosette ne mangeait pas, mais repoussait les olives tout autour de son assiette comme s'il s'agissait des pièces d'un puzzle très compliqué.

« Qu'est-ce qui ne va pas, Rosette ? Tu n'as pas faim ?

— Roux lui manque, m'a expliqué Anouk.

— *Rowr,* a dit Rosette avec mélancolie.

— Nous le verrons bientôt. Tu vas te plaire, ici, l'a rassurée Anouk en la prenant dans ses bras avant de me regarder. Joséphine n'est pas passée. Je pensais qu'elle serait la première à venir nous dire bonjour. »

Elle avait raison. J'avais bien remarqué cela, moi aussi. Bien sûr, le café est ouvert toute la journée, elle avait dû être occupée. Malgré tout, j'avais pensé qu'elle serait venue pendant sa pause pour déjeuner. Peut-être n'a-t-elle pas voulu se retrouver au milieu des autres, de gens tels que Caro et Joline dont le seul but était de nous observer puis de faire des commérages. Peut-être son personnel était-il en sous-effectif aujourd'hui et avait-elle prévu de passer après la fermeture. Je l'espérais, en tout cas. De tous ceux que nous avions laissés derrière nous, Joséphine était peut-être la personne qui m'avait le plus manqué. Joséphine, avec son regard expressif et son air de défi stoïque.

« Nous irons la voir demain, ai-je promis à Anouk. Elle a sans doute eu trop de travail aujourd'hui. »

Nous avons terminé notre repas en silence. Anouk et Rosette sont toutes deux allées au lit. Je suis restée seule avec mon verre de vin rouge en me demandant ce que Reynaud était en train de faire. Je l'imaginais dans sa petite maison, à observer la fin du coucher de soleil, à écouter les cloches de l'église sonner tandis que son rival disait la messe à sa place. Puis, j'ai eu envie de bouger. J'ai donc ouvert la porte et suis sortie.

Dehors, il y avait une odeur de poussière et de pêche. Des grillons chantaient dans la haie de romarin. Il n'y a pas de réverbères dans cette partie du village, mais le ciel n'est jamais d'une obscurité totale et j'arrivais à distinguer le chemin qui menait jusqu'à Lansquenet, de l'autre côté du pont.

Plus bas, le quartier des Marauds commençait à s'animer. De la lumière brillait aux contours des volets clos, des gens allaient et venaient dans les rues, un parfum d'encens et de nourriture s'échappait d'une cuisine dont la porte était restée ouverte. Tout semblait si différent du paysage qui s'était offert à moi encore quatre heures auparavant : la chaleur sourde et uniforme, les femmes avec des *hijab* et des *abaya* par-dessus leurs tenues quotidiennes, les hommes barbus dans leurs robes blanches, ce silence prudent et circonspect. Maintenant on entendait des voix, des rires, des bruits de fête. Les journées sont longues pendant le ramadan. Le soir venu, un simple repas se transforme en festin, un verre d'eau devient une bénédiction. On se raconte des histoires. On s'amuse à des jeux. Les enfants restent debout jusque tard dans la nuit.

Une fillette en longue tunique jaune ou *kameez* a traversé le boulevard en courant, une longue canne à la main. Un bruissement d'ailes strident a retenti et j'ai compris qu'il s'agissait d'un jeu du coin, celui qui consiste à attacher un gros hanneton à un bâton à l'aide d'une ficelle pour en faire une sorte de crécelle.

Quelqu'un a crié quelque chose en arabe. L'enfant a protesté. Une fille vêtue d'un cafetan bleu foncé est apparue. La petite a laissé sa canne sur le bord de la route et a suivi la fille dans la maison. J'ai erré dans les Marauds avant de me diriger vers la rivière. Le pont qui relie les Marauds au reste de Lansquenet se trouve au niveau d'une sorte de croisement : c'est là que se dressaient autrefois les tanneries et maintenant la mosquée du village. De chaque côté, on voit encore les remparts de la vieille bastide, éboulés par endroits, mais un avertissement pour les éventuels intrus que Lansquenet protège les siens.

Le pont est fait de pierres. Il est plutôt bas et sépare ainsi le village en deux parties bien distinctes, comme un fruit coupé en deux. En hiver, après la pluie, la Tannes est trop haute pour que les bateaux puissent y naviguer, à l'exception d'embarcations à fond très plat. En automne, si l'été s'est avéré particulièrement chaud, la rivière s'assèche parfois jusqu'à laisser paraître des bancs de sable et de gravier, entrecoupés de maigres ruisseaux. En ce moment, la rivière est parfaite. Parfaite pour s'y baigner, parfaite pour les bateaux.

C'est alors que je me suis demandé une fois encore pourquoi Roux avait choisi de ne pas nous accompagner. Il avait passé quatre ans à Lansquenet après qu'Anouk et moi en étions parties. Pour quelles raisons restait-il à Paris aujourd'hui, alors qu'il aimait tant la campagne ? Pourquoi a-t-il voulu rester sur la Seine alors que la Tannes s'offrait à lui ? Je sais bien qu'il manque à Rosette. Il nous manque aussi, bien sûr, mais son absence affecte Rosette d'une manière qu'Anouk et moi sommes incapables de comprendre. Heureusement, il lui reste Bam. Quand Roux n'est pas là, la présence de Bam est plus perceptible que d'habitude : il s'assoit sur un tabouret aux côtés d'Anouk et sa queue en forme de point d'interrogation brille sous la lumière jaune de la lampe.

Roux, pourquoi n'es-tu pas venu ?

Roux déteste la technologie, mais j'ai réussi à le convaincre d'avoir un téléphone sur lui, à défaut de l'*utiliser.* Je viens d'essayer de l'appeler. Comme on aurait pu s'y attendre, le portable était éteint. Je lui envoie donc un texto :

Bien arrivées. Logeons dans la vieille maison d'Armande. Tout va bien, mais du changement. Vais peut-être devoir rester quelques jours de plus. Tu nous manques. Plein de bisous, V.

Le fait d'envoyer un texto à Roux qui, lui, était resté à la maison, m'a semblé amplifier son absence. *À la maison.* Est-ce donc *là-bas* ma maison, maintenant ? J'ai regardé au loin le village de Lansquenet : ses petites lumières, ses rues tortueuses, le clocher de son église tout blanc dans l'obscurité et de l'autre côté du pont, la partie sombre du village, où les rues n'étaient éclairées que par la lumière émanant des maisons. La mystérieuse pointe du minaret, surmonté de son croissant argenté, défiait le clocher de l'église brandi comme un poing, au milieu de la place.

À une époque, j'avais considéré *cet endroit* comme ma maison. J'avais pensé qu'il me serait possible de rester à Lansquenet. Aujourd'hui encore, le terme *maison* est associé pour moi à cette petite boutique, aux pièces au-dessus de la chocolaterie, à la chambre d'Anouk dans le grenier et à sa fenêtre en forme de hublot. J'éprouve désormais un tiraillement jusqu'alors inconnu : la moitié de mon être ne désire que la présence de Roux, l'autre moitié est à sa place ici, à Lansquenet. Peut-être parce que le village lui-même est maintenant divisé en deux mondes, un nouveau monde aux multiples cultures et un monde conventionnel typique du milieu rural français que je comprends parfaitement.

Qu'est-ce que je fais ici ? me suis-je demandé. Pourquoi ai-je ouvert cette voie à l'incertitude ? La lettre d'Armande était claire. Elle disait que quelqu'un avait besoin d'aide à Lansquenet. Mais de qui s'agit-il ? De Francis Reynaud ? De la femme en noir ? De Joséphine ? De moi-même, peut-être ?

Je venais de dépasser la maison d'où la fille en cafetan bleu foncé était sortie. Le hanneton et le bâton dont il était prisonnier gisaient sur le bord de la route. J'ai libéré l'insecte qui a bourdonné dans mes oreilles avec mauvaise humeur avant de s'envoler et me suis arrêtée un moment pour observer cette habitation.

Comme la plupart des maisons aux Marauds, il s'agissait d'un bâtiment de basse construction, à deux étages, composé en partie de bois et de briques jaunes. On aurait dit qu'il avait été fait à partir de deux différentes maisons que l'on aurait collées ensemble. Les portes et les volets étaient peints en vert et sur le rebord des fenêtres se trouvaient des jardinières pleines de géraniums rouges. Des voix, des rires et des conversations me parvenaient de l'intérieur. Je sentais une odeur de cuisine, d'épices et de menthe. À mon passage, la porte s'est ouverte de nouveau et la petite fille en tunique jaune s'est précipitée dans la rue. Quand elle m'a vue, elle s'est arrêtée et m'a dévisagée de ses yeux clairs. Je lui donnais cinq ou six ans. Elle était trop jeune pour porter le voile. Elle avait des couettes nouées par un ruban jaune et un bracelet en or autour de son petit poignet potelé.

« Bonsoir », ai-je dit.

La fillette m'a regardée fixement.

« J'ai bien peur d'avoir laissé ton hanneton s'échapper, ai-je expliqué en levant les yeux vers la canne abandonnée. Il avait l'air si triste, ligoté comme ça. Demain, tu pourras essayer de l'attraper encore une fois. Enfin, s'il veut bien jouer avec toi. »

J'ai souri. L'enfant continuait à me dévisager. Je me demandais si elle avait compris. À Paris, j'avais vu des fillettes de l'âge de Rosette qui parlaient à peine un mot de français, alors même qu'elles étaient nées ici. En général, elles avaient maîtrisé la langue avant la fin de l'école primaire, mais je savais certains parents réticents à l'idée d'envoyer leurs filles en secondaire, parfois à cause de l'interdiction du port du voile, parfois aussi parce qu'ils avaient besoin d'elles à la maison.

« Comment tu t'appelles ? ai-je demandé à l'enfant.

— Maya. » Elle me comprenait, *donc*.

« Eh bien, je suis ravie de te rencontrer, Maya, ai-je dit. Je m'appelle Vianne. En ce moment, j'habite dans la maison là-haut avec mes deux filles. »

J'ai montré la vieille maison d'Armande du doigt.

Maya n'avait pas l'air convaincue. « La maison là-bas ?

— Oui, c'est celle de mon amie Armande. » Je voyais bien qu'elle n'était pas convaincue. « Est-ce que ta mère aime les pêches ? » ai-je ajouté.

Maya a eu un léger hochement de tête.

« Il y a un pêcher contre la maison de mon amie. Demain, si tu veux, je pourrai en cueillir et en apporter à ta mère pour l'*iftar.* »

Le fait que j'emploie ce mot a fait sourire Maya. « Vous connaissez l'*iftar* ?

— Bien sûr. »

Ma mère et moi avions vécu à Tanger, autrefois. Une ville vivante à divers titres et pleine de contradictions. Je me suis toujours servie de la nourriture et des recettes de cuisine pour comprendre ceux qui m'entouraient et parfois, dans des endroits tels que Tanger, la nourriture est le seul langage commun.

« Qu'y a-t-il au menu de votre repas, ce soir ? De la soupe à la harissa ? ai-je demandé. J'adore la soupe à la harissa. »

Le sourire de Maya s'est élargi. « Moi aussi, a-t-elle dit. Et Omi fait des crêpes. Elle a une recette secrète. Elle fait les meilleures crêpes du monde. »

Soudain, la porte émeraude s'est de nouveau ouverte. Une voix de femme a prononcé sèchement quelques mots en arabe. Maya a semblé vouloir protester, puis elle est rentrée à contrecœur dans la maison. Une silhouette féminine voilée de noir est apparue dans l'embrasure de la porte. J'ai levé la main pour la saluer, mais la porte s'est refermée en claquant avant même que je puisse être certaine que la femme m'ait vue.

J'étais sûre d'une chose, en tout cas. La femme que je venais d'apercevoir était celle qui portait un *niqab* le jour de mon arrivée, celle que j'avais vue d'abord devant l'église, puis plus tard aux Marauds. C'était la sœur de Karim Bencharki, dont personne ne semblait connaître le vrai nom. C'était la femme dont l'ombre pesait si lourd au sein des deux communautés…

Je rentrais en suivant la Tannes et le silence qui y régnait me donnait presque le frisson. Les grillons et les oiseaux s'étaient tus, même les grenouilles avaient cessé de coasser.

Des soirs comme celui-ci, les gens du coin disent qu'un vent nommé l'autan s'apprête à souffler. *Le vent des fous*, un vent qui fait trembler les fenêtres, dessèche les récoltes et empêche les gens de dormir. De l'autan blanc résulte une chaleur sèche. L'autan noir, lui, est synonyme d'orages et de pluie. Quelle que soit la direction du vent, le changement n'est jamais loin.

Qu'est-ce que je fais à Lansquenet ? De nouveau, je ne peux m'empêcher de me poser la question. Est-ce l'autan qui m'a amenée ici ? Et de quel vent s'agira-t-il, cette fois-ci ? De l'autan blanc qui empêche de dormir, ou du noir qui rend fou ?

CHAPITRE 3

†

Mardi 17 août

Bénissez-moi, mon père, parce que j'ai péché. Bien sûr, vous n'êtes plus là. Mais j'ai besoin de me confesser à quelqu'un, mon père, et il m'est tout à fait impossible de me tourner vers le nouveau prêtre, le père Henri Lemaître, avec son jean, son sourire sans joie et ses idées modernes. Il en va de même pour l'évêque. D'ailleurs, il pense que c'est moi qui ai allumé le feu. Je ne me mettrai pas à genoux devant ces gens-là, mon père. Le diable m'emportera avant.

Vous avez raison, c'est évident. L'orgueil est mon péché. J'en ai toujours été conscient. Pour ma défense, je suis certain que le père Henri Lemaître va détruire Saint-Jérôme et je ne peux pas rester là à ne rien faire. Cet homme utilise PowerPoint pour faire ses sermons, bon sang. Il a remplacé l'organiste du village par Lucie Levalois à la guitare. Le résultat est un succès incontestable : jamais les habitants des autres villages n'étaient venus en si grand nombre. Mais qu'en penseriez-vous, mon père, vous qui étiez toujours si strict ?

L'évêque dit que, de nos jours, les offices religieux doivent être plus drôles et moins austères. *Nous devons donner aux jeunes l'envie de venir*, explique-t-il. Pour sa part, il a trente-huit ans, six ans de moins que moi, et il porte des tennis Nike sous son surplis de cérémonie. Le père Henri Lemaître est son protégé. Tout ce qu'il fait trouve donc grâce à ses yeux. Ainsi approuve-t-il son intention de moderniser Saint-Jérôme en lui fournissant des écrans pour ses sermons sur PowerPoint et en projetant de remplacer nos vieux bancs d'église en chêne par quelque chose de « plus approprié ». J'imagine que, selon lui, ce type de bois fait déplacé avec PowerPoint.

En ce qui me concerne, je déplorerai cette perte, mais je ne ferai partie que d'une minorité. Cela fait des années que Caro Clairmont se plaint de ces bancs étroits et durs (deux adjectifs qui ne correspondent en rien à l'anatomie de Caro). De plus, il va de soi que si l'on se débarrasse des bancs, ce sera son mari Georges qui les récupérera, les restaurera et finira par les vendre à un prix ridiculement démesuré, à Bordeaux, à de riches touristes désireux d'aménager leur maison de vacances avec de beaux meubles authentiques.

Il m'est difficile de ne pas être en colère, mon père. J'ai consacré ma vie à Lansquenet. Me voir ainsi récompensé, et être mis à l'écart, et pour cette raison…

On en revient toujours à cette maudite boutique. Cette fichue chocolaterie. Pourquoi cet endroit est-il toujours synonyme de problèmes ? D'abord, il y a eu Vianne Rocher, puis la sœur de Bencharki. Aujourd'hui encore, dévorée par l'incendie et vide, elle semble faire de son mieux pour provoquer ma chute. D'après ses dires, l'évêque certifie que rien ne m'implique dans cette affaire. Quel hypocrite. Vous remarquerez qu'il ne dit pas *clairement* qu'il croit à mon innocence. Ce qu'il dit, en des termes très raisonnables, c'est que quels que soient les résultats de l'enquête à mon encontre, ma position de curé est compromise, ici. Peut-être qu'au sein d'une autre paroisse, où l'on ne connaîtrait pas mon histoire…

Qu'il aille au diable avec sa condescendance. Je ne m'en irai pas sans faire de bruit. Je refuse de croire que *personne* ici n'ait foi en moi, après tout ce que j'ai fait pour cette communauté. Je dois pouvoir trouver quelque chose à faire. Un geste qui me permettrait de reconquérir l'estime de mes ouailles et des gens des Marauds. J'ai tenté en vain de leur parler. Une action peut-être plaidera en ma faveur.

Voilà pourquoi j'ai décidé de retourner ce matin sur la place Saint-Jérôme et de faire mon possible pour me racheter. La structure de la boutique est solide. Elle a quand même besoin d'un peu plus que d'un grand nettoyage pour être remise à neuf : quelques tuiles sur le toit, des pièces de bois à remplacer, du plâtre et plusieurs couches de peinture. En tout cas, tel était mon avis. Je me disais aussi que si l'on me voyait m'affairer, d'autres viendraient me prêter main-forte.

Quatre heures plus tard, j'avais mal partout et personne ne m'avait adressé la parole. La boulangerie de Poitou se trouve de l'autre côté de la place, le Café des Marauds juste en bas de la rue, et aucun n'avait pensé ne serait-ce qu'à m'apporter à boire par cette chaleur écrasante. J'ai commencé à comprendre, mon père, que je payais là le prix de ma pénitence. Pas pour l'incendie, mais pour mon arrogance, celle qui m'avait conduit à croire que je pourrais récupérer mes ouailles grâce à cette seule preuve d'humilité.

Après l'heure du déjeuner, la boulangerie a fermé et la place blanchie par le soleil est retombée dans le silence. Seule la tour Saint-Jérôme me protégeait un peu de la chaleur. Je profitais un peu de son ombre tout en traînant les débris carbonisés sur le trottoir. Puis, je suis allé boire à la fontaine.

« Qu'est-ce que vous fabriquez ? » a demandé quelqu'un.

Je me suis redressé. Doux Jésus. De tous les gens que j'aurais préféré *ne pas* voir, le fils Clairmont était le moindre mal, bien sûr, mais il allait tout raconter à sa mère. Mieux aurait valu qu'il me trouve en train de nettoyer la maison des Bencharki, entouré d'amis bénévoles au lieu de me voir ainsi, épuisé, crasseux et souffrant seul au milieu de morceaux de bois brûlés.

« Pas grand-chose. » Je lui ai décoché un sourire. « Je me suis dit que nous pourrions nous montrer solidaires. Tu ne voudrais pas qu'une mère et sa fille reviennent vivre dans un endroit *pareil*, si ? » Je lui ai montré la porte d'entrée carbonisée et les restes calcinés qu'elle cachait.

Luc m'a lancé un regard circonspect. Je n'aurais peut-être pas dû lui sourire.

« Très bien, cela me rend mal à l'aise, ai-je avoué en effaçant mon sourire. Je sais que la moitié du village *me* croit responsable. »

La moitié du village ? Si seulement c'était vrai. En fait, je pouvais compter les gens qui étaient de mon côté sur les doigts d'une seule main.

« Je vais vous aider, dit Luc. Je n'ai rien d'autre à faire, en ce moment. »

Bien sûr, l'université ne reprend que fin septembre. Si je me souviens bien, il étudie la littérature française, au grand dam de Caro. Mais pourquoi veut-il m'aider ? Il ne m'a jamais aimé, pas même du temps où sa mère m'était toute dévouée.

« Je vais ramener une camionnette du dépôt de bois, déclara-t-il en désignant les débris. Je vais vous aider à nettoyer tout ça, d'abord, et ensuite on fera la liste du matériel dont on a besoin. »

En fait, je n'étais pas en position de refuser. Après tout, c'était l'orgueil qui m'avait mis dans cette situation. Je l'ai remercié et me suis remis au travail. J'ai continué à sortir les débris. Il y en avait beaucoup plus que je ne l'avais imaginé, mais avec l'aide de Luc, nous avions réussi à déblayer la totalité du rez-de-chaussée à la fin de la journée.

Les cloches de l'église ont sonné l'heure de la messe. L'ombre s'étendait de plus en plus sur la place. Le père Henri Lemaître est sorti de Saint-Jérôme d'un pas nonchalant comme si l'on venait de l'extraire d'une chambre froide spécialement conçue pour les prêtres : la soutane bien repassée, la coiffure jeune et stylée, le col tout propre et un peu plus blanc encore que sa dentition.

« Francis ! » Je déteste cela quand il m'appelle par mon prénom.

Je lui ai offert le plus diplomatique de mes sourires.

« Comme c'est gentil de votre part, m'a-t-il dit comme si c'était pour lui que je travaillais. Si seulement vous m'aviez prévenu ce matin, j'aurais pu en parler après la messe. » Il sous-entendait qu'il m'aurait lui-même volontiers apporté son aide si l'on ne lui avait pas imposé la tâche de s'occuper de *ma* paroisse. « En parlant de la messe », a-t-il continué en me jetant un œil critique. Je transpirais et j'étais couvert de suie. « Vous avez l'intention de venir ce soir ? Il y a des vêtements de rechange dans la sacristie et je serai ravi de…

— Non merci.

— Mais, j'ai remarqué que vous n'étiez pas venu à la messe, que vous n'avez pas reçu la communion ou ne vous êtes confessé depuis…

— Merci. J'y songerai. »

Comme si j'allais accepter l'hostie de ses mains. Quant à confesse, je sais bien qu'il s'agit d'un péché, mon père, mais disons juste que le jour où je le laisserai me donner pénitence correspondra à celui où je quitterai les ordres pour de bon.

Il m'a regardé avec compassion. « Ma porte est toujours ouverte », a-t-il conclu.

Puis, après m'avoir offert un dernier sourire digne d'une publicité pour dentifrice, il est parti, me laissant là, bien loin d'être apaisé, les poings serrés derrière le dos.

C'en était assez. J'en avais fini pour la journée. Je suis rentré chez moi avant que la foule de la messe ne commence à se rassembler sur la place. Le son des cloches m'a poursuivi jusque chez moi et lorsque je suis arrivé devant ma porte d'entrée, j'ai découvert qu'on l'avait taguée à la bombe noire. Le graffiti devait être récent car je sentais encore les émanations de peinture dans l'air chaud.

J'ai regardé autour de moi et n'ai vu qu'un groupe de trois garçons sur des vélos tout-terrain au bout de la rue des Francs-Bourgeois. Des adolescents, d'après moi. L'un d'eux était vêtu d'une chemise blanche et large, les deux autres, d'un tee-shirt et d'un jean. Ils portaient tous trois ce foulard à carreaux que l'on voit parfois chez les hommes d'origine berbère. Ils m'ont vu et ont filé à toute vitesse vers les Marauds en criant quelque chose en arabe. Je ne connais pas la langue, mais à considérer le ton de leurs voix et leurs rires, je devine qu'il ne devait pas s'agir d'un compliment.

J'aurais pu les suivre, mon père. Peut-être aurais-je dû le faire. Mais j'étais fatigué et oui, je l'avoue, sans doute aussi un peu effrayé. Alors, je suis rentré chez moi, j'ai pris une douche, me suis servi une bière et j'ai tenté de manger un sandwich.

La fenêtre était ouverte et j'entendais toujours les cloches sonner la messe. Plus loin, la voix du *muezzin* se faisait entendre à travers la rivière tel un ruban de fumée dans l'air du soir. J'aurais aimé prier, mais pour une raison que j'ignorais, je ne pouvais cesser de penser à Armande Voizin, à son regard noir et perçant, à son impertinence et au fait que tout cela l'aurait bien fait rire. Elle me voyait peut-être. Cette pensée m'a consterné. Alors, je suis allé chercher une autre bière et j'ai contemplé le soleil se couchant sur la Tannes alors qu'à l'est, un croissant de lune se levait sur Lansquenet.

CHAPITRE 4

Mardi 17 août

Ce matin, Rosette et moi sommes allées découvrir ce qu'il était advenu de Joséphine. Tout était fermé aux Marauds : la boutique de vêtements, l'épicerie, le magasin qui vendait des rouleaux de tissu. Cependant, nous avons trouvé un petit café dans lequel travaillait un homme à l'air lugubre, vêtu d'une *djellaba* blanche et d'une calotte de prière appelée *taqîya.* Il astiquait les tables. Quand il s'est aperçu que je regardais à l'intérieur de son établissement, il s'est arrêté le temps de prononcer la phrase suivante :

« Nous sommes fermés. »

Je m'en doutais un peu. « Vous ouvrez à quelle heure ?

— Plus tard. Ce soir. » Le regard qu'il m'a lancé m'a fait penser à Paul Muscat, à l'époque où il tenait le Café des Marauds. Son regard était celui d'un juge, curieusement hostile. Puis il s'est de nouveau concentré sur ses tables. Tout le monde n'était pas accueillant, ici.

Monsieur en colère, a dit Rosette en langue des signes. *Lui pas content. Allons-nous-en.*

Bam était plus visible que jamais, une lueur orange vif sur les talons de sa maîtresse. Un air malicieux s'est dessiné sur le visage de ma fille. La calotte de l'homme a glissé et est tombée par terre.

Rosette a roucoulé de plaisir.

Du coin de l'œil, j'ai vu Bam faire un saut périlleux.

Je me suis dépêchée de prendre la main de Rosette. « Ce n'est pas grave. On y va, ai-je dit. Ce n'est pas le café qu'on cherchait. »

Mais en arrivant au Café des Marauds, à la place de Joséphine, nous avons trouvé une fille morose d'environ seize ans qui regardait la télé derrière le comptoir. Elle m'a annoncé que Mme Bonnet était partie en voiture à Bordeaux pour y prendre un chargement de marchandises. Il se pouvait qu'elle rentre tard.

« Non, elle n'a pas laissé de message », m'a-t-elle dit. La serveuse ne semblait pas me reconnaître et ne montrait aucune curiosité à mon égard. Ses yeux étaient tellement maquillés, si lourds d'ombre à paupière et de mascara, que je pouvais à peine les voir. Ses lèvres luisaient comme des fruits confits et elle mâchait tranquillement une grosse boulette de chewing-gum rose.

« Je m'appelle Vianne. Et vous êtes ? »

Elle m'a regardée comme si j'étais folle. « Marie-Ange Lucas, a-t-elle fini par dire, du même ton désabusé. Je remplace Mme Bonnet.

— Enchantée, Marie-Ange. Je vais prendre un citron pressé, s'il vous plaît. Et un Orangina pour Rosette. »

Anouk était partie à la recherche de Jeannot

Drou. J'espérais qu'elle avait eu plus de chance que moi avec Joséphine. J'ai porté nos boissons sur la terrasse (Marie-Ange n'ayant pas proposé ses services) et me suis assise sous l'acacia pour observer la rue déserte qui menait au pont qui conduisait aux Marauds.

Madame Bonnet ? Ma vieille amie avait repris son nom de jeune fille, mais je me demandais pourquoi elle avait choisi de se faire appeler *Madame.* Le village de Lansquenet avait ses propres règles quand il s'agissait d'imposer le respect. Une femme de trente-cinq ans ou plus qui gérait son affaire sans l'aide d'un homme ne pouvait décemment pas se faire appeler *Mademoiselle.* Je l'avais appris à mes dépens, huit ans plus tôt. Pour les gens de ce village, j'ai toujours été Madame Rocher.

Rosette a fini son verre et commencé à jouer avec deux ou trois cailloux qu'elle avait ramassés sur la route. Un rien l'amuse. Avec ses doigts, elle a fait un geste et les cailloux se sont illuminés d'une lumière secrète. Rosette a émis un petit grognement d'impatience et les pierres se sont mises à danser sur la table.

« Va jouer plus loin avec Bam, lui ai-je permis. Mais, tu restes dans mon champ de vision, d'accord ? »

Je l'ai regardée se diriger vers le pont. Je savais qu'elle pouvait rester jouer là pendant des heures, à jeter des bâtons par-dessus le parapet, à essayer de les rattraper de l'autre côté du pont, ou bien simplement à observer le reflet des nuages qui passaient dans le ciel. À un endroit, l'air chaud s'est mis à trembler et la présence de Bam s'est confirmée. J'ai fini mon citron pressé, en ai commandé un autre.

Un petit garçon d'environ huit ans a passé la tête

dans l'embrasure de la porte du café. Il portait un tee-shirt du *Roi Lion* qui arrivait presque en bas de son short délavé, et des baskets qui témoignaient d'une chute récente dans la Tannes. Il avait les cheveux décolorés par le soleil et des yeux bleus comme un ciel d'été. Il tenait une corde au bout de laquelle un gros chien aux longs poils hirsutes a fini par apparaître au coin de la porte. De toute évidence, l'animal avait accompagné son maître dans la rivière. Le garçon et le chien m'ont dévisagée, l'air curieux. Puis ils se sont mis à courir, ont descendu la rue jusqu'au pont. Le chien aboyait comme un fou au bout de sa laisse. Le garçon gambadait à ses côtés. Chacun de ses pas faisait exploser de petites boules de poussière sous ses chaussures sales.

Marie-Ange m'a servi mon deuxième citron pressé. « Qui est-ce ? ai-je demandé.

— Oh, c'est Pilou. Le fils de Mme Bonnet.

— Son *fils* ? »

Elle m'a lancé un regard. « Ben oui.

— Oh. Je ne savais pas », ai-je expliqué.

Elle a haussé les épaules pour me faire part de son indifférence totale à notre encontre. Puis elle s'est emparée des verres vides avant de retourner regarder son émission de télé.

J'ai de nouveau jeté un coup d'œil vers le garçon et son chien qui barbotaient dans les bas-fonds de la rivière. La brume les entourait d'un halo d'or : les cheveux de l'enfant brillaient au soleil et l'animal miteux lui-même semblait fait d'une gangue de diamants.

J'ai vu que Rosette observait le garçon et son chien avec curiosité. C'est une petite fille sociable, mais à Paris, elle a tendance à rester seule. Les autres enfants ne jouent pas avec elle. D'une part, parce qu'elle ne parle pas ; d'une autre, parce qu'elle leur fait peur. J'ai entendu Pilou lui crier quelque chose de sous le pont et l'instant suivant, elle les avait rejoints, lui et son chien, pour patauger dans l'eau. La rivière est très basse à cet endroit. Il y a un banc de sable et de gravier que l'on prendrait presque pour une petite plage. Je me suis dit que Rosette ne craignait rien. Je l'ai donc laissée jouer avec ses nouveaux camarades tout en finissant mon citron pressé et en pensant à ma vieille amie.

Alors, comme ça, Mme Bonnet avait un fils. Qui en était le père ? Elle avait gardé son nom. Elle ne s'était donc pas remariée. Aujourd'hui, seule Marie-Ange tenait le café : aucun signe d'un éventuel compagnon. Bien sûr, j'ai perdu contact avec mes amis quand je suis partie m'installer à Paris. Changement de nom, changement de vie. J'avais laissé Lansquenet derrière moi, ainsi que tant d'autres choses que je ne pensais pas revoir un jour. Roux aurait pu me faire part de la nouvelle. Il n'avait jamais beaucoup écrit et il ne m'avait envoyé que des cartes postales illustrées sur lesquelles il griffonnait une seule petite phrase de l'endroit quelconque où il se trouvait. Il était néanmoins resté à Lansquenet pendant quatre ans et avait passé la plupart de ce temps dans ce café même. J'étais consciente qu'il détestait les commérages, mais sachant combien j'étais proche d'elle, pourquoi diable ne m'avait-il pas dit que Joséphine avait eu un enfant ?

J'ai terminé mon verre et réglé l'addition. Le soleil était déjà très chaud. Rosette a huit ans, mais elle est petite pour son âge. Il se pouvait que Pilou soit plus jeune. Je suis descendue vers le pont en regrettant de ne pas avoir pris de chapeau. Les enfants étaient en train de construire une sorte de digue sur le fond sableux de la rivière. J'entendais Rosette bredouiller dans son langage : « *bambaddabambaddabam !* » Pilou donnait des ordres et se préparait de toute évidence à une attaque de pirates.

« En avant ! Arrière toute ! À vos canons ! *Bam !* »

« Bam ! » a répété Rosette.

Je connaissais très bien ce jeu. Anouk y avait joué dans les Marauds avec Jeannot Drou et leurs amis, huit ans auparavant.

Le garçon a levé les yeux vers moi et m'a offert un grand sourire. « Vous êtes maghrébine ? »

J'ai secoué la tête.

« Mais elle parle une langue étrangère, non ? » m'a-t-il demandé en regardant Rosette du coin de l'œil.

J'ai souri. « Ce n'est pas vraiment une langue étrangère. Mais, c'est vrai, elle ne parle pas beaucoup. Elle comprend ce que tu lui dis, en tout cas. Elle est très douée pour certaines choses.

— Comment elle s'appelle ?

— Rosette, ai-je répondu. Et toi, tu es Pilou. C'est le diminutif de quel nom ?

— Jean-Philippe, a-t-il dit avec un autre grand sourire. Et ça, c'est mon chien, Vladimir. Dis bonjour à la dame, Vlad ! »

Vlad a aboyé avant de secouer ses poils et d'envoyer un jet d'eau qui a décrit un arc au-dessus du petit pont.

Rosette s'est mise à rire. *Super-jeu*, a-t-elle signé.

« Qu'est-ce qu'elle dit ?

— Elle t'aime bien.

— Cool.

— Tu es donc le petit garçon de Joséphine, ai-je continué. Je m'appelle Vianne, je suis une vieille amie de ta mère. Nous logeons aux Marauds, dans l'ancienne maison de Mme Voizin. » J'ai fait une pause. « J'aimerais beaucoup vous inviter tous les deux. Ainsi que ton père, si ça le chante. »

Pilou a haussé les épaules. « Je n'ai pas de père. » Il avait formulé sa réponse d'un ton légèrement provocant. « Enfin, évidemment que j'en ai un, mais…

— Tu ne sais pas qui c'est ? »

Pilou a souri. « Ouais, c'est ça.

— C'est aussi le cas de ma petite fille. De mon autre petite fille, Anouk. »

Pilou m'a regardée avec des yeux ronds. « Je sais qui vous êtes, a-t-il lancé. Vous êtes la dame de la boutique qui faisait des chocolats, avant ! » Son sourire s'est encore élargi et il a fait un petit bond impressionnant dans l'eau. « Maman parle de vous tout le temps. Vous êtes presque une célébrité. »

J'ai ri. « Je n'irais pas jusque-là.

— On continue à organiser le festival que vous avez lancé, il y a des années. On fait ça à Pâques, devant l'église. On danse, on cherche des œufs, on sculpte du chocolat et plein d'autres choses.

— C'est vrai ? me suis-je étonnée.

— C'est *trop génial.* »

Je me souvenais de ce festival du chocolat, de la vitrine de la boutique, des pancartes écrites à la main, d'Anouk à six ans. Il y avait une éternité de cela. Elle faisait des bonds dans la rivière avec ses bottes Wellington jaunes et soufflait dans sa trompette en plastique pendant que Joséphine dansait devant l'église et que Roux se tenait là, avec cette éternelle expression sur le visage, ce regard à la fois sombre et timide…

Je me suis soudain sentie mal à l'aise. « Elle ne t'a *jamais* parlé de ton père ? »

Il a de nouveau affiché un sourire aussi lumineux que les reflets du soleil sur la Tannes. « Elle dit que c'était un pirate qui sillonnait la rivière. Maintenant, il court les mers, il boit du rhum dans des coques de noix de coco et cherche un trésor enfoui. Elle dit que je lui ressemble comme deux gouttes d'eau. Quand je serai grand, je quitterai Lansquenet et je vivrai mes propres aventures. Je le croiserai peut-être en chemin. »

Maintenant, j'étais encore plus mal à l'aise. On aurait dit une des histoires de Roux. J'avais toujours su que Joséphine avait un petit béguin pour Roux. En fait, à une époque, j'avais même cru qu'ils pourraient tomber amoureux l'un de l'autre. La vie est ainsi faite qu'elle joue des tours à nos attentes les plus certaines et l'avenir que j'avais envisagé pour nous a pris une tournure bien différente.

Joséphine rêvait de s'en aller, mais elle est finalement restée à Lansquenet. Je m'étais promis de ne jamais retourner à Paris et c'est à Paris que je me suis établie. Comme le vent, la vie s'amuse à nous mener aux endroits les plus inattendus, à changer si souvent de direction qu'elle peut finir par accorder aux mendiants une couronne, détrôner des rois, transformer l'amour en indifférence et lier d'amitié deux ennemis jurés qui descendront au tombeau, main dans la main.

Ne défie jamais la vie, me disait ma mère. *Parce que la vie ne joue pas franc-jeu. Elle change les règles, te prend les cartes des mains ou parfois même les fait disparaître...*

J'ai soudain éprouvé l'envie de lire les tarots de ma mère. Je les avais apportés, comme toujours, bien sûr, mais je n'avais pas ouvert la boîte de santal depuis longtemps. J'ai peur d'avoir perdu la main pour les lire, ou peut-être est-ce *autre chose* que je crains.

De retour dans la maison d'Armande où son parfum est toujours présent, cette odeur de la lavande qu'elle avait l'habitude de mettre dans son linge de maison et des pots de cerises macérées dans la liqueur qui s'alignent encore sur les étagères de son petit garde-manger, j'ai fini par ouvrir la boîte de ma mère. Son odeur en était toujours imprégnée, tout comme la maison d'Armande portait encore la sienne, comme si, en mourant, ma mère avait rétréci jusqu'à prendre la taille d'un jeu de cartes, bien que sa voix, elle, résonnât toujours aussi fort.

J'ai coupé les cartes et les ai étalées devant moi. Dehors, Rosette jouait toujours avec son nouvel ami, dans les Marauds. Les cartes sont vieilles, quelque peu gondolées et les dessins en relief élimés par le toucher de tant de mains.

Le Sept d'Épée : la futilité. Le Sept de Denier : l'échec. La Reine de Coupe a un regard distant, le regard d'une femme si souvent déçue qu'elle n'ose plus se nourrir d'espoir. Le Cavalier de Coupe, une carte dynamique à l'origine, a été un peu abîmé par l'eau : il a le visage violacé d'un débauché. Qui est-il ? Il m'est familier, mais ne répond à aucune de mes questions. En tout cas…

Les cartes ne présagent rien de bon. Je devrais les mettre de côté, je le sais. Qu'est-ce que je fais ici, de toute façon ? Je regrette presque d'avoir ouvert la lettre d'Armande, que Roux me l'ait donnée, qu'il ne l'ait pas jetée dans la Seine.

Je vérifie mon téléphone. Pas de message de Roux. Il n'a pas dû lire ses textos, rien n'est plus probable.

Il est aussi peu doué avec les portables que pour écrire des lettres. Cependant, après ce que je viens d'apprendre aujourd'hui, j'ai besoin de ce contact, aussi simple soit-il. C'est absurde : je n'ai jamais eu *besoin* de personne. Malgré tout, je ne peux m'empêcher de me dire que plus longtemps je resterai à Lansquenet et plus le lien qui me rattache à ma nouvelle vie se fragilisera…

Bien sûr, nous *pourrions* rentrer dès ce soir. Ce serait très simple, en fait. Qu'est-ce qui me retient ici ? La nostalgie ? Un souvenir ? Un paquet de cartes ?

Non, rien de tout cela. Alors, quoi ?

Je range les cartes dans leur boîte. L'une d'elles s'échappe et tombe face contre terre. Il s'agit d'une femme avec un bâton au bout duquel pend un croissant de lune. Son visage est caché par une ombre. La Lune. Une carte que j'ai longtemps associée à ma personne, mais aujourd'hui, c'est quelqu'un d'autre. Peut-être à cause du croissant de lune qui ressemble tant à celui de la mosquée. Ou bien peut-être parce que le visage voilé de ce personnage me fait penser à la femme en noir, celle que je n'ai fait qu'apercevoir, mais dont l'ombre s'étend de la Tannes jusqu'aux Marauds, et qui m'attire vers elle, me ramène à la maison…

À la maison. Oh, encore ce mot. Lansquenet n'est pourtant *pas* ma maison. Et pourtant, ce mot est tellement fort. Sais-je seulement ce qu'il signifie ? La femme en noir pourra peut-être me l'expliquer. Enfin, si j'arrive à la retrouver.

Anouk est revenue de sa journée passée avec Jeannot, un sourire d'une gaieté estivale aux lèvres et un coup de soleil sur l'arête du nez. Je la laisse là, en compagnie de Rosette dont le petit camarade a fini par rentrer chez lui, avec son chien. Cela dit, j'ai dans l'idée que nous allons revoir Pilou, Vlad et Jeannot ces prochains jours.

« Tu t'es bien amusée ? »

Anouk acquiesce. Ses yeux sont très brillants. Elle ressemble beaucoup à Rosette aujourd'hui, malgré leurs différentes couleurs de teint. L'humidité de l'air sur la Tannes lui a donné les mêmes bouclettes exubérantes. Je suis contente qu'elle ait trouvé un ami ici, même s'il s'agit du fils de Joline Drou. Je me souviens d'un petit garçon au regard clair qui au début manquait d'assurance, mais s'était vite laissé séduire par les jeux extravagants d'Anouk. Ses friandises préférées étaient les petites souris en chocolat. Il les coinçait dans des morceaux de baguette fraîche pour en faire des pains au chocolat. Il doit avoir l'âge d'Anouk, maintenant ; peut-être un peu plus. Il s'est étoffé un peu depuis la dernière fois que nous l'avons vu. Il a dépassé ses deux parents, même si son dos voûté et la démarche enfantine et maladroite qu'il adopte lorsqu'il croit que personne ne le regarde trahissent en fait son manque de maturité. Je suis heureuse de voir qu'il reste chez Jeannot quelque chose du petit garçon qu'il était. Je connais tant de gens qui ont changé au point, parfois, de ne plus être reconnaissables.

Six heures sonnent à l'horloge de Saint-Jérôme. C'est le moment de rendre visite à nos voisins. Les hommes seront encore à la mosquée et les femmes en pleine préparation de l'*iftar*.

« J'ai envie d'aller faire un tour. Je peux vous laisser ? »

Elle hoche la tête. « Bien sûr. Je préparerai le dîner. »

Je suppose que cela signifie des pâtes sèches, cuites dans le four à bois d'Armande. Il y en a tout un bocal dans le garde-manger, mais je n'ose imaginer de quand elles datent. Anouk et Rosette préfèrent les pâtes à presque tout le reste. Avec un peu d'huile d'olive et du basilic du jardin, elles en seront toutes deux ravies. Il y a des pêches aussi, les cerises et les prunes à l'eau-de-vie de Narcisse, un flan aux pruneaux de sa femme, de la galette et du fromage apporté par Luc.

Mon regard se pose sur la maison aux volets verts et clos. J'ai promis des pêches à Maya. Anouk m'aide à en cueillir. Nous les posons dans un panier sur un lit de feuilles de pissenlit. Voilà un détail que j'avais presque oublié après avoir vécu huit ans à Paris : l'odeur enivrante de pêches gorgées de soleil sur un arbre, le parfum légèrement amer de ces feuilles, semblable à celui des trottoirs poussiéreux après la pluie. Pour moi, cela sent l'enfance, les étals au bord des routes et les nuits d'été.

Qu'en est-il de la femme en noir ? Bien sûr, je n'en ai pas la preuve, mais quelque chose me dit que les pêches sont ses fruits préférés.

À une époque, je connaissais les péchés mignons de tout le monde. Une partie de moi les connaît toujours, même si ce don que ma mère chérissait tant s'est bien souvent avéré être un fardeau. Savoir n'est pas toujours chose plaisante. Le pouvoir ne l'est pas toujours non plus. J'ai appris cette leçon il y a quatre ans, quand Zozie de l'Alba a débarqué dans nos vies comme une furie en chaussures écarlates. Il y a trop de choses en jeu pour que je puisse simplement me réjouir d'être portée par le vent, trop de responsabilités à savoir déchiffrer le cœur d'un être humain.

Ai-je raison de faire ce que je fais ? Ai-je le pouvoir de changer quelque chose, ici ? Ou la femme en noir se révélera-t-elle une obscure *piñata* à mon effigie, remplie de mots qu'il aurait mieux valu taire, d'histoires qui auraient dû rester secrètes ?

CHAPITRE 5

Mardi 17 août

Je pensais trouver la femme en noir. Pourtant, lorsque je me suis rendue à la maison aux volets verts, c'est une femme plus âgée qui m'a ouvert. La soixantaine bien passée, le visage rond, un peu enrobée, la chevelure épaisse et grise s'échappant d'un *hijab* blanc aux mailles lâches. Elle a eu l'air surprise de me voir, voire un peu soupçonneuse au début, mais lorsque je lui ai donné les pêches et précisé que j'avais rencontré Maya la veille au soir, son visage s'est éclairé d'un large sourire.

« Ah, la petite ! s'est-elle exclamée. Toujours à faire des bêtises. C'est une coquine, hein ? » Il y avait dans ces mots cette sorte d'indulgence que seule une grand-mère peut avoir.

J'ai souri. « J'ai une petite fille, moi aussi. Rosette. Vous la verrez sûrement bientôt, ainsi que mon autre fille, Anouk. Moi, je m'appelle Vianne. »

Je lui ai tendu la main. Elle a exercé une légère pression sur mes doigts, l'équivalent d'une poignée de main à Tanger. « Et votre mari ?

— Il est à Paris, ai-je répondu. Nous ne sommes ici que pour quelques jours. »

Elle m'a dit s'appeler Fatima et que son mari était Medhi Al-Djerba. Ce nom me disait vaguement quelque chose, Reynaud m'en avait parlé le jour de mon arrivée : il m'avait dit que le couple tenait une boutique, qu'ils vivaient aux Marauds depuis presque huit ans, que Medhi venait de la vieille ville de Marseille et qu'il aimait prendre un verre de vin, à l'occasion…

Fatima m'a fait signe d'entrer. « Je vous en prie, venez prendre un thé. »

J'ai secoué la tête. « Je ne veux pas m'imposer. Je sais que vous êtes très occupée. Je suis juste passée vous saluer et vous apporter les pêches. Nous en avons tellement…

— Entrez, entrez donc ! a insisté Fatima. J'étais simplement en train de préparer quelques plats. Je vais vous en donner à emporter chez vous. Vous aimez la cuisine marocaine ? »

Je lui ai dit avoir passé six mois à Tanger quand j'étais encore adolescente.

Son sourire s'est élargi de plus belle. « Je fais les meilleures *halva chebakia*. Avec du thé à la menthe ou du jus d'abricot, le *kamar-el-dine*. Vous pourrez en rapporter à votre famille. »

Une telle offre ne pouvait se refuser. Je le savais, par expérience. Les années passées à voyager avec ma mère m'avaient appris que la nourriture était un passeport universel. Peu importaient les barrières de langues, de culture ou de géographie, la nourriture traversait toutes les frontières. Offrir de la nourriture revenait à tendre une main amicale. L'accepter, c'était être adopté par la plus recluse des communautés. Je me suis demandé si Francis Reynaud avait déjà pensé à utiliser cette approche. Le connaissant, ce n'était pas le cas. Reynaud voulait bien faire, mais ce n'était pas le genre d'homme à acheter des *halva chebakia* ou à boire un verre de thé à la menthe dans le petit café au coin du *boulevard du P'tit Bagdad*.

J'ai suivi Fatima dans la maison, sans oublier de retirer mes chaussures au pas de la porte. La température était agréable et fraîche à l'intérieur. Il y régnait une odeur de frangipane. Les volets étaient restés fermés depuis midi pour empêcher la chaleur d'entrer. La porte de la cuisine était ouverte et un mélange de différents parfums est parvenu jusqu'à mes narines : celui de l'anis, de l'amande, de l'eau de rose, des pois chiches macérés dans du curcuma, celui de la menthe hachée, des graines de cardamome grillées, de ces merveilleuses *halva chebakia*, ces douces petites pâtisseries au sésame, frites à l'huile, de taille à être enfournées entières dans la bouche, en forme de fleur et si fondantes, si parfaites avec un verre de thé à la menthe...

« C'est gentil, mais je vais juste les rapporter à la maison, ai-je dit lorsqu'elle a encore une fois insisté pour que je goûte au thé et aux douceurs frites. Ne m'en donnez pas trop. Vous devez préparer l'*iftar*.

— Oh, je n'en manque pas, a répondu Fatima. Dans cette maison, nous aimons cuisiner. Tout le monde met la main à la pâte. » Elle a entrouvert la porte de la cuisine et j'ai entrevu plusieurs visages interrogateurs. Je me suis demandé si l'un d'eux était celui de la femme en noir avant d'abandonner cette pensée l'instant suivant. Il s'agissait d'une famille, je le savais.

Il y avait Maya, sur un petit tabouret, qui préparait

du gombo. Deux jeunes femmes d'à peine trente ans qui devaient être les filles de Fatima. L'une d'elles était vêtue d'un *hijab* noir qui recouvrait parfaitement ses cheveux et sa nuque. L'autre portait un *hijab* brodé sur un jean, ainsi qu'un *kameez* en soie. La ressemblance entre ces deux femmes était frappante.

Derrière la porte, une toute petite dame très âgée était assise sur une chaise et me dévisageait avec des yeux d'oiseau dans un nid de rides. Elle avait au moins quatre-vingt-dix ans, une belle chevelure blanche coiffée en une longue et fine natte qu'elle avait enroulée autour de sa tête une demi-douzaine de fois. Un foulard jaune couvrait son cou sans le serrer. Son visage ressemblait à une pêche flétrie, ses mains griffues à des pattes de poulet. Au moment où je suis entrée dans la pièce, c'est sa voix qui a rompu le silence et poussé des cris stridents en arabe.

« Voici ma belle-mère », a dit Fatima avec un sourire et la même indulgence que lorsqu'elle me parlait de Maya. « Allez, Omi, dis bonjour à notre invitée. »

Omi Al-Djerba m'a lancé un regard qui m'a fait penser à Armande, étrangement.

« Regarde, elle a apporté des pêches », a annoncé Fatima.

Les cris stridents se sont adoucis. « Fais-moi voir », a dit Omi. Fatima lui a tendu le panier. « Mmf, a-t-elle lâché avant de m'offrir un sourire aussi édenté que celui d'une tortue. C'est bien. Vous pouvez revenir. Tous ces petits machins, ces *briouats*, ces amandes et ces dattes, comment voulez-vous que je les mange ? Ma belle-fille veut me faire mourir de faim. *Inch'Allah*, elle n'y arrivera pas et je vous enterrerai tous ! »

Maya s'est mise à rire et à taper des mains. Omi a feint un grondement à son encontre. Fatima souriait comme si elle avait déjà entendu cette histoire à de nombreuses reprises. « Vous voyez ce que je dois tous les jours endurer, a-t-elle plaisanté en désignant les autres. Elles, ce sont mes filles, Zahra et Yasmina. Yasmina est mariée à Ismail Mahjoubi. Maya est leur fille. »

J'ai souri à tout ce groupe de femmes. Zahra, celle qui était vêtue d'un *hijab* noir, m'a rendu un sourire timide. Sa sœur, Yasmina, m'a serré la main. Elles se ressemblaient vraiment beaucoup, même si elles ne portaient pas les mêmes vêtements. Je me suis demandé un instant si Zahra n'était pas la femme en noir, mais la femme que j'avais vue sur la place, puis à la porte de la maison, était plus grande, peut-être plus âgée et plus gracieuse sous ses longs vêtements.

Je me suis souvenue à temps de quelques mots en arabe pour dire : « *Jazak Allah.* »

Les femmes ont eu l'air surprises, puis satisfaites. Zahra a murmuré une réponse polie. Maya a éclaté de rire avant d'applaudir de nouveau.

« Maya, l'a grondée Yasmina en fronçant les sourcils.

— C'est une adorable petite fille », l'ai-je défendue.

Omi s'est mise à glousser. « Attendez de voir ma petite Dou'a, a-t-elle dit. Maligne comme un singe. Et quelle mémoire ! Elle vous récite le Coran encore mieux que le vieux Mahjoubi. Croyez-moi, si cette fille avait été un garçon, elle serait la patronne du village aujourd'hui... »

Fatima m'a lancé un regard amusé. « Omi aurait

voulu avoir des garçons. Voilà pourquoi elle encourage toujours Maya à faire des bêtises. Et à se moquer de son grand-père. »

Omi a fait un clin d'œil à Maya qui l'a imitée avec un grand sourire.

Yasmina a eu l'air de trouver ça drôle, mais pas Zahra. Elle semblait moins à l'aise que les autres, sur ses gardes et un peu gênée. « Nous devrions offrir un thé à notre invitée », a-t-elle lancé.

J'ai secoué la tête. « Non, vraiment, c'est gentil. Mais merci pour les pâtisseries. Je dois rentrer. Je ne veux pas que mes filles s'inquiètent. »

J'ai repris mon panier rempli maintenant de tout un éventail de douceurs marocaines.

« Il m'est arrivé de préparer ces gourmandises une ou deux fois, ai-je dit. Mais, de nos jours, je ne fais plus que des chocolats. Vous saviez qu'avant, je louais la boutique qui se trouve à côté de l'église, celle où il y a eu un incendie ?

— Ah bon ? s'est étonnée Fatima en secouant la tête.

— Enfin, c'était il y a longtemps, ai-je ajouté. Qui habite là, maintenant ? »

Un silence, à peine perceptible, s'est imposé un court instant. Le visage rond et souriant de Fatima a perdu un peu de sa chaleur. Yasmina a baissé les yeux et commencé à tripoter le ruban dans les cheveux de Maya. Zahra a soudain paru anxieuse. Omi s'est mise à renifler bruyamment.

« C'est Inès Bencharki », a-t-elle fini par dire.

Inès. C'est donc son nom, me suis-je dit. « La sœur de Karim Bencharki, ai-je ajouté.

— Qui vous a dit ça ? s'est enquis Omi.

— Quelqu'un du village. »

Zahra a regardé Omi du coin de l'œil. « Omi, s'il te plaît. »

Elle a fait la moue. « *Yar.* Une autre fois, peut-être. J'espère que vous reviendrez nous voir. Apportez-nous quelques-uns de vos chocolats. Amenez vos enfants.

— Bien sûr. » Je me suis dirigée vers la porte. Fatima m'a raccompagnée.

« Merci pour les pêches. »

J'ai souri. « Passez nous voir quand vous voulez. »

Le soleil s'était couché. La nuit n'allait pas tarder à tomber. Bientôt, dans tout le quartier des Marauds, les gens allaient s'attabler et faire une pause dans leur jeûne. Une fois dehors, je les ai vus déjà commencer à sortir de la mosquée. Certains m'ont lancé des regards curieux quand j'ai traversé le boulevard. Il n'était pas habituel de voir là une femme seule, habillée comme je l'étais qui plus est, en jean et en tee-shirt, les cheveux sur le dos. La plupart d'entre eux m'ont ignorée, en détournant volontairement les yeux, ce qui, à Tanger, était une marque de respect, mais pouvait sans mal passer, à Lansquenet, pour une insulte.

La plus grande partie était des hommes. Pendant le ramadan, les femmes restaient souvent à l'écart pour préparer l'*iftar.* Certains étaient vêtus de longues tuniques blanches ; quelques-uns, de *djellabas* aux couleurs vives, ces robes à capuches que ma mère et moi avions vues si fréquemment à l'époque où nous étions à Tanger. Tous ou presque portaient des *taqîya,* des bonnets de prière, mais parmi les plus vieux, certains portaient le *fez,* le *keffieh,* un foulard, et même le béret basque noir. J'ai aussi compté quelques femmes. Elles étaient en *niqab* noir, pour la plupart. Je me suis demandé si j'allais reconnaître Inès Bencharki. C'est alors que tout à coup, je l'ai vue. Inès Bencharki. La femme en noir. Elle longeait le boulevard avec l'élégance et la grâce d'une danseuse.

D'autres femmes se promenaient en groupe. Elles parlaient et riaient ensemble. Inès Bencharki marchait à l'écart, enrobée de silence, les épaules droites, la tête haute, distante dans un halo de lumière crépusculaire.

Elle est passée si près de moi que j'aurais pu la toucher. J'ai aperçu des couleurs sous son *abaya* noire et je me suis soudain rappelé avec précision ce jour sur le pont des Arts, cette femme que j'avais vue m'observer et son regard souligné de khôl à travers le *niqab.* Les yeux d'Inès Bencharki étaient d'une autre beauté, en amande, étirés à n'en plus finir comme une longue journée d'été, dépourvus de tout maquillage. Elle regardait le sol en marchant et les autres reculaient sur son passage, lui faisaient de la place de manière presque instinctive. Personne ne lui parlait dans la foule. Personne ne lui adressait ne serait-ce qu'un regard.

Je me demande bien pourquoi les gens sont si mal à l'aise en sa présence. Cela n'a sans doute rien à voir avec son *niqab :* bien d'autres femmes portent le voile dans les Marauds sans pour autant provoquer cette froideur, cette sensation d'isolement. Qui est Inès Bencharki ? Pourquoi est-ce que personne ne lui adresse la parole ? Et pourquoi s'acharne-t-on à faire croire qu'elle est la sœur de Bencharki, alors que, de toute évidence, Omi et la famille Al-Djerba leur attribuent une relation bien plus intime ?

CHAPITRE 6

✝

Mercredi 18 août

Cela m'a pris une heure, mon père, d'effacer à la brosse la peinture noire sur ma porte d'entrée. Et l'inscription est toujours visible. Tel le négatif d'une photo, le message est incrusté sur la porte. Je vais devoir la repeindre, voilà tout. Comme si je ne souffrais pas assez des commérages…

Je n'ai pas bien dormi cette nuit. L'air était trop lourd, trop oppressant. Je me suis réveillé à l'aube, j'ai ouvert les volets et entendu au loin l'appel à la prière qui résonnait dans les Marauds. *Allah akbar*. Dieu est le plus grand. J'ai hâte de sonner les cloches de l'église, ne serait-ce que pour couvrir cet écho et effacer le sourire sur visage de Mahjoubi. Il sait très bien que ce qu'il fait est complètement interdit. Il sait aussi qu'aucun maire du coin n'interviendra en notre faveur : l'appel à la prière est émis de l'*intérieur* de la mosquée, sans amplification sonore. Donc, officiellement, il n'enfreint pas la loi.

Allah akbar, Allah akbar…

Je dois avoir l'ouïe très fine. La plupart des gens

ne semblent même pas remarquer cet appel à la prière. Narcisse, qui devient sourd, prétend que c'est mon imagination. Ce n'est pas vrai. Un jour comme aujourd'hui, chaque vaguelette de la Tannes, chaque cri d'oiseau me parvient à l'oreille, et l'appel du *muezzin* rompt le calme matinal comme le martellement d'une averse.

La pluie. En voilà une idée. Il n'a pas plu du tout ce mois-ci. Un peu de pluie ferait du bien à tout le monde. Elle permettrait aux jardins de fleurir, aux rues de se débarrasser de la poussière, à ces nuits infernales de rafraîchir. Mais, pas aujourd'hui. Le ciel est clair.

J'ai bu une tasse de café avant d'aller à la boulangerie de Poitou. J'ai acheté un sac de croissants, du pain, apporté le tout chez Armande et laissé le sac sur le pas de la porte à l'intention de Vianne Rocher.

Les rues des Marauds étaient calmes. J'imagine que les habitants profitaient de la dernière demi-heure qu'il leur restait avant le lever du soleil pour prendre leur petit déjeuner. Je n'ai vu personne, à l'exception d'une fille enveloppée dans un *hijab* bleu foncé qui laissait apparaître son visage. Elle a traversé la rue principale en courant tandis que je me dirigeais vers le pont, m'a jeté un regard craintif comme je m'approchais, puis elle est revenue sur ses pas et a disparu dans une rue transversale, en face du gymnase.

Le club de gym de Saïd. Je déteste cet endroit. Un misérable bâtiment à moitié en ruine au bout d'une humble ruelle. On y trouve toujours de nombreux jeunes gens, mais jamais aucun Blanc. Au coin de cette rue, l'air est chargé de testostérone. De l'odeur du *kif* aussi : ces jeunes Marocains sont nombreux à en fumer et la police hésite à agir. Selon les mots du père Henri Lemaître, nous devons avoir conscience des différentes sensibilités culturelles. De toute évidence, nous devons aussi accepter qu'ils n'envoient pas leurs filles à l'école et les rumeurs occasionnelles, quoique persistantes, de violences domestiques au sein de certaines familles dont on a parfois fait état sans jamais y accorder de suivi. Apparemment, le vieux Mahjoubi serait responsable, c'est à lui de gérer ces problèmes et il ne nous appartiendrait pas d'agir, ni même de nous interroger sur ces questions.

La porte du club de gym était maintenue ouverte à l'aide d'une cale. En ces jours de chaleur, la température monte à l'intérieur. Je n'ai pas tourné la tête, mais j'ai senti à mon passage un souffle d'hostilité, tel un éclat d'obus invisible. Et il m'a suivi.

Voilà. C'est fait.

Je hais le fait d'avoir peur de passer devant cette ruelle. Je m'y oblige chaque jour dans l'espoir de vaincre ma lâcheté. De la même façon, quand j'étais enfant, je me forçais à m'approcher d'un nid de guêpes accroché à un mur au fond du cimetière. Elles étaient grosses et répugnantes, mon père. J'étais plus terrifié par elles que par la simple éventualité qu'elles me piquent. C'est la même chose avec le club de gym de Saïd : cette montée d'adrénaline, la sueur qui me picote les aisselles et s'accumule sur ma nuque, l'accélération à peine perceptible de mon pas lorsque je m'approche de cet endroit, la manière dont mon cœur bat plus vite, lui aussi, avant de se calmer, soulagé, une fois ma pénitence accomplie.

Bénissez-moi, mon père, parce que j'ai péché.

C'est ridicule. Je n'ai rien fait de mal.

Je suis arrivé au pont de Lansquenet. Du parapet, j'ai vu le vieux Mahjoubi sur sa terrasse, assis dans un antique fauteuil à bascule en osier qui semble presque faire partie intégrante de son corps. Il lisait, sans doute le Coran, mais il a levé les yeux, m'a aperçu et fait un insolent petit signe de main.

Je l'ai salué à mon tour, avec autant de sang-froid que possible. Je ne me laisserai pas aller à rivaliser avec cet homme et perdre ainsi ma dignité. Il a souri. Je pouvais voir ses dents, même à cette distance. J'ai entendu un bref éclat de rire à l'intérieur de la maison car la porte était entrouverte. Le visage d'une fillette est apparu dans l'embrasure. Elle avait un ruban jaune dans les cheveux. Sa petite-fille, j'imagine, venue lui rendre visite de Marseille. Les rires ont redoublé sur mon passage.

« Cachez les allumettes ! Voilà Monsieur le curé. »

Puis ce cri sur un ton autoritaire : *Maya !* et la petite fille a disparu. À sa place, j'ai vu Saïd Mahjoubi me lancer un regard furieux de sous son bonnet de prière. Que Dieu me pardonne, mais je préfère encore les moqueries du vieux Mahjoubi. Saïd a continué à me dévisager avec une hostilité non dissimulée, menaçante. Cet homme me croit coupable, mon père. Rien de ce que je pourrais lui dire ne le fera changer d'avis.

Le vieux Mahjoubi a dit un mot en arabe à son fils. Saïd lui a répondu dans la même langue, tout en ne détachant pas son regard du mien.

Je l'ai salué d'un signe de tête poli, pour lui montrer (à lui et à son père) que je ne me laisserai pas intimider. Puis je me suis dépêché de traverser le pont pour me retrouver en terrain plus amical.

Vous voyez ce que je dois endurer, mon père ? Je connaissais cette communauté, autrefois. Les gens venaient me voir pour me parler de leurs problèmes, qu'ils fussent pratiquants ou non. Désormais, c'est Mohammed Mahjoubi qui s'occupe d'eux, avec le soutien du père Henri Lemaître qui, comme Caro Clairmont, croit que le fait de bannir petit à petit le port de la soutane, d'organiser des groupes de discussion sur la diversité des religions, de tenir des réunions matinales autour d'un café, d'installer des écrans de projection dans l'église et de fermer les yeux sur tout, les fumeurs de *kif*, la mosquée, son appel à la prière illégal et son minaret hors norme, va ramener un esprit d'unité à Lansquenet-sous-Tannes.

Il a tort. Seul l'esprit de division y règne, aujourd'hui. La division parmi les nôtres, la division entre eux et nous. La mosquée de Mahjoubi et son minaret, ce n'est pas ce qui me dérange vraiment. Malgré ce que certains pensent, j'ai toujours le sens de l'humour. Non, mais cette sensation d'hostilité que je ressens à chaque fois que je passe devant le club de gym de Saïd, ça, c'est autre chose. Le père Henri Lemaître dit que nous devons nous montrer tolérants quant aux croyances des autres. Mais que faire face aux adeptes de ces croyances qui ne *nous* tolèrent pas et ne nous toléreront *jamais ?*

Une fois arrivé de mon côté de la rivière, je me suis dirigé vers Saint-Jérôme. J'avais prévu d'y retrouver Luc à neuf heures. Pour une raison qui m'échappait, j'étais de nouveau devant la chocolaterie à sept heures et demie.

Je suis entré. Cela sentait encore la fumée, mais il n'y avait plus de débris dans la pièce. Hier, Luc et moi avions à peine jeté un coup d'œil à l'étage. Le foyer de l'incendie était facile à identifier : une boîte à lettres dans laquelle on avait fourré un tas de chiffons imprégnés d'essence. Le feu s'était communiqué à la porte, puis à des manteaux, à une tapisserie qui pendait au mur, puis à une pile de chaises en bois entassées tout près.

C'est assez insultant, mon père. Qu'ils pensent que j'en sois l'auteur. Pourquoi ? Même un enfant aurait fait mieux. Au moment où la femme Bencharki s'est réveillée, le bâtiment était en flammes, mais il y avait une sortie de secours à l'arrière. La mère et la fille s'en sont sorties saines et sauves et les voisins ont uni leurs forces pour éteindre le feu à l'aide de tuyaux d'arrosage et de seaux d'eau.

Vous voyez, mon père. C'est ça, une communauté. Vous remarquerez qu'aucun des *siens* n'était présent. Le quartier des Marauds aurait tout aussi bien pu se trouver à une centaine de kilomètres, ce soir-là. La caserne de pompiers la plus proche était à trente minutes de route. S'il avait fallu les attendre, la boutique entière aurait été dévorée par les flammes.

Soudain, j'ai entendu des bruits de pas à l'étage au-dessus. Il y avait quelqu'un dans la maison. J'ai tout de suite pensé à Luc, mais qu'aurait-il fait ici, une heure avant notre rendez-vous ? De nouveau le même bruit, un traînement de pieds qui m'a paru très furtif.

« Qui est là ? » ai-je demandé.

Le traînement de pieds a cessé. Le silence s'est fait. Puis des pas précipités ont résonné à travers les lattes de plancher, suivis d'un bruit de sandales dans l'escalier de secours. Des enfants, me suis-je d'abord dit : des enfants qui faisaient des bêtises. J'ai couru dehors dans l'espoir d'attraper les coupables en fuite, mais le temps que j'ouvre la porte et me fraye un chemin à travers les morceaux de bois carbonisés et entassés dans le jardin, les importuns avaient déjà filé. La seule personne que j'aie vue descendait la ruelle à vive allure. C'était une Maghrébine, mais je n'aurais su dire s'il s'agissait d'une coïncidence ou si c'était l'une des intruses.

Je suis monté dans les chambres à coucher. Il y en avait deux : l'une était très petite et seulement accessible par une trappe et une échelle. Elle était pourvue d'une fenêtre en forme de hublot et je me suis souvenu que c'était Roux qui l'avait installée. Je suis resté debout sur l'échelle à contempler la chambre. Les dégâts y étaient somme toute assez légers. La pièce était noircie par la suie, certes, mais elle restait presque habitable. Une chambre d'enfant, avec un petit lit et des posters de stars de Bollywood sur les murs. Il y avait aussi des livres, la plupart en français. De ce que je pouvais en voir, les intrus n'avaient touché à rien.

C'est alors que j'ai entendu un bruit derrière moi. Une femme a dit :

« Qu'est-ce que vous faites ici ? »

Je me suis retourné. Il s'agissait d'Inès Bencharki.

CHAPITRE 7

†

Mercredi 18 août

Je ne pensais pas l'avoir jamais entendue parler. Sa voix était claire, presque dépourvue d'accent, avec une toute petite pointe de sonorité nordique. Elle était vêtue de noir, comme toujours, des pieds à la tête. Ses yeux, pour une fois fixés sur moi, étaient d'un vert surprenant, entourés de cils d'une longueur peu commune.

« Madame Bencharki, bonjour », ai-je dit.

La femme a réitéré sa question. « Qu'est-ce que vous faites chez moi ? »

Je me suis trouvé incapable de lui répondre. J'ai marmonné une explication sur mes responsabilités envers la paroisse et la nécessité de nettoyer la place du village qui n'a dû que renforcer ses doutes quant à ma culpabilité.

« En fait, ai-je continué, j'ai pensé que la communauté pourrait peut-être vous aider à remettre la maison en état. Si l'on attend les assureurs, cela peut prendre des mois, vous devez le savoir. Quant au propriétaire, il habite à Agen et il ne viendra peut-être pas voir l'étendue des dégâts avant des semaines. Alors que si tout le monde met la main à la pâte…

— La main à la pâte », a-t-elle répété.

J'ai tenté un sourire. C'était une erreur. Derrière ce voile se trouvait peut-être une statue de sel, un bloc de pierre.

Elle a secoué la tête. « Je n'ai pas besoin d'aide.

— Mais vous ne comprenez pas, ai-je dit. Personne ne vous demanderait d'argent pour les travaux. Ce serait fait de bon cœur. »

La femme s'est contentée de répéter sa phrase du même ton morne et implacable. Je me suis surpris à vouloir la convaincre, mais j'ai fini par répondre d'une voix crispée :

« Enfin, bien sûr, c'est à vous de décider. »

Ses yeux verts sont restés inexpressifs. J'ai tenté une nouvelle fois le coup du sourire, mais je n'ai réussi qu'à paraître maladroit et coupable.

« Je suis vraiment désolé de ce qui s'est passé, ai-je dit. J'espère que votre fille et vous pourrez revenir vivre ici le plus vite possible. Comment va la petite, d'ailleurs ? »

De nouveau, la femme n'a pas répondu. Mes aisselles ont commencé à picoter de sueur.

Quand j'étais petit garçon, au séminaire, on m'avait accusé d'avoir apporté des cigarettes à l'école et prié de répondre aux questions du père Louis Durand qui était chargé de la discipline. Je n'avais pas apporté les cigarettes, mais je connaissais le coupable. Personne n'a cru en mon innocence à cause de mon air furtif. J'ai été puni pour les cigarettes et pour avoir voulu faire accuser l'un de mes camarades. J'avais beau savoir que j'étais innocent, j'éprouvais exactement le même sentiment de honte alors que je m'adressais à cette femme en noir, la même sensation de totale impuissance.

« Je suis désolé, ai-je dit encore une fois. Si je peux faire quoi que ce soit pour vous aider…

— Vous pouvez me laisser tranquille, a-t-elle dit. Ma fille et moi, nous… »

Elle n'a pas terminé sa phrase. Sous sa robe noire, tout son corps a semblé se raidir et se contracter.

« Quelque chose ne va pas ? »

Elle n'a pas répondu. Alors j'ai tourné la tête et vu que Karim Bencharki se trouvait là. Qui sait depuis combien de temps il nous observait ?

Il a prononcé une phrase en arabe.

Elle a répondu d'un ton cassant.

Il a recommencé à parler, sa voix était aussi douce qu'une caresse. J'ai ressenti une pointe de reconnaissance. J'avais toujours considéré Karim comme un homme cultivé, progressiste qui comprenait la France et la culture française. Peut-être pouvait-il expliquer à Inès que j'essayais simplement de l'aider.

À première vue, on n'aurait pas pu deviner du tout que Karim Bencharki fût d'origine maghrébine. Avec sa peau claire et ses yeux brun doré, il aurait pu passer pour un Italien. Il s'habillait à l'occidentale, en jean, tee-shirt et baskets. En fait, quand je l'avais vu s'établir à Lansquenet, je m'étais d'abord dit que l'arrivée d'un tel homme dans la communauté, un homme d'apparence si moderne et cosmopolite, aurait pu apporter un nouveau message d'intégration, rapprocher les habitants des Marauds et les nôtres, que son amitié avec Saïd Mahjoubi pourrait m'aider à trouver un moyen de combler le fossé entre la façon traditionnelle de vivre du vieux Mahjoubi et celle du vingt et unième siècle.

Je me suis tourné vers lui, l'air suppliant. J'ai déclaré : « Comme je l'expliquais, Luc Clairmont et moi avons essayé d'évaluer les dégâts causés par l'incendie. Ils sont superficiels, pour la plupart. Les conséquences de la fumée et de l'eau. Il ne faudrait pas plus d'une semaine pour rendre l'endroit habitable. Vous avez dû voir que nous avons déjà enlevé la plus grande partie des morceaux de bois brûlé et des débris. Quelques couches de peinture, de nouvelles planches, des vitres et votre sœur pourra se réinstaller…

— Elle ne se réinstallera pas ici, a dit Karim. À partir de maintenant, elle va habiter chez moi.

— Mais votre école ? ai-je demandé. Vous n'allez pas continuer ? »

La femme s'est adressée à son frère en arabe. Je ne connais pas cette langue, mais les syllabes inconnues vibraient de sécheresse et de colère. Je n'étais pas à même de dire si cette sensation était due à mon ignorance ou à la réalité de leur échange. De nouveau, j'ai éprouvé un vague sentiment de honte et essayé de me rattraper avec un sourire.

« Je ne peux pas m'empêcher de me sentir responsable de ce qui s'est passé, leur ai-je dit. J'aimerais vraiment vous aider si je le peux.

— Elle n'a pas besoin de votre aide, a dit Karim. Maintenant, allez-vous-en ou j'appelle la police.

— Quoi ?

— Vous avez bien entendu. J'appellerai la police. Vous pensez que parce que vous êtes prêtre vous ne serez pas puni pour ce que vous avez fait ? Tout le monde sait que vous avez allumé ce feu. Même les vôtres le disent. Et si j'étais vous, je resterais de mon côté de la rivière à partir de maintenant. Vu la situation, vous pourriez être en danger ici. »

Mes yeux sont restés fixés sur lui un long moment. « C'est une menace ? »

À ce moment-là, enfin, quelque chose de nouveau est venu remplacer mon sentiment de culpabilité et de honte. La colère m'a envahi, une colère simple et froide, pure comme une eau de source. Je me suis redressé de toute ma hauteur (je suis plus grand qu'eux) et j'ai laissé sortir toute la frustration qui s'était accumulée en moi ces six ou sept dernières années.

Six années passées à essayer de gérer ces gens, à essayer d'ouvrir leur esprit. Six années de sermons de l'évêque sur les relations entre communautés, de ce vieux Mahjoubi avec sa mosquée, de femmes voilées et d'hommes au regard renfrogné, de mépris ridicule et silencieux.

J'ai fait tellement d'efforts, mon père. J'ai fait mon possible pour être tolérant. Mais, certaines choses restent impossibles à tolérer. La mosquée, passe encore, mais le minaret ? Les fumeurs de *kif* ? Le club de gym et son atmosphère hostile ? Les filles en *niqab* ? L'école musulmane, parce que la peur et la soumission ne sont pas de mise dans celle de notre village ?

Intolérable. *Intolérable !*

Je ne me souviens pas de tout ce que j'ai dit ni même de ce que j'ai vraiment dit plutôt que pensé. J'étais furieux, mon père. Furieux. Autant contre leur ingratitude que contre leur hostilité. Mais avant tout, j'étais furieux d'avoir perdu mon sang-froid parce que, malgré mes intentions, s'il y avait encore quelqu'un aux Marauds qui ne me croyait pas responsable de cet incendie, je venais de lui donner la preuve de ma culpabilité.

CHAPITRE 8

Mercredi 18 août

Aujourd'hui, pendant qu'Anouk était sortie avec Jeannot, Rosette et moi sommes une nouvelle fois parties à la recherche de Joséphine. Nous sommes passées devant la maison aux volets verts. Comme le reste du quartier des Marauds, le bâtiment paraissait fermé et ses occupants toujours en plein sommeil. La mosquée aussi était silencieuse. Les prières de l'aube sont terminées. Il est désormais l'heure de se reposer, de récupérer et, pour les enfants, de jouer. Le travail commence tard.

Nous avons atteint le bout du boulevard et nous sommes dirigées vers la rive. Un petit sentier pédestre longe la Tannes, comme un trottoir de bois surélevé, où les maisons à colombages qui bordent la rue ressemblent à des clowns saouls trébuchant sur des échasses au-dessus de l'eau. Chaque maison a sa terrasse, un porche en bois avec une balustrade et une descente à pic vers la rivière. Certaines sont encore praticables, d'autres ont été condamnées. Quelques-unes ont été aménagées en jardin, avec des pots de fleurs et des paniers suspendus, des rangées éparses de jasmins qui descendent jusqu'à l'eau.

Sur l'une de ces terrasses, un vieil homme à barbe blanche était assis sur une chaise et lisait un livre. J'ai supposé qu'il s'agissait du Coran. Il portait une *djellaba* blanche ainsi qu'un béret basque noir un peu inattendu.

Il a levé la tête à mon passage et fait un signe de la main. Je l'ai salué à mon tour et souri. Rosette a poussé un cri aimable.

« Bonjour, je m'appelle Vianne, lui ai-je lancé. J'habite dans la maison là-haut, en ce moment. »

Le vieil homme a posé son livre et en m'approchant, j'ai constaté à ma grande surprise qu'il ne s'agissait pas du tout du Coran, mais du premier tome des *Misérables*.

« C'est ce qu'on m'a dit, oui », m'a répondu le vieil homme. Il avait la voix un peu grasseyante et son accent résultait d'un mélange du Midi et de Médine. Entourés de rides, ses yeux étaient noirs, tirant sur le bleu, l'âge faisant. « Je suis Mohammed Mahjoubi, a-t-il continué. Vous avez déjà rencontré ma petite-fille.

— Maya ? » ai-je demandé.

Il a hoché la tête. « *Yar.* La fille de mon plus jeune fils, Ismail. Elle m'a dit que vous aviez apporté des pêches pour le ramadan. »

J'ai ri. « Ce n'est pas tout à fait ça, mais j'aime bien passer dire bonjour. »

Ses yeux noirs se sont plissés de plaisir. « Vu vos amis, c'est surprenant.

— Vous voulez parler de Reynaud, le curé ? »

Le vieux Mahjoubi a montré les dents.

« Il n'est pas méchant, en fait. Il est juste un peu…

— Difficile ? Intransigeant ? Rigide ? Rien d'autre

qu'une mauvaise herbe arrogante qui a choisi de faire son lit sur un tas de fumier et qui se prend pour le roi du monde ? »

J'ai souri. « Il gagne à être connu. Quand je suis arrivée à Lansquenet… » Je lui ai raconté une version de l'histoire en omettant de préciser ce que j'avais promis de garder secret. Le vieux Mahjoubi m'a écoutée, m'encourageant à l'occasion d'un hochement de tête ou d'un sourire, alors que Rosette ajoutait ses propres commentaires sous forme de cris, de signes et de sifflements.

« Alors comme ça, vous êtes venue ouvrir une boutique de tentations au début de votre ramadan ? Je comprends que ça ait pu poser problème, a-t-il dit. Je commence à avoir de la compassion pour votre curé. »

J'ai feint l'indignation. « Vous prenez son parti ? »

Le sourire du vieux Mahjoubi s'est élargi. « Vous êtes une femme dangereuse, madame. Je le devine déjà. »

J'ai souri de nouveau. « Je dois alors vous dire que vous êtes allé plus loin que moi, non ? J'ai simplement ouvert une chocolaterie. Vous, vous êtes venu construire un minaret. »

Mahjoubi s'est alors esclaffé de rire. « Ah, on vous a raconté l'histoire. Oui, ça nous a pris du temps, mais nous y sommes arrivés, *Al-Hamdulillah.* Et sans enfreindre une seule de leurs lois compliquées sur la construction. » Il m'a jaugée du regard. « Ça le rend fou, n'est-ce pas ? D'entendre l'appel du *muezzin* résonner si près de son lieu de culte ? Mais enfin, il continue à faire sonner ses cloches.

— J'apprécie les deux, moi », ai-je dit.

Il m'a lancé un regard approbateur. « Tout le

monde ici n'est pas aussi tolérant. Même mon fils aîné, Saïd, est parfois en proie à ce genre de pensée rigide. Je lui dis : Allah est le seul juge. Nous ne pouvons qu'observer et apprendre. Et essayer d'apprécier le bruit des cloches s'il nous est impossible de les empêcher de sonner. »

J'ai souri. « La prochaine fois, je vous apporterai des chocolats. J'en ai déjà promis à Omi Al-Djerba.

— Ne l'encouragez pas, a-t-il dit, le regard encore brillant et amusé. La plupart du temps, elle oublie déjà qu'elle doit jeûner pour le ramadan. Un morceau de fruit, ça ne compte pas, dit-elle. Une petite gorgée de thé, non plus. La moitié d'un biscuit, ce n'est rien. Elle joue avec le feu.

— J'ai connu quelqu'un comme elle, jadis, lui ai-je confié en pensant à Armande.

— Oh, les gens sont les mêmes partout. C'est votre fille ? » Son regard se dirigea vers l'endroit où Rosette était en train de jouer. Elle jetait maintenant des cailloux dans la Tannes.

J'ai acquiescé. « C'est Rosette, ma cadette.

— Amenez-la jouer avec Maya. Elle n'a pas d'amis de son âge. Mais ne venez pas avec votre prêtre. Et n'allez pas la gaver de chocolats. »

À mon retour vers Lansquenet, je me suis demandé comment un vieil homme aussi affable avait pu se mettre Francis Reynaud à dos. Était-ce la différence de culture ? Une simple querelle de territoire ? Ou bien cela cachait-il autre chose, un problème plus délicat ?

Nous sommes arrivées au bout de la promenade, là où elle rejoignait le boulevard. Je suis alors tombée sur une porte rouge au fond d'un cul-de-sac. Une enseigne blanche disait en lettres noires : CHEZ SAÏD. GYM.

Il doit s'agir de Saïd Mahjoubi, me suis-je dit, le fils aîné du vieux Mahjoubi. Reynaud m'avait parlé de cet endroit. Il l'avait ouvert, il y a trois ou quatre ans. C'était un entrepôt vide transformé à peu de frais en un complexe sportif et club de gym. La porte était légèrement entrouverte et j'ai aperçu des vélos d'intérieur, des tapis de course, des casiers remplis de poids et d'haltères. Une odeur de chlore, de désinfectant et de *kif* emplissait l'air.

La porte s'est ouverte et trois hommes d'à peine vingt ans, en débardeur et munis de sacs de sport, sont sortis. Ils ne m'ont pas saluée, mais jeté le même regard vaguement agressif que le serveur du petit café. J'avais déjà rencontré ce regard à Paris, quand nous vivions rue des Abbesses, et avant ça, à Tanger aussi : ce n'était pas tant de l'agressivité qu'une petite provocation, un défi lancé à la personne qu'ils voyaient en moi. Une femme seule, nu-tête, vêtue d'un jean et d'un tee-shirt sans manches. Je suis différente, d'une autre tribu. Les femmes ne sont pas les bienvenues ici.

Cependant, le vieux Mahjoubi, lui, m'a fait bon accueil. Il a même flirté avec moi, à sa façon. Peut-être parce qu'il est trop vieux pour voir en moi une femme. Peut-être parce qu'il est assez sûr de lui pour ne pas y voir une menace.

L'air est lourd et immobile. L'autan ne devrait pas tarder à arriver. Qu'il s'agisse du noir ou du blanc, n'importe quel souffle de vent nous fera du bien. Aujourd'hui, c'est le huitième jour du ramadan. Encore six jours avant la pleine lune. Je pense à la Lune, à ma carte de tarot, à cette femme au visage caché et au bâton. Je me demande quand elle va apparaître. Peut-être quand soufflera le vent.

En attendant, nous avons des choses à faire ailleurs. Je quitte les Marauds toujours endormis. D'ici, le quartier ressemble à un crocodile qui s'étend au-delà des marécages, la tête presque enfouie dans les roseaux, le corps agité de légers soubresauts dans son sommeil. Le boulevard des Marauds, large, gris et pavé, est sa colonne vertébrale. Le pont est sa mâchoire, aux coins recourbés. Ses pattes sont les courtes ruelles carrées qui se détachent du boulevard à angles droits. Son œil, à moitié fermé en cette heure de la journée où le soleil éclaire le croissant de lune perché sur le minaret, c'est la mosquée. Y a-t-il danger là ? Reynaud le pense. Mais, je ne suis pas Reynaud. Je ne considère pas tous les étrangers de Lansquenet comme des ennemis potentiels. Les hommes qui sont sortis du club de gym sont jeunes, peu sûrs d'eux-mêmes et de leur territoire. Mais l'homme à qui les habitants des Marauds s'en remettent pour les diriger, Mohammed Mahjoubi, est différent. Quels que soient les problèmes que Reynaud ait pu rencontrer avec cette communauté, je suis sûre qu'il est possible de les résoudre par l'humour et le dialogue. Comme Mahjoubi me l'a dit : *les gens sont les mêmes partout.* Grattez un peu le vernis et vous retrouverez la même chose chez tout le monde, quel que soit l'endroit où vous allez. C'est ma mère et tous les pays où nous nous sommes établies qui m'ont appris cela. L'air a pris maintenant la texture d'un sirop. La Tannes est si lente qu'on la croirait en plein sommeil. Rosette et moi commençons à remonter la rue étroite vers Lansquenet, ce village resplendissant de blancheur au soleil, où les cloches de l'église sonnent l'heure de la messe assez fort pour réveiller un crocodile endormi.

CHAPITRE 9

Mercredi 18 août

En arrivant au Café des Marauds, j'ai de nouveau trouvé Marie-Ange derrière le comptoir. Elle mâchait un chewing-gum et regardait la télé, l'air plus renfrogné que jamais. Thème du jour : le violet. Ombre à paupière, rouge à lèvres et mèche de cheveux. J'espère que l'heureux élu à qui sont destinées ces tentatives de séduction saura apprécier ses efforts.

J'ai commandé un café et un croissant. « Est-ce que Joséphine est là, ce matin ? »

La fille m'a regardée avec indifférence. « Bien sûr. Qui dois-je annoncer ?

— Dites-lui que c'est Vianne Rocher. »

Je m'attendais à la trouver changée. Ces choses-là sont si souvent inévitables. Cheveux gris, rides d'expression : ces baisers légers posés par les lèvres du temps qui passe. Parfois, les gens changent tellement qu'ils sont à peine reconnaissables, et quand Joséphine Muscat a soulevé le rideau de perles pour passer derrière le bar, j'ai mis un moment à reconnaître chez cette femme qui me faisait face la vieille amie que j'avais connue.

Ce n'était pas qu'elle eût vieilli. En fait, je la trouvais rajeunie. Il y a huit ans, à l'époque de notre rencontre, c'était une femme quelque peu dépourvue d'élégance et maintenant, elle était jolie, pleine d'assurance. Ses cheveux, jadis mi-longs et d'un châtain triste, avaient été coupés très court et teints d'un blond ravissant. Elle portait une robe de lin blanc et un collier de petites perles de verre coloré. Quand elle m'a vue sur la terrasse, son visage s'est illuminé d'un sourire que j'aurais reconnu même s'il s'était écoulé un siècle depuis notre dernière rencontre.

« Oh, Vianne ! Je n'osais pas le croire ! »

Elle m'a serrée très fort dans ses bras, puis s'est assise sur la chaise en osier face à moi.

« J'aurais voulu te voir hier, mais j'avais du travail. Tu as une mine superbe…

— Toi aussi, Joséphine.

— Et Anouk ? Elle est là ?

— Elle est avec Jeannot Drou. Ils ont toujours été inséparables. »

Elle a ri. « Je m'en souviens. C'était il y a si longtemps. Anouk doit avoir bien grandi, depuis. » Une pause. Elle a soudain paru perdre son entrain. « Tu es au courant de l'incendie, bien sûr. Je suis désolée, Vianne. »

J'ai haussé les épaules. « Ce n'est plus ma maison. L'important, c'est que personne n'ait été blessé. »

Elle a secoué la tête. « Je sais. Mais j'ai toujours considéré cette boutique comme étant la tienne. Même après ton départ. J'espérais que tu reviendrais ou du moins, que les gens qui la loueraient seraient aussi gentils que toi.

— Je dois comprendre que ce n'était pas le cas ? »

Elle a fait signe que non. « Cette horrible femme. Cette pauvre petite fille. »

J'avais entendu ces mêmes paroles de la bouche de Joline Drou, mais les entendre de celle de Joséphine me surprenait. « Pourquoi tu dis ça ? »

Elle a fait la moue. « Tu comprendrais si tu la rencontrais, a-t-elle répondu. Enfin, si elle daigne te parler. Elle ne parle à personne ici, ou presque, et quand elle le fait, c'est avec tellement d'impolitesse… » Elle a remarqué mon air peu convaincu. « Tu verras. Elle n'est pas comme les autres Maghrébines. Elles sont très gentilles pour la plupart. En tout cas, elles l'étaient avant qu'elle ne débarque. Mais, à son arrivée, toutes ont commencé à porter le voile.

— Pas toutes, l'ai-je corrigée. J'ai vu plein de femmes qui n'en portaient pas. » Je lui ai raconté ma visite chez les Al-Djerba et ma conversation avec Mohammed Mahjoubi.

« Oh, lui, c'est un amour, a-t-elle commenté. J'aimerais pouvoir en dire autant de son fils. » Elle m'a expliqué que Mahjoubi avait deux fils, que Saïd, l'aîné, tenait le club de gym, et qu'Ismail était marié à Yasmina dont il avait eu une fille, Maya, et dont le vieux Mahjoubi était complètement gaga.

« Ismail, ça va encore, a ajouté Joséphine. Et Yasmina est adorable. Elle vient même déjeuner ici avec Maya, parfois. Mais, en ce qui concerne Saïd… » Une grimace. « La religion, il ne prend pas ça à la légère. Il a marié sa fille de dix-huit ans à un homme qu'il avait rencontré lors d'un pèlerinage. Depuis ce jour-là, je n'ai jamais eu l'occasion de reparler à l'une ou l'autre de ses filles. Avant, elles venaient ici tout le temps. Elles aimaient bien jouer au foot sur la place. Maintenant, elles rasent les murs comme des souris, voilées de noir de la tête aux pieds. J'ai entendu dire qu'il s'était disputé avec son père à ce propos. Le vieux Mahjoubi n'approuve pas le port du voile. Et Saïd n'approuve pas la manière de faire du vieux Mahjoubi.

— Ses choix de lecture y sont peut-être pour quelque chose ? » Je lui ai parlé de la passion secrète que le vieux Mahjoubi vouait à Victor Hugo.

Elle a souri. « Pour un chef religieux, ou quel que soit son titre, il me semble un peu excentrique. Apparemment, il a essayé d'interdire aux femmes de porter le voile à l'intérieur de la mosquée. Il n'était pas non plus en faveur de cette école pour filles. Je ne pense pas qu'il apprécie plus cette femme que nous.

— Tu veux parler d'Inès Bencharki ? La belle-sœur de Sonia Mahjoubi. »

Elle a hoché la tête. « C'est ça. Avant son arrivée, rien de tout cela ne se serait produit.

— Qu'est-ce qui ne se serait pas produit ? »

Elle a haussé les épaules. « L'incendie. L'école pour filles. Les femmes au visage voilé… À Paris, peut-être, mais à Lansquenet ? C'est elle qui est à l'origine de tout ça. Tout le monde le dit. »

Tout le monde le dit. Ça, c'est vrai. J'ai entendu ces mêmes propos de la bouche de Reynaud, de Guillaume, de Poitou, de Joline et même d'Omi Al-Djerba. Qu'est-ce que cette femme peut bien avoir pour unir les Marauds et Lansquenet dans l'antipathie et le soupçon ?

Pendant ce temps, Rosette jouait dehors, près de la fontaine, sur la place. Ce n'est pas vraiment une fontaine, plutôt un filet d'eau qui sort d'un robinet ornemental et coule dans un bassin de pierre. Le bruit de l'eau est agréable par une journée chaude et pesante comme aujourd'hui. De la terrasse du Café des Marauds, je voyais Rosette entrer et sortir du carré d'ombre projeté par la tour Saint-Jérôme. Elle éclaboussait les pavés ronds de l'eau qu'elle transportait dans ses mains.

Puis j'ai aperçu la silhouette familière d'un garçon portant un tee-shirt du *Roi Lion*, suivi d'un chien aux longs poils hirsutes, arriver d'un côté de l'église et s'arrêter près de la fontaine.

Rosette a poussé un cri de bienvenue. « *Pilou !* »

À mes côtés, Joséphine s'est raidie.

« C'est ma petite Rosette, ai-je annoncé. Je te la présenterai dans une minute. » J'ai souri. « Nous avons déjà fait la connaissance de Pilou. »

L'espace d'un instant, une expression étrange est passée sur son visage qui, ensuite, s'est radouci. « Il est incroyable, n'est-ce pas ? »

J'ai acquiescé. « C'est aussi l'avis de Rosette.

— Cette femme ne l'aime pas, a-t-elle continué en jetant un œil vers la place. Il a essayé une fois de parler à sa fille. Elle lui a passé un de ces savons ! Il voulait simplement être gentil.

— C'était peut-être à cause du chien, ai-je dit.

— Pourquoi ? Il n'a jamais fait de mal à personne. J'en ai marre de me montrer compréhensive. Marre de cette femme qui me regarde de haut parce que mon fils a un chien, parce que je ne porte pas de foulard, parce que je sers de l'alcool dans mon café… » Elle n'a pas terminé sa phrase. « Excuse-moi, Vianne. Oublie ce que je viens de dire. C'est juste que… le fait de te revoir… » Ses yeux se sont emplis de larmes. « Ça fait si longtemps. Tu m'as tellement manqué.

— Toi aussi, tu m'as manqué. Mais, regarde-toi…

— Oui, regarde-moi. » Elle s'est essuyé les yeux en vitesse. « Je suis bien trop vieille pour me laisser aller à la nostalgie. Un autre café crème ? C'est offert par la maison. Ou préfères-tu un chocolat ? »

J'ai secoué la tête. « Ton bistrot a fière allure.

— Oui, n'est-ce pas ? » Elle a regardé autour d'elle. « Incroyable ce qu'on peut faire avec une couche de peinture et un peu d'imagination. Je me souviens de quoi il avait l'air, avant… »

Moi aussi, je m'en souvenais : les murs jaunis, le sol graisseux et l'odeur rance de vieille fumée qui semblait faire partie intégrante de cet endroit. Maintenant, les murs sont propres et blanchis à la chaux. La terrasse et le rebord des fenêtres sont garnis de géraniums rouges. Un grand tableau abstrait et coloré surplombe le mur du fond…

Elle a vu que je le regardais. « C'est Pilou qui l'a fait. Qu'est-ce que tu en penses ? »

Je l'ai trouvé joli et le lui ai dit. Je me suis aussi demandé pourquoi elle ne m'avait pas parlé du père du Pilou. Puis j'ai pensé à ma petite Rosette qui dessine et qui peint si bien…

« Tu ne t'es pas remariée, si ? » ai-je demandé.

Elle est restée silencieuse un moment. Puis elle m'a offert un sourire lumineux avant de dire : « Non, Vianne. Je ne me suis jamais remariée. Je pensais que ce serait peut-être possible un jour, mais…

— Et le père de Pilou ? »

Elle a haussé les épaules. « Une fois, tu m'as dit qu'Anouk était à toi et à personne d'autre. Eh bien, c'est la même chose pour mon fils et moi. On grandit en croyant qu'il y a quelqu'un pour nous quelque part, une âme sœur qui nous attend tous.

Mon âme sœur à moi, *c'est* Pilou. Pourquoi aurais-je besoin de quelqu'un d'autre ? »

Elle n'a pas vraiment répondu à la question, me suis-je dit. Mais, nous avions encore du temps devant nous. Ce n'était pas parce que j'avais jadis imaginé que Roux pouvait tomber amoureux de Joséphine, parce que Pilou avait dit que son père était un pirate et parce que les cartes étaient de mauvais augure que cela signifiait automatiquement que Roux était le père de Pilou. Le fait que Joséphine n'ait pas mentionné le nom de Roux une seule fois, pas même pour me demander comment il allait, ne voulait rien dire non plus…

« Pourquoi ne viendriez-vous pas dîner dimanche soir ? Tous les deux. Je ferai la cuisine. Des crêpes, du cidre et des saucisses : le repas typique des rats de rivière. »

Joséphine a souri. « Avec plaisir. Et Roux ? Il est ici, lui aussi ?

— Il est resté là-bas, avec le bateau », ai-je répondu.

Était-ce de la déception sur son visage que je voyais de profil ? Une légère touche de rose qui essayait de se fondre au milieu des autres sur son teint ? Je ne devrais pas la dévisager ainsi, c'est mon amie, me suis-je dit. Mais, c'était plus fort que moi. Joséphine avait un secret qui ne demandait qu'à être révélé. La question était : avais-je vraiment envie de savoir ce qu'elle me cachait ? Ou devrais-je plutôt, pour ma propre tranquillité, laisser le passé bien enterré ?

CHAPITRE 10

✝

Jeudi 19 août

J'ai passé la journée dans mon jardin à tenter d'oublier ce qui s'était produit ce matin dans l'ancienne chocolaterie. J'ai dit à Luc Clairmont de ne pas venir à notre rendez-vous, que la femme Bencharki s'occuperait désormais toute seule des réparations, mais j'ai senti qu'il avait plus ou moins deviné ce qui s'était passé.

Que cette femme aille au diable. Le garçon, aussi. À l'heure qu'il est, tout le village doit être au courant. Le père Henri Lemaître ne tardera pas à en entendre parler et il racontera l'histoire à l'évêque. Combien de temps encore avant que mon remplacement ne devienne définitif, que je ne me fasse muter dans une autre paroisse ou pire encore, chasser pour de bon de l'Église ?

Alors, j'ai passé le reste de la journée à bêcher dans le jardin en plein soleil. Je m'arrêtais toutes les deux heures pour me reposer et boire une bière fraîche. Lorsque j'ai eu terminé ma besogne, j'étais physiquement éreinté, mais mentalement tout aussi agité qu'avant de m'y mettre.

Je ne dors pas bien ces jours-ci. À vrai dire, je n'ai jamais bien dormi. J'ai beaucoup de mal avec le sommeil et je me réveille souvent à quatre ou cinq heures du matin, trempé de sueur, avec une sensation de fatigue plus grande que jamais. L'exercice physique aide parfois, mais ce soir, bien que mon corps soit épuisé, mon esprit reste alerte, éveillé et ressasse un nombre incalculable de possibilités.

À une heure du matin, j'ai cessé d'essayer de dormir et décidé d'aller faire un tour. J'avais peut-être bu plus de bières que je ne l'aurais voulu. En tout cas, j'avais mal au crâne. La nuit était fraîche et m'invitait.

Je me suis habillé en vitesse : en tee-shirt et en jean. (Oui, j'ai un jean, pour le jardinage, la pêche et le travail manuel.) Personne ne me verrait. Le café était fermé et de toute façon, les habitants de Lansquenet se levaient tôt et se couchaient tôt aussi.

Il faisait sombre dans la rue. Les lampadaires sont rares à Lansquenet. Dans les Marauds, ils sont inexistants. Seules les lumières de quelques maisons étaient visibles du pont. Elles étaient plus nombreuses que je ne l'aurais imaginé. Peut-être ces gens-là se couchaient-ils tard.

Je me suis promené jusqu'au pont. Il fait plus frais près de la rivière. Là-bas, il y a un parapet de pierre qui garde la chaleur du soleil bien après le crépuscule. En dessous, la rivière produit toute une gamme de petits bruits précis, comme les notes d'un instrument de musique à percussion très compliqué.

Je me suis arrêté là, me demandant si je devais ou non traverser le pont. Je ne suis pas le bienvenu aux Marauds. Karim Bencharki a été très clair sur ce point. Malgré tout, les Marauds m'attirent. Peut-être à cause de la rivière.

Soudain, j'ai entendu un bruit au loin, dans la direction de l'autre rive de la Tannes. Un gros plouf comme si une bûche venait de tomber dans l'eau. Je n'avais pas encore les idées claires et il faisait sombre de l'autre côté du pont. J'ai mis un moment à comprendre qu'il y avait quelqu'un dans l'eau.

J'ai crié. « Il y a quelqu'un ? »

Pas de réponse. J'ai pensé qu'il s'agissait peut-être d'un individu qui prenait un bain de minuit, et que si c'était l'un des Maghrébins, il n'apprécierait pas que je le dérange. D'un autre côté, il s'agissait peut-être aussi d'un enfant qui avait joué trop près de l'eau et qui…

J'ai couru à l'autre bout du pont, là où la Tannes est la plus profonde. Je me suis demandé si la fatigue ne m'avait pas simplement fait rêver. C'est alors que j'ai vu un visage flou apparaître un instant puis disparaître…

J'ai enlevé mes chaussures et plongé du pont. Je suis bon nageur. Malgré tout, l'eau était froide. Elle m'a coupé la respiration que j'ai eu du mal à reprendre quand je suis revenu à la surface. Le courant, qui m'avait paru si calme du parapet, se montrait maintenant d'une force insoupçonnée. Les débris de la rivière (bâtons, feuilles, bouteilles et sacs en plastique, mégots de cigarette, toute une variété de déchets) conspiraient à m'entraîner vers le fond.

J'ai retenu mon souffle et suivi le courant. Pas le moindre signe du visage que j'avais vu. J'ai plongé la tête sous l'eau, mais il faisait trop sombre. Je suis de nouveau remonté à la surface pour prendre de l'air avant de replonger. J'ai cherché dans la boue avec les mains. Je savais que je n'avais que quelques secondes avant que la victime, quelle qu'elle soit, ne soit emportée et ne disparaisse pour de bon. Il y avait peu d'espoir, je le savais, mais je devais essayer.

Mon père, j'ai un peu honte de vous avouer que je n'ai pas même pensé à prier. Ma main s'est refermée sur une poignée de cheveux, puis sur un morceau de tissu et j'ai remonté la victime à la surface. J'ai laissé le courant nous porter ensemble un peu en aval, nous jeter sur des rochers et des morceaux de bois qui se cachaient sous l'eau, mais dépassaient quand même de la surface. J'ai fini par rejoindre la rive et j'ai hissé la victime sur le gros sable.

Les gens de la ville oublient souvent combien la lune peut être claire. Il ne suffit que d'un croissant, dans un endroit sans lampadaires, pour révéler les traits d'un visage. La victime était une fille. Je l'ai compris en retirant le foulard qui lui cachait le visage. Je l'ai reconnue tout de suite. Après tout, je l'avais souvent vue jouer au football avec les garçons sur la place quand elle était petite, vêtue d'un jean et d'un maillot de sport trop grand. Elle avait quelques années de plus, maintenant, bien sûr. Son visage était très pâle à la lueur de la lune. Elle avait les yeux fermés. Elle ne respirait pas. La seule petite étincelle de vie venait d'un minuscule bijou en diamant qui brillait dans l'une de ses narines.

C'était Alyssa Mahjoubi, la fille cadette de Saïd, dont le corps gisait sur la rive de la Tannes à deux heures du matin.

CHAPITRE 11

†

Jeudi 19 août

Au séminaire, les élèves devaient suivre un cours de secourisme. Je me souviens encore de la gêne ressentie à pratiquer le bouche-à-bouche sur le mannequin du professeur, une femme plantureuse qu'il appelait Cunégonde, et du rire de mes camarades lorsque je n'avais pas réussi à la ranimer après maintes tentatives.

Cependant, nos connaissances, une fois acquises, ont tendance à nous revenir à l'esprit aux moments où nous en avons le plus besoin. Je n'avais jamais connu de franc succès avec Cunégonde, mais avec Alyssa Mahjoubi, le désespoir décuplait mon assurance. J'ai mis ma bouche en cœur sur la sienne et obligé cette fille à respirer. Au milieu de mes supplications, de mes invectives et finalement de mes prières, j'ai réussi à la secouer et la convaincre de retrouver le monde des vivants.

« Merci, mon Dieu. Oh, merci, mon Dieu. » À ce moment-là, c'était moi qui avais l'impression d'être à demi mort. J'avais la tête qui tournait, la poitrine serrée et malgré la douceur de la nuit, je frissonnais.

À côté de moi, Alyssa Mahjoubi toussait et crachait de l'eau de la rivière. Après quelque temps, elle s'est assise et m'a regardé avec des yeux qui semblaient pouvoir contenir le ciel tout entier. Je me suis dit qu'elle devait être en état de choc. J'ai essayé de prendre une voix douce.

« Mademoiselle... »

Elle a sursauté. J'aurais dû l'appeler Alyssa. Mais, les gens se vexent si souvent pour un rien et Dieu sait combien de règles islamiques j'avais déjà enfreintes en lui sauvant la vie. J'ai donc pensé qu'il valait mieux s'en tenir aux formalités.

J'ai fait un autre essai : « Ça va ? »

De nouveau, elle a tressailli.

« N'ayez pas peur. Vous pouvez me parler. Je suis Francis Reynaud. Vous vous souvenez de moi ? » Peut-être ne m'avait-elle pas reconnu sans mon col et ma soutane. J'ai tenté un sourire, en vain. « Vous avez dû tomber à l'eau pour une raison ou une autre. Vous avez de la chance que je me sois trouvé là, hein ? Vous pouvez vous lever ? Je vais vous ramener chez vous. »

Elle a secoué la tête avec énergie.

« Quoi ? Vous voulez que j'appelle un médecin ? »

Encore un signe négatif de la tête.

« Vous voulez que je prévienne un membre de votre famille ? Votre sœur, votre mère, peut-être ? »

Le même geste. *Non. Non.* Je commençais à me sentir consterné et Alyssa s'était mise à frissonner elle aussi.

J'ai opté pour un ton plus enjoué. « Bon, on ne va pas rester là toute la nuit. »

Aucune réaction de la jeune fille. Elle restait là assise sur la rive, haletant, les genoux serrés contre sa poitrine. On aurait dit une souris qui venait d'échapper aux griffes d'un chat, saine et sauve, mais mourant de terreur. C'est d'ailleurs ce qui arrive en général aux souris : si elles en réchappent, elles meurent de peur, de toute façon.

Je peux faire une croix sur ma réputation, ai-je pensé. Le fait d'être soupçonné d'avoir mis le feu à une maison était déjà grave, mais si quelqu'un me voyait là, trempé jusqu'aux os, puant la bière, en compagnie d'une jeune femme musulmane (une jeune femme musulmane *célibataire*) qui donnait tous les signes d'un trouble psychique et qui, dans sa confusion, aurait pu mal interpréter les raisons de ma présence à ses côtés et m'accuser d'agression, voire pire…

« Je vous en prie, Alyssa. Écoutez-moi. » Ma voix était plus cinglante que je ne l'aurais voulu. « Vous avez froid. Vous allez attraper la mort, ici. Il faut que vous me laissiez vous raccompagner. »

De nouveau, elle a secoué la tête.

« Pourquoi *pas* ? »

Silence. La fille ne répondait pas à ma question.

« Très bien, ai-je dit. Je ne vous raccompagnerai pas chez vous. Mais, vous ne pouvez pas rester ici, non plus. Je vais chercher votre mère. »

Non. Non.

« Votre sœur ? Un ami ? »

Encore un *non.*

Ma patience avait atteint ses limites. La situation devenait ridicule. Si cette fille avait été l'une des nôtres, je n'aurais eu aucun scrupule à la raccompagner. Mais, elle venait des Marauds, où j'étais considéré comme *persona non grata* et où le moindre geste de contrainte de ma part pourrait être mal pris.

Il était tout aussi impensable de laisser cette fille sans surveillance, ne serait-ce que dix minutes, le temps de courir chez le médecin. Une fille qui venait de se jeter dans la rivière pouvait recommencer et si Alyssa Mahjoubi n'était pas totalement saine d'esprit, il fallait à tout prix que quelqu'un prenne soin d'elle, du moins jusqu'à ce que la crise soit passée. Un bain chaud, des vêtements de rechange, un lit, un repas peut-être...

Il était hors de question de la ramener chez moi. J'avais besoin d'une femme pour gérer la situation. J'ai pensé à Caro Clairmont qui s'entendait autrefois si bien avec la communauté des Marauds, mais à l'idée de m'expliquer devant elle, surtout devant elle...

Joséphine ? C'est une âme charitable. Et je savais qu'elle resterait discrète. Mais, pouvais-je demander à une fille musulmane de se rendre dans un endroit où l'on servait de l'alcool ? Joline Drou, l'institutrice ? C'était non seulement une copine de Caro Clairmont, mais *aussi* une commère. D'ici demain matin, tout Lansquenet serait au courant du scandale.

Puis il m'est venu une idée. Oui, bien sûr ! Un endroit où Alyssa serait en sécurité, où personne ne saurait la trouver et où elle serait traitée comme un membre de la famille...

CHAPITRE 12

Jeudi 19 août

J'avais mis longtemps à m'endormir. J'ai entendu frapper et le bruit m'a réveillée. Des coups pressants, secs et durs, d'abord à la porte, puis sur les volets. Anouk et Rosette partageaient la chambre. J'avais décidé que le canapé me servirait de lit et tandis que je tentais de sortir du sommeil, je n'étais plus sûre de l'endroit où je me trouvais, prisonnière de l'un de ces capteurs de rêves, suspendue entre une vie et une autre.

Les coups se sont faits plus insistants. J'ai enfilé un peignoir et ouvert la porte. J'ai trouvé Francis Reynaud, tout raide et sur la défensive, accompagné d'une jeune fille vêtue d'un *hijab* noir. Ils sentaient tous les deux la vase de la Tannes et la fille, qui ne semblait pas avoir plus de dix-huit ans, frissonnait.

Reynaud a commencé à s'expliquer. Il y avait autant de maladresse dans son attitude que dans le choix de ses mots. « Je suis désolé. Elle ne veut pas que je la ramène chez elle. Elle ne veut pas me dire pourquoi elle a sauté dans la rivière. J'ai essayé de la faire parler, mais elle n'a pas confiance en moi. Aucun d'eux n'a confiance en moi. Pardon de vous embêter avec ça, mais je ne savais pas que faire d'autre…

— Je vous en prie, l'ai-je interrompu. Tout cela peut attendre demain. » J'ai souri à la jeune fille qui me regardait, les yeux pleins de tristesse et d'appréhension. « Il y a des serviettes à l'arrière de la maison, et des vêtements qui vous iront, je pense. Je vais faire bouillir de l'eau. Vous pourrez prendre un bain et vous changer. Nous n'avons pas encore l'électricité. Luc a dit que cela prendrait quelques jours, mais il y a des bougies, le poêle est chaud, vous allez vous réchauffer en un rien de temps. » Je me suis tournée vers Reynaud. « Quant à vous, vous n'avez pas à vous inquiéter. Vous avez pris la bonne décision. Ne soyez pas si sévère avec vous-même. Rentrez chez vous et dormez un peu. Le reste attendra demain matin. »

Reynaud semblait hésiter. « Mais, vous ne savez même pas qui c'est.

— Est-ce vraiment important ? » ai-je répondu.

Il m'a lancé l'un de ses regards glacés. Puis à ma grande surprise, il a souri. « Je n'aurais jamais cru que je dirais ça un jour mais, madame Rocher, je suis content que vous soyez là. »

Sur ces mots, il s'est retourné et s'en est allé de sa démarche raide et un peu empruntée. Aux yeux de n'importe qui d'autre, il n'était qu'une étrange et terne silhouette qui descendait un chemin de pierre en boitillant un peu (il était pieds nus) avant de disparaître dans la nuit. Mais, moi, je vois au-delà des apparences. Je vois le cœur, même de ceux qui le cachent. Je vois plus profond. Dans son sillage, j'ai vu danser des arcs-en-ciel.

L'AUTAN BLANC

CHAPITRE 1

Jeudi 19 août

Ce n'est qu'à quatre heures du matin que j'ai fini d'installer notre invitée surprise dans la chambre du grenier d'Armande, une minuscule pièce triangulaire qui ne peut contenir rien de plus qu'un lit d'enfant. Néanmoins, l'endroit est propre et confortable. Il y a aussi une petite fenêtre au sommet du triangle qui donne sur les Marauds et laisse entrer le parfum du pêcher.

Le bruit des voix dans le vestibule avait réveillé Anouk. Rosette, elle, a un sommeil de plomb. Nous l'avons laissée dormir. Pendant que je préparais le lit, Anouk faisait du chocolat chaud avec de la cardamome, de la lavande et de la valériane pour aider notre invitée à dormir.

Une fois lavée et revêtue d'une vieille robe de flanelle qui appartenait à Armande, ses longs cheveux séchés et démêlés, la fille avait l'air encore plus jeune que je ne l'avais pensé. Seize, peut-être dix-sept ans. Ses yeux sombres, couleur de café noir, étaient si grands qu'ils dévoraient son visage. Elle a accepté de prendre une tasse de chocolat chaud, mais refusait toujours de parler. Bien qu'elle ne tremblât plus, elle était parfois prise de sursauts nerveux, tel un chat dans son sommeil. Elle semblait s'intéresser à Anouk. Je les ai donc laissées seules dans l'espoir que la fille préférât se confier à quelqu'un de son âge. Il n'en a rien été. Elle a fini par s'endormir devant la cheminée en écoutant Anouk lui chanter la berceuse que ma mère me chantait :

V'là l'bon vent, v'là l'joli vent…

J'ai porté la fille dans mes bras jusque dans sa chambre. Elle m'a paru très légère, encore plus légère que Rosette. À l'instar des enfants, elle ne s'est pas réveillée lorsque je l'ai mise au lit. Anouk avait beaucoup de questions à me poser, mais je n'ai pu lui offrir aucune réponse. J'ai finalement réussi à la convaincre d'aller se recoucher et d'essayer de dormir. Il est facile pour Anouk de trouver le sommeil, plus facile que pour moi. J'ai fait du café et emporté la cafetière dehors. Le soleil se lève tôt à cette période de l'année. Le ciel était déjà lumineux lorsque je me suis assise sur le mur du jardin d'Armande pour boire mon café et écouter le quartier des Marauds reprendre vie.

Les jeunes coqs, les oies, les canards sauvages sur la Tannes : le concert matinal des petits oiseaux. Annonçant l'heure, cinq coups très nets ont retenti à l'aube à l'horloge de l'église, puis la voix du *muezzin*, tout aussi lointaine, mais tout aussi claire, a appelé les fidèles à prier, en ce neuvième jour de ramadan.

À neuf heures, Reynaud est arrivé. À neuf heures précises. Comme s'il avait attendu une heure décente pour passer. Tout de noir vêtu, il ne portait pas son col de prêtre et avait lissé ses cheveux en arrière avec soin. J'ai trouvé qu'il avait l'air fatigué et me suis demandé s'il avait ou non fermé l'œil.

Je lui ai offert un café. Il l'a pris noir et bu debout, près du mur. La chaleur du soleil naissant était agréable et faisait monter, dans le petit jardin d'Armande, le parfum des roses qui grimpaient le long des treillis et tombaient en cascade sur le chemin de terre. Elles n'avaient pas été taillées depuis huit ans et les fleurs étaient devenues sauvages, pour ainsi dire. Leur parfum, cependant, n'avait pas changé : un subtil mélange de loukoums et de draps propres séchés au vent. Je suis restée silencieuse un moment pour permettre à Reynaud d'apprécier ces odeurs, mais il était impatient, inquiet, au bord de la crise de nerfs. Je doute qu'il prenne parfois le temps de s'asseoir et de respirer le parfum des fleurs.

« Alors ? Elle a parlé ? » a-t-il fini par demander.

J'ai secoué la tête. « Non, pas un mot. »

C'est à ce moment-là qu'il m'a raconté l'histoire : il était venu au secours de cette fille tombée dans la Tannes, elle avait refusé de rentrer chez elle et d'expliquer son étrange comportement.

« Je la connaissais plutôt bien, avant. Elle s'appelle Alyssa Mahjoubi. C'est la petite-fille du vieux Mahjoubi. Elle n'a que dix-sept ans et vient d'une famille honnête et respectable. Je leur ai parlé des milliers de fois. Ils ont toujours été polis et sympathiques. Il n'y avait jamais eu de problème entre nous. Jusqu'à l'arrivée d'Inès Bencharki. »

Encore ce nom. Bencharki. Cette femme dont l'ombre se dissimule à chaque tournant de cette histoire, et dont le visage reste tout aussi invisible qu'une carte glissée parmi les autres au milieu d'un paquet entier.

« Je sais que vous ne me croyez pas, a ajouté Reynaud d'une voix calme. Je l'ai peut-être mérité, d'ailleurs. Mais, les choses ont changé depuis votre départ. Oserais-je le dire ? *J'ai* changé. »

Je me le demande. *A-t-il* vraiment changé ? Les gens changent-ils jamais, au fond de leur cœur, là où c'est essentiel ?

J'ai vérifié les couleurs de son âme. Il était sincère. Néanmoins, la prise de conscience n'avait jamais été le fort de Reynaud. Je le connais et je connais les gens de son espèce, pleins de bonnes intentions...

« Je sais ce que vous pensez, a dit Reynaud. J'ai été plein de préjugés par le passé, *c'est vrai*. Mais, là, je vous promets... » Il a passé la main dans ses cheveux lissés. « Écoutez, a-t-il repris. Je ne vais pas vous faire croire que j'étais content de découvrir cette école de filles devant chez moi. Nous avions déjà une école et ces filles-là y auraient été les bienvenues. Et je ne ferai pas non plus semblant d'approuver le fait que toutes portent le voile. Je ne pense pas que ce soit bien de faire naître chez elles la honte ou la peur de montrer leur visage. Peu importe ce que cette femme leur enseignait. C'était malsain, c'était nuisible. Mais, j'ai essayé d'être impartial. J'ai tenté de mettre de côté mes sentiments personnels. J'ai une responsabilité envers les membres de cette communauté et j'ai fait de mon mieux pour éviter tout type de friction entre nous. »

Je me suis souvenue de ce que le vieux Mahjoubi avait dit et j'ai souri à la pensée de la compétition sévissant des deux côtés de la Tannes, entre les cloches de Saint-Jérôme et le *muezzin*, chacun faisant de son mieux, en effet, pour couvrir l'écho de l'autre. De toute évidence, les frictions étaient présentes depuis le début, alors pourquoi blâmer Inès Bencharki ? Qu'est-ce qui avait changé depuis son arrivée ? Et pourquoi Reynaud était-il convaincu qu'elle fût la seule responsable ?

Je lui ai posé la question. Reynaud a haussé les épaules. « Vous n'avez aucune raison de me croire sur parole, a-t-il dit. Je sais bien que ce n'est pas la première fois que je reproche à une femme et à son enfant de causer des problèmes à Lansquenet. » Je l'ai regardé. À ma grande surprise, j'ai vu une lueur d'amusement dans ses yeux. « Mais je crois que vous serez prête à reconnaître que j'ai quelque peu l'habitude de mes paroissiens. Quand quelque chose a changé, je le sais. Et tout a commencé avec Inès Bencharki.

— Quand ? ai-je demandé.

— Il y a dix-huit mois. Saïd, le fils du vieux Mahjoubi, a rencontré Karim au cours d'un pèlerinage. Et puis, tout à coup, Karim est venu s'installer ici et Saïd a commencé à organiser son mariage avec sa fille aînée.

— Sonia.

— C'est ça. Sonia. » Il a fini son café et reposé la tasse.

« Que s'est-il passé ensuite ?

— Pendant deux semaines, aux Marauds la fête n'a pas cessé. Il y avait de la nourriture, des conversations, des rires, des fleurs. Des douzaines de personnes en tenue de cérémonie. Caro Clairmont s'est amusée comme une folle à organiser des journées multiculturelles et qui sait quoi encore, des réunions matinales autour d'un café pour les femmes. Joséphine était là, elle aussi. Elle s'entendait plutôt bien avec Sonia et Alyssa. Pour le mariage, elle avait acheté un beau cafetan dans l'une de ces petites boutiques de tissus sur le boulevard des Marauds. Les gens sont venus de partout : de Marseille, de Paris, même de Tanger. Et puis...

— Le vent a changé. »

Il a eu l'air surpris. « Oui, a-t-il dit. On pourrait dire cela. »

Ce vent-là. Il le sent aussi. Ce vent plein de possibilités, aussi dangereux qu'un serpent endormi. Zozie l'appelait le *Hurakan.* Il balaie tout sur son passage. Pendant des années, il peut rester calme. On croit presque l'avoir apprivoisé. Mais un rien peut le réveiller. Un soupir, une prière, un murmure...

« Sa sœur est arrivée pour le mariage, a-t-il repris. Elle n'était pas censée rester ici pour de bon. Il n'y avait pas assez de place dans la maison, pour commencer. Le vieux Mahjoubi ne l'aimait pas. Elle était venue pour une semaine, a fini par rester un mois, et avant même que nous ne l'ayons remarqué, elle s'était installée ici ; après, rien n'a plus jamais été pareil. » Il a soupiré avant de continuer : « Je m'en veux. J'aurais dû voir venir l'orage. Mais les fils du vieux Mahjoubi étaient tellement occidentalisés. Ismail ne se rend à la mosquée que pour les grandes occasions et Saïd ne s'est jamais montré extrémiste. Quant à Karim Bencharki, il semblait être le plus moderne de tous. Et regardez où en est cette famille, aujourd'hui. L'une des filles s'est mariée à dix-huit ans et l'autre se jette dans la Tannes au milieu de la nuit. Et puis il y a cette école et cette femme qui enseignait Dieu sait quoi aux enfants au nom de la religion...

— Vous pensez donc que tout cela naît d'un problème de religion ? » ai-je demandé.

Reynaud a pris un air interdit. « De quoi d'autre pourrait-il s'agir ? »

Bien sûr qu'il s'agit *pour lui* d'un problème de religion. Il a fait de la religion sa carrière professionnelle, après tout. Il a l'habitude de classer les gens par catégories : les catholiques, les protestants, les hindous, les juifs ou les musulmans. Il y a tant de groupes différents, de tribus qui ont été choisies, qui ont disparu, qui se font la guerre ou qui ont évolué. Et puis, bien sûr, il y a aussi les supporters d'équipes de foot, les fans de groupes de rock, les partis politiques, ceux qui croient à la vie extraterrestre, les extrémistes, les modérés, les adeptes de la théorie du complot, les scouts, les chômeurs, les rats de rivière, les végétariens, les survivants du cancer, les poètes et les punks… Chaque groupe a sa multitude de sous-catégories, de plus en plus petites parce qu'en fin de compte, les gens n'aspirent-ils pas *tous* à appartenir à quelque chose, à trouver leur place en ce monde ?

Je n'ai jamais appartenu à un groupe. Cet état de fait me permet d'avoir une perspective différente des choses. Peut-être que si cela avait été mon cas, je me sentirais moi aussi mal à l'aise dans le quartier des Marauds. Mais, j'ai toujours été différente. Voilà pourquoi il est peut-être plus facile pour moi de franchir les minces frontières qui divisent toutes ces tribus. Appartenir à l'une d'elles revient si souvent à exclure les autres. Penser en des termes tels que « nous » et « eux », ces deux petits mots, ainsi juxtaposés, mène si souvent au conflit.

Est-ce donc ce qui s'est passé à Lansquenet ? Ce ne serait pas la première fois. Les étrangers n'ont jamais été les bienvenus, ici. La moindre différence peut constituer une raison suffisante pour ne pas leur faire bon accueil. Même les habitants de Pont-le-Saoûl, à seulement quelques kilomètres en aval sur la rivière, sont encore vus d'un mauvais œil aujourd'hui, parce qu'ils font pousser des kiwis et non des melons, de l'ail rose et non du blanc, parce qu'ils élèvent des poulets à la place de canards et qu'ils prient à Saint-Luc et pas à Saint-Jérôme.

« Qu'est-ce que vous voulez que je fasse ? ai-je demandé.

— J'espérais que vous pourriez parler à cette fille. Apprendre à la connaître, peut-être. »

Il ne veut pas s'en mêler, évidemment. Je peux le comprendre. À Lansquenet, sa situation est déjà précaire, un autre soupçon de scandale et il pourrait perdre son poste. J'ai essayé d'imaginer Reynaud dans un autre domaine que celui de l'Église, mais je n'y suis pas parvenue. Reynaud, serveur, derrière un bar. Reynaud, instituteur dans une école, chauffeur d'autobus. Reynaud, se mettant à la charpenterie, pourquoi pas. Cette idée m'a soudain fait penser à Roux, puis, tout aussi vite, à Joséphine, et à toutes ces choses qui nous séparent, désormais.

« Vous ne comptiez pas partir tout de suite ? » m'a-t-il lancé. Dans sa voix, un léger tremblement a trahi sa nervosité. J'ai de nouveau pensé à Joséphine, à son regard furtif, à ces secrets qui sont restés tus, à ces questions que je n'ai pas posées. Si je reste à Lansquenet, je découvrirai la vérité. Tel est mon talent, ou ma malédiction : je vois au-delà des apparences. Pourtant, cette fois-ci, je ne sais pas si j'ai vraiment *envie* de voir. Il y a toujours une rançon à payer pour ce genre de choses et parfois, cette rançon est beaucoup trop élevée.

Oui, une partie de moi veut partir. Partir aujourd'hui, sans me retourner, rentrer le plus vite possible à Paris, retrouver Roux, enfouir mon visage au creux de son épaule, de cette épaule qui a été faite pour moi. Est-ce si difficile à comprendre ? Je ne suis plus chez moi, ici. Peu m'importe si Francis Reynaud doit quitter les ordres ! Peu m'importe que Joséphine ait un fils de huit ans qui aime peindre et qui n'a pas de père ! Rien de tout cela ne me concerne, ni moi, ni ma famille.

Et pourtant…

J'ai jeté un autre coup d'œil vers Reynaud. Il prenait soin de ne rien laisser paraître. Malgré tout, je ressentais la tension qui s'emparait de lui, je voyais bien la rigidité de ses épaules, l'attente de ma réponse dans ses yeux froids et gris.

Je pense qu'il ne serait pas surpris de m'entendre refuser de l'aider. Reynaud n'est pas le genre d'homme à connaître le pardon. Demander de l'aider, à quelqu'un comme moi surtout, a déjà bouleversé son monde. Son amour-propre ne pourra pas en accepter davantage.

« Bien sûr que je vais rester, lui ai-je dit. Anouk et Rosette s'amusent bien ici. Et maintenant qu'Alyssa est parmi nous… »

Il a laissé s'échapper un long soupir. « Bien. »

Je lui ai souri et me suis dit que je ne devais pas tant dramatiser. Il ne s'agissait que d'une semaine de plus, non ? Nous venions juste d'arriver et le mois d'août à Paris est toujours le pire moment de l'année. Après tout, n'était-ce pas là, au départ, la raison pour laquelle nous étions venues ? Pour échapper à la chaleur de la capitale ? Maintenant que nous sommes ici, autant rester et profiter encore de quelques journées. Au moins, jusqu'à ce que l'autan se lève. Jusqu'à ce que nous sachions dans quelle direction ce vent, qu'il s'agisse du noir ou du blanc, va se mettre à souffler.

CHAPITRE 2

☾

Jeudi 19 août

Quand Reynaud est parti, j'ai essayé d'appeler Roux. La réception est mauvaise dans le quartier des Marauds. J'ai fini par trouver du réseau à un endroit, mais son portable était encore éteint. Je lui ai envoyé un texto :

Restons sans doute une semaine de plus. Tout va bien pour toi ? Beaucoup de choses à te raconter... si tu allumais ton téléphone ! On t'embrasse toutes. Vianne

À mon retour, Alyssa était réveillée et habillée. Elle ne portait pas l'*abaya* noire qu'elle avait la veille au soir et que j'avais pourtant lavée et fait sécher, mais un jean d'Anouk et une chemise en lin jaune. Elle avait aussi remis son *hijab* comme il se devait.

Anouk était debout, elle aussi, les cheveux ébouriffés et l'air encore endormie. Rosette prenait son petit déjeuner : du chocolat chaud et un reste de pâtes d'hier soir.

« Ils ont mis le courant ! a claironné Anouk au moment où je suis entrée dans la cuisine. On a l'électricité ! On a la télé ! Je peux recharger mon iPod ! »

Bien. Ce qui veut dire qu'on a aussi de l'eau chaude. Prendre une douche avec des seaux est acceptable un moment, mais quand on vit depuis quatre ans sur une péniche où la longueur de nos douches est limitée ou qu'on se lave à la piscine municipale du coin, l'idée d'un vrai bain semble merveilleuse.

Je me suis tournée vers notre invitée. Avec les vêtements d'Anouk, elle ne paraissait pas avoir plus de quinze ans. Son ossature était plutôt fine. Elle était plus mince encore qu'Anouk. Je l'ai saluée en prononçant son nom. Elle a hoché la tête sans me répondre.

« J'aimerais t'offrir un petit déjeuner », ai-je dit.

La fille a haussé les épaules.

« Oui, je sais. C'est le ramadan. Demain, si tu es toujours parmi nous, nous prendrons toutes le petit déjeuner avant le lever du soleil et nous dînerons après le crépuscule. Ça ne nous posera pas de problèmes et tu te sentiras plus à l'aise. »

De nouveau, Alyssa a hoché la tête, mais cette fois-ci, j'ai vu qu'elle commençait à se détendre un peu.

« Tu connais déjà Anouk, ai-je continué. Laisse-moi te présenter Rosette. »

Rosette a levé les yeux de son chocolat chaud et agité sa cuillère en guise de salutation.

« Elle ne parle pas beaucoup non plus, ai-je ajouté. Mais elle est très drôle. »

Rosette a fait une grimace avant de poser une question en langue des signes.

« Elle veut savoir si tu aimes les singes. »

Alyssa semblait hésiter.

« Tu verras, Rosette adore les singes. En fait, elle a presque l'air d'un petit singe, elle aussi. »

Rosette a émis des cris, puis chanté une chanson composée d'une sorte de sifflements inarticulés. Alyssa a esquissé un sourire avant de baisser les yeux avec nervosité.

« Ça suffit. Laisse respirer notre invitée. Tu pourrais aller jouer dehors pendant qu'Alyssa et moi bavardons un peu. Qui sait, tu rencontreras peut-être Pilou. »

« *Pilou !* » a lâché Rosette avec exubérance. Elle est sortie en gambadant à sa recherche. Une fois encore, je me suis dit qu'elle avait de la chance de s'être trouvé un ami. Roux lui manque toujours, bien sûr, mais Pilou est devenu important à ses yeux, plus important encore que Bam. J'en étais heureuse. J'avais beau nourrir des doutes quant à l'identité de son père, Pilou, lui, était pour nous un trésor.

J'ai fait signe à Anouk de rester. La nuit dernière, j'ai eu l'impression qu'elle avait peut-être réussi à établir un lien avec notre jeune invitée. J'ai pris la main d'Alyssa et lui ai souri. J'ai remarqué que ses doigts étaient très froids.

« Je sais que tu ne veux pas parler, ai-je commencé. Ce n'est pas grave. Tu parleras quand tu en auras envie. Mais, il y a des choses que j'ai besoin de savoir pour pouvoir t'aider. Tu comprends ? »

Elle a fait signe qu'elle comprenait.

« Avant tout, est-ce que tu veux que je prévienne quelqu'un ? Ta mère, ton père… »

Elle a secoué la tête.

« Tu es sûre ? Personne ? Juste pour leur dire que tu vas bien ? »

De nouveau, Alyssa a secoué la tête. « Non. Merci. »

C'était un début. Ellc n'avait prononcé que deux mots, mais le silence était rompu.

« D'accord. Je comprends. Personne n'a besoin de savoir que tu te trouves ici. Le curé, Reynaud, est déjà au courant, mais il ne dira rien. Tu es en sécurité avec moi. »

Alyssa a fait un léger signe de tête.

Et maintenant, le plus dur reste à faire, me suis-je dit. Qu'est-ce qui pouvait pousser une adolescente comme Alyssa, une jolie fille qui vivait au sein d'une famille aimante, à vouloir se jeter dans la Tannes ?

« Que s'est-il passé hier soir, Alyssa ? me suis-je lancée. Tu veux en parler ? »

Alyssa m'a regardée d'un air d'incompréhension. Ou bien elle n'avait pas compris, ou bien la réponse était si évidente qu'elle se sentait incapable de la donner. J'ai décidé que cette question pouvait rester en suspens pour l'instant, jusqu'à demain, en tout cas.

J'ai opté pour un peu de brusquerie accompagnée d'un sourire. « Très bien, tu es notre invitée, du moins, aujourd'hui. Cette maison appartient à Luc Clairmont. C'était la maison de sa grand-mère. »

Alyssa a de nouveau hoché la tête.

« Tu le connais ? » ai-je demandé.

Je me suis souvenue que quelqu'un m'avait dit, Reynaud peut-être ou Joséphine, qu'il était arrivé aux sœurs Mahjoubi de jouer au football avec Luc sur la place du village.

« Il sait que je suis ici ? m'a répondu Alyssa.

— Personne ne sait que tu es là, l'ai-je rassurée. Personne ne te verra si tu restes à l'intérieur. Il y a des livres, la télévision et une radio. As-tu besoin d'autre chose ? »

Alyssa a fait un signe de tête négatif.

« Je pense qu'il vaudrait mieux que nous ne changions pas trop nos habitudes. Sinon, cela pourrait paraître bizarre. Mais, je vais essayer de faire en sorte que l'une de nous, Anouk ou moi, reste à proximité, au cas où tu aurais besoin de quelque chose. »

Alyssa a acquiescé sans sourire.

J'ai jeté un œil vers Anouk qui avait prévu, je le savais, de revoir Jeannot aujourd'hui. Elle m'a donné un grand sourire. « Ce n'est pas grave, a-t-elle dit. On restera ici à regarder la télé et à nous moquer des reality-shows.

— Alyssa va adorer ça, ai-je dit en ébouriffant les cheveux de ma fille. Je suis sûre que de voir l'élection de la prochaine top model d'Estonie ou une émission sur les femmes qui ne peuvent pas s'empêcher de manger des gâteaux va parfaire votre éducation. Alyssa, si tu n'arrives plus à la supporter, tu lui dis de te laisser tranquille, d'accord ? »

Un autre début de sourire. Comme l'esquisse d'un croissant de lune. De toute évidence, il y a quelque chose chez Anouk qui plaît à Alyssa. Je dois avouer que cela ne me surprend pas vraiment. Ma petite étrangère a toujours eu le don de s'attirer des sympathies. Peut-être que si elles restent ensemble, Anouk réussira là où j'ai échoué.

Je les ai laissées avec pour instruction de surveiller Rosette. Puis je suis retournée dans les Marauds.

CHAPITRE 3

Jeudi 19 août

Je pensais trouver de l'animation. Contrairement à mon attente, les Marauds étaient sans vie, les rues désertes, les magasins fermés. Il était peut-être six heures du matin alors que je m'y promenais d'habitude vers dix heures et demie. Le soleil était chaud, l'air très lourd, mais d'une étrange pureté.

Seul le club de gym de Saïd Mahjoubi semblait ouvert aux clients, ce matin-là. Je me suis demandé s'il s'était rendu compte que sa fille n'était pas rentrée. S'il *l'avait su*, il aurait sans doute fermé sa salle de sport pour la journée. Pourtant, tout était comme à l'ordinaire et rien ne laissait penser qu'une jeune fille avait disparu pendant la nuit...

La porte rouge s'est ouverte. Deux hommes sont sortis. L'un était jeune, un adolescent vêtu d'un débardeur et d'un short de treillis. L'autre avait la trentaine et se trouvait être tout bonnement l'un des hommes les plus beaux que j'aie jamais vus. Il avait la grâce musclée de ces types qui excellent dans les ballets ou les arts martiaux, la peau d'une couleur d'olive claire, des cheveux noirs coupés très court et une bouche voluptueuse à la ligne orientale, finement dessinée…

« Je peux vous aider, mademoiselle ? »

Je suis restée bouche bée, l'espace d'un instant. La dernière fois que j'étais passée devant ce club de gym, j'avais senti de l'hostilité. Mais cet homme-là était différent. Il m'a souri et je suis devenue captive de son charme à la fois puissant et désarmant.

Derrière moi, l'adolescent avait filé. J'étais seule avec l'inconnu. Sous d'épais sourcils, son regard était sombre, expressif et brillait comme de l'or.

« Je suis ici pour quelques jours. Je m'appelle Vianne Rocher…

— Bonjour, Vianne Rocher. J'ai entendu parler de vous. Je suis Karim Bencharki. »

J'ai de nouveau été décontenancée. C'était *lui*, Karim Bencharki ?

Reynaud avait bien dit qu'il s'était occidentalisé. Je pensais quand même qu'il afficherait certaines des caractéristiques traditionnelles : un bonnet de prière ou du moins, une barbe comme Saïd Mahjoubi. Mais non, cet homme aurait pu être n'importe qui, venir de n'importe quel milieu. J'ai vérifié les couleurs de son âme : un rapide mouvement du poignet, mes deux doigts en forme de fourche, rien de plus. Il m'a pourtant vue faire. Son regard était particulièrement alerte. J'y ai décelé une vive intelligence, une intensité profonde et sincère, mais c'est surtout son charme qui m'a éblouie, ce charme qui semblait être si naturel chez lui, si assuré…

J'ai failli succomber, je l'avoue. Personne n'aurait pu rester indifférent au pouvoir de ces yeux chaleureux aux reflets de miel. En tout cas, aucune femme, même s'il se peut que Reynaud soit doté de filtres à travers lesquels il perçoit ce genre de choses. Cela dit, il n'avait pas pensé à me parler de ce détail qui allait me surprendre, me retourner comme une crêpe et me laisser bêtement sans voix. Il s'agissait d'un charme de pacotille, bien sûr. Cependant, chez certains, ce charme-là marche à tous les coups. Zozie de l'Alba l'avait, par exemple. Karim Bencharki, aussi.

J'ai eu du mal à trouver mes mots pendant un moment. J'ai fini par dire : « Vous avez entendu parler de moi ? »

Les couleurs se sont mises à craqueler. On aurait dit les teintes d'un kaléidoscope, les reflets d'un tourbillon de morceaux de verre au bout de mes doigts.

« Oui, bien sûr. Ma sœur m'a parlé de vous », a-t-il répondu. Son sourire m'a épinglée comme un papillon sur un étaloir. « Vous êtes une autre des croisades ratées de Reynaud.

— Je ne suis pas sûre de comprendre, ai-je avoué.

— C'est que vous n'êtes pas la seule à vous être attiré des ennuis avec ce curé. Sa réputation le précède quand il s'agit de traiter des gens comme nous.

— Des gens comme nous ?

— Les indésirables. Les gens dont le visage ne lui revient pas, qui ne restent pas de leur côté de la rivière.

— On a eu un petit différend, ai-je admis. Avec le recul, je ne crois pas que cela ait été très intelligent de ma part d'ouvrir une confiserie juste devant l'église au début même du carême… »

Il a ri à ces mots. Sa dentition est parfaite. « Ma sœur a connu le même problème, a-t-il dit.

— Reynaud n'approuvait pas l'ouverture de son école ?

— Il ne s'en est jamais caché. Depuis le début, il était contre. Inès se souvient qu'il restait planté là, dans sa robe noire, à la regarder. Il l'observait chaque jour, sans dire un mot, raide comme la justice et affichant sa désapprobation. »

J'ai été frappée par la similarité de son discours avec celui que Reynaud m'avait tenu. Cette femme en noir qui ne parlait jamais… Était-il possible que les deux camps se soient confrontés pour rien ?

« Où votre sœur vit-elle, maintenant ?

— Chez moi, jusqu'à ce que les travaux soient terminés. C'est mieux pour elle d'habiter avec sa famille. »

Son explication laissait transparaître à la fois de la désinvolture et un sens profond de la propriété. J'ai repensé au sentiment que j'avais eu chez les Al-Djerba : il ne m'avait pas semblé impossible qu'Inès Bencharki soit plus que la simple sœur de Karim. Sa première femme, peut-être ? Elle portait son nom. Bien sûr, il se pouvait qu'elle ait repris son nom de jeune fille. Cependant, Omi avait voulu sous-entendre autre chose. Mais, si c'était le cas, pourquoi alors Inès vivrait-elle seule ? Et pourquoi Karim Bencharki mentirait-il ?

« Ma sœur a eu une vie compliquée, a continué Karim d'une voix douce. Son mari est mort jeune, nos parents ne sont plus là, je suis le seul à pouvoir m'occuper d'elle. Et là, juste au moment où elle allait prendre un nouveau départ, voilà ce qui se passe. »

J'ai dit que c'était dommage.

« C'est plus que dommage, a rectifié Karim. C'est

un scandale, une honte. Et ce prêtre en est responsable. Il doit payer pour ça. Et il paiera. »

J'ai décidé de ne pas prendre la défense de Reynaud afin d'en savoir davantage. J'ai dit : « Vous pensez donc que c'est lui qui a causé l'incendie ?

— Ça ne fait pas le moindre doute, a-t-il renchéri. Il a déjà été mêlé à ce genre d'affaires auparavant. Un incident avec les gens de la rivière, un bateau avait été incendié. Et puis, il y a eu l'histoire de votre boutique, bien sûr, et la manière dont il a essayé de vous obliger à la fermer. Mme Clairmont m'a raconté toute l'histoire. Ce type se prend pour le maire de Lansquenet.

— *Caro* Clairmont ? »

Il a acquiescé. « Oui. Elle a été d'un grand soutien à notre petite communauté. »

Cela ne m'a guère étonnée. Caro Clairmont a toujours adoré se rendre indispensable. Jadis fervente adepte de la bible de Reynaud, elle avait ensuite transféré son allégeance à un prêtre plus jeune, le père Henri Lemaître, dont la prévenance et les airs de beau garçon rendaient Reynaud et son caractère distant plus déplaisants encore. J'imagine que Karim, avec son sourire de star de cinéma, devait lui paraître tout aussi attirant.

Qu'est-ce que Reynaud avait dit, déjà ? Que Caroline s'était fâchée avec le groupe de femmes qui participaient à ses réunions matinales ? Était-ce le cas ou bien simplement le fait qu'elle ait toujours préféré la compagnie de beaux jeunes hommes ?

« Vous êtes venue avec votre fille, n'est-ce pas ? »

J'ai hoché la tête. « Avec mes filles. Anouk et Rosette. Peut-être les avez-vous déjà vues dans les parages.

— Je m'en souviendrais. » Il avait pris un ton presque badin. J'ai de nouveau été surprise de l'aisance avec laquelle il faisait usage de son charme. Ce ne devait pas être un don répandu au sein de la communauté masculine des Marauds. Il s'est approché un peu et j'ai senti l'odeur du *kif*, mêlée à un lourd parfum sucré, celui du chypre, peut-être, ou de l'encens…

Je me suis demandé s'il savait que sa belle-sœur avait disparu. Leurs familles étaient très proches. Se pouvait-il que les parents d'Alyssa aient caché l'absence de leur fille, même à Sonia et à Karim ?

Une fois encore, j'ai vérifié les couleurs de son âme. Peu de gens brillent autant. Certaines personnes brillent, elles n'y peuvent rien et éclipsent tout sur leur passage. Est-ce la raison pour laquelle Reynaud ne lui fait pas confiance ? Ou y en a-t-il une autre ?

« J'aimerais bien rencontrer votre sœur, ai-je dit. On m'a beaucoup parlé d'elle.

— Bien sûr, a répondu Karim. Mais, vous devez savoir que ma sœur, Inès, est très timide. Elle reste dans son coin. Elle ne fréquente pas… les gens.

— Mais, elle a une fille ? Comment s'appelle-t-elle ?

— Dou'a. Cela signifie *prière* en arabe.

— Comme c'est triste pour elle, d'avoir perdu son père si jeune. »

Son visage s'est assombri. « Ma sœur a eu une triste vie. Dou'a est tout ce qu'elle a, maintenant. Sa fille, et bien sûr, la foi. La foi est ce qu'il y a de plus important pour elle. »

La porte du club de gym s'est de nouveau ouverte et un homme en *djellaba* blanche a jeté un coup d'œil. J'ai reconnu l'un des hommes que j'avais vus aux Marauds le jour de mon arrivée et j'ai su qu'il s'agissait de Saïd Mahjoubi. Il a complètement ignoré ma présence et parlé en arabe à Karim. Je n'ai pas compris les mots qu'il a prononcés, mais j'en ai saisi l'urgence tout comme j'ai remarqué la manière dont il m'a jeté un bref regard sévère avant de détourner les yeux.

« Excusez-moi, je dois y aller, m'a annoncé Karim. Profitez bien de votre séjour ici. »

Sur ces mots, il m'a tourné le dos avant de rentrer dans le club de gym en fermant la porte rouge derrière lui.

Ainsi seule, je suis retournée sur le boulevard. Le soleil de cette fin de matinée était déjà haut dans le ciel. Néanmoins, comme je m'éloignais de l'atmosphère claustrophobique de la petite allée aux odeurs de chlore, de *kif* et de transpiration, une agréable sensation de fraîcheur m'a envahie. Ce n'était rien d'autre qu'une brise. Elle venait de l'autre côté de la rivière et avait le parfum d'autres horizons : de la sauge sauvage qui pousse sur le versant des montagnes, de ces plantes à l'odeur poivrée appelées *queues-de-lièvre* qui poussent le long des dunes et dansent comme des folles au gré du vent. J'ai soudain compris ce qui avait changé.

Le calme était enfin rompu.

L'autan avait commencé à souffler.

CHAPITRE 4

†

Vendredi 20 août

Le père Henri Lemaître est passé me voir ce matin. Je m'étais levé tard pour une fois et il m'a surpris au saut du lit, mal rasé. Comment fait-il cela, mon père ? A-t-il un sixième sens qui l'informe de mes moments de vulnérabilité ? Quoi qu'il en soit, il était à ma porte quand l'horloge de Saint-Jérôme a sonné neuf heures quinze. Ses yeux brillaient autant que ses dents, ou presque.

« Bonté divine, Francis, vous n'avez pas bonne mine. »

Je préférerais qu'il ne m'appelle pas par mon prénom.

« Je vais très bien, merci, ai-je lancé. À quoi dois-je ce plaisir ? »

Il m'a jeté l'un de ses regards pleins de pitié et m'a suivi dans la maison.

« Je passe simplement voir mon collègue, a-t-il dit. L'évêque m'a demandé de vos nouvelles. »

L'évêque. De mieux en mieux.

« Ah ?

— Il pense que vous avez peut-être besoin de repos. Il m'a dit qu'il ne vous trouvait pas en forme.

— Je pensais que je prenais *déjà* du repos, ai-je rectifié avec aigreur. On ne peut pas dire que je sois débordé par mes obligations paroissiales ces temps-ci. »

Rien n'était plus vrai. Ces dernières semaines, le père Henri Lemaître avait effectué mon travail alors qu'il s'occupait aussi de trois autres petits villages sans prêtres attitrés. Ces jours-ci, alors que de moins en moins de jeunes prêtres entrent dans les ordres et que de moins en moins de gens vont à l'église, Lansquenet est un village exceptionnel car un curé y vit en permanence, y sert la messe deux fois par jour et entend les habitants en confession quatre fois par semaine. Ailleurs, on a dû s'habituer à n'aller à la messe que le dimanche et l'on doit parfois se rendre dans un autre village pour ce faire. Il n'est donc pas étonnant que l'assiduité à l'église soit en baisse. L'évêque et les gens de son rang voudraient nous faire croire que les prêtres sont comme des ustensiles de cuisine, que nous sommes tous interchangeables. Il se peut qu'il en soit ainsi à Marseille ou à Toulouse. Mais, ici, les villageois aiment avoir leur propre église et le même curé pour se confesser. Ils apprécient le fait que la parole de Dieu ne leur soit pas apportée par un télégraphe céleste, mais par les lèvres d'un homme qui leur ressemble, avec de la corne aux mains, qui connaît et comprend leurs vies. Je me demande bien combien de confessions le père Henri a entendues à Lansquenet. Je veux dire de *vraies* confessions, pas des histoires que Caro Clairmont me raconte pour attirer mon attention.

« Oh, mon père, j'ai bien peur d'avoir offensé quelqu'un

sans le vouloir. L'autre jour, j'étais à Agen avec Joline Drou. Nous faisions du shopping et nous nous sommes arrêtées pour regarder les robes d'été. Vous avez peut-être remarqué que j'avais perdu du poids. Eh bien, ce n'est pas un crime d'avoir envie d'être belle. Tant de femmes se laissent aller… Bref, je ne vais pas vous embêter avec ça, mon père.

— Tout à fait.

— Ah. Oui, mais Joline avait vu une robe qui lui plaisait et il se trouve que je lui ai dit qu'elle ne lui irait pas. Enfin, vous l'avez sûrement remarqué, mon père, Joline Drou choisit souvent des vêtements qui font beaucoup trop jeune pour une femme de son âge, et je ne parle pas du fait qu'elle devient un peu grassouillette. Je ne lui jetterais pas ça en pleine figure, mais je ne serais pas une véritable amie si je la laissais se ridiculiser et maintenant, je m'en veux tellement…

— Assez. Deux Ave.

— Mais, mon père…

— S'il vous plaît, madame. Je n'ai pas toute la journée devant moi. »

Non. La diplomatie et la flatterie ne sont pas mon fort. Je suis certain que le père Henri Lemaître aurait écouté ses problèmes avec plus de diplomatie. Il m'arrive souvent d'être impatient, brusque. Je n'arrive pas à cacher mes sentiments comme le père Henri Lemaître. Je n'arrive pas à feindre de l'intérêt ou de la compassion, ni à considérer mes ouailles comme de vulgaires brebis stupides.

Pourtant, je les connais mieux que n'importe quel prêtre d'une grande ville ne parviendrait à les connaître. Ce sont peut-être des brebis, mais ce sont *mes* brebis. Je n'ai aucunement l'intention de les abandonner aux mains du père Henri. Comment pourrait-il les comprendre, avec son sourire de publicité pour dentifrice et ses manières de séducteur ? Comment pourrait-il savoir qu'Alain Poitou est devenu accro aux médicaments contre la toux et qu'il veut le cacher à sa femme ? Que Gilles Dumarin s'en veut d'avoir laissé sa sœur mettre leur mère aux Mimosas ? Que Joséphine Muscat était jadis kleptomane et qu'elle ressent encore aujourd'hui le besoin de faire pénitence ? Qu'à la mort de son fils, Jean Marron a pensé au suicide ? Qu'Henriette Moisson, cette femme de quatre-vingt-cinq ans, me reparle chaque semaine d'un vol qu'elle a commis à l'âge de neuf ans, un petit nécessaire à couture dérobé à sa sœur qui est décédée, il y a plus de soixante ans, dans un accident de bateau sur la Tannes ? Que Marie-Ange Lucas se livre à des activités sexuelles sur Internet avec un garçon qu'elle n'a jamais rencontré, et qu'elle se demande s'il s'agit là d'un péché ? Ou que Guillaume Duplessis prie encore pour son chien mort il y a huit ans et que moi, je le laisse croire, Dieu me pardonne, qu'il se peut bien que les animaux aient une âme ainsi que leur place au paradis ?

Quelles que soient mes fautes, mon père, je sais ce que c'est que la culpabilité. Et je sais que certains problèmes ne peuvent être résolus grâce à PowerPoint. Ni même grâce à un évêque, d'ailleurs.

« Vous savez bien pourquoi, Francis », a dit le père Henri qui m'a ramené à la réalité. J'étais tellement perdu dans mes pensées qu'il m'a fallu un moment avant de comprendre ce à quoi il faisait référence. Il m'a remplacé dans mes fonctions car, du moins d'après lui, mon statut a été compromis par les rumeurs et les commérages qui ont suivi l'incendie de l'ancienne chocolaterie. Je soupçonne Caroline Clairmont d'être à l'origine de cette idée car c'est une fervente partisane du progrès qui considère le père Henri comme une âme sœur et l'occasion d'une étape à gravir dans son ascension personnelle. Elle avait déjà vu ce que cet homme était capable d'accomplir en l'espace de deux semaines. Et dans six mois alors, jusqu'où sera-t-il allé ?

Il m'a suivi dans la cuisine et s'est assis sans y avoir été invité.

« Faites comme chez vous, ai-je lancé. Vous voulez du café ?

— Oui, s'il vous plaît.

— C'est toujours ma paroisse », ai-je dit en versant du café dans deux tasses. Il prend le sien avec du lait. Moi, je le préfère noir. « J'ai peur de ne pas avoir de sucre. »

De nouveau, ce sourire. « Ce n'est pas grave, a-t-il répondu. Je ne devrais pas en prendre, de toute façon. » Il a passé la main sur son ventre. « Nous devons faire attention à notre bedaine, n'est-ce pas, Francis ? »

Mon Dieu. Même dans son *discours*, il ressemble à Caro Clairmont. J'ai bu mon café d'une seule traite et m'en suis servi un autre. « C'est toujours ma paroisse, ai-je répété. Et à moins qu'un autre tribunal que celui des ragots et des suppositions ne me reconnaisse coupable, je n'ai pas du tout l'intention de partir. »

Il sait bien sûr que ce ne sera jamais le cas. La police m'a déjà parlé. Rien ne me relie à l'incendie, aucune preuve. Même si les moulins à commérages de Lansquenet continuent à tourner sans relâche, le reste du monde ne s'intéresse plus à cette histoire.

Le père Henri Lemaître m'a lancé un regard chargé. « Tout n'est pas si blanc ou si noir. Comme vous le savez, un prêtre se doit d'être tout à fait irréprochable. Et dans une situation délicate comme celle-ci, où il est question d'une autre culture…

— Je n'ai aucun problème avec les *autres cultures*, comme vous dites, ai-je lâché en essayant de garder mon sang-froid. En fait… » Je n'ai pas fini ma phrase. Dans le feu de l'action, j'avais failli lui révéler les événements de l'autre nuit. « S'il y a eu de l'hostilité à mon égard, ai-je continué d'une voix calme, elle ne venait que de la communauté des Marauds, où le vieux Mahjoubi a toujours fait tout son possible pour me provoquer. »

Le père Henri Lemaître a souri. « Oui, ce vieil homme avait des idées bien arrêtées. Une époque différente, un style différent. Le nouveau sera, à mon avis, plus facile à gérer. »

Je l'ai regardé. « Le nouveau quoi ?

— Oh. Vous ne saviez pas ? Le fils du vieux Mahjoubi, Saïd, reprend les fonctions de son père à la mosquée. Apparemment, les petites excentricités du vieil homme posaient problème depuis un moment. Il semblerait que certains s'en soient trouvés contrariés. Vous n'étiez pas une exception, bien sûr », a-t-il ajouté en m'offrant un nouvel aperçu de sa dentition étincelante.

J'y ai réfléchi un instant. Il ne m'était jamais venu à l'esprit que le vieux Mahjoubi puisse avoir des détracteurs au sein même de sa communauté. Mais, Saïd sera-t-il capable d'apporter les changements dont le quartier des Marauds a besoin ?

« Saïd Mahjoubi est un homme sensé, a dit le père Henri avec suffisance. Il comprend les siens.

C'est un bon chef, il est progressiste et respecté par tout le monde. Je pense qu'il nous sera plus facile d'établir le dialogue avec lui que ça ne l'a été avec son père. »

Les gens comme le père Henri Lemaître n'optent jamais pour l'emploi des phrases les plus simples. Ils préfèrent dire « établir le dialogue » à la place de « parler ». Je n'ai pu m'empêcher d'imaginer des sous-entendus moqueurs à mon encontre derrière les mots du père Henri. De toute évidence, il pensait que moi, je ne comprenais *pas* les miens, que je n'étais *pas* le plus progressiste des hommes et qu'après l'incendie de l'ancienne chocolaterie, il ne faisait aucun doute que je n'étais plus respecté. Était-ce là sa manière de me tourmenter ? Ou bien seulement de me prévenir que je serais bientôt remplacé, à mon tour ?

« L'évêque pense qu'une mutation vous serait peut-être bénéfique, m'a-t-il annoncé. Vous êtes resté trop longtemps à Lansquenet. Vous commencez à considérer ce village comme le vôtre. À imposer vos propres règles, et non plus celles de l'Église. »

J'ai voulu protester. Le père Henri a levé la main pour me faire taire.

« Je sais que vous n'êtes pas d'accord, m'a-t-il devancé. Mais, vous devriez peut-être analyser votre âme. Votre âme et peut-être votre conscience.

— Ma *conscience* ! » ai-je explosé.

Il m'a jeté l'un de ses regards condescendants. « Vous savez, Francis... Je peux vous appeler Francis ?

— Vous le faites déjà, lui ai-je fait remarquer.

— J'espère que vous pardonnerez ma franchise, a-t-il dit. Mais il se trouve que l'évêque, tout comme d'autres, vous a trouvé quelque peu arrogant dans vos relations avec certains…

— C'est pour *ça* qu'on me punit ? » Ma colère était difficile à contenir. « Et moi qui croyais que c'était pour avoir mis le feu à une école de filles.

— Personne ne dit ça, Francis. Et personne n'a dit que vous étiez puni.

— Alors, que dit-on, *au juste* ? »

Il a reposé sa tasse. « Rien, pour le moment, rien d'officiel. J'ai simplement pensé que je devais vous prévenir. » Il m'a lancé un de ses sourires. « Vous n'arrangez vraiment pas votre cas, vous savez. Dieu vous a peut-être imposé cette épreuve pour vous apprendre l'humilité. »

J'ai serré le poing, derrière mon dos. « Si c'est le cas, je doute qu'il ait besoin de *vous* pour me traduire son message. »

J'ai cru que le père Henri était sur le point de se rebiffer. « J'essaie d'être votre ami, Francis.

— Je suis prêtre. Je n'ai pas d'amis. »

Il faisait très lourd encore, hier. C'était oppressant. Aujourd'hui, le vent est sec et mordant. De minuscules paillettes de mica dansent et tourbillonnent dans l'air. Tout est imprégné d'une odeur de vieille fumée. Dans l'ancienne chocolaterie, Luc Clairmont est en pleins travaux de réparation. Un échafaudage a été dressé contre un mur et une bâche en plastique recouvre le toit. Le vent fait claquer la bâche qui faseye comme la voile d'un vieux bateau. Dans la rue, les femmes empêchent leur jupe de se soulever, des papiers virevoltent. Le soleil est un disque de métal argenté dans un ciel chargé de grains de poussière survoltés. C'est l'autan blanc, bien sûr.

C'est normal à cette période de l'année. En général, il souffle pendant deux ou trois semaines. Il arrive avec son lot d'histoires et de proverbes.

Avant, je détestais ces légendes, ces petites croyances païennes qui se propagent comme des pissenlits et envahissent le jardin si net de votre foi. Depuis, j'ai appris à les tolérer, à défaut d'y croire. Nous avons tous des choses à apprendre de ces histoires, qu'elles soient saintes ou profanes.

Autan blanc, autan blanc...

Il y a un proverbe dans nos régions qui dit que l'autan blanc peut ou vous rendre fou ou vous débarrasser de vos démons. C'est un conte de vieilles bonnes femmes, bien sûr. Mais, comme Armande Voizin le disait souvent, cela vaut parfois la peine de les écouter.

Autan blanc, autan blanc,
Autan en emporte le vent.

Et maintenant, alors que je regarde le père Henri partir, la tête basse, fouetté par le vent, je me demande, un bref instant, s'il ne serait pas possible à l'autan blanc de me débarrasser aussi de *lui.*

CHAPITRE 5

✝

Vendredi 20 août

Le vent a sur les gens un effet excitant. Tous les instituteurs le savent. Oui, mon père, et tous les prêtres. Pour le moment, l'autan blanc a engendré une avalanche de disputes, d'éclats de mauvaise humeur et d'actes mesquins de vandalisme : trois jardinières ont été renversées sur la place, des graffitis sont apparus sur la façade roussie de l'ancienne chocolaterie. En d'autres termes, cette année, le « vent des fous » a réussi à s'introduire dans l'inconscient collectif et à les rendre tous stupides.

Caro Clairmont en est l'une des victimes. Le vent fait ressortir ce qu'il y a de pire en elle. Avec moi, elle se montre d'une gentillesse particulièrement écœurante et m'empoisonne comme elle sait si bien le faire. Hier, elle est passée pour s'assurer que je n'avais besoin de rien, sans oublier de m'asséner (sous couvert de compassion, bien sûr) un certain nombre de piques bien pointues avant de partir. Elle a fini par me souhaiter bonne chance pour l'avenir.

« Pourquoi, vous partez en voyage ? »

Elle a eu l'air un peu troublée. « Non, je…

— Oh. J'ai dû mal comprendre. » Je lui ai lancé le plus haineux de mes sourires.

« Saluez votre fils de ma part. C'est un bon garçon. Armande aurait été fière. »

Caro a tiqué. Chacun sait à Lansquenet que Luc et elle sont en désaccord sur un bon nombre de sujets comme le choix de son université, sa décision d'étudier la littérature et de ne pas reprendre l'affaire familiale, ou le problème de la maison d'Armande. Le testament de la vieille dame était très clair quant au fait que sa maison revenait à Luc, mais Caro pense qu'il devrait la vendre et investir cet argent ailleurs. Il va sans dire que Luc ne veut pas en entendre parler, ce qui cause quelques tensions au sein de la famille Clairmont. En tout cas, il suffit de mentionner à sa mère le nom de Luc et de faire allusion à ses projets pour la faire tiquer. Il m'est certes satisfaisant d'aiguillonner Caro, mais cela n'arrange en rien ma situation au village. Le père Henri Lemaître a bien fait son travail et parlé de moi (sous le sceau du secret, bien sûr) à toutes ces femmes de Lansquenet dont le talent à répandre les rumeurs est de notoriété publique.

En attendant, personne ne s'est confessé à moi depuis deux mois. Malgré tout, il m'est venu aux oreilles des détails qui ont échappé au père Henri. Henriette Moisson et Charles Lévy se sont disputés à propos d'un chat qui, en réalité, appartient à Charles, mais qu'Henriette nourrit si souvent et avec une telle générosité que l'animal s'est attaché à elle. Charles s'en est trouvé contrarié. L'autre jour, il a voulu jouer les enquêteurs : il est allé jusqu'à se cacher dans le jardin d'Henriette, dans l'espoir de prendre des photos qui attesteraient du rapt de son chat. En conséquence, Henriette s'est mise à crier qu'un *pervers* l'espionnait, ce qui a mis toute la rue en émoi, du moins jusqu'à ce que la vérité n'éclate. Le principal intéressé n'a semblé en rien perturbé par cette agitation et a fini l'assiette de bœuf haché qu'Henriette lui avait préparée avant de retourner dormir sur un coussin devant la cheminée.

Henriette a déjà tenté de se confesser à moi un certain nombre de fois. Je lui ai dit d'aller voir le père Henri Lemaître, mais je ne crois pas qu'elle ait compris.

« J'ai voulu venir me confesser, mon père, je vous ai cherché, mais vous n'étiez pas dans l'église, a-t-elle dit. Je suis tombée sur un *pervers* assis dans le confessionnal ! Je l'ai prévenu que si je le revoyais, j'appellerais la police…

— C'était le père Henri Lemaître, lui ai-je expliqué.

— Pourquoi ? Qu'est-ce qu'il pouvait *bien* faire là ? »

J'ai soupiré et fini par lui dire qu'elle pouvait venir chez moi si elle avait besoin de se confesser. J'ai aussi parlé à Charles Lévy. Je lui ai dit que s'il voulait garder son chat, il devait le laisser dormir à l'intérieur de sa maison et lui donner autre chose que des restes à manger.

Ce matin, je l'ai croisé comme il sortait de la poissonnerie de Benoît, un petit paquet emballé à la main, l'air satisfait.

« De la lotte, a-t-il murmuré en passant devant moi. Voyons voir ce qu'elle trouve à redire à *ça* ! » Puis il est parti en serrant son paquet de poisson comme s'il s'agissait d'un produit de contrebande. Il ne sait pas qu'Henriette a déjà acheté, pour sa part, de la blanchaille, ainsi qu'un collier en cuir sur lequel le nom de Tati est inscrit. Charles appelle son chat Otto, mais Henriette m'a dit qu'elle trouvait ce nom stupide pour un chat, et tout à fait antipatriotique.

Vous voyez, mon père. Malgré tout ce qui s'est passé, certaines personnes me parlent encore. Néanmoins, Caro Clairmont, Joline Drou et tout ce petit groupe de femmes qu'Armande Voizin avait surnommées les *groupies de la Bible* m'ignorent effrontément. Cet après-midi, j'ai vu Joline qui traversait la place devant Saint-Jérôme. Je remettais en place les jardinières qui avaient été renversées, et balayais la terre qui s'en était échappée. Je soupçonne les fils Acheron d'être les auteurs de ce méfait. Je les ai vus traîner sur la place et je suis persuadé que le graffiti sur la façade de la chocolaterie est aussi leur œuvre : une inscription tracée à la bombe aérosol qu'il me faut effacer aujourd'hui si je ne veux pas en voir une autre apparaître très vite.

Joline se rendait à l'institut de beauté avec Bénédicte Acheron, sa nouvelle meilleure amie depuis sa récente dispute avec Caro Clairmont à propos d'une robe. Elles étaient toutes deux sur leur trente et un, les cheveux cachés sous des foulards en soie. Bien sûr, le vent a un effet désastreux sur la coiffure des femmes et ces deux-là, Dieu les en garde, ne sauraient apparaître en public sans être on ne peut plus parfaites.

Je l'ai saluée. Elle m'a tourné le dos. Un prêtre se doit de paraître digne. Elle s'est peut-être offusquée de me voir ainsi, vêtu d'un tee-shirt et d'un vieux jean, à balayer le pavé. Eh bien, qu'elle s'offusque ! J'imagine que le père Henri Lemaître l'a déjà mise au courant de mon terrible entêtement, de mon refus de me confesser, de ma lamentable insubordination et de mon ingratitude envers l'évêque et le père Henri lui-même. Tandis que je la regardais passer et que j'entendais ses hauts talons claquer sur les pavés, je me suis demandé si Vianne avait reçu le même genre d'accueil à son arrivée ici il y a huit ans : des regards en coin et des sourires dédaigneux.

Maintenant, c'est *moi*, l'intrus. C'est *moi*, l'indésirable. Cette pensée m'est apparue si claire à l'esprit que j'ai éclaté de rire. Quel son étrange j'ai émis là, mon père. Le son de mon propre rire. C'est alors que je me suis rendu compte que je n'avais pas entendu ce son depuis vingt ans.

« M'sieur le curé ? Vous allez bien ? »

Je devais avoir fermé les yeux. Je les ai ouverts et j'ai vu un garçon qui tenait un chien au bout d'une corde. C'était le fils de Joséphine, Jean-Philippe. Elle l'appelle Pilou. Il me regardait d'un air curieux.

Jean-Philippe Bonnet ne va pas à l'église. Sa mère et lui ne sont qu'une minorité. Bien qu'elle ne m'ait jamais aimé, Joséphine n'était pas du genre de femmes à tirer un intérêt des commérages. Cela la rend unique à Lansquenet, unique, mais pas accessible. Son fils a huit ans et un sourire lumineux que certains trouvent presque contagieux. Son chien a causé des problèmes depuis le jour de son acquisition. Il s'en prend à tout un tas de détails du quotidien, visibles ou sonores : les autres chiens, les bonnes sœurs, les cloches de l'église, les vélos, les hommes à barbe, le vent et surtout les femmes en noir qui ne manquent jamais de provoquer des aboiements chez l'animal. D'ailleurs, j'ai remarqué qu'il était en pleine crise et aboyait. Sans doute ce fichu vent.

« Oui, ça va, ai-je répondu au garçon. Tu ne peux pas faire taire ce chien ? »

Le garçon m'a jeté un regard plein de pitié. « Pas vraiment, a-t-il dit. Vlad est pour la liberté d'expression.

— Je vois ça, ai-je constaté.

— Mais on peut le corrompre *très* facilement. » Le garçon a plongé la main dans sa poche, en a sorti un biscuit. Vlad s'est tu et il a levé la patte. « Tiens, a dit Pilou. Le prix de la paix. »

J'ai secoué la tête, reporté mon attention sur la façade de la chocolaterie et son graffiti. Les murs ont besoin d'une couche de blanc de chaux. Le tag se verra pourtant toujours si je ne l'enlève pas à la brosse. J'en avais apporté une, ainsi que de l'eau de Javel.

« Pourquoi vous faites ça ? » m'a demandé Pilou.

J'ai haussé les épaules. « Eh bien, il faut bien que quelqu'un le fasse.

— Oui, mais pourquoi *vous* ? Ce n'est pas votre maison.

— Je n'aime pas l'image que ça donne, lui ai-je expliqué. Les gens ne devraient pas voir de graffitis quand ils se rendent à l'église.

— Moi, je ne vais pas à l'église, a dit Pilou.

— Oui, je sais, lui ai-je répondu.

— Maman m'a dit que *vous* n'y alliez pas non plus.

— Ce n'est pas vrai, me suis-je défendu. Tu ne comprendrais pas.

— Si, je comprends. C'est à cause de l'incendie », a-t-il rétorqué.

De nouveau, j'ai senti que j'étais à deux doigts d'éclater de rire. « Ta mère t'a bien appris à dire ce que tu penses.

— Ça oui », a-t-il répondu gaiement.

Je me suis remis à frotter le graffiti. La peinture avait pénétré dans le mur poreux et réussi à traverser le plâtre. Plus je frottais et plus le pigment de couleur semblait s'incruster avec ténacité dans le mur. J'ai juré entre mes dents.

« Ce maudit fils Acheron, ai-je lâché, les dents serrées.

— Oh, ce n'était pas *lui*, a dit Pilou.

— Comment tu le sais ? Tu as vu quelque chose ?

— Nan, nan, a-t-il fait en secouant la tête.

— Alors, comment tu le sais ?

— Mon amie dit que c'est un mot arabe.

— Ton amie ?

— Dou'a. Elle habitait là, avant l'incendie. »

J'ai regardé le garçon, l'air assez surpris. Comme il était curieux qu'un garçon tel que lui, inséparable de son chien, vivant dans le café du village, représentant sans le moindre doute une mauvaise influence et ce dans tous les sens du terme, soit ami avec la fille d'Inès Bencharki.

« Et qu'est-ce qu'elle dit que ça signifie, Dou'a ? »

Pilou a haussé les épaules avant de s'agenouiller pour ajuster la laisse de fortune au cou de son chien. « Ce n'est pas très gentil, m'a-t-il prévenu. Dou'a dit que ça signifie *pute.* »

CHAPITRE 6

Samedi 21 août

Enfin un signe que quelque chose ne va pas dans les Marauds. Je l'avais un peu deviné l'autre jour, quand j'ai rencontré Saïd devant le club de gym, mais désormais, la rumeur est officielle et se répand à travers le quartier comme des gouttes de pluie.

Vous êtes au courant ?

Vous êtes au courant ?

C'est Omi Al-Djerba qui m'a mise au courant, la première. Je l'ai croisée sur le pont alors que Rosette et moi nous rendions à Lansquenet. Elle m'a saluée d'un gloussement puis m'a fait signe de venir la rejoindre.

« Tout va de travers, ici, m'a-t-elle annoncé de sa voix cassée. Vous sentez ? C'est le vent. Tout le monde devient fou avec ce vent. »

Elle a souri à Rosette en lui montrant ses gencives couleur de pétales de rose. « C'est votre cadette, n'est-ce pas ? Elle aime les macarons à la noix de coco ? » Elle en a sorti un de la poche de son cafetan brodé. « Ils sont délicieux. On les fait exprès pour le ramadan. » Elle a tendu l'un des biscuits à Rosette sans oublier d'en glisser un autre dans sa bouche, l'air de rien. « Ça ne compte pas, m'a-t-elle expliqué en voyant la surprise sur mon visage. C'est juste un peu de noix de coco. De toute façon, je suis trop vieille pour jeûner toute la journée. » Elle a fait un clin d'œil à Rosette. *« Basmala ! »*

Rosette a gonflé les joues avant de signer : *Les singes aussi aiment bien la noix de coco.*

« Bien sûr, a répondu Omi qui semblait avoir parfaitement compris. En voici un autre pour ton petit camarade. »

Rosette a éclaté de rire, la bouche encore pleine de noix de coco. Omi s'est mise à tirer sur ses cheveux jaune orangé. « Il paraît qu'Alyssa Mahjoubi a fugué, a-t-elle dit.

— Qui dit ça ?

— Toutes les mauvaises langues. Sa mère prétend qu'elle est malade et clouée au lit, mais depuis trois jours personne ne l'a vue. Reema Bouzana dit l'avoir aperçue vers minuit mercredi : elle était toute seule et se dirigeait vers le village.

— Vraiment ? ai-je feint.

— Oui. Les femmes, ça parle, vous savez. En plus, Reema a toujours été jalouse de Samira Mahjoubi. Sa fille n'est toujours pas mariée à vingt-cinq ans et les ragots vont bon train sur son compte alors que la fille de Samira s'est dégoté le plus bel homme de Lansquenet… » Omi m'a lancé un regard amusé. « Mais, Alyssa a toujours été la rebelle et Sonia n'aborde pas le sujet. Enfin, ce n'est peut-être rien, si ça se trouve, *Inch'Allah.* »

Je l'ai regardée. « Mais ce n'est pas *votre* avis. »

Elle a ri. « *Mon* avis, c'est que je n'ai jamais vu

Samira Mahjoubi se promener aussi souvent. D'habitude, elle ne va même pas jusqu'au marché à pied, tellement elle est pimbêche. Enfin, elle essaie peut-être de perdre du poids. Ou bien, elle cherche à acheter l'une de ces maisons vides qui longent la rivière. Ou alors, peut-être qu'elle essaie de retrouver sa fille avant qu'elle ne cause un scandale…

— Pourquoi Alyssa s'enfuirait-elle de chez elle ? »

Omi a haussé les épaules. « Qui sait ? Ces filles-là. Elles sont toutes plus folles les unes que les autres. Mais, maintenant que Saïd est responsable de la mosquée, c'est le mauvais moment pour ses filles de se mettre soudain à vouloir s'affirmer.

— Saïd est responsable de la mosquée ? ai-je demandé.

— *Hee*, vous ne le saviez pas ? » L'air absent, Omi a plongé les mains dans ses poches avant d'en sortir un autre macaron. « Depuis le début du ramadan. Les gens reprochaient à Mahjoubi d'être trop vieux, de faire trop d'erreurs, de raconter à la mosquée des histoires qui ne sont même pas dans le Coran, de ne pas se tenir au courant des problèmes actuels. Ils ont peut-être raison, a-t-elle dit en enfournant le macaron dans sa bouche. Mais, moi, je préfère faire confiance à un sage qu'à un grand diplômé et je pense que ce vieil homme avait quant à lui encore deux ou trois choses à apprendre à son fils. » Elle a fait une pause pour remettre son *hijab* en place. « *Hee !* Cette horrible poussière. Ce vent. Il souffle des *waswâs* aux oreilles de tout le monde. Ma Zahra pense que des grains de poussière vont entrer dans sa bouche et rompre son jeûne. Yasmina souffre de maux de tête. Et ma petite Maya ne tient pas en place, elle s'agite comme une folle. Personne ne dort. Personne ne prie. Ils sursautent tous pour un rien. » De nouveau, Omi a regardé Rosette. « Mais toi et moi, on n'est pas si bêtes, pas vrai ? On sait que si le vent souffle, il suffit de se mettre en selle et de se laisser porter ! »

Rosette a ri avant de signer : *Hue !*

Encore une fois, Omi a souri. « C'est ça. Tu n'es pas obligée de parler, va. Dans un sac rempli de noix, c'est celle qui est vide qui fait le plus de bruit. » Son regard s'est posé de l'autre côté de la rue où un groupe de trois jeunes femmes en *niqab* passait en discutant et en riant. Elles étaient tout de noir vêtues, mais l'une d'elles portait un voile attaché avec un ruban rose fluo qui lui fendait le visage en deux. J'ai souri et les ai saluées d'un signe de main. Elles ont cessé de parler sur-le-champ. Une fois passées, elles ont repris leur conversation, mais baissé le ton et cessé de rire.

Omi a secoué la tête. « Pff. C'était Aisha Bouzana et ses copines, Jalila El-Mardi et Rana Jannat. De stupides commères, toutes les trois. Elles jacassent comme des pies et répandent leurs rumeurs dans tout le village. Vous saviez qu'Aisha (c'était celle avec le ruban rose) avait dit à ma Yasmina que le nom de Maya était interdit par la loi islamique ? Elle prétend qu'il s'agit du nom d'une sorte de déesse d'une croyance païenne quelconque. Qu'est-ce que ça peut lui faire ? C'est juste une manière d'attirer l'attention. C'est comme avec le *niqab*. Elle ne l'avait jamais porté avant l'arrivée de Karim Bencharki. Aucune de ces jeunes femmes ne le portait. Et tout à coup, il suffit qu'un bel homme dise qu'il aime les *niqab* et elles sont des douzaines à porter soudain le voile et à lui faire de l'œil. » Elle m'a lancé un autre de ses regards amusés. « Vous n'allez pas me dire que vous ne l'avez pas encore vu ? La gueule d'ange, qui vit au club de gym ? »

J'ai hoché la tête. « Si, je l'ai vu. »

Omi a gloussé. « Vous n'êtes pas la seule.

— Et sa sœur ?

— Inès. » Son visage a soudain perdu toute expression. « On ne la voit pas souvent. La plupart du temps, elle reste chez elle. Elle n'était pas très appréciée en tant qu'enseignante, non plus.

— Pourquoi ça ? »

La vieille femme a haussé les épaules. « Qui sait ? Je dois me sauver. Ma petite Maya m'attend. Nous allons faire des crêpes. Enfin, pas pour tout de suite, bien sûr. Pour plus tard. Nous mangerons des crêpes aux mille trous, de la soupe *harira* avec des citrons et des dattes. Pendant le ramadan, tout le monde fait le jeûne, mais nous *pensons* à la nourriture tout le temps : on en achète, on la prépare, on en offre à nos voisins, on en *rêve* même la nuit, à condition que ce vent ne nous empêche pas de dormir. Je vous apporterai des desserts marocains : des macarons, des cornes de gazelle, des meringues aux amandes et des *chebakia*. En échange, vous me donnerez peut-être la recette de votre chocolat. »

Je l'ai regardée s'éloigner, un peu perplexe à l'idée que même Omi Al-Djerba, malgré son joyeux mépris des conventions et de tout ce que les voisins peuvent dire d'elle, soit si réticente à me parler d'Inès Bencharki…

Rosette m'a déclaré en langue des signes : *Je l'aime bien.*

« Oui, Rosette. Moi aussi, je l'aime bien. »

À bien des points de vue, elle me rappelle Armande et son appétit insatiable pour tout (la nourriture, la boisson, les ragots : la vie) qui a jadis scandalisé sa famille. Cependant, la famille d'Omi est différente. Chez eux, l'amour et le respect grandissent avec l'âge. Je n'imagine pas la famille Al-Djerba projeter de faire ce que Caro avait voulu faire à la sienne : contraindre sa mère à vivre en maison de retraite ou l'empêcher de voir son petit-fils.

Les rues des Marauds étaient de nouveau désertes alors que je retournais vers la maison d'Armande. J'ai croisé seulement quelques personnes et aucune ne m'a saluée. Pourtant, tout le long du boulevard des Marauds, j'ai senti que l'on me regardait à travers les fenêtres et entendu des chuchotements de l'autre côté des murs. *Le vent ne sait pas garder un secret,* disait toujours ma mère. Aujourd'hui, le vent me disait que les Marauds étaient en détresse. Alyssa était-elle la cause de cet état ? Ou bien s'agissait-il d'un malaise plus profond, plus sombre ? J'ai regardé le ciel qui aurait dû être clair, mais tout ce que j'ai pu voir était un écran de poussière fine qui faisait éternuer Rosette. À chaque fois, Bam se roulait par terre et se moquait d'elle.

Elle m'a regardée de ses yeux brillants. « *Pilou,* a-t-elle dit. — Pas aujourd'hui, ai-je répondu. Mais, rappelle-toi, Joséphine et lui viennent dîner demain soir. »

Son visage s'est revêtu d'un air triste. « *Rowr.* »

Roux.

Je l'ai prise dans mes bras. L'odeur de la rivière était dans ses cheveux et aussi quelque chose de plus sucré, comme le savon pour bébé ou le chocolat. « Je sais qu'il te manque, Rosette, l'ai-je rassurée. Il me manque à moi aussi. Il nous manque à tous. Mais, on s'amuse bien ici, pas vrai ? »

Elle a répondu d'un gazouillis énergique avant de prononcer dans un langage qui lui était propre une kyrielle de mots parmi lesquels je n'ai réussi à comprendre que « *Pilou* », « *Vlad* », et (contre toute attente) « *génial* ». Aujourd'hui, Bam apparaissait sous la forme d'une silhouette floue et rouge. Il sautait comme un fou à ses pieds. La route couleur de bronze soulignait ses reflets dorés et cendrés.

Je n'ai pu m'empêcher de rire. Ma petite Rosette était une comédienne née. Malgré toutes ses bizarreries, ma fille de l'hiver est parfois capable d'illuminer le monde.

« Allez, ai-je conclu. Rentrons à la maison. »

Tout en protégeant nos yeux de la poussière, nous avons alors tourné le dos à la rivière et commencé l'ascension de la pente escarpée qui nous ramènerait vers l'endroit que je venais juste d'appeler « maison », où les premières pêches d'Armande commençaient déjà à tomber.

CHAPITRE 7

Samedi 21 août

Nous sommes rentrées, le vent aux trousses. Rosette a chanté tout le long du chemin : *Bam, Bam BAM, bam badda-BAM…*

C'est la chanson de ma mère, bien sûr. Rosette n'en chante pas vraiment les *paroles,* mais elle a hérité de l'oreille musicale de son père. Elle tape du pied et frappe des mains.

« *Bam, bam BAM ! Bam, badda-BAM !* »

Le vent se joint à nous, les feuilles mortes dansent, l'automne arrive tôt cette année et déjà les couleurs changent. Les tilleuls sont les premiers et emplissent le ciel de confettis. Les cheveux de Rosette ont presque la même teinte rouge doré que ces feuilles mortes qu'elle piétine de ses petits pieds nus comme si elle éteignait des flammes.

Elle tape du pied, encore et encore. « *Bam, badda-bam !* »

Je devinais qu'Alyssa nous observait à travers les volets mi-clos de la petite maison. Depuis son arrivée, elle ne m'a adressé que quelques mots à peine, mais elle semble plus à l'aise avec Anouk et Rosette, bien qu'elle se montre toujours prudente. Elle ne porte plus son *hijab* et ses cheveux sont désormais coiffés en deux longues nattes qui fascinent mes deux filles. Nous prenons notre repas principal après le coucher du soleil pour qu'elle puisse respecter le ramadan. Cela dit, pour autant que je sache, elle n'en a pas fait la demande. Elle préfère regarder la télé et lire…

Pas aujourd'hui, ai-je décidé.

J'ai fait le tour de la maison pour voir le pêcher d'Armande. J'ai déjà donné de ses fruits à Guillaume, à Poitou, à Yasmina Al-Djerba, ainsi qu'un clafoutis à Narcisse et à sa femme. J'avais aussi promis une tarte à Luc Clairmont qui exécute les travaux de la chocolaterie et une autre à Joséphine. Malgré tout, il en restait encore, beaucoup trop. Et maintenant, le vent les faisait tomber.

« Il faut qu'on ramasse les pêches aujourd'hui, ai-je déclaré en entrant dans la cuisine. Armande ne me le pardonnerait jamais si je laissais les guêpes les manger.

— Ouais ! De la confiture de pêches ! » s'est écriée Anouk en sautant du canapé.

J'ai souri. L'une des caractéristiques les plus attachantes d'Anouk était sa capacité à passer avec tant de facilité de l'état d'enfant à celui d'adulte, de l'ombre à la lumière comme un papillon butine de fleur en fleur, ignorant des changements du monde. Aujourd'hui, elle a presque retrouvé l'âge qu'elle avait le jour où nous sommes arrivées ici pour la toute première fois.

Alyssa est à peu près du même âge qu'Anouk et pourtant, elle semble déjà tellement plus vieille. À quoi ses parents peuvent-ils bien penser à l'heure qu'il est ? Pourquoi est-ce que personne ne la cherche ? Et combien de temps encore vais-je pouvoir la garder avant que la nouvelle de sa présence ici ne commence à se répandre ?

« Tu connaissais Armande ? lui ai-je demandé. C'était la grand-mère de Luc et une de mes amies. Je crois que tu l'aurais bien aimée. Ce n'était pas le cas de tout le monde. Elle rendait fou Monsieur le curé. Mais, elle avait bon cœur et Luc l'adorait. C'est pour elle que je suis revenue ici. Je lui ai promis de m'occuper de ses pêches. »

L'esquisse d'un sourire s'est enfin dessinée sur le petit visage solennel. « Cela me rappelle mon grand-père, a-t-elle dit. Il aime faire pousser des trucs. Il y a un plaqueminier à côté de chez lui. Il n'a donné des fruits qu'une seule fois, mais il bichonne ce petit arbre comme si c'était son fils unique. »

C'était de loin le discours le plus long que j'avais jamais entendu Alyssa prononcer. Être au contact d'Anouk l'avait peut-être aidée à retrouver sa langue. J'ai souri. « T'as envie de nous aider ? lui ai-je proposé. On va faire de la confiture de pêches. »

« *Bam. Miam. Bam. Badda-bam !* » a chantonné Rosette en prenant une cuillère en bois qu'elle a fait danser sur la table.

Alyssa a eu l'air curieux. « De la confiture de pêches ?

— C'est très facile à faire. On a déjà tout ce dont on a besoin. Du sucre à confiture avec de la pectine pour qu'elle prenne bien, une marmite de cuivre, des pots, de la cannelle et oh, oui, des pêches, bien sûr. » J'ai souri. « Viens, tu vas nous aider à les ramasser. »

Elle a hésité un moment. Puis elle m'a suivie

dehors. Ce n'était pas très risqué, la maison est à l'écart et le pêcher invisible de la route. L'autan est un vent impitoyable : au pied de l'arbre, la terre était déjà recouverte de fruits tombés. Laissons-les une minute de plus et les guêpes vont commencer à s'y mettre. Mais les pêches tombées sont parfaites pour faire de la confiture, nous en avons donc en dix minutes seulement ramassé plus qu'il n'en fallait.

La marmite de cuivre appartient à Armande, mais j'en possède une très similaire. C'est un grand ustensile, de la forme d'une timbale d'orchestre, à la surface martelée, irrégulière. Trônant ainsi sur la cuisinière à l'ancienne d'Armande, on dirait un chaudron de sorcière, ce qui n'est pas loin de la vérité, je suppose : transformer des ingrédients crus en un mélange qui vous fait monter l'eau à la bouche, n'est-ce pas un peu de l'alchimie ?

« *Bam, bam* », a chanté Rosette en tapant sur la marmite comme sur un tambour.

« Maintenant, il faut préparer les fruits. »

J'ai fait couler de l'eau froide dans l'évier. Nous avons lavé les pêches, retiré leurs noyaux. Qu'elles soient un peu marquées importe peu. Cela les rend d'autant plus sucrées. Tandis que nous nous affairions, les manches relevées, le doux jus des fruits glissant le long de nos bras, la cuisine s'est remplie d'une odeur ensoleillée de pêches, de sucre et de vacances d'été.

« *Bam. Miam. Bam-badda-bam* », a continué Rosette. Entre les filets d'ombre et de lumière, elle ressemblait vaguement à un bourdon. Dans son ombre, Bam n'était plus qu'un petit tourbillon de poussière folle.

J'ai remarqué qu'Alyssa observait la scène. Une

ride s'était dessinée entre ses yeux couleur de café, et j'ai compris qu'elle le voyait aussi. Après trois jours passés ensemble, ça ne me surprend pas. En général, les gens ne mettent pas longtemps à apercevoir Bam. Les enfants sont plus réceptifs, mais même les adultes peuvent le voir, pour peu qu'ils aient l'esprit ouvert. La vision ne leur paraît être d'abord qu'une illusion d'optique, comme l'éclat velouté qui enveloppe une grappe de raisins dorés, et puis, un jour...

« *Miam ! Bam !*

— Tu ne veux pas emmener Rosette dehors ? »

Anouk m'a lancé un regard amusé. Rosette est comme une trompette en plastique qui joue trop fort pour que je puisse entendre les murmures. Et aujourd'hui, je dois me concentrer sur les murmures, ceux qu'Omi appelle *waswâs* et que Satan invente pour vous torturer. Jusqu'à présent, les murmures d'Alyssa ont été trop timides pour que je les distingue. *Si nous étions seules peut-être*, ai-je pensé, *et grâce à cette simple magie des confitures...*

Au début, je n'ai pas tenté de la faire parler. J'ai plutôt opté pour un monologue qui ne demandait aucune réponse de sa part : j'ai parlé de la recette, d'Armande, de ma chocolaterie, de Roux à Paris, de notre péniche, d'Anouk, de Rosette et des pêches.

« Nous n'allons pas les cuire aujourd'hui. On va les laisser macérer toute la nuit. Un kilo de sucre pour la même quantité de fruits, sans compter les feuilles et les noyaux, bien sûr. On les coupe en tranches dans une casserole de cuivre. Le cuivre, c'est ce qu'il y a de mieux pour la cuisine parce qu'il chauffe plus vite. On ajoute le sucre. Avec une cuillère en bois, on appuie et on écrase les fruits dans le sucre. C'est le moment préféré de Rosette… » J'ai souri. « Parce qu'on en met partout et parce que ça *sent* si bon… »

J'ai vu les narines d'Alyssa se dilater.

« Ensuite, on ajoute la cannelle, ai-je annoncé. En bâtons cassés en deux, pas en poudre. Deux ou trois devraient suffire… » L'odeur d'été s'est transformée en odeur d'automne, de feu de joie et d'Halloween. De crêpes à la cannelle cuites en plein air. De vin chaud et de caramel.

« Qu'en penses-tu ?

— C'est cool », a-t-elle répondu. Ses narines se sont de nouveau gonflées et son piercing en diamant a brillé dans la lumière. « Et après ?

— On attend, ai je dit. On recouvre la marmite d'un chiffon et on l'oublie pour la nuit. Demain matin, on allumera la cuisinière et on remuera jusqu'à ce que la confiture commence à bouillir. Il ne faudra pas la laisser plus de quatre minutes à ébullition. On la mettra alors dans des pots pour l'hiver prochain. »

Elle m'a jeté un coup d'œil rapide. « L'hiver ?

— Bien sûr, je ne serai plus là, ai-je déclaré. Mais la confiture est meilleure en hiver. Lorsque les nuits sont longues et que l'air est gelé, ouvrir l'un de ces pots c'est faire renaître le soleil…

— Oh. » Elle avait un air penaud. « Je pensais que vous alliez peut-être rester.

— Je suis désolée, Alyssa. Ce n'est pas possible, ai-je dit.

— Quand ? » C'était presque un murmure.

« Bientôt. Dans une ou deux semaines, tout au plus. Mais, ne t'inquiète pas. Nous ne t'abandonnerons pas.

— Vous m'emmèneriez avec vous à Paris ? » a-t-elle demandé. Son regard s'est soudain éclairé.

« On verra. J'espère qu'on n'en arrivera pas là. » Je me suis détournée de la marmite de cuivre et l'ai regardée droit dans les yeux. « Quelle que soit la chose qui ait causé ta fuite, j'espère trouver une meilleure solution que celle-ci. N'y a-t-il donc personne en qui tu aies confiance dans les Marauds ? Un membre de ta famille ? Un enseignant, peut-être ? »

Alyssa a tressailli. « Non, m'a-t-elle répondu.

— Mais tu vas *bien* à l'école, n'est-ce pas ? ai-je renchéri. La petite école en face de l'église ? »

Un autre frisson nerveux. « J'y allais. »

Et la revoilà, me suis-je dit. Inès Bencharki, la femme en noir. Je n'avais même pas prononcé son nom et son ombre était pourtant déjà assez puissante pour éteindre la petite lumière que nous avions créée. Était-ce *cette ombre* qui effrayait tant Alyssa ? Que fuyait-elle ?

« Ta famille ne te manquerait pas si tu partais à Paris ? Tes parents ? Ta sœur ? »

Elle a secoué la tête en silence. La belle lueur d'espoir qui avait éclairé son regard s'était de nouveau assombrie pour laisser place à un regard morose.

« Ton grand-père, alors. Je suis sûre qu'il te manquerait, *lui.* » J'ai tenté le coup parce que j'avais décelé une véritable affection dans sa voix quand elle avait parlé du vieux Mahjoubi et de son plaqueminier.

Elle m'a tourné le dos. J'ai vu une larme se former et couler le long de sa joue. Elle m'a semblé très jeune à cet instant précis, plus jeune encore qu'Anouk. Sans même prendre le temps d'y réfléchir davantage, je me suis approchée d'elle pour la prendre dans mes bras. Elle s'est d'abord raidie avant de se détendre et je l'ai sentie sangloter contre mon épaule, sangloter presque sans bruit, les mains accrochées à ses coudes.

Je l'ai laissée pleurer. Ça aide, parfois. L'odeur de pêche qui nous entourait était maintenant si intense qu'elle en devenait presque insupportable. Dehors, le vent secouait les fenêtres. Quand l'autan souffle, les fermiers de la région effeuillent leurs arbres fruitiers pour empêcher les rafales de vent de trop les secouer et d'arracher les fruits mûrs des branches. Quelqu'un qui n'est pas du pays pourrait trouver ça cruel, mais l'on risque alors de retrouver des branches cassées et de perdre la récolte entière. Comme le disait mon amie Framboise, il y a un temps pour chouchouter les arbres fruitiers et un temps pour les malmener. C'est un peu pareil avec les enfants. Les excès de faiblesse ne font de bien ni aux uns ni aux autres.

Je l'ai tenue dans mes bras jusqu'à ce que je sente ses pleurs s'affaiblir. Puis j'ai dit d'une voix douce : « Alyssa. Que s'est-il passé l'autre soir ? »

Elle m'a regardée.

« J'aimerais t'aider. Mais je voudrais bien que tu me dises ce qui se passe. Pourquoi une fille comme toi décide-t-elle de mettre fin à ses jours ? »

Pendant un moment, j'ai cru qu'elle n'allait pas répondre. Puis elle a dit d'un ton hésitant : « Un jour, quelqu'un m'a dit : “Quand vient le temps du ramadan, les portes du paradis s'ouvrent, celles de l'enfer se ferment et les démons sont enchaînés.” Ce qui veut dire que si l'on meurt pendant le mois du ramadan… »

Elle s'est arrêtée avant de détourner les yeux.

« On ne va pas en enfer ? ai-je tenté.

— Vous devez me prendre pour une folle.

— Parce que je ne suis pas musulmane ? ai-je continué. Tu sais, je ne suis pas chrétienne non plus, et je ne crois pas à l'enfer. Je ne pense pas que tu sois folle. Tu es simplement triste et perdue. »

Alyssa a lâché un soupir.

« Ce n'est pas grave. Je ne sais pas ce qui te rend si désespérée, mais quel que soit le problème, il y a toujours une solution. Je te promets qu'on la trouvera. Tu n'as pas à y faire face toute seule. »

Elle a eu un léger hochement de tête. « Mais vous ne pouvez rien dire à personne, a-t-elle annoncé. À aucun membre de ma famille. À personne. C'est promis ?

— Je te le promets. »

Elle s'est assise à la table de bois et a commencé à en caresser du bout des doigts les cicatrices. Dehors, le vent redoublait de force et faisait grincer les vieux toits. Le vent fait bavarder Rosette. J'espérais qu'aujourd'hui, il aurait le même effet sur Alyssa.

« Tu peux me parler, ai-je dit. Quoi qu'il se soit passé, je suis sûre que j'ai vu pire.

— Pire ? » a répété Alyssa.

J'ai pensé à tous les endroits que j'avais vus, à toutes ces années où j'avais voyagé. Au fil du temps, j'ai vécu tant de choses : la mort de ma mère, la perte de mes amis, un million de petites cruautés quotidiennes et tout autant de gestes de bonté humaine.

J'ai vu le soleil se lever sur des montagnes où aucun être humain n'avait jamais mis les pieds. Je l'ai vu se coucher sur des villes dont chaque mètre carré était noir de monde et où les gens se bousculaient et se battaient pour survivre. J'ai donné la vie. J'ai été amoureuse. J'ai changé au-delà de mes espérances. J'ai vu des gens mourir dans des ruelles, d'autres survivre contre toute attente. J'ai connu le bonheur, les ténèbres, le chagrin, et la seule chose dont je sois encore sûre, c'est que la vie est un mystère. La vie change (ma mère appelait ça de la « magie »), et tout est possible…

C'est ce que j'ai commencé à raconter à Alyssa. Il n'est pas facile d'exprimer ces choses-là. Pour la première fois depuis mon retour ici, j'ai regretté ma chocolaterie, l'odeur du chocolat fondu, la casserole d'argent sur le comptoir, les tasses, le bien-être de pouvoir converser sans paroles. Je n'ai aucune envie d'aller à l'encontre de sa foi. Je me sens néanmoins exclue par le ramadan. Je ne peux pas lui offrir le genre de réconfort qui m'est le plus familier : un carré de chocolat sur la langue, le remède miracle de l'enfance…

Soudain, un bruit a retenti, celui d'un grattement contre la fenêtre. Il s'agissait peut-être d'une ronce ou d'une branche, que ce vent impétueux faisait cogner. Quand j'ai levé la tête, j'ai vu un visage à travers les volets mi-clos, un regard dirigé vers l'intérieur de la maison, un nez rond pressé contre la vitre, deux yeux noirs qui se sont élargis au moment où ils l'ont reconnue…

C'était Maya.

CHAPITRE 8

Samedi 21 août

Alyssa s'était enfuie à l'étage sitôt que l'enfant était apparue à la fenêtre. Mais Maya l'avait déjà vue. Il était trop tard pour inventer une excuse. Je suis allée à la porte et l'ai ouverte.

« Maya », l'ai-je accueillie.

Elle m'a souri.

L'autan blanc avait marqué ses yeux, elle avait les cheveux en bataille, et ses joues étaient toutes rouges. Elle portait une salopette et un tee-shirt avec le motif d'une pâquerette. Sous son bras, elle serrait un jouet en tricot qui aurait pu être un chat ou un lapin et qui, à le voir, avait de toute évidence été chéri.

« Vous avez dit que je pouvais jouer avec votre petite fille.

— Rosette, ai-je dit. Elle est dehors. Tu veux que je l'appelle ? »

Elle a jeté un coup d'œil dubitatif à l'intérieur. « J'ai vu ma cousine, Alyssa. »

J'ai acquiescé.

« Elle se cache ?

— Oui.

— Pourquoi ? » a demandé Maya.

Je l'ai regardée. « Tu peux garder un secret ? ai-je tenté.

— Mmm-hmm. Je peux le dire à Omi ? »

J'ai secoué la tête. « Non, Maya. Tu ne peux pas le lui dire. Ni à Omi, ni à Jiddo, ton grand-père. C'est un vrai secret, d'accord ?

— Même pas à Dou'a ? C'est ma meilleure amie. »

De nouveau, j'ai secoué la tête. « Non, tu ne dois le dire à personne. Alyssa reste ici chez moi, mais elle ne veut pas qu'on le sache.

— Pourquoi ? a-t-elle répété.

— Ça non plus, elle ne veut pas qu'on le sache.

— Oh ! a dit Maya. Moi aussi, je peux rester ici ?

— Je ne pense pas que ce soit une bonne idée. Mais tu peux revenir quand tu veux, à condition que tu ne le dises à personne. Et si tu es très, *très* sage… »

Elle s'est avancée d'un pas. « Qu'est-ce que vous cuisinez ? »

Je le lui ai dit.

« Oh ! Je peux goûter ?

— Bien sûr, quand ce sera prêt. Rosette et toi pourrez mettre les étiquettes sur les pots. Ça te plairait ?

— Est-ce que Dou'a pourra venir ? Elle est plus grande que moi. Elle sait aussi garder les secrets. »

J'ai soupiré. Les choses devenaient compliquées. Je savais que Maya n'avait que cinq ans, mais j'ai pensé que Dou'a serait peut-être capable de l'empêcher de parler. De plus, la fille d'Inès Bencharki éveillait ma curiosité. Si j'avais l'occasion de la rencontrer, il se pourrait que je réussisse à en savoir plus sur sa mère.

« Où se trouve Dou'a, en ce moment ? lui ai-je demandé.

— Chez elle, avec sa mère. Elle fait le ménage. Elle sort seulement quand sa mère dort.

— Elles habitent où ?

— Ben, chez Sonia ! Mais Amma dit que je ne peux pas jouer là-bas. Alors, Dou'a et moi, on joue ailleurs. On a un endroit, un endroit à nous… » Elle s'est arrêtée. « Mais, c'est un secret. »

J'ai remarqué que pendant notre conversation, Alyssa était redescendue et s'était assise dans l'escalier. Elle restait là en silence, les bras serrés autour des genoux, le visage blême et tiraillé par la tension.

« Je ne dirai à personne que tu es là, Alyssa. C'est *promis* », a lancé Maya.

Alyssa a hésité un moment encore avant de se détendre un peu. « D'accord. Comment va tout le monde ? »

Maya a haussé les épaules. « Bien, je crois. Mais, tout le monde te cherche. Mon *jiddo* et Oncle Saïd ne s'adressent plus la parole. Omi dit que l'un ne vaut pas plus que l'autre, mais moi, je sais pas. Omi fait une *tamina* pour l'*iftar* de ce soir. Elle dit qu'elle a le droit de goûter son gâteau pour savoir s'il est bien cuit. Mais, mon *jiddo* dit qu'elle en goûte *trop*. Elle en a déjà mangé la moitié. »

J'ai souri en imaginant la scène. Je me suis demandé si la dispute qui opposait le vieux Mahjoubi à Saïd concernait la gérance de la mosquée. Omi avait déjà mentionné le fait qu'ils étaient en conflit. N'est-il pas ironique que Reynaud et le vieux Mahjoubi se retrouvent dans la même situation, remplacés par des hommes plus jeunes, plus ouverts aux idées modernes ?

J'ai posé la question à Alyssa, après le départ de Maya. Elle a paru surprise.

« C'est ce que vous pensez ? Alors, vous avez tort. Mon grand-père n'est pas le problème. *Lui,* il ne pense pas que l'on doive vivre encore comme au Moyen Âge. *Lui,* il ne me dit pas ce que je dois faire, comment je dois m'habiller, ou qui je dois fréquenter ou non. *Lui,* il ne devient pas fou si je parle à un garçon qui habite de l'autre côté de la rivière… »

Tout à coup, elle s'est arrêtée et a détourné le regard.

« C'est ton père qui fait ça ? » ai-je demandé.

Elle a fait ce petit haussement d'épaules si caractéristique des filles de son âge. « J'sais pas. »

Je n'ai rien dit de plus. Nous avions déjà fait des progrès. J'ai concentré de nouveau mon attention sur la casserole de cuivre d'où s'échappait le parfum automnal de notre confiture. Les pêches sont peut-être bien les meilleurs fruits pour la confiture : sucrées tout en restant fermes, leur chair dorée brunit et prend à la cuisson une teinte d'orange grillée. Grâce à ma méthode, les morceaux de fruit restent intacts et ne perdent rien de leur saveur au cours de l'opération. Aujourd'hui, nous allons laisser macérer le sucre et les pêches sous un chiffon de mousseline et demain, nous cuirons le mélange avant de le transvaser dans des pots tout propres que nous garderons pour l'hiver.

Il y a quelque chose de très rassurant dans le rituel de la fabrication d'une confiture. Quelque chose à voir avec les celliers débordant de conserves, les belles rangées de pots sur les étagères d'un garde-manger. Quelque chose qui sent bon les matins d'hiver, les bols de chocolat au lait, les épaisses tranches de pain frais couvertes de cette confiture de pêches préparée un an auparavant, promesse de beaux jours au moment le plus sombre de l'année. Quelque chose qui nous rappelle l'existence de quatre murs, d'un toit, des saisons qui se succèdent inlassablement, de la même manière, année après année, et cette douce sensation de tout ce qui nous est familier. Quelque chose qui ressemble à un foyer.

« Voilà. » J'ai recouvert la casserole d'une mousseline. « Demain, nous mettrons tout ça dans des pots. »

Alyssa a acquiescé d'un signe de tête. « D'accord. »

Je savais bien qu'il valait mieux ne pas reparler tout de suite des confidences échangées plus tôt. La venue de Maya avait rompu le lien que j'avais créé. Malgré tout, la connexion avait été faite et j'étais certaine qu'avec le temps, je pourrais la retrouver. Pour le moment, nous devions nous préparer à recevoir des invités, nous avions un menu à élaborer et de la cuisine à faire. Quel que soit le secret d'Alyssa…

Comme les pêches, il allait attendre.

CHAPITRE 9

†

Dimanche 22 août

Le père Henri Lemaître a une journée très chargée, aujourd'hui. La messe du matin à Lansquenet, puis à Florient, à Chancy et à Pont-le-Saoûl. Depuis que Lansquenet a été ajouté à sa liste de paroisses, il a diminué le nombre d'offices religieux qu'il effectuait pendant la semaine dans certaines des plus petites communautés, mais la messe du dimanche reste une priorité pour tous les villages qui longent la Tannes. Je suis debout sur le pont et le son des cloches porté par l'autan parvient à mes oreilles. J'entends le double carillon de Saint-Jérôme, les deux cloches identiques de Sainte-Anne à Florient, et les fausses notes caractéristiques de la petite chapelle de Chancy. Au milieu de toute cette activité, il me semble inapproprié de rester passif, encore plus de me trouver ici sans ma soutane comme un touriste.

Et pourtant, je ne me cacherai pas, mon père. Les fidèles peuvent bien penser ce qu'ils veulent. Ils se rendent à l'église dans leur costume du dimanche, le chapeau enfoncé sur la tête pour se protéger du vent. Les femmes portent des chaussures à talons hauts et marchent d'un pas mal assuré sur les pavés. Ils ont tous l'air à la fois un peu honteux et étrangement triomphant, tel un troupeau de moutons indisciplinés qui savent très bien que le chien de berger a une épine dans la patte. Je sais ce qu'ils pensent. *Reynaud a eu ce qu'il méritait. Voilà ce qui se passe quand on se croit au-dessus des lois.*

Ce n'est plus qu'une question de temps, maintenant : l'évêque va faire part de sa décision. Il enverra peut-être le père Henri Lemaître m'annoncer la nouvelle de ma mutation. Il se pourrait que l'on m'envoie dans un autre village où ma réputation est encore intacte ou que l'on m'attribue une paroisse dans un quartier déshérité de Marseille ou de Toulouse où j'apprendrai les valeurs des relations communautaires et l'entente cordiale entre les races. En tout cas, le père Henri insistera sur le fait que ce n'est *pas* une punition. L'Église ne fait qu'utiliser les services de son personnel pour l'envoyer là où l'on a le plus besoin de lui. Il n'est pas du ressort du prêtre de décider où et comment il va être employé. Un bon curé se doit d'avoir l'humilité nécessaire pour accepter les sacrifices imposés par l'Église, de s'en remettre à son âme, d'oublier son égoïsme et de ravaler son orgueil. Et cependant, mon père, vous le savez, j'ai vécu à Lansquenet toute ma vie. Je suis chez moi, ici. Ce village avec ses rues pavées et ses rangées tortueuses de maisons. Cette campagne avec sa mosaïque caractéristique de petits champs où les bandes de terres cultivées sont différentes selon les courbes de niveaux. Ce vent déchaîné. Cette rivière. Ce ciel. Cet endroit qui passe tout à fait inaperçu, sauf aux yeux de ceux qui le considèrent comme le leur.

L'autre jour, j'ai dit au père Henri qu'*un prêtre n'avait pas d'amis.* Au mieux, il a des fidèles ; au pire, seulement des ennemis. Sa vocation, ses vœux font de lui un être à part. Il doit se montrer surhumain, marcher tous les jours sur la corde raide de la foi tout en sachant que s'il faillit, ceux qui la veille l'applaudissaient, le lendemain, lui tourneront le dos en masse, se délecteront de son malheur, ravis de le voir humilié.

Le troupeau est sur le point de changer de bord. Peu de gens m'ont salué ce matin. Guillaume Duplessis était l'un d'eux, Henriette Moisson aussi. Mais Charles Lévy a pris un air furtif et Jean Poitou, dont j'avais pourtant une meilleure opinion, a fait semblant de parler à Simon Cussonet au moment où il est passé devant moi en allant à l'église. Chacun m'ignore à sa manière. Louis Acheron est dédaigneux ; Joline Drou, pleine de regrets, mais déterminée. Georges Clairmont semble penaud et coupable ; Caro, elle, a l'air légèrement triomphante.

Tout le monde sait que c'est lui, bien sûr. On n'arrivera jamais à le prouver, mais…

Vous croyez vraiment qu'il va partir ?

Oh, oui. Ce n'est qu'une question de temps. Il a toujours été de caractère si difficile. Vous vous souvenez, quand Vianne Rocher…

Chut ! Silence ! Le voilà.

Ils sont passés les uns après les autres devant le pont avant de se diriger vers l'église, le visage baissé, face au vent. Le temps est encore en train de changer. La couleur du ciel a viré du bleu à un gris pommelé. J'entends leurs voix portées par le vent. Elles font écho au son des cloches :

Il a l'air si différent sans sa soutane.

Qu'est-ce qu'il nous veut à nous fixer comme ça ?

L'autan a dû le rendre fou.

Oui, Caro, peut-être bien. En tout cas, je me sens enfin vidé, comme si ma tête avait été remplie de graines que le vent a finalement réussi à chasser. Je pensais être indispensable ici, que quoi qu'il advienne, Lansquenet resterait toujours mon royaume, ma paroisse, mon refuge, ma maison. Les gens m'appelaient « Mon père ». Et maintenant...

« Mon père ? » Une voix par-dessus mon épaule. « Je peux vous offrir quelque chose à boire ? »

Joséphine ne va pas à l'église. J'ai toujours su pourquoi. Contrairement à Caro Clairmont, elle ne s'en est jamais cachée : elle ne m'aime pas. Le fait qu'elle choisisse le moment où la plupart des habitants du village partagent son opinion pour venir me voir et m'inviter la rend d'autant plus perverse.

Peut-être qu'elle me plaint. Merveilleux. C'est tout ce dont j'avais besoin. Être pris en pitié par Joséphine Bonnet, qu'elle me propose un refuge comme si j'étais un chien errant...

Je me suis retourné et l'ai vue sourire. « Je me disais qu'un café vous ferait du bien.

— Ai-je l'air si mal en point ? »

Elle a haussé les épaules. « Je vous ai connu meilleure mine. Écoutez, j'ai fait une tarte aux pommes. Vous aimeriez peut-être y goûter ? C'est la maison qui offre ! »

J'ai serré les dents. Je savais pourtant qu'elle pensait bien faire. Elle n'avait aucune raison de me trouver sympathique, ni d'éprouver de compassion pour moi et malgré tout, elle m'en offrait, au mépris de Caro et de ses lèche-bottes vicieux. De tous ceux que j'avais offensés ici, j'aurais pensé que Joséphine serait la dernière à m'accorder son indulgence et contre toute attente, je m'en suis senti ému.

« C'est très gentil de votre part. »

Je l'ai suivie jusque chez elle. Pas *vraiment* comme un chien, mais avec le même sentiment d'humilité, ou presque. *L'évêque aurait approuvé*, ai-je pensé. Mais Vianne Rocher aurait ri de la situation.

Elle a servi la tarte avec de la crème fouettée, le café avec une goutte de cognac. Avec son visage rond et ses cheveux blonds coupés ras, elle ne ressemble en rien à Vianne Rocher et pourtant, elles ont un peu le même style. Cette manière d'attendre en silence, de sourire des yeux. J'ai mangé. J'étais plus affamé que je ne l'avais pensé. Ces derniers jours, j'avais cru perdre l'appétit.

« Je suis censée dîner chez Vianne, ce soir, a-t-elle annoncé. J'espérais que peut-être vous m'accompagneriez. »

J'ai secoué la tête. « Je ne crois pas, merci.

— Ça me ferait tellement plaisir si vous veniez. »

Je lui ai lancé un regard méfiant. S'agissait-il d'un piège pour m'humilier ? Elle ne semblait pas se moquer, pourtant. Au contraire, j'ai trouvé qu'elle avait l'air inquiète : ses mains s'agitaient avec nervosité sur ses genoux comme à l'époque où personne ne connaissait encore Vianne Rocher. En ce temps-là, Joséphine Muscat était considérée comme une paria tout autant que je le suis aujourd'hui. C'était une pauvre femme qui s'exprimait mal et me parlait chaque semaine en confession de sa kleptomanie, tout comme Paul-Marie m'avouait la maltraiter régulièrement.

Voilà peut-être pourquoi ellc me détestait. Parce que je connaissais son secret. Parce que j'étais le seul à savoir que son mari la battait et que je lui permettais de se racheter en récitant des Ave Maria sans jamais intervenir. Depuis, elle n'est jamais retournée à l'église. Dieu ne l'avait pas protégée. Plus important encore, *je* ne l'avais pas protégée, pieds et poings liés par mes vœux et le secret de la confession.

Quoi qu'il en soit, aujourd'hui, l'ancienne Joséphine était de retour ou du moins, son fantôme était présent. Ces derniers temps, elle semble si sûre d'elle que je suis le seul à voir la vérité : la petite ride qu'elle a en permanence entre les yeux, la manière dont elle tourne la tête vers la gauche quand elle me parle, tel un enfant racontant un mensonge. *Elle a quelque chose sur la conscience*, me suis-je dit, quelque chose qu'elle aimerait confesser. Quelque chose à voir avec Vianne Rocher…

« Écoutez Joséphine, ai-je dit. J'apprécie votre geste, mais je n'ai vraiment pas besoin d'être secouru. Ni par Vianne, ni par vous. Je peux me débrouiller tout seul. »

Elle a cligné des yeux. « Vous croyez que c'est pour *ça* que je vous ai invité ? »

Pas de doute, elle était sincère. Quelque chose ennuyait Joséphine et cela n'avait rien à voir avec moi ni avec ma situation.

« Y a-t-il un problème ? ai-je demandé. Vous vous êtes disputée avec Vianne ?

— Oh, *non* ! C'est mon amie la plus chère…

— Alors, qu'y a-t-il ? lui ai-je de nouveau demandé

d'un ton beaucoup plus doux que celui que j'aurais employé avec Caro Clairmont. Pourquoi vous ne voulez pas la voir ? »

Je l'avoue, c'était très risqué. Cependant, Joséphine a tressailli et j'ai su que j'avais visé dans le mille.

« Ce n'est pas que je ne veuille pas la voir, s'est-elle expliquée. Mais, les gens changent… » Elle a lâché un soupir. « Je ne veux pas la décevoir.

— Pourquoi pensez-vous que vous la décevriez ? ai-je continué.

— Nous avions tant de projets, elle et moi. Elle m'a tellement aidée. Je lui devais tout, et puis… » Elle a relevé les yeux vers moi. « Monsieur le curé, vous devez me rendre un service, a-t-elle dit.

— Ce que vous voulez, ai-je répondu.

— Je ne suis pas allée à l'église depuis huit ans. Pour une raison ou pour une autre, ça ne me paraissait plus être la chose à faire. Mais, maintenant que vous êtes là, je me demandais si… vous pourriez me confesser ? »

La chose était surprenante. J'ai hésité. « Le père Henri serait sans doute…

— Le père Henri ne me connaît pas, m'a-t-elle interrompu. Il se fiche pas mal de nous. Pour lui, nous ne sommes qu'un village de plus, un autre échelon à gravir pour arriver jusqu'à Rome. Vous, vous êtes ici depuis toujours, mon père.

— Quand même pas depuis toujours, ai-je corrigé.

— Mais, vous seriez prêt à le faire ?

— Pourquoi moi ? ai-je dit.

— Parce que vous, vous comprendrez. Parce que vous savez ce que c'est que la honte. »

En silence, j'ai fini mon café-cognac. Elle a raison, bien sûr. Je sais très bien ce que c'est. La honte a été ma Scylla, l'orgueil mon Charybde, et tous deux m'ont accompagné des années durant. La voix de la honte résonne toujours dans mon cœur et me rappelle mes fautes pendant que l'orgueil la regarde faire, une épée en flammes à la main, se dressant comme un obstacle sur le chemin du pardon.

Deux mots. *Pardonnez-moi.* C'est tout ce qu'il y a à dire. Et pourtant, je ne les ai jamais prononcés. Ni en confession, ni à un proche, ni à un ami. Pas même au Tout-Puissant…

« Vous acceptez, mon père ?

— Bien sûr que oui. »

CHAPITRE 10

☾

Dimanche 22 août

Maya est revenue ce matin pour aider Alyssa à finir de préparer la confiture. Rosette et elles ont passé une demi-heure à étiqueter les pots et à décorer les vignettes. Rosette a dessiné ses lapins, singes et serpents volants préférés ; Maya, des images moins habituelles mais tout aussi exubérantes de différentes variétés de fruits : des ananas, des fraises et de surprenantes noix de coco (pour Omi, a-t-elle expliqué) avec, sur chacun des dessins, l'inscription du mot PÊCHE, ou parfois CHÊPE, en lettres capitales.

À cinq ans, il est facile de se faire des amis. Comme deux petits animaux, on commence d'abord par s'inspecter avec une curiosité timide. La langue n'est pas une barrière, la culture et la couleur de peau ne rentrent pas en ligne de compte. Rosette tend la main et effleure le ruban doré que Maya porte au poignet. Maya ressent la même fascination pour les boucles rousses de Rosette. Cinq minutes plus tard, elles sont à l'aise. Rosette fait des signes et s'exprime dans son langage à elle. Maya semble la comprendre et la regarde de ses yeux ronds et brillants.

J'ai remarqué que Bam, curieux comme à son habitude, était venu inspecter la nouvelle venue. Je le vois assez bien aujourd'hui, comme on discerne une forme en contre-jour. Sa longue queue, sa tête poilue, ses yeux pétillant d'intelligence. Maya le voit aussi, je crois. C'est normal, elle n'a que cinq ans.

Après avoir fini de coller les étiquettes, elles sont toutes deux sorties jouer tandis qu'Anouk est allée retrouver Jeannot Drou, me laissant ainsi seule avec Alyssa pour terminer le remplissage des pots. Alyssa était silencieuse, ce matin. Son visage terne et sans expression. J'ai tenté de la faire parler, mais elle n'a pas réagi.

C'était peut-être la perspective du dîner de ce soir avec Joséphine. La présence d'Alyssa à la maison complique la soirée. Néanmoins, une annulation de dernière minute risquerait de leur mettre la puce à l'oreille. Alyssa peut toujours se retirer dans sa chambre. Par ailleurs, j'ai des raisons personnelles de vouloir m'entretenir avec Joséphine.

« Elle a eu un fils, ai-je déclaré. Il a huit ans et elle ne m'en a jamais parlé. »

Alyssa essuyait les pots à l'aide d'un chiffon mouillé pendant que je les scellais. Chaque pot était couvert d'un carré de cellophane attaché par un élastique. Ainsi disposés, ils formaient une guirlande de lampions éclairés d'une douce lumière dorée. L'odeur de sucre chaud et de cannelle caressait l'atmosphère.

« Qui ? » m'a demandé Alyssa.

Je me suis rendu compte que j'avais pensé tout haut. « Mon amie, lui ai-je expliqué. Joséphine. »

Mon amie. Dans un sens, ces deux mots me sont tout aussi étrangers que celui de *maison.* Les amis sont les êtres qu'on laisse derrière soi, ma mère m'avait-elle appris. Encore aujourd'hui, je prononce ce mot avec réticence comme s'il s'agissait d'un génie enfermé dans une lampe qui, une fois libéré, pouvait s'avérer dangereux.

« Qu'est-ce qui s'est passé ? m'a demandé Alyssa.

— Elle s'est métamorphosée », ai-je répondu.

Eh bien, oui. Je suppose que c'est le cas. Joséphine a fait peau neuve. Pourquoi n'en aurait-elle pas le droit, après tout ? J'ai moi-même le don de me transporter à l'infini. C'est moi qui lui ai appris comment faire. Et maintenant, pour la première fois, je comprenais pourquoi ma mère ne s'était jamais retournée, pourquoi elle n'était jamais revenue dans les endroits que nous avions aimés.

« Le problème avec les gens, c'est qu'ils changent. À tel point, parfois, qu'ils en deviennent méconnaissables.

— C'est ce qui est arrivé à votre amie ? »

J'ai haussé les épaules. « Peut-être », ai je dit.

La marmite de cuivre était vide. Ensemble, nous avions rempli tous les pots de la maison. Quand j'ai des soucis, je fais la cuisine : j'aime les recettes simples, la préparation des ingrédients, le fait de savoir que si je respecte la procédure, le plat confectionné ne sera jamais décevant. Si seulement il pouvait en aller ainsi avec les gens. Si seulement les cœurs pouvaient être aussi limpides.

« Qu'est-ce qu'elle a fait ? » a demandé Alyssa en jetant un coup d'œil dans la marmite de cuivre. Elle a passé son doigt sur le bord du récipient comme pour le lécher ensuite, mais s'est ravisée. « Je veux dire, pour se métamorphoser ? Comment a-t-elle fait ? »

Bonne question, me suis-je dit. Quand je suis passée l'autre jour, elle avait l'air d'être si contente de me voir. Pourtant, cela fait plus d'une semaine que je suis là, et…

« C'est difficile à expliquer, lui ai-je dit. Tant de choses sont restées les mêmes. Physiquement, elle a un peu changé : ses cheveux sont courts et teints en blond. Au fond, elle est toujours Joséphine, cette femme impulsive et chaleureuse qui fait parfois un peu la folle, mais elle est différente aussi…

— Elle a peut-être quelque chose à cacher. »

Je l'ai regardée d'un air interrogateur.

« Parfois, quand c'est le cas, il nous est simplement impossible de voir nos amis. Ce n'est pas qu'on n'ait pas envie de les voir, mais on sait qu'on ne pourra pas leur parler non plus. » Elle a fourré son doigt dans sa bouche avant de le sucer. « *Et voilà.* J'ai rompu le jeûne. Qu'est-ce que ma mère dirait si elle le savait ?

— Je suis sûre que ça lui serait égal. Tout ce qu'ils veulent savoir, c'est si tu vas bien. »

Alyssa a secoué la tête avec énergie. « Vous ne connaissez pas ma mère. Les gens croient que c'est mon père, le dur à cuire, mais ce n'est pas vrai. Ma mère préférerait me voir morte que de me voir couvrir de honte la famille. »

J'ai dit : « J'imagine que le problème n'est pas d'avoir léché une casserole de confiture avant le coucher du soleil. »

Alyssa m'a souri à contrecœur. « Vous devez trouver ça stupide. »

J'ai secoué la tête. « Non, pas du tout.

— Mais, vous ne croyez pas en la religion.

— Tu as tort. Je crois en beaucoup de choses.

— Vous savez ce que je veux dire…

— Bien sûr. » Je l'ai fait asseoir à table. Entre nous, les pots de confiture alignés brillaient comme des lanternes chinoises. « J'ai rencontré de nombreux croyants, d'une façon ou d'une autre. Certains étaient bons et honnêtes, mais j'en ai connu aussi qui se servaient de leur religion comme d'une excuse pour détester les autres ou pour imposer leurs propres règles… »

Alyssa a soupiré. « Je vois ce que vous voulez dire. Ma mère est obsédée par des détails. Elle ne veut pas entendre parler de ce qui est vraiment *important.* Elle dit toujours la même chose : *ne dors pas sur le ventre, ne te maquille pas, ne parle pas aux garçons, ne t'habille pas comme ça, ne mange pas ça, ne dis pas ça* ou *ne va pas là.* Mon grand-père dit qu'Allah se fiche pas mal de ce que l'on mange ou de ce que l'on porte, à partir du moment où l'on a bon cœur et où l'on prend soin les uns des autres.

— J'aime bien ton grand-père, lui ai-je avoué.

— Moi aussi, a répondu Alyssa. Mais, depuis que mon père et lui se sont fâchés, je ne le vois plus beaucoup.

— Pourquoi se sont-ils fâchés ? ai-je demandé.

— Mon grand-père n'aime pas les *niqab.* Il dit que les filles ne devraient pas en porter à l'école. Il n'apprécie pas le fait que Sonia en ait un. Avant, elle n'en mettait jamais.

— Alors pourquoi le porte-t-elle maintenant ? »

Elle a haussé les épaules. « Peut-être qu'elle est comme votre amie, a-t-elle dit. Peut-être qu'elle a quelque chose à cacher. »

J'ai réfléchi à ce qu'Alyssa venait de dire tandis que nous nous préparions pour la soirée. Les crêpes seraient faciles à cuire, mais j'avais suivi une vieille recette avec de la farine de blé noir et du cidre à la place du lait, et la pâte devait reposer encore quelques heures. On pouvait les manger nature, avec du beurre salé, des saucisses, du fromage de chèvre, de la compotée d'oignons ou du confit de canard avec des pêches. Je me souvenais en avoir fait pour Roux et les gitans de la rivière, la nuit où leurs bateaux avaient été incendiés. Je revoyais encore les gerbes d'étincelles jaillir du feu de joie comme des pétards, Anouk danser avec Roux et Pantoufle, Roux tel qu'il était à cette époque, riant, blagueur, ses longs cheveux attachés par un bout de ficelle, pieds nus sur l'embarcadère.

Joséphine n'était pas là, bien sûr. La pauvre portait son manteau écossais quel que soit le temps qu'il faisait, les cheveux coiffés de manière à ce qu'ils cachent son visage et les bleus dont il était si souvent couvert. Cette pauvre Joséphine, toujours sur le qui-vive, n'avait confiance en personne, surtout pas en les nomades de la rivière qui menaient leur vie comme ils l'entendaient, sillonnaient la rivière et changeaient d'activités chaque fois qu'ils s'arrêtaient à un nouveau mouillage. Plus tard, après avoir échappé à Paul-Marie et ses mauvais traitements, elle a commencé à comprendre le prix de cette liberté. Le bateau de Roux qui n'était plus qu'un amas de cendres, dévoré par les flammes. Ses amis qui sont repartis sans lui. La haine des villageois pour ceux qui n'obéissaient qu'à leurs propres règles, qui préféraient les étoiles à la lumière des réverbères, qui ne payaient pas d'impôts, qui n'allaient pas à l'église et ne s'intégraient pas dans la société. Elle-même exclue, elle a trouvé du réconfort dans tout cela. Elle n'avait pas d'enfant. Il a réveillé son instinct maternel. Je savais qu'ils auraient pu devenir plus que des amis, et pourtant…

Tu le voulais aussi. Quel mal y avait-il à cela, Vianne ?

Cette fois-ci, la voix n'est pas celle de ma mère, ni même celle d'Armande Voizin. C'est la voix de Zozie de l'Alba qui réapparaît parfois dans mes rêves. Zozie de l'Alba, qui m'a sauvé la vie en voulant me la prendre. Zozie, cet esprit libre, cette voleuse de cœurs. Il m'est plus difficile d'ignorer sa voix que celles des autres qui chuchotent à mon oreille.

Tu le voulais. Tu l'as pris, Vianne. Joséphine n'avait aucune chance.

Parce que Zozie, malgré toutes ses fourberies, a toujours été plus douée pour la vérité que pour le mensonge. Elle nous a montré d'autres aspects de nous-mêmes et révélé nos faces cachées. Tout le monde a un côté obscur, je le sais bien. Je me suis battue contre cette évidence toute ma vie. Sans Zozie, je n'aurais jamais su jusqu'où s'étendait le mien, l'égoïsme et la peur que je portais en moi.

La Reine de Coupe. Le Cavalier de Coupe. Le Sept d'Épée. Le Sept de Denier. Les cartes de ma mère. Leur parfum de rêve. Leur visage, si familier.

Joséphine est-elle la Reine déchue ? Roux aurait-il *dû* être son Cavalier ? Et moi, suis-je la Lune, instable et hypocrite, qui tisse sa toile entre eux ?

À trois heures de l'après-midi, Anouk et Rosette sont rentrées à la maison avec Pilou. Le vent leur avait fait perdre le souffle et ils riaient comme des fous.

« Pilou a un cerf-volant, a déclaré Anouk tandis que Rosette répétait ce qu'elle disait en signant avec exubérance. On l'a fait voler au bord de la rivière, tous les trois, avec ce fou de chien. Vraiment, il est idiot, ce chien. À un moment, il a même *sauté* dans la rivière et essayé d'attraper la queue du cerf-volant. Il a fallu qu'on aille le sortir de l'eau. C'est pour ça que Rosette a des algues dans les cheveux et qu'on sent tous le chien mouillé.

— Ce n'est pas vrai, a protesté Pilou. Vlad n'est *pas* idiot. Il est très intelligent au contraire. C'est un Chien attrapeur de cerfs-volants qui a été dressé à haut niveau et qui descend de la légendaire lignée des Chiens pêcheurs de la Chine antique. »

« *Poisson-chien*, a dit Rosette. *Chien-poisson. Poisson-cerf-volant.* » Et elle a commencé une petite danse avec Bam dans toute la cuisine.

Alyssa s'était de nouveau réfugiée à l'étage quand elle avait entendu le chien aboyer.

Anouk a dit : « Tout va bien. C'est seulement Vlad. Tu peux venir. Il ne te mordra pas. »

L'espace d'un moment, j'ai cru qu'Alyssa ne descendrait pas les escaliers. Cependant, la curiosité a eu raison de sa timidité. Elle est venue s'asseoir sur le palier et nous observer à travers les barreaux de la rambarde. Pilou a jeté un coup d'œil furtif vers elle, mais il semblait plus intéressé par le grand bol de pâte à crêpes posé sur la cuisinière.

« C'est pour ce soir ? a-t-il demandé.

— Oui. Tu aimes les crêpes ? »

Pilou a eu un hochement de tête énergique. « Quand on les cuit en plein air, sur un foyer ouvert, comme celles que faisaient les gens de la rivière. Avec des saucisses et du cidre, bien sûr.

— Tu les as vus souvent, les gens de la rivière ? Je croyais qu'ils ne venaient plus ici, ai-je dit.

— Ils venaient quand j'étais petit, a-t-il répondu. Trop de problèmes dans les Marauds. Je suppose que mon père a dû partir avec eux. » Il a haussé les épaules avant de reprendre son enquête sur ce qui était en train de cuire dans le four.

Une fois encore, j'ai pensé à la Reine de Coupe. J'ai cherché une ressemblance avec Roux dans le visage de Pilou, mais je n'ai reconnu aucun de ses traits. Il avait les cheveux frisés, blanchis par le soleil, le visage rond et le nez retroussé. Quelque chose de Joséphine peut-être dans les yeux, mais rien de Roux… Et pourtant, comme Rosette, il adorait peindre.

J'ai revu la peinture abstraite dans le bar de Joséphine, la lueur dans ses yeux quand elle a parlé du père de Pilou. Sauf qu'elle n'en avait *pas* vraiment parlé, me suis-je souvenue tout à coup : elle avait simplement dit que Pilou était à elle et à personne d'autre. C'est ce que j'avais l'habitude de dire lorsque les gens me posaient des questions sur le père d'Anouk. Néanmoins, entendre cette réponse de la bouche de Joséphine me tourmente, plus peut-être que de raison.

« C'est quand ton anniversaire ? »

Il a eu l'air surpris. « Le 17 décembre. Pourquoi ? »

Rosette est née le 20 décembre. Les dates étaient très proches. Si proches. De toute façon, quelle importance, même si mes soupçons s'avéraient fondés ? Roux ne voit pas d'inconvénient à ce qu'Anouk ne soit pas sa fille. Pourquoi cette situation-ci seraitelle différente ? Pourtant, à la pensée que Roux ait pu connaître et cacher cette réalité ces huit dernières années, alors qu'il avait passé les quatre premières ici à Lansquenet, à travailler dans des fermes et sur son bateau, à louer une chambre chez Joséphine…

Le Cavalier de Coupe a quelque chose à cacher. Son visage est marbré d'ombres. La Reine tient sa coupe avec trop d'indolence, comme si ce qu'elle contenait la dégoûtait. Les enfants sont montés à l'étage avec Vlad. Ils sont étrangement silencieux. Je les laisse jouer, m'empare de mon portable et pars me promener dans les Marauds.

Toujours pas de message de Roux. Son téléphone est éteint. Je lui écris :

Roux, s'il te plaît, appelle-moi ! J'ai besoin…

Bien sûr, je ne l'ai pas envoyé. Je n'ai jamais eu *besoin* de personne. Si Roux veut me faire signe, il le fera. De plus, qu'est-ce que je lui dirais ? Il faut que je le voie face à face. Il faut que je puisse lire les couleurs de son âme.

Le temps change. Je l'avais déjà senti quand je parlais avec Omi dans les Marauds. Le vent souffle toujours aussi fort, mais ces nuages aux visages d'ange ont maintenant les pieds sales. Une goutte de pluie tombe sur mon visage tandis que j'atteins le haut de la colline…

L'autan noir approche.

L'AUTAN NOIR

CHAPITRE 1

†

Lundi 23 août

Bon, il m'est évidemment impossible de vous raconter ce qu'elle m'a dit. La confession, qu'elle soit officielle ou non, reste un secret qui ne doit pas être révélé. En tout cas, elle était aussi blanche qu'une hostie quand elle a eu terminé son histoire et rien de ce que j'ai pu lui dire n'a semblé lui apporter de réconfort.

« Je ne sais pas que lui dire, a-t-elle avoué. Elle était si fière de ce que j'étais devenue. Le monde s'ouvrait à moi. J'étais prête à déployer mes ailes. Et maintenant, je suis simplement comme les autres. Je vis toujours au même endroit, je tiens toujours mon café, je vieillis… »

Je lui ai dit que je ne la trouvais pas vieille. Elle m'a lancé un regard impatient.

« Toutes ces choses que j'aurais aimé faire. Tous ces endroits que j'aurais aimé voir. Elle me les rappelle tous. Elle, elle a *tout* fait et moi, je me sens… »

Elle a serré les poings. « Oh et puis, à quoi *bon* ?

Certaines personnes passent toute leur vie à attendre un train et finissent un jour par comprendre qu'elles ne sont même pas arrivées à la gare.

— Vous avez fait votre devoir », lui ai-je dit.

Elle a fait la grimace. « Mon *devoir.*

— Eh bien, oui. Il faut bien que certains le fassent, ai-je expliqué. Nous ne pouvons pas tous être comme Vianne Rocher, à changer de ville tout le temps, à ne se poser nulle part et à ne pas prendre nos responsabilités. »

Elle a semblé surprise. « Vous désapprouvez.

— Je n'ai pas dit ça, me suis-je défendu. Mais fuir est à la portée de tout le monde. Rester quelque part demande un peu plus de courage.

— C'est ce que *vous* allez faire ? a-t-elle demandé. Vous allez vous battre contre l'Église établie et rester ? »

Je lui ai fait remarquer avec assez d'amertume qu'il s'agissait de sa confession et non de la mienne.

Elle a souri. « Vous arrive-t-il de *vous* confesser, Monsieur le curé ?

— Bien sûr », ai-je menti. (Enfin, ce n'était pas *tout à fait* un mensonge. Après tout, je me confesse à *vous.*) « Nous avons tous besoin de quelqu'un à qui parler », ai-je dit.

Elle m'a de nouveau offert un sourire. Elle sourit des yeux. « Vous savez, c'est plus facile de vous parler quand vous ne portez pas votre soutane. »

Ah oui ? Pour moi, c'est plus difficile. La tenue officielle me simplifie les choses. Sans elle, je me sens perdu, une pauvre voix parmi tant d'autres. Quelqu'un s'intéresse-t-il vraiment à ce que je raconte ? Y a-t-il seulement quelqu'un qui m'écoute ?

Vianne Rocher était dans son jardin et tentait d'allumer le barbecue quand nous sommes arrivés. Elle portait un jean et un corsage sans manches. Ses longs cheveux étaient attachés par un foulard jaune. Elle avait réussi à trouver un endroit assez bien protégé du vent, mais l'air était si lourd d'humidité que les petits lampions suspendus tout autour du jardin étaient déjà presque tous éteints.

Elle a accueilli Joséphine avec un baiser et moi, avec un sourire. « Je suis contente que vous soyez venu. Vous resterez bien dîner, n'est-ce pas ?

— Non, non. Je suis juste passé…

— Pas d'excuse avec moi. Vous allez bientôt essayer de me faire croire que vous avez trop à faire avec vos obligations paroissiales. »

J'ai bien dû avouer que ce n'était pas le cas.

« Alors, vous mangez avec nous, bon sang de bonsoir ! Il *faut bien* que vous mangiez, non ? »

J'ai souri. « C'est très gentil à vous, mademoiselle Ro… »

Elle m'a donné un coup de poing dans le bras. « *Vianne !* »

Joséphine est intervenue : « Je suis désolée, Monsieur le curé. Si j'avais su qu'elle aurait recours à la violence, je ne vous aurais pas incité à venir. »

Vianne a ri. « Entrons et prenons un verre de vin. Les enfants sont à l'intérieur. »

Je les ai suivies toutes les deux dans la maison. Je me suis surpris à éprouver un sentiment de perplexité mêlé à un autre qu'il m'était encore impossible d'identifier. En tout cas, il était agréable de m'asseoir près du poêle dans la vieille cuisine d'Armande. De façon inhabituelle, cette pièce semblait fourmiller de monde avec ces quatre enfants et ce chien incontrôlable qui jouaient comme des fous autour de la table.

De toute évidence, le jeu en question se résumait à une histoire de cris, de crayons de couleur, d'aboiements, de papier à dessin et de mimiques exubérantes de la part de Rosette, mais il constituait une distraction suffisante pour que mon entrée passe inaperçue pendant les quelques minutes qui m'ont permis de reconnaître Alyssa Mahjoubi : elle ne ressemblait presque plus à mon souvenir. Vêtue à l'occidentale d'un tee-shirt et d'un jean bleus, elle avait les cheveux coupés en un carré inégal qui lui arrivait au niveau de la mâchoire. Le plus frappant, c'est qu'elle riait. Son petit visage s'illuminait avec le jeu et elle semblait avoir chassé de ses pensées jusqu'à la moindre réminiscence de sa fugue.

Il m'est soudain venu à l'esprit qu'à dix-sept ans, Alyssa était encore une enfant, même si sa sœur était déjà mariée au même âge. À dix-sept ans, en équilibre instable sur le chemin qui mène de l'adolescence à l'âge adulte, le monde est un terrible parcours d'obstacles dont le sol est jonché de débris de verre un jour, et de fleurs de pommier le lendemain. Bien qu'au seuil du jardin d'Éden, nous ne désirons qu'une chose : le quitter. J'ai aperçu l'expression de Vianne et me suis demandé si elle se disait la même chose. Sa fille n'a que quinze ans, mais une lueur sauvage éclaire néanmoins ses yeux, comme la promesse de routes encore à parcourir, de choses encore à voir. Qu'est-ce que Joséphine avait dit déjà ? *Certaines personnes passent toute leur vie à attendre un train et finissent un jour par comprendre qu'elles ne sont même pas arrivées à la gare.* Anouk, elle, est déjà à la gare. Je la sens prête à prendre n'importe quel train.

Elle s'est retournée comme si elle avait lu mes pensées. « Monsieur le curé ! »

Tout le monde l'a imitée. Alyssa a d'abord eu l'air très surprise, puis elle a semblé un peu méfiante.

Je l'ai rassurée : « Je n'ai rien dit à personne. Et je ne dirai rien, sauf si vous me le demandez. »

Elle a détourné le regard avec un sourire timide. C'est un geste qu'elle a en commun avec sa sœur : cette inclinaison du menton, ce léger mouvement de tête vers la gauche, ces cils qui se baissent et dont la forme délicate rappelle désormais celle de sa nouvelle coupe de cheveux au carré. Elle est d'une beauté extraordinaire, malgré (ou peut-être grâce à) sa jeunesse. Je me sens un peu mal à l'aise. La beauté féminine a souvent cet effet-là sur moi. En tant que prêtre, je ne suis pas censé remarquer ce genre de choses. En tant qu'homme, pourtant, je les remarque toujours.

« Je me métamorphose, a-t-elle déclaré. J'ai laissé Anouk et Rosette me couper les cheveux. »

Anouk a eu un large sourire. « C'est un peu plus court d'un côté, a-t-elle avoué. Mais je trouve quand même que ça fait très bien. Qu'est-ce que vous en dites ? »

J'ai répondu que je n'étais pas en mesure de donner un jugement. Mais Joséphine l'a prise dans ses bras et lui a dit : « Tu es ravissante. »

Alyssa a souri. « Vous aussi, vous l'avez fait. Vous vous êtes métamorphosée », a-t-elle lancé.

Une ombre est passée sur le visage de Joséphine. « Ah oui ? Qui t'a dit ça ?

— Vianne. »

De nouveau, ce regard, subtil comme un soupçon de vent à la surface de la Tannes. « Je suppose que l'on pourrait dire ça, a-t-elle conclu. Bon, et ces crêpes, alors ? »

Les enfants ont poussé tant de cris en réponse à cette question, qu'ils ont réussi à lui donner le temps de masquer son embarras. Du moins, Alyssa n'en a rien vu, mais j'ai pensé que Vianne avait deviné quelque chose. Elle a le don curieux de déceler les secrets inavoués, les histoires cachées. Ses yeux, d'un noir de café, arrivent à percevoir les ténèbres du cœur humain.

Du regard, j'ai fait le tour de la salle de séjour. Quelque chose a changé ici depuis l'arrivée de Vianne, mais je ne saurais dire quoi. Cela est-il dû à la lumière des bougies posées sur chaque surface ou aux petits sachets porte-bonheur rouges suspendus au chambranle de chaque porte ? Serait-ce l'encens qui dégage ce lourd parfum de santal, ou l'odeur des feuilles brûlées à l'extérieur, celle des crêpes cuites dans le beurre ou bien celle des saucisses aux épices sur le barbecue ?

« J'espère que vous avez faim », a annoncé Vianne Rocher.

Contre toute attente, c'était mon cas. Comme il y avait de la pluie dans l'air, nous avons mangé à l'intérieur, même si Vianne a passé la plupart du temps à cuisiner dehors où le vent pouvait sans salir balayer la fumée.

Au menu, nous avons eu des crêpes, bien sûr, des saucisses, du confit de canard, du pâté de foie, des oignons roses très doux, des champignons frits aux herbes, de petites tommes cendrées, du pastis gascon, du pain aux noix, un autre à l'anis, de la fouace, des olives, des piments et des dattes. Comme boissons, il y avait du cidre, du vin, du floc de Gascogne et des jus de fruits pour les enfants. Le chien lui-même a eu droit à une assiette de restes avant de s'installer au coin du feu et de s'endormir en remuant de temps en temps la queue et grommelant de vagues protestations.

Dehors, l'autan avait gagné en puissance et nous n'avons pas tardé à entendre la pluie crépiter contre les vitres. Vianne a remis des bûches dans la cheminée, Joséphine a fermé la porte à l'aide d'une cale et Anouk s'est mise à fredonner une chanson que j'avais déjà entendue, il y a très, très longtemps : une chanson triste sur le vent qui reprenait toujours ce qui lui revenait de droit.

V'là l'bon vent, v'là l'joli vent…

Elle avait une petite voix douce et, bien qu'elle ne l'ait pas travaillée, semblait prête à chanter sans la moindre appréhension. Rosette l'a imitée avec son entrain habituel et Pilou les a accompagnées en tambourinant sur la table avec plus d'enthousiasme que de talent.

« Allez, Alyssa, a lancé Anouk. Chante le refrain avec nous. »

Alyssa a paru gênée. « Je ne sais pas chanter.

— Moi non plus, a renchéri Anouk. *Allez, vas-y !*

— Vraiment, je ne *peux* pas. Je ne sais pas comment on fait.

— Tout le monde peut chanter, a dit Anouk. C'est comme danser, tout le monde peut le faire.

— Pas chez nous, en tout cas, s'est-elle expliquée. Enfin, plus maintenant. Je chantais quand j'étais petite. Sonia et moi chantions et dansions au son de la musique de la radio. Même mon grand-père le faisait, avant... » Elle a baissé la voix. « Avant qu'*elle* n'arrive.

— Tu veux parler d'Inès Bencharki ? » a demandé Vianne.

Alyssa a acquiescé.

Encore cette femme. « Son frère est très protecteur, suis-je intervenu.

— Ce n'est pas son *frère* », a dit Alyssa. Sa voix était pleine de mépris.

Je l'ai regardée. « Qui est-elle, alors ? »

Elle a haussé les épaules. « Personne ne le sait vraiment. Certains disent que c'était sa femme. D'autres, que c'est sa maîtresse. Quelle qu'elle soit, elle a une sorte d'emprise sur lui. Avant l'incendie, il allait tout le temps chez elle. »

Je me suis tourné vers Vianne. « Vous étiez au courant ?

— Je m'en doutais. »

J'ai bu du vin. « Comment se fait-il, me suis-je étonné, que vous en ayez plus appris sur ce village en une semaine que moi, après des années ? »

J'ai dû leur paraître vexé. D'ailleurs, je l'étais peut-être : après tout, c'est mon rôle de savoir ce qui se passe dans ma paroisse. Les gens viennent *me* voir pour se confesser et malgré tout, du fond de sa chocolaterie, il y a huit ans, Vianne Rocher avait appris plus de choses que je n'en avais jamais su. Même les Maghrébins lui parlent maintenant. En huit ans, rien n'a vraiment changé.

J'ai repris du vin. « Cette femme, ai-je continué, je savais bien qu'elle cachait quelque chose. Elle a l'air hypocrite sous son voile et se comporte comme si les hommes du monde entier n'avaient qu'une envie, celle de la violer au premier coup d'œil. Elle regarde tout le monde tout le temps, avec mépris…

— Vous n'en *savez* rien.

— Si, même les siens pensent que…, me suis-je défendu.

— Encore une fois, il ne s'agit que d'une rumeur », a dit Vianne Rocher.

Je suppose qu'elle n'avait pas tort. Bon sang, mon père, pourquoi faut-il qu'elle ait si souvent *raison* ?

« Et son enfant ? ai-je demandé.

— Dou'a, a précisé Alyssa. C'est une petite fille adorable. Elle n'a jamais connu son père. Elle dit qu'il est mort quand elle était petite. Je pense qu'elle y croit vraiment. Karim ne semble pas se préoccuper d'elle. Il ne lui parle même pas. Aisha Bouzana raconte qu'*elle* a entendu dire qu'Inès n'est pas sa vraie mère, qu'elle a kidnappé Dou'a à la naissance parce qu'elle ne peut pas avoir d'enfants. » Alyssa a baissé le ton avant de reprendre : « Certains disent même qu'Inès n'est pas vraiment une femme, mais une sorte de Jinn, un démon, un *amar* qui chuchote des *waswâs* à l'oreille des enfants et les livre au *Sheitan.* »

Il s'agissait là d'un bien long discours pour une fille que je n'avais pas entendue prononcer plus de quelques mots jusqu'alors. La présence de ses amis peut-être, ou bien le fait que personne ne la surveillait. J'ai remarqué qu'elle n'avait pas beaucoup mangé, juste une crêpe, un fruit et pas une goutte de vin, bien sûr. Pourtant, son visage était coloré. On aurait presque dit qu'elle était ivre.

« Vous ne croyez pas vraiment ce que vous dites ? » ai-je voulu savoir.

Elle a haussé les épaules. « Je ne sais pas ce que je

crois. Omi Al-Djerba dit qu'il y a des *amar* partout. Ils vivent parmi nous. Ils ont la même apparence que nous. Mais, en fait, ils ne sont pas humains et ils ne cherchent qu'à nous faire du mal.

— Je vois tout à fait de quoi tu parles, a déclaré Anouk en se penchant en avant. Elle s'appelait Zozie de l'Alba et elle avait fait semblant d'être notre amie, mais ce n'était pas vraiment une femme, juste un être sans ombre…

— Ça suffit, Anouk », est intervenue Vianne. Elle a posé la main sur le bras d'Alyssa. « Si les gens se méfient tant d'Inès, alors pourquoi envoient-ils leurs enfants chez elle ? »

Un nouveau haussement d'épaules. « Ils ne se méfiaient pas d'elle, au début. Et tout le monde adore Karim, de toute façon. »

J'ai fait la moue.

« Pas toi ? » lui a demandé Vianne.

Alyssa a détourné les yeux. « Non. » Même à la lueur du feu, je trouvais qu'elle avait les joues rouges. J'ai vu que Vianne la regardait avec curiosité, mais elle n'a pas poursuivi. Elle a changé de sujet avec une telle discrétion que j'ai été le seul à le remarquer. Nous avons passé le reste de la soirée à discuter de choses qui n'avaient rien à voir avec cela. La conversation était si agréable que j'ai été surpris de constater qu'il était déjà minuit passé à ma montre.

J'ai jeté un coup d'œil vers Joséphine avant de lui dire : « Je suis resté trop longtemps. Je dois rentrer.

— Pilou et moi allons vous suivre. »

Dehors, le vent soufflait toujours fort. Il apportait l'odeur lourde de la rivière, mêlée de larges gouttes de pluie cinglantes, tel un nuage de guêpes à la fin de l'été. Pilou tenait son chien en laisse. Vlad aboyait des injures contre le ciel déchaîné et courait après les feuilles mortes le long du chemin qui menait à la rivière. Le quartier des Marauds était toujours bien éveillé : de la lumière brillait derrière chaque fenêtre, des guirlandes d'ampoules de multiples couleurs striaient les rues étroites et vacillaient comme des lucioles emportées par le vent.

Le club de gym de Saïd était fermé, bien sûr. J'ai ressenti pourtant un soupçon de malaise. Certains endroits ont ce pouvoir, mon père : même leurs pierres transpirent d'hostilité. J'ai raccompagné Joséphine et son fils chez eux, au Café des Marauds, avant de prendre la rue des Francs-Bourgeois et de me diriger vers ma petite chaumière.

Je ne les ai pas entendus me suivre. Je n'étais conscient que du rugissement inlassable du vent avec le grondement de la Tannes en fond sonore. De plus, j'avais bu plus de vin qu'à mon habitude et j'avais une impression étrange de détachement. Au-dessus de ma tête, le ciel passait rapidement de la lumière à l'obscurité. Les nuages couraient devant la grosse face éblouissante de la lune et faisaient bondir les ombres comme des diablotins contre les murs et les maisons. J'étais fatigué, mais je n'avais pas encore sommeil. De trop nombreuses pensées hantaient mon esprit. Alyssa Mahjoubi, Vianne Rocher, Inès Bencharki, Joséphine…

Soudain, j'ai pris conscience d'un mouvement derrière moi. L'arrivée d'une ombre qui se dédouble, le soupçon d'une odeur de tabac mêlé à du *kif*, deux silhouettes au clair de lune, le visage caché sous des foulards à carreaux…

Le premier coup m'a atteint à l'épaule et m'a pris totalement au dépourvu. Il n'y a pas de criminalité à

Lansquenet. La plupart des gens ne ferment même pas leur porte à clef. Le seul type de violence que l'on soit susceptible de rencontrer se résume à de rares cas de maltraitance domestique et de bagarres entre les garçons du coin. On n'a recensé aucun cambriolage depuis plus de dix ans, ni aucune agression…

Voilà ce à quoi je pensais en m'écroulant. Le reste est quelque peu imprécis. Je sais que l'on m'a frappé une seconde fois avec un objet qui était sans doute un bâton. Au moment où je suis tombé à genoux, quelqu'un m'a donné un coup au visage avant de dire : « Sale porc. Tu mérites tout ce qui va t'arriver. »

Une volée de coups de poing et de coups de pied a suivi. Il m'était impossible de riposter. J'étais déjà à terre : il ne me restait plus qu'à me recroqueviller et à faire de mon mieux pour me protéger. Ils m'ont martelé les côtes et le dos. J'ai eu l'impression d'être encore plus détaché de la réalité. Je ressentais la douleur, mais une partie de moi semblait observer la scène de loin.

« Sale porc, a répété la voix. C'est la guerre. On t'avait bien averti de ne pas t'en mêler. Si tu recommences, tu regretteras d'être venu au monde. »

Puis, après m'avoir asséné un dernier coup bien ajusté sur la cuisse droite, à cet endroit où le long muscle fémoral est susceptible de se contracter et de provoquer d'atroces crampes, mes agresseurs inconnus se sont enfuis dans la nuit, me laissant là à mordre la poussière, à entendre mon sang affluer à mes oreilles dans un bourdonnement plus assourdissant encore que celui du vent.

Je suis resté là jusqu'à ce que les crampes se calment et que je puisse bouger de nouveau les jambes.

J'étais couvert de boue. Ma chemise était déchirée. Mon cœur battait la chamade. Je n'avais jamais pris part à des bagarres, pas même à l'école. On ne m'avait jamais frappé avant sous l'empire de la colère. Je n'avais jamais fait de mauvaise chute.

On dit que l'on sait tout de suite quand on s'est cassé un os. En fait, j'avais plusieurs fractures. Je ne m'en suis pas rendu compte tout de suite, mon père : j'étais encore sous le coup de l'adrénaline. Si mes jambes avaient pu me porter, je n'aurais pas hésité une seule seconde à poursuivre mes agresseurs dans les Marauds où ils m'auraient sans nul doute réduit en bouillie si je les avais retrouvés. Ma colère était telle qu'elle avait anesthésié, du moins pour un temps, la douleur de deux doigts cassés, d'une côte fêlée et d'un nez en compote, bien sûr. À la lumière du jour, ce nez est d'autant plus impressionnant qu'il se trouve entre deux yeux contusionnés, eux aussi.

Qui étaient mes agresseurs ? Je n'avais aucun moyen de le savoir. Les foulards qu'ils portaient auraient pu appartenir à n'importe quel habitant des Marauds et leurs voix ne m'étaient pas familières. Pourquoi avais-je été pris pour cible ? Il n'y avait pas eu de tentative de vol. S'agissait-il d'une vengeance pour l'incendie de l'école ? Cette explication semblait être la plus plausible. Mais qui était à l'origine de ce coup monté ? Et que voulaient-ils dire par « *C'est la guerre* » ?

Je me suis relevé avec précaution. L'adrénaline bouillonnait inutilement dans mes veines. La pluie n'en finissait pas de tomber et j'ai enfin commencé à ressentir la douleur. Ma maison était juste en bas de la rue et pourtant, la distance à parcourir me paraissait insurmontable.

Un chien aux poils hirsutes a traversé mon chemin avant de s'arrêter et de venir me renifler la main. J'ai reconnu le chien de Pilou.

« Rentre chez toi. »

L'animal a remué la queue et s'est mis à me suivre.

« Vlad, rentre chez toi. »

Le chien m'a ignoré. Une fois à ma porte, je l'ai de nouveau trouvé sur mes talons remuant la queue et tout pantelant.

« Rentre chez toi, ai-je répété d'un ton plus sévère. Tu me confonds avec l'*autre* Francis, celui qui aime les animaux. »

Le chien m'a regardé avant d'aboyer.

J'ai prononcé quelques jurons à voix basse. Pour bien faire, il aurait fallu que je ramène l'animal chez lui, mais il était tard et il pleuvait. Les aboiements du chien allaient réveiller les voisins. De plus, je ne voulais pas que Joséphine et son fils me voient dans cet état.

« D'accord, tu peux entrer, lui ai-je dit. Mais tu dors dans la cuisine. Et tu n'aboies pas ! »

Le chien semblait avoir compris et m'a aussitôt suivi dans ma chambre. J'étais trop fatigué pour m'y opposer. J'ai laissé les vêtements dont je m'étais débarrassé par terre et me suis écroulé sur mon lit. Lorsque la douleur m'a réveillé bien avant l'heure, j'ai découvert le chien étalé en travers de mon lit. Je sais que j'aurais dû protester, mon père, mais j'étais faible et, en mon for intérieur, j'éprouvais une sorte de reconnaissance pour cet être vivant qui m'offrait sa présence. J'ai caressé la tête du chien avant de sombrer une fois de plus dans un sommeil agité, bercé par les ronflements du vent.

CHAPITRE 2

†

Lundi 23 août

À mon réveil, je pouvais à peine bouger. Mes muscles s'étaient ankylosés pendant la nuit et chacun semblait en tirailler un autre. Une douche chaude m'a fait un peu de bien. Malgré tout, mon corps était si raide que j'ai mis quinze minutes à m'habiller. Les doigts de ma main droite avaient tellement gonflé et me faisaient si mal que je n'ai même pas pu lacer mes chaussures.

J'ai préparé du café et donné à manger au chien. Il n'y avait pas grand-chose pour lui chez moi. Néanmoins, après avoir aperçu mon visage contusionné dans le miroir de la salle de bains, je me suis dit qu'il valait mieux rester à la maison, à moins de vouloir offrir à Caro et aux habituées de ses réunions matinales le plus beau prétexte à ragots depuis des années.

Le problème du chien demeurait. Je ne voulais pas le laisser en liberté, alors j'ai téléphoné au café en espérant tomber sur le répondeur.

Joséphine a répondu à la place de la machine. Je

lui ai expliqué que j'avais hébergé le chien et suggéré d'envoyer Pilou le chercher.

« Pourquoi ne viendriez-vous pas prendre le petit déjeuner ? a-t-elle proposé.

— Je... Non. J'ai à faire ce matin », ai-je menti. Je ne mens pas très bien, mon père.

Elle a dû deviner au son de ma voix car elle m'a demandé : « Tout va bien ?

— Bien sûr.

— On ne dirait vraiment pas », a-t-elle renchéri.

Je me suis maudit intérieurement. « En fait... Non. Il y a eu un incident. Hier soir, quand je rentrais chez moi.

— Quel genre d'incident ? »

J'ai secoué la tête, exaspéré. « Ce n'était rien. Oubliez tout ça, ai-je dit. Envoyez-moi seulement votre fils pour qu'il reprenne son chien. Je n'ai pas le temps de vous l'amener moi-même. »

Quand j'ai raccroché, j'étais furieux. Je ne savais pas vraiment pourquoi. Peut-être est-ce l'approche de la pleine lune qui irrite si souvent les personnes sensibles. Un prêtre est conscient de ce genre de choses, mon père. La pleine lune est bien souvent synonyme de problèmes. Les esprits s'échauffent quand elle est tout à fait pleine, les susceptibilités s'accroissent. Les amoureux se disputent, les voisins se brouillent, les vieux ressentiments refont surface. Demain, le confessionnal du père Henri résonnera de plaintes insignifiantes. Étrangement, cette pensée m'amuse d'une certaine manière. Cette fois-ci, ce ne sont plus mes affaires. Je les laisse au père Henri. Peut-être comprendra-t-il alors ce que c'est que de s'occuper de ce village.

J'avais attaché le chien dehors, devant l'entrée.

On a frappé à ma porte. À travers les volets mi-clos, j'ai découvert avec consternation que Pilou ne se trouvait pas seul sur le perron, mais avec sa mère. Ils avaient remonté leurs cols pour se protéger de la pluie. Joséphine portait des bottes en caoutchouc et un imperméable noir qui avait dû jadis appartenir à Paul. Pilou était vêtu d'un parka de plusieurs tailles trop grand pour lui.

Joséphine a de nouveau toqué à la porte.

J'ai ouvert d'un centimètre.

« Le chien est dehors !

— Je peux entrer ?

— Ah… S'il vous plaît, non, ai-je dit.

— Une minute seulement, a-t-elle ajouté avant d'entrer. Mon Dieu, Francis, que vous est-il *arrivé* ? »

J'ai soufflé d'exaspération. « Je vous avais bien dit de ne pas entrer !

— Que s'est-il passé ? » a-t-elle répété. Son visage était soudain devenu très pâle. Derrière elle, sur le palier de la porte, le garçon m'a regardé avec une admiration non dissimulée.

« *Génial* ! Vous vous êtes battu ?

— Non. »

Il a eu l'air déçu. Joséphine s'est tournée vers lui, puis elle a annoncé : « Pilou, je veux que tu ramènes Vlad à la maison. Dis à Marie-Ange de s'occuper du bar à ma place. Ensuite, apporte-moi la trousse à pharmacie qui se trouve dans ma chambre, la grande, avec la croix rouge dessus…

— Je n'ai vraiment pas besoin d'aide », ai-je dit.

Un son inarticulé est sorti de sa bouche et elle a jeté son imperméable sur une chaise. Sous son manteau, elle portait un pull bleu pastel et une jupe noire. La pluie avait hérissé ses cheveux blonds et courts. Elle semblait à la fois inquiète et furieuse.

« Francis Reynaud, si vous ne me dites pas *tout de suite* ce qui s'est passé, je raconterai à *tous* mes clients que vous vous êtes bagarré dans mon bar et que c'est *moi* qui ai dû vous ramener à la raison par la manière forte !

— D'accord, d'accord. »

Je lui ai raconté toute l'histoire. Elle m'a écouté, incrédule.

« Vous pensez que c'est à cause de l'incendie ? »

J'ai haussé les épaules. « Pour quelle autre raison ?

— Mais ce n'est pas *vous* qui avez mis le feu à cette école de filles.

— Je crois que beaucoup de gens ne sont pas de cet avis.

— Alors, ce sont des imbéciles, tous autant qu'ils sont. Maintenant, arrêtez de bouger et laissez-moi voir ça. »

La demi-heure qui a suivi m'a plongé dans un embarras profond : Joséphine a utilisé sa trousse de premiers secours pour soigner mes différentes blessures. Cette femme est impossible. Je n'ai rien pu dire ou faire pour l'en empêcher. Pommade à l'arnica, bandelettes adhésives pour sutures cutanées, bandage autour de mes doigts et de mes côtes…

« Je ne savais pas que vous aviez un diplôme d'infirmière… Aïe !

— Restez tranquille, m'a-t-elle ordonné. Quand j'étais mariée à Paul-Marie, j'ai vite appris tout ce qu'il y avait à savoir sur les yeux au beurre noir et les fractures. Enlevez votre chemise.

— Mais, Joséphine…

— Je vous ai dit d'enlever votre chemise, Monsieur le curé. Ou bien préférez-vous que j'appelle le Dr Cussonet pour qu'il colporte la nouvelle dans tout le village ? »

Je me suis exécuté, de mauvaise grâce. Lorsqu'elle en a eu fini, elle a dit : « Voilà. Ce n'est pas mieux comme ça ? »

J'ai haussé les épaules. « J'ai mal partout.

— Ingrat. » Elle a souri. (Je vous ai déjà dit qu'elle souriait des yeux ?)

« Merci, Joséphine, ai-je lâché. Je vous suis très reconnaissant de votre aide. Et j'apprécierais que vous n'en parliez à personne. Je ne suis déjà pas dans les petits papiers de l'évêque, alors s'il venait à apprendre cette histoire... »

Elle m'a regardé. « Je ne dirai rien. Je sais bien garder les secrets. » Puis, après m'avoir offert un dernier sourire espiègle, elle s'est penchée vers moi, a déposé un baiser sur ma joue et a disparu sous la pluie tel un rêve d'été.

Bénissez-moi, mon père, parce que j'ai péché. En tout cas, j'aurais péché si j'en avais eu l'opportunité. Peut-être à cause des événements éprouvants de la nuit dernière, peut-être à cause de la sensation de ses mains sur ma peau. Cela faisait si longtemps, mon père, qu'une femme ne m'avait touché. J'ai honte à l'idée qu'elle ait si souvent dû cacher ses bleus comme je le fais à présent, sous des lunettes de soleil alors que le temps était couvert, sous ces manteaux qui lui servaient d'armure, au souvenir de toutes les fois où elle était restée enfermée pendant des jours dans sa chambre à cause de ses « migraines ».

Est-ce là la raison pour laquelle elle m'a aidé,

mon père ? Parce qu'elle sait ce qu'une victime ressent, ce que c'est que d'avoir honte ? Je ne mérite pas sa gentillesse. Je savais que Paul-Marie était violent, mais tant qu'il venait se confesser, que pouvais-je y faire ? Je n'avais pas le droit d'intervenir. Vianne Rocher l'a fait. Vianne Rocher arrive avec le vent et l'heure du changement sonne à toutes nos oreilles…

Ce vent. Pourquoi souffle-t-il ? Pourquoi faut-il que les temps changent, mon père ? Nous étions heureux, avant… Du moins, la plupart d'entre nous étaient satisfaits. Pourquoi faut-il que les choses soient différentes ?

L'autan blanc apporte la folie, dit-on. L'autan noir, le chaos et le désespoir. Non que je croie à ces légendes. Cependant, le vent a de nouveau tourné et pour la première fois de ma vie, mon père, j'entends son appel obscur. Lansquenet m'a renié, des deux côtés de la rivière. L'Église m'a renié ou, en tout cas, ne tardera pas à le faire. C'est à un tel moment que la voix du vent devient la plus attirante. De ce vent qui voyage léger, de ce vent qui va où bon lui semble…

CHAPITRE 3

☾

Mardi 24 août

Toujours ces rafales, cette pluie qui crépite, cette pluie qui n'a guère cessé de tomber depuis deux jours. Elle dégringole dans les gouttières, danse contre les vitres, fragmente la lumière et nous oblige à rester enfermées comme des prisonnières. L'autan noir saccage tout, telle une bande de délinquants : il arrache les feuilles des marronniers, retourne les parapluies, soulève les chapeaux, ravage les coiffures et tague la surface de la rivière de figures insensées.

Anouk et Alyssa passent la plupart de leur temps à écouter de la musique et à regarder la télé. Rosette s'est remise à dessiner des singes et se concentre aujourd'hui sur les éléphants. Elles semblent assez heureuses toutes les trois, bien qu'elles ne puissent pas sortir. C'est *moi* qui ne sais que faire. Je regarde par la fenêtre. J'observe les gouttes de pluie couler le long de la vitre et j'attends. Quoi ? Je n'en sais rien du tout.

Cet après-midi, je suis allée trouver Joséphine. Je portais le vieil imperméable d'Armande et des bottes en caoutchouc. Elle n'était pas au Café des Marauds et Marie-Ange a dit ne pas savoir quand elle reviendrait. Dehors, les rues étaient tristes et presque désertes. Le ciel, aussi sombre qu'en novembre. En passant devant l'église, j'ai remarqué que le loquet de l'ancienne chocolaterie était quelque peu relevé. La porte battait et ses claquements sourds et répétitifs étaient comme les signaux d'un code resté indéchiffré.

Bat-bat-bat. Bat-bat. Bat-bat.

Ce n'est plus ma maison. Je n'en suis pas responsable. Pourtant, il y a des fantômes dans cette vieille bâtisse, des fantômes qui se bousculent et se lamentent pour attirer l'attention. Bien sûr, je sais chasser les fantômes, mais ici il s'agit du mien, de celui d'Anouk, de Roux, de Reynaud, de Joséphine et d'Armande, ma chère et vieille amie, avec son joyeux visage de poupée flétri d'un millier de rides. Armande, perchée sur un tabouret de bar, qui remontait sa longue jupe noire pour laisser paraître le pan d'un jupon rouge vif. Armande qui buvait son chocolat à l'aide d'une paille en sucre. Armande qui lisait de la poésie avec Luc en l'absence de Caro.

J'ai balayé la place du regard. Il n'y avait personne. La bâche de plastique qui recouvrait le toit flottait contre l'échafaudage. Les travaux de réparation avaient commencé mais ne pouvaient se poursuivre par ce temps. La maison sera sans doute déserte, me suis-je dit. Vide, mais peuplée de fantômes et de mirages.

Bat-bat-bat. Le mouvement d'une paupière. Un clin d'œil d'une tombe entrouverte. *Entre, Vianne,* dit la voix. *Nous sommes tous là. Tes vieux amis. L'Homme en Noir, ta mère, ton passé. L'air y a l'amertume du chocolat et la douceur des regrets, comme l'encens. Laisse-toi tenter. Laisse-toi séduire.*

Je suis entrée.

Quelqu'un avait essayé de faire le ménage. Les débris avaient été retirés, les murs nettoyés à la brosse, prêts à être repeints. D'une certaine manière, il m'était presque possible de distinguer le fantôme de cette femme qui avait jadis pénétré dans cette maison vide avec sa fille de six ans, le tapis de poussière grise, l'impression de tristesse et d'abandon. J'y retrouve la même sensation aujourd'hui mais cette fois-ci, personne n'est là pour chasser les ombres à coups de trompette en plastique ou pour taper sur une casserole avec une cuillère de bois en criant *Esprits malfaisants, sortez d'ici !*

Malgré tout, j'imagine bien que cet endroit pourrait être différent si l'on repeignait les murs en jaune, y ajoutait des décorations bleues au pochoir, un comptoir, peut-être deux ou trois hauts tabourets. L'air y est confiné et humide, empreint d'une odeur de fumée, mais il suffirait d'ouvrir grand les fenêtres et les portes, de faire brûler un bouquet de sauge, de frotter le plancher avec un mélange de bicarbonate de soude et d'huile de lavande…

Esprits malfaisants, sortez d'ici ! Oui, ce serait si facile à faire. Une maison est le miroir de ses occupants et celle-ci me reconnaît. Elle pourrait sans effort nous ouvrir les bras. Le passé pourrait renaître sans peine.

Bat-bat.

Mais cette maison a la fièvre. Elle remue. Elle s'agite. Les lattes grincent, les portes claquent, les vitres cassées bruissent. Soudain, au deuxième étage, dans le nid-de-pie dont Anouk avait jadis fait sa chambre, des bruits de pas ont résonné sur le plancher.

Ça, ce n'était pas un fantôme. J'ai crié : « Qui est là ? »

Un silence a suivi, puis un visage est apparu en haut de l'échelle qui menait au grenier d'Anouk. Un petit visage brun enveloppé de noir avec de grands yeux sombres et inquiets.

« Je t'ai fait peur ? ai-je lancé. Pardon, je ne savais pas qu'il y avait quelqu'un. J'habitais ici, il y a longtemps, avant que ta mère et toi n'emménagiez. J'avais une chocolaterie. Peut-être en as-tu entendu parler ? »

La fillette n'a pas bougé. Sous son *hijab*, elle avait l'air d'avoir douze ans.

« Tu dois être Dou'a, lui ai-je dit. Moi, je suis Vianne. Ta mère est là ? »

Elle a secoué la tête.

« Avant, c'était la chambre de ma fille, là-haut. Il y a toujours la petite fenêtre ronde qui ressemble à un hublot dans le toit ? Elle avait l'habitude de regarder par la vitre le soir et elle s'imaginait être sur un bateau de pirates. »

Dou'a a hoché la tête avec prudence. Derrière elle, un léger bruit de pas traînants s'est fait entendre. À côté de Dou'a, Maya a pointé un nez lisse comme une pastille de chocolat.

« C'est Vianne ! s'est-elle écriée. Montez ! On croyait que c'était la *memti* de Dou'a. »

J'ai regardé Dou'a. « Je peux ? » ai-je demandé.

Elle a semblé encore hésiter.

« C'est bon, a déclaré Maya. Elle sait garder un secret. Elle s'occupe d'Alyssa depuis une *éternité* déjà et elle n'en a rien dit à personne. Montez, Vianne, venez voir ! »

J'ai grimpé à l'échelle et passé la trappe. L'odeur

de fumée était encore partout, mais j'ai pu constater que les dégâts étaient moindres dans cette pièce qui n'avait pas beaucoup changé depuis qu'Anouk y avait logé : quelques étagères de livres, un petit lit, un bureau avec un ordinateur, des jouets, et sur le mur, deux ou trois posters de chanteurs que je n'ai pas reconnus. Assis par terre sur des coussins se trouvaient trois autres enfants dont Pilou, ainsi qu'un carton d'où s'échappaient des grattements et de petits cris plaintifs.

« Eh bien, bonjour tout le monde, ai-je lancé. Je ne savais pas qu'il y avait une fête. »

Pilou a souri. « Je vous présente Dou'a, a-t-il annoncé. Vous connaissez déjà Maya, bien sûr. Et eux, c'est Karine et François », a-t-il ajouté avec un grand geste. Les deux enfants m'ont regardée d'un air circonspect. François, le plus âgé, semblait avoir environ douze ans. Karine était peut-être du même âge que Maya. Ils portaient tous deux un jean et un tee-shirt. J'ai supposé qu'ils étaient frère et sœur.

« Qu'est-ce qui se passe ici ? ai-je demandé.

— C'est pas joli joli, a répondu Pilou. Des pirateries. De la *contrebande*…

— Tais-toi, Pilou », est intervenue Dou'a. Sa voix était douce, mais affirmée. Elle m'a regardée. « Il s'emballe un peu, parfois », a-t-elle expliqué.

J'ai jeté un coup d'œil dans le carton. Deux chiots noir et blanc ont levé la tête vers moi. Ils devaient avoir environ cinq semaines. Tout potelés, la truffe retroussée et impatients de sortir de la boîte, ils s'amusaient à grimper l'un sur l'autre avec de joyeux petits grognements.

« Je vois. » J'ai pris l'un des chiots qui n'a pas tardé à me mordre le doigt.

« C'est pas grave. Il le fait tout le temps, l'a défendu Pilou. Je vais l'appeler Mordeur.

— À qui appartiennent-ils ? ai-je demandé.

— À personne. À *nous*, s'est empressée de dire Maya.

— Alors, c'était *ça*, ton secret ? lui ai-je souri. Je dois avouer que je ne me doutais de rien. » J'ai remarqué que Dou'a semblait nerveuse. Je l'ai donc rassurée : « Ne t'inquiète pas. Je ne le répéterai pas. »

Elle m'a lancé un regard méfiant. Son *hijab* noir cachait un petit visage aux traits nets et anguleux. Ses yeux, entourés de cercles concentriques dorés, avaient quelque chose de saisissant.

« M. Acheron s'apprêtait à les noyer, s'est-elle justifiée. François et Karine les ont ramenés. C'était juste avant l'incendie. Depuis, on s'occupe d'eux, ici. Luc est au courant parce qu'il fait les travaux. Mais, personne d'autre ne le sait. Sauf vous, maintenant.

— Ils sont tellement *mignons*, a ajouté Maya. Et personne n'habite plus ici, alors tout le monde s'en fiche que les anges entrent ou non dans la maison.

— Les anges ? me suis-je étonnée.

— C'est dans le Coran. Mon Omi dit que s'il y a un chien dans la maison, les anges ne peuvent pas entrer.

— Tu veux dire que les *chats* ne peuvent pas entrer, est intervenu Pilou.

— Ce ne sont pas des chats, a rectifié Maya. Ce sont des *anges*.

— M. Acheron… » J'ai tourné la tête vers François et Karine. « Vous voulez parler de Louis Acheron ? »

François a acquiescé. « C'est notre papa. Il piquerait une crise s'il savait qu'on est là. Il n'aime pas plus les Maghrébins que les chiots. Il dit que s'ils veulent habiter en France, ils doivent s'habituer à vivre comme nous. Il dit qu'ils vont provoquer l'effondrement économique et social du pays. »

J'ai souri. « Alors, il vaut mieux que tu ne lui dises rien, ai-je confirmé. Et ta mère, Dou'a ? Elle sait où tu es ? »

Dou'a a fait un signe négatif de la tête. « Elle pense que je suis en train de surveiller Maya.

— Et ta mère à *toi*, Maya ?

— Elle me croit chez Dou'a, bien sûr. » Maya a caressé le chiot. « J'aime bien venir ici. C'est sympa. Il y a des jouets. Je n'ai pas droit aux jouets.

— C'est vrai, a ajouté Pilou, l'air sérieux. Vous saviez que leur religion leur interdit d'avoir des peluches, des poupées Barbie ou même des figurines ?

— J'en avais chez moi, a corrigé Maya. Des petits poneys et des princesses Disney. Mais ici, je n'ai pas le droit. *Memti* m'a obligée à les laisser au pays. Tous, sauf celui-là. » Elle a sorti un objet qu'elle tenait sous son bras. J'ai reconnu le jouet en tricot qu'elle avait déjà la dernière fois que je l'avais vue : une chose indescriptible couleur de bouillie d'avoine, avec des oreilles, et qui ressemblait vaguement à un lapin. « Voici Tipo. C'est mon ami. C'est mon Omi qui me l'a fait. » Elle a froncé les sourcils. « Mon oncle Saïd dit que les jouets en forme d'animaux sont *haram*, interdits. Je l'ai entendu le dire à mon *jiddo*.

— Vous imaginez ça ? a dit Pilou. Enfin, qu'est-ce que Dieu a à faire de ce genre de choses ? »

J'ai répondu : « Il est parfois difficile de comprendre ce qui pousse les autres à croire certaines choses.

— D'accord, mais les *peluches* ? a renchéri Pilou, incrédule. Et la musique, vous saviez que c'est aussi un péché ? Et la danse, le vin, les saucisses…

— Les *saucisses* ? a répété François.

— En fait, la charcuterie en général, a précisé Pilou qui savait de quoi il parlait. Mais ils peuvent *quand même* manger des bonbons Haribo. En tout cas, la marque musulmane. Ça a le même goût que les Haribo normaux, mais on ne peut les acheter que dans des endroits précis, comme à Bordeaux, pour dix euros le paquet ou quelque chose comme ça. »

Pilou et les autres enfants de Lansquenet ont échangé des regards à la fois respectueux et stupéfaits à l'idée qu'il puisse exister des bonbons Haribo musulmans.

Je me suis tournée vers Dou'a. « Où est-ce que vous logez à présent ? »

Elle a haussé les épaules. « Chez mon oncle et ma tante, a-t-elle répondu.

— Karim et Sonia ? »

Elle a acquiescé.

« Et tu l'aimes bien, ta tante ? »

Elle a eu un petit mouvement étrange du haut du corps. « Ça va. Elle ne parle pas beaucoup. Je préférais Alyssa. »

J'ai remarqué qu'elle avait employé le passé. « Tu la préférais ? Tu ne crois pas qu'elle puisse revenir à la maison ? »

De nouveau, ce petit haussement d'épaules. En fait, il s'agissait moins d'un haussement d'épaules que d'une sorte d'ondulation de la tête et du haut des bras, un geste qui semblait chez elle aussi naturel que le fait de respirer, aussi élaboré qu'un mouvement de danse.

J'ai dit : « Pourquoi Alyssa s'est-elle enfuie ? »

Elle a penché la tête. « Ma mère dit qu'elle a commis le *zina.* »

Je voulais lui demander quel genre de péché pouvait pousser une jeune fille à mettre fin à ses jours, mais je savais que pour une femme, il n'y en avait qu'un. *Zina*, un mot qui pourrait presque passer pour un nom, celui d'une fleur peut-être, mais alors de l'espèce qui pousse dans le seul but de nous rendre malades et que l'on doit arracher avant qu'elle ne nous envahisse. Ma mère et moi n'étions pas restées longtemps à Tanger, mais j'y avais passé assez de temps pour comprendre. Une mère célibataire et son enfant suscitaient le mépris et la honte. Elles jouissent peut-être de trop peu de droits aujourd'hui, mais il y a vingt ans, elles n'en avaient aucun. En tant qu'Occidentales, ma mère et moi faisions donc un peu figure d'exception. Peu de gens nous avaient *bien* accueillies, mais notre différence et notre respect de leur foi étaient tels que nous échappions à leur jugement. Cependant, les femmes qui avaient renié le *hayaa*, terme complexe qui décrit à la fois la *pudeur* et la *honte*, n'avaient guère droit à leur compassion. Ma mère connaissait plusieurs de ces mères célibataires rejetées par leur famille et pour lesquelles il était impossible de travailler ou de toucher une aide sociale pour des enfants nés hors mariage. Elle n'avait jamais réussi à bien les connaître, le décalage qui les séparait de nous était trop important pour qu'il en fût autrement, mais le fait était que j'avais quand même pu rassembler quelques informations à leur sujet. L'une d'elles avait reçu une promesse de mariage d'un homme qui l'avait quittée quand il avait découvert qu'elle était enceinte. Une autre s'était fait violer par un groupe d'hommes qui lui avaient crié pendant l'acte qu'elle n'était qu'une putain qui ne méritait pas mieux. Ma mère avait pleuré en entendant cette histoire et elle n'était pourtant pas femme à pleurer facilement. Cette fille n'avait que dix-neuf ans et, au moment de notre rencontre, elle faisait de longues journées de travail dans une conserverie de poisson où elle passait aussi ses nuits. Son bébé, une petite fille, était mort peu après la naissance. Elle l'avait nommée Rashillah. Ma mère n'avait jamais compris comment une religion qui prétendait prôner le pardon pouvait se transformer en un mur de glace impénétrable quand il s'agissait des membres les plus pauvres et les plus vulnérables de sa communauté. Nous pensions avoir vu des injustices à Rome, à Paris, à Berlin et à Prague, mais rien de comparable à celles de Tanger où les femmes qui avaient perdu leur honneur faisaient la queue pour mendier à la sortie de la mosquée et voyaient leurs sœurs vertueuses les ignorer, détourner les yeux, le visage voilé, pudiques et implacables. Le péché, c'est cela, avait dit ma mère tandis que nous arpentions les rues blanches dans une chaleur accablante, et que les souks et le *muezzin* rivalisaient pour attirer l'attention sous un ciel impitoyable. Oui, le péché, c'était cela : le détournement de ces regards, la brièveté de ces gestes dédaigneux. Nous en avions déjà été si souvent témoins, elle et moi : à Paris, devant Notre-Dame ; à Rome, aux portes du Vatican. Même ici, à Lansquenet, dans les yeux de certaines personnes telles que Caro Clairmont. J'ai *toujours* su reconnaître ce regard, cette expression de pur mépris dont savent se revêtir les justes.

« Il y a des choses plus graves que le *zina* », ai-je déclaré.

J'ai eu l'impression que Dou'a a eu l'air un peu choquée.

« Est-ce qu'Alyssa a un petit ami ? »

Dou'a a acquiescé. « Elle en avait un, avant, a-t-elle dit. Elle lui parlait sur Internet. Mais son père lui a confisqué son ordinateur, alors je l'ai laissée utiliser le mien. Du moins, jusqu'à ce qu'il y ait l'incendie.

— Oh, je vois. » Un ami sur Internet. Anouk n'a pas d'ordinateur. À Paris, elle passe des heures au cybercafé du boulevard Saint-Michel où elle discute avec ses copains, mais le plus souvent avec Jean-Loup qui utilise les moyens de communication virtuelle pour compenser ses trop nombreux séjours à l'hôpital. « S'agit-il de quelqu'un qu'elle connaît dans la vraie vie ? Un habitant du village, peut-être ? »

Un nouveau hochement de tête de Dou'a. « Peut-être. Je crois que oui. Elle ne l'a jamais dit.

— Je comprends. » Et c'est alors que oui, j'ai compris. Tout s'expliquait : les matchs de football sur la place du village et les réunions matinales autour d'un café chez Caro Clairmont qui avaient soudain pris fin ; le désenchantement de Caro pour la communauté des Marauds ; le froid qui s'était créé entre le village et le *boulevard du P'tit Bagdad*.

Dans le monde de Caro, la tolérance consiste simplement à lire les bons journaux, à manger de temps à autre du couscous et à se déclarer large d'esprit. La tolérance ne s'étend pas jusqu'à permettre à son fils de tomber amoureux d'une Maghrébine. Quant à Saïd Mahjoubi, vers qui les gens se tournent, en qui ils voient un guide spirituel ; cet homme qui ne jure que par la foi…

J'ai laissé les enfants retourner à leur jeu. Les enfants ont une facilité étonnante à s'accepter. Même le fils et la fille Acheron existent indépendamment des préjugés de leur père. Il ne leur faut pas grand-chose pour oublier les différences qui les séparent. Un carton rempli de chiots. Une cachette dans une maison abandonnée. Si seulement le monde était aussi simple pour nous. Nous tendons fâcheusement à avoir les yeux rivés sur nos *différences*, comme si le fait d'exclure les autres renforçait notre sentiment identitaire. Pourtant, mes voyages m'ont appris que la plupart des gens sont les mêmes partout. Sous le voile et la soutane, derrière la barbe, se cache toujours le même mécanisme. En dépit de ce que croyait ma mère, il n'y avait pas de magie dans ce que nous faisions. Nos yeux s'ouvrent lorsque l'on voit au-delà du désordre qui aveugle les autres. Lorsque l'on apprend à lire les couleurs du cœur. Les couleurs de l'âme.

Il pleuvait toujours quand je suis sortie. Une pluie lourde et grasse crépitait avec un bruit de pétards qui éclatent dans le vent. Je sais ce que je dois faire, maintenant. Je crois que je l'ai su dès le début. Depuis le jour de mon arrivée, quand je l'ai vue debout, sous le soleil, immobile, voilée de la tête aux pieds, à observer la foule avec ses yeux de basilic, ce serpent fabuleux.

J'ai passé un appel de mon portable. Ce n'est pas à Roux que j'ai téléphoné, mais à Guy, mon fournisseur de chocolat. Ma commande n'avait rien d'extravagant cette fois-ci : une boîte ou deux de chocolat de couverture seulement et quelques ustensiles. Comme ma mère le disait toujours, *certains jours, seule la magie réussit.* Cette magie-là n'est pas spectaculaire, il est vrai, mais c'est tout ce que nous avons et j'en ai besoin à présent.

Alors je suis partie sous la pluie à la recherche d'Inès Bencharki.

CHAPITRE 4

Mardi 24 août

Dans les Marauds, les rues étaient désertes. L'autan noir soufflait en force. Le ciel avait pris une couleur sulfureuse contre laquelle les gouttes de pluie semblaient presque noires. Les rares oiseaux qui bravaient encore le vent tourbillonnaient avant d'être plaqués comme les pages d'un journal le long d'une rangée d'arbres sur la berge. L'air avait une odeur salée, même si la mer se trouve à plus de deux heures de route d'ici. Malgré la pluie et le vent, il faisait doux, une chaleur laiteuse un peu écœurante, comme si quelque chose couvait. J'éprouvais la sensation d'être observée à travers chaque fenêtre, chaque volet. Une sensation qui m'était bien trop familière et dont je me souvenais avoir fait l'expérience dans bien des endroits le long de ma route.

Ici, les gens se méfient des étrangers, je le sais. On met les enfants en garde contre nous. Notre tenue vestimentaire, notre accent, jusqu'à la nourriture que nous mangeons : tout montre du doigt notre singularité. Nous sommes potentiellement hostiles, dangereux. Je me rappelle avoir emmené Anouk à l'école quand nous habitions Lansquenet et la manière dont les mères nous regardaient, dont elles remarquaient chacune de nos bizarreries. Ces vêtements aux couleurs vives, cette boutique, cette enfant, l'absence d'alliance. Maintenant, je suis presque chez moi, ici. Excepté dans les Marauds, bien sûr. Chaque centimètre carré y est protégé par des fils invisibles comme autant de règles que l'on risque de transgresser par inadvertance.

Je sais, cependant, qu'il y a une maison où je ne me sentirai pas étrangère. C'est peut-être dû aux pêches, ou au fait que la famille Al-Djerba était déjà là à l'époque où les Marauds faisaient encore partie de Lansquenet avant de devenir un quartier à part.

Je me suis dirigée vers la porte verte. À mes pieds, les bouches d'égout, alimentées par les abondants jets d'eau des caniveaux, se déchaînaient comme des fosses d'orchestre. J'avais les cheveux collés au visage. Malgré le vieil imperméable d'Armande, mon chemisier et mon jean étaient mouillés. J'ai frappé à la porte et attendu ce qui m'a semblé être de longues minutes avant que Fatima ne vienne m'ouvrir. Elle portait un cafetan à paillettes bleues et avait l'air soucieuse. Quand elle m'a vue, l'inquiétude s'est lue sur son visage.

« Vianne ! Tout va bien ? Vous devez être trempée… »

Quelques secondes plus tard, j'étais à l'intérieur, assise sur des coussins devant la cheminée. Yasmina a couru chercher des serviettes et Zahra a préparé du thé à la menthe. Omi était dans la salle de séjour. Elle se reposait sur un petit canapé. De la cuisine émanait une odeur alléchante : un parfum de noix de coco, de graines de cumin, de cardamome et de pâte à pain qui lève pour l'*iftar* de ce soir.

Omi m'a offert son sourire de tortue. « Vous aviez promis de m'apporter des chocolats. »

J'ai souri. « Bien sûr. J'attends de recevoir ma livraison.

— Eh bien, dépêchez-vous. Je ne vivrai pas jusqu'à la fin des temps.

— Je suis sûre que vous tiendrez le coup encore une semaine. »

Omi s'est mise à rire. « Je ferai de mon mieux. À quoi pensiez-vous, Vianne Rocher, à vous promener comme ça sous la pluie ? »

Je lui ai parlé d'Inès Bencharki.

« *Khee.* » Omi a fait claquer ses mâchoires édentées. « Et pourquoi voulez-vous vous soucier *d'elle* ? »

J'ai bu mon thé. « Elle m'intéresse.

— Vous la trouvez intéressante ? *Yar.* Pour moi, elle est synonyme de problèmes.

— Pourquoi ? »

Omi a haussé les épaules. « C'est sa nature. Comme ce scorpion qui veut traverser la rivière. Il arrive à convaincre le buffle de le prendre sur son dos pour traverser. À mi-chemin, il le pique. Le buffle agonise et lui dit : *Pourquoi ? Si je meurs maintenant, tu vas te noyer aussi.* Et le scorpion de lui répondre : *Je suis un scorpion, mon ami, je pensais que tu le savais.* »

J'ai souri. Je connaissais l'histoire. « Vous êtes en train de me dire qu'Inès est un scorpion ?

— Je dis seulement que certaines personnes préféreraient mourir plutôt que de cesser de faire du mal, m'a-t-elle expliqué. Croyez-moi, vous ne gagnerez rien de bon à fréquenter Inès Bencharki.

— Mais *pourquoi* ?

— C'est exactement ce que le buffle a demandé. » Impatiente, Omi a eu un autre haussement d'épaules. « Il y a des gens qui ne peuvent pas être secourus, Vianne. Et parfois, ils laissent derrière eux une traînée de poison qui tue celui qui viendrait à la franchir. »

Croyez-moi, Omi, je connais bien cette traînée de poison. Je l'ai moi-même plusieurs fois franchie. Et certains laissent du poison dans leur sillage, alors même qu'ils essaient de faire le bien. Il y a des soirs où je ne peux pas dormir et où je me demande si je ne suis pas de ceux-là. Qu'est-ce que mon talent m'a *vraiment* permis d'accomplir ? Qu'ai-je apporté au monde ? De doux rêves, des illusions, des joies éphémères, des promesses de pacotille. Mon chemin est jonché d'échecs, de peines et de déceptions. Et aujourd'hui, est-ce que je crois encore vraiment que le chocolat soit capable de tout changer ?

« Omi, il faut que je la voie », ai-je dit.

Elle m'a regardée. « J'ai compris. Bon, attendez au moins d'avoir les cheveux secs. Et buvez encore un peu de ce thé à la menthe. »

Je me suis exécutée. Le thé était bon, d'un vert lumineux tout empreint d'une odeur d'été. J'étais assise là. Un chat noir a fait son entrée dans la pièce. Il est venu s'installer avec langueur sur mes genoux en ronronnant.

« Hazrat vous aime bien », a déclaré Omi.

J'ai caressé l'animal. « Il est à vous ? »

Elle a souri. « Un chat n'appartient à personne, a-t-elle dit. Il va et vient comme l'autan noir. Mais Dou'a lui a donné un nom et maintenant, il vient ici tous les jours parce qu'il sait qu'il y trouvera à manger. » Elle a sorti un macaron à la noix de coco de sa poche. « Tiens, Hazi. Ton préféré. »

Elle a cassé un morceau du biscuit et l'a tendu au chat. Hazi a déplié sa patte avec élégance et attrapé le bout de noix de coco avant de s'installer pour le manger dans le plaisir le plus total.

Omi a terminé le macaron. « Hazrat Abu Hurairah était un célèbre *Sahabah.* On avait surnommé ce compagnon du prophète Mahomet *L'homme aux petits chats* parce qu'il adorait les chats. Ma petite Dou'a a appelé ce chat comme lui. Elle assure qu'il a été abandonné, mais moi je crois qu'il préfère simplement manger ici.

— Qui ne penserait pas comme lui ? ai-je dit en souriant.

— C'est vrai, la cuisine de ma belle-fille est bien la meilleure de tout le quartier des Marauds. Ne lui répétez pas ce que je viens de dire.

— Vous aimez beaucoup Dou'a », ai-je constaté tout haut.

Omi a acquiescé. « C'est une gentille petite fille. Enfin, elle n'est peut-être pas si sage que ça, mais elle n'a pas son pareil pour me faire rire. Et elle nous aide bien à nous occuper de notre petite Maya.

— Maya semble du genre à donner du fil à retordre, ai-je ajouté.

— Eh bien, elle vient de Toulouse, a dit Omi comme si cela expliquait tout. Yasmina ne vient que pour le ramadan. Le reste de l'année, on ne la voit pas. Elle n'aime pas vraiment ce village. Elle dit que la vie y est trop tranquille pour elle.

— Je crois qu'elle nous sous-estime. »

Nous. Pourquoi donc ai-je employé ce mot ? Omi n'a pas semblé y faire attention. Elle m'a regardée, d'un air amusé. « *Yar.* Il se passe plein de choses dans le coin. D'ailleurs, j'ai entendu dire que *vous* aviez une invitée. »

Je suis restée impassible. « Ça, pour avoir des invités, on en a. L'autre soir, c'était Joséphine qui tient le Café des Marauds, mais la moitié de Lansquenet est déjà venue nous voir à différents moments. »

Omi m'a lancé un autre regard. Sous ses sourcils expressifs quoique clairsemés, ses yeux étaient d'un bleu laiteux, d'une couleur de veines. « Vous croyez que je suis née de la dernière pluie ? Comme s'il pouvait se passer quoi que ce soit dans ce village sans que je ne le sache. Mais bon, si ça vous amuse de faire votre secrète…

— Ce n'est pas à moi de révéler ce secret. »

Omi a haussé les épaules. « Ce n'est pas faux, je suppose. Mais…

— Qu'est-ce que c'est que cette histoire de secret ? » Fatima venait de rentrer dans la pièce avec Zahra et un plateau de confiseries marocaines. « Mon Omi fait sa langue de vipère ?

— Au contraire, l'ai-je défendue. Omi est toujours *très* discrète. »

Fatima a éclaté de rire. « Pas celle que je connais. Allez-y, goûtez-moi ça. Il y a des confiseries à base de semoule qu'on appelle *halva*, des dattes, des macarons, des morceaux de sucre à l'eau de rose et des biscuits au sésame. Non, non, pas *toi*, Omi…, a-t-elle déclaré en riant quand Omi a tendu le bras vers le plat. C'est ramadan, tu te souviens ?

— J'ai dû oublier », a répondu Omi en faisant un clin d'œil.

J'ai remarqué que Fatima avait l'air distraite. « Tout va bien ? » lui ai-je demandé.

Elle a hoché la tête. « C'est à propos du beau-père de ma Yasmina. Mohammed Mahjoubi. Il n'est pas en forme. Il est venu habiter chez nous pendant le séjour d'Ismail et de Yasmina. Il préfère vivre ici que chez Saïd. »

Omi a fait un petit bruit incongru. « Dis plutôt qu'il ne supporte pas la proximité de cette femme », a-t-elle lancé.

Fatima s'est exclamée : « Allons, Omi, je t'en prie… »

Pour ma part, je regardais Zahra. Elle était si différente de Yasmina et lui ressemblait pourtant tellement. Ce n'était pas la première fois que je remarquais son embarras au moment où l'on parlait d'Inès Bencharki.

« Que penses-tu d'Inès, *toi* ? » ai-je demandé à Zahra.

Ma question a semblé l'alarmer. Dans son *hijab* noir qu'elle avait épinglé d'une manière traditionnelle, elle avait l'air à la fois plus âgée et plus jeune que sa sœur. Elle semblait aussi souffrir d'une terrible timidité. Quand elle parlait, sa voix était étrangement atone.

« Je la trouve… intéressante », a-t-elle lâché.

Omi a poussé un cri rauque. « Évidemment, vu que tu *habites* pour ainsi dire chez eux… »

Zahra a rougi. « Sonia est mon amie.

— Sonia ? Je pensais que tu allais là-bas pour faire des yeux de merlan frit à ce jeune homme, moi. »

Les joues de Zahra étaient à présent en feu. On aurait dit qu'elle s'apprêtait à quitter la pièce…

Je me suis levée. « Eh bien, c'est ma chance, ai-je annoncé. J'étais sur le point de vous demander si l'une d'entre vous pouvait me montrer où Inès Bencharki habitait. Tu peux peut-être le faire, Zahra ? Je sais qu'il pleut…

— Pas de problème. » Sa voix ne trahissait aucune émotion, mais ses yeux me remerciaient. « Je vais chercher votre manteau. Il est presque sec. »

Quand elle est sortie, j'ai entendu Fatima dire à Omi : « Tu es drop dure avec elle. »

Omi a gloussé. « La *vie* est comme ça. Elle doit s'endurcir. Elle se noierait dans un verre d'eau. »

J'ai souri. « *Jazak Allah*, leur ai-je dit. Et merci pour votre hospitalité. La prochaine fois, j'apporterai des chocolats. Dès que j'aurai reçu ma livraison. »

À la porte, j'ai ramassé mes chaussures. Zahra m'attendait avec mon manteau. « Ne faites pas attention à ce qu'elle raconte, a-t-elle dit de cette voix bizarre et inexpressive. Elle est vieille. Elle a l'habitude de dire tout ce qui lui passe par la tête. Même s'il y manque un ou deux boulons. » Elle a ouvert la porte. « Ce n'est pas loin. Je vais vous montrer. »

Les maisons ne sont pas numérotées dans les Marauds. C'est l'une de nos excentricités. Même les rues ne portent pas de noms officiels, mais puisque le secteur a été réaménagé, il se peut que cela change avec le temps. Reynaud m'a raconté que Georges Clairmont avait mené campagne pour que l'endroit fasse partie des sites du patrimoine (et pour qu'il en soit, bien sûr, le principal entrepreneur). Hélas, la région regorge de villages comme Lansquenet près de cette rivière. On y trouve déjà tant de charmantes bastides aux vieilles tanneries, aux pittoresques ponts de pierre, aux gibets médiévaux et aux statues de mystérieux saints, qu'il est peu probable que des responsables locaux s'intéressent à notre unique rue aux maisons à pans de bois à moitié dévorées par la

Tannes. Seul le facteur semble encore se soucier du fait que les rues soient dépourvues de noms et de numéros, et s'il venait l'idée à quiconque de réparer l'une de ces bâtisses en ruine pour s'y installer en dépit des lois d'urbanisme, personne ne l'en empêcherait ou n'y accorderait la moindre importance.

Zahra avait revêtu son *niqab* pour m'accompagner à la maison des Bencharki. Dessous, son visage était indéchiffrable. Le voile lui donne plus d'audace, plus d'assurance. Sa posture même est différente. Tandis que nous continuions à marcher, elle s'est tournée vers moi et elle a dit :

« Pourquoi voulez-vous voir Inès ?

— J'habitais dans sa maison, avant.

— Pas très convaincant comme raison.

— Je sais.

— Elle vous intrigue, n'est-ce pas ? m'a-t-elle demandé. Je le sais. Je le vois bien. Vous n'êtes pas la première. Nous avons tous eu affaire à Inès, d'une façon ou d'une autre. Quand elle est arrivée ici, elle a eu la bonne idée d'ouvrir son école. Nous n'avions que des problèmes avec l'école du village et cette Mme Drou qui voulait interdire le port du *hijab.* Et le frère d'Inès était si gentil avec la famille Mahjoubi. Tout semblait parfait, au début. »

Nous avions atteint l'extrémité du boulevard. Au-delà, il n'y avait que des bâtiments en ruine. La dernière maison avait une porte rouge.

« C'est là que les Mahjoubi habitent. Karim et Sonia y vivent, aussi.

— Pas Inès ? »

Elle a secoué la tête. « Plus maintenant.

— Pourquoi ? Ils manquaient de place ?

— Non, ce n'est pas pour ça, a répondu Zahra.

En tout cas, c'est *là* que vous la trouverez… » Elle a indiqué du doigt les figuiers qui se trouvaient au bord de l'eau. Un vieil embarcadère dépassait d'un enchevêtrement de racines d'arbre qui rappelait le décor gothique. C'était là que les rats de rivière attachaient leurs bateaux à l'époque où ils venaient encore chaque année. Et soudain, je l'ai vue : une péniche peinte en noir, amarrée sur les bas-fonds, à l'abri des arbres.

« Sur le bateau ? C'est là qu'elle vit ? ai-je demandé.

— Ce n'est pas le sien. Il était déjà là. »

Je sais. Je reconnais ce bateau. Trop exigu pour deux adultes, il pouvait peut-être loger une femme seule et sa fille. À condition qu'elles se contentent de peu d'espace et qu'elles n'apportent pas trop de bagages…

Je n'imaginais pas que cela puisse représenter un problème pour Inès Bencharki, mais…

« Et Dou'a ? me suis-je inquiétée.

— C'est nous qui nous occupons d'elle, la plupart du temps. Elle nous donne un coup de main avec la petite Maya. Parfois elle dort chez Inès, parfois elle vient chez nous pour l'*iftar*.

— Mais, pourquoi avoir choisi une péniche ?

— Elle dit qu'elle s'y sent en sécurité. De plus, personne n'en a revendiqué la possession. »

Pas étonnant. Son propriétaire n'a pas mis les pieds ici depuis plus de quatre ans. Pourquoi Roux avait-il laissé son bateau ici s'il n'avait pas l'intention de revenir ?

À moins qu'il ne l'ait laissé là à l'intention de quelqu'un d'autre…

Quelqu'un d'autre ?

Une femme seule et son enfant. La réticence de

Roux à m'accompagner ici, alors qu'il est resté en contact avec certains de ses amis de Lansquenet, je le sais. La réticence de Joséphine à me parler du père de son fils. Il y a quatre ans, Roux était encore là. Pilou devait avoir quatre ans. Il était peut-être assez grand pour voyager. Assez grand pour que Joséphine envisage de partir sur la rivière…

Roux lui avait-il demandé de partir avec lui ? Avait-elle refusé ? Avait-il changé d'avis ? Quand il était avec moi à Paris, était-elle restée à Lansquenet à attendre qu'il lui revienne ?

Tant de questions sans réponse. Tant de doutes. Tant d'appréhensions. Les saisons changent : les amants et les amis sont comme des feuilles emportées par le vent. Ma mère n'était jamais restée plus de quelques semaines avec un homme. Elle disait : *Seuls les enfants restent fidèles, Vianne.* Pendant des années, j'ai cru en cette devise. Et puis, Roux est arrivé et je me suis dit qu'il y avait une exception à chaque règle.

Maintenant, je me dis que je n'avais pas forcément raison. Peut-être était-ce précisément ce que j'étais venue découvrir ici.

« Ça va ? » C'était Zahra.

« Oui. » Je me suis tournée vers elle. « Dis-moi, Zahra, pourquoi t'es-tu mise à porter le *niqab* alors que ta mère et ta sœur n'en portent pas ? »

Elle m'a lancé un regard interloqué sous son voile.

« À cause d'Inès ?

— Peut-être, d'une certaine manière. Enfin, bref, c'est là qu'elle se trouve. » Zahra a jeté un coup d'œil vers la péniche noire. « Mais je ne pense pas qu'elle acceptera de vous parler. »

Elle m'a laissée là, debout, sous la pluie, à l'extrémité du boulevard des Marauds. Le ciel s'était encore assombri et je doutais que l'on puisse apercevoir la pleine lune cette nuit, même un bref instant. J'ai entendu les cloches de l'église sonner l'heure de quatre coups aussi lourds et pesants que l'air lui-même. J'ai regardé le bateau de Roux. Immobile, il flottait en silence, amarré le long de la berge. Puis j'ai pensé à Inès Bencharki. Omi l'avait comparée à un scorpion qui essayait de traverser une rivière. Dans cette histoire, le scorpion se noyait.

C'est alors qu'au fond de ma poche, mon portable s'est mis à sonner. Je l'ai sorti. J'ai regardé l'écran. Le numéro du correspondant s'est illuminé.

Bien sûr. De qui d'autre aurait-il pu s'agir ?

C'était Roux.

CHAPITRE 5

†

Mardi 24 août

Rien ne reste très longtemps secret. Pas à Lansquenet, en tout cas. Je ne suis pas sorti de chez moi depuis deux jours, et pourtant il y a déjà des murmures. Je ne peux pas en accuser Joséphine, ni même Pilou. Je le sais bien. Tout a commencé ce matin quand Charles Lévy est revenu me voir pour se plaindre de la disparition de son chat.

À travers le minuscule entrebâillement de la porte, je lui ai avoué ne pas me sentir bien. Cependant, Charles Lévy ne s'est pas découragé. Il s'est agenouillé sur le seuil, et s'est adressé à moi par la fente de la boîte aux lettres, la voix tremblante d'émotion contenue.

« C'est Henriette Moisson, mon père. Elle invite mon Otto chez elle. Elle le nourrit et l'appelle Tati. On ne pourrait pas l'accuser d'enlèvement, de détention illégale ou de quelque chose de ce genre ? »

Je lui ai répondu de derrière la porte : « Vous ne croyez pas que vous prenez cette histoire un peu trop au sérieux ?

— Cette femme a volé mon chat, mon père. Comment voulez-vous que je le prenne ? »

J'ai tenté de lui expliquer. « Elle se sent seule, voilà tout. Peut-être que si vous essayiez de lui parler…

— J'ai *déjà* essayé ! Elle nie les faits ! Elle dit qu'elle n'a pas vu mon chat. Elle prétend ne pas l'avoir vu depuis des jours alors que toute sa chaumière empeste le poisson… »

J'avais mal à la tête. Mes côtes contusionnées me faisaient souffrir. Je n'étais pas d'humeur à écouter son histoire.

« Monsieur Lévy ! ai-je crié à travers la porte. Notre Seigneur ne nous a-t-Il pas dit d'*aimer notre prochain comme nous-mêmes* ? Si je ne me trompe, Il ne nous a pas demandé de nous plaindre de nos voisins aussi souvent que possible, au moindre prétexte, ni de semer la discorde dans notre voisinage, si ? Jésus aurait-Il rechigné à prêter parfois son chat à une vieille femme seule ? »

Dehors, un silence est tombé. Puis une voix a résonné dans l'ouverture de la boîte aux lettres : « Pardon, mon père. Je n'y avais pas pensé.

— Dix Ave.

— Oui, mon père. »

Après quoi, la rumeur s'est vite répandue que le curé recevait les confessions à travers sa boîte aux lettres. Gilles Dumarin est alors venu me demander soi-disant des renseignements en vue d'effectuer une donation à l'organisme de l'église chargé de récolter des fonds pour les fleurs, mais il voulait en réalité des conseils à propos de sa mère. Ensuite, Henriette Moisson m'a demandé l'absolution pour un péché qu'elle avait commis à une époque où je n'étais même pas né. Puis Guillaume Duplessis a voulu s'assurer que je n'avais besoin de rien et Joline Drou a rapporté à Caro qu'il se passait des choses étranges. Ce fut alors le tour de Caro de se déplacer en personne pour m'accuser ni plus ni moins et sans ambages, à travers la porte, d'avoir quelque chose à cacher.

Assis sur le paillasson, je lui ai dit : « Caro. Allez-vous-en. S'il vous plaît.

— Pas avant que vous ne m'ayez dit ce qu'il se passe, a-t-elle répondu d'une voix sonore. Vous avez bu ? C'est ça ?

— Bien sûr que non.

— Alors, ouvrez la porte ! »

Quand j'ai refusé, elle est partie. Cependant, elle est revenue le soir même, accompagnée du père Henri. J'ai pensé leur faire croire que j'étais sorti, mais Caro s'est approchée de la fenêtre, elle a commencé à jeter un coup d'œil à travers les volets et j'ai compris qu'elle n'allait pas abandonner, cette fois-ci.

J'ai ouvert la porte.

« Bonté divine, Francis ! »

Oui, *Henri*. Je sais de quoi j'ai l'air. Les dégâts sont pour la plupart superficiels, bien sûr. Ils sont impressionnants, néanmoins. Pendant un moment, je me suis surpris à éprouver un certain plaisir à voir leurs mines incrédules. L'évêque n'avait besoin que d'un prétexte pour m'exiler et il semblerait qu'il en ait enfin trouvé un. *Il va de soi que vous n'êtes pas responsable de votre état,* me dit le père Henri tout en pensant le contraire, *mais cette agression à votre encontre prouve que vous ne pouvez plus prétendre avoir la moindre crédibilité à Lansquenet.* Selon ses dires, pour le bien de mes ouailles et pour ma propre sécurité, je vais être muté dans une autre paroisse. Cela prendra environ une semaine. En tout cas, la machine est déjà en marche. J'apprends qu'il s'agit de la paroisse d'un quartier déshérité où je pourrai remédier à mon manque de grâces sociales, prêcher devant une plus large assemblée et apprendre à comprendre les besoins d'une communauté de confessions différentes.

Je ne suis pas dupe, bien sûr. Je suis puni, je le sais. L'évêque n'est peut-être pas conscient de ce qu'il m'impose : pour lui, les prêtres sont tous les mêmes, des pions. Cependant, j'ai vécu à Lansquenet presque toute ma vie et le quitter revient à me séparer d'une partie essentielle de mon être. Je sais que je n'ai pas toujours été aussi ouvert ou discipliné que j'aurais dû l'être. J'ai sans doute été réticent au changement, provocant envers l'autorité. Mes relations avec les gens de la rivière n'ont pas toujours été cordiales. J'ai pu me montrer impatient avec mes ouailles, davantage encore avec les Maghrébins. En somme, j'ai considéré Lansquenet comme mon fief, y ai peu à peu imposé mon règlement et joué un rôle de dictateur, de juge. Quand même, m'expulser ainsi…

La nuit commence à tomber. Je souffre. J'entends dehors l'autan noir hurler de triomphe en m'apportant la voix du *muezzin* à travers la rivière.

Autan blanc, emporte le vent.
Autan noir, désespoir.

Pour la première fois, j'éprouve de la peur. Non, mon père : j'éprouve du désespoir. Ce vent qui a si souvent soufflé dans ma direction me tient désormais par la peau du cou. Il a chassé les rats de rivière, obligé Vianne à fermer sa chocolaterie. Je pensais que ce vent-là était de mon côté. Je croyais pouvoir rester ici, indéracinable, solide comme un roc…

Malheureusement, ce soir, le vent est à ma porte. Je ne suis plus indéracinable. Personne ne veut plus de moi, ici. Maintenant, j'ai peur, mon père. J'ai peur d'être celui que le vent emportera.

CHAPITRE 6

☾

Mardi 24 août

Sa voix me semblait étonnamment proche, comme s'il ne se tenait qu'à quelques mètres de moi. Mon cœur a fait une embardée comme sous le choc d'une vague lourde de débris qui ne tarderait pas à s'écraser. *On peut toujours faire confiance à Roux*, me suis-je dit avec impatience. Il aurait pu me téléphoner tant de fois pour me rassurer, mais, non, il avait choisi ce moment-là justement. C'était bien un coup à lui.

Je me suis dépêchée de m'abriter contre la façade de l'une des vieilles tanneries. « Roux. Où étais-tu passé ? ai-je lâché. Je t'ai laissé plein de messages…

— J'avais égaré mon téléphone. » Je l'imaginais hausser les épaules. « C'était important ? »

J'ai failli éclater de rire. Que pouvais-je dire ? Comment lui expliquer mes pensées, mes peurs, cette conviction grandissante qu'il m'avait menti, laissé croire pendant quatre longues années que nous formions une famille…

« Vianne ? » Il semblait sur ses gardes. Je me suis

rappelé que c'était toujours le cas au téléphone. Je regrettais de ne pas pouvoir voir ses yeux. Je regrettais de ne pas pouvoir voir les couleurs de son âme, davantage encore.

J'ai dit : « J'ai parlé à Joséphine. Elle a un fils. Je ne le savais pas. »

Un bref silence.

« Roux. Pourquoi ne m'en as-tu rien dit ?

— Je lui avais promis de ne rien dire. »

Pour lui, tout a l'air si simple. Pourtant, derrière le bouclier de ses mots se cachaient un millier d'ombres en proie aux tourments. « Donc… Tu sais qui est le père du garçon ?

— J'ai promis de ne pas te le dire. »

J'ai promis. Pour Roux, ça n'allait pas plus loin. À ses yeux, le passé n'avait pas d'importance. Même moi, je détiens très peu d'informations sur l'endroit d'où il vient, sur qui il est. Il ne parle pas de son passé. Il se peut même qu'il l'ait oublié. C'est l'une des choses que j'aime chez lui, son refus de laisser le passé avoir une quelconque emprise sur lui, mais cela fait de lui quelqu'un de dangereux, en même temps. Un homme sans passé est comme un homme sans ombre.

« Tu as laissé un bateau, ici ? ai-je demandé.

— Oui. Je l'ai donné à Joséphine. »

De nouveau, un court silence, comme si un mur s'était élevé entre nous.

« Tu l'as donné à Joséphine ? Pourquoi ? ai-je continué.

— Elle disait vouloir s'en aller, a répondu Roux d'une voix prudente et dénuée d'intonation. Elle voulait voyager un peu, remonter la rivière, voir le monde. Je lui étais redevable pour tout ce qu'elle avait fait pour moi. Elle m'avait hébergé pour l'hiver, procuré du travail et nourri. Alors, je lui ai donné le bateau. Il se trouvait que je n'en avais plus besoin. »

Tout me paraissait évident désormais, aussi limpide qu'autrefois lorsque je lisais les âmes dans une tasse de chocolat. Le pire, c'est que je l'avais toujours su, dans ce recoin profond et secret de mon cœur, là où ma mère me parle.

Alors comme ça, tu pensais pouvoir te poser ? Tu crois que je n'ai pas essayé, moi ? Les gens comme nous ne se posent pas, Vianne. Nous traînons trop d'ombres derrière nous. Nous tentons de préserver le peu de joie et de lumière dont nous bénéficions, mais nous finissons par tout perdre en fin de compte.

Il a dit : « Quand est-ce que tu reviens ?

— Je ne sais pas encore. Il y a quelque chose que je dois faire, avant.

— Quoi ? » Il semblait si proche. Je l'imaginais assis sur le pont de la péniche, une bière posée à ses côtés peut-être. Dans son dos, la Seine s'étendait au soleil telle une plage et la silhouette du pont des Arts se découpait en noir sur le ciel d'été. Je voyais la scène avec autant de clarté que dans un rêve lucide. Comme c'est souvent le cas dans mes rêves, je ne me sentais pas faire partie de cette scène dont je m'éloignais inéluctablement pour replonger dans les ténèbres.

« Je pense que tu devrais rentrer à la maison, a déclaré Roux. Tu avais dit que tu ne resterais que quelques jours.

— Je sais. Ce ne sera plus très long, maintenant. Il y a juste quelque chose…

— Que tu dois faire, avant. Je sais. Mais Vianne,

il y aura *toujours* quelque chose. Et après, il y aura autre chose encore. C'est toujours comme ça avec ce foutu village. De fil en aiguille, tu vas rester là-bas six mois et tu finiras par choisir du tissu pour tes nouveaux rideaux.

— C'est ridicule, ai-je riposté. Je ne resterai que quelques jours de plus. » J'ai pensé au coup de fil que j'avais passé à Guy et à ma livraison de chocolat. « Enfin, une semaine tout au plus, ai-je rectifié. De toute façon, si je te manque, tu peux toujours venir ici. »

Une pause. « Tu sais que c'est impossible.

— Pourquoi ? »

Une autre pause, plus longue. Je sentais sa frustration. « Pourquoi ne me fais-tu pas confiance ? a-t-il fini par dire. Pourquoi les choses ne sont-elles jamais simples ? »

Parce que les choses ne sont *pas* simples, Roux. Parce que, peu importe la distance que nous mettons entre elle et nous, la rivière finit par nous ramener chez nous. Et parce que je vois plus de choses que je ne voudrais en voir, même lorsque je préférerais être aveugle…

« C'est à cause de Joséphine ? Tu n'as pas confiance en moi, ou *quoi* ?

— Je ne sais pas. »

Un nouveau silence, un écran d'ombres mouvantes.

C'est alors qu'il a conclu : « Très bien, Vianne. J'espère seulement que cela en vaut la peine. » Le bruit de la mer a alors empli mes oreilles comme une vague dans un coquillage…

J'ai secoué la tête. Mon visage était mouillé. Le froid avait engourdi le bout de mes doigts. C'est de ma faute, me suis-je dit. Je n'aurais pas dû faire appel au vent, ce jour-là. Cela paraissait pourtant si anodin, si facile et si naturel, n'est-ce pas ? Mais le vent peut virer à n'importe quel moment et balayer ces petites choses dont nous nous entourons et qui font notre monde.

Armande savait-elle ce qui allait se passer ? Avait-elle deviné pour Roux et Joséphine ? Avait-elle pu imaginer que sa lettre aurait l'effet d'une bombe sur ma vie avec Roux ? Voilà ce qui arrive, je suppose, lorsque l'on ouvre une lettre d'outre-tombe. Mieux vaut, comme Roux, ne jamais se retourner, ne jamais laisser traîner d'ombres derrière nous.

En tout cas, il est trop tard, maintenant. J'imagine que ça aussi, Armande le savait. Pourquoi suis-je revenue à Lansquenet ? Pourquoi dois-je affronter la femme en noir ? Pour la raison qui a poussé le scorpion à piquer le buffle sachant très bien qu'ils en mourraient tous les deux. Parce que nous n'avons pas le choix, elle et moi. Parce que nous sommes liées.

La pluie avait cessé, mais le vent avait atteint ce point d'intensité où il fait trembler les fils téléphoniques et chante sa mélopée funèbre. L'autan noir prend alors une voix, une voix qui délivre peut-être un message : *Que croyais-tu qu'il allait se passer, Vianne ? Tu pensais que j'allais te laisser partir ? Te laisser dans les bras d'un autre pour toujours ?*

J'ai quitté le boulevard des Marauds et me suis dirigée vers le vieil embarcadère, là où la péniche noire était amarrée, cernée par ces arbres aux racines dénudées. L'endroit était protégé par la berge, mais quelques mètres plus loin, la Tannes se transformait en un animal déchaîné et incontrôlable : sa surface lisse était jonchée de débris, d'un chaos de branches et de détritus, entremêlé de câbles et de fils électriques. Il serait peu judicieux d'aller s'y baigner dans ces conditions. Les bas-fonds eux-mêmes étaient traîtres. Si Alyssa avait sauté du pont hier soir et non il y a six jours, elle n'aurait jamais survécu : Reynaud non plus, d'ailleurs. Je me suis approchée un peu. J'ai crié : « Madame Bencharki ? »

Je savais qu'elle était là. Je sentais son regard. J'ai avancé d'un pas. Mes cheveux me fouettaient le visage avec le vent. Sous mes pieds, le sol était détrempé.

« Inès ? »

Je l'imaginais m'observer, en cachette, de ses yeux sauvages et méfiants. J'ai regretté de ne pas avoir pensé à apporter un cadeau, mais je n'ai presque plus de pêches. De plus, je ne savais pas du tout quel type d'approche adopter pour qu'elle y soit sensible. Sous ses nombreux voiles, Inès cachait tout autant de différents visages : pour Omi, elle était un scorpion ; pour Zahra, une amie ; pour le vieux Mahjoubi, une femme subversive ; pour Alyssa, un personnage effrayant…

Et pour Karim ?

De nouveau, je l'ai appelée. Cette fois-ci, j'ai cru distinguer un mouvement à l'intérieur de la péniche. La petite porte de la cuisine s'est ouverte. Une femme en *niqab* est apparue.

« Qu'est-ce que vous voulez ? » Elle avait prononcé ces mots tout bas et sans les accentuer. Cependant, il y avait quelque chose de dissonant dans sa voix, comme une fausse note.

« Bonsoir, je suis Vianne Rocher », ai-je dit avant de lui tendre la main.

Elle n'a pas bougé. Au-dessus du carré de tissu qui cachait son visage, ses yeux étaient aussi inexpressifs que deux boutons. Je me suis lancée dans le discours que j'avais préparé. Je lui ai dit que j'avais vécu dans la chocolaterie, que je logeais dans les Marauds et que je voulais les aider, elle et Dou'a.

Inès m'a écoutée sans dire un mot. Elle était debout sur le pont inférieur et semblait marcher sur l'eau. Derrière elle, une bruine fine se levait sur la Tannes. C'était peut-être un fantôme, ou une sorcière…

« Je sais qui vous êtes, a-t-elle fini par dire. Vous êtes une amie du curé, Reynaud. »

J'ai souri. « On se connaît depuis longtemps, lui et moi. Mais nous n'avons pas toujours été amis. En fait, il voulait même me chasser du village, avant. »

Son regard était vide. Ses mains gantées de noir restaient immobiles, le long de son corps. Ses pieds aussi étaient cachés sous son *abaya.* À dire vrai, si ses yeux muets n'avaient été visibles, elle aurait pu être une simple illusion d'optique. Il semblait n'y avoir que le vide sous son *niqab.*

« Certains le disent responsable de l'incendie. Ce n'est pas vrai, lui ai-je annoncé. Reynaud est un brave homme, malgré ses défauts. Ce n'est ni un mouchard ni un lâche. Celui qui a mis le feu l'est, par contre. Et maintenant, le vrai coupable le laisse payer pour…

— C'est pour ça que vous êtes venue ? Pour plaider sa cause ?

— J'ai pensé que vous aviez peut-être besoin d'aide.

— Merci, mais non, a-t-elle lancé d'une voix blanche.

— Vous vivez sur un *bateau…*

— Et alors ? s'est insurgée Inès Bencharki. Vous pensez que c'est dur de vivre sur un bateau ? Croyez-moi, j'ai connu bien pire. La vie est facile dans ce pays, comparé au mien. Facile, molle et paresseuse. » Le mépris l'avait poussée à élever la voix. Ses yeux s'étaient rétrécis au-dessus de son voile. Maintenant, je pouvais enfin voir les couleurs de son âme. Elles brillaient dans la grisaille ambiante et doublaient son *abaya* toute noire d'un moiré de soie éclatant. J'ai tout de suite tenté de lire ses pensées. Je ne me suis pas retrouvée les mains vides, mais avec un panier de fraises écarlates, une paire de pantoufles jaunes, un bracelet de perles noir de jais, le visage d'une femme dans un miroir. Et de la soie, de la soie brodée, colorée ; de la gaze aussi fine qu'une toile d'araignée ; de la mousseline parsemée de cristaux ; du blanc pur de robe de mariée ; du jaune safrané ; du violet de mûres ; du vert de la forêt…

Tant de couleurs déconcertantes. Sans elles, je n'aurais jamais pu croire que Karim et elle étaient frère et sœur, mais il suffisait de gratter le vernis pour qu'elles apparaissent, toutes ces couleurs impossibles à dissimuler.

Elle a tressailli. C'était comme si j'avais fait un geste défendu et déplacé. Ses yeux se sont écarquillés d'indignation et j'ai pu distinguer aussi leur couleur : ils étaient d'un vert si foncé qu'il tirait presque sur le noir et éclairés d'une goutte d'or.

Elle s'est écriée : « Arrêtez ça ! »

J'ai levé la main. « Tout va bien, Inès. Je comprends. »

Elle a ri. Un son métallique et discordant. « Vraiment ? Vous croyez comprendre ? Parce que vous y voyez un peu mieux que tous ces autres aveugles ?

— Je ne suis pas revenue par hasard, lui ai-je avoué. J'ai reçu une lettre d'outre-tombe. Elle me disait que l'on avait besoin de moi, ici. Et puis je *vous* ai vue…

— Et quoi, qu'est-ce que vous vous êtes dit ? Pauvre petite musulmane opprimée en *niqab*, persécutée par les *kuffar* ? Cette misérable veuve apeurée acceptera toutes les mains tendues, même condescendantes et pleines de chocolats ? Oui, je sais tout de vous, Vianne… » Elle a vu ma surprise et continué : « Je sais que vous êtes venue ici il y a huit ans et que vous avez séduit tout le monde jusqu'à ce qu'ils vous apprécient. Oui, même cet odieux curé. Vous croyez que je n'étais pas au courant ? Vous croyez que Karim ne m'a rien dit ? La femme du café parle de vous tout le temps. Tout comme le vieil homme avec son chien, Poitou, le boulanger et Narcisse, le fleuriste. Ils vous décrivent comme un ange tombé du *Jannat* pour nous sauver. Et maintenant, Fatima Al-Djerba et sa mère s'y mettent aussi. Ah, ils adorent tous cette femme aux chocolats qui pense comprendre notre culture parce qu'elle est allée une fois à Tanger… »

Je l'ai écoutée en silence, abasourdie par la profondeur de son mépris. Je ne savais pas à quoi ressemblerait notre première rencontre, mais je ne m'attendais en aucun cas à ça, à des vannes ouvertes qui laisseraient s'échapper autant de venin. Un *scorpion*, m'avait prévenue Omi. J'étais en train de me noyer et le pire était que je ne pouvais en vouloir qu'à moi-même. Dans l'histoire, le buffle est aussi victime de sa nature que le scorpion l'est de la sienne. Une partie de moi ne *désirait*-elle pas se faire piquer et prouver ainsi ce que j'ai toujours su en mon for intérieur ? Que rien ne dure jamais, que la magie elle-même peut échouer, que tout ce à quoi nous travaillons et tout ce que nous aimons se résume à un vaste néant en fin de compte…

Était-ce là la leçon que j'étais venue apprendre ici ? Était-ce là la raison de mon retour à Lansquenet ?

« Je sais que vous cachez Alyssa », a-t-elle déclaré.

J'ai tremblé, soudain transie de froid.

« J'ai des oreilles, vous savez ! J'ai des yeux, aussi ! Vous croyez que je ne suis pas aussi alerte que vous parce que je porte un *niqab* ? Parce que vous ne me voyez pas, vous pensez que je ne vois *rien* ?

— Cela n'a rien à voir avec le *niqab*, me suis-je défendue. Et je ne *cache* pas Alyssa. Elle reste chez moi de son plein gré jusqu'à ce qu'elle sache ce qu'elle veut faire. »

Un bruit rauque est sorti de la gorge d'Inès. « J'imagine que vous croyez l'aider, m'a-t-elle lancé.

— Il fallait bien que quelqu'un le fasse, ai-je renchéri. Elle allait se suicider. »

Elle m'a fixée de son regard vert doré. Sous son *abaya*, elle avait la grâce, l'équilibre et le maintien d'une danseuse. À voir ses yeux, je la devinais belle à couper le souffle.

« Vous raisonnez comme un enfant, a-t-elle dit. Un enfant voit un oisillon tomber du nid. Il le ramasse et l'emporte chez lui. De deux choses l'une : ou bien l'oisillon meurt tout de suite ou bien il survit et l'enfant le ramène à son nid deux ou trois jours après. Mais l'oisillon porte désormais l'odeur des humains et sa famille le rejette. Il meurt de faim, se fait tuer par un chat ou asséner des coups de bec par les autres oiseaux jusqu'à ce que mort s'ensuive. Avec un peu de chance, l'enfant n'en saura jamais rien. »

Je me suis sentie rougir. « Ce n'est pas pareil. Alyssa n'est pas un petit oiseau.

— Ah non ? a-t-elle rétorqué. Et vous allez me dire qu'elle continue à jeûner peut-être et qu'elle *n'a pas* coupé ses cheveux.

— C'est Maya qui vous l'a dit ? ai-je demandé.

— Je n'ai pas besoin qu'un enfant me le dise. Vous croyez être la seule à voir les choses ? »

J'ai pensé à ce que m'avait dit Alyssa, qu'Inès Bencharki était un *amar*, un esprit démoniaque sous une forme humaine, envoyé sur terre pour corrompre les innocents. J'avais déjà entendu proférer cette accusation avant, plus d'une fois, lors de mes voyages. Les gens doués d'une grande perspicacité, les gens comme nous, sont souvent jugés dangereux. Ma mère se définissait elle-même comme une sorcière. C'était son style, pas le mien. Ce mot est maintenant trop chargé de connotations historiques et préjudiciables. Et ceux qui disent que les mots n'ont aucun pouvoir ne connaissent rien à leur nature. Bien placés, les mots peuvent faire basculer un gouvernement, transformer l'affection en haine, créer une religion nouvelle et même provoquer une guerre. Les mots sont les bergers des mensonges : ils mènent les meilleurs d'entre nous à l'abattoir.

J'ai dit : « Ma mère était une sorcière. »

Elle a ri avant d'ajouter : « Je l'aurais deviné. »

Sur quoi, elle m'a tourné le dos pour retourner à l'intérieur. Dans son sillage, un petit arc-en-ciel de couleurs est apparu comme à l'intérieur d'une bille. La porte s'est alors refermée derrière elle et je suis restée là, au bord de la Tannes, à écouter le vent noir crier comme une chouette dans les fils électriques alors que la pluie recommençait à tomber.

CHAPITRE 7

†

Mercredi 25 août

Minuit et il a cessé de pleuvoir. Le ciel a la couleur floue de l'agate. La pleine lune d'août, celle qui, selon la tradition populaire, est la cause de nos problèmes, mon père, ressemble à une vieille mendiante déguenillée aux portes de la nuit. Je n'arrive pas à dormir. J'ai mal aux doigts. Mon esprit est agité, lourd de parasites. Je me sens déjà emporté par l'avalanche qui m'accablera demain : les coups de téléphone, les visites, les détails d'une vie qui va inévitablement basculer.

Dehors, le vent souffle sans relâche. Il me tire par la manche tel un enfant impatient. Je suis frappé par le peu de biens que je possède : la chaumière appartient à l'Église, tout comme les meubles, la plupart des livres et les tableaux. Un sac à dos de toile à la bretelle cassée, celui que j'ai emporté au séminaire il y a plus longtemps que je n'aime à le penser, contiendra toutes mes affaires sans difficulté. Si je ne compte pas mes habits de prêtre que je laisserai bien sûr derrière moi, de quoi parlons-nous ? De deux ou trois chemises, d'un jean, de trois tee-shirts, de chaussettes et de sous-vêtements. J'ai aussi un pull épais tricoté main que je porte en hiver quand il fait froid. Une écharpe. Un chapeau. Une brosse à dents. Un peigne. Un exemplaire de Saint-Augustin dont vous m'avez fait cadeau lorsque j'étais enfant. La montre de mon père. Votre chapelet de perles vertes qui n'a pas grande valeur, mais auquel je tiens. Une enveloppe marron remplie de photos, de papiers et de documents. De l'argent. Pas beaucoup. Quarante-cinq années, bien emballées dans un seul et unique sac à dos.

Pourquoi ai-je fait ce sac, mon père ? C'est absurde. Je ne pars nulle part. D'abord, je n'ai nulle part où aller. Et puis, c'est le milieu de la nuit. Il pleut. Pourtant, je m'imagine bien sortir de chez moi, mon sac à dos sur l'épaule. Je laisserais la clé dans la porte et refermerais la grille derrière moi. Vêtu de mon manteau et chaussé de brodequins, je descendrais la rue déserte conscient du ciel au-dessus de ma tête. Le ciel ne représente plus la même chose pour l'homme qui n'a pas de maison. La route non plus. D'une manière ou d'une autre, elle doit sembler plus dure sous le pied. Mes chaussures sont faites et confortables. Je pourrais marcher pendant des heures avant de penser à la prochaine étape.

J'en ai tellement envie, mon père. Être assuré qu'à chacun de mes pas, je m'éloigne un peu plus du père Henri Lemaître. N'avoir aucune responsabilité, aucune autre décision à prendre que celles de trouver un endroit où dormir ou quelque chose à manger, de tourner à gauche ou à droite. Abandonner tout désir, s'ouvrir à l'univers et se laisser porter par le hasard…

Le hasard ?

Eh bien, oui, mon père. Je sais, bien sûr, que Dieu a un plan pour chacun de nous. Néanmoins, depuis quelques années, il m'est de plus en plus difficile de croire que Son plan fonctionne aussi bien qu'Il l'avait prévu. Plus j'y pense, plus Dieu m'apparaît comme un bureaucrate que l'on harcèle : Il *voudrait* bien aider, mais Il est écrasé par la paperasse et par les réunions de comité. S'Il nous voit vraiment, mon père, c'est de derrière une pile de comptes-rendus et de travaux en cours, assis à un bureau. Voilà pourquoi Il a des prêtres à Son service pour faire Son travail, et des évêques pour les surveiller. Et voilà pourquoi je ne Lui en veux pas. Cependant, à vouloir jongler avec trop de balles, c'est inévitable : certaines Lui échappent des mains.

Le vent a réussi à clarifier mes pensées. L'Histoire regorge d'anecdotes qui parlent d'hommes ayant abandonné leurs vies ordinaires pour prendre la route. Le saint dont je porte le nom, François, en est un. Je pourrais peut-être me rendre à Assise.

J'ai dû dormir un peu, mon père. À mon réveil, j'avais des courbatures. Mon sac à dos était calé contre la porte d'entrée. L'espace d'un instant, encore à moitié endormi, je n'arrivais pas à me souvenir de l'avoir laissé là. Puis je me le suis rappelé et j'ai eu peur. Mes certitudes de ces dernières heures s'envolaient au fur et à mesure que l'aube approchait. Ma première activité de la journée, c'est, d'habitude, d'aller chez Poitou acheter un croissant ou un pain au chocolat. Aujourd'hui, je ne l'ai pas fait. Je ne veux pas que Poitou parle de moi à tous les habitants du village. De plus, aller à la boulangerie dans mon état reviendrait presque à me donner envie de rester alors que j'ai décidé de partir.

J'ai préparé du café et fait griller un morceau de pain rassis. L'odeur était plus agréable que le toast lui-même, mais en tout cas, j'ai compris à quel point j'avais faim. J'ai plus de mal à m'abstenir de manger qu'avant, mon père. Je ne pratique plus le jeûne du carême. Si je pars, me suis-je dit, je vais devoir m'habituer à la faim. Saint François mangeait des racines et des baies, bien sûr. Je suppose qu'elles ont suffi à le nourrir. Mais, il va m'être difficile de me passer de mon croissant du matin.

J'ai regardé le ciel. Il faisait encore sombre. Le jour ne se lèverait que dans une heure. Je ne voulais pas que quelqu'un me voie partir, surtout pas dans les Marauds où l'on se réveille tôt pour la prière matinale. Je savais que je devais traverser le quartier pour suivre la rivière. Cette solution me paraissait être la plus raisonnable. Elle me permettrait au moins de parcourir assez de chemin sans risquer de rencontrer quelqu'un susceptible de me reconnaître. Un départ rapide, ai-je pensé. Aucune explication. Aucun adieu. Pas même à Vianne, ni à Joséphine…

Surtout pas à Joséphine.

J'ai terminé mon petit déjeuner. C'était le moment de partir.

J'ai lavé la vaisselle dans l'évier. J'ai arrosé les plantes. J'ai enlevé les draps du lit et les ai mis dans la machine à laver pour un cycle de moyenne durée. J'ai enfilé mes chaussures de marche et mon imperméable. J'ai pris mon sac à dos par la bretelle restée intacte et l'ai calé sur mon épaule. J'ai éteint les lumières.

« Au revoir », ai-je dit.

Puis je suis sorti dans la nuit.

LA REINE SCORPION

CHAPITRE 1

†

Mercredi 25 août

Je suis resté dans les rues transversales des Marauds. J'avais oublié à quel point ces gens-là se levaient tôt. Tout le boulevard était déjà éclairé de carrés de lumière chaude, de couleur jaune, rouge, bleue et verte. *Voilà donc ce que l'on ressent,* me suis-je dit, *quand on est l'étranger.* D'une certaine manière, j'aimais cette sensation. L'idée était presque romantique. Être un étranger se résume peut-être simplement à être capable de voir les choses de l'extérieur. J'ai consulté ma montre. Six heures. Bientôt, le *muezzin* allait lancer son appel. J'avais prévu d'être déjà sorti des Marauds à ce moment-là. Pour éviter le boulevard et le club de gym, j'ai pris l'une des petites ruelles qui mènent au vieil embarcadère. Il servait de point d'amarrage aux bateaux à l'époque où les rats de rivière y venaient, mais personne ne l'utilise plus maintenant. Dans ce coin-là, il existe encore un chemin de halage qui permettait jadis de tirer les chalands à bout de bras pour remonter la rivière. Je savais que si je le suivais assez longtemps, il me mènerait à Pont-le-Saoûl d'où je pourrais prendre un bus pour Agen, et de là…

Paris ? Londres ? Rome ?

Une multitude de routes comme une spirale de toile d'araignée et qui m'éloigneraient de plus en plus de chez moi, jusqu'aux quatre coins de la carte…

Je me suis efforcé de ne pas trop penser à ce que j'allais faire ensuite. *Chaque chose en son temps*, me suis-je dit. *Un pied devant l'autre.* J'ai remarqué que le niveau de la rivière avait de nouveau monté. À ce rythme, ai-je pensé, les berges ne résisteront pas et le boulevard des Marauds va se retrouver inondé. Le quartier des Marauds en a l'habitude, bien sûr. Au bord de la rivière, les maisons sont construites sur pilotis et s'accommodent ainsi de la fluctuation des eaux. Ces habitations sont vieilles néanmoins, le bois d'origine a été décoloré, gauchi et gondolé par le temps. Certaines ont été renforcées par des supports de métal qui ont rouillé et se sont corrodés avec le poids des ans. Chaque année les rapproche un peu plus du moment où elles vont s'effondrer. Les restaurer coûterait une fortune. Un jour, peut-être, en hiver, ces supports de métal céderont et ces rangées de maisons tordues qui constituent le boulevard des Marauds s'écrouleront dans la Tannes, les unes contre les autres, de plus en plus vite, comme des dominos, et elles ne laisseront qu'un chaos de morceaux de bois et de plâtre.

Serait-ce si terrible ?

En tout cas, mon père, ce n'est plus mon problème. J'en ai fini avec Lansquenet. J'ai décidé de mon avenir. Laissons la rivière décider du leur.

C'est alors que j'ai vu une péniche amarrée contre le vieil embarcadère. Bien à l'abri du courant, elle était lovée dans ce recoin de la rive comme la tête d'un être endormi au creux de son coude. Des nomades de la rivière ? Certainement pas. Cette époque est révolue depuis longtemps. Pourtant, j'apercevais de la fumée sortir du conduit de cheminée : de la fumée ou de la vapeur, je n'aurais su le dire. La fenêtre était éclairée. Il y avait quelqu'un à l'intérieur.

L'instinct m'a poussé à me mettre à l'abri des arbres. Il y en a tout un rideau entre la rivière et l'extrémité du boulevard. Je n'avais aucune envie d'être remarqué. Peu m'importait de savoir qui vivait sur ce bateau, cela ne me regardait plus. Je rejoindrais le chemin de halage par une autre route.

Pourtant, au moment où j'ai atteint le bouquet d'arbres, j'ai vu une forme humaine se diriger vers moi. La fine silhouette d'une femme vêtue de noir de la tête aux pieds et drapée d'un voile. On pourrait croire qu'il est impossible de les distinguer les unes des autres, mais je l'ai reconnue, elle, à la manière dont elle bougeait : c'était Sonia Bencharki.

J'ai deviné qu'elle venait de courir. Elle a failli me bousculer quand je me suis approché. J'entendais sa respiration, rapide et irrégulière. Au-dessus de son voile noir, elle avait les yeux écarquillés d'inquiétude sous le coup de la surprise. J'ai eu peur qu'elle ne se mette à crier.

J'ai dit : « Tout va bien, Sonia. C'est moi, Francis Reynaud. »

Contre toute attente, j'ai cru voir l'inquiétude grandir sur son visage. Elle a poussé un petit cri étranglé.

J'ai continué : « Je me promenais, c'est tout. Je ne voulais pas vous faire peur. »

Bien sûr, mon histoire n'expliquait pas la présence du sac à dos sur mon épaule, mais la dernière chose que je voulais était d'attirer l'attention sur moi. Qu'est-ce que Sonia fichait ici, de toute façon ? Près de la rivière, seule, à cette heure-ci ?

« Sonia, me suis-je lancé. Quelque chose ne va pas ? »

Elle a produit un son du fond de la gorge.

« Je vous en prie, ai-je dit. Je ne peux pas vous laisser comme ça. Votre père sait-il que vous êtes là ?

— Non. » Sa voix n'était qu'un murmure.

J'ai pensé à Alyssa. Ce n'était pas juste. Tout ce que je voulais, c'était partir. *Mon père*, ai-je pensé, *pourquoi la tâche m'est-elle rendue si difficile ? Combien d'obstacles encore Dieu allait-il mettre sur mon chemin ?*

Je ne suis pas responsable d'elle. Je ne suis pas responsable d'Alyssa et je ne suis pas non plus responsable d'Inès Bencharki. Tout ce qui m'est arrivé de négatif au cours de ces dernières semaines n'est qu'une conséquence du fait que je me sois mêlé d'affaires qui ne relevaient pas de ma responsabilité. Il y a une limite à tout, me suis-je dit. Les Marauds ont leur prêtre. Qu'il gère ses ouailles tout seul.

Et puis j'ai senti une odeur d'essence. Mon Dieu, venait-elle de s'en *imprégner*, ou quoi ?

« Que faisiez-vous ici ? ai-je demandé d'un ton plus dur que je ne l'aurais voulu. Pourquoi sentez-vous l'essence ? Aviez-vous l'intention de vous tuer ? »

Elle a commencé à gémir. « Vous ne comprenez pas...

— On va aller chercher votre père, lui ai-je dit en la saisissant par le poignet. Ce sera à lui d'en juger.

— Non. Non. » Elle a secoué la tête si fort que son corps tout entier s'est mis à trembler. Le bidon d'essence qu'elle cachait sous sa robe est tombé par terre.

La frustration que j'avais accumulée ces dernières semaines avait atteint son paroxysme. La colère m'a rendu impitoyable. Je sais, mon père. Je n'en suis pas fier.

« Mais, qu'est-ce que vous avez, toutes, *enfin* ? ai-je lâché. D'abord, votre sœur, maintenant vous ! Vous êtes folles ? Vous voulez mourir ? Vous croyez *vraiment* que si vous mourez pendant le ramadan, Dieu vous offrira un laissez-passer pour le paradis ? »

Elle m'a regardé d'un air ébahi. « Je ne veux pas mourir.

« Alors *quoi* ? »

Sa réponse était inaudible.

« *Quoi* ? »

Elle a tressailli quand j'ai élevé la voix. « Je voulais qu'Inès s'en aille. »

Encore elle. « Mais qui est cette femme, bon sang ? Et comment a-t-elle réussi à entraîner tous les habitants des Marauds dans sa folie ? » J'ai marqué une pause. « Attendez une minute, ai-je dit. Par quels moyens cherchiez-vous à la faire partir, exactement ? » J'ai montré le bidon d'essence. « Sonia, à quoi aviez-vous l'intention de mettre le feu ? »

Doux Jésus. Ça a fait tilt. C'était comme si je recevais une volée de coups en pleine figure. La péniche. Le bidon d'essence. Sonia. L'école. Le graffiti en arabe. *Pute.* L'événement qui avait mis mon monde sens dessus dessous, l'acte qui avait fait de moi un paria, à la fois dans les Marauds et à Lansquenet, qui m'avait coûté ma réputation, ma fierté...

« C'est *vous* qui avez incendié l'école, l'ai-je accusée. Pourquoi ?

— Je voulais qu'elle parte », a-t-elle répondu. Sa voix ressemblait au bruit de minuscules clous que l'on enfonce dans une planche avec un marteau. « Je veux qu'elle s'en aille pour de bon. Qu'elle retourne là d'où elle vient, quel que soit cet endroit. Il n'avait jamais été question qu'elle reste. Elle devait seulement venir pour le mariage. Si elle s'en va, Karim sera enfin à moi, corps et âme, comme il est censé l'être. Tant qu'elle sera dans les parages…

— Vous auriez pu tuer quelqu'un, lui ai-je dit. Inès, sa fille ou l'une des personnes qui leur sont venues en aide… »

Elle a secoué la tête. « J'ai fait attention, s'est-elle expliquée. J'ai allumé le feu à l'entrée de la maison. L'escalier de secours est à l'arrière. Et j'ai lancé des cailloux sur leur fenêtre pour être sûre qu'elles se réveilleraient. »

Je suis resté sans voix pendant un moment. Que ce soit *Sonia* qui ait tenté de réduire l'école en cendres, la Sonia que j'avais toujours appréciée, celle qui avait l'habitude de jouer avec les garçons sur la place et de boire des diabolos chez Joséphine…

« Avez-vous seulement une idée du mal que vous avez fait ? Tout le monde *me* croit responsable, vous le savez bien, non ?

— Je suis désolée, a-t-elle dit.

— Oh, et vous croyez que c'est suffisant ? » La colère me rendait excessif. Ma voix déchirait le silence. « Incendie criminel. Tentative de meurtre. Mensonges ? »

À ma grande surprise, elle n'a pas pleuré. Je pensais vraiment qu'elle le ferait, mon père, mais elle a prononcé de la même petite voix dure : « Je suis enceinte de quatre mois, Curé. S'il demande le divorce maintenant, je serai seule. Je n'aurai rien. Il restera ici ou repartira au Maroc s'il préfère. Je n'ai aucun droit. Vous comprenez ?

— Pourquoi demanderait-il le divorce ? lui ai-je demandé.

— S'il apprend que c'est moi qui ai mis le feu, il le fera. Je vous l'ai déjà dit. Il vénère Inès. Et mieux vaut ne rien attendre de mon père. Il aime Karim comme si c'était son fils unique. Et ma mère pense que c'est un ange descendu du *Jannat* et qu'il nous sauvera tous. Quant à Inès… »

Elle a détourné le regard. Le *muezzin* s'est mis à appeler à la prière. Son chant est assez mélodieux, si l'on oublie son contexte. Le conduit de cheminée de la vieille tannerie offre un espace de résonance suffisant pour haranguer les fidèles. *Hayya ala-s-salah. Hayya ala-s-salah.* D'ici quelques instants, les rues seront de nouveau pleines. Je peux dire adieu à mon départ discret.

Elle a dit : « Il va la voir, le soir. Je l'entends se lever. Quand il revient, il porte une odeur sur lui, *la sienne.* Je sais que c'est la sienne. Je le sens. Je vois, je sens et j'entends tout et pourtant, je ne peux rien dire. Elle l'a ensorcelé. Il est envoûté. Nous le sommes tous les deux. »

Tout ceci est ridicule, mon père, ai-je pensé. *J'ai renoncé à mes vœux et me voilà encore à écouter une confession.* « Les sorcières n'existent pas, lui ai-je dit. En avez-vous parlé à Karim ?

— Non.

— Pourquoi pas ?

— J'ai essayé, s'est-elle défendue. Mais il se met

en colère. Ensuite, mon père et ma mère me reprochent de ne pas être assez obéissante. Ils disent que je devrais prendre exemple sur Inès qui est humble et respectueuse.

— Et votre grand-père ? Avez-vous tenté de vous confier à lui ? »

Pour la première fois, j'ai vu un sourire dans ses yeux. « Mon cher Jiddo. Non. Il ne vit plus avec nous et je ne le vois plus très souvent. Mon père et lui se sont disputés. Mon père dit qu'il exerce une mauvaise influence. Et Jiddo n'apprécie pas le fait que mon père ait pris sa place à la mosquée. Il habite chez les Al-Djerba maintenant, la famille de mon oncle Ismail. Ils disent qu'il est malade. Qu'il va mourir.

— Je suis désolé », ai-je dit. Et je me suis rendu compte que je l'étais vraiment. Mohammed Mahjoubi était ici depuis des années. En dépit de nos désaccords, je l'avais toujours considéré comme un honnête homme. S'il meurt, il laissera un vide dans cette communauté. J'aimerais que l'on puisse en dire autant de moi.

« Rentrez chez vous, l'ai-je sommée. Et changez de robe. Celle-ci empeste l'essence. »

Elle m'a regardé d'un air hésitant. « Vous ne direz rien à Karim ni à mon père ?

— Non. À condition que vous laissiez Inès tranquille. Quel que soit votre différend, vous devez le résoudre de manière honnête. Vous devez en parler ouvertement, utiliser des mots et non des choses dangereuses comme celle-ci.

— Vous *promettez* de ne rien leur dire ?

— Si vous ne recommencez plus vos âneries, oui. »

Elle a lâché un soupir. « D'accord.

— Deux Ave. »

Elle m'a lancé un regard plein de surprise.

« Je blague. »

Je crois qu'il faut être prêtre pour vraiment trouver cette plaisanterie drôle, mon père. Malgré tout, elle a souri avec les yeux. J'ai aimé ça.

« *Jazak Allah,* curé », a-t-elle conclu.

Puis elle s'est éloignée à pas de loup.

CHAPITRE 2

Mercredi 25 août

J'ai glissé d'un rêve à l'autre toute la nuit. Le léger bruit du loquet de la porte d'entrée que l'on refermait m'a réveillée à l'aube. Je me suis redressée sur mon canapé-lit et j'ai vu une ombre à travers la vitre, une silhouette vêtue d'une robe noire, le visage enfoui dans un foulard.

« Alyssa ? »

J'ai allumé les lumières. Elle se trouvait près de la porte. Seuls ses yeux étaient visibles sous le foulard qui lui enveloppait et serrait la tête. Pourtant, ce n'était pas Alyssa. À présent, je devinais qu'il s'agissait d'une silhouette beaucoup plus fine, cachée non sous une *abaya*, mais sous un manteau noir bien trop grand pour elle.

« Dou'a ? »

Elle s'est tournée vers moi pour me regarder. Son petit visage pâle était inexpressif. Elle a prononcé d'une voix étrangement adulte :

« Je dois parler à Alyssa. »

Je me suis levée et j'ai enfilé mon peignoir. « Bien sûr. Il y a un problème ? »

Elle m'a lancé un regard, le même regard que celui qu'Anouk me lançait à neuf ans quand elle me trouvait particulièrement bornée.

J'ai dit : « Je vais la chercher. »

Elle m'a suivie jusqu'à la petite chambre d'Alyssa qui était déjà réveillée et regardait la pluie tomber par la fenêtre. Elle s'est levée d'un bond en voyant Dou'a et un rapide échange verbal en arabe a suivi. Je n'ai presque rien compris, à l'exception du mot *Jiddo*, grand-père, et du caractère urgent de la situation en général. Alyssa écoutait avec attention et ne l'interrompait qu'à l'occasion pour faire un commentaire ou poser une question.

Puis elle a annoncé : « Je dois y aller.

— Qu'est-ce qui ne va pas ?

— C'est Jiddo. Il est malade. Il dit qu'il veut me voir. »

Je me souvenais maintenant que Fatima m'avait dit que le vieux Mahjoubi était malade. Dans ma précipitation à vouloir trouver Inès, je n'y avais guère prêté attention. Je me rappelle avoir entendu parler d'un désaccord avec Saïd (ou bien avec Inès ?) et je savais que le vieux Mahjoubi était venu s'installer chez les Al-Djerba pendant quelque temps. J'ai repensé à l'unique fois où j'avais eu la chance de lui parler. J'avais aimé son air coquin et son humour malicieux. Quelle que soit la maladie dont il souffre, me suis-je dit, elle a dû se déclarer très vite.

« Qu'est-ce qu'il a ? »

Elle a haussé les épaules. « Personne ne le sait. Il n'en parle pas. Il refuse de voir un médecin. Il ne veut même pas manger. Il ne fait que lire son livre et dormir toute la journée. Il me réclame. Il faut que j'y aille. » Elle a hésité. « Vous venez avec moi ? S'il vous plaît ? »

J'ai souri. « Bien sûr. Laisse-moi le temps de m'habiller. »

Nous sommes parties cinq minutes plus tard, sous une pluie lourde et régulière. Alyssa avait remis son *hijab* et son petit visage semblait anguleux sous les plis du tissu. L'odeur de la mer était encore plus présente dans les Marauds maintenant que la marée était basse. Cet amer parfum d'eau salée ravivait chez moi des souvenirs de ports, de voyages, de plages au point du jour, d'empreintes de pas dans la vase brunâtre et d'enfants qui fouillent le sable à la recherche de coquillages. La Tannes avait noyé les berges pendant la nuit et inondé une partie du boulevard. Elle formait désormais une espèce de lac peu profond dans lequel la mosquée et son minaret blanc se reflétaient tel un mirage. D'ici peu, ai-je pensé, les caves des maisons de la rue seront immergées et l'eau jaillira des égouts et des canalisations pour envahir les habitations, les unes après les autres.

Quand elle nous a vues arriver toutes les trois, Fatima n'a fait aucun commentaire. Au contraire, elle nous a fait signe d'entrer avant de ranger nos manteaux, nos chaussures et de nous accompagner dans la pièce principale. Zahra et Omi s'y trouvaient déjà, dans leurs habits de mosquée. Assises sur des coussins, elles jouaient à un jeu qui s'apparentait au jeu de dames. Maya était dans la cuisine avec sa mère. Quand elle nous a entendues, elle en est sortie. Personne ne semblait surpris de me voir.

« C'est grave ? » Alyssa a-t-elle demandé.

Omi a secoué la tête. « Qui sait ? Il est arrivé chez nous, il y a cinq jours, en disant qu'il préférait habiter ici. Depuis, il parle à peine, il ne mange pas et ne va pas à la mosquée. Il passe son temps assis, à lire son fichu livre et à regarder par la fenêtre. C'est presque comme s'il avait perdu tout espoir depuis que Saïd a pris sa place. Mais si *toi,* tu lui parles, peut-être... » Elle a haussé les épaules. « *Inch'Allah.* Ça vaut le coup d'essayer. »

Alyssa est restée silencieuse un moment. Elle semblait réfléchir avec ardeur. « Quelqu'un d'autre sait que je suis ici ? » a-t-elle lancé.

Fatima a posé la main sur son bras. « Je te promets que nous n'avons rien dit à personne. Mais rien ne reste longtemps secret, ici. Les gens parlent. Ils devinent.

— Quelqu'un d'autre vous a rendu visite ? a-t-elle continué. Sonia ? Mon père ? Karim ?

— Non. Saïd dit que nous ne devrions pas céder au vieil homme. Que personne ne viendra le voir à moins qu'il n'accepte de rentrer chez lui. » Fatima a soupiré et secoué la tête. « Ils sont tous les deux têtus comme des mules. Aucun ne veut lâcher prise. Medhi est à ses côtés en ce moment. Je suis sûre qu'il sera content de vous voir toutes les deux. »

Nous l'avons suivie à l'étage, par un escalier étroit. La chambre du vieux Mahjoubi était une mansarde située au fond de la maison avec vue sur la rivière. Une unique fenêtre triangulaire laissait entrer la lumière du soleil. Les avant-toits étaient bas, de vieux bois décoloré et rongé aux vers. Le vieux Mahjoubi était assis là, un plaid sur les genoux. Il avait le visage pâle, les joues creuses. À côté, sur la table de chevet, le troisième tome des *Misérables* à la moitié duquel un marque-page était inséré. Près de lui se tenait un homme aux cheveux gris, assez corpulent qui, selon moi, devait être le mari de Fatima, Medhi. Son visage aurait pu sembler amusant en d'autres circonstances, mais aujourd'hui il était marqué par l'inquiétude.

Je suis restée à la porte. Alyssa est entrée et s'est jetée au cou de son grand-père. En arabe, elle s'est adressée à lui en espaçant ses phrases, d'une voix basse et pressante. Bien sûr, je n'ai pas saisi le moindre mot, mais j'ai vu le visage du vieil homme s'animer au fur et à mesure qu'elle lui parlait et j'ai pu distinguer, l'espace d'une ou deux secondes, les vestiges de la personnalité que je lui avais attribuée quelques jours auparavant.

« Alyssa », a-t-il prononcé d'une voix satinée comme du papier. Son regard s'est lentement tourné vers moi. « Et madame Rocher, n'est-ce pas ? Celle qui apporte des pêches pour le ramadan ?

— Mes amis m'appellent Vianne, lui ai-je dit.

— Je vous dois reconnaissance. » Il a levé une main. C'était un geste d'une étrange élégance, celui d'un vieux roi qui donne sa bénédiction. « Pour ma petite Alyssa. »

J'ai souri. « Vous ne me devez rien du tout, ai-je répondu. C'est plutôt à Monsieur le curé que revient tout le mérite. »

Il a hoché la tête. « J'ai cru comprendre. Remerciez-le pour moi, s'il vous plaît. »

Alyssa était agenouillée sur le tapis, à côté de la chaise du vieil homme. Il a posé une main olivâtre aussi difforme que du bois flotté sur la tête de la jeune fille. D'une voix douce, il a prononcé quelques mots en arabe. Je n'en ai saisi qu'un seul : *zina.*

Alyssa s'est mise à pleurer en silence. « Je ne veux pas que tu meures, Jiddo. Tu dois voir un docteur. »

Le vieux Mahjoubi a secoué la tête. « Je ne vais pas mourir, je te le promets. En tout cas, pas avant d'avoir terminé ce livre. Et tu sais, c'est un *gros* livre, tout en français. C'est écrit petit et je ne vois pas aussi bien qu'avant…

— Ne plaisante pas avec ça, Jiddo. Il faut que tu prennes mieux soin de toi. Mange un peu. Vois un médecin. Beaucoup de gens ont besoin de toi, ici. »

Le vieux Mahjoubi a soupiré. « Tu crois ça ?

— Bien sûr que oui, suis-je intervenue. Certains ne vous l'avoueront peut-être pas, mais les gens qui refusent notre aide sont souvent ceux qui en ont le plus besoin. »

J'ai cru voir ses yeux d'ancêtre s'éclairer. « Vous parlez de mon fils, Saïd. »

J'ai haussé les épaules. « Vous le croyez assez fort pour prendre votre place sans bénéficier de vos conseils ? » Puis j'ai cité un proverbe marocain : « *Si à midi le roi vous dit qu'il fait nuit, resterez-vous là à contempler les étoiles ?* »

Il m'a regardée d'un air reconnaissant. « Madame, je crois que je préférais quand vous vous contentiez d'apporter des pêches. »

J'en ai cité un autre : « *Au sage, un signe suffit. Au sot, à peine le bâton…* »

Il a éclaté de rire. « Vous connaissez beaucoup de nos dictons, madame. Vous avez déjà entendu celui-ci : *La femme sage est celle qui a beaucoup à dire, mais qui garde le silence* ?

— Je n'ai jamais prétendu être sage, ai je rétorqué. Je passe mon temps à faire des chocolats. »

Il m'a alors offert un regard brillant de mille feux

sous ses rides. « J'ai rêvé de vous, madame Rocher, a-t-il ajouté. J'essayais de faire mon *istikhara* et j'ai rêvé de vous. Puis d'elle. Faites attention. Ne vous approchez pas de l'eau. »

Alyssa a pris un air inquiet. Elle a dit : « Tu devrais te reposer, Jiddo. »

Il a souri et l'attention de tous s'est reportée sur ses yeux. « Vous voyez comme cette enfant me harcèle ? *Al-Hamdulillah*, j'espère que vous reviendrez me voir. Souvenez-vous de ce que j'ai dit. »

De toute évidence, il était très fatigué. J'ai posé ma main sur le bras d'Alyssa. « On devrait le laisser se reposer, si possible. Tu pourras peut-être revenir le voir demain. »

Elle a levé les yeux vers moi. « Oh, Vianne. Vous pensez que…

— On reviendra demain, je te le promets. Pour le moment, laissons-le dormir. »

À contrecœur, elle m'a suivie dans l'escalier et nous sommes redescendues dans la salle de séjour. Maya jouait aux dames avec Omi en serrant Hazrat, le chat, dans les bras.

« Jiddo va mieux ? a-t-elle demandé en levant la tête. Memti dit qu'il est trop fatigué pour jouer, mais Omi triche tout le temps.

— Je ne triche *pas*, s'est défendue Omi. Je suis vieille et donc imbattable, c'est tout. » Elle m'a offert son sourire fripé et édenté. « Comment va le vieil homme ? Il vous a parlé ?

— Un peu.

— Tant mieux. Ce serait bien que vous reveniez le voir. Vous lui apporterez de vos chocolats ? »

J'ai acquiescé. « Bien sûr.

— N'attendez pas trop longtemps. »

Sur le chemin du retour, sous la pluie, j'ai demandé à Alyssa : « Qu'est-ce que c'est l'*istikhara* ? »

Elle a eu l'air étonnée. « Oh, ça, c'est une manière de demander conseil. On prie, ensuite on s'endort et on rêve de la réponse à notre prière. Parfois, ça marche, mais pas tout le temps. Les rêves ne sont pas toujours faciles à comprendre. »

Comme les cartes, ai-je pensé tout bas. Ces images qui regorgent de significations. *Ne vous approchez pas de l'eau*, m'avait-il dit. Le scorpion et le buffle.

Pourquoi le vieil homme avait-il rêvé de moi ? De quel genre de conseils a-t-il besoin ? Avait-il essayé de me prévenir de rester à l'écart d'Inès Bencharki ? Et si oui, était-il trop tard, à présent ? Le scorpion m'avait-il déjà piquée ?

« Pourquoi t'es-tu jetée dans la rivière ? ai-je tenté. Était-ce à cause de Luc Clairmont ? »

Elle a soudain levé les yeux. « Luc ? »

J'ai souri. « Dou'a m'a parlé de lui. Elle m'a dit que vous vous écriviez sur Internet et que tu avais peur que l'on découvre… »

Elle m'a fixée d'un air ébahi. « *Luc* ? a-t-elle répété.

— Tu jouais au foot avec lui sur la place du village, avant. Ce n'est pas grave. Je comprends. Tes parents étaient différents à l'époque. Les Marauds étaient différents. Mais je connais bien Luc. Il ne se laisse pas influencer par les idées des autres. S'il t'aime, ce ne seront pas des querelles de famille qui l'arrêteront. Il tiendra tête à ses parents comme tu l'as fait avec les tiens. Tout va s'arranger. Je te le promets. Et si tu l'aimes, quel mal y a-t-il à cela ? »

J'avais pensé qu'elle réagirait autrement. Qu'elle pleurerait peut-être, qu'elle exprimerait du soulagement. Pourtant, son visage est resté figé, aussi lisse que du pain tout juste sorti du four. Puis elle s'est soudain mise à rire, d'un rire si triste et blasé qu'il a fendu l'air tel un éclat d'obus.

« C'est *ça,* votre théorie ? a-t-elle fini par dire. Je suis amoureuse de Luc Clairmont ?

— Ce n'est pas le cas ? »

Elle a recommencé à rire.

« Alors, de qui, Alyssa ? lui ai-je demandé. Pourquoi s'agit-il d'un *zina* ?

— Je croyais que vous pouviez *voir* les choses », m'a-t-elle lancé d'une voix méprisante qui ressemblait tant à celle d'Inès que cela m'a fait mal. Sous son *hijab* bien épinglé, elle avait l'air d'avoir tellement plus de dix-sept ans. À cet instant précis, on aurait pu lui donner la trentaine, voire plus. « Je pensais que vous étiez différente des autres. Mais, vous n'y voyez vraiment pas grand-chose. Personne ici n'y voit *rien.* »

Elle s'est mise à pleurer, à sanglots saccadés tout aussi douloureux à entendre que ne l'avait été son rire. J'ai essayé de la prendre dans mes bras, mais elle m'a repoussée.

« Je t'en prie, Alyssa. » J'ai renouvelé ma tentative. Cette fois, elle ne m'a pas repoussée. Cependant, son corps restait rigide dans mes bras. « Je t'en prie, dis-moi ce qui ne va pas. Je ne prétends pas tout savoir, mais je ne te jugerai pas. Ça, je te le promets. »

Pendant un long moment, j'ai cru qu'elle n'allait pas me répondre. Nous sommes simplement restées là, sous la pluie, à écouter le bruit de la Tannes et du vent qui dépouillait les arbres de leurs feuilles. Puis elle a pris une profonde inspiration et m'a regardée avec détermination.

« Vous aviez raison sur une chose. Je suis *bien* amoureuse. Mais pas de Luc.

— De qui, alors ? »

Elle a soupiré. « Vous ne devinez pas ? Je pensais que vous auriez compris. Vous aussi, vous l'avez vu, après tout. Tout le monde est fou de lui. Sonia, ma mère, Zahra, Inès… » Elle a souri d'un sourire triste. « Voilà pourquoi je voulais mourir, a-t-elle avoué. Je suis amoureuse de Karim Bencharki. »

CHAPITRE 3

Mercredi 25 août

Elle m'a alors raconté toute l'histoire en phrases courtes et passionnées. Nous nous sommes assises à l'abri des arbres au bout du boulevard des Marauds et elle m'a fait sa confession.

« Il était tellement beau, m'a-t-elle dit. Nous étions toutes amoureuses de lui. Au début, nous nous attendions à voir débarquer un genre d'intellectuel ennuyeux. Mon père parlait beaucoup de lui, mais, à l'entendre, on avait l'impression qu'il était très *barbant*, vous savez ? Et puis il est arrivé et toutes les filles ont commencé à vouloir attirer son attention. Enfin, vous l'avez vu, pas vrai ? »

Ses yeux couleur de miel sauvage. Sa voix de soie. « Oh, oui. Je l'ai vu. »

Elle a haussé les épaules. « Ma sœur était folle de lui. Elle avait pourtant fait toute une histoire avant leur rencontre, affirmant qu'elle ne voulait pas se marier, que les parents ne pouvaient l'y forcer. Elle avait même prévu de s'enfuir. Et puis elle l'a vu et tout a changé. Elle s'est mise à parler de lui tout le temps. Aisha Bouzana, Jalila El-Mardi, Rana Jannat, elles lui faisaient toutes de l'œil, critiquaient Sonia derrière son dos, et faisaient courir le bruit que ce n'était pas une fille sérieuse, une bonne musulmane. Elles ont même réussi à mettre fin à nos matchs de football sur la place du village. Notre mère était inquiète : imaginez le scandale s'il annulait le mariage ! Mais ça n'avait pas l'air de déranger Karim. Il était l'ami de tout le monde. Il a aidé Saïd à aménager son club de gym et tous les hommes ont commencé à s'y rendre. C'était leur endroit à eux, un endroit accueillant. Et puis *elle* est arrivée.

— Inès », ai-je dit.

Elle a acquiescé.

« Elle n'est pas arrivée en même temps que Karim ? »

Alyssa a secoué la tête. « Non. Elle est arrivée seulement pour le mariage. Elle représente toute sa famille. Et il l'adore, il est tellement *protecteur* avec elle… » Elle a eu une exclamation de dégoût. « *Khee !* Elle porte le *niqab* tout le temps. Même à la maison. Même devant mon père. Elle fait peut-être l'angélique, mais elle a des yeux de démon. Vous avez dû vous en rendre compte. »

Autrefois, je lui aurais dit que je ne croyais pas au diable. Aujourd'hui, j'ai appris la leçon.

J'ai pensé à Inès Bencharki, au mépris que reflétaient ses grands yeux sombres, à ces couleurs qu'elle essayait à tout prix de cacher. Un scorpion est-il diabolique parce qu'il n'a d'autre choix que de piquer ? J'ai mal géré notre première rencontre, je le sais. Je l'ai laissée me prendre au dépourvu. Je m'y suis mal prise : trop impatiente, bien intentionnée, naïve. Pour résumer, je me suis conduite en amateur. La prochaine fois, il en sera autrement.

J'ai déclaré : « Je ne pense pas qu'elle soit diabolique. »

Alyssa a haussé les épaules. « Vous ne la connaissez pas. Quand elle avait son école, toutes les filles avaient peur d'elle. Elle ne sourit jamais, ne rit jamais, n'enlève jamais son *niqab.* C'est à cause d'elle que tant de filles le portent maintenant... Enfin, à cause d'elle et du fait que Karim dise toujours qu'une femme en *niqab* ressemble à une reine...

— Il semble lui être tout dévoué », ai-je remarqué.

Elle a fait la moue. « En effet. C'est le cas. C'est la seule femme qu'il aimc vraiment. Je ne sais pas ce qu'il lui trouve. Elle doit être très belle. Ou peut-être que c'est une sorcière, un *amar.* Tout ce que je sais, c'est que ce n'est pas sa sœur.

— Comment peux-tu en être si sûre ? lui ai-je demandé.

— Parce que je le sais, m'a répondu Alyssa. Parce que je vois bien comment il la regarde. Ou plutôt comment il *ne* la regarde *pas.* Quand elle est là, il est différent. *Tout le monde* est différent. Elle est comme l'ingrédient de trop qui gâche la recette.

— Zahra Al-Djerba l'aime bien, elle, ai-je ajouté.

— Zahra voudrait *tant* lui ressembler. » Il y avait du mépris dans la voix d'Alyssa. « Avant, elle n'était pas comme ça : elle ne parlait pas politique, elle ne portait pas le *niqab.* Mais elle imite tout ce que fait Inès, maintenant. Elle dit que nous devons reprendre ce qui nous appartient. Elle fait cela pour impressionner Karim. Comme s'il avait jamais remarqué *son* existence à elle.

— Parle-moi de Karim », ai-je dit.

Elle a soupiré. « J'ai froid. On peut rentrer ?

— Bien sûr. On peut continuer à parler en marchant. »

Comme toutes les victimes, elle s'en voulait. Elle pensait l'avoir encouragé d'une manière ou d'une autre. En s'habillant à l'occidentale, peut-être, ce qui était nouveau pour lui. Si elle avait porté le *niqab*, ou même juste le *hijab*, alors rien de tout cela ne se serait produit, m'a-t-elle dit. Mais Alyssa était jeune et naïve. Elle jouait avec les garçons sur la place du village, elle écoutait de la musique ou regardait la télé. Elle n'a rien vu venir. Et lorsqu'elle a enfin compris, c'était trop tard : le *zina* était déjà avec eux dans une chambre.

« Au début, on ne se touchait même pas, a-t-elle avoué. Nous ne faisions que parler en privé. À ce moment-là déjà, je savais que c'était mal. Karim voulait m'aider. Mais quand il s'est mis à prier avec moi, je ne pouvais penser à autre chose qu'à son visage, à ses gestes et à sa bouche fruitée comme une pêche… »

Sonia et lui avaient des problèmes, m'a-t-elle dit. La première fois qu'ils avaient couché ensemble, Sonia avait trouvé l'acte douloureux et refusé de recommencer. Karim se sentait blessé et seul. Il s'était confié à Alyssa parce que Sonia et elle étaient très proches, mais leur amitié s'était intensifiée et elle avait évolué en un autre sentiment.

« Après notre premier baiser, c'était terrible. Karim s'en voulait. À moi, il ne reprochait rien du tout. Il aurait voulu déménager tout de suite, mais dans ce cas-là, il aurait été obligé de raconter à ma sœur ce qui s'était passé. Alors, nous avons adressé des *dou'a* à Allah pour qu'il nous guide et fait en sorte de ne pas nous retrouver seuls. Karim passait tout son temps au club de gym. J'ai commencé à porter le *hijab.* Mais rien n'était facile. Nous vivions dans la même maison. Je pensais que si je m'habillais différemment, si je récitais mes prières plus souvent, si j'essayais d'être plus sérieuse, tout serait alors comme auparavant. Mais il y avait déjà quelque chose en moi qui ne *voulait* plus vraiment que les choses changent. Et puis, un soir, il est venu dans ma chambre. »

C'était il y a quatre semaines, seulement. Depuis, cela s'était reproduit à deux reprises : une fois lorsqu'ils étaient seuls à la maison et une autre, au fond du club de gym. Les deux fois, il l'avait suppliée de lui pardonner et Alyssa s'en était voulue.

Et puis, Inès était intervenue.

« Inès ? »

Alyssa a hoché la tête. « Oui. Peut-être qu'il le lui avait dit. Peut-être qu'elle avait deviné. D'une manière ou d'une autre, Inès savait tout. » Elle a tremblé. « Elle était très calme. Elle m'a dit de ne plus m'approcher de Karim, sinon elle raconterait tout à mes parents. Elle raconterait tout à ma sœur. Et Sonia était enceinte de trois mois. Quel impact ce genre de nouvelle allait-il avoir sur elle ? Ensuite, elle m'a regardée par-dessus son voile et elle m'a dit : *Tu crois que tu es la seule ? Tu crois que c'est la première fois que ça arrive ? Tu crois qu'il pourrait un jour t'appartenir alors qu'il m'appartient déjà ?* »

Nous nous approchions de la maison d'Armande. À l'intérieur, tout était allumé. On aurait dit une lanterne vénitienne : joyeuse, vivante, accueillante. J'ai deviné qu'Anouk et Rosette étaient levées.

Alyssa m'a regardée, d'un air méfiant. « Vous ne direz rien à personne ? » m'a-t-elle demandé.

J'ai secoué la tête. « Bien sûr que non. »

Elle a eu un petit hochement de tête énergique. « Maintenant, vous comprenez pourquoi j'ai dû partir. Elle me l'a dit elle-même : il lui appartient. Il est en son pouvoir. Depuis, elle me surveille. Elle m'observe et elle attend que je fasse un faux pas. Elle ne me parle jamais. Mais elle me déteste. Je le vois dans ses yeux.

— Pourquoi ne vit-elle plus avec vous ? »

Alyssa a fait une grimace. « Jiddo n'était pas content qu'elle porte tout le temps le *niqab* à la maison. Il n'aime pas les *niqab.* Il pense que les filles ne devraient pas en porter de nos jours. Il s'est disputé avec mon père à ce propos. Et il n'apprécie pas non plus que Père passe autant de temps au club de gym, entouré de sa cour, comme il dit. Alors, il est allé vivre ailleurs, et Inès en a fait de même, peu de temps après. Elle disait ne pas vouloir être la source de nos querelles de famille. Mais à ce moment-là, il était trop tard, de toute façon. Elle avait déjà tout empoisonné. »

Nous étions sous le porche de l'entrée de la maison d'Armande. La pluie s'était arrêtée, du moins pour l'instant. Même le vent était un peu tombé et je me suis demandé si l'autan noir n'allait pas cesser de souffler pour de bon.

« Je suis désolée d'avoir élevé la voix pour vous parler, m'a-t-elle dit. Je me suis montrée ingrate. Je vous dois tant. »

J'ai souri. « Tu ne me dois rien du tout. Allez, rentre vite avant d'attraper froid. »

Anouk et Rosette faisaient réchauffer des croissants pour le petit déjeuner. Une casserole de chocolat chaud attendait sur la cuisinière. Ça sentait la vanille et les épices. Alyssa a enlevé son *hijab* et s'est passé les mains dans ses cheveux mouillés.

« Je peux en avoir un peu ? a-t-elle demandé.

— Bien sûr. Mais ton ramadan ? »

Elle a esquissé un petit sourire ironique. « J'ai déjà enfreint tant de règles, je n'en suis plus à une tasse de chocolat chaud près. Mon *jiddo* dit que les règles de l'islam sont devenues comme un voile qui cache le visage d'Allah. Les gens ont peur de voir. Ils préfèrent s'en tenir aux apparences. »

Je lui ai servi une tasse de chocolat chaud. Il était bon, bien meilleur que je ne l'aurais pensé, à voir le vieux pot de cacao qu'Armande avait rangé dans son petit garde-manger. Je l'ai fait remarquer à Anouk.

« Ça, oui ! s'est-elle exclamée. Ta livraison est arrivée. Je l'ai mise au sous-sol. Il y fait plus frais. »

Bien. J'espérais justement avoir reçu ma commande. Un carton plein de ce qu'il me fallait pour confectionner des chocolats : des tablettes de couverture, des paquets de cacao, des boîtes, du papier de riz, des rubans et des moules. Il ne s'agissait en rien d'une commande extravagante, mais elle me permettrait en tout cas de tenir mes promesses.

« Je pourrais commencer par quelques truffes, ai-je déclaré.

— Bonne idée, a renchéri Anouk. On peut t'aider ?

— J'espère bien. »

Rosette a levé les yeux de son petit déjeuner avant de pousser un de ses petits cris. Même Rosette sait comment faire des truffes, les rouler dans le chocolat en poudre et les conserver dans des boîtes doublées de papier de riz. Ce sont les chocolats les plus faciles à faire. Nul besoin même d'un thermomètre à sucre. Il suffit d'avoir du nez et de savoir reconnaître le moment où le sucre se transforme et vous réclame une cuillerée de crème, de la cannelle, une goutte de Cointreau...

« J'ai promis à Omi Al-Djerba de lui faire des chocolats. Au vieux Mahjoubi, aussi. Et puis il y a Guillaume, Luc Clairmont...

— Et Joséphine et Pilou, a ajouté Anouk.

— Pilou ! s'est écriée Rosette.

— Et pour Jeannot aussi, bien sûr. »

Anouk m'a offert un sourire franc et radieux. « Bien entendu ! »

Je connais ce sourire. Voilà qui complique davantage encore notre séjour à Lansquenet. Un obstacle de plus sur notre chemin de retour vers Paris. J'ai tellement été préoccupée par mes histoires que j'ai peu prêté attention à Anouk. Malgré tout, je devine au ton joyeux et posé de ses réponses que Jeannot Drou a pris plus de place dans son cœur qu'elle ne veut bien me l'avouer. Une autre chose que l'autan noir a apportée avec lui : cette ombre, je la savais présente depuis le début, mais j'ai préféré ne pas y faire face. Je sais bien comment j'étais à quinze ans. J'ai mis ensuite vingt ans à escalader le mur qui séparait le sexe de l'amour. J'étais trop jeune. Anouk est trop jeune. Je n'ai jamais voulu écouter personne. Anouk ne voudra écouter personne non plus.

Je suis retournée à mon chocolat. Le chocolat, c'est sûr. Le chocolat obéit à des règles bien spécifiques. S'il brûle, c'est que l'on n'a pas respecté les instructions comme il le fallait. L'amour, lui, est aléatoire, il n'a pas de source connue et sévit comme la peste. Pour la première fois depuis l'arrivée d'Alyssa parmi nous, j'éprouve une sorte de compassion pour Saïd et Samira Mahjoubi. Ils ont déjà perdu une fille et sont à deux doigts d'en perdre une autre. Tandis que je m'affaire à peser et à râper le chocolat, à le faire fondre doucement dans une casserole, à ajouter le Cointreau goutte par goutte, je me demande : ressentent-ils la même chose ? Ont-ils compris que l'amour leur a volé leur fille, qu'il l'a attirée vers une autre orbite sans qu'elle n'y puisse rien ? Ou bien sont-ils si préoccupés d'eux-mêmes qu'ils n'ont rien vu venir ?

Je dois voir Joséphine. Je dois voir Inès Bencharki. Je dois trouver des réponses concrètes aux questions qui me retiennent ici. Dans la vapeur qui s'échappe de la casserole, je distingue à présent leurs visages, les yeux de Joséphine qui me regardent par-dessus le voile d'Inès Bencharki, la Reine de Coupe dans sa robe noire qui boit jusqu'à la lie son verre plein d'amertume…

Les exhalaisons s'échappent de la casserole riches et piquantes, parfumées d'agrume et de cannelle. Elles me font tourner la tête un moment et j'aperçois des couleurs de carnaval dans la fumée. L'art de la divination est une chose incertaine avec le chocolat. Les images se rapprochent plus du rêve que de la vérité et se résument souvent à de simples fantasmes qui ne me seront d'aucune utilité. Tels de sombres confettis, chaque apparition flotte un court instant dans l'air, incandescente, avant de disparaître comme une étincelle aux quatre vents. Je crois voir l'image de Roux, puis je reconnais Reynaud qui marche, tête baissée, près de la Tannes. Il ressemble à un vagabond, mal rasé et pâle, avec son sac à dos dont une lanière en cuir est cassée.

Qu'est-ce que ça signifie ? Pourquoi Reynaud ? Quel rôle joue-t-il dans cette histoire ?

Le mélange est prêt, maintenant. Dix secondes de plus et le chocolat aurait brûlé. Je retire la casserole de cuivre du feu. En un instant, la fumée se dissipera et avec elle, les couleurs et l'aperçu d'un détail capital sur le point d'être révélé. Je passerai peut-être voir Reynaud aujourd'hui. Ou peut-être demain. Oui, demain, ce sera mieux sans doute. Après tout, rien ne presse. Reynaud n'est pas ma préoccupation principale. D'autres gens ont davantage besoin de moi, encore.

CHAPITRE 4

†

Mercredi 25 août

J'aurais dû partir à cet instant, mon père. Malheureusement, les rues commençaient déjà à se remplir de fidèles se rendant à la mosquée. Alors, je suis resté là à les observer au milieu des arbres, le boulevard d'un côté, la rivière de l'autre. Je voyais toujours cette péniche cachée dans le coude de la Tannes comme à l'époque des rats de rivière. Je connaissais désormais l'identité de son occupante et des sentiments contradictoires m'animaient.

Les gens de la rivière avaient toujours été source de dispute à Lansquenet. Ils ne payaient pas d'impôts, allaient où bon leur semblait, travaillaient ou non selon leurs besoins. Certains étaient plus honnêtes que d'autres. Il est en effet plus facile d'enfreindre la loi quand il nous est possible de nous enfuir le lendemain, quand il ne nous incombe pas de protéger une communauté et que notre cœur n'est pas attaché à un endroit en particulier. Voilà pourquoi je n'aime pas les nomades de la rivière : ils ne contribuent en rien à la communauté, ils ont eux-mêmes choisi de s'exclure de la majeure partie de la société. Je déteste le *niqab* pour les mêmes raisons. Je peux bien vous l'avouer, mon père, parce que je sais que vous ne risquez pas de le répéter à l'évêque. Je déteste le *niqab* parce qu'il permet à la personne qui le porte de rompre les liens avec les autres, de ne pas se livrer aux actes sociaux les plus simples et pourtant susceptibles de rapprocher deux cultures différentes.

Un sourire, une simple salutation, mon père : avez-vous déjà tenté de dire bonjour à une femme en *niqab* ? Nous n'y avons même pas droit. J'ai fait de mon mieux pour être compréhensif. Pour m'habituer à leurs coutumes. Il n'est pourtant écrit nulle part dans le Coran que les femmes doivent avoir le visage caché. Non, mon père. Ce sont eux qui ont décidé de nous rejeter. Les efforts que nous avons fournis pour comprendre leurs traditions ne nous ont pas été rendus.

Prenez Inès Bencharki, par exemple. J'ai fait tout ce que j'ai pu pour qu'elle se sente chez elle ici et regardez où nous en sommes, actuellement ! Enfin, c'est au père Henri de s'en occuper désormais. Je lui souhaite bien du plaisir. Qu'il tente sa chance là où j'ai échoué. Je suis enfin débarrassé d'elle.

Voilà ce à quoi je pensais en observant les dernières personnes entrer dans la mosquée. Les rues étaient désertes. À cet instant précis, j'aurais pu partir sans être vu, mais non, je me suis dirigé vers l'embarcadère.

Je sais, mon père. Ce n'était pas raisonnable. J'étais prêt à partir sans dire au revoir à mes amis. J'étais prêt à partir sans en informer l'évêque. Et pourtant, je ne pouvais pas partir sans la revoir, *elle* : cette femme qui, depuis son arrivée, ne m'avait jamais montré son visage ni même parlé à moins d'y être vraiment contrainte. Pourquoi suis-je ainsi attiré par elle ? Sonia dit que c'est une sorcière. Je lui ai répondu que de telles créatures n'existaient pas. J'ai menti, mon père. J'en ai connu, moi, des sorcières.

Je me suis approché un peu de la péniche amarrée à la rive. La pluie n'était plus qu'une fine brume. J'ai aperçu un filet de fumée sortir du conduit de cheminée. Elle aurait déjà pu retrouver sa maison si elle m'avait laissé l'aider à faire les réparations, mais elle a préféré me mettre à la porte comme un voleur. Il se peut même qu'elle soit responsable de ces hommes qui m'ont agressé l'autre soir. Qu'avaient-ils dit déjà ? *C'est la guerre. Ne t'en mêle pas...*

À présent, je sais qui a mis le feu. Je pourrais enfin sortir blanchi de cette histoire. Un mot à l'évêque et je retrouverais ma place. Le père Henri Lemaître et Caro Clairmont se trouveraient forcés de ravaler leur venin. Tout Lansquenet saurait que l'on m'avait accusé injustement.

Cependant, il faudrait que je trahisse la confiance de quelqu'un. Sonia Bencharki s'est *confiée* à moi. Pas de manière officielle, bien sûr. Néanmoins, il s'agissait bien d'une confession. Et par conséquent, ce qu'elle m'a dit est sacré. Même si j'arrivais à parler à Inès, il me serait impossible de lui dire la vérité. Mieux valait partir alors avec le peu de dignité qui me restait. Mieux valait le faire tout de suite. Hélas...

Ce bateau ressemblait à un cercueil échoué le long de la berge. Le voile de cette femme, à la grille noire d'un confessionnal. Qu'est-ce que j'espérais qu'elle me dise, au juste ? Ou alors était-ce *moi* qui avais besoin de me confesser ?

J'ai avancé encore un peu. La surface de la Tannes était criblée maintenant de gouttes de pluie. Dans la lumière verdâtre de l'aube, la péniche noire prenait un ton velouté. J'ai dû rester debout ainsi un certain temps car à un moment donné, au loin, je me souviens avoir entendu les fidèles cesser de prier et arpenter les rues pour rentrer chez eux.

Toujours pas de mouvement sur la péniche. Je savais pourtant qu'elle était là. J'ai ramassé un caillou et je l'ai lancé. Il a heurté le pont et a rebondi deux fois. Pendant un instant, ce fut le silence. Puis une porte s'est ouverte. La femme a fait son apparition. Je savais qu'elle ne m'avait pas vu. Elle a jeté un coup d'œil par l'entrebâillement de la porte. Loin de sembler apeurée, elle attendait de toute évidence quelqu'un.

Karim Bencharki, peut-être ? De toute façon, cela ne me regardait pas. Malgré tout, je continuais à observer la scène entre deux troncs d'arbre, envahi à la fois par un sentiment de culpabilité et une étrange euphorie. La joie furtive du voyeur qui épie de l'extérieur et sait que personne ne le voit…

La femme est sortie sur le pont du bateau. Elle se déplace comme une danseuse quand elle est seule. Ses pas sont presque silencieux. Le vent a enlacé sa robe noire pour en faire sa partenaire le temps d'une danse. Sous sa tenue, j'ai aperçu une couleur claire, un éclat soudain de turquoise.

Cela m'a un peu surpris, mon père. Je pensais qu'elle portait du noir de la tête aux pieds, tel un tortillon de papier carbonisé. Elle a levé les bras au ciel comme si le vent allait la soulever. Puis elle a mis les mains derrière la tête pour détacher les cordons de son voile…

Je n'ai pas vu son visage, mon père. Il était tourné vers l'eau. Cependant, j'ai aperçu la partie supérieure du *niqab* flotter entre ses doigts tel un petit drapeau noir. Si seulement elle avait pu se retourner…

Je sais, mon père. Tout ce que je peux dire, c'est qu'en cet instant, l'autan noir avait dû me rendre fou. J'ai crié son nom. Elle a commencé à se retourner. Puis j'ai entendu un bruit derrière moi et j'ai senti un tissu, peut-être un manteau ou un foulard, me couvrir la tête. Au même moment, j'ai été violemment poussé en avant et je suis tombé maladroitement sur les genoux, le poids de mon agresseur sur le dos. Quelque chose, un bras, m'a serré le cou. J'ai tenté de le repousser en vain. Je ne pouvais plus respirer. Je me suis mis à suffoquer. Des chrysanthèmes noirs sont venus troubler ma vision.

Une pression de force moyenne sur la carotide peut entraîner une perte de connaissance en moins de dix secondes. La mort en une minute si l'on ne relâche pas son emprise.

Voilà maintenant l'autan noir qui souffle son vent froid, impétueux et sans pitié. Il me remplit la tête, me consume, m'entraîne vers les ténèbres.

Autan blanc, emporte le vent.

Deux secondes encore…

Et je n'existe plus.

CHAPITRE 5

Mercredi 25 août

Il était déjà midi passé quand nous avons quitté la maison. Mon retard était en partie dû à Rosette qui, ayant aidé à la confection des truffes, voulait aussi participer à leur distribution. Elle menait la marche avec ses bottes de caoutchouc rouges, sautait dans toutes les flaques et chantait à gorge déployée « *Bam bam BAM, bam badda-BAM !* ». Anouk était restée à la maison avec Alyssa et j'essayais de rassembler mes pensées vagabondes.

J'ai résisté à la tentation d'appeler Roux. Il ne pouvait rien me dire de plus. D'ailleurs, si mes soupçons s'avéraient exacts, j'étais l'unique fautive dans cette histoire. Roux et Joséphine n'y étaient pour rien. Ma mère avait raison : je n'aurais jamais dû construire ma vie autour d'un seul homme. Je n'avais pas besoin de Roux, avant. Il aurait dû en rester ainsi.

Le vent s'affaiblit. La pluie continue pourtant, sans relâche. Elle est chaude aujourd'hui, douce et chaude comme du lait maternel. Je pense à Inès Bencharki, au fait qu'Omi et Alyssa la soupçonnent d'être la maîtresse de Karim. Est-ce ce que je suis aux yeux de Joséphine ? Un scorpion, une sorcière qui a empoisonné sa vie ?

Je devrais m'en aller dès maintenant, je le sais. Je devrais rentrer chez moi tant que cela m'est encore possible. Mais n'est-il pas déjà trop tard ? Je suis trop impliquée dans la vie des Marauds. Je ne peux pas abandonner Alyssa et le problème d'Inès Bencharki demeure. De plus, j'ai promis à Reynaud de l'aider à sauver sa réputation. En moins de deux semaines, je me suis retrouvée mêlée à une demi-douzaine de secrets, de la cachette de Dou'a dans le grenier aux macarons dévorés par Omi en dépit du ramadan. Ainsi vont les choses à Lansquenet. Le village semble si inoffensif avec ses petites maisons tordues aux murs envahis de roses trémières. Mais ce n'est qu'une tactique pour piéger les moins vigilants d'entre nous. Tel le gobe-mouches dont les feuilles veloutées attirent les insectes, Lansquenet me piège et me garde prisonnière de son réseau de toiles d'araignées…

En traversant le pont qui mène au village, j'ai croisé Pilou qui pêchait du parapet. Vlad se trouvait à ses côtés. Ils étaient tous deux trempés jusqu'aux os, mais avec l'insouciance qui caractérise les petits garçons et leur chien aux quatre coins du monde, ni l'un ni l'autre ne semblaient y accorder une importance quelconque.

« J'ai fait des chocolats, ai-je annoncé. Tu veux en goûter un ? »

Le visage de Pilou s'est éclairé. Il a un sourire des plus engageants. Malgré mes récentes découvertes, je n'arrive pas à lui trouver la moindre ressemblance avec Roux. Il a les yeux de sa mère, son énergie débordante, mais il n'a pas hérité de sa maladresse. C'est un petit garçon joyeux et intelligent. Hélas, si mes soupçons sont fondés, je lui ai volé son père.

J'ai choisi de lui donner une truffe au chocolat au lait. « En voilà un que tu vas adorer, je pense », ai-je déclaré.

Je ne lui ai pas précisé que ses préférés étaient en fait mes carrés à la fraise et au poivre noir parce que je n'avais ni le temps ni les ressources nécessaires à la confection des chocolats préférés de chacun. De plus, tous les garçons adorent le chocolat au lait. Il l'a mangé, en appréciant bruyamment sa saveur pendant que Rosette le regardait faire avec enthousiasme.

« Ouah, c'est trop bon, a-t-il conclu. C'est vraiment vous qui les avez faits ?

— C'est mon métier. » Je lui ai souri. « Ta mère est à la maison ?

— Sais pas, a-t-il répondu. Je crois qu'elle est allée voir le curé. » Pilou a souri de ma surprise. « Elle lui apporte des pains au chocolat.

— Des pains au chocolat ? » ai-je répété.

Je savais que Reynaud et Joséphine avaient résolu la plupart de leurs différends, mais imaginer ma vieille amie apporter le petit déjeuner à Reynaud me semblait tout aussi saugrenu que d'imaginer le curé encourager sa démarche. C'était le genre de choses auxquelles Caro aurait pu s'adonner par le passé, avant l'incendie de l'école. Mais là…

Je me suis soudain rendu compte que je n'avais pas vu Reynaud depuis dimanche soir. La semaine dernière, il était passé à la maison tous les jours nous apporter du pain de la boulangerie. J'avais pensé que la pluie de ces trois derniers jours l'avait forcé à annuler ses promenades matinales. Maintenant, je me souvenais de la vision qui m'était apparue en préparant les chocolats : l'image de Reynaud, marchant seul…

« Il va bien ? ai-je demandé à Pilou.

— Je n'ai pas le droit de le dire, a-t-il dit.

— De me dire quoi ? »

Pilou a haussé les épaules. « Je crois qu'il s'est battu, a-t-il lâché. Avec des gens des Marauds. Dou'a dit qu'il y en a des méchants là-bas. Des gens qui le croient responsable de l'incendie. Maintenant il ne sort plus de chez lui. Jusqu'à ce que les choses se calment, en tout cas. »

Voilà qui expliquait tout. « Oh, je vois. Je vais peut-être lui apporter des chocolats. »

Nous avons passé le reste de l'après-midi à honorer toutes les promesses que j'avais faites. Une boîte de truffes pour Narcisse, qui s'est montré très généreux en nous offrant des fruits et des légumes en retour. Une autre pour Luc, qui nous avait prêté sa maison et sans lequel nous ne serions sans doute jamais venues. Une troisième pour Guillaume en lui interdisant *rigoureusement* d'en donner à son chien. À chaque visite, les feuilles velues du gobe-mouches se refermaient un peu plus, nous enveloppaient de tant de douceur qu'ils rendaient notre futur départ plus difficile encore.

Rosette a signé : *Je me plais bien ici.*

Bien sûr. C'est si rassurant de vivre ici. Si différent de Paris avec ses banlieues froides et sa foule anonyme.

On peut rester ? Roux peut venir aussi ?

Oh, Rosette. Qu'est-ce que je peux faire ?

Nous sommes arrivées au Café des Marauds au

moment où les cloches de l'église sonnaient quatre heures. Joséphine se trouvait derrière le bar et nous a accueillies avec un chocolat chaud. Elle avait l'air ravie de nous voir, mais quelque chose dans les couleurs de son âme me disait qu'elle était mal à l'aise. Je lui ai donné une boîte de chocolats des plus noirs enrobés de chocolat blanc, une variété de truffes que j'ai nommée *Les Hypocrites.*

Elle en a goûté une. « C'est *délicieux.* Tu as toujours autant de talent. Imagine ce que tu pourrais faire si seulement tu... » Elle a ravalé la fin de sa phrase si vite que j'ai entendu ses dents s'entrechoquer.

Si je quoi ? Si je revenais vivre ici pour de bon ? C'est ce qu'elle voulait dire ? Et pourquoi cette pensée l'alarmait-elle tant ?

J'ai souri. « Je m'entraîne simplement pour ne pas perdre la main, ai-je répondu. Et puis, je me suis dit que ça te ferait plaisir. »

Il n'y avait pas beaucoup de clients dans le café. Seules quelques tables étaient prises. De l'autre côté du bar, j'ai vu Marie-Ange jeter un coup d'œil derrière le rideau de perles qui donnait sur la pièce du fond. J'ai bu mon chocolat. Il était bon. Pas tout à fait aussi bon que le mien, mais quand même...

Le regard de Joséphine s'est dirigé vers le rideau de perles et Marie-Ange qui lui faisait signe de venir avec insistance.

« Je suis désolée, Vianne. Je dois y aller. J'ai quelque chose à faire.

— Un problème ? »

Elle a secoué la tête. Apparemment, son sourire n'était qu'éclat, mais il cachait des profondeurs d'embarras.

« Non, non. Finis ton chocolat tranquillement. Tu sais, il y a toujours tant de choses à faire… »

Une fois encore, j'ai balayé la salle du regard. Calme. Deux jeunes garçons sirotaient un diabolo menthe ; Poitou prenait son goûter avant la réouverture de la boulangerie ; Joline Drou et Bénédicte Acheron buvaient un café noir et contemplaient la rue. Ni l'une ni l'autre ne m'a parlé, mais je les voyais observer Rosette qui avait disparu sous la table où elle jouait avec Bam et faisait des petits bruits en lui parlant. L'espace d'un instant, je me suis demandé si Rosette était à l'origine de la gêne de Joséphine. Certaines personnes se trouvent mal à l'aise quand elles sont confrontées à l'inhabituel et il était clair que Rosette troublait quelque peu Joline et Bénédicte…

Ou le problème venait-il du père de ma fille ?

Je leur ai tendu la boîte de chocolats. « Pourquoi ne goûteriez-vous pas à mes *Hypocrites* ? Je suis sûre que ce sont vos chocolats préférés. »

Joline a semblé agitée. « Je… Je ne mange pas de chocolat. »

Bénédicte m'a regardée d'un air supérieur. C'était une blonde décolorée au sourire mielleux et aux accessoires trop nombreux qui se considérait comme la remplaçante toute désignée de Caro Clairmont. « Je ne crois pas que vous trouverez beaucoup de femmes qui en soient friandes ici, a-t-elle déclaré. Nous devons faire attention à notre ligne, n'est-ce pas ?

— Oui, c'est vrai », ai-je rétorqué avec un sourire.

Les couleurs de son âme ont brillé d'un vert bilieux. Sous la table, Rosette s'est mise à chanter de sa voix étrange d'oiseau.

« Quelle petite fille adorable vous avez là, a lancé Bénédicte d'un ton sirupeux. C'est dommage qu'elle ne parle pas.

— Oh, elle parle parfois, ai-je répliqué. Elle attend juste d'avoir quelque chose à dire. C'est dommage que ce ne soit pas le cas de tout le monde. »

« Excusez-moi, Madame. » Une voix dans mon dos. Je me suis retournée et j'ai reconnu Charles Lévy qui habite en bas de la rue des Francs-Bourgeois, pas loin de chez Reynaud. Il n'avait pas été l'un de mes clients réguliers, mais c'était néanmoins un vieil homme agréable, toujours bien soigné et scrupuleux. À ses côtés se trouvait Henriette Moisson, une dame très âgée que j'avais connue du temps de ma chocolaterie. Elle tenait à la main un collier de chat rose, agrémenté d'une médaille en métal en forme de cœur. Elle paraissait déroutée et inquiète.

« Vous pouvez peut-être nous aider, a dit Charles. Nous cherchons Monsieur le curé. »

Joline est intervenue : « Mais on est mercredi. Vous savez bien qu'il ne vient pas le mercredi. »

Charles Lévy lui a lancé un regard. « Non, pas le père Henri, a-t-il précisé. Je cherche Reynaud. »

Joline a haussé un sourcil épilé à l'excès. « Reynaud ? Pourquoi voulez-vous le voir ? Tout le monde sait qu'il est fou.

— Il m'a semblé tout à fait sain d'esprit quand je l'ai vu dimanche, l'ai-je contredite.

— En tout cas, Caro l'a vu hier et elle pense qu'il est à deux doigts de perdre la raison. Ce n'est qu'une question de temps, d'après elle. Ça lui a toujours pendu au nez, de toute façon. »

Charles n'a pas réagi et s'est de nouveau adressé à moi : « Je crois savoir que vous êtes une amie de

Monsieur le curé, a-t-il continué. Je lui ai parlé de mon chat, de mon Otto. Mme Moisson l'a en partie adopté. J'adore mon chat, madame. Mais Reynaud m'a fait comprendre qu'elle en avait peut-être encore plus besoin que moi. Quoi qu'il en soit, Otto a disparu et Mme Moisson me soupçonne. »

Henriette lui a jeté un regard dédaigneux. « Mon Tati ne s'enfuirait jamais.

— C'est un *chat*, lui a dit Charles. Bien sûr que si. Et si vous l'appeliez par son *nom*, qu'il comprend et auquel il *répond*...

— Otto. C'est un nom de Boche, a rétorqué Henriette avec mépris.

— Mon grand-père était allemand », s'est expliqué Charles.

Henriette a eu une exclamation de dégoût. « Pas étonnant que ce chat ait découché. Et ça, alors, vous allez me dire qu'il a enlevé tout seul son collier, peut-être ? » Elle lui a montré le collier rose. J'ai remarqué que la médaille en forme de cœur portait une inscription au nom de *TATI*.

« Je l'ai trouvé près de la rivière. Mon Tati *adore* son collier.

— Près de la rivière ? » J'ai froncé les sourcils. « Otto, ou Tati, ne serait pas un chat noir avec une petite tache blanche sur le coin du nez par hasard ?

— Vous l'avez vu ! s'est écrié Charles.

— Je pense que oui. Mais dans les Marauds, je crois qu'il répond au nom de Hazrat et qu'il s'est découvert une passion pour les macarons à la noix de coco. »

Henriette a poussé un gémissement. « Non ! Dans les Marauds ? Ces Maghrébins ! Un chat n'est pas en sécurité dans leur quartier. Ils vont faire de mon chat de la viande à kebabs… »

Je lui ai assuré que Tati était traité comme un roi et leur ai promis de leur donner bientôt de ses nouvelles. Henriette n'était pas encore tout à fait sereine, mais elle a consenti à manger une truffe. Charles l'a imitée et s'est assis seulement après s'être assuré qu'Henriette ait confortablement pris place.

« Merci, madame Rocher, a-t-il dit à voix basse afin que Joline et Bénédicte ne l'entendent pas. Je suis passé chez Monsieur le curé, mais il ne veut plus parler à personne, pas même à travers sa boîte à lettres.

— Sa *boîte à lettres* ?

— Oh oui, a-t-il rétorqué. C'est par là qu'il écoute les confessions. Il n'a pas le droit de les entendre à l'église depuis que le père Henri a pris ses fonctions.

— Quel *pervers*, a ajouté Henriette. Vous saviez qu'il se cachait dans le confessionnal la dernière fois que je suis allée à l'église ? Il s'était même déguisé en prêtre, *pardi* !

— Le père Henri *est* un prêtre, lui a expliqué Charles.

— On ne se serait jamais imaginé qu'un *pervers* pareil puisse exister », a dit Henriette.

Charles a pris un autre chocolat pour se détendre. « Vous voyez comment elle est ? m'a-t-il sifflé. Plus vite on retrouvera Otto et mieux ce sera. J'ai l'impression qu'il arrive un peu à la calmer.

— Je le retrouverai, c'est promis », leur ai-je déclaré à tous les deux.

Ce qu'ils venaient de me dire avait réveillé mes doutes. Francis Reynaud avait un problème. Le fait de rester cloîtré de peur d'être agressé, d'écouter des confessions à travers sa boîte à lettres, d'apparaître à mes yeux dans des vapeurs de chocolat fondu, de se comporter de manière si étrange que Caro Clairmont avait pu en profiter pour répandre la rumeur de sa folie…

J'ai pris Rosette, Bam et ce qu'il restait de mes chocolats. Je ne pouvais ignorer plus longtemps la sensation de malaise qui me tiraillait. Je me suis rendue à la chaumière de Reynaud dans la rue des Francs-Bourgeois et j'ai frappé à la porte. Pas de réponse. Les volets étaient ouverts. J'ai regardé à l'intérieur, mais je n'ai aperçu aucun signe de vie. J'ai de nouveau toqué. Rien. Puis j'ai tourné la poignée.

La porte n'était pas fermée. Cela n'avait rien d'étonnant en soi. Il n'y avait guère de crimes à Lansquenet. Encore aujourd'hui, la plupart des gens ne prenaient pas la peine de verrouiller leur porte. Il y avait eu un voleur, il y a quelques années, d'après ce que Narcisse m'avait dit. Il s'agissait de l'un des cousins d'Acheron, je crois. Mais depuis qu'on l'avait arrêté, il n'y en avait pas eu d'autres.

La maison était déserte. Je l'ai compris tout de suite. L'écho est toujours un peu différent. Il en émanait une légère odeur de pain trop grillé et de pièces qui n'avaient pas été aérées depuis la veille. Je suis allée dans la chambre et j'ai vu que le lit avait été refait avec minutie, que tout était propre et rangé au carré. On avait arrosé les plantes peu de temps auparavant. Dans la cuisine, aucune assiette sale. La bassine de plastique avait été soigneusement retournée dans l'évier. Dans l'arrière-cuisine, j'ai trouvé la machine à laver pleine de linge propre et sec qui sentait encore le frais comme si la lessive datait de ce matin. La salle de bains était aussi nue que la cuisine : pas de serviettes accrochées aux portants, ni de brosse à dents sur l'étagère en verre.

Reynaud était-il parti ?

Je suis retournée dans le séjour où Rosette jouait tranquillement. La seule vie qui animait encore cet endroit était le bruit de Rosette qui jouait et le tic-tac de l'horloge sur le manteau de cheminée. Certains laissent une partie de leur être dans la maison où ils ont jadis habité, mais je n'ai trouvé aucune trace de Francis Reynaud : aucune empreinte de pas, aucune ombre, pas même un fantôme.

« Où est-il parti ? » ai-je pensé tout haut.

Rosette a levé la tête et poussé un cri vers moi.

« *Bam !* » Elle m'invitait à jouer.

J'ai secoué la tête. « Pas maintenant, Rosette. Je réfléchis. Où pourrait-il bien aller sans nous le dire ? »

À la rivière, a déclaré tout à coup Rosette en langue des signes, comme si la réponse était des plus évidentes.

La rivière. Cette pensée m'a fait froid dans le dos. Après les crues d'une semaine de pluie, elle devait être redoutable. De plus, le vieux Mahjoubi ne m'avait-il pas dit qu'elle était dangereuse ? L'image alarmante de Reynaud contemplant l'eau du haut du parapet m'est soudain apparue.

Se pouvait-il que Caro ait raison ? Reynaud souffrait-il de dépression nerveuse ? Le stress de ces dernières semaines l'avait-il mené au suicide ? Certainement pas. Ce n'était pas son genre. Et malgré tout…

Les gens changent. La voix de ma mère me parvient des ténèbres dans un murmure. *Après tout, toi aussi, tu as changé, pas vrai ? Toi, Roux, Joséphine…*

C'est la voix d'Armande, à présent : *Tu as essayé de me sauver, n'est-ce pas ? Comme tu as essayé de sauver ta mère. Et pourtant, nous sommes toutes les deux mortes.*

« *Bam !* a dit Rosette. *Bam bam, badda-bam !* »

C'est bien, Rosette. Dis-leur à ces fantômes. Dis-leur à tous de nous laisser tranquilles. C'est tout simplement l'autan noir qui s'est introduit dans ma tête, qui me souffle des pensées troublantes et me fait douter de mon bon sens. Reynaud est sans doute parti se promener. Nous le verrons demain matin. De toute façon, il nous reste encore des chocolats à distribuer dans les Marauds : des truffes à la noix de coco pour Omi, à la rose et à la cardamome pour Fatima et ses filles, au piment qui réchauffe le cœur et donne du courage pour le vieux Mahjoubi. Ainsi qu'un dernier sachet fermé avec un ruban de soie rouge pour Inès. Le cadeau qui se fraye un chemin à travers toutes les cultures, qui fait naître un sourire sur les visages les plus aigris, qui remonte le temps et nous ramène à une époque plus douce, plus simple. La dernière fois que j'ai tenté de l'approcher, j'ai échoué. Je me suis présentée à elle, non armée, inconsciente. Cette fois-ci, ce sera différent.

Cette fois-ci, je lui apporte ses chocolats préférés.

CHAPITRE 6

✝

Mercredi 25 août

Je n'ai pas dû rester inconscient très longtemps. J'ai repris connaissance dans l'obscurité. J'avais mal à la tête, au dos. Celui qui m'avait amené jusqu'ici n'avait sans doute pas pris beaucoup de précautions.

C'était où, *ici* ? Je me suis assis avec peine. Un sous-sol quelconque, peut-être : un sol dallé, une odeur de cave. Il faisait froid. Ça sentait l'humidité, la moisissure, la décomposition.

Non loin, j'entendais la rivière : son grondement rauque, effréné ; son eau de crue chargée de débris ; son roulement de gros poids lourd.

J'ai crié : « Y a quelqu'un ? »

Pas de réponse.

J'aurais pu réitérer mon appel, mais je me suis abstenu. Il se pouvait que mon agresseur soit l'un de ceux qui m'étaient déjà tombés dessus l'autre soir. Si tel était le cas, avais-je vraiment envie de me trouver de nouveau à sa merci ?

J'ai voulu explorer mon cachot. À tâtons dans des ténèbres qui me semblaient aussi vastes qu'une salle de bal, je suis tombé sur des cageots vides, des morceaux de plâtre, des cartons mouillés, des paquets de vieux journaux et plus loin, j'ai enfin trouvé une douzaine de marches de pierre qui menaient à une porte verrouillée. Il n'y avait pas de poignée de mon côté. J'ai martelé la porte de coups de poing. Personne n'est venu. La porte était solide. La résonance de mes poings contre le bois était à peine audible avec le bruit de la rivière.

Mon père, je sais que c'est absurde, mais au début je n'ai pas eu peur. En fait, j'avais du mal à croire que je me trouvais bien là. Il m'était beaucoup plus facile d'imaginer qu'il s'agissait d'un rêve dû au stress, à la fatigue et à la douleur encore lancinante dans mes doigts. C'est alors seulement que la peur s'est installée, tel un invité importun qui accapare peu à peu toutes les pièces de votre maison. Je vois que l'obscurité n'est pas tout à fait complète : un vague rectangle de lumière encadre la porte en haut des marches et à la partie supérieure du mur du fond se trouve une grille, comme celle du confessionnal, à travers laquelle filtre une lueur blafarde.

Tandis que mes yeux s'adaptent à l'obscurité, je commence à avoir une plus nette notion de l'espace. J'arrive à distinguer des ombres, ainsi que le reflet menaçant de l'eau. Le sol est très en pente et la partie la plus basse est inondée. Je suppose que je me trouve dans l'une des tanneries en ruine. Au fur et à mesure que le niveau de l'eau montera, la cave se remplira à une vitesse alarmante. J'ai déjà vu ce phénomène se produire plus d'une fois avec la rivière. C'est d'ailleurs l'une des principales raisons pour lesquelles de très nombreux bâtiments longeant le boulevard des Marauds sont condamnés.

Il y a une heure environ, un filet d'eau s'est mis à couler d'un tuyau dans le mur. Depuis, le filet a grossi et s'est transformé en une coulée abondante qui ruisselle presque sans bruit le long du mur pour terminer sa macabre course dans un coin, de l'autre côté de la pièce. En l'espace d'une heure, la flaque a gagné du terrain et atteint le milieu de la cave.

Qui m'a fait ça ? Pourquoi me trouvé-je ici ? Est-ce une tentative d'intimidation ? Je suis prêt à avouer ma peur. Mais surtout, mon père, je suis en colère. Je suis en colère que l'on me fasse subir pareille chose, à *moi*, un représentant de la sainte Église catholique…

Alors oui, vous allez dire que c'est moi qui suis parti. Que j'ai voulu échapper à mes responsabilités. Que je me suis enfui comme un criminel en pleine nuit en ne prévenant personne de mes intentions. Avec le recul, il se peut que j'aie commis une erreur. Personne ne se rendra compte de ma disparition. Dans quelques jours peut-être, quelqu'un pensera à passer chez moi. Mais comment sauront-ils où me chercher ? Et jusqu'où cette eau va-t-elle monter ?

Je vous entends dire que c'est bien fait pour moi. Je n'aurais jamais dû choisir la fuite. Il est tout bonnement inconcevable qu'un prêtre tourne le dos à Dieu ou à sa vocation. Cependant, Dieu ne me parle pas comme vous, mon père, et pendant des années, je me suis parfois demandé si cette vocation n'était pas pour moi un simple prétexte à tenter de maintenir l'ordre dans un monde de plus en plus étrange et chaotique. Cela dit, sans l'Église, je suis incapable de me défendre : la situation épineuse dans laquelle je me trouve à l'instant, elle-même, en est la preuve. À l'instar de Jonas, j'ai été avalé par quelque chose de trop grand, de trop peu familier pour pouvoir m'en sortir tout seul.

J'ai traîné les cageots contre le mur du fond et formé grâce à eux une sorte de pyramide. En montant dessus, j'ai découvert qu'il m'est tout juste possible de voir à travers la grille. Il n'y a pas grand-chose à voir, mon père : rien d'autre qu'un mur de briques. Il doit s'agir d'une ruelle, maintenant inondée par la Tannes qui a débordé. Une légère odeur d'urine m'est parvenue, mon père, bien que masquée par celle du chlore et du désinfectant. Au loin, je sens aussi l'effluve du *kif,* des épices et d'un plat cuisiné. La ruelle doit être toute petite, d'à peine un mètre de large. C'est peut-être l'un de ces passages qui relient la rue aux berges. Même par beau temps, ils ne sont guère empruntés. Les chances que j'ai d'être entendu par un passant sont insignifiantes.

Et maintenant, j'ai faim, en plus. Des heures ont passé et mon estomac se plaint d'avoir loupé au moins un repas. J'ai mangé un peu de ce que j'ai mis dans mon sac à dos, mais il n'y a pas grand-chose hélas : j'avais prévu de me ravitailler après avoir quitté Lansquenet. Deux ou trois boîtes de thon à l'huile en conserve, des restes de pain de la veille. Une pomme. Une bouteille d'eau. Je me suis efforcé de ne pas tout manger d'un coup.

Ma faim s'étant à présent calmée, mon sentiment de peur est devenu d'autant plus vif. J'essaie d'ouvrir la porte en haut des marches toutes les vingt minutes environ, comme si elle pouvait s'ouvrir par miracle, même si je sais qu'elle est fermée à clef. Il fait froid, ici. Bien plus froid qu'à l'extérieur. Je frissonne déjà. J'attrape le pull trop grand que j'avais mis dans mon sac à dos et je l'enfile sous mon manteau. La laine est rêche, mais confortable. Si je ferme les yeux, il me semble même que le bruit de l'eau ait un effet soporifique. Je pourrais me trouver en pleine mer. J'entends la Tannes au loin. En pleine mer, en route pour un nouveau monde : un rêve d'enfant, mis de côté il y a déjà bien longtemps, avant mon départ pour le séminaire.

Voilà ce qui arrive aux garçons qui s'enfuient en mer, Francis Reynaud.

C'est votre voix, mon père. Je sais. Vous avez raison. Je devrais implorer le pardon de Dieu. Pourtant, je ne peux m'empêcher de ressentir une sorte d'ivresse. Voilà peut-être pourquoi je ne peux pas prier. Je n'éprouve pas de repentir.

De nouveau, je pense au monstre des mers qui m'a englouti avec tant de facilité. Suis-je vraiment à blâmer ? Est-ce là ma punition pour m'être enfui ? Ou ne se pourrait-il pas en fait que j'aie *déjà* passé toute ma vie dans le ventre d'une bête sans jamais avoir eu conscience du monde extérieur ?

CHAPITRE 7

✝

Mercredi 25 août

J'ai dû dormir. Combien de temps, je ne sais pas. En tout cas, à mon réveil, la nuit tombait et même le petit carré de lumière qui entourait la grille n'était plus qu'une lueur rouge. J'étais tout raide et courbaturé d'être resté allongé sur le sol de pierre. Malgré tout, mon père, j'ai dormi. Je devais être épuisé.

J'ai jeté un coup d'œil dans la ruelle du haut de ma pile de cageots en remarquant que la flaque d'eau avait gagné en profondeur et commencé à s'infiltrer dans mes chaussures de marche.

Le vent est tombé et la pluie s'est arrêtée. Perché sur les cageots, le visage collé à la grille, j'ai eu l'impression que l'odeur de cuisine s'était intensifiée. Bien sûr. Ces gens-là mangent après le coucher du soleil, parfois à minuit, voire plus tard.

J'ai pensé appeler à l'aide. Peut-être quelqu'un viendrait-il me libérer. Après tout, combien de temps mes ravisseurs s'imaginaient-ils que cette situation ridicule allait encore durer ? Plus j'y réfléchissais, plus l'histoire m'apparaissait comme une farce qui avait mal tourné, une mauvaise blague qui était allée trop loin.

L'eau continuait à couler sans relâche de la canalisation murale. Peut-être s'agissait-il de la sortie d'un ancien système de tuyaux à gaz. En tout cas, c'était le chemin que la Tannes en crue avait choisi pour m'atteindre. Il était impossible de boucher cette conduite d'eau. Je l'ai d'ailleurs appris à mes dépens lors d'une tentative qui n'a servi qu'à mouiller mes vêtements davantage.

Je me suis mis debout sur les cageots et j'ai appelé au secours.

Personne n'est venu. Aucune réponse. Ma voix est à peine audible dans le ventre de la baleine.

J'ai crié jusqu'à m'enrouer. Pendant cinq, peut-être dix minutes. J'ai reconnu l'odeur du pain cuit au four, des sauces agrémentées d'épices et d'huile, des pétales de rose, de l'agneau rôti, des pâtisseries aux pois chiches et des marrons.

« À l'aide ! Je suis *là* ! Je suis Francis Reynaud ! »

À présent, j'avais la tête qui tournait à force de hurler. J'aurais été content de voir n'importe qui, même mes agresseurs, mon père, plutôt que de faire face à cette solitude. Cette pensée m'a un peu surpris. Être seul ne m'avait jamais posé autant de problèmes. Même le visage du père Henri Lemaître me serait providentiel dans ce désert.

« Au secours ! *Je vous en prie* ! »

Je ne savais pas bien à qui je m'adressais. Peut-être à vous, mon père, ou à Dieu. En tout cas, personne ne m'a répondu. J'ai donc fini par quitter mon poste d'observation et je suis retourné sur les marches qui n'allaient pas tarder à devenir le seul endroit de la pièce encore au sec. Je me suis enveloppé de mon pardessus et j'ai tenté de me rendormir. Ou bien j'y ai réussi, ou bien j'ai simplement plongé dans une léthargie quelconque car j'ai repris mes esprits un peu plus tard en entendant un bruit sourd au-dessus de ma tête.

Boum, boum, boum, boum.

C'était un bruit répété, cadencé, comme le rythme d'une basse lointaine.

Boum, boum, boum, boum.

De la musique ? Non, je ne crois pas. La communauté des Marauds n'est pas un lieu où l'on entend souvent de la musique. De plus, il y avait quelque chose d'organique dans ce martèlement, une irrégularité à peine perceptible, comme les battements d'un cœur défaillant. C'était peut-être le cœur de la baleine rêvant de ses futures conquêtes, mon père.

Et puis, soudain, j'ai compris. Je savais enfin où j'étais, mon père. Ce bruit qui ressemblait aux pulsations cardiaques d'un géant était en fait celui d'un tapis de course.

Ma cave se trouvait sous le club de gym.

CHAPITRE 8

Mercredi 25 août

Le coucher de soleil était spectaculaire du pont qui nous ramenait vers les Marauds. La pluie avait enfin cessé pour faire place à ce merveilleux crépuscule aux incroyables nappes de jaune citron et de rose qui perçaient sous une sombre plaque gris ardoise. Le temps d'arriver de l'autre côté de la rivière, toutes les maisons s'étaient empourprées et chaque fenêtre semblait illuminée d'une feuille d'or. Derrière ce décor se trouvait la Tannes, resplendissante dans sa splendeur de soie.

Je voyais le bateau d'Inès Bencharki amarré à l'abri des arbres. J'ai aperçu de la lumière à l'intérieur. Un filet de fumée pâle s'échappait de la cheminée. J'ai sorti mon dernier paquet de chocolats : une poignée de truffes légères au chocolat noir enrobées de cacao épicé. J'avais ajouté de la cardamome pour le réconfort, des graines de vanille pour la douceur, du thé vert, de la rose et du tamarin pour l'harmonie et la bonne volonté. Parsemées d'or en feuilles, elles ressemblaient à de minuscules papillotes de Noël, délicatement parfumées, d'une rondeur parfaite : comment pourrait-elle y résister ?

Rosette s'était déjà dirigée vers l'eau. De toute évidence, Bam aime bien nager. Rosette sait nager aussi bien que Roux et n'a aucune peur de l'eau. Un bâton pointu lui servait à vérifier la profondeur et à repêcher tous les débris qui l'intéressaient. Comme je m'approchais de l'embarcadère, j'ai vu qu'elle avait déjà ramassé plusieurs morceaux de bois, un bouchon de champagne et une tête de poupée qu'elle avait posée sur le dessus du tas, tel le trophée d'un cannibale.

« Ne va pas dans l'eau, Rosette. » Bam a ricoché comme un caillou à la surface dorée de la rivière.

« Qu'est-ce que c'est, ça, dans l'eau ? »

Une voix à côté de moi. Je me suis retournée et j'ai vu Maya nous observer de l'un de ces petits passages qui relient la berge à la rue. Il devait y avoir une demi-douzaine de ruelles comme celle-ci qui débouchaient sur le boulevard des Marauds, étroites pour un adulte, mais d'une parfaite largeur pour un enfant de cinq ans. Maya portait des bottes de caoutchouc rose vif et un pull avec un motif en forme de grenouille. Sous son bras, elle tenait Tipo, l'animal non identifié en tricot dont elle semblait inséparable.

J'ai dit : « C'est Bam. L'ami très cher de Rosette. Tout le monde n'est pas capable de le voir, tu sais. Il doit t'apprécier, Maya. »

Les yeux de Maya se sont arrondis. « C'est un Jinni ? Mon *jiddo* dit qu'il y a des Jinn partout. Y en a des gentils, mais y a aussi des *sheitan.* »

J'ai souri avant d'ajouter : « C'est un singe. Rosette n'a pas beaucoup d'amis à la maison.

— J'aimerais tellement avoir un singe, *moi.* Il vient d'où ? »

J'ai essayé de lui expliquer. « C'est ma mère qui m'a appris. C'est un peu comme de la magie. Anouk aussi a son ami particulier. Mais c'est un lapin, le sien. Il s'appelle Pantoufle. »

Maya a fait la grimace. « J'aimerais tellement avoir un animal à *moi.*

— C'est possible, Maya, ai-je déclaré. Tout ce que tu as à faire, c'est fermer les yeux et en imaginer un. »

Maya a fermé les yeux si fort que tout son corps en a tremblé. Rosette a fait un grand sourire et l'a poussée du doigt.

Maya a gloussé. « *Arrête,* Rosette. » Elle a ouvert les yeux avant de lui rendre son sourire. « Allons voir si mon Jinni est arrivé », a-t-elle lancé. Puis elles ont toutes deux filé sur la promenade. Avec leurs bottes de caoutchouc, elles rebondissaient sur les planches comme deux balles de couleur vive.

Je les ai suivies. « Ne tombez pas à l'eau, ai-je crié. L'embarcadère peut être glissant. »

Rosette s'est simplement mise à rire et à chanter : « *Bam bam bam ! Bam badda-bam !* »

Maya n'a pas tardé à l'accompagner avec plus d'enthousiasme que de talent. Les deux fillettes marquaient le rythme de la chanson en sautant sur l'embarcadère de bois. Elles faisaient un tel vacarme que la porte de la péniche a fini par s'ouvrir et qu'Inès Bencharki a passé la tête dehors.

« J'ai pensé que vous aimeriez peut-être goûter à mes chocolats, ai-je proposé. J'en ai apporté à Fatima. J'avais promis d'en donner à sa mère aussi et à votre beau-père. »

Elle a baissé la tête pour signifier son accord. Aujourd'hui, son *niqab* noir était orné d'une seule rayure argentée qui soulignait les traits de son visage et mettait en valeur ses beaux yeux.

Je lui ai tendu les chocolats emballés dans un tortillon de papier de riz. « Goûtez-en un, lui ai-je suggéré. Ce sont vos préférés.

— Ah vraiment ? » Son ton était sec.

Bien sûr, il n'était pas facile de deviner les préférences de quelqu'un de si difficile à cerner. En tout cas, elle a pris les chocolats, même si c'était à contrecœur.

« Le soleil est couché, ai-je précisé. Ne sentent-ils pas merveilleusement bon ? »

Elle a approché le sachet en papier de son visage. À travers son voile, j'avais peur que le parfum ne soit pas aussi prononcé. Elle a dit d'une voix à la fois musicale et grinçante : « Pardonnez-moi. Je n'ai pas un très bon odorat. » Je l'ai vue regarder Rosette et Maya à l'entrée du petit passage.

« C'est ma petite Rosette », lui ai-je dit, devinant sa curiosité.

Inès s'est adressée à Maya en arabe.

Maya a paru vouloir se rebeller, puis elle a fait la moue.

Le ton d'Inès était devenu cassant. Elle parlait trop vite pour que je puisse la comprendre.

Maya a tapé du pied de sa botte rose et murmuré un mot à l'oreille de Rosette. Puis elle s'est faufilée entre les maisons, enfuie dans le passage et ne s'est arrêtée qu'une fois arrivée au coin, juste pour faire un signe de main à Rosette.

« Qu'est-ce que vous lui avez dit ? ai-je demandé à Inès.

— La vérité, rien de plus. Que c'est dangereux de jouer sur l'embarcadère. Sa mère ne sait pas où elle est. Elle ne devrait pas se trouver ici toute seule.

— Elle n'était pas seule. J'étais là. »

Inès n'a pas répondu.

« La vérité, c'est que vous désapprouvez le fait que Maya joue avec Rosette, n'est-ce pas ? »

Inès a fait le même geste qu'Alyssa pour indiquer l'ambivalence de son opinion : ce léger haussement d'épaules avec la tête un peu penchée.

« Rosette est une petite fille très bien, ai-je lâché. Elle est gentille. Elle aime tout le monde. Et Maya n'a pas d'amis de son...

— Maya est trop gâtée, m'a interrompue Inès d'une voix étonnamment douce. Tout comme Alyssa et Sonia l'ont été. Si les parents laissent leurs enfants jouer avec les *kuffar*, aller chez eux, prendre leurs jouets, caresser leurs chiens, qu'ils ne soient pas surpris si leurs filles finissent par rejeter leur famille ou si leurs fils se détournent du droit chemin...

— Maya n'a que cinq ans, ai-je précisé.

— Et bientôt, elle devra apprendre à porter le *hijab.* Et à l'école, les enfants la traiteront de tous les noms, lui demanderont pourquoi elle ne mange pas *haram,* pourquoi elle n'écoute pas leur musique ou pourquoi elle ne porte pas les mêmes vêtements. Même si ses parents sont *tolérants,* comme vous dites, même s'ils la laissent avoir des jouets, se couper les cheveux, regarder des dessins animés à la télévision, elle sera toujours une Maghrébine, jamais l'une des *leurs,* mais l'une des *nôtres.* »

Je ne perds pas souvent mon sang-froid, mais là c'en était trop. Ma colère a jailli comme une flamme bleue, sans fumée, presque invisible. « Tout le monde n'est pas comme ça, ici, me suis-je défendue.

— Peut-être pas, a-t-elle concédé. Mais ils sont bien trop nombreux à nous haïr pour compenser les quelques-uns d'entre eux qui ne nous haïssent pas. Même ici, à Lansquenet. Vous croyez que je n'entends pas ce que l'on dit de moi ? Le *niqab* ne me rend ni sourde ni aveugle. À Marseille, les hommes avaient l'habitude de me suivre partout pour me demander à quoi je ressemblais. Un jour, pendant que je faisais la queue à la caisse d'un supermarché, une femme a essayé d'enlever mon voile. Tous les jours, j'entendais quelqu'un dire : *Vous n'êtes pas chez vous, ici. Vous n'êtes pas française. Vous n'êtes pas sociable. Vous détestez les* kuffar. *Vous ne voulez pas manger comme nous. Vous sympathisez avec les terroristes. Sinon pourquoi vous cacheriez-vous le visage ?* Sa voix s'était durcie. « Tous les jours, j'entends dire que le port du *niqab* va bientôt être interdit par la loi. Qu'est-ce que ça peut leur faire ce que je porte ? Dois-je donc *tout* laisser derrière moi ?

Elle s'est arrêtée, quelque peu essoufflée. Dans les couleurs de son âme, j'ai distingué de la surprise. Peut-être n'était-elle pas habituée à parler avec tant de liberté à des étrangers. Elle a soulevé le sachet en papier rempli de chocolats.

« Vous avez raison, a-t-elle dit. Ils sentent vraiment bon. »

J'ai souri. « Vous pourrez les goûter plus tard. Je vais vous laisser un paquet pour Dou'a.

— Vous connaissez ma fille ?

— Je l'ai rencontrée, oui, ai-je répondu. Elle me semble être bien solitaire. »

De nouveau, j'ai vu les couleurs de son âme changer. La surprise a fait place aux nuances bleues du chagrin et du regret. Elle s'est expliquée : « Nous avons dû déménager plus souvent que je ne l'aurais voulu. C'est bien pour Dou'a de vivre ici. Elle n'a pas de famille au pays.

— Je suis désolée pour votre mari », ai-je ajouté.

Les couleurs de son âme brillaient comme un soleil couchant.

« Nous ne sommes pas aussi différentes que vous le croyez, ai-je continué. Moi aussi, je déménageais souvent, avant. D'abord avec ma mère, puis avec Anouk. Je sais ce que c'est que de se sentir nulle part chez soi. D'avoir tous les regards tournés sur moi. De voir des gens tels que Caro Clairmont se moquer de moi parce qu'il n'y a pas de M. Rocher... »

J'ai senti qu'elle m'écoutait avec attention. Je savais que j'avais créé un lien. *C'est peut-être de la magie de pacotille*, ai-je pensé, *mais ça fonctionne toujours.* Oui, ça fonctionnait toujours. Dans sa main, le sachet en papier de riz libérait tout un éventail de senteurs, celle du chocolat amer fondu avec la crème, adouci par les graines de vanille et parfumé de roses aussi rouges que nos cœurs. *Laisse-toi tenter. Laisse-toi séduire. Laisse-toi savourer.*

C'est alors qu'elle a levé les yeux vers les miens. J'ai vu mon reflet dans son regard. L'espace d'un instant, je suis restée suspendue dans ce halo doré qui se détachait sur le ciel lumineux.

Puis elle a dit sans me quitter des yeux : « Mademoiselle Rocher. Je ne veux pas vous offenser, mais nous n'avons rien en commun. Je suis veuve, ce qui est malheureux, mais guère répréhensible. Des événements qui ne relevaient pas de mon ressort m'ont obligée à m'expatrier. J'ai élevé mon enfant dans l'humilité et l'obéissance. En revanche, vous, vous êtes une célibataire avec deux enfants. Vous n'êtes pas croyante et vous n'avez pas de maison. Et ça, dans notre culture, fait de vous une pute. »

Sur quoi, elle a tendu sa main gantée et m'a rendu mes chocolats. Elle est retournée à l'intérieur de la péniche au moment où les cloches sonnaient l'heure de la messe, de l'autre côté de la rivière. Et je suis restée là comme une idiote, le sachet à la main. Les larmes ont commencé à me brûler les yeux comme si, du ciel, il s'était mis à pleuvoir du feu.

CHAPITRE 9

Mercredi 25 août

Une pute. Voilà donc ce qu'elle pense de moi ? Bien sûr, on m'avait déjà accablée de pires insultes, mais jamais avec tant de froideur délibérée. *Un scorpion,* avait dit Omi. Oui, c'est bien ça : elle n'est que poison, de la tête aux pieds. J'ai laissé tomber les chocolats sur le pont du bateau et failli m'enfuir en courant pour rejoindre le boulevard. J'avais l'impression de me noyer, attachée à un bloc de pierre, et de couler au fond de la Tannes, indifférente.

Enfin, tu t'attendais à quoi, Vianne ? murmure une voix dans ma tête. *Ce n'est que du chocolat, après tout. De la magie minable, de seconde classe, alors que tu aurais pu avoir le Hurakan...*

Cette voix ressemble beaucoup à celle de ma mère, mais dépourvue de toute sa chaleur. C'est celle de Zozie de l'Alba qui me parle encore parfois dans mes rêves. Elle n'aurait jamais laissé des délicatesses l'empêcher de faire quoi que ce soit. Elle est indifférente aux coups et le poison n'a pas d'effet sur elle.

Tu es faible, Vianne. Voilà ton problème, dit-elle. En mon for intérieur, je sais qu'elle a raison. Je suis faible parce que je ne suis pas indifférente à ce que les autres pensent de moi, parce que j'aime que l'on ait besoin de moi, parce que même un scorpion qui ne vit que pour piquer les autres peut s'attendre à ce que je lui tende la main…

C'est complètement stupide, dit Zozie. *C'est à croire que tu* voulais *te faire piquer.*

Est-ce là la vérité ? Est-ce que je me fais des illusions ? Suis-je vraiment attirée par l'échec ? L'instinct qui m'a poussée à vouloir aider Inès traduisait-il chez moi une simple volonté de me faire du mal ?

Rosette et moi sommes rentrées par des rues qui me paraissaient maintenant déborder de mépris et d'hostilité. Nous sommes passées devant le club de gym où un petit groupe d'hommes en bonnet de prière et *djellaba* parlaient à voix basse. Leur conversation s'est arrêtée pour reprendre après notre passage.

Une fois de retour, j'ai préparé le dîner pour tout le monde : de la soupe maison, du pain aux olives, du riz au lait cuit au four et de la confiture de pêches. Cependant, j'étais trop agitée pour manger quoi que ce soit. Alors, j'ai bu du café et suis restée assise près de la fenêtre à regarder les lumières sur le boulevard. Je me sentais nostalgique. Roux me manquait, ainsi que notre péniche avec ma petite chocolaterie à l'intérieur, Nico, ma mère et toutes ces choses simples, familières qui me semblent à présent si compliquées.

Roux avait raison. Pourquoi étais-je revenue ici ? C'était une erreur. Une terrible erreur, désastreuse et stupide. Comment ai-je pu croire que le chocolat pouvait être la réponse à tout ? Des fèves moulues d'un arbre d'Amérique du Sud, du sucre, une pincée d'épices : ces vaines douceurs sans plus de substance qu'une poignée de poudre emportée par le vent. Armande avait dit que Lansquenet avait besoin de moi. Qu'ai-je accompli depuis mon arrivée à part enfoncer des portes ouvertes qui auraient dû rester fermées ?

Roux m'a demandé de rentrer, hier soir. Roux, qui ne demande jamais rien. Si seulement il l'avait fait il y a une semaine, avant tous ces événements. C'est trop tard, maintenant. Rien ne se passe comme je l'avais prévu. Ma confiance en lui a été altérée, mon amitié avec Joséphine, compromise. Même Reynaud à qui j'avais promis mon aide a connu des ennuis depuis mon retour ici. Pourquoi suis-je restée ? Pour aider Inès ? De toute évidence, elle ne veut pas de mon aide. Quant à Rosette et Anouk… Était-ce raisonnable de les amener ici, de les laisser se faire des amis et peut-être plus, alors que nous devons repartir ?

D'ailleurs, quelque chose a changé chez Anouk. J'en ai la sensation depuis quelques jours. Aujourd'hui, elle est pleine de joie excessive. Hier, elle était de mauvaise humeur. Les couleurs de son âme sont comme un ciel d'automne : elles passent du gris au violet et au bleu d'une seconde à l'autre. Me cache-t-elle quelque chose ? Qu'est-ce qui tourmente son esprit ? C'est si difficile à savoir avec Anouk. Néanmoins, je soupçonne Jeannot Drou d'y être pour quelque chose. Ses regards furtifs, ses airs innocents, le temps qu'elle passe à son téléphone portable à envoyer des textos ou à fouiner sur Facebook. La nouvelle Anouk est arrivée, avec ses douces minauderies, son flot de paroles, cette ardeur de jeune fille en proie à une fièvre latente. Raison de plus pour ne pas rester. Et malgré tout, peut-être…

À neuf heures, on a frappé à la porte. En ouvrant, j'ai découvert Luc Clairmont, à bout de souffle et l'air un peu gêné. Je n'ai pas eu besoin de lire les couleurs de son âme pour savoir que Caroline l'avait envoyé.

Il est entré, a décliné mon offre quand je lui ai proposé du café et s'est assis à la table de la cuisine. Alyssa qui s'était enfuie à l'étage est redescendue tout doucement. Elle a beaucoup changé, bien sûr, avec ses cheveux courts et son vieux jean usé. Elle a beau me dire qu'elle n'est pas amoureuse de Luc, je suis persuadée que Luc, lui, est amoureux d'*elle.* Son visage s'est illuminé quand il l'a vue. Ses yeux étaient presque aussi grands que ceux de Rosette.

Elle a dit : « Ne dis à personne que je suis ici.

— D'ac-D'accord. » Il lui a lancé un regard en coin, de dessous sa frange trop longue. Le bégaiement dont il s'était débarrassé venait de refaire une brève apparition. « Tu as quitté la maison ? »

Alyssa a haussé les épaules. « J'ai presque dix-huit ans. Je peux bien faire ce que je veux. »

J'ai alors lu l'envie dans les yeux de Luc. Quitter Caroline Clairmont n'était pas une simple affaire. Même si Luc était plus âgé qu'Alyssa et s'il possédait déjà une autre maison, sa mère avait sur lui une grande emprise à laquelle il n'avait pas encore réussi à échapper. Certains n'y arrivent jamais, Luc. Crois-moi. Je sais de quoi je parle.

Il m'a regardée d'un air contrit. « Ma mère dit que vous êtes allée chez Reynaud. »

J'ai répondu : « Oui, j'y suis allée, mais il n'était pas là.

— Oui, c'est bien le problème, a continué Luc. Personne ne l'a vu depuis hier. Ma m-mère vient juste de retourner chez lui. Il est toujours absent. Elle a téléphoné au père Henri qui ne l'a pas vu non plus. Elle pensait qu'il était peut-être ici a-avec vous. » Ce petit bégaiement fantôme était vraiment de retour dans sa voix. Il avait l'air d'être très mal à l'aise. « Je ne voulais pas vous déranger, mais les gens commencent à s'inquiéter et...

— Non, Luc. » J'ai secoué la tête. « Je ne l'ai pas vu non plus.

— Oh. Mais enfin... où peut-il bien être allé ? Ce n'est pas son genre de disparaître comme ça. Sans le dire à personne ? Ce n'est pas *logique*... »

Si, c'est parfaitement logique, au contraire. Je sais très bien ce qu'il ressent. Nous avons tous les deux fait des efforts, et malgré tout, Lansquenet refuse de nous écouter. Nous ne sommes pas si différents après tout, Reynaud et moi. Nous entendons tous deux l'appel de l'autan noir. Nous avons connu la déception ici, la tristesse et la trahison. J'avais pensé que la vision de Reynaud dans les vapeurs de chocolat était une diversion alors qu'il s'agissait en fait de la réalité au moment même où elle se déroulait, ou presque...

« Tu te demandes pourquoi il serait parti ? ai-je dit tout haut. Parce qu'il ne peut plus le supporter. Parce qu'il a l'impression de vous avoir déçus. Il a essayé d'apporter son aide, mais il n'a réussi qu'à envenimer les choses. Il pense que vous serez plus heureux sans lui. Et peut-être a-t-il raison... » Je me suis rendu compte alors que je ne parlais pas seulement de Reynaud. « Certaines situations, certains *individus* ne peuvent pas être sauvés. La bonne volonté elle-même a ses limites. Nous ne pouvons être que la personne que nous *sommes*, pas celle à laquelle les autres s'attendent ou qu'ils espèrent que nous pourrions être... » J'ai marqué une pause en voyant le regard étonné de Luc. « Ce que je veux dire, ai-je repris, c'est que parfois, s'en aller est la meilleure solution. Je suis bien placée pour le savoir. J'en ai fait ma spécialité. »

Il m'a regardée, incrédule. « C'est vraiment ce que vous pensez ?

— Je sais que c'est dur à comprendre, mais...

— Oh, je *comprends* très bien. » Il s'est soudain mis en colère. « Vous êtes la reine de la fuite, n'est-ce pas, Vianne ? Ma grand-mère disait bien que vous partiriez et vous êtes partie. Juste au bon moment, comme elle l'avait prédit. Mais elle était convaincue que vous reviendriez un jour. Elle vous a même écrit une lettre. Et vous voilà de retour, à déclarer que parfois mieux vaut s'en aller. Vous croyez que tout ça se serait produit si vous étiez restée il y a huit ans ? »

Je l'ai regardé, stupéfaite. Était-ce bien Luc Clairmont ? Le petit Luc qui avait jadis un défaut de langue si prononcé qu'il pouvait à peine finir une phrase ? Luc qui lisait en secret des poèmes de Rimbaud quand sa mère était à l'église ?

Dans ma tête, une voix a émis un petit rire jubilatoire. Ce n'était pas celle de ma mère cette fois-ci, ni celle de Zozie, mais bien celle d'Armande et il était d'autant plus difficile de l'ignorer. *C'est bien, mon garçon. Vas-y, dis-lui. Parfois, même les sorcières ont besoin de l'entendre.*

J'ai tenté d'y rester sourde. « Ce n'est pas juste. Je *devais* partir, lui ai-je dit. Je n'avais pas fini mon voyage, Luc. Il fallait que j'essaie de découvrir qui j'étais vraiment.

— Et alors ? » Il était toujours aussi furieux.

J'ai haussé les épaules.

« C'est bien ce que je pensais. »

Ses paroles résonnaient encore dans mon esprit longtemps après son départ et le coucher des filles. Bien sûr que c'était ridicule et injuste. Francis Reynaud n'était plus un enfant. Il devait bien avoir ses raisons pour partir. Malgré tout, cette voix intérieure s'obstinait : *Tu crois que tout ça se serait produit si tu étais restée il y a huit ans ?*

Si j'étais restée à Lansquenet, Roux n'aurait jamais quitté Joséphine. La chocolaterie n'aurait jamais été incendiée. Reynaud n'aurait jamais été accusé. Il serait devenu ami avec les Maghrébins… Inès Bencharki et son frère n'auraient jamais eu cette emprise sur les Marauds.

J'ai envoyé un texto à Roux :

Je suis désolée. Je voulais rentrer à la maison. Mais je ne sais même plus ce que ça signifie. Trop de choses se passent ici. J'essaierai de te rappeler. V.

Je me demandais s'il allait comprendre. Roux, comme Rosette, vivait le moment présent et n'avait pas la patience de se poser des questions qui commençaient par « *Et si* » ou « *Si seulement* ». Les lieux n'ont pas le pouvoir de le retenir. Il décide tout seul de ceux qui deviendront son chez-lui. Si seulement je pouvais être comme ça et laisser le passé à sa place.

Hélas, le passé n'est jamais loin de mes pensées,

les regrets toujours susceptibles d'apparaître en un clin d'œil. Quand j'étais petite, j'aimais les jardins : les rangées nettes de soucis, les buissons de lavande le long des murs, les potagers joliment entretenus avec leurs choux, leurs poireaux, leurs oignons et leurs pommes de terre bien alignés.

Oui, j'aurais aimé avoir un jardin. Voire quelques herbes dans un pot. Ma mère disait : « *À quoi bon, Vianne ? À quoi bon les faire pousser, les arroser alors qu'un jour tu vas partir ? Personne ne sera plus là pour s'en occuper. Elles mourront. Alors pourquoi les cultiver ?* »

Cependant, j'ai toujours essayé. Un géranium sur un rebord de fenêtre. Un gland sous une haie. Des fleurs des champs éparses sur le bas-côté d'une route. Quelque chose qui pourrait prendre racine, finir par pousser et être encore là si jamais je revenais un jour…

Je revois Reynaud dans son jardin se battre avec acharnement contre l'invasion annuelle des pissenlits qui pointaient le bout de leur nez vert dans ses plates-bandes, dans son carré de légumes et sur sa pelouse bien tondue. S'il ne revient pas, dans un mois son jardin sera devenu une forêt vierge. Les pissenlits se seront frayé un chemin sur l'allée du jardin, ils auront envahi la pelouse et lâché des régiments entiers de minuscules parachutistes dans l'air gris et tumultueux. La lavande formera une toile d'araignée autour des brèches dans le mur du jardin. Des vrilles de lierre s'infiltreront dans les espaces qui séparent chaque bloc de pierre. Dans les parterres de fleurs, ce sera l'anarchie. Les rangées de dahlias s'écrouleront et les belles-de-jour joueront de leur trompette tandis que les mauvaises herbes commenceront à prendre le pouvoir.

Reynaud, où êtes-vous donc ?

J'ai essayé les cartes. Elles ne m'ont malheureusement pas apporté plus de précision qu'avant. Revoilà le Cavalier de Coupe ; le Huit de Coupe ; le désespoir ; la débauche. Le Cavalier de Coupe représente-t-il Reynaud ? Son visage est dans l'ombre, trop marqué pour que je puisse le reconnaître. Ces cartes, qui n'étaient déjà pas de bonne qualité à la base, sont à présent salies de traces de doigts. Et voilà le partenaire du Cavalier, la Reine de Coupe. Entre eux deux, la carte des Amoureux (Joséphine et Roux ?) et celle de la Tour qui s'effondre, démolie. Un jet de dés. La destruction. Le changement. Mais qui tient les rênes ?

C'est toi.

LE CAVALIER DE COUPE

CHAPITRE 1

✝

Jeudi 26 août

J'ai dû me rendormir, mon père, parce que j'ai rêvé. Je ne rêve pas souvent. C'est une habitude que je semble avoir perdue. Cette fois-ci, les rêves m'ont envahi comme une nuée de sauterelles s'abattant sur moi, dans un bruissement d'ailes assourdissant et ne laissant derrière elles qu'un squelette. À mon réveil, j'étais paralysé de courbatures et épuisé. J'avais toujours mal aux côtes, ma main blessée avait enflé et m'élançait terriblement. J'ai regretté de ne pas avoir mis d'antalgiques dans mon sac. Bien sûr, je les avais laissés à la maison.

À *la maison.* Oh, quel idiot j'ai été. D'avoir pensé pouvoir échapper aux ombres qui me poursuivent, d'avoir cru être comme Vianne Rocher, de pouvoir aller où le vent m'emporterait. Là a été mon erreur, mon père. Oh, mon Dieu, que ne donnerais-je pour revenir en arrière ?

Le carré de lumière pâle avait réapparu autour de la grille. Il faisait jour. Le niveau de l'eau avait maintenant atteint le haut de la première marche. J'ai terminé ce qu'il me restait de vivres et j'ai réfléchi à ma situation. Dans l'ensemble, elle ne laissait rien présager de bon.

J'étais sans doute ici depuis un jour et une nuit. Dans cet intervalle, personne n'était venu, que ce soit pour expliquer la raison de mon emprisonnement ou, mieux encore, pour me libérer. J'espérais que maintenant que le jour s'était levé, mon ravisseur, quel qu'il fût, ne serait plus aussi sûr de lui, qu'il déciderait que j'avais été assez puni et me laisserait simplement reprendre ma route. Rien de tout cela ne s'était produit et je commençais à me demander si mon évaluation de la situation n'avait pas été un peu trop optimiste. Combien de temps allaient-ils me garder ici ? Pourquoi étais-je leur prisonnier ? Et plus important encore, qui se permettait d'être à la fois le juge et le jury de mon procès ?

Au-dessus de moi, le bruit régulier des tapis de course résonnait comme des battements de cœur auxquels se mêlait celui d'autres machines de fitness. Je n'avais pas réalisé à quel point le club de gym de Saïd constituait un tel centre d'activité. Bien sûr, je savais qu'il était populaire, mais je n'avais pas soupçonné qu'il représentait un lieu de rencontre pour autant d'hommes. Au bout de quelque temps, j'ai appris à reconnaître les sons des différentes machines : le *bruit sourd* des tapis de course, le *grincement* des machines à ramer, les *pan-pan-pan* des vélos, le *son mat* des barres de musculation dont les poids sont presque arrivés à destination. Il y avait des cours aussi : j'entendais de nombreux piétinements à l'étage, ponctués par des cris étouffés d'encouragement. De la gymnastique ? Des arts martiaux ? C'était difficile à déterminer avec précision. En tout cas, à en croire mes oreilles, la moitié de la population masculine des Marauds se trouvait ici à frapper du pied plus ou moins en cadence et ignorait sans doute tout de ma présence dans ce fond de cale.

J'ai de nouveau tenté d'appeler à l'aide. Personne ne m'a entendu. Personne n'est venu. Pendant une demi-heure, toute activité a cessé à l'étage et j'ai deviné que c'était l'heure de la prière. J'ai alors perçu des bruits de pattes à l'intérieur des murs. Des rats, me suis-je dit. Les caves en sont infestées. Et puis les tapis de course se sont remis en marche.

Je suis monté sur la pile de cageots et j'ai regardé à l'extérieur. Il ne pleuvait plus, pour l'instant. La vue était aussi ennuyeuse qu'hier : un mur de briques au pied duquel s'accumulaient des détritus parsemés de pissenlits entre les pavés. J'étais sur le point d'appeler de nouveau à l'aide…

C'est alors que j'ai vu un petit visage rond à l'air curieux me dévisager, la tête à l'envers, entre deux bottes de caoutchouc roses. Ses yeux couleur de café se sont plissés de surprise.

« Vous êtes un Jinni ? » a demandé Maya.

CHAPITRE 2

Jeudi 26 août

Après avoir passé la nuit dans un demi-sommeil agité, je suis allée voir si Reynaud était rentré. Je n'étais pas la seule. Arrivée dans la rue des Francs-Bourgeois, j'ai découvert que Caro Clairmont tenait conférence devant la porte de derrière de chez Reynaud, avec Joline et Bénédicte. J'ai vite compris que Caro considérait la disparition de Monsieur le curé comme suspecte, voire même sinistre.

« Je pense que le père Henri ferait bien de vérifier les comptes de la paroisse de ces derniers mois, disait-elle quand je les ai rejointes. On peut dire ce que l'on veut mais il n'y a pas de fumée sans feu et après tout ce qui s'est passé… » Elle m'a lancé un regard désapprobateur. Je suppose que ma présence à Lansquenet fait partie des événements inhabituels dont elle parlait. Son regard d'un bleu poudreux m'a couverte comme d'une poussière de craie. « En plus, s'il a quelque chose à voir avec cette fille…

— Quelle fille ? » ai-je demandé.

Elle a esquissé un petit sourire tendu. « L'une des

filles des Marauds, a-t-elle répondu. D'après Louis Acheron, on l'a vu la semaine dernière, vers minuit, avec une fille, près du pont. Une Maghrébine, à ce qu'on raconte. »

J'ai haussé les épaules. « Et alors ?

— Alors, c'était *qui* ? Louis dit qu'elle portait le voile.

— La moitié des femmes des Marauds portent le voile, a ajouté Charles Lévy qui nous observait de l'autre côté de la clôture de son jardin.

— Mais la moitié des femmes des Marauds ont-elles rendez-vous avec Monsieur le curé au milieu de la nuit ? » La voix de Caro se faisait insinueuse, savoureuse comme un baba au rhum.

« Peut-être bien que oui. » C'était Bénédicte. « J'ai entendu dire que Joséphine Muscat était devenue très proche de lui. »

Caro et Joline m'ont regardée dans un même élan.

« Eh bien, ce ne serait pas la première fois, a renchéri Caro.

— Comment ça ? »

Elle m'a de nouveau offert son sourire sirupeux. « Elle est *votre* amie. Pourquoi ne le lui demandez-vous pas vous-même ? Quant à Reynaud, son comportement a été… comment dire, *instable.* Il y a quelque chose là-dessous, j'en suis sûre. J'ai appelé le père Henri. Il saura que faire. »

Je les ai laissées attendre le père Henri et me suis dirigée vers la place Saint-Jérôme. Si quelqu'un savait où Reynaud était parti, c'était sans doute Joséphine. Cependant, le commentaire de Caro m'avait troublée.

Ce ne serait pas la première fois.

Bien sûr, elle n'avait jamais aimé Joséphine. De plus, une mère célibataire est toujours cible de ragots à Lansquenet. Je devrais savoir qu'il ne faut pas prêter attention aux commérages de Caro. Malgré tout, se pouvait-il qu'elle sache la vérité sur le père de Pilou ?

Le café était vide. Le bar, lui-même, était désert. J'ai appelé Joséphine. Pas de réponse. Marie-Ange devait prendre son quart d'heure de repos. J'ai ressenti une pointe puérile de soulagement. *Ouf, je ne vais pas la voir.* Puis j'ai distingué un mouvement derrière le rideau de perles qui séparait le comptoir de la pièce du fond.

« Joséphine ? ai-je répété.

— Qui la demande ? a répondu une voix d'homme.

— C'est Vianne, ai-je déclaré. Vianne Rocher. »

Un silence est tombé. Puis le rideau de perles s'est ouvert. Un homme aux cheveux gris et en fauteuil roulant est apparu. D'abord, je ne l'ai pas reconnu. Je ne voyais que la chaise roulante et les jambes atrophiées, bien enveloppées sous une couverture de tissu écossais. Ensuite je l'ai regardé : les yeux noirs, les beaux traits durs, le sourire, les bras musclés qui saillaient des manches de la chemise en toile de jean.

« Salut, la garce qui se mêle toujours de tout. »

Cet homme, c'était Paul-Marie Muscat.

CHAPITRE 3

Jeudi 26 août

J'ai eu l'impression que je venais de recevoir un coup. Ce n'était pas tant ce qu'il avait dit, que le choc de le voir comme ça. Son visage n'a pas beaucoup changé. Ses cheveux gris ne sont guère plus fournis qu'une barbe de trois jours et révèlent les contours de son cuir chevelu. Il a perdu du poids et la grossièreté qui caractérisait jadis ses traits s'est transformée en une sorte de beauté sévère. Toutefois, son expression reste la même : celle d'un juge, un peu hostile, soupçonneux et pourtant doté d'une certaine jovialité, comme un lutin scandinave.

« Surprise de me voir, hein ? a-t-il lancé. J'avais entendu dire que vous étiez de retour à Lansquenet. Je suppose que la garce ne vous a pas parlé de moi. Pourquoi le ferait-elle ? Je ne suis pas bon pour le commerce. »

J'ai soutenu son regard.

« Si vous voulez parler de Joséphine, alors non, elle ne m'a pas parlé de vous. »

Avec un rire sarcastique, il a allumé une Gauloise.

« Elle n'aime pas que je fume ici. Elle n'aime pas que je boive non plus. Un whisky ? »

J'ai secoué la tête. « Non merci. »

Il s'en est servi un double avec une bouteille qui se trouvait sur le comptoir. « J'ai fondé cet établissement à partir de rien, a-t-il déclaré. Je l'ai tenu comme un roi pendant six longues années. Bien sûr, elle prétend que c'est le sien et qu'elle ne me doit rien. Que me devrait-elle ? Je lui ai seulement donné mon nom, j'ai pris soin d'elle, lui ai payé des vêtements et j'ai supporté ses humeurs. À la première mauvaise passe, elle m'a jeté dehors comme un chien. » Il s'est esclaffé d'un autre rire sans joie avant de souffler la fumée de sa cigarette par les narines. « Je suppose que c'est vous que je dois remercier de tout ça. Vous et les idées que vous lui avez données. Alors, j'espère que vous êtes contente, maintenant. » Il a avalé une gorgée de son whisky. « Parce que je suis *exactement* là où vous vouliez me voir échouer. »

Je l'ai regardé. « Qu'est-ce qui vous est arrivé ?

— Qu'est-ce que ça peut vous faire ? Je suis devenu l'une de vos bonnes causes maintenant que je ne suis plus que la moitié d'un homme ? »

J'ai consulté les couleurs de son âme. Comme je m'y attendais, elles étaient aussi ternes qu'autrefois, filetées des mêmes éclats de colère rouge cendré et orange foncé. Dans la fumée de sa cigarette, j'apercevais de brefs moments de vie : une rangée de bouchons doseurs au-dessus d'un comptoir de bar, des flammes sur le bas-côté d'une route. C'était *lui*, mon Cavalier de Coupe, je le savais : cet homme en colère, méprisant et brisé.

« Vous avez toujours aimé les éclopés de la vie.

Les cas désespérés. Les rats de rivière. Cette vieille garce d'Armande. Et Joséphine... » Il a ri de son rire méchant et plein de haine. « J'imagine qu'elle vous a bien surprise aussi. Qui l'en aurait cru capable ? Me mettre à la porte de ma propre maison. Me menacer d'appeler la police. Et quand je reviens six mois plus tard pour récupérer des affaires, je la trouve en ménage avec son rouquin qui lui construit un bateau. Ah oui, elle est enceinte *aussi.* Tchin-tchin ! » Il a tiré une bouffée de sa Gauloise avant d'avaler le reste de son whisky. « Vous en savez quelque chose, bien sûr, m'a-t-il lancé avec son sourire triste. Dites, il s'occupait de vous deux en même temps, ou l'une après l'autre ? En tout cas, il devait être drôlement doué pour que *toutes les deux,* vous... »

« *Ferme-la,* Paul », s'est écriée une voix derrière moi.

Je me suis retournée et j'ai vu Joséphine, le visage blême de colère.

Paul s'est permis un autre rire sans humour avant d'écraser sa cigarette dans son verre. « Oups, voilà le boulet, a-t-il dit. *Là,* je suis dans le pétrin. » Il a lancé à Joséphine un grand sourire plein de haine. « Vianne et moi, on se racontait les potins. Les vieux amis, les amours perdues, avec un petit verre de whisky... Et toi, comment s'est passée *ta* matinée, ma jolie ?

— Je t'ai dit de la *fermer* », a répondu Joséphine.

Paul a haussé les épaules. « Ou bien quoi, ma chérie ? »

Joséphine a ignoré sa remarque et s'est tournée vers moi. « Je voulais te le dire, vraiment. Mais je ne savais pas comment te l'annoncer. » Son visage avait perdu sa pâleur et s'était empourpré. Pour la première fois depuis mon arrivée ou presque, j'ai vraiment eu l'impression de reconnaître la Joséphine d'il y a huit ans, triste, maladroite, n'arrivant pas à s'exprimer. La Joséphine qui me volait des chocolats parce qu'elle ne pouvait pas s'en empêcher.

Une vague de chagrin m'a submergée. Qu'était-il arrivé à Joséphine Bonnet et à ses rêves, si grands et si audacieux ? Je pensais l'avoir libérée de Paul-Marie et je la découvre aussi prisonnière de lui qu'autrefois. Que s'était-il passé ? Était-ce ma faute ?

Elle m'a lancé un regard. « Allons faire un tour. J'ai besoin d'air, tout à coup. »

Paul a eu un grand sourire et a allumé une autre Gauloise. « Faites-vous plaisir. »

J'ai suivi Joséphine dehors. Au début, elle ne semblait pas vouloir parler. Alors, nous avons simplement marché, dépassé l'église, traversé la place, descendu la rue pavée en direction de la rivière. Lorsque nous avons atteint le pont, elle s'est arrêtée et a regardé par-dessus le parapet. Sous nos pieds, l'eau tumultueuse avait la couleur d'un thé au lait.

« Vianne, je suis vraiment désolée… », a-t-elle commencé.

Je l'ai regardée. « Ce n'est pas ta faute. Je suis partie. Je vous ai laissés tous les deux. J'ai été égoïste. Qu'est-ce que je *croyais* qu'il allait se passer ? »

Elle a eu l'air confuse. « Je ne comprends pas…

— Je sais pour Pilou », ai-je annoncé.

Elle m'a lancé un regard ébahi. « Pilou ? »

J'ai souri. « C'est un gentil garçon, Joséphine. Tu as raison d'être fière de lui. Je le serais aussi, à ta place. Quant à son père… »

Son visage s'est décomposé. « Je t'en prie. Arrête. »

J'ai posé ma main sur les siennes. « Ce n'est pas

grave. Tu n'as rien fait de mal. C'est moi. C'est moi qui vous ai jetés dans les bras l'un de l'autre. C'est moi qui suis partie. Et puis, quand Roux est arrivé à Paris, c'est moi qui n'ai pas su lire les signes… »

Elle m'a regardée avec curiosité. « Roux ?

— Oui, ce n'est pas ce que tu voulais me dire ? ai-je demandé. Que Roux est le père de Pilou ? »

Elle a secoué la tête. « C'est pire que ça.

— Pire ? » *Qu'est-ce qui pourrait être pire ?* ai-je pensé.

Elle s'est assise sur le parapet. « Je voulais vraiment t'en parler, a-t-elle continué. Mais je ne savais pas comment m'y prendre. Tu étais si fière de ce que j'avais accompli. J'ai quitté mon mari, repris le café, mais en fin de compte je n'ai jamais réussi à prendre ce train…

— Il y avait Pilou », lui ai-je rappelé.

Joséphine a souri. « Oui. Pilou. Je lui ai menti pendant tout ce temps parce que je ne pouvais pas supporter la vérité. Comme je t'ai menti à toi, Vianne, parce que je voulais te donner l'impression d'avoir fait quelque chose de ma vie… »

J'ai voulu l'interrompre, mais elle m'en a empêchée. « S'il te plaît, Vianne. Laisse-moi continuer. Je voulais que tu sois fière de moi. Je voulais que Roux aussi soit fier de moi. Dans mes rêves, j'étais comme toi, un esprit libre qui allait où il lui plaisait. Pas d'attache. Pas de famille. Paul était parti. Tu avais déjà quitté Lansquenet et je prévoyais de m'en aller, moi aussi. Et puis, j'ai découvert que j'étais enceinte. » Elle a marqué une pause. Son visage s'est revêtu d'une curieuse expression, à la fois tendre et triste. « Au début, je n'arrivais pas à y croire, a-t-elle repris. Je pensais ne pas pouvoir *avoir* d'enfants. Nous avions essayé pendant si longtemps, Paul et moi, et puis il a suffi qu'il parte pour que... » Elle a haussé les épaules. « Ça n'aurait pas pu tomber à un plus mauvais moment. J'étais prête à partir, mais Roux m'a convaincue de rester au moins jusqu'à la naissance de l'enfant. Et là, quand je l'ai vu...

— Tu es tombée amoureuse. »

Elle a souri. « C'est ça. Je suis tombée amoureuse. Quand Pilou a été assez grand pour poser des questions, je lui ai dit que son père était un pirate, un marin, un soldat, un aventurier, tout sauf Paul Muscat, ce lâche qui battait sa femme et s'est enfui à la minute où elle lui a tenu tête. »

Je l'ai fixée du regard. « Paul-Marie ? ai-je demandé. C'est *lui*, le père de Pilou ? Je pensais que Roux et toi, vous étiez... »

Elle a secoué la tête. « Jamais, a-t-elle dit. On aurait pu, si les choses avaient été différentes. Mais lui et moi, nous n'étions que copains. Même à l'époque, je crois qu'il t'appartenait déjà. Quand Paul-Marie est revenu, il a découvert que Roux logeait chez moi et que j'étais enceinte...

— Tu lui as laissé croire que le bébé n'était pas de lui », ai-je conclu.

Elle a hoché la tête. « Je ne pouvais pas m'y résoudre. Il ne m'aurait jamais laissée partir, pas s'il avait été au courant, pas Paul-Marie. J'étais enceinte de huit mois quand il est revenu et... Oh, Vianne, c'était horrible.

— J'imagine. »

Oui, j'imaginais bien. Paul-Marie, le visage rouge de rage. Roux essayant de la protéger. Et Joséphine, se raccrochant désespérément au seul petit semblant d'espoir qui pourrait la sortir de cette situation. Paul avait été saoul, agressif, réclamant ce qui lui revenait de *droit*, comme il disait : sa part des recettes pour le café, les quelques biens qu'il avait laissés derrière lui. Il en avait vite conclu que Roux était le père du bébé et Joséphine avait préféré le lui laisser croire plutôt que lui dire la vérité.

« Que s'est-il passé ensuite ?

— Comme d'habitude. Il a démoli le bar, m'a insultée avant de repartir sur sa moto. Plus tard, la police est venue pour m'annoncer qu'il avait eu un accident. »

Paul avait été conduit à l'hôpital. Joséphine était sa plus proche famille. Quand elle avait appris qu'il ne pourrait plus marcher, elle lui avait permis de revenir à la maison. Que pouvait-elle faire d'autre ? C'était en partie sa faute. Son mensonge avait déclenché une série d'événements qui avaient mené Paul-Marie à cet état. Même s'il lui était toujours impossible de lui dire la vérité, elle ne pouvait échapper à ses responsabilités. Il n'avait pas de travail, pas d'économies. Elle lui avait permis d'avoir sa propre chambre au Café des Marauds ainsi qu'un compte illimité au bar. Dans un sens, elle avait espéré qu'il retrouverait l'usage de ses jambes, mais cela n'avait pas été le cas. Elle s'en tenait pour responsable. Et voilà où ils en étaient, huit ans plus tard, enchaînés l'un à l'autre par les circonstances de la vie, avec ce mensonge qui grossissait entre eux un peu plus chaque jour. Pauvre Paul-Marie. Pauvre Joséphine.

C'est alors que l'évidence m'a frappée. Absorbée par les problèmes de Joséphine, j'étais passée à côté de l'essentiel. Roux ne m'avait jamais trahie. Il n'était pas le père de Pilou. Il avait peut-être eu le béguin pour Joséphine, mais quand il avait fallu se décider, il m'avait choisie. En fait, tous mes soupçons, tous mes doutes n'avaient été rien d'autre que des *waswâs.* C'était l'autan noir qui m'avait apporté ces *murmures du Sheitan,* comme les appelait Omi. Alors, pourquoi ne suis-je pas plus heureuse ? J'ai un poids en moins sur le cœur. Pourtant, je le sens encore, même si je sais qu'il n'est plus là. Il en reste une présence obscure dont les échos résonnent là où jadis il n'y avait que douceur…

Pourquoi ne me fais-tu pas confiance ? m'avait dit Roux. *Pourquoi les choses ne sont-elles jamais simples ?*

Là est peut-être la différence entre toi et moi, Roux. Tu crois que la vie peut être simple. Il est possible que ce soit le cas pour les autres, mais pas pour moi. Pourquoi ne t'ai-je pas fait confiance ? Peut-être parce que j'ai toujours senti que tu ne m'appartenais pas, que tôt ou tard le vent tournerait…

J'ai repoussé cette pensée. Elle pouvait attendre. Joséphine avait encore besoin de moi.

Je l'ai prise dans mes bras avant de lui dire : « Ça va. Ce n'était pas ta faute. »

Joséphine a souri. « C'est ce que Reynaud m'a dit.

— Tu lui en as parlé ? » me suis-je étonnée. Joséphine n'avait jamais été une pratiquante assidue et, la connaissant, l'idée qu'elle puisse confesser un secret si bien gardé, et à *Reynaud* surtout, me semblait tout à fait inappropriée.

Elle a souri. « Oui, c'est étrange, n'est-ce pas ? a-t-elle lâché. Mais il fallait bien que je me confie à *quelqu'un,* et… il était là. »

J'ai cru enfin comprendre. Tout était dans les couleurs de son âme, sur son visage enflammé, dans ses yeux tristes et pleins d'espoir. Les Amoureux. Pourquoi ne l'avais-je pas vu avant ? La Reine de

Coupe et son Cavalier estropié, c'était Joséphine et Paul-Marie. Mais ces Amoureux…

Joséphine et Reynaud ?

Serait-ce possible ? À première vue, ils semblent former un couple improbable. Cependant, ils ont certaines choses en commun. Ce sont tous deux des êtres blessés, solitaires et secrets. L'un et l'autre ont été victimes de la grande passion de Lansquenet pour les commérages. Ils sont tous deux dotés de qualités dont ils n'ont pas parfaitement conscience : l'entêtement, la force d'esprit, le refus de laisser gagner leur ennemi.

« Tu l'aimes bien, n'est-ce pas ? »

Elle a détourné le regard.

« Tu sais où il est ? » ai-je demandé.

Elle a de nouveau secoué la tête. « Il a disparu. Je ne sais pas où. Mais *elle* y est pour quelque chose. » Elle a eu un mouvement de tête en direction de l'ancienne chocolaterie. « Cette femme. Ces gens des Marauds. »

Petit à petit, elle m'a raconté l'histoire. Le graffiti sur la porte de Monsieur le curé, sa tentative maladroite de réparer la chocolaterie, la violente agression dont il avait été victime dimanche soir et l'avertissement qu'il avait reçu.

C'est la guerre. Ne t'en mêle pas.

La guerre ? Était-ce ainsi qu'ils voyaient les choses ? Et qui étaient les deux parties belligérantes ? L'église ? La mosquée ? Le voile ? La soutane ? Ou bien s'agissait-il simplement de l'éternelle guerre que menait Lansquenet contre les étrangers, les rats de rivière, les parias et désormais contre les gens des Marauds, un nom qui signifiait *Les Envahisseurs*, bien qu'il ne soit en réalité qu'une dérivation du mot « marais » ou « marécage », de par sa proximité avec la Tannes et le fait que le quartier soit sujet à de régulières inondations…

Une fois encore, j'ai pensé à Reynaud. Quelqu'un l'avait-il effrayé et menacé au point qu'il se soit enfui ? Ce n'était pas le genre de Monsieur le curé. Il est aussi têtu que je peux l'être. C'est un roc, immuable, que le vent n'a jamais réussi à ébranler.

Alors, où est-il ? Quelqu'un devait le savoir. Quelqu'un devait l'avoir vu partir. Si ce n'était pas le cas ici, ce le serait peut-être dans les Marauds où le sentier menait jusqu'à l'autoroute. J'ai réfléchi à ce que j'avais vu dans les vapeurs de chocolat, l'autre jour : Reynaud, seul, avec son sac à dos, longeant la rivière.

Était-ce une prédiction de l'avenir ou une vision de ce qui s'était déjà produit ? Où se trouve-t-il maintenant ? Endormi dans un fossé ? Assommé dans une ruelle ? Je n'avais jamais pensé être aussi touchée par ce qui pouvait arriver à Francis Reynaud. Pourtant, en réfléchissant à ces différentes éventualités, je me rends compte que je le suis. Je le suis même beaucoup.

« On va le retrouver, ai-je déclaré autant à mon intention qu'à celle de Joséphine qui m'écoutait. On va le retrouver et on va le ramener à la maison. Où qu'il soit. Je te le promets. »

Elle a esquissé un sourire triste et plein d'espoir. « Quand tu dis des choses comme ça, je suis prête à croire que rien n'est impossible.

— C'est le cas, ai-je conclu. Suis-moi. »

Nous avons traversé le pont qui rejoignait les Marauds.

CHAPITRE 4

†

Jeudi 26 août

J'ai plongé le regard dans ces yeux bruns et brillants qui m'observaient d'un air interrogateur à travers la grille. Je me suis demandé ce qu'elle pouvait voir de moi. Pas grand-chose, me suis-je dit, une masse indistincte et blafarde, la forme floue d'une main levée parmi des tranches d'ombre. Mon premier instinct aurait été d'appeler à l'aide, mais la fillette était jeune et je redoutais qu'elle ne s'enfuie si je venais à l'effrayer.

« Maya. N'aie pas peur », ai-je dit de la voix la plus douce que j'ai pu trouver.

Elle s'est agenouillée pour avoir un meilleur aperçu de ce qui se trouvait derrière la grille. Je voyais ses genoux posés sur les graviers de la pierre et ses chaussettes qui dépassaient de ses bottes roses.

« Vous êtes un Jinni ? a-t-elle répété. Les Jinn vivent dans des trous.

— Non, Maya, je ne suis pas un Jinni.

— Alors qu'est-ce que vous faites là-dessous ? a-t-elle demandé. Vous avez fait quelque chose de mal ? Mon *jiddo* dit que si on fait quelque chose de mal, la police peut nous mettre en prison.

— Non, je n'ai rien fait de mal. Quelqu'un m'a enfermé là-dessous. »

Ses yeux se sont arrondis. « Vous *êtes* un Jinni. Vous connaissez mon nom et tout. »

J'ai tenté de la convaincre en prenant un ton velouté. « S'il te plaît, Maya. Écoute-moi. Je ne suis pas un Jinni et je n'ai rien fait de mal non plus. Mais je suis *bien* prisonnier. J'ai besoin de ton aide. »

Elle a fait la grimace. « C'est exactement ce qu'un Jinni *dirait.* Les Jinn mentent toujours.

— Je t'en prie. Je ne mens pas. » J'ai perçu un soupçon d'urgence dans ma voix et me suis efforcé de me calmer. « S'il te plaît, Maya. Aide-moi. Tu veux bien m'aider ? »

Maya a hoché la tête d'un air sceptique.

« D'accord. » J'ai pris une profonde inspiration. Je devais bien réfléchir à ce que j'allais dire. Bien sûr, je pouvais demander à Maya d'aller chercher l'un de ses deux parents. Cependant, j'ignorais encore qui était responsable de mon emprisonnement et la pensée de devoir m'expliquer devant un groupe de Maghrébins persuadés que j'avais mis le feu à leur école me décourageait un peu, c'était le moins qu'on puisse dire. Néanmoins, je savais qu'il y avait dans les Marauds une personne qui pourrait m'aider, si seulement j'arrivais à la joindre.

Je me suis adressé à Maya. « Tu connais Vianne Rocher ? »

Elle a acquiescé. « C'est la *memti* de Rosette, a-t-elle déclaré.

— C'est ça, lui ai-je confirmé. Va voir Vianne. Dis-lui que je suis là. Dis-lui que Reynaud est là et qu'il a besoin d'aide. »

Elle a semblé réfléchir à ma demande l'espace d'un instant. « C'est ça votre nom ? a-t-elle fini par dire.

— Oui. » Oh, Mon Dieu, aidez-moi à ne pas perdre patience. « S'il te plaît. Je suis coincé là depuis hier. L'eau monte. Et il y a des rats.

— Des rats ? *Trop cool* ! » De toute évidence, cette enfant avait passé trop de temps avec Jean-Philippe Bonnet. J'ai pris une autre profonde inspiration. *Respire, Francis. Concentre-toi.*

« Je te donnerai tout ce que tu veux. Des jouets, des bonbons. Mais va voir Vianne. »

Elle a hésité. « Tout ce que je veux ? a-t-elle répété. Comme dans cette histoire des trois vœux ? Dans *Aladin* ?

— Tout ce que tu veux ! »

De nouveau, la fillette semblait perdue dans ses pensées. Puis elle a fini par rendre son verdict.

« OK », a-t-elle annoncé en se relevant d'un bond. Les bottes de caoutchouc rose bonbon ont soudain fait leur apparition. Des larmes de gratitude m'ont piqué les yeux. Ou bien était-ce simplement la poussière de la rue ?

À travers la grille, Maya a dit : « Mon premier vœu, c'est que vous guérissiez mon *jiddo*. Je vous dirai les deux autres plus tard. Salut, Jinni. À bientôt.

— Non, attends ! ai-je répliqué. Maya ! S'il te plaît ! Écoute-moi ! »

Mais les bottes rose bonbon avaient déjà filé.

J'ai juré dans ma barbe en latin et en français avant de redescendre de ma pile de cageots. C'est à cet instant précis, tandis que je me tenais là, les chevilles dans l'eau froide et sale, me disant que la situation ne pouvait pas être pire, que j'ai entendu des pas derrière la porte du sous-sol.

Je me suis écarté au plus vite des cageots. Puis j'ai reconnu le bruit d'une clé dans la serrure. J'ai considéré une seconde la possibilité de surprendre mes agresseurs en me précipitant sur la porte, mais c'était irréalisable. Dans mon état physique, même une femme n'aurait eu aucune difficulté à me repousser en bas des marches de la cave.

La porte s'est ouverte. Trois hommes sont apparus. J'ai reconnu Karim Bencharki, rien qu'à sa silhouette. Les deux autres étaient plus jeunes. J'imaginais qu'ils étaient membres du club de gym. Les deux garçons tenaient des lampes électriques et Karim avait un bidon à la main. J'ai senti l'odeur de l'essence.

« Les gens comme vous ne retiennent jamais la leçon », a dit Karim.

J'étais toujours dans le ventre de la baleine.

CHAPITRE 5

✝

Jeudi 26 août

« C'est un malentendu, ai-je dit. Laissez-moi sortir et je vous expliquerai. »

Karim a lâché le bidon d'essence. Au bruit qu'il a fait sur le sol, j'ai deviné qu'il était vide. « Expliquez-moi ça, Monsieur le curé. Vous l'aviez avec vous quand on vous a surpris à épier ma sœur.

— Ce n'est pas vr… », ai-je commencé à dire. Puis je me suis souvenu de Sonia. Cela devait être son bidon d'essence. Elle l'avait laissé tomber lorsque je m'étais approché d'elle. Mais elle s'était confiée à moi. Comment pourrais-je le révéler à son mari ?

« Je ne l'épiais pas », me suis-je défendu. C'était un mensonge et il résonnait comme tel. « Je m'apprêtais à aller lui parler.

— C'est pour ça que vous vous cachiez derrière un arbre ? »

Je me suis embarqué dans un autre mensonge, mais je savais déjà qu'il ne me croirait pas. Certains sont nés menteurs, mon père : je ne fais pas partie de ceux-là. J'ai tenté une autre tactique. J'ai dit : « Je peux vous poser une question, Karim ? Combien de temps pensez-vous pouvoir encore me garder ici ? Laissez-moi partir maintenant, et je vous promets de n'entreprendre aucune action contre vous. »

Avec le recul, je suppose que j'ai lui dû sembler un peu arrogant. L'un des deux autres s'est adressé à Karim. Karim lui a répondu d'un ton impatient. Un rapide et bref échange en arabe a suivi.

Je commençais à me sentir nerveux. « Écoutez, vous devez me croire, ai-je dit à l'intention de Karim. Je n'ai jamais tenté de mettre le feu à l'école. Je n'ai jamais agressé votre sœur. J'ai toujours essayé de l'aider. »

À contre-jour dans l'embrasure de la porte, il m'était impossible de voir le visage de Karim. Il émanait pourtant de lui autant d'hostilité que de parasites d'une radio. Il a de nouveau parlé à ses amis. Puis il s'est adressé à moi.

« Qu'avez-vous fait de ma belle-sœur ? »

Je suis tombé des nues. « Quoi ?

— Alyssa Mahjoubi. Où est-elle ? Et que faisiez-vous avec elle il y a une semaine ? »

J'ai pris une profonde inspiration. « Elle est en sécurité, ai-je dit. Mais je n'ai rien à voir avec cette histoire. Elle est chez une amie. De son plein gré. Je n'y suis pour rien. »

Karim a eu un hochement de tête presque imperceptible. « Je vois. Mais Mme Clairmont dit que l'on vous a vu en compagnie d'une jeune fille, en pleine nuit, près de la rivière.

— Ce n'est pas ce que vous croyez... », ai-je commencé. *Mon Dieu*, ai-je pensé, *quelle faible entrée en matière.* « Je suis tombé sur elle par hasard. Elle avait des ennuis. Je l'ai aidée. C'est tout.

— Comme vous avez aidé ma sœur ? »

J'ai ouvert la bouche, mais aucun mot n'en est sorti.

« Monsieur le curé, a dit Karim. Votre réputation vous précède, ici. À plus d'une reprise, vous avez exprimé votre mépris pour les étrangers. Même le père Henri le dit. Vous êtes intolérant. Vous aimez l'autorité. Vous avez tenté d'empêcher la construction de la mosquée. Vous ne cachez pas votre désapprobation concernant le port du *niqab*. Un jour, vous avez essayé de vandaliser une chocolaterie ouverte à l'encontre de vos traditions religieuses. Je sais déjà que vous êtes entré dans la maison de ma sœur par effraction, la semaine dernière. Et maintenant, on vous surprend à traîner autour de son bateau avec un bidon d'essence, le jour même où vous aviez prévu de quitter la ville… »

J'ai été pris d'un rire nerveux.

« Vous trouvez ça drôle ? s'est insurgé Karim.

— Non. Bien sûr que non. Mais vous vous trompez. »

Karim s'est mis à rire avec mépris. « Je ne pense pas que le père Henri soit de cet avis. Maintenant, vous allez nous dire où se trouve Alyssa et ce que vous faisiez ici, hier. »

J'aurais dû garder mon calme, mon père. Mais j'ai senti la colère monter en moi. « Je n'ai pas à me justifier, devant vous ni devant qui que ce soit, ai-je déclaré. Tout allait très bien ici jusqu'à ce que vous arriviez, vous et votre sœur. Depuis, on m'a menacé, agressé, accusé et emprisonné dans cette cave contre ma volonté. Je ne vous laisserai pas m'intimider. Quant à Alyssa, je comprends. Vous êtes inquiet. Elle est évidemment trop jeune pour quitter la maison.

Quand vous me laisserez sortir d'ici, je vous promets que l'on discutera tous ensemble autour d'une table pour tenter de trouver une solution… »

De nouveau, Karim et ses amis ont échangé des mots en un arabe guttural. Puis il s'est tourné vers moi.

« Excusez-moi, Monsieur le curé. J'ai beaucoup à faire, aujourd'hui. J'espère que nous pourrons parler à mon retour. »

À *mon retour* ? Mon cœur s'est serré. J'ai alors compris combien j'espérais en fait qu'il me relâche.

« Je ne comprends pas ce que vous pensez gagner à me garder ici. Vous croyez pouvoir me pousser à la confession ? À *quelle* confession ? Votre belle-sœur n'est pas en danger, Karim. Elle est chez Vianne Rocher. »

Une pause. « Chez Vianne Rocher ?

— C'est ça. Maintenant…

— Que vous a-t-elle dit ?

— Mais rien du tout. Maintenant, vous voulez bien me laisser partir ? »

Une pause, plus longue. « C'est impossible, a-t-il répondu.

— Pourquoi ? » Ma colère s'était amplifiée. « Qu'est-ce que vous me voulez, bon sang ? »

Karim s'est avancé d'un pas vers moi. Son visage m'est alors apparu clairement. J'ai compris que l'expression calme que je lui avais attribuée cachait en fait une rage silencieuse et néanmoins violente.

« Ma sœur, Inès, a disparu, a-t-il annoncé. Sa fille et elle se sont volatilisées depuis le moment où je vous ai surpris hier à vouloir mettre le feu au bateau sur lequel elles dormaient. Bien sûr, on aurait pu appeler la police. Mais se seraient-ils montrés compatissants ? Alors on va vous garder ici, Reynaud, jusqu'à ce que vous nous donniez les réponses dont nous avons besoin. *Inch'Allah*, j'espère bien que la prochaine fois vous nous direz la vérité. »

Sur quoi, Karim et ses camarades sont repartis en refermant la porte derrière eux. J'ai entendu le bruit d'une clé dans la serrure.

J'ai juré, en français et en latin. Puis je me suis assis sur les marches et je suis resté là à attendre et prier pour le retour de Maya. Je me suis demandé ce que j'avais fait à Dieu pour qu'Il me punisse ainsi. Je rêvais d'un café avec des croissants frais quand, à l'étage, les tapis de course ont repris leur boucan infernal.

CHAPITRE 6

Jeudi 26 août

Dans les Marauds, notre première escale se trouvait être le seul endroit où j'étais sûre d'être bien accueillie. Pourtant, lorsque nous sommes arrivées devant la maison des Al-Djerba, les volets vert foncé étaient fermés. Quand Zahra nous a ouvert la porte, elle avait l'air gênée sous son *niqab.*

« Je suis désolée, ma mère est sortie », a-t-elle dit.

Je lui ai expliqué que nous cherchions Reynaud et lui ai demandé si elle l'avait vu.

Elle a secoué la tête. Sous son voile, les couleurs de son âme indiquaient l'agitation.

« Qu'as-tu pensé des truffes en chocolat ? Omi a apprécié les siennes à la noix de coco ?

— Omi aussi est sortie », a répondu Zahra.

Je voyais bien qu'elle était inquiète. Son regard passait sans cesse de Joséphine à moi. « Tu es sûre que tu n'as pas vu Reynaud ? Que tu n'as rien entendu à ce sujet ? »

Elle a secoué la tête. « C'est un de vos amis, n'est-ce pas ?

— Oui, ai-je confirmé. Je suppose que oui.

— C'est curieux qu'un homme comme lui soit l'ami d'une femme comme vous. » Le ton de sa voix était neutre et ne laissait rien transparaître. Néanmoins, sous son voile, elle était en feu : les couleurs de son âme pétillaient, flamboyaient.

« Cela n'a pas toujours été le cas, ai-je ajouté. En fait, on pourrait même dire que nous étions ennemis, autrefois. Mais c'était il y a très, très longtemps. Nous avons tous les deux changé, depuis. J'ai compris que la peur qui me hantait venait de *moi* et non de lui. Ce n'est qu'en lâchant prise que j'ai vraiment réussi à m'en libérer. »

Elle a réfléchi un instant à ce que je venais de dire. « Vous autres, je ne vous comprends pas du tout. Vous n'avez que le mot liberté à la bouche. Là d'où je viens, nous croyons qu'il est impossible à quelqu'un d'être tout à fait libre. Allah voit tout, contrôle tout.

— C'est ce que Reynaud pense aussi, ai-je dit.

— Mais pas vous ? »

J'ai secoué la tête.

« Et le *Sheitan,* alors ? »

J'ai haussé les épaules. « Je pense qu'il existe assez d'explications humaines au mal que font les gens sans qu'il soit nécessaire d'y mêler le diable. J'ai été élevée dans l'idée que nous devons apprendre à être maîtres de nos vies, à écrire nos propres règles et à en accepter les conséquences. »

Elle a émis un petit son qui traduisait son incertitude. « C'est bien différent de ce que l'on nous enseigne, a-t-elle déclaré. S'il n'y a pas de règles, comment savez-vous ce qu'il faut faire ?

— Je ne pense pas qu'on le sache toujours, ai-je

répondu. Parfois, on fait des erreurs. Mais suivre les règles sans réfléchir, faire les choses que l'on nous dit de faire, comme des enfants : je ne crois pas que *cette idée-là* vienne de Dieu. Elle vient de ceux qui se servent de Dieu comme d'un prétexte pour obliger les autres à leur obéir. Je ne pense pas que Dieu se préoccupe des vêtements que l'on porte ni de ce que l'on mange. Je ne pense pas qu'Il ait quelque chose à voir avec les gens que nous choisissons d'aimer ou non. Et je ne crois pas en un dieu qui s'amuse à mettre les gens à l'épreuve, à jouer avec eux comme un petit garçon avec des fourmis. »

J'ai cru qu'elle allait faire un commentaire, mais au moment où elle a ouvert la bouche, un bruit a retenti derrière elle et Maya est apparue d'un bond, Tipo sous le bras.

Elle m'a regardée avec intérêt avant de dire : « Vous êtes venue avec Rosette ?

— Pas aujourd'hui. »

Elle a fait la grimace. « Je m'ennuie tellement ! Je ne peux pas sortir et jouer avec Rosette ? Je voudrais lui montrer quelque chose. » Elle a lancé un regard espiègle à Zahra. « C'est un secret. Juste entre Rosette et moi. »

Zahra a froncé les sourcils. « Maya, sois sage. Jiddo ne se sent pas bien. »

Les yeux bruns de la fillette se sont élargis. « Mais je… »

Zahra lui a dit quelque chose en arabe.

Maya a fait une autre grimace. « Le chat lui manque, m'a-t-elle dit. Quand il vivait chez Oncle Saïd, le chat venait toujours s'asseoir sur lui. Peut-être que si on lui *apportait* le chat… »

Zahra semblait perdre patience. « Cela n'a rien à voir avec le chat », lui a-t-elle lancé.

J'ai compris qu'une dispute était sur le point d'éclater et suis intervenue avant qu'il ne soit trop tard : « Pourquoi n'emmènerais-je pas Maya ? lui ai-je proposé. Vous pourriez tous vous reposer un peu. Je sais très bien ce que c'est que d'avoir une petite fille à la maison. » Je voyais que Zahra était tentée d'accepter. « Ne t'inquiète pas. Elle sera avec Rosette. Je la ramènerai avant l'*iftar.* »

Elle a hésité encore un peu. Puis elle a eu un brusque hochement de tête, comme un oiseau qui picore une noix. « D'accord, a-t-elle dit. Je dois vous laisser, maintenant. Merci d'être passée nous voir, Vianne. »

La porte verte s'est alors refermée sur nous trois et nous sommes restées dehors avec le vent qui sifflait toujours dans les avant-toits et l'ombre fine du minaret qui avançait sur les pavés de la rue ensoleillée, comme l'aiguille d'un cadran solaire.

Joséphine m'a regardée, l'air dubitatif. « Je croyais que c'étaient des amis à toi.

— Ils le sont. » J'étais perplexe. « Zahra a l'air un peu préoccupée. Peut-être qu'elle s'inquiète pour le vieux Mahjoubi. »

Tandis que nous redescendions le boulevard et que Maya courait devant nous en sautant dans les flaques, j'ai expliqué à Joséphine la maladie du vieil homme et sa brouille avec le reste de sa famille. Je n'ai pas mentionné le fait que Mahjoubi m'avait conseillé de ne pas m'approcher de l'eau, ni qu'il avait rêvé de moi et d'Inès. Nous sommes passées devant le club de gym. Comme toujours, la porte était légèrement entrouverte et une odeur de chlore s'en échappait et se mêlait à celle des Marauds : ce mélange de poussière, de *kif*, de cuisine et d'eau de la rivière. J'ai remarqué que Maya s'était dépêchée de dépasser la ruelle pour s'attarder devant l'entrée d'un passage qui menait à la promenade en planches. Il aurait pu être difficile pour un adulte de se faufiler entre les bâtiments, mais pour Maya cela ne posait aucun problème.

« C'est là que mon Jinni habite, a-t-elle déclaré en désignant le passage.

— Vraiment ? » J'ai souri. « Tu as un Jinni ?

— Eh oui. Il m'a accordé trois vœux.

— Oh. Et il a un nom, ton Jinni ?

— Renardeau !

— C'est mignon. »

Je n'ai pu m'empêcher de rire. Elle me rappelle tellement Anouk à cinq ans, avec son visage plein de vie et son sourire éclatant, quand elle gambade avec ses bottes couleur de chewing-gum. Anouk, ma petite étrangère, qui un jour était revenue des bois avec un lapin nommé Pantoufle que seuls les privilégiés pouvaient voir.

« Les gosses, hein ? m'a dit Joséphine.

— Pilou sait bien s'y prendre avec Rosette. On pourrait croire qu'il a trouvé une sœur. »

Elle a souri. Son visage s'illumine toujours quand elle entend son nom. « Tu as vu comment il est. La gentillesse à l'état pur. Tu comprends pourquoi j'ai fait ce que j'ai fait ? Je ne supportais pas l'idée de le partager avec Paul. Surtout que je savais très bien qu'il aurait essayé de lui bourrer le crâne avec ses idées. »

C'était sans doute vrai, ai-je pensé. Malgré tout, ce petit garçon est le seul fils de Paul et qui sait si la paternité ne l'aurait pas changé ?

Elle a lu dans mes pensées. « Tu penses que j'ai eu tort.

— Non, mais...

— Je sais, a-t-elle dit. Ça me travaille aussi. Du moins, quand je me sens faible. Quand je me sens forte, je sais que j'ai raison. Pilou mérite mieux que Paul-Marie.

— Tu dis qu'il a changé ta vie, Joséphine. Tu ne crois pas que Paul mérite d'avoir cette chance ? »

Elle a secoué la tête avec obstination. « Tu sais comment il est. Il ne changera jamais.

— Tout le monde peut changer », ai-je dit.

Comme nous atteignions le bout de la rue, je me demandais si c'était bien vrai. Certaines personnes ne peuvent jamais devenir meilleures. Mais Paul-Marie partageait son toit avec un petit garçon qu'il croyait être le fils d'un rival. Quelles en avaient été les conséquences sur lui ? J'ai pensé à ses yeux clairs et menaçants, à sa bouche pleine de rage et de désespoir. Il ressemble à un animal pris au piège, prêt à mordre tout individu s'approchant de lui. Bien sûr, je ne suis pas naïve au point de croire qu'un homme comme Paul-Marie allait fondre de joie en apprenant qu'il avait un fils. Cependant, ne méritait-il pas une chance ? Qu'est-ce que ce mensonge avait apporté de bon à Joséphine, de toute façon ?

Nous sommes arrivées en bas du boulevard. La dernière fois que j'avais pris ce chemin, la péniche d'Inès Bencharki était amarrée le long de l'embarcadère. Maintenant, elle n'était plus là. Seul un petit rouleau de corde qui formait un tas net marquait encore son emplacement. J'ai vu Joséphine écarquiller les yeux. Oui, bien sûr, ce bateau était le sien, même si elle l'utilisait rarement.

« Tu veux dire que cette femme vivait dessus ? s'est-elle étonnée quand j'ai commencé à lui expliquer. Comment a-t-elle osé s'approprier *mon* bateau ? Et où s'est-elle permis d'aller avec, nom d'un chien ? »

Je n'en savais rien. Je suis allée sur la jetée et j'ai balayé les berges du regard. Aucun signe de la péniche noire, ni du côté des Marauds, ni de celui de Lansquenet. Était-il possible qu'Inès soit partie pour de bon ? Il n'y a pas beaucoup d'emplacements sûrs où amarrer un bateau de cette taille dans le coin. Et avec les dernières crues, la Tannes est pleine et pour le moins impitoyable. De plus, le moteur du bateau de Joséphine ne fonctionne pas. Au mieux, Inès avait dérivé avec le courant, descendu la rivière et peut-être trouvé un endroit où amarrer le bateau à Chavigny ou Pont-le-Saoûl. Pourquoi était-elle partie ? Avait-elle emmené Dou'a ? Quand allait-elle revenir et en avait-elle seulement l'intention ?

C'est alors que j'ai distingué un objet sur la rive, à moitié enfoui dans l'herbe boueuse. C'est un collier, ai-je d'abord pensé. Une petite rangée de perles vertes sur une chaîne en argent. Dou'a l'a peut-être perdu, me suis-je dit en le ramassant. Puis j'ai vu le crucifix au bout de la chaîne…

« C'est un chapelet. »

Joséphine s'est approchée pour jeter un coup d'œil. « Il appartient à Reynaud, a-t-elle dit. Je l'ai déjà vu sur sa cheminée. Qu'est-ce qu'il faisait ici, d'après toi ? Tu crois que c'est *lui* qui a pris mon bateau ? »

J'ai secoué la tête. « Aucune idée. Je suppose que c'est Inès qui l'a pris. » Se pouvait-il qu'elle soit encore dans les Marauds ? Si tel était le cas, savait-elle où Reynaud se trouvait ?

J'ai essayé d'interroger Maya, mais sans succès. Elle semblait se préoccuper davantage de Dou'a que de la disparition du bateau, en partie à cause des chiots que ses camarades et elle gardaient dans l'ancienne chocolaterie.

Joséphine a levé un sourcil. « Quoi ? »

Maya a mis la main sur sa bouche. « Je n'avais pas le droit de le dire, a-t-elle lâché. Hargneux et Mordeur. C'est là qu'on les cache. M. Acheron voulait les noyer.

— Tu penses que Dou'a se trouve encore là-bas ? »

Joséphine a haussé les épaules. « Ça vaut le coup d'essayer. »

CHAPITRE 7

Jeudi 26 août

Lorsque nous sommes arrivées devant l'ancienne chocolaterie, elle avait toutes les apparences d'un bâtiment en ruine. D'épaisses bâches de plastique couvraient la porte, les fenêtres et une partie du toit. À l'entrée se trouvait une pancarte en bois sur laquelle était grossièrement écrit à la peinture : DANGER. DÉFENSE ENTRER.

Cependant, l'intérieur était une ruche d'activité. Derrière la porte, nous avons découvert Luc Clairmont, Jeannot Drou, Anouk, Rosette, Pilou et plus étonnant encore, Alyssa. Il y avait aussi Vlad, un escabeau, quelques pots de peinture-émulsion, des éponges, des rouleaux, des brosses et la boîte en carton qui contenait les chiots. Tous ensemble, ils avaient réussi à repeindre presque toute la cuisine, le palier et ce qui jadis avait été le devant de la boutique, d'un joyeux jaune primevère. Sur l'un des murs, j'ai constaté qu'une peinture murale commençait à prendre forme : il s'agissait d'une œuvre abstraite dans le méli-mélo de laquelle se cachaient quelques silhouettes animales et qui ressemblait beaucoup au tableau du Café des Marauds. Il était clair que Pilou était la force créative du groupe, même si les autres s'affairaient avec autant d'ardeur. Aussi étaient-ils arrivés à barbouiller généreusement leurs vêtements de peinture ainsi que Vlad qui semblait mettre la main à la pâte avec vivacité, à défaut d'efficacité.

À notre arrivée, tout le monde s'est figé, à l'exception de Vlad qui, heureux de reconnaître un visage ami, a lancé une série d'aboiements.

Luc a commencé à s'expliquer. « J'avais dit que j'effectuerais quelques travaux dans cette maison. Juste pour réparer les dégâts. Et puis je suis tombé *là-dessus*... » Du doigt, il a montré Pilou et le carton rempli de chiots. « Je me suis dit que tant qu'à faire, puisqu'ils étaient là, ils pourraient se rendre utiles. Alors, j'ai rapporté du matériel et... » Il a remplacé la fin de sa phrase par un grand sourire penaud. « À partir de là, tout s'est enchaîné, a-t-il conclu.

— Je vois ça », lui ai-je dit tout en essayant de refréner l'enthousiasme de Vlad.

Pilou a admis que Vlad s'était révélé une gêne plus qu'autre chose dans leur entreprise, mais il n'a pas démordu du fait que la présence d'un chien de garde était essentielle pour protéger les travaux en cours.

« Alors, qu'est-ce que tu en penses ? » a demandé Anouk. Elle se tenait près de Jeannot Drou. Ils étaient tous deux couverts de peinture : des empreintes de main jaunes décoraient le tee-shirt de Jeannot et le visage d'Anouk portait une marque similaire en plein milieu de la joue. « On s'est bien débrouillés, maman ? »

J'en suis restée bouche bée un moment. Revoir le bâtiment ainsi peint de couleur vive, même d'une main non experte, rempli de bruits, de mouvements, les rires en ayant chassé toutes les ombres et les murmures…

Esprits malfaisants, hors d'ici. Je lui ai souri. « Je trouve, oui. »

Elle a paru soulagée. « Je savais que tu dirais ça. Luc est venu nous voir. Je me suis dit que ça ne poserait pas de problème si on y allait tous ensemble. »

J'ai lancé un regard curieux à Alyssa. Elle portait un chapeau de paille pour protéger ses cheveux de la peinture fraîche et me paraissait s'être affranchie de ses soucis, comme de son *hijab.*

« Il se trouve que personne ne me remarque quand je ne porte pas le *hijab,* s'est-elle expliquée. Je suis passée devant la boulangerie de Poitou et personne ne m'a regardée.

— On est entrés par l'escalier de secours, a ajouté Pilou. Personne ne sait qu'on est là. À part vous deux, et Spoutnik…

— Spoutnik ? me suis-je étonnée.

— Mon chat, a dit Pilou.

— Ton quoi ? » a demandé Joséphine.

Pilou a arboré son sourire estival. « Je l'ai surpris ici, l'autre jour. Il essayait de voler la nourriture des chiots. Mordeur l'a mordu.

— Oh. Je vois.

— Vous voulez nous aider, Vianne ? J'ai besoin d'un coup de main pour la peinture murale. Rosette veut tout le temps peindre des singes partout et on ne s'est pas encore attaqués aux chambres… »

J'ai répondu : « Pas aujourd'hui. Je cherche votre amie Dou'a et sa mère. »

Je leur ai expliqué ce qui s'était passé. Comme je m'y attendais, personne n'avait vu Inès ni sa fille depuis hier. Pourquoi était-elle partie si vite et sans prévenir personne ? Et qu'en était-il de Monsieur le curé ? Personne ne semblait le savoir.

Nous les avons laissés à leur peinture et sommes retournées sur la place. Rosette avait rejoint Maya. Elles étaient sorties à toutes jambes de la boutique et couraient sous le soleil. Poitou, assis devant l'église, mangeait son sandwich au fromage, l'air morose. Il a paru surpris de nous voir.

« Qu'est-ce que vous faisiez là-dedans ? nous a-t-il demandé. Vous ne savez pas que c'est la maison de la femme à la *burqa* ?

— C'est elle que nous cherchions. »

Il a fait la grimace. « Eh bien, bonne chance. Elle ne loge pas quelque part dans les Marauds ?

— Je pense qu'elle est peut-être partie, ai-je dit.

— Ça fait des jours qu'elle n'est pas venue ici. » Soudain, une pensée lui est venue à l'esprit. « Il se peut qu'elle se soit enfuie avec Monsieur le curé. Il travaillait chez elle la semaine dernière, vous savez. À nettoyer le bazar qu'il y avait mis. » Il a ri aux éclats après avoir prononcé cette phrase, même si Joséphine et moi sommes restées de marbre. L'idée que le départ de Reynaud fût lié à la disparition du bateau d'Inès Bencharki était plausible. Après tout, nous avions trouvé son chapelet à moins de vingt mètres de l'endroit où la péniche était amarrée. Reynaud avait-il *pu* la prendre ?

Ce n'était pas l'avis de Joséphine. « Je pense que c'est cette femme qui l'a prise, a-t-elle déclaré. Elle a peut-être réparé le moteur. Ou elle s'est laissé entraîner par le courant en descendant la rivière.

Ou peut-être même qu'elle l'a vendue. À vrai dire, si c'est le cas, je m'en fiche. Si elle est partie, c'est que ça en valait la peine.

— Alors Karim avait raison. Elle a *bien* disparu. »

Je me suis tournée pour découvrir une présence importune. Caro traversait la petite place d'un pas décidé, accompagnée de son mari, Georges, qui la suivait, l'air penaud. Le père Henri était avec eux. Il a fait un sourire futile et clinquant dans ma direction avant de caresser la tête de Maya.

La fillette lui a décoché un regard noir. « Mon Jinni ne vous aime pas », a-t-elle déclaré.

Le père Henri a eu l'air interloqué.

« Mon Jinni vit dans un trou, a-t-elle continué. Il y a des rats. Il m'a accordé trois vœux. »

Le sourire du père Henri s'est élargi de manière grotesque. « Quelle enfant originale, a-t-il dit.

— Quel dommage qu'on la laisse courir en liberté, a ajouté Caroline en jetant à Rosette un regard qui en disait long. Avec tout ce qui s'est passé dans les Marauds ces derniers temps, je n'aurais jamais imaginé que les parents puissent laisser leurs enfants aller et venir partout sans surveillance. »

Rosette a produit l'un des sons dont elle avait le secret : un petit bruit sec et impudent. Au même moment, l'un des talons aiguilles de Caro s'est coincé dans une fissure entre deux pavés. Caro a essayé de l'en déloger, mais le talon est resté prisonnier.

« Rosette ! » me suis-je exclamée.

Rosette m'a lancé un regard innocent avant de produire de nouveau le même bruit. Le talon de Caro s'est trouvé libéré de son emprise avec tant de brusquerie que la chaussure a été projetée sur la place. Le père Henri s'est précipité pour la ramasser.

Maya et Rosette ont échangé un regard et se sont mises à glousser.

« Vous avez parlé à Karim ? ai-je demandé à Caro. Il vous a dit que sa sœur avait quitté les Marauds ? »

Elle a acquiescé. « C'est un bon ami à nous. Un homme très sympathique : progressiste, poli, totalement apolitique, tout le contraire du vieux Mahjoubi. Si seulement ils pouvaient tous être comme lui.

— Je ne vous savais pas si proches. Et sa sœur ?

— Inès. Si vous voulez mon avis, mieux vaut pour lui qu'elle ne soit plus là. »

C'était presque ce que Joséphine avait dit.

« Pourquoi ? »

Caro a fait la moue. « Cette femme était un fardeau. Elle s'est mis tout le monde à dos. Karim a fourni tant d'efforts pour aider cette communauté à vivre au vingt et unième siècle. Regardez comme il a été d'un grand soutien pour sa sœur, bien qu'elle soit *plutôt* du genre instable, ainsi que pour sa pauvre petite fille. Il a été le premier à comprendre pourquoi le vieux Mahjoubi devait être remplacé et c'est grâce à lui que le club de gym est devenu ce qu'il est aujourd'hui. Avant son arrivée, ce n'était que quatre murs de béton avec quelques tapis de course au milieu. Maintenant, c'est un club de rencontres, un lieu de rendez-vous, une adresse où de jeunes hommes en pleine santé peuvent se rendre au lieu d'aller boire de l'alcool. » Elle a arqué les sourcils en direction de Joséphine. « Si seulement *nos* garçons avaient un endroit comme celui-là.

— Ils jouaient ici, avant, a répondu Joséphine. Je

me souviens que votre Luc jouait au foot avec Alyssa et Sonia. »

Caro a émis un son dédaigneux. « Vous ne comprenez pas leur culture, a-t-elle rétorqué. Les garçons et les filles ne peuvent pas être mêlés. Ils n'y sont pas habitués et cela peut causer bien des ennuis. » Elle a affiché son sourire de sucre glace. « *Vous* devriez vous en souvenir, a-t-elle ajouté.

— Pourquoi ? a demandé Joséphine d'une voix douce.

— Eh bien, *votre* garçon semble être très ami avec la fille d'Inès Bencharki. J'ai bien vu ce qui se passe quand deux enfants de cultures différentes se côtoient et… » Elle s'est arrêtée net, l'air ennuyée et je me suis demandé si elle pensait à Luc. « Ce que je veux dire, c'est notre devoir d'être *vigilants*, a-t-elle conclu en jetant un coup d'œil rapide à Georges qui, jusqu'à présent, n'avait pas prononcé un mot. Certaines personnes ne sont simplement pas compatibles avec notre genre de communauté.

— Des personnes comme Inès ? suis-je intervenue. Ou peut-être comme Alyssa Mahjoubi ? »

Caro s'est raidie. « De toute évidence, vous en savez plus que moi sur ce sujet », a-t-elle lâché. Puis elle s'est tournée vers le père Henri : « Allons-y, mon père. Du travail nous attend. »

Sur ce, Caro et son entourage sont passés devant nous avant d'entrer dans l'église où, en l'absence de Reynaud, les anciens bancs étaient remplacés par de nouvelles chaises de plastique plus pratiques, et qui ne tarderait pas à accueillir des écrans vidéo pour officialiser l'entrée de Saint-Jérôme dans le vingt et unième siècle.

CHAPITRE 8

Jeudi 26 août

Joséphine était furieuse. « Comment pouvaient-ils faire ça à Reynaud ? Ils savent combien il aime cet endroit. Ils n'oseraient jamais s'il était *là*… »

C'est sans doute vrai, ai-je pensé. Tout comme le vieux Mahjoubi, Francis Reynaud n'était pas fan de modernité. Ce n'était pas la première fois que je me demandais comment ces deux hommes avec tant de choses en commun avaient pu devenir de tels ennemis.

« Retournons à la maison, ai-je dit à Joséphine. On fera des chocolats et on pourra parler. Il n'y a rien qu'on puisse faire ici, de toute façon. »

Ainsi, nous sommes donc rentrées chez Armande où j'ai préparé du chocolat chaud à la cardamome et mis au four pour une durée de vingt minutes une fournée de pâtisseries à la pêche confectionnées à l'aide de la confiture que nous venions de faire et d'un petit peu de crème fouettée à l'armagnac. Rosette et Maya ont mis la main à la pâte dans la cuisine qu'elles ont quelque peu salie. Rosette chantait sa mélodie et Maya l'accompagnait d'un air solennel en improvisant des paroles et en battant la mesure sur la table avec une cuillère en bois.

« La confiture maison, c'est bon, c'est bon !

— *Bam badda-bam...*

— Les pêches de Vianne, au ramadan, c'est miam ! »

Joséphine n'a pu s'empêcher de rire. « Et moi qui pensais que les garçons étaient les plus drôles.

— On devrait en apporter à mon *jiddo,* ce soir, a dit Maya quand les pâtisseries sont sorties du four. Il pourra en manger pour l'*iftar.* Mon Jinni les a sûrement rendues magiques pour qu'il guérisse.

— J'espère bien », ai-je ajouté.

Pas vraiment *magiques,* mais nous avons tous nos secrets. Un murmure, un signe, une pincée d'épices. Une carte amicale qui se retourne. Une chanson.

Maya a souri. « Ça va marcher, a-t-elle annoncé. C'est l'un de mes trois vœux. »

Eh bien, Maya. Peut-être bien que oui. Des choses plus étranges encore se sont déjà produites. Lors de ma dernière visite, j'ai compris que la souffrance du vieux Mahjoubi n'était pas due à une maladie. Sa cause, ce sont les *waswâs* : ces murmures empoisonnent l'esprit, tourmentent les rêves et conduisent à la dépression et au désespoir. La dispute avec son fils. Le fait qu'il ne soit plus considéré comme un chef convenable. La fugue d'Alyssa, dans ces circonstances mystérieuses. Tout ceci avait dû contribuer au déclin soudain du vieil homme.

« On lui en apportera quand je te ramènerai chez toi. Alyssa veut le voir aussi. Je suis sûre qu'à vous deux, vous réussirez à le guérir.

— C'est Renardeau qui le fera », a dit Maya.

À cinq heures, Anouk est rentrée avec Pilou, Luc, Jeannot et Alyssa. Ils étaient tous d'excellente humeur et barbouillés de peinture de la tête aux pieds. Je les ai envoyés se laver et changer de vêtements. J'ai mis une autre fournée de pâtisseries à la pêche au four pendant que Vlad dont émanait une forte odeur de peinture fraîche s'était allongé devant la cuisinière et remuait les quatre pattes dans son sommeil. Puis j'ai refait du chocolat chaud en y ajoutant plus de sucre, de la guimauve et de la crème. Nous nous sommes alors assis autour de la vieille table de bois tailladé dans la cuisine d'Armande où nous avons mangé, bu et ri comme si nous avions vécu là toute notre vie et non depuis à peine quinze jours.

« La boutique est magnifique, a déclaré Anouk. Presque aussi belle qu'avant. Tout ce qu'il nous reste à faire maintenant, c'est une nouvelle enseigne… »

Je l'ai regardée. Elle a jeté un coup d'œil vers Jeannot. « Enfin, à condition que quelqu'un ait envie d'en faire de nouveau une chocolaterie. Ce ne serait pas compliqué. Tout ce qu'il faudrait, c'est mettre un comptoir, des vitrines en verre et peut-être deux ou trois tables, des chaises… »

Rosette a signé : *Ça me plaît. J'ai dessiné des singes sur le mur.*

« C'est juste une idée, a précisé Anouk. En tout cas, je ne crois pas que cela redeviendra une école. »

Oh, Anouk ! Oh, Rosette ! Les choses ne sont pas aussi simples. Il n'avait jamais été question que l'on reste, que l'on s'installe ici. Nous avons vécu à Paris plus longtemps que nulle part ailleurs. Laisser tout tomber, admettre la défaite, est impensable.

Et puis, il y a Roux. Que dirait-il ? Il a fait tant

d'efforts pour nous bâtir un nid, pour trouver un compromis entre sa vie de gitan et la nôtre. Abandonner maintenant ce qu'il a construit, et pour Lansquenet en plus, reviendrait à le rejeter de la pire manière. Y survivrait-il ? Pourrait-il s'y faire ? Un rat de rivière change-t-il vraiment ? Ai-je même bien envie qu'il essaie ?

Quelqu'un a frappé à la porte et le bruit a mis fin à ma rêverie. Joséphine est allée ouvrir. Elle pensait peut-être que ce serait Reynaud…

C'était Karim Bencharki.

Il a bousculé Joséphine comme s'il s'était agi d'un simple rideau. J'ai soudain revu Paul-Marie, il y a huit ans, ivre et plein de rage, essayer de forcer la porte de la chocolaterie. Les couleurs de son âme s'affolaient, son visage s'enflammait. Il était toujours aussi beau, mais il brillait d'une nouvelle lumière, dangereuse, comme un feu de forêt.

Quand Alyssa l'a vu, elle s'est tout à coup figée. L'espace d'un instant, son stratagème a failli réussir. Dans cette pièce exiguë, avec ses cheveux coupés court, elle semblait si différente de ce qu'elle était avant qu'il était possible qu'il ne la reconnaisse pas. Karim a lentement passé en revue la demi-douzaine de visages qui s'étaient tournés vers lui. Puis ses yeux dorés se sont un peu élargis au moment où ils se sont posés sur Alyssa.

« Alors, c'est vrai. Tu es *bien* ici. » Puis il s'est adressé à moi : « Je suis vraiment désolé, madame Rocher. Je ne voulais pas faire irruption comme ça. Je ne sais pas ce qu'elle vous a raconté, mais Alyssa a disparu depuis plusieurs jours. Sa famille est…

— Qui vous a dit qu'elle était ici ? l'ai-je interrompu.

— Peu importe. Ils avaient raison. » De nouveau, il s'est tourné vers Alyssa. « Qu'est-ce qui t'a pris de t'enfuir ? Tu ne sais pas que ta mère et ton père sont fous d'inquiétude ? »

Alyssa a répondu en arabe.

Il lui a coupé la parole. « Ce n'est pas grave. Rentre à la maison. »

Alyssa n'a rien dit, mais elle a secoué la tête.

« Viens, Alyssa. Habille-toi convenablement. Ta mère s'est rendue malade de souci...

— Je m'en fiche. Je ne rentrerai pas. Et tu n'as pas à me donner d'ordres. »

Une furieuse tirade en arabe a suivi pendant laquelle les couleurs fiévreuses de son âme se sont mises à brûler. Il a fait un pas vers elle. Alyssa a eu un mouvement de recul. Elle a protesté et la voix de Karim s'est élevée avec colère.

« Arrêtez ! Laissez-la tranquille ! » C'était Luc. « Elle reste avec Vianne. Elle ne craint rien. Quand elle voudra rentrer chez e-elle... » De nouveau, le fantôme de son bégaiement d'enfant commençait à refaire surface, mais il avait le regard solide et la voix étonnamment adulte. « Quand elle sera prête à rentrer, elle le fera. Mais c'est à elle de prendre la décision. »

Karim a soutenu son regard pendant un moment. Il était clair qu'il ne se souvenait pas de Luc qui avait passé la plupart de son temps à l'université, ces deux dernières années. Puis il a fait un autre pas en avant. Vlad s'est mis à grogner un peu. Karim a regardé le chien avec prudence.

« Rappelez votre chien. »

Alyssa lui a dit quelque chose en arabe.

Karim l'a foudroyée du regard avant de reculer

d'un pas. « C'est ridicule, a-t-il dit. Tu veux *vraiment* te donner en spectacle ? » Il a jeté un coup d'œil vers Luc. « C'est pour *lui* que tu t'es enfuie ? Quels mensonges as-tu racontés à ces gens ? »

Luc a dit : « Je crois que vous devriez p-partir. »

Karim a regardé Luc de plus près. Puis il s'est adressé à lui : « Je connais ta mère. Mme Clairmont, n'est-ce pas ? Elle nous a été d'un grand soutien. Je me demande bien ce qu'elle dirait si elle savait que tu te mêles de nos affaires. »

Luc s'est laissé décontenancer un moment. Puis il a repris la parole, sans la moindre trace de bégaiement, cette fois-ci : « Cela n'a rien à voir avec elle. On est chez *moi,* ici. Alyssa est mon invitée. Et le chien de Pilou devient nerveux quand quelqu'un se met à menacer mes invités. »

J'ai distingué de la surprise dans le regard de Karim. D'ailleurs, le petit Luc nous avait tous surpris. Le petit garçon passif au défaut de langue avait enfin échappé à la domination de sa mère.

Alyssa observait la scène avec attention. Son visage s'est éclairé comme si elle venait de trouver la réponse à une question restée jusqu'à présent sans réponse. Elle avait encore des traces de peinture jaune dans les cheveux et sur le visage. Elle avait l'air incroyablement jeune et elle était belle à vous fendre le cœur.

Karim a fait mine de protester. À ce moment-là, il semblait plus blessé qu'en colère. On aurait dit que c'était la première fois que quelqu'un résistait à son charme. Il a regardé Joséphine, l'air suppliant.

« Madame Muscat… »

Elle a secoué la tête. « J'ai connu un homme comme vous, autrefois, lui a-t-elle dit. Mais Vianne m'a appris il y a longtemps que je n'étais pas obligée de fuir pour prendre le contrôle de mon avenir. Alyssa en est consciente, elle aussi, maintenant. Elle a des amis qui tiennent à elle. Elle n'a plus besoin de vous, ni d'aucun homme, pour lui dire ce qu'elle doit faire. »

Karim a balayé la pièce du regard à la recherche d'un soutien. Il n'en a trouvé aucun.

« Je dirai bonjour à ma mère de votre part », a conclu Luc.

Karim s'est retourné et dirigé vers la porte avant de lancer un dernier regard plein de menace qui nous englobait toutes les trois, Anouk, Rosette et moi. « Faites attention, a-t-il dit. C'est une guerre. Ne vous laissez pas prendre entre deux feux. »

CHAPITRE 9

Jeudi 26 août

Le soleil était bas dans le ciel. Il n'allait pas tarder à se coucher. Il était presque l'heure de raccompagner Maya chez elle. J'avais aussi promis d'apporter des pâtisseries et à Alyssa, qu'elle verrait son *jiddo.* Nous avons donc dit bonsoir aux autres. Alyssa a de nouveau revêtu son *hijab.* Au moment de se dire au revoir, j'ai surpris un regard entre Anouk et Jeannot. Il y avait quelque chose d'éclatant dans les couleurs de leurs âmes, comme la promesse de secrets à venir. Puis, toutes les cinq, nous avons emballé une boîte de chocolats ainsi que les pâtisseries à la pêche qui venaient de sortir du four et nous nous sommes mises en route pour la maison des Al-Djerba.

Alyssa est restée silencieuse tout le long du chemin. Anouk aussi, mais elle vérifiait qu'elle n'avait pas de messages sur son portable. Maya et Rosette gambadaient devant nous. Elles s'amusaient à un jeu bruyant dans lequel les noms de *Bam* et de *Renardeau* revenaient souvent. Je percevais assez bien Bam qui bondissait par intermittence sur les pavés du boulevard. Cependant Renardeau n'avait pas encore fait son apparition. Je suppose que Maya le voit, elle. Je me demande si c'est le cas de Rosette.

Nous sommes arrivées devant la maison aux volets verts et nous avons frappé à sa porte. La mère de Maya nous a ouvert. Elle portait un *hijab* jaune sur un jean et un *kameez* de soie. Son joli visage s'est éclairé en nous voyant.

Maya a claironné : « Vianne a apporté des gâteaux. C'est nous qui les avons faits ! J'ai aidé ! »

Yasmina a souri. « Je suis contente que vous soyez toutes là. J'étais en train de faire à dîner. Entrez ! » Elle a dit un mot rapide à Alyssa, en aparté. Alyssa a acquiescé avant de se rendre à l'étage. « Je vous en prie, entrez et prenez donc du thé. Ma mère et ma sœur sont là. »

Nous l'avons suivie dans la pièce principale où Fatima et Zahra étaient assises par terre sur des coussins, en compagnie d'Omi. Zahra était enveloppée d'une *djellaba* marron et de son éternel *hijab.* Fatima était en train de coudre. Quand je suis entrée, Omi a levé la tête. Elle avait une expression qui ne reflétait en rien sa malice habituelle et j'ai soudain pensé que le vieux Mahjoubi était mort.

« Qu'est-ce qui ne va pas ? » ai-je lancé.

Omi a haussé les épaules. « J'espérais que ma Dou'a serait avec vous. »

J'ai secoué la tête. « Je suis désolée, non.

— Sa mère l'a emmenée, a dit Fatima. Karim est sens dessus dessous.

— Vraiment ? me suis-je étonnée. Je ne savais pas qu'ils étaient si proches. » Je ne leur ai pas précisé que Karim était passé chez Armande, mais Zahra a dû se douter de quelque chose au son de ma voix car elle m'a jeté un regard inquisiteur. Fatima n'a rien remarqué.

« Karim est très attaché à Dou'a », a-t-elle expliqué.

Omi a émis un son qui traduisait son mépris. « C'est pour cela qu'il ne lui parle jamais, qu'il ne la *regarde* même pas quand elle se trouve dans la même pièce que lui ? » Elle a regardé Fatima avec un air de défi. « Tu es peut-être sous sa coupe, mais cette femme n'est pas celle qu'elle prétend être.

— Omi, je t'en prie, a lâché Fatima. Tu ne crois pas qu'il y ait assez de ragots comme ça ? »

Omi l'a ignorée. « Je sens ce genre de choses. Je suis peut-être vieille, mais je ne suis pas aveugle. Je vous dis que c'est la première femme de Karim et que Dou'a est leur fille. »

Sans plus attendre, je suis intervenue. « J'ai apporté de quoi tenir le coup, leur ai-je annoncé. Des pâtisseries à la confiture de pêches maison. J'espère que vous y goûterez quand ce sera possible.

— Je vais en goûter une, maintenant, a déclaré Omi.

— Omi, *s'il te plaît…* »

J'ai tendu le paquet. Elle a regardé à l'intérieur. « Alors, c'est *ça*, votre pouvoir magique, Vianne, a-t-elle dit. Ça sent bon les champs de fleurs du *Jannat.* » Elle a offert à Rosette son sourire de tortue. « Et toi, tu l'as aidée à faire tout ça, ma petite ?

— On l'a tous aidée, a précisé Anouk. Moi, je fais des chocolats depuis l'âge de cinq ans. »

Le sourire d'Omi s'est élargi. « Eh bien, si le vieil homme ne sort pas de sa chambre avec ces merveilles…

— Il va venir, a dit Maya. J'ai demandé à mon Jinni de le guérir. »

Omi a eu l'air surprise. « Ah bon ? À ton Jinni ? »

Maya a hoché la tête avec sérieux. « Il a promis de m'accorder trois vœux », a-t-elle continué.

J'ai dit : « Rosette a un ami imaginaire. Je crois que Maya avait envie d'en avoir un, aussi.

— Oh, je vois. Et ensuite, alors ? Laisse-moi réfléchir. Il va peut-être te transformer en princesse. Ou me rendre ma jeunesse et ma silhouette. Ou te donner un tapis magique composé de minuscules papillons sur lequel tu pourras voyager partout dans le monde sans jamais avoir besoin d'un passeport... »

Maya lui a jeté un regard sévère. « C'est ridicule, Omi », a-t-elle lâché.

Omi a gloussé. « Heureusement que tu es là pour m'aider à garder les pieds sur terre. »

Malgré le pessimisme d'Omi, moins de dix minutes plus tard, le vieux Mahjoubi est apparu à la porte. Il semblait rabougri, mais prêt à sortir, vêtu de sa *djellaba* blanche et d'un bonnet de prière. Alyssa était à ses côtés, le regard clair et soulagé.

Quand il m'a vue, il a penché la tête. « *As-salãmu alaykum*, madame Rocher. Merci de m'avoir de nouveau amené Alyssa. » Il a tendu la main vers Alyssa qui l'a prise, avant de lui parler d'une voix douce en arabe. Puis il s'est adressé à toute l'assemblée en français avec un très fort accent.

« J'ai parlé à ma petite-fille hier. Elle m'a promis de réfléchir à ce que je lui proposais. Et aujourd'hui, *Al-Hamdulillah*, elle m'a rendu sa décision : elle va rentrer à la maison avec moi. La vie est trop courte, le temps trop précieux pour laisser s'installer de stupides disputes. Demain, je parlerai à mon fils. Peu importe ce qui s'est passé entre nous, je suis toujours son père. » Il a esquissé un sourire. « Et toi, ma petite Maya, a-t-il continué. Qu'est-ce que tu as fait aujourd'hui ?

— *On* a fait des pâtisseries. Elles sont magiques. Pour te guérir.

— Je vois. Des pâtisseries magiques. » Son sourire a semblé s'illuminer un peu plus. « N'en parle pas à ton oncle Saïd. Quelque chose me dit qu'il n'approuverait pas.

— J'espère que vous vous joindrez à nous pour l'*iftar*, a lancé Fatima à notre intention. Nous avons plus à manger qu'il n'en faut. Vous êtes les bienvenues. »

Ainsi nous sommes-nous tous assis sur des coussins de couleurs chatoyantes, les hommes d'un côté, les femmes de l'autre. Medhi Al-Djerba nous a rejoints avec le mari de Yasmina, Ismail, qui ressemble beaucoup à son frère Saïd bien qu'il ne porte pas de barbe, mais des vêtements occidentaux. Mohammed a dit des prières. Alyssa était silencieuse, mais semblait satisfaite. Je me suis amusée à observer Maya expliquer à Rosette les bonnes manières à table : *Voilà comment on fait, Rosette, et redresse-toi bien sur ton coussin.* Bam les a imitées. Il était drôle à voir, assis bien droit, telle une lueur parmi les ombres.

Comme le veut la tradition au moment de rompre le jeûne du ramadan, nous avons commencé le repas avec des dattes. Puis de la soupe à la harissa et aux pétales de rose, des crêpes aux mille trous, du couscous au safran et de l'agneau rôti aux épices. Pour le dessert, des amandes et des abricots avec des *rahat-loukoums* et du riz à la noix de coco. Enfin, il y a eu les pâtisseries que nous avions apportées et des chocolats pour tout le monde.

Mohammed Mahjoubi a peu mangé, mais il a cependant accepté une pâtisserie des mains de Maya. « Il *faut* que tu en manges une, Jiddo. Rosette et moi, on a aidé à les faire ! »

Il a souri. « Bien sûr. Comment refuser ? Surtout si elles sont magiques. »

Omi, elle, n'a pas hésité une seconde. Son absence de dents ne lui pose pas de problème : elle laisse tout bonnement les chocolats fondre dans sa bouche. « C'est meilleur que les dattes, a-t-elle déclaré. Allez, passez-m'en un autre. »

Il ne s'agissait pas *vraiment* de magie, bien sûr. Néanmoins, la nourriture que l'on prépare avec amour possède *en effet* certaines vertus. Tout le monde a adoré les truffes et les pâtisseries n'ont pas tardé à disparaître.

À présent, Mohammed avait l'air fatigué. Il a annoncé qu'il allait se coucher.

« Bonne nuit, a-t-il dit. J'ai eu une longue journée. Une autre m'attend demain. » Il a lancé à Alyssa un regard éloquent.

« Mais il est encore *tôt*, a protesté Maya. Tu avais promis de jouer aux dames avec moi…

— Il est presque minuit, a précisé Omi. Les chocolats magiques n'ont plus d'effet passé minuit. Les personnes âgées se fatiguent vite.

— Tu n'es pas fatiguée, *toi*, l'a contredite Maya.

— Moi, je suis indestructible », a répondu Omi.

Maya a réfléchi un instant au problème. « Il faut trouver le chat, a-t-elle fini par dire. Hazi va redonner la forme à Jiddo. Je demanderai à mon Jinni de s'en occuper. »

Yasmina a souri. « Fais donc ça », lui a-t-elle répondu.

Tandis que Yasmina est partie coucher Maya, Zahra est allée préparer du thé à la menthe. Je l'ai rejointe dans la cuisine et j'ai laissé les autres parler dans la pièce d'à côté. Elle a retiré son voile pour faire le thé. J'ai remarqué qu'elle avait l'air préoccupée.

« Tu t'inquiètes pour Inès ? »

Elle a haussé les épaules. « Je serais bien la seule.

— Tu penses qu'il a pu lui arriver quelque chose ? »

De nouveau, un haussement d'épaules. « Qui sait ? a-t-elle dit. Peut-être qu'elle en a juste eu assez des commérages de tout le monde.

— Tu crois, *toi*, que c'est la première femme de Karim ? »

Elle a secoué la tête. « Je sais que non. »

Elle en semblait convaincue. « Tu crois que c'est sa sœur ? » lui ai-je demandé.

Elle m'a regardée. « Je sais qui elle est. Mais ce n'est pas à moi de vous le dire. »

Le thé était fort et parfumé. Zahra utilisait de la menthe fraîche. Elle en avait mis deux généreuses poignées à infuser dans une théière d'argent chargée de décorations et qui était si lourde qu'elle exigeait qu'on y mette les deux mains pour la soulever. De la vapeur s'échappait du bec en forme de bouton de rose, tel un génie dans un dessin animé.

J'ai alors pensé au Jinni de Maya. Est-ce que Maya voyait son animal imaginaire de la manière dont Anouk et Rosette voyaient le leur ? Je dois avouer être un peu surprise de ne pas l'avoir encore aperçu. L'imagination des enfants est très puissante et j'y ai toujours été sensible. À présent, dans la vapeur du thé, je distinguais autre chose, des formes qui ressemblaient à celles des plumes que le gel met sur le carreau d'une vitre en hiver. J'ai avancé d'un pas. L'odeur de la menthe nous enveloppait toutes les deux.

« Zahra. S'il te plaît. Je voudrais t'aider », ai-je dit en m'approchant avec délicatesse, non pas physiquement, mais par la pensée. C'est un tour qui me permet parfois d'avoir des visions, même si, la plupart du temps, elles se résument à des ombres et des reflets.

Un panier de fraises écarlates, une paire de pantoufles jaunes, un bracelet de perles noires de jais, un visage de femme dans un miroir. À qui appartient donc ce visage ? L'ai-je déjà vu ? Est-ce le visage de la femme en noir ? Si c'est le cas, elle est encore plus belle que ce que l'on raconte. Elle est jeune aussi, incroyablement jeune. Elle a l'arrogance inconsciente de la jeunesse, le regard d'un être qui est persuadé qu'il ne va pas vieillir, mourir, ni un jour perdre ses illusions. Anouk a ce regard. Je l'avais, moi aussi, autrefois.

J'ai tenté de donner forme à cette vapeur parfumée, de la démêler avec mes doigts. Son odeur de fin d'été était pure et incitait à une douce nostalgie. J'ai revu les cartes de ma mère. Elles sont apparues dans mon imagination : la Reine de Coupe, le Cavalier de Coupe, les Amoureux et la Tour…

La Tour. Ainsi brisée et frappée par la foudre, elle paraît trop fragile pour avoir un jour fait partie d'une forteresse. Une aiguille aussi fine qu'un éclat de verre, ornementée et sans fenêtre. Qui ou *que* représente la Tour ?

Bien sûr, il existe deux tours ici. L'une est celle de Saint-Jérôme : ce rectangle ramassé et blanchi à la chaux avec sa petite flèche rabougrie. L'autre, c'est le minaret : cet ancien conduit de cheminée désormais couronné d'un croissant de lune argenté. Laquelle de ces deux tours est celle de la carte ? Le clocher de l'église ou le minaret ? Laquelle a été foudroyée ? Laquelle restera debout et laquelle s'effondrera ?

Pour la troisième fois, j'ai essayé de lire dans la vapeur. L'odeur de menthe s'est amplifiée. Et là, j'ai vu de nouveau Francis Reynaud marcher le long des berges, plongé dans ses pensées, son sac à dos à la main, les épaules voûtées sous la pluie. Quelque chose se trouvait à ses pieds : un scorpion, noir et venimeux. Il l'a ramassé et j'ai pensé : si Inès est le scorpion, se pourrait-il que *Reynaud* soit le buffle ? Si oui, est-il déjà trop tard pour que je les sauve tous deux de la noyade ?

J'ai remarqué que Zahra me regardait de manière soupçonneuse. « Qu'est-ce que vous faites ?

— J'essaie de comprendre, lui ai-je dit. Ton amie a disparu. *Mon* ami, aussi. Si tu sais quelque chose qui peut m'aider…

— Je ne sais rien, a répondu Zahra. C'est la guerre. Je suis désolée que vous vous trouviez mêlée à ça. »

Je l'ai regardée. « Quelle sorte de guerre ? »

Elle a haussé les épaules avant de remettre son voile. Sous le tissu, les couleurs de son âme sautillaient, dansaient. « De la sorte qu'on ne peut jamais gagner. Une guerre entre hommes et femmes, vieux et jeunes, amour et haine, entre Orient et Occident, tolérance et tradition. Personne ne la désire vraiment, mais elle est là. Ce n'est la faute de personne. Je regrette qu'il ne puisse en être autrement. » Elle s'est emparée de la théière d'argent. « Tenez, prenez ça. J'apporte les tasses.

— Zahra. Attends. Si tu sais quelque chose… »

Elle a secoué la tête. « Je dois retourner là-bas. Je suis désolée pour votre ami. »

CHAPITRE 10

†

Jeudi 26 août

Il a plu deux fois pendant la nuit. La première fois, j'ai entendu le bruit des gouttes dans la ruelle qui surplombe ma cellule et j'ai regretté de ne plus avoir d'eau potable dans mon sac. La seconde, le tuyau cassé s'est remis à fuir et j'ai compris que la Tannes était de nouveau en crue. Néanmoins, j'ai réussi à dormir un peu sur la surface sèche, en haut de l'escalier, enveloppé dans mon pardessus. Mes pieds mouillés sont gelés. Je vendrais mon âme pour un bain chaud.

Ma montre s'est arrêtée. Il se peut que l'humidité se soit infiltrée dans la pile. Cependant, grâce au *muezzin*, aux machines et au son lointain du carillon de Saint-Jérôme, ma conscience du temps qui passe est assez correcte. Voilà pourquoi je suis certain que la porte de ma cave s'est déverrouillée entre dix et onze heures. Karim Bencharki est entré, seul. Une forte odeur de *kif* traînait dans son sillage. Il avait l'air en colère et agité.

Il m'a aveuglé avec sa lampe électrique avant de

dire : « Reynaud, pour la dernière fois, qu'avez-vous fait de ma sœur ? »

Je lui ai répondu que je ne savais pas où elle était. Mais Karim était trop furieux pour m'écouter.

« Que lui avez-vous raconté ? Qu'avez-vous dit ? Que faisiez-vous là-bas ce matin-là ? »

J'ai répété : « Je ne lui ai rien dit. Je ne sais pas où votre sœur est partie.

— Arrêtez de mentir. Je sais que vous étiez en train de l'épier. » Sa voix était coupante comme une lame de rasoir. « Qu'avez-vous vu près de la rivière ? Quels mensonges Alyssa vous a-t-elle racontés ?

— Je vous en prie. » Mon Dieu, comme je déteste ce mot. « Tout ceci n'est qu'une monstrueuse erreur. Laissez-moi sortir et je ferai tout ce que je peux pour vous aider. Mais laissez-moi partir. »

Il m'a regardé. « Vous devez avoir faim et soif, maintenant.

— Oui, ai-je avoué. Je vous en prie, laissez-moi partir. Laissez-moi partir et nous trouverons une solution. Si Inès a disparu…

— Qu'avez-vous vu ?

— Je vous l'ai dit : je n'ai rien vu. Pourquoi ? »

Il a poussé un soupir de frustration. « Ah ! Depuis que ma sœur est arrivée, vous ne l'avez pas laissée tranquille une minute. Vous l'avez épiée de votre église, interrogée. Vous prétendiez vouloir l'aider. Que vous a-t-elle dit ? *Que savez-vous* ?

— Rien du tout. À ma connaissance, votre sœur me déteste tout autant que vous me détestez. »

Je voyais bien qu'il ne me croyait pas. Pourquoi ? De quoi avait-il si peur ? Quels secrets cachaient-ils ? Je me suis souvenu de ce que Sonia m'avait dit. *Il va parfois la voir, la nuit. Elle l'a ensorcelé. Il est sous sa coupe*. Sur le moment, j'avais mis ses paroles sur le compte des fantasmes et de la jalousie. Cette femme était sa sœur, après tout. Mais… si elle ne l'était pas, mon père ? Quelle preuve avons-nous de sa *réelle* identité ?

« Ce n'est pas votre sœur, n'est-ce pas ? » ai-je lâché.

Un silence. « Qui vous a dit ça ?

— J'ai deviné. »

Un autre silence, plus long. Puis il m'a semblé que Karim avait pris une décision. Il a éteint sa lampe électrique, m'obligeant ainsi à plisser les yeux pour voir son visage. « Je vais vous donner une dernière chance, m'a-t-il déclaré avec une nouvelle froideur dans la voix. La prochaine fois, je serai accompagné de mes amis. Ceux que vous avez rencontrés dimanche soir, à côté de chez vous, dans le village. Et là, vous me direz tout. Sinon… » La voix de Karim s'est faite encore plus glaciale et distante. « On peut faire en sorte que cela ressemble à un accident. On peut faire croire à une noyade. La rivière serait rendue responsable de toutes les marques que vous auriez sur le corps. Personne n'en saurait rien. Personne ne s'y intéresserait. Vous n'êtes pas l'homme le plus populaire du moment dans le coin. Personne ne se donnerait même la peine de vous chercher. »

Après quoi, il a refermé la porte et m'a noyé dans les ténèbres.

Bien sûr, il essayait de m'intimider. Je le sais bien, mon père. Je n'ai pas peur. Karim n'est pas un meurtrier. Il est peut-être responsable de l'agression que j'ai subie dimanche dernier, mais commettre un meurtre, c'est autre chose. Malgré tout…

Personne n'en saurait rien. Personne ne s'y intéres-

serait. Personne ne se donnerait même la peine de vous chercher. En revanche, ça, c'était vrai, mon père. Si je disparaissais pour de bon, manquerais-je vraiment à quelqu'un ?

Environ une heure plus tard, la porte de la cave s'est ouverte de nouveau. J'ai bondi au pied des marches, certain de voir apparaître Karim et ses amis. Mais c'est une femme voilée de noir que j'ai découverte dans l'embrasure étroite de la porte.

« Si vous essayez de sortir, je crierai. » Sa voix ne m'était pas familière. Ces femmes parlent si peu souvent (à part entre elles, bien sûr) que je ne m'attendais pas à la reconnaître, de toute façon. Elle était jeune, en tout cas. C'était sûr. Elle parlait un français presque sans accent.

Je l'ai regardée, d'un air désolé. J'avais de l'eau jusqu'aux chevilles. « Qu'est-ce que vous voulez ? »

J'ai vu qu'elle portait une boîte de carton.

Elle a dit : « J'ai apporté de l'eau et de la nourriture. Je vais laisser le carton en haut de l'escalier. Si vous cachez les emballages, Karim et les autres ne sauront pas que je suis venue.

— Karim ne le sait pas ? »

Elle a secoué la tête. « J'ai pensé que vous auriez faim.

— Alors, laissez-moi sortir, ai-je dit d'un ton insistant. S'il vous plaît ! Je vous jure…

— Je suis désolée, a-t-elle dit. Je suis simplement venue vous apporter à manger. »

Le carton de nourriture contenait une sorte de soupe dans un bol en polystyrène, du pain, des olives et des figues séchées enveloppées d'un bout de papier paraffiné. Il y avait de l'eau aussi, dans une bouteille en plastique, ainsi qu'une pâtisserie quelconque. Quand la femme est partie, j'ai mangé et bu tout ce qu'elle avait apporté, puis j'ai caché les emballages et le carton dans un des cageots vides.

Il faut que je sorte d'ici, me suis-je dit, *avant que Karim et ses amis ne reviennent.* La femme en noir avec le carton de nourriture : était-il possible que ce soit Sonia ? Peut-être. Mais je l'aurais sans doute reconnue. Sait-elle seulement que je suis là ? Si oui, elle doit se sentir coupable. Voilà pourquoi peut-être elle m'a apporté à manger. La prochaine fois…

S'il y *a* une prochaine fois. Je venais sans doute de prendre mon dernier repas. Celui du condamné. Si seulement Maya pouvait revenir…

Doux Jésus. Suis-je désespéré à ce point ? Elle est pourtant tout ce qu'il me reste, à présent. Mon dernier et fragile espoir repose entre les mains d'une enfant de cinq ans. Va-t-elle se souvenir de sa promesse, mon père ? Ou bien a-t-elle déjà oublié notre jeu ?

CHAPITRE 11

Vendredi 27 août

Une autre nuit sans réponse. Les cartes de ma mère ne me sont d'aucune aide. J'ai préparé du chocolat chaud pour les enfants et bu le mien dans le bol d'Armande : il était crémeux, riche et très sucré. Si seulement Armande était parmi nous. J'entends presque sa voix. *Si le paradis est à moitié aussi merveilleux que ce chocolat, dès demain je cesse de pécher.* Ma chère Armande. Comme elle rirait si elle me voyait ainsi, m'inquiéter autant pour Francis Reynaud.

Il est assez grand pour s'occuper de lui, me dirait-elle. *Laisse-le donc errer un peu. Cela lui fera du bien.* Pourtant, tous mes instincts me crient que Reynaud a des ennuis. Je pensais qu'Inès Bencharki était la personne que je devais sauver, mais j'avais tort. C'était *Reynaud.* C'était Reynaud, depuis le début.

Que disait la lettre d'Armande déjà ? *Lansquenet aura de nouveau besoin de toi. Mais je ne peux pas compter sur notre entêté de curé pour te prévenir le moment venu.*

Non, parce que les hommes comme Reynaud ne

demandent jamais rien, ne se reposent jamais sur personne. Avait-il essayé d'aider Inès ? S'était-il fait piquer par le scorpion ?

Le père Henri a signalé sa disparition, mais la police ne s'est révélée d'aucune utilité. Rien n'indique que Monsieur le curé a été victime d'un acte criminel. D'ailleurs, n'était-ce pas le père Henri en personne qui lui avait suggéré de prendre un congé ? Quant à la rumeur qui disait que Reynaud avait quitté la ville après la découverte de nouvelles preuves concernant l'incendie de l'ancienne chocolaterie, rien ne semblait corroborer cette hypothèse, au grand dam de Caro.

Je suis passée à l'église. Elle était vide, à l'exception d'une pile de nouvelles chaises et de quelques visiteurs assis devant le confessionnal. J'ai reconnu Charles Lévy et Henriette Moisson et je me suis demandé si, eux aussi, cherchaient notre curé disparu.

« Il n'est pas vraiment parti, m'a répondu Charles quand je lui ai posé la question. Il ne nous abandonnerait pas. Où irait-il ? Qui s'occuperait de son jardin ? »

Henriette Moisson était du même avis. « De toute façon, il faut qu'il nous confesse. Il ne l'a pas fait depuis des siècles. Il est hors de question que je parle à l'autre *pervers* qui se cache dans l'église. Il est sournois.

— C'est le père Henri Lemaître, lui a précisé Charles.

— Je sais bien », a rétorqué Henriette.

Charles a soupiré. « Elle a perdu la boussole. Il vaut mieux que je la ramène chez elle. » Il s'est tourné vers Henriette et lui a souri. « Allons, madame Moisson, lui a-t-il dit. On va rentrer. Tati vous attend. »

Joséphine n'avait pas de nouvelles non plus. Je me suis arrêtée au café et j'y ai trouvé Paul, le teint blafard, mal rasé, à la fois malheureux et curieusement triomphant.

« Oh, hourra, voilà la cavalerie. Elle est venue sauver le monde ? Guérir les malades ? Soigner les miséreux ? Oh, attendez… » Il a souri sans humour. « Je suppose que vos pouvoirs magiques sont restés au placard aujourd'hui, parce qu'à ce que je vois, nous vivons toujours dans un merdier.

— Je n'ai jamais prétendu avoir de pouvoirs magiques », ai-je dit.

Il a grondé de rire. « Vous voulez dire qu'il y a des choses qui *échappent* à votre pouvoir ? Parce qu'à en croire la garce que j'ai épousée, vous pourriez presque marcher sur l'eau. Quant à son gosse…

— Pilou.

— Eh bien, selon lui, vous êtes un croisement entre Mary Poppins et la bonne Fée Dragée. Chocolats magiques, animaux invisibles, vous avez pensé à tout, pas vrai ? Qu'est-ce que vous nous préparez ensuite ? Un vaccin contre le sida ? Moi, je vous commanderais bien une nouvelle paire de jambes. Oh oui, et peut-être aussi une fellation. »

J'ai dit : « Pilou est un garçon imaginatif. Je crois qu'il s'agissait d'une sorte de jeu entre Maya, Rosette et lui. »

Le visage de Paul-Marie est devenu revêche. « Vous appelez ça comme ça, vous ? *Imaginatif* ? Jouer près de la rivière toute la journée avec deux chochottes de petites filles ? Appelez ça *imaginatif* si vous voulez. Moi je dis qu'il devrait se trouver des camarades dignes de ce nom, et par là, je veux dire *des garçons*, de vrais petits Français, pas cette racaille des Marauds… »

Je n'ai pas mordu à l'hameçon. Paul Muscat était l'un de ces hommes qui adoraient provoquer. J'ai préféré lui demander : « Où est Joséphine ? »

Il a haussé les épaules. « Elle a pris la voiture, ce matin. Je crois qu'elle est partie à la recherche de ce bateau. Je lui souhaite bien du courage. On dit que les gitans l'ont pris, ou bien les Maghrébins. Je ne vois pas ce qu'elle en a à faire, vous si ? Elle ne l'utilise jamais… Je veux dire, pas depuis que son rouquin est parti. »

Son rouquin. J'aurais voulu lui dire combien il se trompait, mais ce n'était pas à moi de révéler le secret de Joséphine. Alors, j'ai conclu notre entrevue ainsi : « Dites-lui que je suis passée. »

Il s'est esclaffé d'un autre rire moqueur. « Si vous croyez que je n'ai que ça à faire de rester là à transmettre vos petits messages…

— Dites-lui que je reviendrai demain, ai-je ajouté.

— Je vous attendrai avec impatience », a dit Paul-Marie.

CHAPITRE 12

Vendredi 27 août

À mon retour chez Armande, j'ai découvert Alyssa qui m'attendait. Vêtue de son *abaya* noire et d'un foulard qui lui recouvrait la tête, elle ressemblait si peu à la jeune fille que j'avais côtoyée ces derniers jours que j'ai failli la confondre avec quelqu'un d'autre.

« Je voulais vous remercier avant de partir, m'a-t-elle dit.

— Tu rentres chez toi, alors ? »

Elle a acquiescé. « Jiddo sait ce que j'ai fait. Il dit que le *zina* n'était pas ma faute. Il dit aussi que Karim n'est pas l'homme qu'il prétend être. Mon père est quelqu'un de bien, mais il est parfois un peu trop sensible aux flatteries, selon lui. Et ma mère… Elle tient beaucoup aux apparences. » Elle a esquissé un petit sourire contrit. « Il se peut que mon *jiddo* soit vieux, mais c'est un très bon psychologue.

— Il va dire à tes parents ce qui s'est passé ? »

Elle a secoué la tête.

« Et toi ? »

Elle a haussé les épaules. « Mon *jiddo* dit que cela ne servirait qu'à leur faire du mal. On ne peut pas changer ce qui s'est passé. Tout ce qu'on peut faire, c'est prier pour qu'Allah nous pardonne et essayer de reprendre le cours de notre vie. »

Est-ce seulement possible ? Peut-être que oui, me suis-je dit. Alyssa en est sans doute convaincue. Forte de l'optimisme de la jeunesse, elle croit qu'il est possible de faire table rase du passé. Cependant, le passé est comme un étranger qui s'obstine à nous rendre tous les coups que nous essayons de lui donner. Alyssa se satisfera-t-elle de sa vie dans cet autre monde ?

J'ai tenté de ne pas penser à ce qu'Inès m'avait dit. *Un enfant voit un oisillon tomber du nid. Il le ramasse et l'emporte chez lui. De deux choses l'une : ou bien l'oisillon meurt tout de suite, ou bien il survit et l'enfant le ramène à son nid deux ou trois jours après. Mais il porte désormais l'odeur des humains et sa famille le rejette. Il meurt de faim, se fait tuer par un chat ou asséner des coups de bec par les autres oiseaux jusqu'à ce que mort s'ensuive. Avec un peu de chance, l'enfant n'en saura jamais rien.*

Mais je ne suis pas une enfant, Inès. Alyssa n'est pas un oisillon. Sa famille la reprendra-t-elle ? J'espère que oui. Peut-être. Peut-être pas. Si ce n'est pas le cas, je pense qu'elle est assez forte pour survivre seule, sans leur aide. Pendant les quelques jours où elle est restée chez moi, j'ai vu Alyssa changer. Loin d'être toujours un petit oiseau apeuré, elle commence à déployer ses ailes. Peut-elle vraiment retourner dans son nid et faire semblant de ne pas avoir envie de voler ?

Nous l'avons raccompagnée jusqu'à la maison des Al-Djerba où le vieux Mahjoubi l'attendait. Il était apparemment calme, mais les couleurs de son âme s'agitaient : des éclats d'orange sanguine et de noir perçaient à travers son gris et trahissaient son angoisse.

« Ça va aller ? lui ai-je demandé.

— *Inch Allah* », a répondu le vieux Mahjoubi.

Le visage de Maya est apparu à la porte. « Je veux venir aussi. Je veux montrer à Rosette où habite mon Jinni. En plus, il me doit un autre vœu. »

Rosette m'a regardée avant de me dire en langue des signes : *Je veux aller voir Renardeau.*

« D'accord, ai-je concédé. Mais ne vous éloignez pas trop. » Je me suis retournée vers le vieux Mahjoubi : « Vous voulez que je vous accompagne ?

— Non, merci. » Il a secoué la tête. « Je pense qu'il me sera plus facile de parler à mon fils seul à seul. Il est temps que je le fasse. Ça fait trop longtemps que cela dure. L'orgueil et la colère se sont mis en travers de mon chemin. Cela ne se serait jamais produit si je n'avais pas laissé ma fierté corrompre ma conscience. Cela ne m'arrivera plus jamais, je vous le garantis. J'ai été aveugle, mais mes yeux se sont ouverts maintenant. Allah me donne la force d'aider les autres à voir, eux aussi. »

J'ai acquiescé. « Très bien. Mais si vous avez besoin d'aide…

— Je sais à qui m'adresser », a conclu le vieux Mahjoubi.

CHAPITRE 13

†

Vendredi 27 août

Le bruit métallique de quelqu'un qui frappait à la grille en haut du mur m'a réveillé. À toute vitesse, j'ai escaladé la pile de cageots qui étaient à présent dans l'eau, pour la plupart.

« Vianne ? »

Ce n'était pas Vianne, bien sûr. Mais il s'agissait quand même de Maya, accompagnée d'une amie. Ce détail aurait pu me redonner espoir si cela n'avait été Rosette, cette enfant qui parle à peine et dont les rares mots ne sont guère compréhensibles.

J'ai tenté de cacher ma frustration. « Maya. Tu as dit à Vianne que j'étais ici ? »

Elle a acquiescé. À ses côtés, Rosette m'observait avec des yeux ronds comme des plateaux pour la quête. À travers la grille, les fillettes ressemblaient à deux chatons de dessin animé qui guettaient une très grosse souris.

« Pourquoi tu n'es pas venue avec elle ? »

Elle a fait la moue. « Mais tu me dois encore deux vœux. »

J'ai refréné mon envie de l'accabler de cris. « Tu sais, Maya, je pourrais réaliser tes vœux beaucoup plus facilement si je n'étais pas enfermé là-dessous. »

Les deux petites filles ont échangé des regards. Maya a murmuré un mot à l'oreille de Rosette. Rosette l'a imitée d'une voix entrecoupée de hoquets et de petits rires nerveux. Puis elles se sont de nouveau tournées vers moi.

« Mon deuxième vœu, c'est que vous me rapportiez mon chat.

— *Quel* chat, bon sang de bonsoir ?

— Vous savez bien, le chat qui vient chez nous. Hazi.

— Maya, c'est un *chat*, ai-je lâché. Comment veux-tu que je sache où il se trouve ? »

Maya a regardé à travers la grille, l'air grave. « Vous avez guéri mon *jiddo*, a-t-elle dit. Mais il est encore triste, à cause du chat. Alors, si vous voulez bien ramener Hazi à la maison, on vous laissera partir après. »

Mon père, j'aurais pu la tuer. J'avais l'impression de parler à Henriette Moisson. Devant la tournure des choses, j'ai poussé un grognement d'impatience. Les visages des deux chatons se sont éloignés comme si un chien les avait attaqués.

« Maya, Rosette, je suis désolé, ai-je dit. C'est seulement que j'ai vraiment envie de sortir d'ici. »

Elle a regardé la grille en plissant les yeux. « Pas avant que vous ne réalisiez mon vœu. »

Rien n'est plus vain que de tenter de discuter avec un enfant de cinq ans, surtout à travers un rectangle de métal d'à peine la taille d'une fente de boîte aux lettres. Je suis retourné à ma place, sur les marches de la cave. Trois d'entre elles sont désormais sous l'eau. J'ai essayé de ne pas succomber au désespoir.

Cela ne peut être qu'une question de temps avant que quelqu'un n'entende parler du nouveau jeu de Maya et que cette personne ne veuille voir le Jinni de ses propres yeux. En attendant, je vais m'efforcer d'être patient et de croire qu'il existe une logique à cette situation absurde. Dans une semaine, j'espère que je pourrai repenser à toute cette histoire et rire de ce malentendu. Quoi qu'il en soit, en cet instant précis, je ne vois pas le bout du tunnel. L'eau continue de monter, pas assez vite pour représenter une menace immédiate, mais suffisamment pour me troubler. Si je ne me noie pas ici, mon père, j'y attraperai alors peut-être une pneumonie. Est-ce là le sort que Dieu me réserve ?

Voilà de nouveau l'appel à la prière. *Allahou Akbar.* Dans une cave, tous les bruits ont une curieuse résonance. C'est comme si j'étais tombé à l'intérieur d'un coquillage et que j'entendais la musique du ressac tout autour de moi. Les voix du monde de tous les jours flottent au-dessus de moi comme des épaves. À travers la grille filtre aussi de la lumière, éclatante, festive : des lueurs qui dansent et vacillent comme des lucioles. Le vent est tombé. La pluie s'est calmée, elle aussi. L'autan noir s'est peut-être enfin apaisé. Je l'espère.

Allahou Akbar. Ach-Hadou Alla. Dans un coquillage, l'écho est puissant : il persiste comme le souvenir. Des images me reviennent : celle de la dune blanche et gigantesque à Arcachon où nous allions quand j'étais enfant, la course folle jusqu'à la mer, la remontée sans fin en haut de l'énorme montagne de sable que le soleil martelait comme du bronze sous les coups du forgeron et ma nuque qui ne cessait de rougir pendant mon ascension.

Et pour la première fois me vient à l'esprit la pensée que je vais peut-être mourir ici : seul, oublié, exclu. À qui manquerais-je si je n'existais plus ? Je n'ai pas de famille, pas d'amis. Ma mère, l'Église, préfère le père Henri. Personne n'irait bien loin à ma recherche. Qui verserait une larme pour Reynaud, si ce n'est peut-être Reynaud lui-même ?

CHAPITRE 14

☾

Vendredi 27 août

Nous avions commencé la descente du boulevard, en direction du petit embarcadère. Maya et Rosette menaient la marche. Rosette chantait sa chanson sans paroles. Maya l'accompagnait. Renardeau et Bam semblaient faits l'un pour l'autre. En fermant les yeux à demi, je distinguais la forme floue et orange de Bam, mais le nouveau camarade de Maya n'était pas encore visible à mes yeux. Bien sûr, je ne les vois pas toujours. Voilà des mois, voire même des années que je n'ai aperçu Pantoufle. Arrivés en bas du boulevard, ils ont disparu tous les trois dans l'une des ruelles qui rejoignaient la petite promenade en planches.

« N'allez pas trop loin, leur ai-je crié. Et ne vous approchez pas de l'eau ! »

Anouk m'a regardée. « Ça va aller pour Alyssa ?

— J'espère, ai-je répondu. Je ne peux rien faire. Plus elle passait de temps avec nous, plus les chances de rentrer chez elle s'amenuisaient.

— Mais elle s'est coupé les cheveux et tout. Elle

aime le football, Facebook et la musique pop. Elle nous a même aidés à repeindre la boutique. Comment peut-elle se résoudre à porter de nouveau le voile et ne jamais avoir le droit de sortir seule ?

— C'est son choix, Anouk, lui ai-je dit.

— Et Luc ? Tu sais bien qu'il est fou d'elle.

— Je sais, Anouk. »

Elle avait l'air rebelle. « On est venues ici pour une raison bien précise. Tu étais censée arranger les choses. »

Son discours ressemblait tellement à celui de Luc que j'en ai tressailli. « Je ne peux pas toujours réussir, Anouk.

— Alors, à quoi bon ? » Elle était en colère, maintenant. Les larmes perlaient dans ses yeux. « À quoi bon faire ce que l'on fait si, en fin de compte, on ne peut pas les sauver ? »

Un oisillon, tombé du nid.

« Je n'ai jamais dit que j'allais les *sauver*.

— Ce n'est pas vrai, a protesté Anouk. On l'a déjà fait, avant. On peut le faire encore, maintenant. On a changé la vie de certaines personnes. Joséphine. Guillaume. Armande. Reynaud… »

Et regarde où ils en sont, Anouk, ai-je pensé. Huit ans ont passé et qu'est-ce qui a changé ? Personne n'a été sauvé. Quelques kilos en plus, peut-être, la chaleur des souvenirs qui s'éteint. Mais va donc faire un tour au Café des Marauds et tu trouveras Joséphine à la même place. Paul-Marie, aussi, dans son fauteuil roulant. Guillaume, avec son vieux chien. Armande, au creux de la terre. Et Francis Reynaud… Ce ne sont que des noms inscrits dans le sable, emportés par un vent implacable qui continue de souffler.

Anouk m'a jeté un regard accusateur. « Tu as

abandonné. Tu ne penses plus qu'on puisse changer les choses.

— Ce n'est pas ce que j'ai dit, Anouk.

— Eh bien, ça m'est égal. Je vais le faire moi-même. On va s'en occuper toutes seules, Rosette et moi. On va arranger les choses pour Alyssa et Luc. On va retrouver Reynaud. On va réparer la chocolaterie. Et là, tu seras bien *obligée* de voir… » Elle s'est arrêtée net, les yeux brillants de colère, remplis de larmes.

« Qu'est-ce qui ne va pas, Anouk ? lui ai-je demandé. Pourquoi est-ce si important tout à coup ? »

Anouk a secoué la tête, aussi têtue qu'un petit soldat.

« Je t'en prie, Anouk. »

Elle m'a tourné le dos. Elle ne m'a pas répondu avant un long moment. Je sentais bien qu'elle essayait de se contenir, de tout garder sous contrôle. Ma petite étrangère avait toujours été un être étonnamment secret, une détentrice de trésors cachés et de rêves, une boîte à mystères impossibles à comprendre. J'ai attendu.

« C'est Jean-Loup, a-t-elle lâché. Il ne répond pas à mes mails. Il avait promis qu'il le ferait dès qu'il serait sorti du bloc opératoire. Mais c'était il y a trois jours, et il ne m'a pas envoyé de texto, ni posté quoi que ce soit sur Facebook. » Maintenant, les larmes coulaient à flots sur son visage. « Personne n'a de nouvelles. Personne. Et il avait *promis*… »

J'ai mis mes bras autour d'elle et plongé mon visage dans ses cheveux. « Ça va aller, Anouk. Tout va s'arranger. »

Voilà *donc* pourquoi Anouk avait été si cassante et difficile à cerner ces derniers jours : ce n'était pas du tout à cause de Jeannot, mais bien à cause de son ami Jean-Loup Rimbaud.

« Tu n'en sais rien. Tu ne peux pas en être sûre. »

C'est vrai, Anouk. Ce ne sont que des mots. De la magie de la sorte la plus affligeante, comme celle qui consiste à siffloter en passant devant un cimetière. Mais parfois, les mots, c'est tout ce que l'on a. Et parfois même, ils arrivent à faire fuir les fantômes. Pas toujours, mais parfois…

C'est à ce moment-là, à ce moment précis, qu'il s'est passé quelque chose. Rosette qui jouait avec Maya dans une ruelle transversale a tout à coup poussé un cri de surprise. J'ai levé les yeux et j'ai vu un mouvement inattendu sous le pont. S'agissait-il d'une péniche ?

Nous avons couru jusqu'au pont. C'était *bien* un bateau. Non, pas celui d'Inès Bencharki, mais une petite embarcation fluviale vert foncé dont la cheminée tordue crachait de la fumée et sur le pont de laquelle se trouvaient des pots de fleurs. Du parapet, nous avons aperçu deux autres bateaux, un jaune et un noir, déjà amarrés près de la berge.

Rosette et Maya se sont précipitées pour voir.

Anouk s'est tournée vers moi, le visage rayonnant à nouveau d'espoir. « Tu sais ce que *ça* veut dire, pas vrai ? » m'a-t-elle lancé.

Les rats de rivière étaient de retour.

LES RATS DE RIVIÈRE

CHAPITRE 1

Vendredi 27 août

Les rats de rivière. Une invasion. Leurs péniches amarrées près de l'ancien embarcadère. De nos jours, on ne fabrique plus ces sortes de petits bateaux en bois, peints de couleurs vives ou ternes, telles de vieilles caravanes à la forme rebondie, aux petites cheminées d'étain et aux toits de tôle ondulée. À midi, une douzaine d'entre eux avaient déjà envahi les berges des Marauds. Nous pouvions les voir de la maison d'Armande du côté qui donne sur la rivière. Comme la nuit tombait, nous distinguions le reflet des lumières des bateaux sur la Tannes et entendions cette petite communauté flottante s'affairer à préparer le repas, échanger des salutations et établir leur camp pour la nuit.

Anouk est convaincue qu'il s'agit là d'un signe. Quel genre de signe ? Elle n'en est pas sûre, mais à ses yeux, le retour des rats de rivière signifie que le vent change.

Oui, Anouk, tu as peut-être raison. Le vent est tombé. Le ciel est clair. Sur le boulevard des Marauds, les familles s'apprêtent à rompre le jeûne en ce dix-septième jour de ramadan. Au-dessus de nos têtes, une rivière d'étoiles ; le long du boulevard, des lumières ; sur la Tannes endormie, une brillante constellation de bateaux de rivière.

Ce soir, nous sommes enfin seules. Alyssa est rentrée chez elle et notre famille reprend sa taille normale. Pourtant, Rosette qui adore les bateaux de rivière voulait retourner les voir. Anouk, elle, souhaitait consulter ses messages et bien sûr, il n'y a pas de réseau, ici.

Je l'avoue, j'étais heureuse de voir mes filles partir. Trop de gens, trop de choses à faire, beaucoup trop de stress. Passer une demi-heure seule me permettrait de prendre du recul, ai-je pensé. Je me suis préparé une tasse de chocolat chaud et suis allée la boire dans le jardin. Après toute cette pluie, l'air est encore frais et le parfum de la terre mouillée et de la lavande commence juste à ressurgir. En dessous, les rues des Marauds. Au-dessus, les étoiles.

J'ai fermé les yeux. Petit à petit, les bruits de la nuit me sont parvenus : la *stridulation* des grillons, les cloches de l'église, le *tic-tic-tic* de la vieille maison qui s'enfonce dans le sol humide comme une dame âgée s'affale sur une chaise, fatiguée. Un ruban de musique se déroule au-dessus des Marauds. Une flûte, peut-être. Il y a huit ans, quand les rats de rivière sont arrivés, je préparais mon premier festival du chocolat. Anouk avait six ans. Roux était un inconnu. Armande, encore en vie. Ce soir, en écoutant cette musique, je pourrais presque croire que rien n'a changé. Je pourrais presque croire que *je* n'ai pas changé.

Tout revient, disait Armande. *La rivière finit par tout*

rapporter. Chère Armande. Si seulement c'était vrai. Si seulement tu étais à mes côtés, maintenant. Les choses que je te dirais. Les secrets que je détiens.

Tout le monde se confie à quelqu'un. L'attrait principal de l'Église catholique est sans aucun doute le confessionnal et sa promesse d'absolution. Reynaud recevait des confessions tous les jours, sans exception. Le père Henri étant à présent en fonction, les confessions n'ont plus lieu qu'une fois par semaine et sont programmées pour coïncider avec les services religieux. Parmi les anciens, certains regrettent Reynaud. Des gens comme Henriette Moisson et Charles Lévy n'ont que peu d'autres gens à qui parler. À leurs yeux, Reynaud est plus qu'un prêtre : c'est un ami, un confident. Le vieux Mahjoubi représentait la même chose pour de nombreux habitants des Marauds. C'était peut-être mon cas, aussi, du temps de l'ancienne chocolaterie. Mais vers qui *nous* tourner quand nous avons besoin de nous confesser ? Qui est là pour m'écouter ?

Mon chocolat était froid. J'ai vidé le contenu de la tasse dans les buissons. La nuit était fraîche, elle aussi. Je me suis levée, prête à retourner dans la maison. C'est alors que j'ai vu quelque chose dans l'arbre d'Armande. Sans doute la seule rescapée de notre cueillette, la semaine dernière : une pêche, parfaite, mûre à point, intacte, miraculée.

Alors je l'ai cueillie : son léger parfum s'est renforcé à la chaleur de mes mains. Je l'ai fendue en deux avant d'en goûter un morceau. Les pêches de fin d'été sont souvent fades et aqueuses, mais celle-ci était bonne, encore sucrée, toujours un peu musquée par la pluie.

Armande avait raison : c'est dommage de laisser

de bons fruits se gâter. Je devrais planter ce noyau près de la tombe d'Armande, me suis-je dit. Ça lui plairait. Il y a de la place à côté du mur dans le cimetière et l'été, les enfants viendraient en catimini voler les pêches. Ça aussi, ça lui plairait. Je le sais. J'ai mis le noyau dans ma poche. De l'autre côté des Marauds, des bateaux de rivière continuaient à arriver. À leur proue, des lanternes de couleur projetaient des flammes à la surface de l'eau. Pourquoi étaient-ils si nombreux ? Pourquoi aujourd'hui ? Inès se trouvait-elle avec eux ?

C'était peu probable. Malgré tout…

Je connais les gens du voyage. Si quelqu'un peut réussir à retrouver la trace d'Inès, ce sont bien les rats de rivière. Quant à Reynaud, où qu'il se trouve, le simple fait d'imaginer que les nomades de la rivière sont revenus envahir Lansquenet-sous-Tannes suffira sans doute à le faire sortir de sa cachette. Certes, il n'est plus l'homme qui a voulu saboter mon festival du chocolat il y a huit ans, mais il se méfie toujours des étrangers. Dès qu'il entendra la nouvelle, il rentrera à la maison. Tout finit par revenir.

J'ai regardé ma montre. Il était neuf heures passées. L'heure d'aller au lit pour Rosette. Je savais où Anouk et elle étaient parties : sur la promenade en planches, près de la Tannes, dans l'éventuel espoir de retrouver des amis. J'ai décidé d'aller à leur recherche. Ce n'est qu'à dix minutes à pied de la maison. Je me suis dirigée vers les Marauds où, le long du boulevard, les lumières du ramadan rivalisaient d'intensité avec celles de la rivière.

Je suis passée devant la maison des Al-Djerba. Les volets étaient à moitié ouverts et j'ai pu les apercevoir en train de dîner : tout le monde riait, parlait et le chat dormait sur l'appui de fenêtre. Ce chat devait avoir au moins trois maisons. *Enfermez un chat à l'intérieur d'une maison et il ne désire qu'une chose : sortir. Laissez-le dehors et il miaule pour rentrer. Les êtres humains ne sont guère différents.* En tout cas, le vœu de Maya avait été réalisé. Si seulement le reste pouvait être aussi simple.

Je suis aussi passée devant la maison des Mahjoubi, mais là, les volets étaient clos. Il n'y avait aucun signe de vie. J'espère qu'Alyssa et sa famille ont réussi à trouver un terrain d'entente. J'étais à présent arrivée au bout du boulevard où l'ombre du minaret s'étendait dans la ruelle qui menait au club de gym de Saïd. Là, j'ai vu une femme en noir avec ce qui ressemblait à une boîte de carton dans les bras. Je me suis arrêtée dans l'ombre. La femme ne m'avait pas remarquée. Elle se déplaçait vite et avec discrétion. Elle a ouvert la porte du club de gym et est entrée…

De qui pouvait-il s'agir ? me suis-je demandé. Tout le monde dînait. Qu'allait faire une musulmane dans un club de gym réservé aux hommes, de toute façon ?

Il y avait un petit passage de l'autre côté du club. C'est là que je suis allée me cacher et attendre que la femme ne réapparaisse. Moins de cinq minutes plus tard, elle est ressortie, sans sa boîte de carton. La femme était voilée de la tête aux pieds. Malgré tout, j'ai reconnu Zahra Al-Djerba. J'ai avancé dans la ruelle.

« Zahra ? »

Les couleurs de son âme l'ont trahie. Derrière son voile, j'ai senti sa crainte. Sa voix était pourtant calme quand elle m'a dit : « Oh, c'est vous, Vianne. Je venais seulement déposer quelques affaires du vieux Mahjoubi.

— Dans le club de gym ? »

Elle a haussé les épaules. « Je ne voulais pas m'imposer. De plus…

— Tu ne voulais pas voir Karim. »

Elle a tressailli. « Pourquoi dites-vous ça ? »

J'ai souri. « À cause de ce que ta grand-mère m'a dit. Et puis il est *vraiment* très beau, pas vrai ?

— Oui, très beau, a-t-elle répété. Et dangereux. Ne vous en faites pas. Il n'est pas près de *me* faire tourner la tête. » La sévérité de son ton m'a surprise. Après la confession d'Alyssa et ma première rencontre avec cet homme, je m'étais fait une certaine idée de Karim. Des femmes et des hommes de tout âge, en passant par Omi et Alyssa, pensaient qu'il était infidèle à sa femme, mais tout le monde semblait attribuer la faute à Inès plutôt qu'à lui. De son côté, Zahra paraissait presque amusée à l'idée qu'elle puisse, elle aussi, succomber à son charme. « Je suis désolée, je dois y aller, m'a-t-elle dit. Les autres vont se demander où je suis. »

Je l'ai regardée remonter à toutes jambes le boulevard des Marauds. Je croyais ce qu'elle m'avait dit à propos de Karim, mais le reste me troublait. Pourquoi rapporter les affaires du vieux Mahjoubi au club de gym ? Et pourquoi se méfiait-elle de Karim alors que tout le monde l'adorait ?

J'ai marché jusqu'à la porte d'entrée du club. Comme toujours, l'enseigne était allumée. À l'intérieur, tout était calme. J'ai poussé la porte. Elle était ouverte. L'odeur du chlore recouvrait celle de l'humidité et de la vase : les inondations sont courantes dans ces vieux bâtiments et la Tannes est à son niveau le plus haut. À part ça, je n'ai rien remarqué d'inhabituel, rien d'autre que des tapis de course et des cheval-d'arçons dont la forme était soulignée par des néons dans l'obscurité.

J'ai crié : « Y a quelqu'un ? » Pas de réponse.

J'ai fermé la porte et suis retournée sur le boulevard. De l'autre côté du petit passage qui débouchait sur les berges, je voyais des lumières et j'entendais des voix, de la musique. Les gitans de la rivière faisaient la fête. J'ai descendu le boulevard jusqu'à l'embarcadère. À travers les arbres, je distinguais leurs feux de camp ainsi que leurs ombres qui allaient et venaient. J'ai toujours pensé qu'il y avait quelque chose d'attirant dans les feux de camp. Voilà pourquoi j'avançais vers cet embarcadère et ses lumières, sans presque m'en rendre compte. Sur la rive, quelqu'un faisait rôtir des pommes de terre au-dessus d'un feu dans un baril en métal. Deux autres personnes observaient la scène du pont d'un bateau et une troisième faisait des bonds de singe en criant : « *Bam ! Bam ! Baddabam !* »

Je suis sortie de derrière l'écran des arbres.

« Maman ! s'est écriée Anouk. On a retrouvé Joséphine ! Et regarde ! Regarde qui *d'autre* on a retrouvé ! »

Joséphine s'est levée dès mon arrivée sur l'embarcadère. Elle portait un jean et un pull marin. Les reflets de l'eau dessinaient un halo autour de ses cheveux pâles.

« Je voulais venir te chercher, a-t-elle dit. Mais… »

De toute façon, je ne l'écoutais pas. Toute mon attention était concentrée sur cette silhouette sur la berge. La lumière du feu de camp dorait son visage et enflammait sa chevelure paprika…

« Bonsoir, étrangère », a dit la silhouette.

Qui d'autre cela pouvait-il être ? ai-je pensé.

C'était Roux.

CHAPITRE 2

Vendredi 27 août

Joséphine a commencé à s'expliquer. « Je suis partie à la recherche du bateau, a-t-elle dit. Je pensais que si je mettais la main dessus, je trouverais peut-être Reynaud… » Elle a haussé les épaules. « Mais non. C'est Roux que j'ai trouvé. Et cette femme était avec lui. »

Roux a souri. Roux a un sourire très engageant, à la fois facile et curieusement réticent, et qui lui monte jusqu'aux yeux. Ce soir, j'y voyais une question. Je suis montée sur la berge et je l'ai pris dans mes bras. Il sentait la fumée de feu de camp ainsi qu'une odeur non identifiable, mais qui m'était aussi familière que le bruit du vent. Il s'agissait peut-être de l'odeur de la maison. Nos lèvres se sont rencontrées et nous nous sommes embrassés. L'espace d'un instant, nous avions répondu à la question.

J'ai dit : « Tu n'allumes *jamais* ton portable ? »

Il a eu un large sourire. « J'ai perdu le chargeur. Et ensuite, quand j'ai eu tes messages…

— Ça n'a plus d'importance. Tu es là, maintenant. Mais où est Inès ? »

Alors Roux m'a raconté l'histoire. Il était descendu par le train il y a deux jours et il avait retrouvé des amis à Agen. Tous les nomades de la rivière connaissent Roux : il a travaillé sur presque tous les bateaux naviguant de la Garonne à la Haute-Tannes et la plupart des gens lui font confiance d'instinct. Ils étaient tombés sur la péniche noire en aval de la rivière. Elle était amarrée illégalement à la sortie d'Agen. Inès et Dou'a étaient toujours à bord. Roux avait tout de suite reconnu son bateau, en avait réparé le moteur et l'avait ramené à Lansquenet.

« Et Inès, alors ? »

Il a haussé les épaules. « Elle m'a dit qu'elle avait des problèmes, ici. Elle n'a jamais voulu partir avec le bateau. Mais quand il a commencé à dériver en pleine rivière, elle n'a pas su comment le ramener.

— C'est elle qui t'a dit tout ça ?

— Pourquoi ne m'aurait-elle rien dit ? »

C'est vrai, bien sûr : les gens parlent à Roux. Quelque chose chez lui invite à la confiance. Les enfants, les animaux, les malheureux. Tel le joueur de flûte d'Hamelin, il se fait des sympathisants partout où il va. Pourtant, il y a en lui une distance que personne n'a jamais réussi à briser, une réticence calme et profonde à parler du passé, un refus de s'expliquer, quelles que soient les circonstances. D'où, la détermination dont il a fait preuve à ne pas discuter du cas de Joséphine, ni même de l'existence de Pilou, tout en sachant que son silence lui donnerait l'air coupable.

Cependant, sur la rivière, ce sont les règles. Personne ne pose trop de questions. Les amitiés se nouent en empruntant un demi-bidon d'essence. La rivière ne vit qu'au présent. Elle laisse le passé derrière elle, sur le rivage. Les noms ne sont que des surnoms pour la plupart. Personne n'a de papiers d'identité. Les casiers judiciaires, les erreurs passées, les familles déchirées : rien de tout cela ne compte. La vie est légère et simple…

J'ai de nouveau regardé Joséphine. J'ai trouvé qu'elle avait l'air un peu préoccupée : les couleurs de son âme étaient pâles, tremblantes. C'est peut-être le fait de revoir Roux, ai-je pensé, un tantinet mal à l'aise. Non, c'était absurde. Il était plus probable qu'elle soit simplement inquiète à l'idée de ne pouvoir retrouver Reynaud.

Quant à Roux…

Ces quelques jours passés sur la rivière avaient réveillé quelque chose en lui. C'était difficile à définir avec précision, une sorte d'éclat qui avait disparu depuis si longtemps que j'avais à peine remarqué son absence. Une péniche amarrée en permanence à un mouillage, ce n'est pas la même chose qu'un bateau de rivière. Il y a des règles à suivre, des charges à payer et à Paris, la communauté du fleuve est très différente. Ici, sur la Tannes, Roux est de nouveau libre. Ce changement est d'autant plus frappant qu'il n'en est pas conscient.

« Où sont passées Inès et Dou'a ?

— Je les ai ramenées en voiture, a dit Joséphine. Roux m'a téléphoné. Je suppose qu'elles sont rentrées chez elles.

— Tu ne sais pas où ? »

Elle a secoué la tête. « Non. C'est important ? »

Anouk me fixait d'un regard impatient. « Maman ! Jean-Loup m'a envoyé un texto ! »

Je l'ai prise dans mes bras. « Je suis contente. Je suis sûre qu'il va se remettre.

— Et on a des *pommes de terre* !

— Des pommes de terre ? » ai-je répété.

Roux a fait un geste vers le feu de camp. « J'ai trouvé ces pommes de terre le long du rivage. Elles poussaient à l'état sauvage. Goûtes-en une, Vianne. Elles ne sont vraiment pas mauvaises. »

Je me suis emparée d'un bâton pointu pour retirer l'une des pommes de terre rôties du feu. Sous la peau carbonisée, elle était bonne, farineuse, sucrée et légèrement rose. Les autres se sont servis à leur tour et nous avons mangé assis sur le pont du bateau. À nous deux, Joséphine et moi avons raconté à Roux l'histoire de Reynaud, d'Inès, d'Alyssa, tout ce qui s'était passé depuis mon arrivée avec les filles…

C'était une longue histoire. Quand on a eu fini, Joséphine est allée rejoindre Pilou et nous a laissés seuls. Rosette et Anouk dormaient déjà, bien au chaud dans la cabine du bateau.

La lune commençait à se lever et la Tannes était recouverte de moucherons. Roux a jeté une poignée de copeaux secs sur les braises du feu. Il s'en est dégagé un parfum vif et immédiat de citronnelle, de lavande, de sauge, de bois de pommier et de pin, comme des feux de camp de mon enfance.

J'ai dit : « Elle m'a raconté pour Pilou et les mensonges à Paul-Marie.

— Oh. » Son regard était impénétrable.

« Pardon.

— Pour quoi ? »

Que pouvais-je lui dire ? Pardon d'avoir cru que tu m'avais menti ? D'avoir pensé que tu avais pu mener cette double vie tordue tout en me laissant croire que je pouvais lire en toi comme dans un livre ouvert ?

J'ai haussé les épaules. « Peu importe, maintenant. Tu m'as manqué, Roux. Tu nous as manqué à toutes. »

Il m'a pris la main. « Alors pourquoi ne pas rentrer à la maison ? » Il y avait de nouveau cette question dans ses yeux. « Vianne, tu ne vis plus ici. Tu n'étais venue que pour des vacances. Et te revoilà, de retour à Lansquenet, à faire exactement ce que tu faisais avant, à t'impliquer…

— Tu penses que je ne *devrais* pas m'impliquer ? »

Il a haussé les épaules.

« Mais Armande m'a demandé de venir. Elle m'a écrit pour une raison bien précise. Elle a dit que quelqu'un aurait besoin de mon aide… »

De nouveau, un haussement d'épaules. « Il y a toujours quelqu'un.

— Comment ça ? »

Il m'a regardée. Ses yeux étaient aussi verts que des reines-claudes. « C'est peut-être toi qui as besoin de Lansquenet et pas le contraire. »

Il a tort, bien sûr. Je n'ai pas besoin de Lansquenet. Cependant, ses mots avaient provoqué quelque chose en moi, comme ouvert la porte d'une cellule remplie de nostalgie et de chagrin. *Pourquoi est-ce que je fais tout ça ?* ai-je pensé. Pourquoi est-ce que je réponds à l'appel du vent ? Le jour viendra-t-il où je réussirai à me libérer de ce besoin insatiable ?

Non, je ne pleure pas. Je ne pleure jamais.

Nous étions tous les deux sur le pont du bateau. Au creux de son épaule, j'ai retrouvé cet endroit où ma tête repose si confortablement et nous sommes restés assis là en silence un long moment, à écouter les grillons et les grenouilles chanter dans les joncs. Puis, sans une parole, nous nous sommes faufilés à l'abri des arbres et là, nous avons fait l'amour, au clair de lune, dans l'odeur de la terre verte et humide, dans la nuit qui tombait tout autour de nous. C'est fou comme on s'habitue à tous ces petits gestes familiers. Je me suis surprise à penser que nous n'avions pas fait l'amour dehors depuis la dernière fois que nous étions ici.

Ensuite nous sommes retournés sur le bateau où Anouk et Rosette avaient commencé leur nuit. Roux a rapporté des couvertures sur le pont. Nous nous sommes allongés et avons contemplé la Voie lactée se transformer petit à petit en un soleil de feu d'artifice…

J'ai mis longtemps à trouver le sommeil. La nuit était devenue silencieuse. Même les grenouilles s'étaient tues, à présent. La Tannes était d'une blancheur fondue et lumineuse. Je me suis relevée pour m'asseoir près du feu de camp et regarder le ciel pâlir. Roux n'a jamais de mal à s'endormir, tout comme il ne se souvient jamais de l'heure qu'il est, ni même de quel jour de la semaine il s'agit. S'il était une carte de tarot, il serait le Fou, sifflotant, le nez au ciel, les lacets défaits, inconscient de tous les obstacles à franchir : le Fou dit toujours la vérité, parfois sans même le savoir.

Malgré tout, il se trompe, n'est-ce pas ? Je n'ai jamais eu besoin de Lansquenet. D'une certaine manière, j'aime ce village, mais je ne m'y suis jamais vraiment intégrée. Comment aurais-je pu ? Je suis un esprit libre. J'ai trop voyagé, vu trop de choses pour pouvoir me satisfaire d'un si petit endroit. Lansquenet-sous-Tannes. Comme il est absurde qu'un minuscule village comme celui-ci, à l'esprit si étroit, ait encore une emprise si ferme sur mon cœur. Quel est le secret de Lansquenet ? C'est un village comme tant d'autres le long des berges de la Tannes. Un endroit assez ordinaire, en somme, qui n'a pas les attraits de Pont-le-Saoûl ni le caractère historique de Nérac. Oui, bien sûr, j'y ai des souvenirs. Mais j'en ai aussi à Paris, à Nantes, dans une centaine d'autres villes, avec une centaine d'autres communautés. Je ne dois rien à aucune d'elles. Si elles m'appellent, je ne les entends pas. Alors pourquoi cet endroit est-il différent ? Suis-je toujours un esprit libre ? Ou bien suis-je seulement une amarante qui se laisse emporter par le vent ?

À l'aube, je suis retournée à ma place sur le pont du bateau et j'ai essayé de dormir. J'ai dû réussir car à mon réveil, le soleil était levé, Roux était parti, les enfants remuaient dans un demi-sommeil à l'intérieur de la cabine et le vent avait de nouveau tourné.

CHAPITRE 3

†

Samedi 28 août

La femme en noir est revenue, hier soir. Cette fois-ci, elle m'a apporté du thé à la menthe et des tranches froides de rôti d'agneau entre deux espèces de crêpes. Je m'étais promis de ne pas me confondre en indignes plaintes auprès d'elle à notre prochaine rencontre. J'ai donc pris la nourriture sans rien dire et ne lui ai accordé qu'un regard en bas de l'escalier dont seules deux marches échappaient encore à l'inondation. Ainsi, je me trouve avec de l'eau jusqu'à mi-cuisse.

Cette vision a semblé la mettre mal à l'aise. « L'eau va bientôt cesser de monter, a-t-elle déclaré. Il n'a pas plu de la journée. »

J'ai haussé les épaules, en silence.

« Ça va ? Vous n'avez pas l'air bien. »

En fait, je suis au plus bas, mon père. Je porte les mêmes vêtements mouillés depuis le premier jour de ma captivité et Dieu seul sait quelles bactéries se trouvent dans l'eau. Je crois que j'ai de la fièvre. Je tremble. Mes mains me font toujours mal.

« Je vais très bien, ai-je dit. J'adore être ici. »

Elle m'a jaugé du regard par-dessus son voile. « Vianne m'a raconté ce que vous avez fait, que vous étiez venu en aide à Alyssa quand elle a sauté dans la Tannes et que vous n'aviez rien dit à personne. »

De nouveau, j'ai haussé les épaules.

« Alors pourquoi avez-vous tenté de mettre le feu à l'école d'Inès et de saboter sa péniche ? »

Cette dernière phrase m'a permis de comprendre qu'il ne s'agissait pas de Sonia. Elle n'a pas la même voix, de toute façon : la sienne est plus sèche et plus nasale. J'ai lancé : « Parlez à Sonia Bencharki. Elle sait que je n'ai rien à voir dans tout ça.

— À Sonia ? Pas Alyssa ? s'est-elle étonnée.

— Allez la voir. Qu'elle sache pourquoi je suis ici. Elle vous dira ce qui s'est passé. »

Elle m'a regardé un long moment. « Je le ferai peut-être. »

Bien sûr, je ne suis pas du tout certain que Sonia dira la vérité à cette femme. Mais peu d'autres choix s'offraient encore à moi. Au moins, aurais-je semé le doute dans son esprit.

Je ne comprends pas bien comment j'en suis arrivé là. J'ai toujours accompli mon devoir. Ce sont ces gens, ces Maghrébins. Ils sont tous aussi fous les uns que les autres. J'ai fait de mon mieux pour les aider, mon père, et où cela m'a-t-il mené ? Mon destin est entre les mains d'une fillette de cinq ans, d'un chat errant et d'une femme en noir. Si je n'étais pas aussi fatigué, mon père, je pourrais presque rire de ma situation. Mais je suis épuisé : le peu de sommeil dont j'ai joui sur ces deux pauvres marches encore sèches s'est vu troublé par des rêves si vivaces qu'ils ne semblaient guère appartenir au monde des songes. À plusieurs reprises, j'ai été réveillé par ce que je croyais être des coups contre la grille alors qu'il n'y avait personne chaque fois que je me suis déplacé pour aller vérifier. Mon esprit doit me jouer des tours. J'ai la gorge sèche. Mal à la tête. J'ai fini le thé à la menthe, mais j'ai été incapable de manger ce qu'elle avait apporté. Tout ce que je veux maintenant, c'est dormir, peut-être même pour toujours. Dormir dans des draps propres en lin, poser ma tête douloureuse sur un oreiller…

L'aube point. L'appel à la prière. *Allahou Akbar. Allah est grand.* Ce sont les premiers mots qu'un nouveau-né entend, les premiers mots prononcés dans une nouvelle maison. *Allahou Akbar. Allah est grand.* Maintenant, une demi-heure de silence avant que les tapis de course ne recommencent à gronder, que les cloches de Saint-Jérôme ne se mettent à sonner et que le père Henri ne serve la messe à l'assemblée de mes fidèles…

Mais sont-ils bien *mes* fidèles ? L'image du père Henri Lemaître reprenant les rênes de Saint-Jérôme, remplaçant les bancs de bois par des chaises, y installant peut-être un écran PowerPoint, me remplit de dégoût. Néanmoins elle n'explique pas tout à fait la violence de ce sentiment de perte que j'éprouve, l'isolement, le désir de trouver une place bien précise en ce monde. Même avant toutes ces histoires, mon père, je n'ai jamais été l'un d'eux. J'ai beau être né ici, je n'ai jamais eu l'impression d'y avoir ma place. J'ai été mis à l'écart et pas seulement à cause de mon titre. Maintenant que je me retrouve ici, debout, dans l'eau, cette pensée me paraît des plus évidentes. Karim avait raison sur une chose : je ne manquerai guère à qui que ce soit. Je n'ai jamais vraiment touché leur cœur. Je n'ai fait qu'effleurer leur conscience.

Pourquoi, mon père ? Vianne Rocher dirait peut-être que je n'ai pas établi de liens avec eux. Je garde mes distances. Est-ce si mal ? Un prêtre ne peut pas se permettre d'être trop ami avec ses paroissiens. L'autorité doit être maintenue. Et pourtant, sans ma soutane, que reste-t-il de moi ? Un bernard-l'hermite sans carapace ni défense contre tout prédateur ?

CHAPITRE 4

Samedi 28 août, 9 h 40

Neuf heures venaient de sonner quand il est revenu avec des croissants et des pains au chocolat. Nous les avons mangés dehors, sur le pont, pendant qu'Anouk préparait du café dans la petite cuisine du bateau et que Rosette jouait sur la rive avec Bam.

« J'aurais dû être de retour plus tôt, a-t-il dit, mais on n'arrêtait pas de venir me parler. »

Le père Henri sert la messe aujourd'hui. La place devait être pleine de monde. C'est le samedi et le dimanche que Poitou fait ses meilleures affaires : des gâteaux à la crème pour le déjeuner, des tartes aux fruits, des flans aux amandes, du pain viennois qu'il ne confectionne que le week-end et pour les grandes occasions. D'habitude, les fidèles se rendent d'abord à l'église et ensuite à la boulangerie. Après tout, l'esprit doit se nourrir, pas seulement des Saintes Écritures, mais aussi de pâtisseries.

« Pas de nouvelles de Reynaud ? ai-je demandé.

— Non. Mais j'ai vu le nouveau prêtre, le père Henri. Il s'est déplacé pour me dire un mot. Il m'a déclaré respecter mon style de vie ainsi que celui de la communauté du voyage et il a voulu savoir quand nous partirions. »

Je n'ai pas pu m'empêcher de rire. « Alors, rien n'a changé ?

— Au moins, Reynaud était franc, lui !

— Et tu crois que le père Henri ne l'est pas ? »

Il a haussé les épaules. « Je trouve qu'il a trop de dents. »

Anouk a dévoré son petit déjeuner en trois bouchées avant de partir à toutes jambes chercher Jeannot. Maintenant que Jean-Loup l'avait contactée, son autre ami avait retrouvé priorité à ses yeux. Les couleurs de son âme étaient fraîches, vertes et claires comme celles de l'amour jeune et innocent.

Rosette fouinait à l'entrée de l'une des ruelles qui débouchaient sur la route principale. Je lui ai demandé ce qu'elle regardait.

Maya, a-t-elle signé. *Renardeau.*

« Oh. Alors, tu peux le voir, aussi ? »

Non. Il vit dans un trou.

« Un terrier de renard ? »

Non. Il veut en sortir.

« Oh. Je vois. » Comme Bam et Pantoufle, Renardeau avait déjà un certain nombre de traits intéressants qui lui étaient propres. Bam a une tendance à l'espièglerie qui reflète la nature volatile de Rosette. Pantoufle est un bon compagnon. Et Renardeau semble personnifier le côté rebelle de Maya. Peut-être est-elle déjà consciente des règles et des restrictions qui l'entourent. De plus, c'est un renard qu'elle s'est inventé comme ami, l'animal le plus proche du chien.

J'ai jeté un coup d'œil sur le boulevard des

Marauds. Maya était là, débordante de vie avec ses sandales Walt Disney et son tee-shirt *Aladin*. Elle m'a fait signe de la main avant de disparaître dans un passage étroit. À trois cents mètres derrière elle environ, un petit groupe compact d'individus descendaient le boulevard d'un pas déterminé. De loin, ils ressemblaient aux pièces d'un jeu d'échecs : trois pions noirs et un roi blanc se dirigeaient vers l'embarcadère.

Le roi, c'était Mohammed Mahjoubi. J'ai reconnu sa barbe blanche, sa corpulence, sa démarche lente mais digne, la *djellaba* blanche qu'il porte toujours. Les pions, c'étaient des femmes, toutes en *niqab*. À cette distance, il m'était difficile de voir qui elles étaient. Inès était-elle parmi elles ? Il émanait du groupe un champ magnétique comme celui d'un aimant sur des limailles de fer. Tout le long du boulevard, des portes se sont ouvertes, des volets ont claqué, des gens sont sortis les regarder passer.

Roux a lui aussi ressenti cette tension et m'a souri. « Tu crois que ce comité d'accueil vient nous souhaiter la bienvenue ? » a-t-il lancé.

Ce n'était pas le cas. Quand le petit groupe a atteint l'embarcadère, d'autres l'avaient rejoint. J'ai reconnu Alyssa, Sonia et leur mère. Saïd Mahjoubi, un autre roi, approchait aussi de son côté. Puis j'ai vu Omi, Fatima, Zahra vêtue de son *niqab* habituel et Karim Bencharki, un pas derrière les autres, habillé comme toujours d'un tee-shirt et d'un jean, l'air furieux mais maître de lui.

Omi m'a saluée d'un rire rauque. « *Hee*, quel cirque !

— Que se passe-t-il ? »

Elle n'a pas eu le temps de me répondre. Arrivé sur l'embarcadère, Karim a lâché une volée de mots en arabe et s'est dirigé tout droit vers la péniche. Le vieux Mahjoubi s'est mis en travers de son chemin. Karim a tenté d'écarter le vieil homme…

« De quoi s'agit-il, bon sang ? » a lancé Roux.

Saïd s'est retourné vers lui pour déclarer : « Ces bateaux ne peuvent pas rester ici. C'est une propriété privée.

— Vraiment ? a répondu Roux. Parce que le curé semblait me dire que nous pouvions rester ici autant de temps que nous le voulions.

— Le curé ?

— Le père Henri », a précisé Roux.

Un autre échange en arabe a suivi. « Je parlerai au père Henri, a dit Saïd à l'intention de Roux. Peut-être n'a-t-il pas bien estimé les effets possibles de votre présence sur notre communauté. »

Le vieux Mahjoubi a secoué la tête. « C'est le ramadan, est-il intervenu. Tout le monde est le bienvenu tant que l'on fait preuve d'un respect mutuel. » Il s'est tourné vers Roux. « Restez aussi longtemps que vous le souhaitez. »

Saïd a paru agacé. « Je ne pense pas que…

— Allons-nous leur refuser l'hospitalité ? » La voix du vieux Mahjoubi était douce, mais elle avait encore un timbre d'autorité. Saïd lui a jeté un regard plein de ressentiment. Le vieux Mahjoubi a répondu par un simple sourire.

« Très bien, a fini par lâcher Saïd. Mon père n'a pas tort. Nous ne voulons pas de disputes ni de conflits pendant cette période de fête. Tout ce que nous vous demandons, c'est de vous montrer respectueux et de vous tenir à l'écart. »

Karim avait sauté sur le pont du bateau et jetait un coup d'œil à l'intérieur de la cuisine.

« Excusez-moi. C'est mon bateau », a annoncé Roux.

Karim s'est retourné et l'a dévisagé : « *Votre* bateau ? »

Je me suis approchée de l'embarcadère. « Inès est revenue saine et sauve, hier soir, ai-je dit. Elle n'est pas rentrée chez vous ? »

Karim a eu l'air interdit. « Non, elle n'est pas rentrée. Vous dites qu'elle se trouve ici, au village ? »

Roux a de nouveau raconté toute l'histoire. Alors que les autres l'écoutaient, j'en ai profité pour demander à Alyssa : « Comment ça s'est passé, hier ? »

Elle a secoué la tête. « Ils ne me parlent pas. Ils pensent que j'ai couvert la famille de honte.

— Ils vont se calmer, l'ai-je rassurée à voix basse. Et Karim ? »

Alyssa a haussé les épaules. « Je ne suis *plus du tout* amoureuse de lui.

— Bon, c'est déjà ça, lui ai-je dit.

— Il n'arrête pas de demander à ce que l'on se voie en privé. Je lui ai dit que je ne voulais pas.

— Et ta sœur ?

— *Meh.* » Un autre haussement d'épaules. « Je crois que le bébé la rend malade. Elle ne me parle plus beaucoup, mais je vois bien qu'elle est fatiguée. »

J'ai jeté un coup d'œil vers Sonia qui se tenait là, toute seule, à regarder la rivière. Il y avait quelque chose de mélancolique dans son attitude. Comme je m'approchais, j'ai vu que ses yeux brillaient de larmes.

« Qu'est-ce qui ne va pas ? » lui ai-je demandé.

Elle a semblé surprise. Le *niqab* a le pouvoir de

donner à celle qui le porte l'impression d'être invisible, de décourager les étrangers qui voudraient entrer en contact. Ses beaux yeux soulignés de khôl ont évité mon regard avec nervosité.

« Vous êtes Vianne Rocher, n'est-ce pas ? a-t-elle dit. Alyssa m'a parlé de vous. » La petite voix blanche qui me parvenait de sous ce voile résonnait à mes oreilles comme une critique.

J'ai souri. « Je suis heureuse de faire votre connaissance, ai-je répondu. J'espère que vous viendrez toutes les deux nous rendre visite. »

De nouveau, cet air interloqué. Sonia Bencharki n'a pas l'habitude de recevoir des invitations informelles de la part d'inconnus. Sous son voile, un va-et-vient de couleurs criardes à vous donner la nausée. Cette fille avait quelque chose de pesant sur le cœur. De la tristesse, de la peur, peut-être même de la culpabilité…

J'ai remarqué que Karim nous observait près du bateau. Je me suis dit qu'il avait l'air mal à l'aise de nous voir ainsi parler ensemble. Sonia s'est rendu compte qu'il nous regardait et s'est éloignée de quelques pas. Je l'ai suivie.

« S'il vous plaît. Je ne peux pas vous parler. » Sa voix était presque inaudible.

« Pourquoi ?

— Je suis désolée. Laissez-moi tranquille. »

Je n'ai pas insisté. Trop de gens m'entouraient pour que je tente de l'amener à se départir de sa retenue. Zahra m'a dit : « Elle est timide, c'est tout. Mais c'est vraiment une très gentille fille. »

Tout comme Alyssa, ai-je pensé. Du moins, jusqu'à l'arrivée de Karim Bencharki. J'ai regardé Karim qui parlait à Roux sur l'embarcadère et me suis demandé une nouvelle fois comment il était possible que cet homme seul puisse avoir autant d'influence sur cette petite communauté. Il était beau, soit. Il avait du charme, c'était certain. D'après ce que Caro Clairmont m'avait raconté, il avait aussi beaucoup aidé le quartier des Marauds à évoluer avec son époque. Son ascendant sur Saïd avait permis à la Mosquée de s'établir d'une façon plus progressive, le travail qu'il avait accompli au club de gym avait donné un centre d'intérêt à la jeunesse masculine de son quartier. Il était donc étrange que sa sœur adopte une attitude si traditionnelle, à moins, bien sûr, que les rumeurs ne soient fondées. Auquel cas, le voile porté par Inès ne serait qu'une illusion de son humilité et cacherait alors une tout autre réalité.

Néanmoins, la scène de l'autre soir et celle de ce matin, en ce lieu même, me laissent penser que Karim a aussi un côté sombre. La façon dont il traite Alyssa, son manque de respect envers le vieux Mahjoubi et maintenant, l'arrogance dont il fait preuve avec Roux. Nous savons déjà qu'il est capable de commettre des infidélités. Je commence à me demander à présent, s'il n'est pas capable d'aller plus loin encore. Il nous a prouvé qu'il pouvait se montrer agressif. Serait-il aussi violent ? Sonia aurait-elle peur de lui ? Et Inès et Dou'a ? L'évitent-elles de leur propre chef ?

Zahra me regardait. Il y avait dans ses yeux noirs le même air bizarre qu'hier soir, lorsque je l'avais vue derrière le club de gym. Étaient-ce vraiment les affaires du vieux Mahjoubi qu'elle portait ? Ou bien appartenaient-elles à Inès ?

J'ai levé les yeux vers le minaret tout en haut du

boulevard : majestueux, blanc, élégant, couronné d'un croissant de lune argenté. De l'autre côté de la rivière, la petite tour carrée de l'église Saint-Jérôme : simple, inébranlable, sans ornement. Deux tours qui se font face de chaque côté de la Tannes, comme celles d'un échiquier…

« Tu sais où elle est, n'est-ce pas ? » lui ai-je demandé.

Zahra a acquiescé. « Je l'ai vue hier soir. Je lui ai parlé de votre ami, Reynaud, et de tout ce qui s'était passé ici. Et puis j'ai parlé aussi à Sonia. » Zahra lui a lancé un regard avant de prononcer une douzaine de mots en arabe.

« Qu'a-t-elle dit ? Elle a vu Reynaud ?

— Non. » Zahra a secoué la tête. « Mais je sais où il est. Je suis désolée, Vianne. Je le sais depuis le début, ou presque. »

Je l'ai dévisagée. « Mais… pourquoi ? »

Elle a haussé les épaules. « Je pensais protéger Inès.

— Et maintenant ? »

Elle m'a regardée et m'a souri. « Et maintenant, elle veut vous parler. »

CHAPITRE 5

†

Samedi 28 août, 10 heures

Dix heures. La fin de la messe. Même ici, dans le ventre de la baleine, le père Henri continue à me torturer. Bien sûr, je reconnaîtrais partout le son de mes cloches. Leurs voix sont si caractéristiques. Dans une minute, il sera là, assis dans mon confessionnal, à écouter leurs secrets, à distribuer des Ave, à usurper une fois de plus ma place…

Un coup à la grille. C'était encore Maya. Maya et Rosette, en fait : deux paires de petits pieds, l'une décorée de princesses Walt Disney, l'autre de couleur jaune citron. Il y avait un chat à l'air blasé dans les bras de Maya. Elle le serrait très fort et il émettait une série de miaulements plaintifs.

« Alors, tu as donc retrouvé ton chat. »

Elle a eu un joyeux sourire lumineux. « Hier soir. Je l'ai emmené voir Jiddo.

— Merveilleux. » En vérité, mon père, je me sentais au terriblement mal. J'avais la tête qui tournait et un tel mal de gorge que ma voix était à peine audible. « Et maintenant ? Tu veux un poney ? Un rendez-vous avec le pape ? Un chapeau qui chante ?

— C'est stupide. Les chapeaux ne chantent pas. »

J'ai essayé de me ressaisir. La fièvre me faisait délirer sans doute. L'envie de rire était presque incontrôlable et pourtant, mon père, je ne suis pas homme à rire facilement. J'ai pensé aux menaces de Karim Bencharki et réussi à me concentrer un peu.

« S'il te plaît, Maya. As-tu parlé à Vianne ?

— Oui, oui. Je lui ai tout raconté.

— Qu'est-ce qu'elle a dit ?

— Elle a dit que c'était cool. »

Une autre tentative. « Écoute, Maya. Je ne suis pas un Jinni. C'est Karim Bencharki qui m'a enfermé ici. »

Maya a penché la tête de côté. « Si vous n'êtes pas un Jinni, alors comment vous pouvez réaliser les vœux ? m'a-t-elle demandé.

— *Maya !* Tu veux bien m'écouter ?

— Mon *troisième* vœu... »

Il n'y a pas d'arguments pour contrer la logique implacable d'un enfant. Pour la première fois depuis des décennies, je me suis surpris à être sur le point de pleurer. « Je t'en prie, Maya. Je suis malade. J'ai froid. J'ai mal. J'ai peur de mourir ici... » Tout à coup, cette petite grille était devenue celle d'un confessionnal. Mais cette fois, c'était *moi*, le pénitent, et Maya, le confesseur. C'était ridicule et pourtant, je n'arrivais plus à m'arrêter. Peut-être parce que j'avais la fièvre ou bien parce qu'une fillette de cinq ans, c'était déjà mieux que pas de confesseur du tout. « Je suis prêtre et j'ai peur de mourir. C'est absurde, non ? Mais je n'ai jamais cru au paradis. Non, pas vraiment. Pas au fond du cœur. L'enfer, oui, c'est *possible.* Mais le paradis, c'est une histoire que l'on raconte aux enfants quand ils ont peur du noir. La foi, c'est l'obéissance, l'adhésion aux règles, le règne de l'ordre. Sinon, ce serait l'anarchie. Tout le monde le sait. Voilà pourquoi l'Église a sa propre hiérarchie, une pyramide stable et structurée dont tous les membres sont à leur place et reçoivent des instructions quand on les juge nécessaires. Les gens acceptent de croire ce qu'ils veulent bien leur révéler. Dieu, à Son tour, fait de même. Ordre. Contrôle. Obéissance. Parce que si l'on dit la vérité aux gens, s'ils savent que même nous, nous ne sommes *certains* de rien, alors tout ce sur quoi l'Église est fondée depuis ces deux mille dernières années ne reposera sur rien de plus qu'une pauvre pile de papiers poussiéreux… »

J'ai marqué une pause pour reprendre ma respiration. En fait, mon père, je commençais à avoir le vertige. L'absence de contact humain digne de ce nom pendant trois jours m'avait laissé une sensation très étrange. J'ai tendu les doigts vers la grille. Je pensais que si Maya me voyait, elle croirait peut-être à mon histoire. Un petit effort encore et je pourrais l'atteindre.

« Maya. Je suis là. *Regarde*-moi. »

Maya a appuyé son visage contre la grille. Rosette l'a imitée et j'ai vu ses boucles rousses briller au soleil. Les deux petits visages sérieux à l'air grave et infaillible m'ont observé. L'espace d'un instant, je les ai prises pour des juges, prêts à rendre le verdict.

« Mon *troisième* vœu… »

J'ai lâché un hurlement. Mais ma gorge était si douloureuse et ma tête si faible que le résultat s'est résumé à un simple gémissement. Maya a continué, sourde à mon appel :

« Mon troisième vœu, c'est que Dou'a rentre à la maison. La péniche est revenue, mais Dou'a et sa *memti* n'étaient pas dedans. Alors, vous devez ramener Dou'a comme vous l'avez fait pour Hazi. Et après, vous serez libre. Comme l'*Aladin* de Disney. »

J'ai abandonné. C'était sans espoir. J'avais donné tout ce que je pouvais et pourtant, cela n'avait pas suffi.

« Je suis désolé », ai-je murmuré. Je ne sais toujours pas pourquoi.

Le visage de Maya s'est éloigné de la grille. Rosette s'est attardée un moment. Je savais que lui parler serait une perte de temps. Toutefois, il y avait une sorte d'intelligence dans ces yeux d'oiseau curieux.

« Dis à ta mère que je suis là, ai-je tenté. S'il te plaît. Préviens *quelqu'un.* Je t'en supplie. »

Rosette a poussé un petit gloussement. Cela voulait-il dire qu'elle avait compris ? Puis elle a posé sa main contre la grille. J'ai eu l'impression de recevoir l'absolution. C'est à ce moment précis que la pile de cageots a fini par s'effondrer sous mes pieds. Je suis tombé sur le côté et j'ai plongé dans l'obscurité et l'eau glacée.

Mon corps tout entier est resté sous l'eau un moment. J'ai été pris de panique l'espace d'une seconde ou deux. Je me suis débattu pour remonter à la surface, pour me redresser sur les pieds. Puis j'ai écarté mes cheveux dégoulinants de mes yeux et me suis petit à petit frayé un chemin douloureux pour retourner sur les marches de la cave.

CHAPITRE 6

Samedi 28 août, 10 h 15

Personne ne nous a vues partir, à part Omi. Cependant, au moment où nous avons tourné le coin du boulevard et laissé derrière nous la scène de l'embarcadère, j'ai eu la certitude d'avoir surpris sur nous un regard curieux de sous un foulard à peine attaché. Omi Al-Djerba est trop vieille pour porter le *niqab*. D'ailleurs, elle me dit avec joie qu'à son âge, même le *hijab* est une précaution inutile. Enfin, il se peut qu'elle soit âgée, mais elle a toujours le regard vif et sa curiosité est sans mesure. Je n'ai donc pas été surprise de la voir, quelques minutes plus tard, nous suivre de loin, remonter le boulevard, dépasser la maison des Al-Djerba et se diriger vers le pont qui menait à Lansquenet.

Zahra avait convaincu Sonia de venir avec nous. Sonia avait d'abord semblé réticente à l'idée de voir Inès, mais Zahra s'était adressée à elle en arabe d'une voix basse et furieuse et elle avait prononcé une phrase qui contenait le nom de Karim et qui avait de toute évidence réussi à la persuader.

À présent, elle regardait par-dessus son épaule. « Omi est en train de nous suivre, a-t-elle déclaré.

— Ne la laissons pas nous rattraper », a répondu Zahra.

Nous avons toutes les trois pressé le pas. Omi faisait semblant de rien et admirait la vue du pont. Quand nous avons atteint la place Saint-Jérôme, nous nous sommes rendu compte qu'elle avait cessé de feindre l'indifférence depuis longtemps puisqu'elle avait relevé ses jupons et tentait de nous rejoindre de toute la vitesse de ses vieilles jambes.

Il était dix heures quinze. La messe était terminée, mais il y avait toujours du monde sur la place. Derrière l'église, des hommes jouaient à la pétanque sur un terrain de schiste rouge et une vingtaine de personnes faisaient la queue devant la boulangerie de Poitou. Certains clients regardaient les robes noires de Zahra et de Sonia d'un œil curieux. Dans les Marauds, le *niqab* représente une sorte d'invisibilité. De l'autre côté de la rivière, c'est le contraire. Une robe noire accroche le regard, un voile invite à la spéculation. Joline Drou sortait de chez Poitou avec une boîte remplie de pâtisseries, attachée par un ruban du même rose que son petit tailleur et sa toque du dimanche. Elle nous a adressé un regard rempli de compassion et dépassées dans un nuage de Chanel *Numéro 5*.

Zahra s'est arrêtée devant l'ancienne chocolaterie. Les joueurs de pétanque nous observaient à présent. Il s'agissait d'un petit groupe d'hommes d'âge moyen. Louis Acheron figurait parmi eux.

« Je vous parie qu'elle est drôlement sexy, a-t-il lancé en jaugeant Sonia du regard. J'aimerais bien voir ce qu'il y a *là-dessous.* » Il n'avait pas fait d'effort pour baisser la voix. Pour Louis, les femmes à *niqab* étaient toutes aveugles et sourdes.

« Et moi, je vous parie que cet homme a un tout petit pénis de rien », a rétorqué Omi du tac au tac. Elle me rappelait beaucoup Armande.

« Omi, rentre à la maison, lui a dit Zahra. Tout ça n'a rien à voir avec toi. »

Omi a gloussé. « Rien à voir avec moi, *hee* ? Comme si je ne savais pas que vous cachiez ma petite Dou'a ici.

— Comment tu le sais ? » lui a demandé Zahra.

Omi a eu un large sourire. « C'est le chat qui me l'a dit. »

Zahra a secoué la tête, agacée. Nous avions déjà attiré beaucoup trop l'attention pour continuer à discuter devant la boutique. « Très bien, tu peux entrer, a-t-elle lâché. Mais ne va pas raconter ça à tout le monde. »

*

Zahra a frappé à la porte. Dou'a a ouvert. Je ne l'ai pas reconnue tout de suite. Je l'avais toujours vue porter la même robe noire que sa mère, les cheveux couverts par un *hijab* bien épinglé autour du visage. Aujourd'hui, elle portait un *kameez* rose sur un jean bleu, des baskets et ses cheveux étaient coiffés en une longue natte. Je lui avais donné entre dix et onze ans, mais maintenant que je la voyais de plus près, je devinais qu'elle était un peu plus âgée. Elle avait peut-être treize ou quatorze ans.

Nous l'avons suivie à l'intérieur de la chocolaterie. Avec ses murs fraîchement repeints, l'endroit ressemblait comme deux gouttes d'eau à celui qu'Anouk et moi avions découvert en ouvrant la porte la première fois. Le sol de pierre était nu à l'exception d'un petit tapis, de quelques coussins et d'une table basse. La maison sentait la peinture et l'encens.

Omi a dit : « Ma petite pêche ! Alors, comme ça, vous avez fait un petit voyage sur la rivière ? »

Dou'a a acquiescé. « On a vu le père de Rosette. Il nous a aidées à réparer le moteur. » Elle m'a adressé un sourire timide. « Il est super. Pilou parle de lui tout le temps.

— Ta mère est ici ? » lui ai-je demandé.

Oui, elle était là, vêtue d'un jean et d'un *kameez* rouge. En revanche, elle n'avait pas retiré son voile comme Dou'a. Même entre quatre murs, Inès Bencharki cache son visage et dissimule ses cheveux sous un foulard noir. À l'intérieur d'une maison, cette tenue avait quelque chose d'indécent, de pervers, d'indéniablement hostile. Ses beaux yeux étaient une fois de plus soulignés d'une bande de tissu de couleur. Ils étaient dépourvus d'expression, presque indifférents.

« Je suis contente que vous soyez saine et sauve, lui ai-je dit. Les gens commençaient à s'inquiéter. »

Elle a haussé les épaules. « J'en doute fort. Je ne fais pas partie des personnes les plus populaires, ici. » Elle s'est tournée vers Zahra qui, tout comme Sonia, avait enlevé le voile qui lui cachait le visage dès qu'elle avait passé le pas de la porte. « Je t'avais demandé d'amener Vianne Rocher. Pourquoi es-tu venue avec ce troupeau d'idiotes ? »

Omi a éclaté de rire. « Toujours aussi accueillante. Pourquoi vous cachez-vous ici alors que votre frère vous cherche partout ?

— C'est *vrai* ? » Elle parlait d'un ton sec.

« Oui, et si vous vous intéressiez un peu à autre chose qu'à vous-même…

— Arrête, Omi, l'a interrompue Zahra. Tu n'as pas la moindre idée de ce qui se passe. » Elle s'est tournée vers Inès. « J'ai parlé au prêtre. Tu dois leur raconter ton histoire.

— À Reynaud ? ai-je demandé. Il est là ? »

Sonia regardait Inès avec une étrange intensité. C'était la première fois que je voyais Sonia sans son voile et j'étais frappée par sa ressemblance avec Alyssa. Elles avaient toutes deux les mêmes traits fins et délicats, les mêmes grands yeux expressifs, le même piercing en or dans la narine. Cependant, Alyssa n'était qu'éclat et brillance. Sonia, elle, avait l'air blême et fade. Elle avait des cernes sombres sous les yeux et sa bouche était marquée par la tristesse.

« Pourquoi êtes-vous partie ? lui a-t-elle demandé. Si c'était pour revenir comme ça, pourquoi vous être donné la peine de partir ? »

Inès a haussé les épaules. « Vous ne comprenez pas.

— Je devrais ? a répondu Sonia. Tout se passait bien entre Karim et moi avant que vous n'arriviez pour tout gâcher. Si vous nous aviez laissés tranquilles, alors peut-être qu'on aurait eu une chance, lui et moi… »

Inès a poussé un éclat de rire discordant. « C'est ce que vous pensez ? Que vous aviez la moindre chance ? »

Sonia a secoué la tête avec lenteur. « Je pense que vous êtes diabolique, lui a-t-elle dit. Vous ne le laisserez jamais partir. Vous lui avez jeté une espèce de sort pour qu'il ne puisse pas appartenir à une autre. Vous prétendez être si humble, si pure, mais tout le monde sait quelle est votre vraie nature. Et si vous pensez que *quelqu'un* croit encore que vous êtes sa sœur... » Elle a marqué une pause, essoufflée, tremblante. Son visage était plus pâle que jamais.

Inès a montré du doigt les coussins qui se trouvaient par terre. « Asseyez-vous, a-t-elle ordonné d'une voix froide. Toute cette scène n'est pas bonne pour le bébé. »

En silence, Sonia s'est exécutée. Elle avait les yeux ardents, très secs. Elle m'a semblé encore plus jeune qu'Alyssa à cet instant précis, si jeune que j'avais du mal à croire qu'elle puisse être enceinte.

Puis Inès s'est tournée vers nous. Sa voix était dure et crispée. J'ai consulté les couleurs de son âme. Sous son voile, il n'y avait aucun signe de nervosité ni de détresse. En fait, elle paraissait presque dédaigneuse, sereine, comme seule une femme qui a abandonné tout espoir de rédemption peut l'être.

« Alors, tout le monde pense que j'ai menti. Que je ne suis pas qui je prétends être. Que je suis la putain de Karim, et que Dou'a est sa fille. »

Personne n'a répondu.

Inès a continué : « Eh bien, ce n'est pas tout à fait faux. Mais je ne suis la putain de personne, soyez-en sûres.

— Je le savais ! s'est écriée Omi tout à coup. Vous êtes sa femme, n'est-ce pas ? »

Inès a secoué la tête. « Non. Je ne suis pas sa femme.

— Je ne vous crois pas, a lancé Sonia. Pourquoi alors vous rendrait-il visite en cachette la nuit quand il croit que je dors ? Pourquoi ne pense-t-il à personne d'autre qu'à vous ? Pourquoi vous cherche-t-il comme un fou depuis que vous êtes partie ? »

Inès a lâché un long soupir. « Je ne pensais pas devoir en arriver là. Je croyais que ce qui nous liait, Karim et moi, pouvait enfin être enterré et oublié. J'ai essayé de vous mettre en garde contre lui, vous et votre sœur. Mais la guerre qui sévit entre Karim et moi a fait trop de victimes. Je ne peux pas continuer à me taire. Je suis désolée si je vous fais de la peine. Je n'en ai jamais eu l'intention. »

Sonia semblait déconcertée. « Je ne comprends pas.

— Non, j'imagine bien. » Inès s'est assise près d'elle. « Mettez-vous à l'aise, a-t-elle dit. Cette histoire va prendre quelque temps. »

Nous avons pris place sur les coussins. Omi a plongé la main dans sa poche, en a sorti un macaron. « Si je dois l'écouter, j'ai besoin d'un peu de forces. »

Inès a levé les sourcils. « Le vieux Mahjoubi dirait que vous jouez avec le feu.

— Que je joue avec le feu ou avec le *Sheitan*. Je suis vieille. Allez-y, racontez-nous votre histoire ! »

Au-dessus de son voile, ses yeux charbonneux se sont plissés de rire. « Très bien. Je vais vous dire qui je suis. Mais d'abord, laissez-moi vous dire qui je ne suis pas. Je ne suis pas la sœur de Karim. Je ne suis pas non plus sa putain, ni même sa femme. *Al-Hamdoulillah*, je suis sa mère. »

CHAPITRE 7

Samedi 28 août, 10 h 25

La pièce est restée dans le silence, un moment. Puis une avalanche de questions, d'exclamations, de réfutations a suivi. Sa *mère* ? C'était ridicule. Si c'était vrai, pourquoi Inès avait-elle voulu le cacher ? Pourquoi avait-elle suscité les soupçons alors qu'elle pouvait s'attirer la reconnaissance et le respect…

Quand personne n'a plus eu de questions à poser, Inès a pu nous raconter son histoire. Son français était empreint d'un fort accent et s'avérait étrangement formel. Il était rigoureux et beaucoup trop correct : on aurait dit qu'elle avait appris la langue dans des manuels scolaires démodés depuis plusieurs décennies. Ses beaux yeux n'exprimaient rien. Sa voix était sèche comme des feuilles mortes.

« J'avais seize ans lorsque j'ai eu Karim, a-t-elle annoncé. Ma famille était pauvre. Nous vivions dans une ferme à la campagne, mes parents, mes trois frères, mes deux sœurs et moi. À dix ans, mes parents m'ont envoyée à la ville pour y travailler en tant que domestique. Je me suis retrouvée à Agadir dans une famille riche. Ils avaient trois enfants : deux petites filles et un fils. Au début, je pensais que j'avais de la chance. J'allais à l'école. J'ai appris à lire. J'ai étudié les maths, l'histoire et le français. J'ai appris à faire la cuisine et à nettoyer la maison. » Pour la première fois, j'ai cru entendre sa voix trembler. Puis elle a continué : « J'avais quinze ans. Leur fils, Mohammed, en avait dix-huit. Il est venu dans ma chambre, un soir. Je dormais. Il m'a dit que si j'en parlais à quelqu'un, je serais renvoyée. Il m'a violée. Je l'ai dit à sa mère. Elle m'a mise à la porte. J'ai prévenu la police. Ils n'ont rien fait. »

À quinze ans, Inès devait déjà avoir une très forte personnalité, ai-je pensé. Jugée coupable par la police (ils avaient commencé par lui demander si elle portait ou non une tenue décente lors de cette agression), licenciée par ses employeurs, elle avait tenté de trouver du travail dans une autre maison. Mais personne n'avait voulu l'employer sans références. Elle avait alors dormi dans la rue et mendié pour manger. À deux reprises, elle s'était fait arrêter. La deuxième fois, la police avait pratiqué sur elle une fouille au corps et découvert qu'elle était enceinte.

« Ils ont appelé mon père, a continué Inès. Il est venu à Agadir en autobus, un trajet de six heures. Quand il a entendu mon histoire, il m'a tourné le dos et il est rentré seul. Ma famille a pleuré comme si j'étais morte. Mes lettres me revenaient sans avoir été ouvertes. Ma mère m'a envoyé un peu d'argent, pas beaucoup, mais c'était tout ce qu'elle avait et elle m'a dit qu'elle ne voulait plus jamais me revoir. Six mois plus tard, Karim naissait au centre hospitalier d'Agadir. » De nouveau, sa voix a paru trembler et l'espace d'un instant, la monotonie de son ton s'adoucit d'une touche de tendresse. « Il était si parfait. Si beau. J'ai pensé que si mes parents le voyaient, alors…

— Vous avez pensé qu'ils tomberaient amoureux de lui », ai-je conclu.

Elle a acquiescé. « J'avais tort. Je l'ai su dès mon arrivée. J'avais déshonoré ma famille. Ruiné les chances de mes sœurs. J'avais dépensé tout mon argent pour rentrer, mais je n'avais plus de maison. Je suis allée voir mon frère aîné. J'avais toujours été sa préférée. Il était marié depuis un an et demi à Hariba, l'une de mes cousines. Ils n'ont pas du tout été contents de me voir, mais ils m'ont quand même hébergée. Et puis, pendant que ma belle-sœur était sortie, *ils* sont arrivés. »

Elle s'est tue un si long moment qu'Omi a fini par rompre le silence, impatiente. « *Qui* est arrivé ?

— Le troupeau d'idiots. Mon oncle. Mon père. Mes frères. Ils m'ont dit qu'il valait mieux que je meure plutôt que de vivre dans l'infamie. Que j'étais une pute, que j'avais trahi le *hayaa*. Que seul le sang pourrait laver la honte que j'avais infligée à ma famille. Que si j'avais porté le *hijab* comme il le fallait et si je m'étais montrée respectueuse et humble, alors rien ne se serait produit. Ensuite… »

C'est alors qu'Inès a ôté l'épingle de son foulard, écarté son voile et que nous avons vu. Pour la première fois, je *l'ai vue* : la reine scorpion, la femme en noir, le fantôme que j'avais si longtemps poursuivi alors que je commençais presque à douter de son existence…

Omi a poussé un cri rauque de saisissement.

Sonia a mis la main sur sa bouche.

Inès est restée impassible. Zahra, aussi. J'ai donc pensé que ce n'était pas la première fois qu'elle la voyait sans son voile. Néanmoins, les couleurs de Zahra étaient injectées de détresse.

Quant à moi, j'ai mis un moment à me rendre compte de ce que je voyais. J'avais imaginé qu'Inès était très belle. Tout me le laissait penser : sa posture, la grâce de son allure, la couleur et la forme de ses yeux, verts et dorés. Tant de choses que, pendant une seconde, j'ai vu la femme qu'Inès aurait pu être. Elle n'avait peut-être pas la jeunesse que je lui avais attribuée, mais elle était tout aussi extraordinaire avec ses cheveux brillants, sa nuque élégante, ses incroyables pommettes, ses sourcils arqués, cette beauté qui encore à soixante, soixante-dix et quatre-vingts ans sera toujours là, profondément ancrée, tel un diamant dans un bloc de pierre…

Et puis je l'ai *vraiment* vue. C'était comme une illusion d'optique qui mettait un moment à se mettre en place pour ne plus jamais passer inaperçue. Deux amants sur un visage démoniaque. Un profil imprimé sur un papillon.

« Ils appellent ça un *sourire éternel*, a déclaré Inès. On en voit, parfois. À Tanger, à Marrakech. Même à Paris ou à Marseille. Ils prennent un couteau et ils incisent d'*ici* à *ici*, de *là* à *là*. » Avec son index et son pouce, elle nous a montré le chemin du couteau : il allait de son lobe d'oreille au coin de sa bouche, de chaque côté de son visage. « Ainsi, pour le restant de vos jours, vous n'oublierez pas qu'il faut garder son *hayaa*. Et tous ceux qui vous regarderont sauront que vous êtes une pute. »

CHAPITRE 8

Samedi 28 août, 10 h 45

Son cousin avait appelé un médecin. C'est lui qui avait fait des points de suture, neuf de chaque côté, avec un fil d'un noir étincelant qui, lorsqu'on le lui avait retiré, avait laissé des marques indélébiles entre chaque petit morceau de chair. Résultat : elle avait le visage d'une poupée de chiffon que l'on avait déchirée, puis recousue avec maladresse sans prendre la peine de faire correspondre les coutures. C'était épouvantable et d'une tristesse indicible. Une partie de son visage était paralysée comme si elle avait été victime d'une attaque cérébrale. Elle nous a expliqué que les nerfs avaient été touchés. Sans son voile, il est facile de comprendre pourquoi sa voix est si raide et dénuée de nuances : seule sa mâchoire bouge quand elle parle, comme la marionnette d'un ventriloque. Les cicatrices datent de plus de trente ans. Elles se sont étendues, démaillées et polies avec le temps. Une fois qu'on l'a vu, il est difficile de voir autre chose que ce sourire figé : il vous serre la gorge comme si une arête de poisson s'y était coincée, vous étouffe et vous fait haleter. La pensée qu'on ait infligé ces cicatrices à une fille de seize ans, une enfant de l'âge d'Anouk...

« Ensuite, je suis retournée à Agadir, a continué Inès de la même voix sans timbre. Je portais un voile et je dormais dans la rue. Dans mon pays, on n'aide pas les femmes déshonorées. Elles n'ont pas de droits, pas même celui de donner un nom de famille à leur enfant. Les organisations caritatives religieuses ne reconnaissent pas leur existence. Tout le monde les rejette. J'ai fini par trouver un centre d'accueil dirigé par une fondation suisse. Ces gens-là se sont montrés bons envers moi, mais aucun d'eux n'était musulman. Ils m'ont aidée et ont pris soin de mon enfant. Ils m'ont trouvé un travail dans un atelier de couture. Je dormais au sous-sol avec Karim et cousais à la machine toute la journée. Je confectionnais des robes, des saris, des foulards et je faisais des broderies sur des pantoufles. Karim grandissait. Je travaillais dur. Le couple qui gérait l'atelier était gentil. L'homme s'appelait Amal Bencharki. Je lui ai dit que j'étais divorcée. Il ne m'a pas posé trop de questions. »

Quand Karim a eu trois ans, la femme d'Amal Bencharki est morte. Ils n'avaient pas eu d'enfant. Amal Bencharki avait cinquante-deux ans. La plupart des membres de sa famille vivaient en France. Amal a proposé à Inès de l'épouser et d'offrir ainsi un nom à son fils.

« Mon visage lui importait peu. De toute façon, personne ne le voyait. Je portais un *chadra* tout le temps, c'est comme ça qu'ils appellent le voile là-bas. Amal se sentait seul. Sa femme lui manquait. Sa famille était loin. Je crois qu'il voulait juste de la compagnie, quelqu'un pour lui faire la cuisine et tenir sa maison. Une domestique. Soit. Je pouvais le faire. Je ne manquais pas d'expérience dans ce domaine. » Ses lèvres se sont serrées. Elles formaient presque un sourire et ressemblaient beaucoup à celles de son fils. Tout du moins, elles leur auraient beaucoup ressemblé sans les cicatrices. Aujourd'hui, la bouche de Karim était une pêche coupée en deux alors qu'Inès arborait une citrouille dont la grimace tenait en place grâce à deux poulies de chair. Son sourire aggravait les choses, bien sûr.

Omi lui a rendu son sourire, par solidarité. « Vous l'avez épousé, alors ? »

Inès a eu le même rictus horrible. « J'allais l'épouser, mais sa famille a commencé à avoir des doutes. Ses frères sont arrivés et m'ont posé des questions. Son père est même venu de France. Je n'avais pas de réponse à leur donner. Alors, j'ai fini par leur dire la vérité. » Elle a haussé les épaules. « Ça s'est terminé ainsi. »

Amal Bencharki avait fourni à Inès de l'argent et des papiers d'identité pour qu'elle quitte Agadir. Ils étaient au nom de sa femme défunte et la photo d'Inès se trouvait à la place de la sienne sur son passeport. Elle les avait utilisés pour donner un nom à Karim et pour leur permettre de se rendre tous deux à Tanger dans l'espoir de se fondre dans la grande ville.

« Je suis devenue Inès Bencharki. La veuve d'un marchand de tissu d'Agadir. Je me suis occupée de mon fils et j'ai fabriqué des vêtements avec une machine à coudre, dans ma chambre. J'ai raconté la même histoire à Karim, mais il a commencé à poser des questions en grandissant. J'ai dû multiplier les mensonges. Je l'ai inscrit à l'école. Je lui ai donné tout ce que j'avais. Je voulais qu'il aille à la mosquée, qu'il ait de bons amis et qu'il se fasse respecter. C'était un magnifique petit garçon. Je sais que je l'ai gâté. C'était ma faute. Karim était tout ce que j'avais. On dit que quand une femme devient mère, le *Jannah* se trouve sous ses pieds. Pour moi, c'était Karim, le *Jannah.* Allah était bon parce que Karim était là. Je voulais que mon fils ait tout. »

De nouveau, cette affreuse grimace. Et pourtant, quand elle parlait de Karim, je distinguais de la beauté sur son visage.

« J'avais besoin de plus d'argent, a repris Inès. Alors, lorsque Karim a été assez grand pour se débrouiller un peu tout seul, je suis allée en Espagne faire la cueillette des fraises. C'était dur, comme travail. Les journées étaient longues. Mais j'étais tellement mieux payée là-bas que je ne l'aurais été dans mon pays que je n'ai pas pu résister. Karim était un étudiant brillant. Je voulais qu'il aille à l'université et les études coûtent de l'argent, bien plus d'argent que je ne pouvais en gagner à Tanger en confectionnant des vêtements. Cette année-là, j'ai laissé mon fils seul et j'ai passé trois mois en Espagne. Je suppose que je n'avais pas assez d'autorité sur Karim, mais il m'avait toujours semblé être un si bon garçon, si respectueux. L'année suivante, je suis retournée en Espagne. Karim avait dix-sept ans à peine. Cette fois-ci, lors de mon absence, il a violé une fille en la menaçant d'un couteau. »

La victime s'appelait Shada Idris. C'était une jeune fille célibataire de vingt-deux ans que Karim avait rencontrée dans une maison de thé ; une putain, selon lui, parce qu'elle portait un jean, des talons aiguilles, une coiffure stylée sous un *hijab* multicolore. Elle avait accepté un rendez-vous avec Karim. Ses amis et lui l'attendaient de pied ferme.

Au début, il avait nié sa participation aux faits. Il avait dit à Inès qu'il n'avait fait que regarder. Cependant, il avait gardé un trophée, le bracelet de la fille, un fil de perles de jais. Inès l'avait trouvé dans sa chambre et lui avait fait avouer toute l'histoire.

Il avait dit à la police qu'elle l'avait bien cherché. De plus, elle n'était plus vierge. Elle vivait avec deux autres femmes près de la grande mosquée dans le centre-ville et elles gardaient les enfants à tour de rôle quand les autres allaient travailler. Elle avait déjà un enfant illégitime, une petite fille du nom de Dou'a…

« Ma petite pêche ! » s'est écriée Omi en jetant un coup d'œil rapide vers Dou'a.

Inès a acquiescé. « Ne vous inquiétez pas, elle sait tout. Elle a toujours su la vérité. J'ai élevé Karim dans le secret et vous voyez ce qu'il est devenu. Dou'a, elle, sait que le *zina* est comme un poisson à la peau glissante que l'on ne peut attraper mais qui se passe d'une main à l'autre… » Elle a de nouveau souri. « Quoi qu'il en soit, l'enfant n'en est jamais responsable. J'ai enseigné cette *leçon-là* à mon fils, mais je ne lui ai pas enseigné les autres à temps. J'avais honte, voyez-vous. Je pensais pouvoir m'en sortir sans jamais avoir à lui dire la vérité. »

Shada avait appelé la police municipale pour faire état de l'agression qu'elle avait subie. Comme dans le cas d'Inès, la police a préféré enquêter sur la victime en question. Shada a été arrêtée pour prostitution et bien que l'inculpation ait été retirée, il avait été établi qu'elle vivait illégalement dans un local du gouvernement. Shada et sa fille ont été expulsées de leur appartement. Maintenant sans abri et désespérée, Shada s'était rendue devant le bâtiment de l'association qui s'occupait des logements, et assise au milieu de la place, s'est déversé un bidon d'essence sur la tête et s'est immolée par le feu.

Inès nous a toutes les quatre balayées du regard. « Que pouvais-je faire d'autre ? a-t-elle dit. Mon fils était en partie responsable de son déshonneur. Alors j'ai raconté la vérité à Karim sur son père, sur moi. J'ai pris l'enfant que Shada avait abandonnée et je l'ai élevée comme si c'était ma fille. Karim m'en a voulu pendant longtemps. Il m'en voulait de l'avoir couvert de honte, mais il s'en voulait davantage encore. Il n'a jamais posé un regard sur ma Dou'a. Il ne lui a jamais adressé la parole plus qu'il n'était nécessaire. Et pourtant, c'était une adorable fillette. Je l'appelais *Ma petite étrangère.* »

Cette expression. *Ma petite étrangère.* J'ai d'abord cru avoir mal compris. Le fait qu'elle emploie exactement la même expression que j'avais toujours utilisée pour mon Anouk était à la fois étrange et tout à fait approprié. Inès n'est plus la femme en noir : elle a un visage et malgré ses cicatrices, je la reconnais très bien. Nous nous ressemblons, elle et moi. Toutes deux, des scorpions. Toutes deux, des buffles.

Inès m'a lancé un curieux regard. Ses yeux étaient aussi sombres que du miel sauvage. « Vous voyez, m'a-t-elle dit en lisant dans mes pensées, nous ne sommes pas si différentes, après tout. Certains choisissent leur famille. D'autres sont choisis. Et parfois, le choix que nous devons faire se situe au beau milieu d'un cœur brisé en deux. C'était mon choix, Vianne. Il n'était pas facile à faire. Mais écoutez-moi et posez-vous donc cette question : auriez-vous agi autrement à ma place ? »

CHAPITRE 9

Samedi 28 août, 11 heures

« Karim était beau garçon, a-t-elle dit. Très vite, il est devenu bel homme. Il plaisait aux femmes, aux hommes aussi. Il savait les séduire. Il voulait étudier à Paris, disait-il : je lui ai donné l'argent nécessaire à son voyage. Un an plus tard, il m'a écrit pour annoncer qu'il abandonnait son cursus universitaire et qu'il voulait se marier avec une Française rencontrée pendant ses études. Cette femme était plus âgée que lui : elle travaillait à l'une des ambassades *et* elle avait de l'argent. Elle était follement amoureuse de lui. Elle a donné à Karim tout ce qu'il voulait. J'avoue m'être doutée dès le début qu'il ne l'avait épousée que pour cette seule et unique raison. De toute évidence, sa famille nourrissait les mêmes craintes. Un jour, j'ai reçu un appel de la mère de cette femme. Elle m'a demandé des renseignements. Elle savait que sa fille n'était pas la seule femme que Karim fréquentait. Il y en avait d'autres, *plusieurs*, et, qui plus est, des rumeurs circulaient… »

Inès a lâché un petit rire discordant. « Je connaissais bien la chanson. Une fille s'est fait violer lors d'une fête, mais elle était saoule et sa version des faits n'était pas claire. Une autre étudiante avait été violée dans un parc, près d'une boîte de nuit. Ces deux filles étaient camarades de classe de Karim. Les deux fois, son nom avait été cité. Aucun des deux incidents n'avait été déclaré à la police. Et pourtant, je savais. En mon for intérieur, je savais. »

Inès était venue à Paris et avait obligé Karim à la confronter. Il avait nié les deux agressions, mais quelque chose dans le regard de son fils lui disait qu'il était coupable. En fouillant dans ses affaires, elle avait de nouveau trouvé des trophées. Un collier, une boucle d'oreille, un foulard qui sentait encore le parfum. *Ce n'étaient que des putes,* avait-il soudain lâché, de mauvaise grâce. La capitale en était pleine. Elles ne connaissaient ni la honte ni l'humilité. Pourquoi ne pas profiter d'elles ?

« Malgré tout, je l'aimais, a avoué Inès. Il était mon or, mon encens. Je savais que j'étais fautive. Je l'avais beaucoup trop gâté. Je pensais pouvoir le changer. À l'époque, il avait vingt-trois ans. Dou'a en avait huit, elle allait à l'école. Je croyais que si j'arrivais à convaincre Karim d'aller plus souvent à la mosquée où il étudierait le Coran, apprendrait à respecter les femmes comme lui-même, il cesserait alors d'agir ainsi. Je l'ai forcé à retourner à Tanger avec moi, puis à rompre ses fiançailles. J'ai commencé à me dire qu'il avait changé, mais vous avez toutes vu mon fils. Son visage n'est qu'or aux yeux du monde. Les gens ont envie de l'aimer. Le temps a passé. Je lui ai trouvé un travail chez un importateur de textiles. Karim s'exprimait bien, il était intelligent, toujours poli et respectueux. Il partait souvent en voyage d'affaires et me rapportait toujours des cadeaux. Il m'arrivait parfois de me sentir mal à l'aise. Un jour, par exemple, lorsqu'une fille de notre immeuble s'est fait violer près des poubelles. Un autre jour, lorsqu'une jeune femme qui voulait parler à Karim est venue à l'appartement. Mais mon fils avait toujours une explication, une excuse, un alibi. Je me demandais si mes soupçons n'étaient que des *waswâs*, des peurs infondées. Et puis Saïd Mahjoubi est arrivé. Au départ, un client. Ensuite, un ami. Ils s'étaient rencontrés lors d'un voyage à La Mecque et étaient vite devenus proches. Au début, j'étais contente. Saïd était un homme bien, honnête et pieux. J'espérais qu'il aurait une bonne influence sur lui. »

Mais ce fut le contraire. C'était Karim qui avait pris de l'influence sur Saïd. Petit à petit, le jeune homme avait réussi à séduire son aîné. Au fond, Saïd était un homme vulnérable, plein de ressentiment envers son père, blasé par de récents événements en France, nostalgique d'un pays et d'une époque qui n'avaient jamais été les siens. Karim lui a peint une jolie vision de la vie de tous les jours à Tanger. Il parlait de famille, de respect et de son retour à l'islam. Saïd était impressionné et moins d'un an plus tard, il lui proposait déjà d'épouser sa fille aînée.

Inès avait d'abord été gênée à l'annonce de cette nouvelle. Mais Karim avait changé : il était posé, poli et semblait vraiment sérieux. De plus, elle *avait envie* d'y croire. Elle voulait le voir marié. Sonia était une brave musulmane, elle venait d'une bonne famille et elle était belle aussi, à en croire les photos qu'elle avait vues d'elle. Inès s'est permis d'oublier ses doutes. La date du mariage a été arrêtée.

Demeurait un problème : son secret, le scandale de la naissance de Karim. Il s'était présenté à Saïd comme étant le fils d'Amal Bencharki avant de lui laisser croire qu'Inès était sa sœur et qu'elle était veuve.

« Si Saïd avait vu mon visage, il aurait deviné la vérité, a expliqué Inès. Alors je n'ai pas contredit le mensonge de Karim. Je suis devenue sa sœur. »

Le mariage avait eu lieu, comme prévu. Inès était venue avec Dou'a, pour assister à la cérémonie. À l'origine, elle n'avait pas eu l'intention de rester, mais un détail l'avait alertée. Peut-être dû à l'ambiance décontractée qui régnait dans le quartier des Marauds, au fait que les filles n'étaient pas voilées, qu'elles s'habillaient à l'occidentale et que certaines ne portaient même pas le *hijab*. Elle en avait rejeté la responsabilité sur le vieux Mahjoubi : cet homme n'était pas instruit et son interprétation du Coran n'avait rien de conventionnel. Il accordait trop de liberté à ses fidèles, se montrait trop indulgent quant à l'acte de *zina*. Sa rivalité avec Francis Reynaud frisait l'ineptie. Il ne cachait pas sa désapprobation du port du *niqab*, lisait toutes sortes de livres français peu recommandables et la rumeur disait même qu'il buvait de l'alcool. Elle avait décidé de rester, du moins pour un temps.

Karim avait été surpris et mécontent de sa décision. Cependant, il ne pouvait rien dire sans trahir son secret. Au fil des mois, Inès avait tenté de combattre les défauts du vieux Mahjoubi. Elle avait créé une école pour musulmanes, promu le port du *niqab* et des robes traditionnelles. Associée à Karim qui avait déjà séduit les cœurs et les esprits des deux côtés de la rivière, elle était vite devenue un membre important de la communauté féminine des Marauds. À leurs yeux, elle était une curiosité, à la fois vertueuse et étrangement libérée : elle vivait de façon indépendante, mais allait à la mosquée tous les jours et donnait le bon exemple. Les gens s'étaient mis à l'imiter puis à rivaliser entre eux. On avait commencé à considérer les tenues sobres comme un état de fait et non plus comme une contrainte. Peu à peu, Inès était devenue un modèle, un guide pour les femmes des Marauds.

Pendant ce temps, Saïd Bencharki s'efforçait de faire la même chose avec les hommes du village. Son club de gym avait certes toujours été un lieu de rendez-vous régulier de la communauté masculine, mais maintenant que Karim s'en occupait, il s'était transformé en aimant et attirait tous les jeunes hommes insatisfaits qui s'ennuyaient. Karim avait de l'éclat, j'en avais moi-même été témoin. Séduisant aux yeux des femmes, extraverti avec les hommes, plein de déférence envers ses aînés, il se montrait pourtant d'un non-conformisme discret qui impressionnait les jeunes. Tandis que Saïd prêchait la tradition, le respect et le retour à l'islam, dans l'enceinte du club de gym, Karim se servait de l'islam pour promouvoir ses propres opinions, des opinions qu'il s'était faites sur les trottoirs de Tanger où les femmes qui ne portaient pas le *hijab* étaient les proies idéales des prédateurs. Pour certains hommes des Marauds, ce genre de discours était comme un appel à la subversion. Les jeunes qui souffraient jusque-là de timidité ont alors adopté une sorte d'assurance. Les amitiés entre les Marauds et Lansquenet se sont peu à peu refroidies. Les frères sont devenus de plus en plus autoritaires envers leurs sœurs qui ne portaient pas le *hijab.* Plus les tenues de style traditionnel gagnaient en popularité, plus la polarisation de la communauté se faisait sentir. Saïd ne mâchait plus ses mots quand il s'agissait de critiquer le leadership de son père et de son côté, le vieux Mahjoubi attisait les flammes et agitait les esprits en criant haut et fort son désaccord quant au port du *niqab* et en prônant l'intégration.

En l'espace de six mois, l'atmosphère du quartier des Marauds avait subtilement changé. Personne n'avait vraiment compris comment ni pourquoi. Était-ce l'influence de Karim ? À cause d'Inès ? Personne ne le savait. Mais derrière les apparences calmes de cette petite communauté, quelque chose gagnait du terrain, quelque chose qui n'allait pas tarder à devenir une guerre.

CHAPITRE 10

☾

Samedi 28 août, 11 h 10

« Une guerre, a dit Inès. Vous imaginez ! Une guerre secrète entre une mère et son fils. Ni lui ni moi n'en parlions. Cela aurait été admettre que nous nous méfiions l'un de l'autre. Karim n'avait pas vraiment changé, il était simplement devenu plus prudent. Sa nouvelle femme l'adorait, mais ce n'était pas suffisant. Il faisait l'apologie du *niqab* en public tout en fantasmant à propos des putains occidentales et je savais que ce n'était qu'une question de temps avant que le *zina* ne le rattrape. »

Inès a de nouveau regardé Sonia qui avait écouté toute l'histoire sans faire de commentaire. À présent, elle secouait la tête.

« Non. Je ne peux pas le croire. Vous vous trompez. Mon Karim ne ferait jamais… »

Inès a posé la main sur le bras de Sonia. « Je sais que cela doit être difficile. Je sais combien c'est cruel. Moi aussi, j'ai eu du mal à l'accepter, au début. J'ai voulu garder des œillères. Mais il a commencé à regarder des films porno sur Internet. Je l'ai vu à son ordinateur. Ensuite, il s'est adonné à des relations sexuelles virtuelles. Je l'ai surpris une fois, avec une fille du village. Elle s'appelait Marie-Ange Lucas. Sur le Web, son profil disait qu'elle avait seize ans. En fait, elle en avait quinze, mais, pour Karim, cela importait peu. C'était une pute, me disait-il. Sinon pourquoi accepterait-elle de faire l'amour avec un garçon qu'elle ne connaissait pas ? Je suis intervenue juste à temps. Karim a cessé d'être en contact avec Marie-Ange. Je pensais qu'il avait enfin compris, mais non, il avait tout bonnement trouvé une proie plus attirante. Votre sœur, Alyssa. Il l'a séduite avant de la pousser à une tentative de suicide… »

Sonia était livide maintenant. « Je ne vous crois pas », a-t-elle murmuré.

Inès a haussé les épaules. « Je suis désolée, a-t-elle répondu. J'aurais dû vous dire la vérité plus tôt. Mais je pensais pouvoir le contrer. Je croyais que si je restais dans les parages, j'aurais alors toujours le temps d'intervenir. C'est ce que j'ai essayé de faire avec Alyssa. Puis avec Vianne quand elle est arrivée aux Marauds accompagnée de sa jolie petite fille et que l'attention s'est tournée vers elles. À ce moment-là, il s'était déjà produit des choses. Quelqu'un avait mis le feu à mon école. Des rumeurs circulaient sur mon compte. Alors le prêtre qui avait essayé de m'aider a été attaqué par des amis de Karim. Je suis revenue m'installer chez lui, mais le vieux Mahjoubi a fait tout ce qu'il a pu pour me mettre mal à l'aise. Et puis je me suis rendu compte que Karim commençait à s'intéresser à ma petite Dou'a.

— Non », s'est exclamée Sonia avec un mouvement de recul.

Inès s'est levée. « L'autre jour, Dou'a a perdu l'une de ses pantoufles. Une pantoufle rouge et brodée que nous avions apportée de Tanger. Nous l'avons cherchée partout, en vain. Alors, j'ai attendu que Karim sorte et j'ai trouvé *ça* dans son armoire… »

Elle est allée dans la cuisine, en est revenue avec une boîte de métal. Elle l'a ouverte et en a vidé le contenu sur la petite table. J'ai vu des bracelets, des boucles d'oreilles, des perles, des foulards… et une pantoufle brodée, rouge écarlate, décorée de petites perles…

Inès a passé ses doigts délicats sur l'ensemble des objets. « Le bracelet appartient à Shada Idris. Cette boucle d'oreille, à Alyssa. Il a pris cette bague à sa fiancée. Et ça… » Elle a touché la pantoufle rouge. « Mon fils commençait à anticiper sur ses actes, à voler des trophées avant de commettre ses crimes. »

Un autre objet avait attiré mon attention au milieu de ce tas de trophées. Un petit bracelet tressé, jaune avec une breloque en forme de coquillage bleu, le genre de cadeau qu'un enfant pouvait fabriquer, pour l'offrir par exemple à sa grande sœur…

« Cela appartient à votre fille, n'est-ce pas ? » m'a demandé Inès en remarquant mon expression.

J'ai pris le bracelet. Je l'ai bien reconnu. Anouk le portait à notre arrivée et maintenant que j'y pensais, je ne l'avais pas vu sur elle depuis plusieurs jours…

« Peut-être l'a-t-elle perdu, a dit Inès. Peut-être l'avait-elle posé quelque part. En tout cas, Karim avait déjà remarqué votre fille. Ce n'était plus qu'une question de temps. »

Après avoir découvert la boîte de trophées, Inès s'était installée avec Dou'a sur la péniche. Une solution temporaire, certes, mais c'était tout ce qu'elle avait trouvé sur le moment. Tout en faisant croire à Inès qu'il lui était un fils tout dévoué, Karim avait réussi, à force de rumeurs, de malice et de subterfuges, à monter tout le quartier des Marauds contre elle, à l'exception de Zahra qui connaissait la vérité et s'était toujours efforcée de protéger Inès.

« Il est rare que mon fils agisse pour son propre compte, a expliqué Inès avec un douloureux sourire. Il laisse les autres faire à sa place. Ils pensent agir de leur propre chef, mais, en fait, ils ne font qu'accomplir sa volonté. Ce graffiti sur le mur de ma maison. L'incendie. Même la péniche... » Elle s'est de nouveau tournée vers Sonia dont la mine épouvantée trahissait une prise de conscience. « Il *voulait* que vous fassiez tout ça, a-t-elle dit. C'est lui qui a mis la machine en marche. Il savait que je ne pouvais rien révéler sur lui sans en révéler davantage sur moi. Alors, il s'est dit qu'il allait jouer les innocents et vous laisser endosser la culpabilité... »

Sonia a secoué la tête. « Je vous en prie. Je ne voulais faire de mal à personne. Je souhaitais juste que vous vous en alliez.

— Bien sûr. Je le sais, a répondu Inès. Mais même si j'étais partie, Karim ne se serait jamais senti complètement en sécurité. J'en sais trop sur lui. Il voulait se débarrasser de moi une fois pour toutes. Il fallait d'abord qu'il trouve un bouc émissaire. Au départ, j'ai cru que ce serait vous. Vous l'aimiez, mais il savait que vous n'étiez pas une meurtrière. Alors, il a eu une meilleure idée. Et Monsieur le curé est tombé tout de suite dans le panneau. »

Reynaud. Je l'avais presque oublié. « Où est-il ? ai-je demandé. Il va bien ? »

Zahra a eu l'air gênée. « Je suis désolée, Vianne.

J'ai été dupe. Comme tout le monde, j'étais certaine que Reynaud avait causé l'incendie. Ensuite, il y a eu ce jour où Karim l'a surpris avec un bidon d'essence et…

— Où est-il, Zahra ? ai-je répété.

— Il est dans la cave sous le club de gym. Je suis désolée. J'aurais dû vous le dire. Mais Karim était tellement en colère, alors j'ai pensé…

— Bien sûr qu'il était en colère », a coupé Inès. Sa voix dure et froide était plus morne que jamais. « Monsieur le curé est intervenu au plus mauvais moment. Tous ses plans ayant échoué, mon fils était enfin sur le point de me régler mon compte. Il pensait que si je disparaissais, Reynaud en serait tenu pour responsable. Et si l'on ne retrouvait pas Reynaud… » Elle a haussé les épaules. « La Tannes est une rivière dangereuse, surtout par temps de crues. On pourrait mettre des semaines avant de retrouver un corps et à ce moment-là, la cause du décès serait trop difficile à déterminer. »

La pièce a sombré dans le silence tandis que nous nous efforcions toutes les quatre de comprendre ce qu'Inès était en train de nous dire. Karim, un meurtrier ? Impossible. Et pourtant, tout semblait logique.

« Mon fils manquait de temps, a-t-elle continué. Il avait peur que je ne révèle la vérité sur lui pour sauver Dou'a. Nous étions vulnérables sur cette péniche. Il aurait pu faire croire que nous avions été victimes d'un incendie criminel ou faire couler le bateau et faire disparaître nos corps au fond de la Tannes. Mais le jour où il est venu mettre son plan à exécution, Monsieur le curé était là. »

Sonia a alors pris la parole. « Je sais. Il m'a vue. Je… me suis confessée à lui.

— Ah oui ? » Inès semblait amusée. « En tout cas, quoi que vous lui ayez dit, cela l'a incité à rester sur place assez longtemps pour faire échouer les projets de Karim. Mon fils a dû l'apercevoir observer le bateau. Reynaud aurait été témoin de la scène. Alors, Karim l'a agressé. Il avait peut-être déjà l'idée d'en faire plus tard un bouc émissaire. J'ai tout vu, tout entendu et pendant que Karim s'occupait de Reynaud, j'ai détaché la péniche et gouverné pour qu'elle descende le courant. » Elle a soupiré. « À ce moment-là, je ne savais pas si le curé était mort ou bien encore vivant. Je l'avais vu tomber. C'était suffisant. Quand Zahra m'a dit ce qu'elle savait… »

Omi est intervenue avec sa vieille voix cassée et son rire rauque : « Vous voulez dire que Monsieur le curé est dans cette cave depuis tout ce temps ? *Hee*, il doit être fou de rage… »

J'ai regardé Zahra. « Le club de gym ? lui ai-je dit. C'est pour ça que tu étais là-bas hier soir ? »

Elle a acquiescé. « Je lui apportais à manger, a-t-elle expliqué.

— Mais pourquoi le garder là-dessous ? » Sonia n'arrivait toujours pas à comprendre. « Si ce que dit Inès est vrai…

— Il devait le garder en vie, a précisé Inès. S'il avait bien l'intention de le laisser accuser pour ce qui allait m'arriver, il ne fallait pas que la police découvre que le meurtrier potentiel était mort *avant* sa victime…

— Il attendait votre retour », a conclu Sonia.

Inès a hoché la tête. « Je le crois, oui.

— Mais maintenant, Karim sait que vous êtes ici », a repris doucement Sonia.

Une longue pause a suivi pendant laquelle tous

les éléments de l'histoire sont retombés comme de la poussière. Alors Inès s'est levée avant de remettre son voile. Sonia l'a imitée et quelques secondes plus tard, nous étions toutes debout, même Omi qui n'avait pas tardé à sortir un autre macaron de sa poche.

Ce devait être le quatrième jour que Reynaud passait dans cette cave sous le club de gym. Je connais bien ces sous-sols. Ils sont sombres, humides, souvent sujets aux inondations par temps de pluie. L'imaginer là-dedans depuis tout ce temps… La loyauté est de mise dans le quartier des Marauds. Les amis de Karim ne l'auraient pas trahi. Néanmoins, le club de gym appartenait à Saïd. Était-il au courant ? Et son père ?

J'ai rêvé de vous, le vieux Mahjoubi m'avait-il dit mercredi dans sa chambre de malade. *J'essayais de faire mon istikhara et j'ai rêvé de vous. Puis d'elle. Faites attention. Ne vous approchez pas de l'eau.*

Sur le moment, j'avais pensé que son avertissement me concernait. Il délirait à moitié et semblait à peine comprendre qui j'étais. S'adressait-il à Reynaud ? Tout comme c'était le cas pour la femme en noir et moi, il y avait un effet de miroir entre le vieux Mahjoubi et Reynaud. Le vieil homme avait-il deviné la vérité ? Se pouvait-il que son rêve signifie davantage ?

CHAPITRE 11

Samedi 28 août, 11 h 25

Nous sommes ressorties sur la place Saint Jérôme. Le soleil était déjà brûlant. Dans les rues, les traces de pluie avaient disparu et les pavés étaient brunis par la poussière. Un groupe de pigeons qui picoraient devant la porte a soudain pris son envol dans un claquement d'ailes. À présent, la place était presque déserte : la boulangerie de Poitou fermait, les joueurs de pétanque avaient remballé leur équipement pour rentrer chez eux et siroter du floc glacé sous les plaqueminiers de leur jardin. Une silhouette solitaire demeurait sous la voûte de l'église, celle de Paul-Marie Muscat, ramassé et triste dans son fauteuil roulant, le corps à moitié dans l'ombre, tel le Cavalier de Coupe de la carte de tarot.

« Félicitations, vous avez recommencé, a-t-il crié à mon intention de l'autre côté de la place. Dites, vous avez reçu une formation particulière pour faire ce que vous faites, ou c'est un don inné chez vous ? »

J'ai dit : « Je n'ai pas le temps de parler. Il s'agit d'une urgence. »

Il a ri. « Rien de surprenant. Il s'agit toujours d'une urgence avec vous. Des gens à voir, des endroits où aller, des mariages à gâcher. Vous avez disparu pendant huit ans et je ne dis pas que les choses étaient parfaites, mais vous êtes revenue il y a trois semaines à peine et c'est la pagaille partout. »

J'ai dû lui paraître étonnée parce qu'il a de nouveau éclaté de rire. « Vous n'êtes pas au courant ? Elle me quitte. Pour de bon, cette fois. Elle s'enfuit avec les rats de rivière. Comme le joueur de flûte d'Hamelin. » Il a roté et j'ai compris qu'il était ivre. « Dites-moi, Vianne. Vous vous faites payer ou pas ? Le salaire est intéressant ? Ou vous travaillez par amour ?

— Je ne comprends pas du tout de quoi vous parlez, lui ai-je répondu. Mais donnez-moi une demi-heure et je reviendrai. Vous pourrez tout expliquer. Buvez un peu de café. Attendez-moi. »

Son rire a encore résonné, tel un écho dans un tuyau cassé. « Vous me faites mourir de rire, Vianne. Vraiment. Ce n'est pas vous qui l'avez poussée à me dire la vérité ? À m'avouer que son morveux n'était pas le fils du rouquin, mais le *mien* ? Et après avoir soulagé sa conscience en m'apprenant qu'elle m'avait volé huit *années* de ma vie, la garce m'annonce aussi qu'elle me quitte, comme si sa révélation lui en donnait la permission. »

Je l'ai regardé. « Elle vous a tout dit ?

— Oh, pour ça, elle m'a *tout* dit. Comme si ça allait arranger les choses. Et il faudrait que je *vous* remercie en plus, Vianne, n'est-ce pas ? Quelle est votre prochaine mission, maintenant ? Que se passe-t-il de si urgent dans les Marauds ? Un mari bat sa femme ? Appelez Vianne ! Un chat est coincé dans un arbre ? Appelez Vianne ! »

Inès, Dou'a et les autres se dirigeaient déjà vers le pont. « Je suis désolée, ai-je dit. Je dois y aller.

— Et vous me laisseriez manquer le spectacle ? » Paul-Marie s'est mis à pousser comme un forcené sur les roues de son fauteuil pour traverser la place. Ce n'était pas facile mais pas impossible et ses gros bras montaient et descendaient comme des pistons. « Oh, non. Je viens aussi. Je veux voir de quoi il retourne. » Il a commencé à descendre la rue derrière moi en criant à tue-tête : « Venez, tout le monde ! Venez voir Vianne marcher sur l'eau ! »

C'était impressionnant la vitesse à laquelle il se déplaçait sur les pavés. À son passage, des portes s'entrebâillaient, des volets s'ouvraient. Notre petit groupe était déjà assez inhabituel pour attirer l'attention en temps normal, et n'a donc pas tardé à appâter les curieux. Poitou est sorti de sa boulangerie, Charles Lévy a cessé de désherber son jardin, les clients assis à la terrasse du Café des Marauds ont tendu le cou pour voir ce qui se passait avant d'abandonner leurs verres et de courir nous rejoindre.

J'ai reconnu Guillaume qui portait Patch dans ses bras ; Joséphine, l'air inquiet ; Caro Clairmont, un gant de cuisine à la main. Au moment où nous avons atteint le boulevard, une douzaine de personnes nous suivaient et d'autres arrivaient encore des Marauds : Fatima Al-Djerba, son mari Medhi, sa fille Yasmina et son gendre Ismail. Des visages moins amicaux sont aussi apparus : les fils Acheron et leur escorte, Jean Lucas et Marie-Ange, une poignée d'hommes sortis de la mosquée, l'air tendu et méfiant. Louis Acheron poussait maintenant le fauteuil roulant de Paul-Marie. Ce dernier, empreint d'une joie délirante s'écriait : « Comme le joueur de flûte d'Hamelin ! »

Joséphine est venue me voir : « Qu'est-ce qui se passe ? »

Je lui ai raconté. Malgré tout, dans le vacarme de la cohue qui s'agglutinait devant le club de gym, je ne savais pas si elle avait vraiment compris. « Tu es en train de me dire que Reynaud est là-dedans ? »

J'ai acquiescé. « Nous devons parler à Saïd. Il faut qu'on lui explique ce qui se passe avant qu'une émeute n'éclate… »

La foule grossissait à l'entrée de la ruelle. Le club de gym était ouvert. Un certain nombre de clients, de jeunes hommes en tee-shirt et en short, se tenaient devant la porte. Karim n'y était pas. La chaleur était presque insoutenable. Le soleil de midi me donnait l'impression d'un clou que l'on m'enfonçait au marteau dans le crâne. De la foule aussi, il émanait de la chaleur et une odeur métallique de genévrier. L'auvent du club projetait un triangle d'ombre si sombre que je distinguais à peine le visage des jeunes gens. Ils étaient dans l'obscurité, j'étais dans la lumière et nous étions face à face, comme des héros de western pour le duel final.

J'ai commencé à m'approcher d'eux. Joséphine m'a suivie, mais Zahra et les autres sont restés en arrière. Il est encore impensable pour une femme d'entrer dans ce club de gym. Inès elle-même a semblé hésiter lorsqu'elle m'a vue avancer vers la porte.

L'un des clients m'a bloqué le passage. Je ne connaissais pas son nom, mais je savais que c'était l'un de ceux qui accompagnaient Karim le jour de notre première rencontre.

J'ai dit : « Je dois parler à Saïd. »

L'homme a secoué la tête. « Saïd n'est pas là. »

Derrière moi, mon cortège d'importuns se montrait de plus en plus bruyant. Des villageois inquiets comme Narcisse et Guillaume s'étaient vu rejoindre par un plus grand groupe d'individus qui, de toute évidence, cherchaient les ennuis. Il y avait trois des fils d'Acheron et l'un d'eux venait de renverser des pots de fleurs posés sur le rebord d'une fenêtre voisine. Un autre essayait de faire tomber l'une des grosses poubelles dans la ruelle qui donnait sur l'arrière du café. Caro Clairmont rappelait tout le monde à l'ordre et faisait davantage de bruit encore. Marie-Ange filmait ouvertement la scène avec son téléphone portable.

Des gens de la rivière étaient présents eux aussi. J'ai reconnu leurs vêtements, leurs cheveux, la manière dont ils se tenaient toujours à l'écart de la foule. Roux était là. Il était impossible de ne pas remarquer sa chevelure rousse au soleil. Aucun signe d'Anouk ni de Rosette. Dou'a avait disparu, elle aussi. J'espérais qu'Omi et Fatima l'avaient emmenée loin de tout danger.

Paul-Marie Muscat a hurlé : « Les rats de rivière ! Rien d'étonnant à ce qu'*ils* soient de la partie ! »

Son exclamation a provoqué une double vague dans la foule. Certains se retournaient pour voir et en bousculaient d'autres qui essayaient d'avancer. À mes côtés, Zahra a protesté quand quelqu'un a tiré sur son *hijab*. Un fracas a retenti dans la ruelle et j'ai compris que les poubelles avaient fini par tomber.

J'ai regardé l'homme qui m'empêchait de passer. « S'il vous plaît, laissez-moi entrer. »

Il a secoué la tête. « C'est une propriété privée.

— Est-ce que Karim Bencharki est là ? »

De nouveau, un signe de tête négatif.

« Vous savez où il est ? »

Il a haussé les épaules. « Peut-être à la mosquée. Qui sait ? Maintenant, allez-vous-en avant qu'on appelle la police. »

Pendant ce temps, Paul-Marie s'amusait bien. Sa grosse voix dominait le bruit de la foule. Je l'entendais crier : « Je ne vous avais pas prévenus ? Je ne vous l'avais pas dit ? Il fallait bien que ça arrive un jour ou l'autre ! On les a laissés entrer et maintenant, c'est l'anarchie. Vive la France ! »

Le refrain était lancé. Un autre leitmotiv, en arabe, est venu y répondre du coin opposé. Quelqu'un a lancé un caillou.

« Vive la France ! »

« *Allahou Akbar !* »

Ce qu'il y a peut-être de plus effrayant dans ces circonstances, c'est la vitesse à laquelle les choses peuvent dégénérer, ce puits de haine sans fond qui nous attire dans son vortex. Plus tard, on m'a fait un compte-rendu assez flou et confus des événements : des coups auraient été portés, des insultes proférées, des vitres cassées, des poubelles renversées, des vols et des dégâts matériels commis. Comme des mouettes s'acharnant sur une carcasse, pour en arracher chaque bribe de vérité, les colporteurs de rumeurs ont bien fait leur travail. Reynaud avait été tué par des Maghrébins. Reynaud était devenu fou au point de tuer quelqu'un. Reynaud avait tué un Maghrébin, mais c'était un cas de légitime défense. Les Maghrébins avaient kidnappé une Française et la retenaient prisonnière dans le club de gym. Les gens de la rivière étaient de mèche avec les trafiquants maghrébins. Reynaud avait tenté de faire exploser la mosquée et il était sous surveillance jusqu'à ce que la police arrive. Les rumeurs étaient de plus en plus délirantes dans chaque camp. Les slogans flottaient dans l'air comme des étendards.

« *Allahou Akbar !* »

« Vive la France ! »

Il n'y a pas de forces de l'ordre à Lansquenet. Nous n'en avons jamais eu besoin. Il est rare que des problèmes surgissent et quand c'est le cas, c'est au prêtre du village qu'il revient en général de tenter de résoudre le conflit. Cependant, même s'il avait été présent, je doute que le père Henri soit intervenu. Francis Reynaud, lui, aurait peut-être su que faire. Au mépris de la loi et du politiquement correct, Reynaud distribuait des taloches, saisissait les gens par leur col et lançait autant d'insultes que d'Ave. Mais Reynaud n'était plus là et le père Henri gratifiait Pont-le-Saoûl d'un sermon.

Une autre pierre a volé. Cette fois, elle a touché l'un des hommes qui se trouvaient devant moi. Il a chancelé en arrière et porté la main à sa tête. Ses doigts étaient couverts de sang.

« Putains de Maghrébins ! Rentrez chez vous ! »

« Sales porcs de Français ! Fils de putes ! »

J'ai tenté de me frayer un chemin pour entrer dans le club de gym, mais trop de gens me bloquaient le passage. L'homme qui avait reçu la pierre avait l'air ébranlé. Du sang coulait le long de sa tempe. D'autres amis l'avaient rejoint. Un autre caillou est passé en sifflant et en haut du mur du club de gym, un carreau a volé en éclats.

Quelqu'un avançait vers moi à travers la foule. J'ai reconnu la voix de Roux à mes côtés. « Qu'est-ce qui se passe ?

— Où sont les enfants ? lui ai-je demandé.

— Je les ai laissées sur le bateau. Elles vont bien. Qu'est-ce qui se passe à propos de Reynaud ? »

Derrière nous, sur le boulevard, un bruit commençait à dominer la cacophonie ambiante. Il s'agissait d'un son aigu qui ressemblait à ces hurlements qui vous pénètrent et vous donnent le frisson. Je l'avais déjà entendu, à Tanger, lors d'enterrements et de manifestations. Mais à Lansquenet…

« Il est sous le club de gym, ai-je dit. Il faut qu'on le sorte de là.

— On ? a répété Roux. Depuis quand relève-t-il de ta responsabilité ?

— Je t'en prie », me suis-je exclamée. J'avais élevé la voix de sorte qu'elle porte par-dessus le brouhaha de la foule. « Aide-moi. Je ne peux pas y arriver toute seule. Je t'expliquerai tout plus tard… »

C'est alors qu'une silhouette connue est sortie du bâtiment. Barbu, vêtu de blanc, Saïd Mahjoubi nous a fait face sans sourire, l'air dur et méprisant.

« C'est une insulte. Que voulez-vous ? »

À mes côtés, Inès a essayé de lui expliquer la situation en arabe. Je n'ai pu que saisir le nom de Karim. Elle a avancé d'un pas.

Il l'a repoussée. « Va-t'en, sale pute. »

Inès lui a asséné une gifle cinglante.

J'ai vu que Roux était sur le point de réagir et j'ai posé la main sur son bras.

Saïd fixait Inès, le regard vide. Sa stupéfaction se transformait en colère. Les traces de doigts d'Inès étaient bien visibles sur son visage. Menaçant, il s'est avancé d'un pas. Roux s'est interposé. Leurs regards se sont croisés un moment. Puis Saïd a baissé les yeux.

« Cette femme, c'est du poison, a-t-il dit à Roux.

Vous autres, vous ne savez rien d'elle. Je sais ce qu'elle est. Pourquoi elle cache son visage. Ce n'est pas par piété, mais par honte… »

Sur ces mots, il s'est élancé vers Inès, a tiré sur les ficelles de son voile, l'a arraché, révélant ainsi le champ de bataille de ce visage que j'avais moi-même contemplé quelques minutes avant, dans la chocolaterie…

Pendant quelques secondes, rien ne s'est produit. Dans une foule, il y a une énergie, un dynamisme, comme dans un vol d'oiseaux qui décrit des cercles : il lui faut du temps pour changer de direction. Inès se tenait immobile devant Saïd. Elle n'a fait aucun effort pour cacher son visage ni pour ramasser son voile. La vision du *sourire éternel* avait mis Saïd et ses acolytes dans un état de choc.

« Par honte ? a repris Inès. C'est *ça* que vous voyez ? Mon fils s'est bien moqué de vous. Oui, mon *fils.* Il s'est moqué de vous, et pire encore. Il vous a rendu aveugle. Il vous a poussé à abandonner votre fille. Pourquoi croyez-vous qu'elle se soit enfuie ? Pourquoi a-t-elle tenté de se suicider ? Pourquoi a-t-elle choisi de demander de l'aide à des étrangers, à un prêtre *kuffar* en plus, plutôt qu'à sa famille ? »

Saïd a froncé les sourcils. « Je ne comprends pas.

— Vous comprenez très bien. Vous parlez de honte. Mais ce qui est honteux, c'est de croire qu'une femme soit la seule coupable quand un homme la convoite. Il n'y a qu'un idiot pour imaginer qu'Allah se laisserait duper par de telles excuses. Votre père est peut-être un vieil homme têtu, mais il vaut mille fois mieux que vous. »

Puis Inès s'est retournée pour s'adresser à la foule dans la ruelle. Les plus proches ont reculé d'un pas.

Les autres ont mis quelques secondes de plus. Des ondes concentriques ont encore agité la foule avant qu'elle ne plonge enfin dans le silence.

« Regardez-moi, vous tous, a déclaré Inès. Regardez bien mon visage. Il porte les marques de la cruauté, de la bigoterie et de l'injustice. Les marques de l'hypocrisie, de la culpabilité et de l'intolérance. Il ne s'agit pas ici de religion, de race ni de couleur de peau. Un crime commis au nom d'Allah reste un crime. Vous vous croyez meilleurs que Dieu ? Vous croyez pouvoir le duper avec vos discours ? »

La voix de la femme en noir était puissante. Son regard était dur comme du mica. Elle n'a fait aucun effort pour couvrir son visage. Elle est restée là, à les regarder fièrement, droit dans les yeux. Ils ont tous baissé les yeux, les uns après les autres. Même Paul-Marie Muscat dont le visage écarlate pâlissait se trouvait sans voix. Les bras de Marie-Ange Lucas qui avait jusque-là filmé la scène sur son téléphone portable sont retombés le long de son corps. Roux ne bougeait plus et dévisageait Inès. La compréhension commençait peu à peu à se lire dans ses yeux.

Inès s'est de nouveau tournée vers Saïd. « Emmenez-moi voir mon fils, maintenant », a-t-elle ordonné.

CHAPITRE 12

✝

Samedi 28 août, 11 h 40

Pas de tapis de course, aujourd'hui. Voilà qui est étrange : d'habitude, ici, dans le ventre de la baleine, ils résonnent avec la régularité de battements de cœur. Pourtant, le silence n'est pas total. On dirait qu'il y a foule dehors... Un marché ? Je ne crois pas. Chaque foule a une vibration qui lui est propre, un tempo reconnaissable. Il n'émane pas le même bruit d'un rassemblement que d'un marché ouvert, d'un événement sportif, d'une aire de jeux ou d'une salle de classe...

Je n'arrive pas à différencier toutes ces voix, mais il me semble qu'il s'agit d'une foule énorme, peut-être composée d'une centaine d'individus, là-haut, dans le monde des vivants.

Malgré ma fatigue croissante, je ne peux m'empêcher d'être curieux. L'accent tonique de ces voix me dit qu'elles appartiennent en partie à des Français, en partie à des Marocains. Pourquoi tant de gens se trouvaient-ils là sur le boulevard ?

Je me rapproche une nouvelle fois de l'entrée

d'air, car de là, il m'est possible de les entendre avec plus de clarté. En revanche, je ne peux rien voir à l'exception des briques du mur d'en face et de quelques pissenlits qui poussent entre les pavés. Je tends le cou pour en voir plus. Rien. Une manifestation ? Certaines de ces voix me paraissent en colère, d'autres traduisent simplement l'excitation. Mais il y a des vibrations dans l'air comme lorsqu'une corde est tendue à l'extrême. Quelque chose est sur le point de rompre.

J'ai alors tenté de jeter un coup d'œil à travers la grille. Si je me tiens debout sur la pyramide de cageots, j'arrive tout juste à percevoir, par un coin de l'ouverture, une vague impression de mouvement, comme des ombres qui flirtent avec le sol.

« Maya ? » Je n'avais presque plus de voix. Elle se matérialisait par un simple déplacement d'air au fond de ma gorge, le petit bruit sec d'une horloge cassée. Il serait vain d'appeler à l'aide. Même si j'avais toutes mes capacités vocales, personne ne m'entendrait dans ce vacarme. Et pourtant…

De nouveau, cette impression de mouvement. Plus proche cette fois, et accompagné d'une paire de pieds. Ce n'était pas Maya, je le savais. Sous une longue robe noire, deux baskets bleu pâle sont apparues.

« Hé ! ai-je appelé d'une voix râpeuse. Ici ! »

Rien. Puis un visage, de l'autre côté de la grille. Je mets quelques secondes à reconnaître la fille d'Inès Bencharki. Avec tous ces foulards noirs, il est parfois difficile de savoir qui est qui. De plus, cette enfant ne m'avait jamais adressé la parole. Je ne suis même pas sûr de son nom.

Ses yeux bruns se sont élargis. Son petit visage

grave s'est illuminé d'un sourire presque saisissant.

« Alors c'est *vous*, le Jinni de Maya ! »

Merveilleux. Je suis ravi que ma situation t'amuse autant. Je te signale que j'ai quand même réussi à réaliser ses trois vœux…

Une autre vague de mouvement. Une deuxième paire de baskets ou en tout cas, ce qu'il en restait. Aujourd'hui, aussi sales et dans le même état piteux que le visage de son propriétaire se présentant à la grille. Il s'agit de Jean-Philippe Bonnet, je suppose, également connu sous le nom de Pilou.

« Que diable se passe-t-il dehors ?

— Je crois que c'est une émeute. C'est trop bien. »

Trop bien. Quelle expression. Il ne manque plus que son maudit chien.

« On s'est réfugiés là pour ne pas que Vlad se fasse piétiner. Il n'aime pas la foule. »

Mon vœu est exaucé. Une truffe noire et humide s'est mise à renifler la grille. Vlad a aboyé.

« Ne vous inquiétez pas, a dit Pilou. Ils sont venus vous sortir de là.

— Quoi ? *Tous* ces gens ?

— Plus ou moins. Je pense que certains sont simplement là pour voir. »

Encore mieux. Des témoins. Je vais sortir de là, trempé jusqu'aux os, avec une barbe de trois jours et une mine de déterré, et la première chose que je vais voir, c'est la moitié du village qui va me dévisager, bouche bée. Sans parler de la police, des pompiers ou n'importe qui d'autre encore venu assister à ce cirque. Et le père Henri, sera-t-il là, lui aussi ? Oh mon Dieu. Emportez-moi sur-le-champ.

« Ça va ?

— Je vais *trop bien.*

— Tenez bon. Ce sera bientôt fini. »

Une voix d'homme s'est soudain fait entendre, non loin, plus forte que le grondement de la foule. Il parle en arabe, mais je le reconnais : c'est Karim Bencharki. S'ensuit une échauffourée violente. Le chien aboie. Le visage du garçon s'éclipse. La longue robe noire se voile de poussière. Les baskets bleu pâle dérapent en arrière, prennent tout à coup la forme d'un arc puis disparaissent de mon champ de vision.

« Hé ! » C'est la voix du garçon. « Hé ! Qu'est-ce que vous faites ? *Hé !* »

Ensuite la fille se met à crier. Le chien aboie toujours comme un forcené et le piétinement des baskets m'amène à penser qu'il y a lutte. Puis j'entends un bruit sourd et lourd : le garçon tombe contre le mur. Sa tête atterrit à quelques centimètres de la grille. Je vois des cheveux blonds, la courbe d'une joue, un filet de sang qui coule.

Puis c'est le silence. Un silence assourdissant malgré le bruit de la foule.

C'est alors que la porte de la cave s'ouvre.

☾

Samedi 28 août, 11 h 40

L'odeur de chlore m'a frappée de plein fouet après la chaleur et la poussière de l'extérieur.

Le contraste de lumière était tel qu'il m'a fallu quelques secondes pour m'adapter et y voir quelque chose. J'étais dans une grande pièce dépouillée. Elle devait avoir été peinte en blanc à l'origine, mais les murs étaient maintenant gris et couverts de taches d'humidité. D'un côté, une rangée de machines avec des tapis de course et des chaussures de cross-training ; de l'autre, un étalage d'haltères. Tout au fond de la salle, deux portes. L'une menait aux vestiaires, aux douches et aux entrepôts ; l'autre donnait sur la passerelle qui longeait les maisons au bord de la rivière.

Roux a ouvert la marche. Inès nous a suivis. Joséphine n'était pas loin derrière, mais elle s'efforçait d'empêcher la foule d'entrer dans le club de gym, avec l'aide de Zahra. Dehors, j'entendais Omi protester : « *Hee*, vous allez me laisser passer, oui ? C'est encore mieux que Bollywood ! »

Je me suis tournée vers Saïd. « Où est Karim ?

— Il est sorti par la porte de derrière. Le curé est dans la cave. »

J'ai regardé Roux.

« Va chercher Reynaud, m'a-t-il dit. Je m'occupe de Karim. »

☾

Samedi 28 août, 11 h 45

La cave était inondée et sentait le moisi, le plâtre mouillé et la rivière. Elle était à peine éclairée. Debout sur une pile de cageots, de l'autre côté de la pièce, Reynaud ressemblait à un marin naufragé sur une minuscule île déserte. Son visage plein de désarroi n'était qu'une tache lointaine et floue. Il tendait les mains comme s'il était en pleine prière.

Quand il a compris qui nous étions, il a sauté dans l'eau qui lui arrivait presque au niveau des épaules et s'est mis à avancer vers nous. Ses mouvements étaient ceux d'un homme épuisé. Il a porté une main à son front pour se protéger les yeux. On aurait dit qu'il se trouvait en plein cauchemar, un cauchemar devenu si réel qu'il osait à peine croire qu'il puisse un jour se réveiller.

« Vite », a-t-il murmuré d'une voix cassée dès qu'il eut atteint l'escalier de la cave dont seules les deux dernières marches étaient encore au sec. Il a réussi à en gravir la moitié avant de trébucher et de tomber dans l'eau. Joséphine l'a attrapé par un bras. Je lui ai saisi l'autre et nous sommes arrivées ensemble à le redresser pour l'aider à monter jusqu'en haut de l'escalier.

« Vite, a-t-il répété.

— Tout va bien, ai-je dit. Vous êtes sain et sauf. »

En fait, il n'avait absolument pas l'air sain et sauf. Sous sa barbe de trois jours, son visage était blême. Il fermait les yeux à cause de la lumière et avait la respiration rauque d'un asthmatique. Une quinte de toux s'est emparée de lui et il a dû se plier en deux pour reprendre sa respiration.

« Vous ne comprenez pas, a-t-il fini par articuler. Le fils de Joséphine. La fille Bencharki… » Il a de nouveau toussé puis il a fait de grands gestes avec les mains.

« Qu'est-ce qu'il y a ? Quel est le problème ? »

Un nouvel effort. Cette fois, on l'entendait mieux. « Karim a agressé la fille. Dans la ruelle. Pilou a tenté de l'en empêcher. Je crois qu'il est blessé. » Il a montré le mur du fond d'un geste du bras et j'ai compris de quelle ruelle il parlait. Il s'agissait du passage étroit qui reliait le boulevard au bord de la rivière. Je le connaissais bien. C'était là où le Jinni de Maya était censé habiter...

Inès avait déjà poussé la porte qui donnait sur le passage piéton. Joséphine a lâché le bras de Reynaud qui est retombé sur ses genoux. Elle s'est alors arrêtée.

« Francis... »

Il a levé la main avec impatience. « Ne perdez pas de temps. Allez voir votre garçon ! »

Puis nous avons tous les deux entendu un cri.

✝

Samedi 28 août, 11 h 45

Mes yeux n'étaient plus habitués à la lumière. Elle m'aveuglait. Pour moi, la pauvre ampoule électrique du couloir était comme un soleil de midi. J'ai mis la main en visière sur mon front. Malgré tout, j'avais encore l'impression de regarder Dieu droit dans les yeux. Trois silhouettes se sont dessinées en contre-jour, entourées d'une triple aura de lumière...

J'ai reconnu Vianne et Joséphine. Mais qui était la troisième femme ? Se pouvait-il que ce soit Inès ? Il m'est difficile de la distinguer dans le halo qui l'enveloppe. De plus, sa longue robe noire ressemble à un assemblage d'ailes pliées. Suis-je en présence d'un ange ? Bien que je ne demande qu'à croire en la possibilité d'une intervention divine, je n'ai pas le temps d'y réfléchir maintenant. Je suis parvenu à leur expliquer ce qui venait de se passer. Du moins, je leur en ai dit assez pour qu'elles comprennent le danger que représentait Karim. Elles se sont toutes les trois précipitées pour intervenir. J'espère qu'elles arriveront à temps, mon père. Mais elles m'ont laissé là, en haut des marches, le corps à moitié dans l'eau.

J'ai épuisé toutes mes forces, mon père. Une partie de moi souhaite simplement mourir. Mais je suis à Lansquenet et pas plus que Dieu, ce village ne me laissera reposer en paix tout de suite.

Des cris d'alarme venus de l'extérieur, près de la rivière, arrivent jusqu'à moi. Qu'est-ce qui se passe, là-bas ? J'ai essayé de me dresser en m'appuyant sur le côté de la porte. Mes jambes ne me portent plus. J'ai la tête qui tourne et mal aux yeux. Puis j'entends des pas dans le couloir, des voix s'exprimant en arabe, le bruit de la baleine qui remonte à la surface…

Je suis toujours ébloui par la lumière. Tout ce que j'arrive à discerner se résume à des robes, des pieds, des sandales, des pantoufles et des mocassins. Ce sont les pieds de mes ennemis. Ils vont me piétiner dans la poussière.

Une main s'empare de mon bras droit.

« *Al-Hamdoulillah* », a prononcé une voix.

Après le père Henri, en deuxième position sur la liste des gens que je redoutais de voir, il y avait Mohammed Mahjoubi, et c'était lui. Il m'a sorti de la gueule de la baleine. Même si la lumière me faisait toujours mal aux yeux, je pouvais à présent assez bien distinguer sa barbe et sa robe blanches, l'évangile de ses rides sur son visage…

« Merci. Je vais me débrouiller », ai-je murmuré.

Puis, comme une bougie, je me suis éteint.

☾

Samedi 28 août, 11 h 50

Nous sommes arrivées sur la promenade en planches, à l'autre bout du passage qui relie le boulevard à la rivière. C'est un chemin piéton assez particulier qui ne fait qu'un mètre de large par endroits, mais qui s'agrandit au niveau du club de gym, au point de former une petite terrasse. Ces terre-pleins sont caractéristiques des tanneries désaffectées et tiennent en équilibre au-dessus de la rivière grâce à des pilotis, comme des acrobates sur leurs échasses. De nos jours, peu de gens les utilisent. Ces terrasses ont toutes été condamnées.

Roux se trouvait près de la balustrade. Karim était à moins de trois mètres de lui. D'un bras, il tenait Dou'a ; de l'autre, un bidon d'essence. Ils en étaient tous deux imbibés. Dou'a ne portait plus son voile : ses cheveux et son visage étaient trempés. L'odeur de l'essence était présente partout ; l'air tremblait de vapeurs.

Roux m'a lancé un regard d'avertissement. « Ne bouge pas. Il a un briquet. »

C'était un Bic, le genre de briquet de plastique que l'on trouve dans tous les tabacs en France. Faciles à utiliser, fiables, à la longévité aussi courte qu'une vie humaine. Il a alors lâché le bidon d'essence et porté le Bic au visage de Dou'a.

« Ne vous approchez pas, a-t-il dit. Je n'ai pas peur de mourir. »

Inès s'est adressée à lui d'une voix pressante et rapide en arabe.

Karim a répondu par un sourire et secoué la tête. Même en cet instant, il n'y avait pas la moindre trace de peur dans les couleurs de son âme. Il s'est tourné vers ceux qui l'observaient de l'embarcadère et de la route. J'ai de nouveau ressenti la puissance de son charme, le potentiel de sa beauté. *Il pense encore gagner. Dans cette bataille qui opposait sa volonté à celle d'Inès, il n'envisageait pas une seule seconde de perdre…*

Tenant toujours Dou'a d'une main, il a fait signe à Inès, de l'autre. Le soleil frappait brutalement le visage pâle de cette femme qui n'avait pas quitté son *niqab* depuis trente ans et dont les yeux verts scintillaient de reflets.

Maintenant que je les voyais ensemble, je pouvais voir leur ressemblance. Elle m'apparaissait comme une image sous l'eau, inversée et fragmentée par la lumière. Il avait sa bouche, la tendre courbe de ses lèvres, ses pommettes saillantes, sa posture. Mais il y avait chez Karim une faiblesse qui n'existait pas chez sa mère, quelque chose de flasque, comme dans un fruit gâté. Ce détail est également présent dans les couleurs de son âme, sous sa peau, une mollesse à peine perceptible.

« Vous la voyez, cette pute ? Cette sale menteuse ? a-t-il crié à la foule qui s'agglutinait. Tout cela est de *sa* faute : il suffit de regarder son visage. Regardez ce qu'elle a fait de moi. »

Inès s'est exprimée en français : « Laisse partir Dou'a. »

Il a éclaté de rire. « Ce sont toutes les mêmes, vous savez, a-t-il repris. Les putes, ça se serre les coudes. Elles racontent toutes les mêmes mensonges. » D'un coup sec il a tiré sur les cheveux de Dou'a et maintenu sa tête en arrière.

« Regardez-moi celle-ci ! Regardez-moi ces yeux et dites-moi qu'elle ne sait pas ce qu'elle fait ! »

Plus loin, dans le passage, j'ai aperçu Paul-Marie dans son fauteuil roulant et Louis Acheron à ses côtés. Ils semblaient être les seuls badauds à vraiment apprécier le spectacle. Roux était toujours à trois mètres des deux protagonistes, trop éloigné pour prendre le risque d'intervenir. Il suffisait d'une seconde à Karim pour utiliser son briquet. Pourtant, Roux pensait à une solution. Je le devinais à sa posture, à la tension dans sa nuque, aux mouvements subtils de ses pieds…

Puis, j'ai soudain entendu un cri d'effroi dans le petit passage.

« Il y a quelqu'un, ici ! Un corps ! » C'était Omi Al-Djerba. « *Hee,* c'est le petit camarade de ma Dou'a… » De toute évidence, de l'endroit où elle se trouvait, elle n'avait pas encore vu la scène tragique qui se jouait près de la Tannes. Mais Joséphine avait perçu son inquiétude. Elle s'est tournée une seconde vers Karim : « Qu'est-ce que vous avez fait à mon fils ? »

Il a haussé les épaules. « Il s'est mis sur mon chemin.

— Je vous tuerai, lui a-t-elle promis. Je vous tuerai si vous l'avez touché… »

Tout autour, la foule était silencieuse. Seule Inès

osait parler. Avec la chaleur, les relents d'essence étaient presque impossibles à supporter. La tension faisait vibrer l'air. De l'embarcadère, j'ai vu le visage de Paul-Marie changer de couleur, passer du rouge à un vieux gris cendré. Paul-Marie était-il donc *inquiet* pour son fils ?

Joséphine était déjà partie retrouver Pilou dans le passage. Je ne pouvais pas voir ce qui s'y passait. Tout comme Roux, j'étais clouée sur place. Seuls Karim et Inès bougeaient encore. Ils se défiaient du regard comme deux chats prêts à se battre.

« Laisse partir Dou'a », a répété Inès. Elle parlait d'une voix basse, mais pleine d'autorité. « Je ferai tout ce que tu veux. Je quitterai Lansquenet. Je retournerai à Tanger. Je ne reviendrai jamais...

— Comme s'il n'était pas trop tard pour *ça* ! a répondu Karim en haussant le ton comme un adolescent. Tu as toujours tout fait pour me gâcher la vie. Pour me rappeler que j'étais né dans la honte. Je n'y étais pour rien !

— Karim, a-t-elle tenté. Je n'ai jamais dit que c'était de ta faute, tu le sais. »

Il a ri, de nouveau. « Ce n'était pas utile ! Je le voyais tous les jours, sur ton visage. » Il s'est une nouvelle fois adressé aux badauds : « Vous voyez son visage ? C'est la preuve que c'est une pute. Ce sont *toutes* des putes sous leurs vêtements. Même sous les *niqab*, elles nous observent. Elles nous testent. Elles sont toujours en chaleur. Ce sont des soldats du *Sheitan*, elles sont douces comme de la soie jusqu'à ce qu'elles nous mettent leurs mains autour du cou... »

Encore un rire. Son briquet, un Bic rouge, ressemblait à une sucette à la fraise et brillait joyeusement au soleil. Un clic...

Dou'a s'est mise à hurler. Mais la flamme ne s'était pas allumée.

Karim nous a lancé son sourire aux couleurs de l'arc-en-ciel. « Oups. Réessayons. »

J'ai avancé d'un demi-pas. Saïd Mahjoubi regardait la scène de la porte de derrière du club de gym.

« Pourquoi Dou'a ? ai-je demandé à Karim. Pourquoi elle ? Elle est innocente.

— Qu'est-ce que vous en savez, *vous* ? m'a répondu Karim. Il me suffit de vous regarder pour savoir quel genre de femme vous êtes. Là d'où je viens, les hommes savent que faire des femmes comme vous et votre fille. Mais ici, en France, on parle de différents styles de vie, de libre arbitre… »

Alyssa m'avait rejointe. « Lâche-la maintenant, Karim, lui a-t-elle dit. Personne ne vous veut de mal. Et Dou'a n'a rien fait. »

Les yeux couleur de miel de Karim se sont posés sur elle. « Ma chère petite belle-sœur, a-t-il dit avant de sourire. Tu te souviens de ce que je t'ai dit ? Le paradis ouvre ses portes pendant le mois du ramadan. Si seulement tu avais eu le courage de faire ce que je m'apprête à faire, alors peut-être qu'on n'en serait pas là. On aurait pu être ensemble. Mais tu as préféré écouter les murmures du *Sheitan*, et maintenant…

— Tu crois qu'Allah est dupe, Karim ? »

La voix qui venait de s'élever derrière nous ne m'était pas très familière. C'était une voix d'homme, forte et autoritaire, empreinte de colère et d'énergie. Au début, j'ai pensé qu'il s'agissait peut-être de Saïd, mais il était toujours près de la porte. On aurait dit qu'il venait de se réveiller. Son visage transpirait d'incrédulité.

Je me suis retournée et, à ma grande surprise, j'ai découvert le vieux Mahjoubi. Cependant, ce n'était pas l'homme que j'avais vu chez les Al-Djerba. Il était transformé : plein de vitalité, ressuscité. Il s'est approché de la passerelle de planches et la foule s'est écartée sur son passage.

« Vous connaissez peut-être cette histoire, a-t-il annoncé de sa voix nouvelle et convaincante. Un sage et son disciple partent ensemble en expédition. Ils arrivent devant une rivière en crue. Une jeune femme se trouve là. Elle ne peut pas traverser la rivière toute seule. Alors, le sage la prend dans ses bras et la porte de l'autre côté de la rivière.

Des kilomètres plus loin, le disciple demande au sage, en chemin : *Pourquoi avez-vous aidé cette femme, maître ? Elle était seule, non accompagnée. Elle était jeune et belle. Vous avez eu tort, c'est certain. Elle aurait pu essayer de vous séduire. Et pourtant, vous l'avez prise dans vos bras. Pourquoi ?*

Le sage lui sourit et lui dit : *Je l'ai peut-être portée de l'autre côté de la rivière. Mais c'est toi qui la portes depuis.* »

La fin du conte du vieux Mahjoubi avait été accueillie dans le silence. Tous les visages se sont tournés vers lui. J'ai vu Paul Muscat, toujours livide ; Caro Clairmont ; Louis Acheron ; Saïd Mahjoubi qui avait l'air comme paralysé par une attaque cérébrale.

Puis Karim a repris la parole. Il parlait plus bas qu'avant et pour la première fois, j'ai distingué dans les couleurs de son âme une pointe d'incertitude.

« Ne vous approchez pas de moi, vieil homme. »

Mahjoubi a avancé d'un pas.

« J'ai dit, allez-vous-en. C'est la guerre. Un *djihad* saint. »

Mahjoubi s'est encore approché. « Une guerre contre les femmes et les enfants ?

— Une guerre contre l'*immoralité* ! » La voix de Karim était devenue stridente. « Une guerre contre le poison qui menace de tous nous infecter ! Regardez-vous, vieil idiot. Vous ne voyez même pas ce que vous avez sous le nez. Vous ne comprenez pas ce qu'il faut faire ! *Allahou Akbar...* »

Sur ces mots, il a plaqué le briquet contre le visage de Dou'a. Il y a eu un clic, puis un souffle sonore et les événements suivants ont semblé se produire tous en même temps.

Un soupir collectif a émané de la foule au moment où le bras droit de Karim s'est enflammé. L'*abaya* de Dou'a aussi a pris feu. Elle a hurlé. L'espace d'une seconde, j'ai vu le visage de Karim à travers la brume de chaleur : son regard de fou s'est transformé au fur et à mesure qu'il prenait conscience des flammes qui passaient du bleu au jaune en lui léchant le visage. Soudain, quelqu'un est venu se jeter sur lui, une silhouette noire, submergée par la furie et la détermination. C'était Inès. Elle avait les bras grands ouverts et son *abaya* noire s'est dépliée en deux parties pour envelopper les deux êtres en flammes.

Karim a été surpris. Il est tombé sur le côté, contre la balustrade, mais il tenait toujours Dou'a d'une main. La construction en bois était fragile. C'était du vieux pitchpin blanchi par deux siècles de soleil et de pluie. La force de l'impact a suffi pour qu'ils passent tous les trois par-dessus la rambarde, emportant avec eux des traînées de flammes et de fumée au fond de la Tannes.

Au même instant ou presque, une autre silhouette

s'est précipitée vers la balustrade cassée. Elle bougeait avec la précision d'un oiseau qui plonge dans l'eau. J'ai juste eu le temps de reconnaître sa chevelure rousse et de crier son nom…

« Roux ! »

Nous avons couru jusqu'à la balustrade. Pendant un moment, nous n'avons rien vu d'autre que les lambeaux de l'*abaya* de Dou'a flotter en aval de l'embarcadère. Puis quelque chose a fait surface, un éclat rouge, une lueur plus pâle et nous avons enfin reconnu Roux qui nageait vers la rive avec Dou'a, accrochée à son cou…

Plus tard, nous avons compris que la robe de la jeune fille avait subi la plupart des dégâts. Sous cette protection, son *kameez* était intact. Même ses cheveux étaient à peine roussis. Roux est retourné voir par-dessus la rambarde, mais Inès et son fils n'avaient pas réapparu.

CHAPITRE 13

†

Mercredi 1er septembre

Notre Sauveur a mis trois jours à ressusciter. J'ai mis un peu plus de temps. Je ne peux m'empêcher d'en être désolé. Il paraît que c'était toute une histoire. Quelqu'un a dû me porter jusque chez moi ou peut-être étaient-ils plusieurs. À en croire ce que l'on raconte à Lansquenet, le groupe qui est venu me secourir était composé d'une centaine de personnes ou plus.

Vous imaginez le tableau ? Caro Clairmont dans le rôle de la Madeleine, le père Henri en saint Pierre. Oui, *il* était bien là. Elle avait préféré lui envoyer un texto plutôt que de prévenir la police. Dès qu'il a eu terminé son sermon à Pont-le-Saoûl, il est arrivé à toutes jambes dans l'espoir de sauver tout le monde. Seulement, la crise était déjà passée à son arrivée et ses fidèles ont à peine remarqué sa présence.

Il voulait me donner les derniers sacrements. Caro l'aurait laissé faire si Joséphine n'était pas intervenue. Selon Jean-Philippe, qui, heureusement, s'en est sorti en tout et pour tout avec un mal de crâne et une vilaine blessure au cuir chevelu, l'intervention de sa mère était rabelaisienne, mais Caro, elle, l'a qualifiée d'inutilement agressive. Joséphine a expulsé par la force le père Henri Lemaître de ma chambre de malade. Après quoi, il s'est vu encore agresser par Henriette Moisson qui, ayant reconnu le *pervers* qui avait tenté de se faire passer pour Monsieur le curé, l'a chassé de la maison à coups de balai, en hurlant comme une furie. Vlad était dehors, m'a expliqué Pilou. Il n'a pas l'habitude de mordre, mais avec les cris d'Henriette, le balai volant et le fait qu'il ne connaissait pas le prêtre…

Je crois que l'expression qui convient est : *trop bien.*

Lundi, les corps d'Inès et de Karim Bencharki ont été retrouvés par des hommes-grenouilles de la police. Leur dernière étreinte embrasée les avait laissés collés l'un à l'autre, tous deux enveloppés dans la robe noire et carbonisée d'Inès. Joséphine m'a raconté l'histoire de cette femme. Je regrette de ne pas l'avoir su plus tôt, mon père. Je regrette de ne pas avoir vu son visage.

Quant à moi, j'ai passé trois jours à perdre et à reprendre connaissance. Délires, pneumonie, déshydratation, épuisement… Cussonet, le médecin du village, a très bien géré mon état avec l'aide de Joséphine qui n'a guère quitté mon chevet depuis mon retour.

Elle m'a dit qu'un flot de visiteurs étaient venus me voir, pendant cette période. Je me souviens de certaines têtes : Guillaume Duplessis, Charles Lévy, Luc Clairmont et Alyssa Mahjoubi. De nombreux habitants des Marauds m'ont apporté des cadeaux, de la nourriture en général. Et puis, bien sûr, il y a eu Vianne Rocher. Vianne, avec son thermos de chocolat chaud. Vianne, avec une poignée de mendiants. Vianne, avec un pot de confiture de pêches et un sourire comme un lever de soleil en été.

« Comment allez-vous, Monsieur le curé ? »

J'ai souri. (Je deviens de plus en plus doué.) « Je survivrai. Mais je vais peut-être avoir besoin de chocolat. »

Elle m'a jeté un regard approbateur. « Je vais voir ce que je peux faire.

— Comment va Dou'a ? »

Elle a haussé les épaules. « Il lui faudra du temps. Les Al-Djerba s'occupent d'elle.

— Tant mieux. Ce sont des gens bien. Et vous, quelles sont les nouvelles ?

— Je crois que nous allons rester encore une semaine. Du moins, jusqu'à ce que vous soyez rétabli. »

Elle m'a pris au dépourvu. « Pourquoi ? »

De nouveau, ce sourire. « Oh, je ne sais pas. Je m'habitue peut-être à vous. » Elle a plongé la main dans sa poche, en a sorti quelque chose. Je pensais que c'était un chocolat, mais j'ai découvert un noyau de pêche sec dans la paume de sa main.

« C'est le dernier de la récolte d'Armande, a-t-elle déclaré. Je voulais le planter à côté de sa tombe. Et puis, j'ai pensé à votre jardin. Vous n'avez pas de pêcher, n'est-ce pas ?

— Non.

— Alors, plantez-le, m'a-t-elle dit. Près du mur, là où il reçoit le soleil. Il faudra peut-être attendre quelques années avant qu'il ne donne des fruits, mais avec du temps et de la patience… En Chine, la pêche est le symbole de la vie éternelle, vous le saviez ? »

J'ai secoué la tête.

J'ai accepté le noyau sans oser lui dire que je ne serai peut-être pas là pour voir pousser cet arbre. Après tout, ma maison appartient à l'Église et ma situation est précaire. Aujourd'hui, l'évêque m'a téléphoné. C'est Joséphine qui a répondu. Il veut passer demain. Il dit que nous devons parler. Je suppose que le père Henri Lemaître lui a déjà fait part de sa version des faits. Je ne m'attends pas à ce qu'il me soutienne. Bien que mon nom ait été blanchi, je doute que cela change grand-chose. J'ai jeté le discrédit sur l'Église, désobéi aux ordres de l'évêque, causé des tensions dans le quartier des Marauds. Je n'ai pas d'excuses : je suis coupable de ce que l'on m'accuse. Et pourtant…

Quand j'étais dans le ventre de la baleine, j'ai eu tout mon temps pour réfléchir. Pour me rappeler l'essentiel. Pour comprendre où j'avais envie de vivre. Et je me suis rendu compte que Lansquenet représentait plus pour moi qu'une simple paroisse. Je ne veux pas partir, même si l'évêque va sans doute me le demander. Si je dois quitter l'Église, ainsi soit-il, mon père. Je recommencerai à partir de zéro. Je m'essaierai peut-être à la charpenterie, au jardinage ou à l'enseignement. J'ai du mal à l'imaginer, mais vous savez bien, mon père, que je n'ai jamais eu beaucoup d'imagination. En tout cas, il m'est plus facile de voir les choses ainsi plutôt que d'accepter la gestion d'une autre paroisse.

Joséphine me dit que beaucoup de gens me regrettent à Saint-Jérôme. Depuis l'incident avec Vlad, le père Henri Lemaître n'est pas revenu. Les cloches n'ont pas sonné depuis samedi dernier et personne n'est venu dire la messe. Il attend peut-être que je m'en aille. Il se peut que l'évêque lui ait demandé de rester à l'écart jusqu'à mon départ.

C'est le crépuscule et la lune se lève. Je la vois de mon lit. Je dors avec les volets ouverts. Je n'ai jamais aimé le noir. Depuis mon expérience dans le ventre de la baleine, je le supporte encore moins bien. Au sortir de mauvais rêves, j'aime bien voir les étoiles.

À côté, dans le petit salon, j'entends Joséphine s'affairer. Rien de ce que je peux lui dire ne la convaincra de rentrer chez elle. Parfois, elle y retourne une heure pour voir Pilou et si tout se passe bien au café. C'est Paul qui s'occupe de l'établissement. Il fait du bon travail pour changer. Cela devrait peut-être me surprendre, mais depuis ce qui m'est arrivé dans les Marauds, peu de choses me surprennent encore. Les gens ne sont pas toujours ce qu'ils semblent être et même une épave comme Paul-Marie peut finir un jour par nous étonner.

Je vois le noyau de pêche de Vianne sur ma table de nuit. Ce cadeau lui ressemble tellement. Vianne, qui ne reste jamais assez longtemps à un endroit pour y voir pousser quoi que ce soit. La vie éternelle. Très peu pour moi, merci. La lune en est à son dernier quartier. De l'autre côté de la Tannes, j'entends tout juste l'appel à la prière du soir. Ici, dans le monde des vivants, cet appel ne me semble plus aussi menaçant. J'ai laissé ces peurs à l'intérieur de la baleine. Ces peurs et beaucoup d'autres choses. Je ne sais pas si cela fait de moi un meilleur homme. Mais quelque chose en moi *a* changé, quelque chose que je commence à peine à explorer comme on s'aventure à découvrir, du bout de la langue, ce tendre recoin de notre gencive d'où une dent malade vient d'être arrachée.

Je ne suis pas sûr de bien comprendre ce qu'il s'est passé. En tout cas, ce qui avait commencé avec Vianne Rocher s'est terminé avec Inès Bencharki. Pour la première fois depuis une semaine, je sais que je vais pouvoir dormir cette nuit. Et qu'à mon réveil, il y aura des étoiles.

CHAPITRE 14

†

Jeudi 2 septembre

Ce matin, je me suis levé, au mépris des recommandations du Dr Cussonet et malgré le désaccord de Joséphine. J'ai été choqué de découvrir dans quel état de faiblesse je me trouvais et le temps qu'il m'a fallu pour me préparer. Cependant, il est rare que l'évêque se déplace et je n'avais en aucun cas l'intention de lui faire face en position horizontale.

Je me suis douché et habillé avec une grande précaution. Après quelques hésitations, j'ai décidé de mettre la vieille soutane que je n'ai pas portée depuis des années. *C'est peut-être la dernière occasion que tu auras de la mettre,* me suis-je dit, en m'étonnant un peu de la peine ressentie. Joséphine était partie voir si Pilou allait bien. Je suis donc allé dans la cuisine me trouver quelque chose à manger pour le petit déjeuner.

Joséphine m'avait dit que beaucoup de gens m'avaient apporté de la nourriture. Elle n'avait pas exagéré. En fait, chaque coin de la cuisine était recouvert de plats, de boîtes de métal et de plastique.

Il y avait des ragoûts, des quiches et des tartes ; des biscuits, des fruits et des pâtisseries ; des bouteilles de vin ; des pots de confiture ; des rôtis, des tagines, des currys, des soupes et une énorme pile de ces crêpes marocaines. En ouvrant le frigo, j'ai découvert des fromages, du jambon, de la viande froide, des pâtés…

Dérouté devant tant de choix et de quantité de nourriture, je me suis fait un café et grillé un toast. Pour la première fois depuis plus d'une semaine, je suis sorti dans mon jardin.

Quelqu'un avait désherbé mes parterres de fleurs. Quelle qu'elle soit, cette personne avait aussi taillé un rosier grimpant un peu sauvage, planté une douzaine de géraniums rouges et redressé avec un piquet quelques roses trémières qui menaçaient de tomber.

Je me suis assis sur mon banc et j'ai contemplé la rue. Il était tôt, tout juste huit heures et le soleil matinal était doux. Les oiseaux chantaient, le ciel était dégagé et pourtant j'éprouvais de l'appréhension. Pendant toutes les années où j'ai été le curé de Lansquenet, l'évêque n'était venu qu'à quatre reprises et ce n'était jamais des visites de courtoisie. J'imagine que, le père Henri ayant échoué à me faire passer le message, il venait lui-même me le transmettre.

Je sais, je sais. C'est ridicule. Mais je suis prêtre, mon père. Au-delà de ça, je suis le prêtre de Lansquenet. Abandonner ce village m'est impensable. Quitter les ordres, tout autant. Dans les deux cas, cela reviendrait à laisser une partie de mon cœur derrière moi. C'est impossible.

L'horloge a sonné le quart. L'évêque doit venir à neuf heures. Son verdict est inévitable. Ma sentence, aussi. Si j'avais pu, j'aurais fait les cent pas, mais la maladie m'a rendu trop faible. Alors, je suis resté assis et j'ai attendu, dans une détresse croissante, que le bruit de sa voiture résonne sur le boulevard…

À ma grande surprise, c'est Omi Al-Djerba que j'ai vue passer lentement dans la rue. Elle était accompagnée de Maya qui courait devant elle en se dandinant d'une manière étrange, mais caractéristique des jeunes enfants. Il est inhabituel de voir des gens des Marauds de ce côté du pont. Toutefois, depuis les événements de la semaine dernière, c'est devenu de moins en moins rare, paraît-il.

Maya est arrivée la première et m'a regardé d'un air sévère par-dessus le muret. « Alors, vous êtes *enfin* debout », m'a-t-elle dit. Il y avait toute la condamnation du monde dans ces cinq mots.

« Eh bien, j'ai été assez malade, me suis-je défendu.

— Les Jinn ne tombent pas malades », a répondu Maya.

Le fait qu'on m'ait libéré de cette cave ne semble avoir diminué en rien la croyance de Maya en mes pouvoirs surnaturels. Apprendre que j'étais curé n'avait guère ébranlé ses convictions. Elle a planté son regard grave dans le mien.

« La *memti* de Dou'a est morte, a-t-elle lâché.

— Je sais, Maya. Je suis désolé. »

Maya a haussé les épaules. « Ce n'est pas de votre faute. Vous ne pouvez pas être partout à la fois. »

Sa réponse terre à terre a suffi à me faire rire tout haut. C'était un son étrange et triste, mais c'était quand même un rire. En tout cas, ma réaction a surpris Omi Al-Djerba qui m'a dévisagé par-dessus le muret, d'un air approbateur mais peu enthousiaste.

« Oh là là, a-t-elle commencé, vous avez une sale mine.

— À votre service », ai-je dit en posant ma tasse de café.

Elle a fait une grimace que j'ai prise pour un sourire. Elle est si vieille que ses rides forment à elles seules toute la topographie de son visage : chacune d'elles exprime une nuance spécifique d'expression. Malgré tout, ses yeux ont retrouvé le bleu de l'innocence avec l'âge et brillent encore d'une étonnante jeunesse. Vianne dit qu'elle lui rappelle Armande et pour la première fois, je comprends pourquoi. Il y a chez elle ce degré d'irrévérence que seuls les êtres très âgés ou très jeunes possèdent.

« J'ai entendu dire que vous partiez, m'a-t-elle lancé.

— Vous avez été mal informée. »

Caro Clairmont, je suppose. Si l'on cherche à remonter à la source d'une rumeur, on arrive en général sur le pas de sa porte, surtout lorsqu'il s'agit de mauvaises nouvelles. La réponse que j'ai donnée à Omi était instinctive et m'a un peu surpris, mais la vieille dame l'a approuvée d'un hochement de tête.

« Tant mieux, a-t-elle dit. Ils ont besoin de vous, ici.

— Ce n'est pas ce qu'on m'a dit », ai-je rétorqué.

Omi a fait un petit bruit plein de dérision. « Certaines personnes ne savent pas *ce dont* elles ont besoin jusqu'au jour où elles sont sur le point de le perdre. Vous devriez le savoir, Monsieur le curé. *Hee !* Vous, les hommes ! Vous vous croyez si sages. Mais il faut toujours qu'une femme vous montre ce que vous avez sous le nez. » Elle a ri et m'a offert un aperçu de ses gencives, aussi roses que les bottes de caoutchouc de Maya. « Prenez un macaron, m'a-t-elle dit en sortant un biscuit de sa poche. Vous vous sentirez mieux.

— Non merci. Je ne suis pas un enfant », ai-je répondu.

Elle a de nouveau produit le même son railleur. « *Meh.* Vous êtes encore assez jeune pour être mon arrière-petit-fils. » Elle a haussé les épaules et englouti le biscuit.

« C'est toujours le ramadan, non ? lui ai-je demandé.

— Je suis trop vieille pour le ramadan. Et ma Maya est trop jeune. » Elle a fait un clin d'œil et tendu un macaron à la petite. « Vous, les prêtres. Vous êtes tous les mêmes. Vous croyez que le jeûne vous permet de penser à Dieu alors que n'importe quel cuisinier digne de ce nom vous dirait que le jeûne ne fait penser qu'à une chose : à *manger.* » Elle m'a souri. Toutes ses rides ont souri avec elle. « Vous croyez que Dieu en a quelque chose à faire de ce qu'on se met dans la bouche ? » Elle a gobé un autre macaron. « Ah, ça, c'est votre évêque qui arrive. »

Ça, c'était le bruit d'une voiture qui venait de prendre les deux grosses bosses du pont dont la courbe ressemblait à un dos de chameau. Le moteur peinait à remonter la rue pavée. La plupart des rues de Lansquenet ne sont pas vraiment faites pour la circulation. Nous conduisons tous ou presque (pas moi), mais nous savons comment nous y prendre avec les bosses de nos routes, qu'il faut ralentir avant de nous engager sur le vieux pont et accélérer une fois seulement arrivés au bout du boulevard. L'évêque n'est pas habitué aux particularités de nos rues et le pot d'échappement de son Audi gris métallisé crachait de façon alarmante quand elle a fini par se garer devant chez moi.

L'évêque avait la cinquantaine, les épaules et la mâchoire carrées et ressemblait plus à un ancien joueur de rugby qu'à un ecclésiastique. Il devait avoir le même dentiste que le père Henri parce qu'ils avaient presque les mêmes dents. Ce matin, elles étaient menaçantes de blancheur et de bonne humeur.

« Ah, Francis !

— Bonjour, Monseigneur. (Il préfère qu'on l'appelle Tony.)

— Que de formalités ! Vous avez bonne mine. Et vous êtes... » D'un air curieux, il a tourné la tête vers Omi qui l'a regardé à son tour, sans se décontenancer.

D'un coup d'œil, j'ai mis en garde la vieille dame. « Monseigneur, voici Mme Al-Djerba. Elle allait partir.

— Ah bon ? s'est étonnée Omi.

— Oui, lui ai-je confirmé.

— Mais je n'avais jamais vu d'évêque jusqu'à aujourd'hui. Je pensais que vous seriez vêtu de violet.

— Eh bien, merci, madame, l'ai-je pressée. Maintenant, l'évêque et moi-même devons parler.

— Oh, ne vous en faites pas pour nous, a répliqué Omi. On a le temps. » Sur ce, elle s'est assise sur le banc du jardin, prête à attendre indéfiniment s'il le fallait.

« Excusez-moi, mais qu'est-ce que vous attendez ? lui a demandé l'évêque.

— Oh, pas grand-chose. Mais tout le monde veut

voir Monsieur le curé sur pied le plus vite possible. Il manque à beaucoup de gens.

— Vraiment ? » L'évêque m'a lancé un regard étonné. Sa surprise n'était guère flatteuse.

« Oh, oui, a renchéri Omi avec fermeté. Ce nouveau prêtre n'était vraiment pas à la hauteur. Il serait peut-être bon dans une grande ville, mais pas dans un petit village comme Lansquenet. *Khee !* Il ne suffit pas de quelques assemblées pour atteindre le cœur d'un village. Le père Henri a beaucoup à apprendre. » Puis, au moment même où elle a fini sa phrase, les cloches de Saint-Jérôme se sont mises à tinter. *Mes* cloches sonnaient l'heure de la messe, alors que ce n'était pas le jour du père Henri.

L'évêque a froncé les sourcils. « Ce n'est pas... ?

— Si. »

Le son des cloches était trop fort pour qu'on l'ignore. Nous sommes allés jusqu'au bout de la rue et nous avons jeté un coup d'œil sur la place déserte. Personne à l'horizon et pourtant, la porte de l'église était ouverte. Les cloches continuaient de sonner. Je me suis dirigé vers la porte. Après avoir hésité un moment, l'évêque m'a suivi à l'intérieur.

L'église était pleine de monde. En général, l'assemblée de mes fidèles s'élève à une quarantaine ou une cinquantaine de personnes au mieux, pour Noël et pour Pâques. Le reste du temps, si une vingtaine d'entre eux se déplace, j'ai de la chance. Parfois, ils sont même moins nombreux. Mais aujourd'hui, il n'y avait plus une place de libre sur les bancs et certains se tenaient même debout au fond de l'église. Trois cents personnes, peut-être plus, la moitié de la population de Lansquenet, m'attendaient dans Saint-Jérôme.

« Que se passe-t-il *enfin* ? s'est interrogé l'évêque.

— Monseigneur, je n'en ai pas la moindre idée.

— Monsieur le curé ! Content de vous voir rétabli. »

C'était Paul-Marie Muscat, au fond, dans son fauteuil roulant. Pilou était assis à côté de lui, avec Vlad qu'il tenait en laisse d'une main ferme grâce à une corde accrochée à son collier. J'ai remarqué que Joséphine était avec eux et qu'elle souriait de tout son cœur. Puis j'ai reconnu Georges Poitou et sa femme. La famille Acheron, *au complet*, même le fils aîné Jean-Louis était là, alors qu'il ne va jamais à l'église. Il y avait aussi Joline Drou et son fils Jeannot ; Guillaume Duplessis ; Georges et Caro Clairmont avec un faux air inquiet qui me donnait envie de lui tordre le cou ; Narcisse qui communie deux fois par an et encore, quand il ne l'a pas oublié, mais qu'il est très rare de voir en ce lieu ; Henriette Moisson ; Charles Lévy ; et même l'Anglais, Jay Mackintosh…

Et puis j'ai vu des gens qui, à juste titre, n'avaient jamais fait partie de l'assemblée de mes fidèles. Zahra Al-Djerba. Sonia Bencharki. Alyssa Mahjoubi. Leur père Saïd. Et le vieux Mohammed Mahjoubi, aussi. Ils avaient tous des fleurs et des fruits dans les bras. Bien sûr, il y avait Vianne Rocher. Et Anouk. Et Rosette. Et les rats de rivière : des gens en haillons, tatoués à remplir mon église jusqu'à la voûte…

Et partout, sur chaque rebord de mur, il y avait des bougies. Des centaines, des milliers de vœux, de prières, sur l'autel, près des fonts baptismaux, au pied des statues de saint François et de la Vierge. On n'en voit pas tant la veille de Noël, mais aujourd'hui, en ce jeudi matin du mois de septembre, Saint-Jérôme s'était transformée en cathédrale.

« Content de vous voir sur pied, mon père.

— Vous avez reçu mes fleurs ?

— J'espère que vous avez aimé mon vin, mon père.

— Allez-vous nous confesser ? »

Je me suis tourné vers l'évêque. « Je ne sais pas *du tout…* »

Monseigneur souriait. Il se pouvait que son sourire de publicité pour dentifrice soit un peu figé, mais l'évêque avait assez le sens de la démagogie pour changer son fusil d'épaule quand il le fallait.

« Comme c'est merveilleux de voir tant de monde ici, a-t-il déclaré à l'assemblée des villageois. Oui, bien sûr. Ne bousculez pas le père Francis, mais je suis sûr qu'il sera ravi de vous dire quelques mots. »

Mon père, je n'ai jamais servi la messe à un si grand auditoire. Bien sûr, je n'avais rien préparé. À ma grande surprise, les mots me sont venus plus facilement que jamais. Je ne me souviens pas bien de ce que j'ai dit, mais j'ai parlé du sens de la communauté, de ce que cela signifie vraiment d'y avoir sa place, de la bonté des étrangers, de ce que c'est qu'être dans l'obscurité et de regarder la lumière qui jaillit à travers les fenêtres des maisons des autres, du ventre de la baleine, du sentiment d'être un étranger sur une terre inconnue… Quand j'ai terminé mon discours, l'évêque était déjà parti.

Vianne l'aurait formulé ainsi : le vent avait tourné.

L'AÏD

CHAPITRE 1

Mercredi 8 septembre

Le père Henri n'est jamais revenu. Après ce qui s'est passé, personne n'espérait son retour, de toute façon. Lansquenet, avec l'aide de Joséphine, avait récupéré Francis Reynaud. Les groupies du père Henri, dont Caro Clairmont fait partie, ont eu la sagesse de taire leur mécontentement. Après tout, elles avaient aussi glorifié Karim Bencharki.

En dépit des recommandations du médecin, Reynaud a recommencé à travailler depuis presque une semaine. Il est toujours maigre et assez pâle, mais tout vaut mieux que de confesser les gens depuis son lit, selon lui. De plus, il prétend avec son mordant habituel avoir reçu assez de nourriture en cadeau pour ouvrir son propre magasin. Bien sûr, Reynaud n'est pas le genre d'homme qui sait gérer les marques d'affection. Elles le déroutent un peu et il se demande ce qu'il a fait de mal. Du coup, lorsqu'il écoute les confessions, il se montre encore plus strict que d'habitude en distribuant ses Ave. Ses fidèles le connaissent bien et jouent par conséquent les repentis. En fait, ils se sentent responsables. Ils veulent lui faire plaisir.

Joséphine n'est toujours pas partie. Je me demande si elle le fera un jour. Ce soir, je suis passée lui dire au revoir et je l'ai trouvée à la terrasse du café. Elle buvait un chocolat chaud et regardait son fils, assis à côté du pont. Pilou avait sa canne à pêche et Paul-Marie se trouvait à ses côtés, avec Vlad, allongé près de son fauteuil roulant, sur la route. Je le voyais seulement de dos, mais quelque chose dans la posture de Paul m'a intriguée…

« Je sais que c'est stupide, a dit Joséphine. Les gens ne changent pas. Pas vraiment. Mais ces derniers jours, il est… » Elle a haussé les épaules. « Tu sais. Il est différent. »

J'ai souri. « Je sais. Je l'ai vu aussi. Et non, les gens ne *changent* pas souvent, mais parfois ils évoluent, si on leur en laisse l'occasion. Regarde Reynaud. »

Elle a acquiescé.

Bien sûr, il faut très bien le connaître pour savoir que Monsieur le curé a changé. Mais il n'est plus le même, bien que peu de gens l'aient remarqué. Je le sais parce que je l'ai vu dans les couleurs de son âme. Et Joséphine le sait parce que…

« Tu as vu ? Ils ont fini de réparer l'ancienne chocolaterie. »

J'ai secoué la tête. « J'irai jeter un coup d'œil. »

On m'a dit que ces deux dernières semaines, Luc Clairmont et son père avaient travaillé d'arrache-pied pour remettre l'endroit en état. Roux leur avait proposé son aide, ce qui expliquait pourquoi nous l'avions peu vu. Toutefois, en me rendant au café ce soir, j'avais oublié de passer voir où ils en étaient.

« Que va devenir la boutique, maintenant ? »

Elle a haussé les épaules. « Je ne le sais pas plus que toi. »

Je devine ce qu'elle pense. Cela fait une semaine que Reynaud a quitté sa chambre de malade. L'école va bientôt recommencer. Il est temps de rentrer à Paris. Et pourtant…

« Vous ne pouvez pas partir aujourd'hui, a décrété Omi quand j'ai tenté de lui annoncer la nouvelle, ce matin. Ce soir, c'est la fin du ramadan. Il y aura de la *harira*, de la soupe à l'orge, seize sortes différentes de *briouat*, de l'agneau rôti, du couscous aux épices, des *chebakia* et des dattes fourrées. En plus, je vais faire du *sellou* à la noix de coco, une recette de ma mère, et vous ne vous le pardonnerez jamais si vous ratez l'occasion d'y goûter. »

Nous sommes tous invités, bien sûr. Les habitants des deux côtés de la Tannes, ainsi que les gitans de la rivière. Il n'y a pas assez de place pour tout le monde chez les Al-Djerba ou chez les Mahjoubi, mais les nuits sont douces et l'embarcadère est le lieu idéal pour faire la fête. Des tréteaux et des bancs ont déjà été installés sur la berge. Les ponts des bateaux les plus proches de l'embarcadère ont été décorés de lanternes et de guirlandes électriques. Toutes les femmes porteront leurs plus jolis vêtements aux couleurs vives. Le noir est banni, ce soir. Elles sentiront bon le patchouli, l'ambre, le cèdre, le santal et la rose. Des jeux sont prévus pour les enfants. Le minaret sera illuminé et j'ai préparé toute une fournée de chocolats avec des pistaches, de la cardamome et des feuilles d'or, enveloppés dans des tortillons de papier de couleur, pour en distribuer à tous.

Tout le monde ne viendra pas, bien sûr. La famille

Acheron n'adhère pas à cette idée et certains jeunes hommes du club de gym refusent aussi de prendre part à la fête. Malgré tout, Lansquenet n'a jamais connu tel rassemblement : des Maghrébins, des rats de rivière, des villageois, des touristes, tous là pour célébrer la fin d'une période de sacrifice…

« Pas de vin, bien sûr, s'est inquiétée Joséphine. Et pas de danse, non plus. Comment on va faire ? »

J'ai ri. « Tu vas t'en sortir, j'en suis sûre. »

Elle m'a regardée. « Tu dis ça comme si tu n'allais pas venir, ce soir. »

Bien sûr que je serai là. Mais il y a quelque chose dans l'air, Joséphine. Comme une odeur de pots d'échappement, de brouillard sur la Seine, de platane et de pluie dans les rues du mois de septembre. Je la reconnais. Tu la reconnais, aussi. Tu as senti la force du vent qui tourne. Dehors, sur la place, il y a un parfum d'automne. Les ombres commencent à s'allonger. Anouk parle avec Jeannot, sérieusement, main dans la main, pendant que Rosette, Pantoufle et Bam se poursuivent comme trois feuilles d'automne dans les coins de rue pavée. La lumière est rose et un peu triste. Elle a la teinte nostalgique des étés qui passent. Je sens que quelque chose est fini, mais quoi ? La tour de l'église blanchie à la chaux a la couleur de l'eau de rose. La Tannes n'est plus qu'une plaque d'or martelée. Je vois tout Lansquenet, de Saint-Jérôme jusqu'aux Marauds. Et les gens, je les vois aussi. Tels des filets de fumée, les couleurs de leur âme s'élèvent dans le ciel de l'été finissant.

Tant de gens. Tant d'histoires. Toutes entremêlées à la mienne, dans cette lumière aux reflets multiples.

Dans son jardin, Francis Reynaud arrose son

noyau de pêche en pensant à Armande. Sur le pont de la péniche noire, Roux est allongé sur le dos et attend les étoiles. Sur le pont, Paul-Marie regarde son fils attraper une perche, un sourire chaleureux aux lèvres. C'est une sensation à laquelle il est peu habitué et il éprouve donc le besoin de toucher sa bouche du bout des doigts, comme un homme vérifie qu'il ne reste pas de miettes dans sa moustache après avoir mangé un sandwich. À la mosquée, le vieux Mahjoubi se prépare à prier. La pointe du minaret flirte avec le soleil. Dans une ruelle des Marauds, Maya, François et Karine Acheron sont assis en rond autour d'une boîte qui contient des chiots. Dou'a est assise sur la berge et contemple la Tannes. Elle ne porte plus *d'abaya*, mais un jean, un *kameez* et ses pantoufles rouges. Alyssa Mahjoubi est à ses côtés. Ses cheveux courts sont libres et ses yeux remplis de larmes.

Vous voyez, peu importe la direction que prend mon regard, il y a des choses qui me lient à Lansquenet. Des histoires, des gens, des souvenirs, sans plus de consistance qu'une vague de chaleur, mais pourvus d'une résonance, comme si toutes ces différentes lumières jouaient une mélodie qui pourrait peut-être enfin me conduire chez moi. La chocolaterie est donc remise en état. J'éprouve une étrange réticence à l'idée d'aller voir. Mieux vaut, peut-être, m'en souvenir telle que je l'ai vue à mon arrivée il y a trois semaines : en ruine, carbonisée, à l'abandon. Cependant, je n'ai jamais été très douée pour laisser le passé derrière moi. J'ai essayé, mais j'ai toujours semé un peu de moi-même le long de ma route, comme des graines qui attendent que l'occasion se présente pour pousser.

Je laisse le soin à Joséphine et à Roux de s'occuper de la préparation des festivités pour ce soir et je vais sur la place Saint-Jérôme où les dernières couleurs de l'été se transforment en gris. Oui, la chocolaterie est bien là, comme je l'avais laissée le jour de mon départ, avec des pots de fleurs sur le rebord des fenêtres, des volets peints en rouge géranium, toute blanchie à la chaux, toute brillante et toute nouvelle, prête à accueillir quelqu'un…

Quelqu'un comme toi…

Le chant du *muezzin* flotte dans les Marauds. Au même moment, l'horloge de l'église sonne la demie. Jeannot Drou est rentré chez lui et Anouk est au coin de la rue, l'ombre de Pantoufle à ses pieds tel un panneau nous indiquant la route.

Au-dessus de ma tête, un léger grincement. C'est l'enseigne de bois en haut de la porte de la boutique, accrochée au mur par un support. Sa voix est faible, mais obsédante, le pépiement d'un tout petit oiseau : *Laisse-toi tenter. Laisse-toi séduire. Laisse-toi savourer.*

Je lève la tête. L'enseigne est vierge, prête à recevoir une inscription. Je les vois presque, ces lettres peintes en rouge et jaune, comme si les événements de ces huit dernières années avaient été bien pliés et rangés, comme s'ils n'avaient laissé aucune aspérité, aucun vide, comme s'il n'en restait que l'éclat du temps retrouvé.

Et cela sent les Amériques, la cour de Montezuma, sa boisson épicée dans des coupes d'or, mélangée à du vin et à du jus de grenade. Cela sent la crème et la cardamome, les feux de joie, les temples et les palaces, la vanille, la tonka, le moka et la rose. Ces odeurs me submergent. Elles me traversent de part en part comme le vent. Elles me font perdre pied comme l'amour…

Tu vas rester, Vianne ? Tu vas rester ?

Anouk et Rosette me regardent. Elles ont toutes les deux des amis, ici. Elles y ont toutes les deux leur place, tout comme elles ont leur place à Paris : elles sont liées à une centaine de fils invisibles qui devront être coupés le jour où nous partirons…

Je tends la main pour toucher la porte. Elle aussi est peinte en rouge géranium. Ma couleur préférée. C'est Roux qui l'a peinte : il devait le savoir. Est-ce là une légère lueur ? Un filet d'or gravé tout autour de la porte comme le plus petit et le plus doux des mirages ? Du coin de l'œil, j'aperçois Bam qui me regarde. Depuis notre arrivée à Lansquenet, Bam est très visible. Pantoufle l'est aussi, aujourd'hui : dans l'ombre, ses yeux graves se plissent dans ma direction.

Je tourne la poignée. La porte est ouverte. Les portes ne sont jamais fermées ici. Elle s'entrebâille. À l'intérieur, est-ce là un éclat bleu comme un martin-pêcheur, une tâche orange vif dans l'obscurité ? Mes filles se débrouillent bien, ai-je pensé, avec une étrange petite pointe de fierté. Elles savent faire appel au vent. Mais cela suffit-il ? Cela suffit-il jamais ?

De l'autre côté de la rivière, dans les Marauds, Roux est presque prêt. Je reconnais les signes, cette distance dans son regard rempli d'images d'ailleurs. Roux ne pourrait pas habiter dans une maison. Vivre sur une péniche est déjà contraignant pour lui. Et Lansquenet est un *petit* village, Roux. Avec de petites gens. De petits esprits. Au bout du compte, tu es venu vers moi parce que tu savais qu'elle ne partirait jamais…

J'ai fermé la porte, doucement. Au-dessus de ma tête, l'oiseau invisible pousse son petit cri insistant : *Savoure-moi. Savoure-moi.*

Je tends les mains vers mes enfants. Anouk en prend une. Rosette saisit l'autre. L'appel du *muezzin* a fini de résonner à travers les Marauds. Le soleil s'est couché. Nous ne nous retournons pas. Une fête nous attend.

DU MÊME AUTEUR

Aux Éditions Quai Voltaire

VIN DE BOHÈME, roman, 2001 (Folio n° 3751)

LES CINQ QUARTIERS DE L'ORANGE, roman, 2002 (Folio n° 4005)

VOLEURS DE PLAGE, roman, 2003 (Folio n° 4169)

L'ÉTÉ DES SALTIMBANQUES, roman, 2004

Aux Éditions Flammarion

DORS PETITE SŒUR, roman, 1999

CLASSE À PART, roman, 2006

Aux Éditions Charleston

CHOCOLAT, roman, 2000, 1re édition *Quai Voltaire*; réédition 2013 (Folio n° 5807)

DES PÊCHES POUR MONSIEUR LE CURÉ, roman, 2013 (Folio n° 5806)

Aux Éditions Baker Street

LE ROCHER DE MONTMARTRE, roman, 2008

Composition Nord Compo
Impression Grafica Veneta
à Trebaseleghe, le 25 août 2014
Dépôt légal : août 2014

ISBN : 978-2-07-045313-9./Imprimé en Italie

252489